不条理を生き貫《ぬ》いて

34人の中国残留婦人たち

藤沼敏子

はじめに　語ること、聞くこと、書くこと

この本は、私のホームページ『アーカイブス　中国残留孤児・残留婦人の証言』

http://kikokusya.wixsite.com/kikokusya

から生まれたものです。中国残留孤児・残留婦人たちとその支援者、関係者の方々の協力を得て、２００人以上の方にインタビューをさせていただきました。その中の中国残留婦人**等**（「中国残留邦人支援法」対象者。「**等**」の中に男性、サハリン残留邦人も含まれます。終戦時13歳以上だった方）34人のインタビューをまとめたものです。

これまでの一般的な聞き書き集と違うところは、インタビューはノーカットでインターネット公開していますので、本の内容を動画ビデオで検証することができるという点です。（一人を除いて）

また、ホームページやYouTubeでは、「声を残すこと」はできますが、体系的に何が言いたくて証言を集めてきたのかが明確に伝わりません。当初は、高齢化し鬼籍に入られる方が多い中、とにかく「声を残すこと（＝インタビューすること）」にだけ力を注いできましたが、インタビューに協力してくださった方々はほとんどが高齢者でインターネットにアクセスできません。お元気なうちに書籍化してお返ししたいと思うようになりました。

彼女たちの経験が多くの方に読まれ、平和の尊さを伝えることができたら、ご自分の辛酸に満ちた不条理な人生を、受け入れ難きを受け入れて、生き貫《ぬ》いて[1]きた意義を、見出し、肯定することができるのではないかとの希

(注)1　「生き抜く」が一般的ですが、この本では、多くの方が自決する中で、強い意志を持って、不条理に身を置きながら、「生きることを貫《つらぬ》く」という意味で、「生き貫《ぬ》く」という漢字を当てました。

望を持っています。

中国残留孤児・残留婦人等と満州（戦前の中国東北地方）、蒙古への日本人の開拓移民、つまり「満蒙開拓団」は、切っても切れない関係にあります。

1931（昭和6）年9月18日「満州事変」が起き、関東軍は満州を占拠し、「満州国」を成立させました。当時世界恐慌の波にのまれ、日本の農山村は窮乏していました。そこで加藤完治等は、口減らしと農業生産性向上、ソ満国境の防波堤のため、移民政策に舵を切り、満蒙開拓団、27万人を国策として満州に送ったのです。農家の二男、三男だけでは足りなくて、14歳から19歳の召集前の青少年を軍隊式に教育し、満蒙開拓青少年義勇軍(2)（隊）としてソ満国境付近に「鍬の戦士」を送ったのです。現地での定着を確実なものにするために、全国から花嫁候補を募集し、「大陸の花嫁」として送り込まれました。開拓とは名ばかりで、すでに現地人により開拓してある土地を安く買いたたいて、現地人を追い出したところもありました。ところが、太平洋戦争に突入し、兵力は南方へ移動したため、現地の開拓団員にも召集令状（根こそぎ動員）が来て、その結果、昭和20年ソ連参戦の8月9日には、開拓団には老人、女性、子どもだけになってしまいました。機銃掃射や略奪、暴行に遭い、逃げるのに必死でした。ソ連兵だけでなく、中国人もこれまでの恨みを晴らすかのように、避難民を襲いました。避難所では発疹チフスやコレラなどの伝染病が猛威を振るい、飢餓と寒さで死者が続出しました。このような状況の中で、小さい子どもを守るために、自らの命をつなぐために、中国人家庭に入った女性たちがいました。ま

(注)2　日本では満蒙開拓青少年義勇軍として訓練し、満州に送り出されたが、満州では、住民感情を考慮したり、軍と名の付くものが二つあるのは混乱を招くという理由で関東軍が嫌い、満蒙開拓青少年義勇隊としたそうである。

た、養女・養子として中国人家庭に貰われて行った子どもたちもいました。終戦時13歳以上だった人は、女性が多かったので「中国残留婦人**等**」と呼ばれましたが、男性もいました。また、敗戦直後の樺太に置き去りにされ、サハリン、ソ連で長く暮らすことになった日本人の方々も、いました。

最初に2枚の写真を載せました。上は、高島金太郎氏提供、大八浪《ターバラン》泰阜村《やすおかむら》開拓団の昭和16年の写真です。下は、古源良三氏提供の同じく16年の白山郷《はくさんごう》開拓団の写真です。

最初、表紙に使う写真を選んでいるとき、収穫の喜びにあふれている残留婦人たちの写真を使いたいと思い、下の写真を選んだのでした。この写真に写っている男たちは、18年4月から、次々と召集令状が来て、団を去ることになります。女たちと子どもたち、老人たちは、敗戦直後の混乱の中でソ連機の機銃掃射に遭ったり、暴民に襲われたり、収容所で病死したり餓死したり、一時現地人のお世話になるなどしましたが、その中の約半数[3]の方が帰国することができました。終戦直後の混乱で多くの方が亡くなりましたが、何とか生き残り、諸般の事情で帰国できなかった人は、残留婦人、残留孤児となりました。

しかし、上の写真を見て、残留婦人を想起する人はたぶん少ないと思われます。多くの方が残留孤児を想像することでしょう。この写真に写っている少年少女たちが、この時9才以上だったならば、終戦時13歳以上となり、間違いなく残留婦人**等**となり、「自分の意志で残った（自由意思残留者）」とされました。そして彼女たちの多く

(注)3　『満蒙終戦史』（満蒙同胞援護会編　昭和37年）827頁

(注)4　童養媳《トンヤンシー》（tóng yǎng xí）　成年前の幼女、少女を買い育てて将来男児の妻とする旧中国の婚姻制度の一つ。親、子どもの世話以外に雑役に使われ、一種の家内奴隷ともみられる。

は童養媳《トンヤンシー》(4)になり、早い人は15歳で結婚し、やがて数十年、日本社会から忘れられて、貧しい農村で暮らすことになったのです。その事を知っていただきたくて、表紙には敢えて上の写真を用いました。

敗戦時12歳ながら、残留婦人とほとんど同じ経験をした方も数名いらっしゃいますが、その方々は、『あの戦争さえなかったら 62人の中国残留孤児たち（上・下）』の中に、掲載させていただきます。なぜこの仕訳に従うかというと、残留婦人等と残留孤児では、日中国交回復後の帰国支援に大きな違いが生じたためです。残留婦人たちは自由意志残留者、引揚げ帰国は個人的問題で国がかかわる筋合いはないと、支援の手は長く届かず帰国できませんでした。１９９４年にできた中国残留邦人等支援法(5)で、希望すれば永住帰国できるようになりましたが、それまでの彼女たちの苦労は想像を超えるものがあり、この仕訳がその原因であり、二世も高齢になってから帰国するということになり、新たな二世の生活問題(6)を生み出した原因にもなっています。

また、厚労省が発表している残留婦人の帰国者数は国費帰国者のみです。親類や支援団体などの援助、中国で旅費を工面して帰国した多くの自費帰国者がこの人数からは漏れています。この本にも自費帰国した残留婦人のお話が載っています。新支援法ができた後も、支援金を貰《もら》っていない、あるいは、貰えていない帰国者が結構いるので、支援金受給者の数からも正確には把握することができません。

㈵5　中国残留邦人支援法成立には、１９９３年9月5日に発生した「12人の残留婦人の強行帰国」（成田空港籠城）がきっかけになった。それまで身元引受人がいなくては帰国できなかったが、以後、帰国できるようになった。
㈵6　日本語習得上の問題、就労、医療通訳、生活支援の問題等

この本は、戦争に繋がる直接的な思い出が何もない若い人にも読んでいただきたいと思っています。さりとて私も戦争を知らない世代ではありますが、戦争を身近に具体的に感じることのできる最後の世代と言えるかもしれません。母の次兄は、ニューギニアで戦死しました。惣領《そうりょう》の長男は、近衛兵《このえへい》で無事でした。墓地の一番いい場所に近衛兵だったとわかる立派なお墓が建っています。父は出兵間際に、終戦になりました。あと1か月、終戦が長引いていたなら、私はこの世に生を享《う》けることはなかったかも知れません。

私の世代までは、「父親や叔父さんたちが戦争に行った」「母親が風船爆弾を作りに行った」などという話も見聞きしているかも知れません。しかし私の次の世代は、どうでしょうか。アジアの近現代史をきちんと学んでいるのでしょうか。受験戦争を生き残るための、年号や事件・出来事のあらまし、詳細を鵜呑《うの》みにして丸暗記するような勉強に終始しているのではないかと不安になります。

満蒙開拓の実相や、樺太がサハリンとなって、その後そこに住んでいた人々の動向などから、実は現在に繋がる重要な課題が浮かび上がってきます。

満蒙開拓とは何だったのか、敗戦直後の旧満州で何があったのか、なぜ、残留邦人たちは長く帰国できなかったのか。そこには何があったのか。一人ひとりの証言は、出来事としての歴史を語っています。それを引き継いでいかなくてはなりません。ですから、活字の苦手な若い方には、彼らが確かに存在した証《あかし》、YouTubeで残留婦人たちの生の声を聞いていただきたいと思っています。

私は歴史学者のような歴史を描きたいのではありませんが、絶えず満蒙開拓とは何だったのか、先の戦争とは何だったのか、という考えが頭をよぎります。市井の人々にとっての満蒙開拓、先の戦争とは。

歴史を次に継承していくには、歴史学者に任せるのではなく、市民レベルで「何があったのか」を記録し検証していかなくてはなりません。それには、語る人（証言者）と聞く人（私）がいて、それを本で読んでくれる人、インターネットで聞いてくれる人が必要です。
時の権力者と日本の軍部、関東軍とのパワーゲームの様相を描いた満蒙開拓ではなくて、「小さな人」[7]の声を集め、「小さな人」の声を通して満蒙開拓と先の戦争の真実に近付きたいと思います。あの戦争がどういうものだったのか。「小さな人」たちは、どう生きたのか、死んだのか。あの戦争を生き貫いて、今を奇跡的に生きている34人の残留婦人たちの生の声、生き様を後世に伝えるのが、本書のねらいです。

また、この本は、全体で3部作4冊の連作の1冊目です。発刊順は以下のとおり。
第1作『不条理を生き貫いて　34人の中国残留婦人たち』（2019年）
第2作『あの戦争さえなかったら　62人の中国残留孤児たち（上・下）』（2020年）
第3作『WWII　50人の奇跡の命』（2021年）

インタビューを文章化するにあたって

（1）インタビューは質疑応答で成り立っていますが、この本では、主人公は証言者であり、インタビュアーは補助的役割を果たしたにすぎません。ですので、主人公の語りをそのまま一人語りのように文章化しました。
（2）インタビューでは、極限状態におかれていた時のつらい経験なども伺いました。すでにほとんどの方が80代、90代になられ、思い出したくないような記憶を、正確に思い出すことは不可能に近いことです。時間の経過、

(注)7　尊敬する恩師、森弘之氏は『インドネシアの社会と革命』（森弘之先生論文集刊行会）の中で、「小さな人または民」からの発想で歴史を学ぶ意義を説かれている。『小さな民からの発想』１９８２年村井吉敬著参照

年月日、地名、出来事、その他で整合性がとれない箇所や不明瞭な点等もあり、後日、本人及び支援者に確認をしました。すでに鬼籍に入られ確認のできない方も多くいらっしゃいます。確認の取れないものは、総合的な判断のもとに、話の辻褄《つじつま》を突き合わせながらつなぎ合わせるということも致しました。動画ビデオは公開されておりますので、不明な点はホームページで直接確認していただきたいと存じます。

ビデオ証言との齟齬《そご》のある訂正箇所、及び新たに得られた情報で補った箇所については、証言の信頼性を担保するため、脚注で、《後日補稿》としました。

（3）数字表記は漢数字よりもアラビア数字の方が、視覚的に一瞬で理解しやすいため、縦書きにもかかわらず、敢えて主にアラビア数字を使用しました。

（4）語り手の「語り」を生かすため、方言もほとんどそのままで記述致しました。しかし、話が前後したり、接続詞の多用、同じ話が繰り返されたりした場合などは、読者のわかりやすさを最優先し、本来の語りが損なわれることのないように修正しました。また、話が行きつ戻りつした時は、時系列に沿って記述し直した場合も多々あります。

（5）「満人」「鮮人」「志那人」「ロスケ」「満妻《まんさい》」「満妾《まんしょう》」「キチガイ」「チャンコロ」などの問題のある言葉、不穏当な言葉が、インタビューの中に出てきます。証言者にとっては使い慣れた言葉でもありますので、時代背景を考えて、語り口をそのまま使用させていただきました。差別的意図は証言者にも筆者にもありません。

（6）初出の満州の地名には漢字と読み（カタカナ）並記を原則としました。例：大古洞《タイコドウ》。しかし、どうしても不明のものは、カタカナ表記（語り手の発音のまま）としました。

（7）「ソ連」と「ロシア」、「朝鮮」と「韓国」などは、なるべく証言者の言葉通りに、記していますが、明らかにソ連が適当と思われるところは、ソ連にしました。

目次

第Ⅰ部　満蒙開拓団

中川村開拓団の朝礼風景

ここに、『北満農民救済記録』という本があります。この本は、終戦直後、ハルピン日本人居留民会の農民部長　大塚譲三郎の命で、住田勝彦ら数人が開拓団から報告書を集めて７冊のノートに記載したもので、46年春、大塚が満州を脱出し北朝鮮で、誰かに託したもののようです。当時の満州には、開拓団、義勇隊、訓練所など９００団余りが存在していましたが、残念ながらすべてではなくて、その中の１０９団の様子が書かれていたということですが、１冊は紛失しています。終戦直後の開拓団の人々の様子が痛いほど生々しく、よくわかる本です。初めてこの本を手にし、ため息とともにぱらぱらとめくっていたら、宮崎由雄《みやざきよしお》の名前でページが止まりました。１９９５年ごろ、私は確かにこの方と会っている。所沢にあった中国帰国者定着促進センターの安場淳先生と元大阪大学山田泉先生、ＮＰＯ中国帰国者の会の長野浩久氏と４人で荒川村（現秩父市）にお話を聞きに伺い、彼の書いた『落葉帰根』という本をいただいてきたことを思い出しました。彼はこの『北満農民救済記録』の中で、中川村開拓団の報告者でした。

満蒙開拓団の経験者の手記は実にたくさんあります。私はなぜかそれらを読むのが好きでした。娘を妊娠中、胎教に良くないからやめようと思っても、なぜか次に手にする本も同じような本でした。中国の地名の漢字が何となく思い当たるのは、この頃の読書のおかげかも知れません。しかし、その頃読んだ本で題名は覚えているけれど、手に入らなくなってしまった本もたくさんあります。ネットで調べても国会図書館にもない。その痕跡すら消えてしまった本もあります。

『北満農民救済記録』は、元都立高校教諭塚原常次氏と作家合田一道氏の思いが重なり、歴史から消えてしまうことからかろうじて免れました。この本は活字化されていませんが、手書きの手記がそのまま印刷されており、不鮮明な箇所も散見され読み取れないところもあります。開拓団ごとに、終戦の８月15日を基準に書いてあるものもあれば翌年の４月を現在として書いてあるものもあります。書式が決まっていたわけではないようで、記述の仕方にも違いがあります。判読できない文字も多数あります。しかし、簡潔な手記と開拓団の当時の現況を数字で示す貴重な記録です。終戦直後の開拓団の様子、特に残留婦人たち（8月9日13歳以上）の姿が、「犠牲」「満妻」「満妾」「華妻」「華妾」「現地人妻」「鮮人妻」「現地頽」「現地人頽」「現土人頽」「住込み」などの数字から圧倒的な力で迫ってきます。

各証言の背景を理解するために、各開拓団の概況、終戦直後の動向などを、開拓団ごとにまとめ、証言のあとに記しました。開拓団の終戦直後の様子は、この『北満農民救済記録』を中心に、概況は、『長野県満州開拓史』『満州開拓史』『石川県満州開拓史』『広島県満州開拓史』『高知県満州開拓史』等を参考に記述しました。なお、すべての県で『満州開拓史』を発行しているわけではありません。

『北満農民救済記録』がほかの本と大きく異なる点は、他の開拓史が日本に帰国後、聞き取り調査をして数年の年月をかけて著したのに対して、この本は、帰国前に現地で終戦後1年以内に、各団の指導的立場にいたものが記したということですので、臨場感があります。各開拓史は引き揚げ後、関係者数人から数十人に聞いて時間をかけてまとめ、当時の入手できる資料にも当たっていますので、客観性、信頼性が期待できます。しかし、日中国交回復後、ぞくぞくと残留婦人・残留孤児たちが帰って来てわかったことですが、それぞれの『開拓史』には「死亡」と記され、故郷の碑には犠牲者名として刻まれているにもかかわらず、生存していたというケースがたくさんありました。ですから、ある程度の齟齬《そご》があることを念頭に入れてこれらの数字に当たるしかありません。

参考文献に①②③④⑤⑥と省略して記す場合があります。

①『北満農民救済記録』２０１４年9月発行　各開拓団の幹部著

②『長野県満州開拓史　各団編・名簿編・総編』１９８４（昭和59）年発行

長野県開拓自興会満洲開拓史刊行会

③『満洲開拓史』１９６６（昭和41）年発行　満州開拓史刊行会編集刊行

④『広島県満州開拓史』広島県民の中国東北地区開拓史編纂委員会編者発行　平成元年10月30日

⑤『石川県満蒙開拓史』石川県満蒙開拓者慰霊奉賛会　１９８２年９月発行

⑥『高知県満州開拓史』高知県満州開拓史刊行会　１９７０（昭和45）年６月20日発行

①②④⑤⑥は、開拓団ごとに書かれているので見つけやすいのですが、③は開拓団ごとの記述はなく、ページをめくりながら探すしかありませんでした。これらの本は、各県の図書館にあるわけではないので、利用図書館にリクエストして取り寄せてもらうことになります。図書館で月ごとに使える送料の限度額が決められているので、リクエスト後、忘れたころに利用図書館に届くということもしばしばです。しかも貸し出しはできず、図書館での閲覧に限定されます。なかなか一般の人々の目に触れることがありませんので、これらの本から背景を探り記しました。

大八浪《ターバラン》泰阜村《やすおかむら》開拓団

写真提供　高島金太郎氏

第1章　中島多鶴《なかじまたづる》さん（長野県）

「国交回復した時に、国が帰国を進めてくれなかったの。それが一番残念ですよ」

「残留婦人の母」中島多鶴さんについて

最初に「残留婦人の母」と言われた中島多鶴さんを取り上げました。彼女は残留婦人ではなく早期帰国者ですが、多くの残留婦人に帰国への道しるべを付けてくれました。NHKの『忘れられた女たち』やその他のテレビ出演などを通して、中国残留婦人の存在、その支援の遅れなどを世間一般に知らしめ問うてきました。泰阜村の保健婦として働きながら、帰国支援だけでなく帰国後の生活支援などにも携わってきました。終戦翌年の葫蘆島《コロトウ》で、看護婦だったため、最初の引揚船で、戦火や飢え、伝染病などで親を失った孤児400人を引率して帰国するという任を与えられて、泰阜村帰国第1号でした。その機会がなかったら、自分も残留婦人となっていたかも知れないと話されていました。山本慈昭《やまもとじしょう》さんと共に「手をつなぐ会」での帰国援護活動に中心的に参加し、多くの残留婦人の帰国を実現させせました。彼女の話から、そのおおまかな経緯が明らかになると思います。山本慈昭さんが「残留孤児の父」と言われていたのに対して、彼女は「残留婦人の母」と言われました。

また、もう一つの理由は、彼女の前向きな語りの中に、残留婦人たちの哀しみや苦しみなどすべてが凝縮されて、ベールを透かして見えるように感じられるからなのです。彼女の語りは、ホームページ、「周辺の証言(1)「支援者　中島多鶴さん」で、いつでも聞くことができます。ここに書いたことは、話が前後したところは時系列に並べ替えたりはしましたが、すべて彼女の口から出た言葉であることは、世界中のどなたにでも、検証していただくことができます。

敢えてここで注意を向けていただきたいと思うのは、これまで多鶴さんご自身が語り部として語ってこなかったことを、語っていることです。彼女の語りを可能にしたものが何なのか。長い時間の経過によって、真実を語っても許容されると感じたのでしょうか。あるいは不用意に意図せず漏れた言葉だったのでしょうか。

インタビューの中で、「私は2歳の妹を松花江に流した」という発言がある一方で、「方正の収容所で11月に亡くなった」という証言もしています。後者はこれまで語られてきたことです。

帰国直後に行われた村長さんや村人への報告会の時に、次のように話しています。「私はね、言って良い事と悪い事とあるけれど、こういう事は言わん方がいいなっていう事は言わなんだの。ていうのは、『川へ子どもを捨てた』とか『中国の人の妻になった』とか。それはまだ、その当時ではね、今はいいけれど、法律上できんから。『中国の人の家へ行った』と言えば、『行って、何してる？』って、こう聞かれても、『私は見て来ないから、分かりません』って言って。そういう事言ってね。そう言わんと、残留婦人に後から、もし、判《わか》ればかわいそうだと思ってね」と、同じ開拓団の皆さんへの配慮と思われる発言がありました。しかし、多鶴さんご自身も言われたように、当時と現在では大きく異なった点があります。特に長野県では満蒙開拓を歴史的に検証し、聞き書きや語り部活動などを積極的に推進してきた経緯があります。当時の極限状況も一般の人たちに理解されるようになってきました。そして彼女は満蒙開拓平和祈念館の中心的な語り部でもありました。多鶴さんと親しい方に聞いても、「多鶴さんが妹を川に流したなんて、聞いたことがない」と言います。このインタビューの１年後に、帰らぬ人となりました。本人に確認することはできません。しかし、２歳の妹さんは一人しかいません。ビデオで彼女の語りを直接聞いていただいて、２歳の妹さんはどこで亡くなったのかの判断は、読者に委ねたいと思います。

同じ開拓団の池田純さんは、『ＷＷII　50人の奇跡の命』（２０２１年刊）の中で次のように話しています。

「中島多鶴さんは、泰阜村じゃ一番先に帰って来とるでね、１人だけ。開拓団では村の診療所の看護婦やっとったんだけど。帰って来てからも残留孤児や婦人たちの支援をしながら、ずっと看護婦をやってた。でも、あの人も、開拓団の後の人たちがどうなっているのか知らなんだと思うんだ。日本へ帰って来て、いろいろな情報聞いてね、それから、いろいろなことがわかったと思うんだ。その中島多鶴さんの妹の美鶴《みつる》さんは、私と同級で、満州とか、終戦まで一緒だった。あの人は、お母さんや妹と、収容所から元いた開拓団へ戻ってね、その美鶴（終戦時15歳）さんは、結局、母親たちを助ける為に、まだ十代で、中国人と一緒になってが、何年も経たんうち、大八浪《ターバラン》で死んどる」

　多鶴さんの妹美鶴さんもまた、同じ開拓団の仲間が証言するように、「死か満妻か」の二択しかなかった状況下で、母親や妹を助けるために現地人の妻になったけれど、多鶴さん自身がそれを知ったのは、母親が帰国してからでした。

『長野県満州開拓史　名簿編』（３３２頁）によると、美鶴さんは１９３０（昭和5）年、6月9日生まれ。終戦時15歳。１９４６（昭和21）年3月31日、16歳を待たずに亡くなっています。多鶴さんには美鶴さんのほかに4人の妹がいました。1人の妹さんとお母さんは、１９５３（昭和28）年7月8日、引き揚げました。

　今回のインタビューでも、お母さんと開拓団に戻る時までで、それ以上は美鶴さんに触れることはありませんでした。多鶴さんご自身の深いトラウマになって、多鶴さんを苦しめていたのかも知れません。中国の家庭に入って命を繋ぐことができた残留婦人たちの多くは、後期引き揚げ時に帰国を果たすことができたのです。

　当時はそのことには触れないという事が暗黙の了解(8)だったようです。多くの関係者の間で周知の事実だとしても、公に語られることはあまりなかったようです。

　しかし、時が流れ多くの方が鬼籍に入られる中、当時のことを包み隠さずありのままに後世に語り伝えようという機運が高まってきました。タブー視してこれまでのように隠すのではなく、隠された歴史を明らかにしようという試みです。長野県の阿智村《あちむら》に満蒙開拓平和記念館ができました。加害の歴史も被害の歴史も残そうという

(注)8　「満州の事は忘れた」が、当時の引揚者の一致した思いでした。

動きが起こりました。また、テレビ番組でも、福岡放送局が二日市保養所で引き上げ直後の妊婦に対して、国が当時の法律を犯して人工妊娠中絶を行っていたことが紹介されました。私も取材協力しました。また、ＥＴＶ特集『告白―満蒙開拓団の女たち』では、ソ連兵に性接待をした当人が出演するという事がありました。幾多の痛みを乗り越えて、「今、話しておかなくては」と思うようになったようです。その心境に至るまでの、ご本人はもちろんのこと、ご家族の葛藤は計り知れません。

多鶴さんも何かを予見し、「今、話しておかなくては」と、話してくださったのかも知れません。

証言者プロフィール

１９２５（大正14）年　長野県下伊那郡泰阜村《やすおかむら》に生まれる
１９４０（昭和15）年　３月　15歳で渡満大八浪《ターバラン》泰阜村開拓団
１９４１（昭和16）年　満蒙開拓青少年義勇隊哈爾濱《ハルピン》中央医院、看護婦養成所に入所
１９４３（昭和18）年　８月、開拓団診療所で看護婦として働く
１９４５（昭和20）年　20歳　終戦 父親は８月10日に召集　母と妹たちと逃避行の末、別れ別れに
１９４６（昭和21）年　８月16日　21歳、孤児４００人に付き添って帰国。その後、28年に母が帰国29年から51年まで地元で保健師として働く傍ら、残留婦人の帰国支援に尽力す
２０１４（平成26）年　11月７日　逝去

インタビュー　２０１３年11月６日　88歳　場所　証言者のご自宅
ウェブサイト　「アーカイブス　中国残留孤児・残留婦人の証言」周辺の証言　中島多鶴さん

https://kikokusya.wixsite.com/kikokusya/nakajima-tazuru-c1svq

証言

【満洲へ】

昭和15年に、父と母と姉妹5人と、家族7人で満洲に行ったんですよ。その時は15歳です。高等科2年卒業してすぐ、3月行きました。父が村の役員をしてて、満州行って視察して帰って来て、「満州はいい所だ」って、皆さんに薦めて歩いたんです。ほいでね、阿南町の富草村、天龍村が受け持ちで、夜など遅くまで歩いてまわったんですよ。皆さんを説得して「満州はいい所だからに行きましょう」っていうような。それっていうのは、村の中で「分村」を作るということで、計画したのが昭和13年。そいで、議会で決められてね。「泰阜村分村」にするには、1000人にならないといけないから、他町村の人たちも募集してね。そして、1000人近い人ができたので、それから満州に行くことになったんです。

【満州で】

そして、団長さんには、倉沢大発智さんという方がなって行かれたんですけどね。私たちは、本隊の一番先の入植でしたからね。昭和15年の3月に向こうへ着きましてね。それこそ、大きな船に乗って行ったんです。新潟からね。それから朝鮮へ入って、3日か4日くらいかかったね。満州入りをしたのがね、3月の終わり、25~26日頃だった。着いた時、満州はまだ少し寒くてね。雪はなかったけれど、風が冷たかったですね。満州は冬は寒いってことは聞いておったけれども、とてもとても、日本から着ていった着物や服では、もういられなくって。そいで現地へ着いたら、まだ住宅ができてなかったんです。それでね、中国の人の家を空けてもらって。そして中国の人はどこか移動して、親戚とか友達のとことか行って。1年間、住宅が出来るまで。中国の人を、早く言えば、家を追い出したちゅうわけだね。そいで、1年経ったら、住宅が出来たの。そしたら、中国の人が帰って来ました。「どこ行っとったの?」って聞いたら、「友達や親戚におった」って。「お世話になった」って。そして、ぞろぞろ帰って来る時も、子どもや荷物を少しばかり持って帰って来ましたよ。ほん時に私、「かわいそうだな」と思ったの。ね、何でも日本人の言うことを聞いてくれて、と思いましたね。だけどね、団長さんという方は温厚な方で、原住民とね、「仲良くしてくれ」と。もし、何か起こると困ると思ったんでしょうね。だから、「叩いたりとか、仕事に使ってもね、ひどいことはしないように。仲良くしてください」ちゅうことを言ったの。だから、終戦直後、そんなにひどいことする中国人はなかったと思いますよ。暴動は起きなかった。

【満蒙開拓青少年義勇隊哈爾浜中央医院看護婦養成所】

満州に行って、哈爾浜の「満蒙開拓青少年義勇隊哈爾浜中央医院」の看護婦さんの養成所に入ったんですよね。昭和16年にね。この養成所に2年間通って、看護婦さんの資格を取って、そして、昭和18年の8月に、開拓団の診療所で看護婦として働いていたんです。その時に終戦になったの。

【終戦直後】

団長さんが現地の人と仲良くするように言っとったから、暴動は起きんかった。その事が一番大事な事だったと思います。それどこじゃない、中国の人がね、苦力《クーリー》が2人おったんですけど。家へ来てね、「どこ行くんだ?行く先がわからないのに、ここおればいい」って言うんですよ。そいでね、「ここにおると、もう、ソ連軍が入って来て、殺されちゃうかもしらん。命令のとおりに駅に行くんだ」って言ったら、「行くとこなかったら、また戻っといな」って言ったの。その時には母がおって。父は、もう8月10日に召集で行っちゃっていなかったんです。17歳から45歳までの男の人は召集で行って、もう誰もいなかったんですよ。残っているのは、みんな子ども、年寄り、女ばっかり。それで、困ったんですよ。

ソ連は国境近いからね、9日の昼頃飛行機が舞っていて、ビラを撒《ま》いてきたの。「日本負けた」ってビラを私、見たの。カタカナで書いてあった。そしてそのうちに、ソ連の戦車が入って来たの。8月9日に。父が行く時にこう言った。「みんな、団結をして、命令に従うようにな」って。そして、父が中国の人に豚を2頭買ってもらったの。そいで100円のお金を母に渡したの。そのお金があったから良かったんですけどね。それで、「みんな気を付けて。これはどういうことになるかわからないぞ」って、こう言ったわね。

そいで、閻家《エンジャ》駅に集結したの。駅まで、中国の苦力《クーリー》たちが馬車を仕立ててくれて、それに乗って駅へ行ったら、もう、近村の開拓団3か団が一緒になってんの。黒山のように駅にいるんですよ。「えらいことだなこれは、日本は戦争に負けたんじゃないか」と、みんなそう言いました。10日分の食料を持って、閻家という駅に集まったんですよ。そしたらね、「引揚列車が来れば、乗ればいい」と私たちは思っていたの。だけど中川村開拓団って、隣の埼玉の開拓団の堀内ちゅう団長が、「その列車に乗ったら、ソ連に連れて行かれるかもしれないで、乗ったらあかん」て言ったの。その一言で誰も乗らなんだの。それが、最後の列車。空で行っちゃったの。命令に従わにゃならんのでね。ここで運命が決まっちゃったんですよ。

それで埼玉の人たちも、こないだ満蒙開拓平和記念館に来て怒ってたけどね。「そりゃ、堀内のあの言葉が、間違った。幹部が間違った」っていうことを言っとった。今でも恨んでいるようですよ。そいで、私たちは仕方ないからね、馬車の上で夜を明かしてね。それが8月の12日。父たちが行ってから、間もなくだったからね。その時は、2歳と9歳と17歳の妹とお母さんと5人だった。

【8月15日、閻家《エンジャ》出発】

5人で結局は、逃避行が始まったの。警察署長が先頭で、男の人たち、残った人たちは幹部が何人かおってね。あとは15歳くらいの子どもでしょ。そいで逃避行ということになったの。１５００人ぐらいが、ぞろぞろ歩いて1列に。向こう見えんほど。そして途中で、読書《よみかき》村開拓団があったの。そこん所行ったら、道路に子どもがいっぱい、血みどろになって死んでるんです。子ども負ぶったり連れたり、荷物を持ったりして歩くったってね、ほんとに容易なことじゃないんですよ。子どもも。

川があって、その途中に、行く先々に湿地帯なんですよ。膝まで浸かるようなぬかるみ。そして、川があったんですよ。牡丹江《ボタンコウ》より小さい川。そういう川を渡らないと向こうに移れないの。そいで向こうは湿地帯。田んぼより深い。そういう所も通って行くんです。そして、1週間歩いたんですよ。

【太平鎮で襲撃に遭う】

そしたら、今度は太平鎮《タイヘイチン》というところに1週間目に着いたの。そこで、お腹が空いて身体も疲れたから、「どうか、休ませてください。お腹が空いたから、何か食べさせてほしい」って言ったら、トウモロコシのお粥《かゆ》を持って来てくれたの。だけど、大勢すぎてね。少しずつ、ま、それでも、缶詰の小さい缶に半分くらいずつ頂いたんですよ。中国の人が親切に持って来てくれたの。それから、まだ、後ろから、どんどこどんどこ、続いて来るんですよ。そいで、歩けない人は遅れてくるしね、そいで、そこで眠っちゃったの。そしたら満人たちが来て、「こんなとこで眠ってると、すぐそこへ匪賊《ひぞく》が来てるから殺されちゃうで、逃げろ」って言うんです。「早く逃げなさい」って、教えてくれたの。それが本当にそうだったのか、そこらはわからない。匪賊とツウツウしてたんじゃないかと思うんだけど。

今度は国道があったの。低い所があるんですよ。一番先頭に行ったのは校長先生。もう、真っ先撃たれちゃったの。血みどろになって、そこで即死。そいで、「天皇陛下万歳！　天皇陛下万歳！」って叫んでるの、撃たれた時に。先頭に立って、馬に乗っとったもんで、それで撃たれちゃたの。

それからまた、少し経ったらね。今度は、両側コーリャン畑、こっちもコーリャン畑。真ん中に国道があって、こういうふうに低い所も両側にあるの。国道行った人は、コーリャン畑から筒が向いてるの。バンバンバンバン撃ってくるの。大襲撃。そいでね、どうしようもないでしょう。危なくて動けないの。「逃げろ、逃げろ」って言ったって、こんな道路行けば撃たれちゃうでしょ。ほいでもう道路行った人は、みんな撃たれちゃったですよ。

私は低いとこに伏せて、側溝みたいな所に。「伏せて歩け」ってみんなが言うの。ほいたら子どもたちを連れとるもんで、そんなわけにもいかん人もおったけれど。とにかくね、大襲撃に遭って、あそこで、２６０何人、撃たれて亡くなったの。太平鎮で。一生懸命みんな逃げたんですけれど。私は足が速いもんで、団長さんが先頭だったから、団長さんの姿が見えんようにならんうちに団長さんの後を付いて行った。私は20歳だから、まだまだ元気で足が速かったもんだでね。そのうち日が暮れちゃって。道路の所で横になったら、もう眠っちゃったの。まっ暗くなっちゃったら、もう、弾が来なくなった。

そして翌朝、目が覚めて見たらみんな、周囲に子どもが血みどろになって死んでるの。子どもはみんな撃たれたんだね。知らないもんで、道を歩いて来たんじゃないですか。そしてね、年寄りも。もう、湿地の中に、いっぱい死体が浮いてるの。３人の妹とお母さんとはぐれちゃったの。そこで、私が必死で逃げたもんでね。気がついたらいないじゃないの。「こりゃ、大変だ」と思って、捜したの。どんどこどんどこ戻って行ったの。相当歩いたね。1時間ぐらい歩いて、戻ってったらね。母と妹、2歳と9歳と17歳と、母が、４人がね、低い所でね、母がこうやってね｛覆《おお》い被《かぶ》さるような仕草《しぐさ》をする｝匿《かくま》ってた。
そうやって、生きとった。ほいから腰の手ぬぐいを破って、ここ（＝手首）縛って、そして私が引っ張って、「今度は、はぐれないように、私の方来るんだよ」って言ってね。ほで、2歳の妹は、母と交代で負ぶったんだけどもね。それでもまだその時は、元気だったけれども。翌朝はどんどこどんどこ国道歩いて行ったの。もう、相当の人がおりましたけどね。そして、向こうからね、日本の兵隊が来るんですよ。太平鎮《タイヘイチン》のオオカチンを過ぎて、ランザンシあたりでね。日本の兵隊が２００人ばかり来たの。8月21日。ほいで、「依蘭《イラン》へ行く」って言ったら、「依蘭は行けないぞ」って兵隊が言ったの。団長さんと話をして、「どうか助けてもらいたい」って言ったの。兵隊さんは、「俺たちは、南方へ戦争に行くんだ」って。終戦を知らないで。私たちも終戦をまだ知らないの。そんで依蘭に行かなかったの。
こんだ道を下の方へ行くの。三道崗《サンドウコウ》へ向かってどんどこどんどこ歩いて行って、22～23日頃、その辺でやられたの。撃ってきたの。それから、三道崗通って、小城市《ショウジョウシ》っていうところに行った。小城市あたりまで来た人は、半分ぐらいになっていたかな。そこでも、ちょっとやられて（襲撃されて）。そいから、まあ、子ども負ぶったりして、やっと牡丹江河《ボタンコウガワ》。松花江《ショウカコウ》の支流ですよ。大きな河ですよ。私、3年前に行って見てきた。ＮＨＫと一緒にね。そしたらこれが、小さい川だと思っていたら、大きな河で、絶対に渡れない。

【小城市で妹を河に流す】

8月25日。小城市。そこでね、子ども流したんですよ。もう歩けない子どもをこの牡丹江河に流したの。私も何人か流れて行くのを見ましたに。ほいでね、私は2歳の妹を負ぶって、連れて歩いていたんですけど、小城市でね、ここの河に流したの。牡丹江河でね。

それからね、兵隊が、「この河を渡らなければ向こう側へ移れん」って言うの。兵隊が200人もおったもんで、工兵だって、道具は持ってるの。馬も連れてるの。それでね、山から木を切ってきて、筏《いかだ》を組んだの。30人くらいずつね、この河を渡してくれたの。私は先頭の方だったから、早く乗せてもらって、なんとかこの河を渡ったの。渡ったら今度は兵隊が先頭で、老爺嶺《ロウヤレイ》山脈という原始林の中に入ったの。それはもう大変で。小城市側の山脈の入り口から山脈を越えたところまで、三日三晩かかったの。原始林の山脈に入ったばかりのところで、子ども連れや年寄りが歩けないし。そしたら、兵隊が言うの。「ここに20人くらいずつ子どもを置いてけ」って。「俺たちが処分するで」って。日本の兵隊が。そいで、弱い子どもがおってな。その人は(9)な、こっち（右手側）にヤエコ、こっち（左手側）にミノルを、こうやって｛証言者、目を閉じて、両手にそれぞれの子どもを抱く格好をする｝こうやって、殺してくれるのを待っていたの。20人くらい輪になって。それで、手榴弾《しゅりゅうだん》を投げてくれたんだけど、だけど、なかなか大人には当たらなんだ。そいでね、子どもに何人か当たってね、はらわた飛び出てたって、腸がね。そしたら、その人の手記があるけれどね、「おかあちゃん」って二言呼んだって。そいでね、手榴弾が当たらんもんで、軍刀を抜いて、胸へ刺したんだって。ミノルって言うんだに、それが。そいで、ヤエコはヤエコで、そこへ置いて来たって。そやけど、ほかの人たちは、女の人たちがどこの人かわからん、よその開拓団の人も娘さんたちも、みんな腸が飛び出てたって言ったわ。殺してもらったの。そこでね。そいで、「あんたは元気だから早く逃げなさい」って言ったのが、8人おったって。あのお母さんたちの中に。小城市から三日三晩、原始林のある山、老爺嶺山脈。ここはもう獣がおるし、「気をつけなさい」って兵隊が言ったんだ。だけど獣はいなかったけどね。兵隊が馬を2頭持っててね、それを殺して少しずつ肉を食べたの。それだもんで

(注)9　佐藤治さんのお子さんもヤエコとミノルだった。

ね、食べるものがなかったんだよ、ここの三日三晩は。兵隊が２００人もおるもんで肉はなくて腸があったの。オタグリ（馬の腸の煮込み料理の材料）ちゅうやつが。川で洗ってね。缶詰の缶で煮て、「食べよう」って言ってくれた。そいで、私たちは、それをもらって来て、火を焚いて、みんなでそこにいる人たちとそれを頂いた時は、もう、美味しくて、美味しくて。もうここは8月25日だもんでね。何もろくに食べてないもんで。水はなんとかあったけどね、人が歩いた後の、足跡の水を掬《すく》って飲んだの。足跡に水が溜まってて。ぐちゃぐちゃした道だった。山の中でも水がいっぱいあったの。それで生きれたんですよ。妹が、「お水、お水」って泣くもんで、それを掬《すく》っては、飲ませてきたんです。子どもたちがかわいそうでね。おっきな子どもはいいけれど、「お母ちゃん、お母ちゃん、お腹が空いた。ご飯ないの?」って言うし。その時にね、聞いてて可愛そうだと思った。「味噌汁かけたご飯が欲しいなあ」って言うんだよ。だからね、「少し我慢すれば、ここを越えれば、向こうにトウモロコシ畑がある」って、兵隊さんが言ったから、「それまで、我慢して行くんだよ」って。そうして子どもたちに言い聞かせてね。そうして、ここの三日三晩を越えたの。

したら大寻密《タルミ》ってとこ、出たの。そいでそこで、兵隊と別れたの。「俺たちは戦争に行く」って言って。ほで、団長さんに道を教えてくれたの。「もう、あと1週間ぐらい歩けば、方正《ホウマサ》(10)ってとこがあって、そこには、日本の兵隊はいないが、ソ連の兵隊がいるかもしれない」。そう言ってくれて。そいで、そのとおり、もう、1週間か10日ぐらい歩いたね。そしたら、方正に着いたの。

【方正の収容所】

㈨10　東安省宝清県宝清鎮の読みがホウセイなので、間違えないように便宜上ホウマサと呼ぶようになった。

方正の収容所には9月4日に着いたの。そしたら、団長さんがね、「皆さん、元気な人は、一日も早く日本に帰ってください」って言った。「俺はどうなるかわからん」って。もう、ソ連の兵隊が先に着いてるの。日本の兵隊は一人もいないの。そいでね、時計とか指輪とか、この歯でも抜いて「出せ」ちゅうの。金歯とか指輪とか万年筆とかを。兵隊の言う通りにしないと、ピストル持ってるしね。怖かったですよ。そいで、まだ、終戦知らない。ソ連の兵隊が何か団長に言ってるの。だけど、日本語ではないもんで、わからんら。そしたらね、団長さんが言った言葉がね。どうも「日本は戦争に負けたらしい」って、みんなに言ったの。

【終戦を知る】

みんな力落としちゃってね。もう、本当に泣きましたよ。初めて終戦を知った。9月4日になって。ソ連の兵隊が「日本は負けた」って。それを聞いたから、もう力が落ちちゃった。みんなね、地に伏せて泣いた人もおるし、これから先はどうしたらいいか。もう涼しいでしょう。

【開拓団解散宣言】

これから冬を越さんならん。ほで、団長さんが、「ここに沖縄の開拓団の逃げた空き家がいく軒もあるし、学校もあるし、体育館もある。沖縄の開拓団が逃げたその家をな、収容所として、分散してくれ」と。そいで「これから先は自由行動にしてくれ」って言ったの。ソ連に連れて行かれるちゅうことがわかっとったんだね。

そいから3日経ったらもう、団長の姿が見えなんだ。ソ連に連れて行かれたんだね。私たちは親戚とか兄弟とか、そういう人たちが固まって、20人ぐらいずつ、この1軒の家に泊まることになったの。そうね、6畳と4畳、6畳と8畳くらいだから、広いことは広かった。それって、元開拓団の跡の民家だった。それでな、敷物も無いし着る物も無いし、どうしたらいいか。みんなで団結してね。お金を出し合って、幾らかずつでも。そしてお金持っていない人が多かったから、何も買えない。それから食べるものも困るから。そしたらね、そこに日本兵が前おって、日本兵が毛布を投げて（捨てて）ったの。それを拾いに行って来たの。ほで、１人で半分ずつ切ってね、それを着て寝たの。寒くなってきたから。そこにいた日本兵は関東軍じゃない。ソ連に連れて行かれちゃって、１人もいないの。そいで鉄兜《てつかぶと》をね、それもいっぱい投げといて。それでその穴を塞《ふさ》いで鍋にしたの。一升瓶を拾って来たりしてね。畑の中に落ち穂があれば、落ち穂を拾って来たりしてね。大豆とかそういうのが落ちとりゃ、みんな拾いに行ったの。でも、畑行ったって、もう収穫した後だもんで。

そこに、中国の人が売りに来るの。お金がなけにゃ、買えないじゃないですか。みんなでね、分けて食べましたよ。そうやって３月の終わりになるまでは、ここにいなきゃしょうないちゅうことになって。３月の終わりまで、満州の寒さはものすごい。もう、本当、ビュウビュウ風が吹いてきたら、氷点下30度も、40度もなるの。冬を越すのが大変だった。それでみんなで相談して、これじゃとても持たない。そのうちに栄養失調で亡くなる人が出てきちゃって。毎日亡くなっていくじゃないですか。

【妹の死】

ほで、妹1人亡くなったの。一番小さい2歳の子が、11月亡くなってね。かわいそうだったけどね。その子を畑に置いてくるんだに。広い畑の真ん中へ。そうするとね、次の人が亡くなると、その上に積む。こんなに山になっちゃって。3月いっぱいで、すごい死体の山。４０００人亡くなったの。方正の収容所で。今、慰霊碑が立っとるけどね。

そしてね、地下へ穴を掘ってもらったの。お金出し合って。そうしないと寒くて。夏、家を出たばっかでしょう。中国の方《かた》にお金を出して大きな穴を掘ってもらって。穴の方が暖かいから。幾つも、幾つも掘ってくれた。そだけど、3人くらいしか入れんの。だもんで、たくさん掘らなきゃならない。あれ、お金どのくらい出したかしらんけどね。ま、出し合ってね。穴ん中入っとれば寒くないの。そだけど、窒息すると困るから。上はちょっと開けて。まあね、そういう生活を3月の終わりまでしました。

【大八浪開拓団に戻る人、戻らない人】

私はね、まだ、若いもんでね、みんなの面倒をみたの。そいで亡くなれば、その人を連れて畑へ置いてこなきゃならんし。もう、それは切なかったですよ。ほんで、母はそれを見てたもんで、妹は亡くなったし。母は、「オレたちはな、開拓団に戻って行く」って言うの。「そんなに怖い目に遭ったに、殺されちゃう」って私が反対したんな。そしたら、「ここにおれば、このように、毎日亡くなって行くで。オレたちは開拓団へ戻ってけば、中国の人が『行くな』って言ってくれたし。行けば知ってる人がいるから行く」って。2人妹を連れてね。36人の集団を作って、松花江の氷の上を歩いて行ったの。佳木斯《ジャムス》まで。氷の上を歩いて行けば、1週間で行けるって。そいで、今度ね、鉄道に乗って、閻家まで、2時間半くらいで着いちゃうでね。開拓団に戻って行くゆう話になったの。

私は年寄りや病人を抱えとるもんで、ほんとにね、動けなくなっちゃったの。ほいで、親戚の叔父、叔母がな、子どものいない叔父、叔母もおってね。「多鶴や、行かないでくれ。頼むで」って。そう言ってね、押さえられちゃったの。それで行きたかったけど、「後でも行けるから」って、みんなが言うの。残った人が12人ばかりいたの。足が丈夫でないと歩けないじゃないですか。そいで、母は、2歳の妹が亡くなったしな、9歳と17歳の妹は歩くでね。父が兵隊に行く時に、100円のお金をね、豚を2頭売って、母に渡したの。だから、100円は持ってて、私に10円くれたの。別れる時。だから90円は持ってたの。途中でなんか買って食べるって、行ったんですよ。この河の氷の上を渡って。そいで1週間で着いたって。それがわかったのはね、もうずっと後。そだけど、母たちは消息が絶たれちゃって。もう、どうしようもなかった。わからなんだ。心配で心配で。

そしたらね、今度は昭和28年まで残っちゃったの。集団帰国がないら。早期の集団帰国が終わっちゃった後だったから、後期の集団引き揚げまで。開拓団へ戻ってたからよかったの。それで、死なないで済んだの。方正にいれば、亡くなっちゃってた。もう、みんな亡くなっちゃったか、嫁に行ったか。

【哈爾浜《ハルビン》で】

哈爾浜には12人が着いたの。学校の先生の奥さんたちとか、方正の生き残りの12人が10日間かかって、哈爾浜に着いて、そして、花園小学校（避難民収容所）に入ったの。そうしたら、そこはね、疫病の巣だったの。そいでみんな亡くなっちゃったの。疫病にかかって。私と神主さんの奥さんと2人だけ生き残った。10人死んじゃったの。それで、「情けない、もうちょっと頑張ればよかった」と思った。そう思ったけど、叔父も叔母も亡くなっちゃうし。でね、私と2人生き残ったから、「今度は私の番だ」と思ったら、ほんとに40度の熱が出たの。もう諦めてた。「ここまで来たで、仕方がないわ」と思ったが、「日本に帰りたいなあ」とは思ってた。そしたらある日ね。白衣を着た先生が、花園収容所に回って来たの。お医者さんばっかが集まって、患者を診てたの。満鉄病院には伝染病院があった。いろいろな先生の中に私の先生もおったの。「あ、多鶴君じゃないか。こんな所におったら、死んでしまうじゃないか」って言ってくれて。「そうです。先生。私もうダメだ」って言ったら、「すぐに伝染病院行くよ」って言って、私を連れてったの、伝染病院へ。そうして1本の注射をしたら、熱が下がっちゃってな。ご飯もおいしくいただいたりして。何か、先生が買って来てくれたりしてね。そいで1週間、そこの病院にいて、お薬もたくさん頂いて。「先生、もう私、元気になったから日本へ帰る」って言ったの。「気を付けていくように」って、そう言ってくれてね。

そして、こんだ、幾日か経って、哈爾浜駅へ行ったの。駅にはね、軍服を脱いで、満服を着た人が13人いたの。シベリアから逃げて来た人が駅にいるじゃないですか。「あんたどこから来た」って言うもんで、「私、今収容所を出て、病院で病気を治してもらって、お母さんたちのとこ、行こうと思って」って言ったら、「どこ行く?」って言うもんで、「開拓団行く」って言ったら、「そんな方へは行けないよ。今な、八路軍《ハチログン》と蒋介石《ショウカイセキ》が戦って、内戦起こしているから、ダメだ。行けない。女1人で危ない」って。「それより、日本へ帰った方がいいぞ」って言われたの、兵隊に。そこで考えてね。「それじゃ、私も決断する。日本へ帰る。帰ります」て言ってな。それから、「その姿じゃ帰れんよ」って。「俺たちの間に入っていてもいいけれど。髪の毛を切って、男の服を買って、帽子を被って」って。7月の炎天下ですよ。暑い時。それでもね、帽子被ってね、リュックをしょって、兵隊の間に入って行ったの。「あんたは丈夫そうだから、ついていけるかな?」。私、「行ける行ける」て言って。

【新京《シンキョウ》へ】

新京まで、120里あるっちゅうけどね。13日間、鉄道線路を歩いたの。道がわからんから。明けても暮れても線路歩いて。ほいで夜はね、駅舎のようなとこに泊まって。兵隊のお陰。そいで、兵隊が中国の人の家行っては、何かもらってくるの。それを分けて食べてね。そして、水はいっぱい。水筒に毎日どっかから汲んできて飲んでね。13日目に新京に着いてね。

1回、追いはぎに遭ってね。どっか、途中だったけど、鎌や草刈りもって、追っかけて来るの。私、その時、逃げた、逃げた。

【４００人の孤児を引率して帰国】

そして、今度は列車が通っていたので、奉天《ホウテン》まで列車に乗してもらって行ったの。日本人がいっぱいいるの。「日本へ帰りたい」って言う人ばっかり。もう、収容所が、あちこちにあってな。したけど、高碕達之助《たかさきたつのすけ》(11)ってぃうね、満州国の総領（？）をやってた偉い人がね、日本人を世話してるんだね。そいで、私、そこへ行ったの。兵隊が外へ出れないから。ソ連軍が来ると連れて行かれちゃう(12)で、だめだっていうことになって。ほいで、「あんた、お使いをしてくれ」ちゅうもんで、高碕先生とこへ、私、２日通った。「私たちは、北の方から、歩いて、歩いて、歩いて、何百里歩いたかわからんけど、やっとここまで着いたんで。早く、日本に帰りたいと思って。何かできることがあったら、お手伝いしますから、先生教えてください。私は看護婦してたの」って、こう言ったの。その一言が、「あ、そうか。そいじゃなあ。ここに孤児がいっぱいいるで」「10か所にね、４００人くらいいる」って言った。その時。「４００人？」ってびっくりしちゃってな。「行って、見てくるように」って言うからね。行って見たらね、骨皮。みんなこんなに（元気の無い表情）なっちゃって。そんな子どもを預かってもね。「もし、列車の中で亡くなりゃ、困る」って言ったら、「ここにおっても亡くなる。毎日。だから亡くなるのはしょうがない。そいじゃ、列車を出すで」って。１週間以内で列車が来た。無蓋《むがい》列車ですよ。ちょうど、雨が降ら

㊟11　政治家・実業家。昭和17（１９４２）年満州重工業総裁に就任し、戦後は在満日本人の引き揚げに尽力した。その後、衆議院議員、経済企画庁長官、通商産業大臣などを歴任。日ソ漁業交渉や日中国交正常化交渉など、外交の舞台で活躍した。

㊟12　終戦直後の満州でソ連兵による日本人の男性をつかまえてはシベリアへ強制連行した「男狩り」のこと。

なんでよかったけれどね。それで、子ども全部兵隊が集めて、列車に乗せちゃったの、22両の無蓋列車に。カンパンが1人に1袋、1週間分。ビスケットの味の無いの。「これを食べさして、水をとにかく飲ましときゃ、いいで」って言うんだよ。水だけ飲ましたって、生きていけるんだでって。1日に5個くらいしか無いんだ。もっとあったかな。10個くらいあったかな。そいで、子どもたちにね、10歳くらいの子どもは、もうお手伝いもしてくれたしね。だけど、夜になるとね、小さい子どもが泣いてね。「お母ちゃん、お母ちゃん」って泣くじゃない。子どもたちが私のとこ、みんな集まって来て、「先生、先生」って言ってくれて、かわいかった。みんな10歳以下だった。あまり大きい子はいなんだ。3歳ぐらいから10歳ぐらいの子。大勢ですよ。もうものすごい大勢ですよ。それからね、列車の隅にね、草を刈って来て置いて、兵隊が「ここを便所にするんだよ」って、決めてね。夜になるとみんな私のとこに集まって来るの。そだけど、私はここだけじゃない。次のとこ、また次のとこ行かんならん。私を入れて14人で、その４００人を見たの。ってわけで、もう、自分が死んじゃうかと思った。このお腹が、ここ（背中）ついちゃってな。病気上がりだから。そいで歩いて来たでしょう。ほいでも頑張らにゃ、しょうない。それが若さ。21歳。そいで頑張ったんですよ。生きるということは、我慢せにゃだめだっていうことを覚えてね。ほいで兵隊が心配してくれた。「大丈夫か？」って言ってくれた人もおった。親切にね。だけど、兵隊だって大変だったですよ。

　それでもね、列車に乗っちゃって1週間で葫蘆島《コロトウ》に着いたの。葫蘆島へ着いたら、アメリカの兵隊が来てて。もう夏だもんで暑くてねえ、炎天でね。水飲むよりしょうがない。子どもたちに、「日本へ帰るんだから、みんな元気出してな」って言っちゃ、みんなをなだめてきたの。親の名前も知らんような子どもばっかだったから、可愛そうだと思ったですよ。葫蘆島へ着いたらね、アメリカの兵隊がトラック持って来て、日本の兵隊も手伝って、亡くなった子どもは亡くなった子どもで別にして、そして、イバラヤマちゅうとこあって、そこへみんな持って行ったの。葫蘆島まで着いても、船に乗れなかった子どもたちも、いっぱいいた。１００人近くおった。３００人くらいが生きとって船に乗れたかも知れない。そんなの数えたことないから、わからんけど。朝、起きてみるとね、眠ってるんだと思うと、そうじゃない。亡くなってるの。ま、そういう目に遭ってきたけどね、とにかく、私、自分もね、「自分が死んだら、この子ども預かったんだで」と思ってね。頑張ったんな。そいでも、水は飲んでね。乾パンを2つばか食べちゃあおったけどね。やっぱり体力があったんなあ。歳が若かったもんでね。

博多に着いたのは、昭和21年の8月16日。

【泰阜村帰国第1号】

21年の8月19日に、泰阜村に帰って来たらね、私の家だった所が畑になってたの。その時は泣きましたよ、私、もう泣かないと思って帰って来たんだけれど、こんな惨めなことはないと思って。「後から来る人にこんな思いをさせたくないな」と思ったけれど、同級生が来て、「あなたの親戚はね、いっぱいの人が帰ってきて、兵隊から帰って来た人もおって、寝るとこありませんよ」って言うの。悲しくなっちゃってね。「ほいじゃ、私はどこ行けばいいか」。どこでも屋根の下へ寝かしてもらやぁいいわって思ったけど、「満州おった方が良かったかな」と思ったりもして、本当に泣けちゃってねえ、その時。それで母の実家へ行ったの。そしたら、叔父と叔母がおって、「はー、よく帰って来たな」ってな、親切にしてくれてな。その時、日本には食べものが無かった。麦のお粥をドロンドロンにしてね、カボチャとかジャガイモ入れたようなものを毎日頂いとった。そいでたら、村長さんから電話きて、「村中、多鶴さんが1人で帰って来たって、評判になっとるで。役場に来て話を聞かせてくれ」ちゅうもんで、役場に行ったの。「１０００人送り出したんだけど、その衆はどうした？」って聞くの。何しろ、「泰阜分村全滅」っていう情報が、村長のところに昨日入ったとこだって。私はね、言って良いことと悪いこととあるけれど、「こういう事は言わん方がいいな」っていう事は言わなんだの。ていうのは、「川へ子どもを捨てた」とか「中国の人の妻になった」とか。それはまだ、その当時ではね、今はいいけれど、法律が（あって）、できんから。「中国の人の家へ行った」「行って、何してる?」って、こう聞かれても、「私は見て来ないから、わかりません」って言って。そういうこと言ってね。そう言わんと、残留婦人に後から、もし、わかればかわいそうだと思ってね。「亡くなった人は、ここで、こういうふうに亡くなった人もいるし、私はとにかく、こうやって帰って来た」ちゅうことを話したら、村中評判になって、みんな集まって来るの。体育館のような所で、3日ばか、話をしたね。みんな自分の家族がどうなったか、親戚がどうなったか、聞きたくて。言われてもね、途中でバラバラになった人なんか、どこ行ったかわからんら。そいだもんでね、「中国に確かに生きとったに」ということを、わかる人は言いました。

それから親戚に1年くらいお世話になってね。飯田市山本って所に親戚があって。そこで役場の仕事を手伝わしてもらって。そして21歳だったから、看護婦をしたいと思って、あちこち探していたら、泰阜の役場の方が募集の紙を持って来てくれたの。そいで、岐阜県恵《え》那《な》市《し》の国立病院に行ったの。そこで傷痍《しょうい》軍人《ぐんじん》の看護をしました。引き揚げてきた軍人が多かったから。

その時私、看護婦の資格とっておいて良かったなあと思いました。これがなかったら、生きてけなかった。そこに2年半勤めました。こんだ、長野市の「保健婦養成所」に1年。1年で国家試験受けて、その時に、助産婦も受けたの。それからね、飯田市の松尾って役場へ保健婦で入ったの。その時が昭和24年。2年間いました。その後、東京の清瀬の国立療養所。結核の。…だけど結核だもんでね。「こりゃ、感染したら困る」と思って、1年いて。そいから今度は、横浜の富士電気病院の外来で勤めたの。2年いたけど、けっこう厚生年金を積んでくれたもんで、助かるに。

【家族の消息】

17歳の妹が肋膜《ろくまく》を病んでいたから、弱かったから心配はしてたの。そしたらね、開拓団に着いて生きてるっていうことがわかったの。昭和26年ころ。それはね、「信濃毎日新聞」に、１人の義勇軍の人が、開拓団の近くに義勇軍の開拓団があって、その人が日本へ手紙を出して、新聞に載った記事を見たの。その人が向こうに残って養鶏をしてるって。そいだけど、まだ帰国ができないってことが書いてあったの。それで、飯田市に行ってきたの。手紙を見せてもらいに。そいでそこの住所を書いて手紙を出したの。私の母たちの開拓団からは勃利《ボツリ》の開拓団[13]は近くて、灯がチカチカと見えるくらいのとこだったから。ま、歩いてけば、１日や2日じゃ歩けんね。そこへ手紙出して、「私の母が泰阜の開拓団に戻ってってたから、この手紙を届けて欲しい」って、書いて送ったら届いたの。まだ、そん時、文通できる時じゃなかったけど。１か月かかって、その手紙を送ってくれたんだって。私が「日本に、21年の8月に1人で帰った。お父さんもシベリアから帰って来たよ。早く、帰っておいで。そちらに誰がいるか知らせてほしい。みんな心配してるで。役場の方でも心配してるで」って、書いてやった手紙が着いて、母が読んだの。そして、今度は手紙が来たの。その手紙がね、「誰々さんもおる。ほで、中国の人のお世話になってる。17歳の妹は病気で亡くなった」って書いてあった。

ほで、役場へこの手紙持って行ったら、「ああ、そうか」ちゅうてな、みんなの消息が知れて喜んどった。それでね、「元気でいればいつか会えるで」ってな。「元気で帰って来てほしい」って、私いろいろ書いてあげたの。

(注)13　満蒙開拓青少年義勇隊勃利訓練所

そうしたら、28年の集団帰国で、舞鶴《まいづる》へ帰ってきたの。私、いろいろ悲しいことあったけれど、こんな嬉《うれ》しいことは人生のうちで初めてだと思ってな。喜んでね。

【母親の帰国】

昭和28年に母が帰って来たもんでね。私も故郷へ帰って、昭和29年から泰阜村役場で保健婦として働きだしたの。資格取っといてよかった。ちょうど保健婦が足りないっていうことで。昭和31年に地元の人と結婚したの。私33歳だった。それからずっと、泰阜村の保健婦として、昭和51年まで。ここは主人のお父さんが持ってた土地だもんで、ここに家を建てて随分増築はしたけれどね。ま、こうしてここで55年ぐらいになる。金婚式も終わって。娘と息子がおって、それぞれ結婚して、娘は埼玉、息子は四国。ちょっと遠くへ行っとります。孫が３人おる。

【開拓団のみんなの消息】

そいで、まだ、方正の方もね、もしかしたら、手紙が着くかもしらんと思って出したけど。そしたらね、平成元年の６月、ＮＨＫの方がここへ見えてね、こう言うじゃないですか。「中島さん、中国へ行ってくれないか」って。「それ、いつですか?」って言ったら、「６月４日に出発したい」って言うの。その頃はもう、私も退職しとったもんで、「行きます」って言って。

【帰国支援】

中国へ手紙をやると、「日本に帰りたい」ちゅう手紙が返って来る。そいで私は、ＮＨＫと一緒に行って、あの『忘れられた女たち』(14)ができたわけね。これ、１か月行ったんですよ。ちょうど天安門《テンアンモン》事件のあった頃。ＮＨＫはね、大連から機材を積んで、ホッキョウへ行っちゃったの。ホッキョウに泰皇の人が１人いたから。道崗県《ドウコウケン》ちゅうところに。そいで私、１人で行ったの。佳木斯まで。そいでもね、北京からガイドさんがついてくれた。北京空港で、「中島多鶴さん」っていう旗持って迎えてくれたもんで、「はー、やれやれ」と思って。ほいでもう、天安門事件でしょう。「これは行けるかなあ」と思ったが、終戦の時の事を思えば、「そんな弾が何？　怖くないわ」と思って。もう、ここまで来ればね。「しょうがないわ」と思って。

ＮＨＫが航空券を送ってくれてね。成田から１人で乗って、新聞を買ってリュック入れて。哈爾浜行きに乗ったんだ。哈爾浜へ行ったら、小さな15人乗りの飛行機。プロペラ機、初めて乗った。佳木斯はね、空港じゃなくて、草むらへ降りたんな。ま、乗っちまえば、度胸が据わるもんで。７日にＮＨＫと落ち合う約束だったもんで、何がなんでも、佳木斯のホテルへ着きさえすればいいと思って。ほで、女のガイドさんがついとってくれるしね。でもね、みんな戸が閉まってましたよ。天安門事件があったもんで。そしてね、報道はしないの。そういう事を。だけど知ってる人もおってね。みんな、戸閉めちゃったんだね。ＮＨＫの方も、知らないの。７日の日にね、落ち合うわけだったの。ほんで、私が５時に着いて待ってたら、「黒竜江《コクリュウコウ》から船で来た」って言って、カメラマンと２人だった。通訳が２人。英語の通訳と日本語の通訳と、合計４人が来てくれたの。「あー、中島さん、よく来てくれましたね」って。そいで、あの新聞を見せたの。「あー、やっぱりそうか」天安門事件が怖かった。「中島さん、よく１人で来る気になった」って言うもんで、「そりゃそうですよ。あの敗戦の時の事を思えば、問題

㈱14　ＮＨＫスペシャル「忘れられた女たち」（１９８９年９月３日放送）のテレビ番組や本『忘れられた女たち　中国残留婦人の昭和』（編者中島多鶴／ＮＨＫ取材班１９９０年４月20日）にもなった。

じゃないですよ」て、私言ったの。北京に降りた時ね、夜中にパンパーンって音がするの。ほんと、怖かったですよ。そいで1か月おったの、中国に。ずっと回って。佐藤治《はる》さんから、山下一江《かずえ》さんから。山形県とかそういうとこの人もいっぱい集まって来てたけれど、泰阜の人を中心に6人に会った。それぞれの家庭を訪ねるの。方正だけじゃなくて、延寿《エンジュ》県とか牡丹江、佳木斯まで行った。そのテレビのビデオを見てもらえばわかるけどね。

この取材の前に、昭和33年の5月に、佐藤治さんが紅十字会のお世話で一時帰国してて。で、佐藤治さんから、近所に20人ぐらいの日本人が残ってるっていう話を聞いて住所を調べたら、みんな「帰りたい」って泣いていたっていうようなことで、それから帰国支援が始まった。１９８４年⒂、昭和59年の9月に村長さんたちを連れて方正に行って、いろんな方が生きてるってことがわかって。それが、ＮＨＫの１９８９年のあの取材の原因になったっていう感じですよ。取材が6月。放送は、9月3日だね。1時間番組が出来たの。

佐藤治さんも数奇なっていうか、一時帰国で帰って来ている時に、「長崎国旗事件⒃」が起きて。治さんとしても、子どもとか置いてきちゃったから、「ここで中国に帰らなかったら、もう帰れないかもしれない。帰る約束してきたから、「帰る」っていう選択をして帰ったんですよ。その事件が元で、結局、日中国交断絶になっちゃ

㊟15　この本の第3章　岩本くにをさんと偶然街中で出会っている。岩本さんの帰国の足掛かりになった。

㊟16　１９５８年（昭和33年）、長崎のデパートで中華人民共和国の国旗が、日本人に引きずり降ろされるという事件が起こった。当時は、日本政府が承認していたのは中華民国（台湾）政府であったため、五星紅旗は保護の対象と考えていなかったという。これに対し中華人民共和国政府は、日本政府及び当時の岸信介首相の対応を厳しく批判し制裁処置として、陳毅副総理兼外交部長が日本との貿易を中止する旨の声明を出し、当時進められていた対中鉄鋼輸出の契約も破棄され、通商断絶、国交断絶となった。

って。今度は中国から日本に帰れなくなっちゃって。

ＮＨＫの方たちと一緒に、佐藤治さんにもお会いして。それが2時間、荒野に連れてってね。家では家族がいるから、本当のことをしゃべれないから。そこらはＮＨＫですよ。荒野でね。私もそばに行けないから、こっちおったけど、治さんが上手いこと言ってくれたの。本当のことを言ってくれたの。それで、いい番組になったの。あの人、頭のいい人でな。もう、テレビ見たとおりの事をね、全部話してくれた。中国の政府の通訳はついとるけど、政府の悪口だって言ったりしたけど、政府の人いないもんで。そいでこの「忘れられた女たち」っちゅう番組ができたわけ。

【帰国支援】

私が中国に行くと、他県の山形県とか熊本県とか、そういう所の人たちが遠くから話を聞いて集まって来て。一時は50人ぐらいいたに。そこで一緒にご飯食べるの。50人でも、１００人でもね、1万円あれば食べれるの。その頃、中国は物価が安かったからね。政府の人たちもみんな知っててね、「中島のおばさん、また来たか」って言うくらい。中国のテレビにもなって。「多鶴おばさん」っていう番組が、中国でも放送された。中国には15回ぐらい行っとるね。行くと、残ってる方たちとお会いして。帰る意志があれば、身元を捜したり何だりして、日本にっていうことで。そいでね、身元引き受けする人がない人もおって。親戚行って「お願いします」って言っても、7回行っても判を押してくれなんだ。昔はね、親戚が身元引受人にならないと帰国できなかったから。絶対にダメだったんですよ、厚生省で「引受人制度」ちゅうのができてね。

私、厚生省へ電話したの。「私がね、お世話するんだけど、肉親じゃないけれど、向こうの人たちは困っとるで、受けたいんですけど、いいですか？」ったら、「所得がありゃいいですよ」って。それから、「特別身元引受人制度」っていうのが出来て、大丈夫になったんですね。だから、飯田の日中友好協会なんかも、たくさんの会員が順番で、身元引受人になったりとか。「特別身元引受人制度」ができてから、そうなりましたよね。ほで、私も、もう19年やってる。大勢でね。ほでから、電話もよく来るしね。

1人はね、親が無くって、この下の空き家に入れたの。父子家庭で。9歳と5歳の女の子で、お父さんが連れて帰ってきたの。最初、お母さんは一緒に来たけれど、日本に馴染めないもんで、お母さんを帰してやって。お母さんは中国人だったんでね。お父さんは日本人で、娘が二世になるけど、それを面倒見たの。毎日ここへ来て、勉強教えて。そうしたところが、9歳の子どもは頭のいい子でね、「お母さんがおらんで、悲しい」と言うとっても、自分でご飯作って、妹の面倒見て、中学卒業してね。駒ヶ根の看護婦学校出て、国家試験1回で受かったの。今、伊那市にいるけれど、日本人と結婚して、3人子どもがあるけれど。いつも今頃来て、柿をとって行くんだけど。今年は忙しいって。子ども3人だで。

【NHK『忘れられた女たち』】

『忘れられた女たち』の中に、一江さんっていう人がいた。夫婦で、子どもが2人あって、それなのにご主人のことを「義理の弟」って偽って、中国人の家庭に入ったわけですよ。貧しい農家だったけれども、一応、「嫁入る」ような形で入ったわけですよ。本人もつらかったし、ご主人もつらかった。生きていくためには、結局、そうでもしないと4人一緒にはいられないし。食べていくためには、やっぱり、仕方がない。「生きていく」ちゅうことがね。もうね、「仕方がない」ってあきらめ切って。だから、「これは戦争のために、こうなったんだ」ちゅうことを、諦めて、諦めて。「メイファツ」。仕方がないってこと。中国人は「メイファツ」言ったらもう、「それで終わり」その言葉でね、「仕方がない」ってあきらめらりゃいいけど。なかなか日本人はそうはいかんで。

それで、一江さんはつらかっただろうと思うよ。2、3年後に、一江さんのご主人は黙って出ちゃった。ここに日本の夫がおるのに、「弟」だって。それ、近所の人の方が、わかっちゃってね、「あれは夫婦だ」って。そいで、殺されると思って逃げたの。誰か、殺された人いるんだって。泰阜の人で。牧野さんっていう人はね、奥さんが、中国人の家庭入って、そしたらね、旦那さん殺されちゃったの。旦那さん連れて入ったら。それ、その人の中国人の旦那が殺したんじゃないけど、誰か、殺し屋を頼んでね。殺しちゃったの。旦那さんは。死んじゃったの。だから、旦那さんを連れては入れないよ、普通は。ただその一江さんの場合は、その夫が弱い人だったもんでね。仕事が出来んで貧乏だった。だけど、一江さんが来て、働いてあげたもんで、何も言わなかったんじゃない。そいで旦那さんは28年に帰って来たの。こっち来てから再婚して、豊川だか、豊橋に住んどって。手紙を出して、一江さんの身元引き受けをしてくれっつったら、絶対してくれないわ、そりゃ。まあ、再婚して息子もおるもんで。もう亡くなったけどね。結局、彼女の身元引き受け人は、大阪の知人だったと思いますよ。凄《すご》いつらい人生ですよ。

【山本《やまもと》慈昭《じしょう》さんのこと】

山本慈昭さんとは、私も一緒に、厚生省行ったりしてね。肉親捜し……。10年しましたよ。山本慈昭さんは、毎月2回ぐらい、厚生省に行ってましたよね。「日中手をつなぐ会」の代表やってらして、厚生省を起こした人ですよ。意思の強い人だったからね。

山本慈昭さんと言えば、長岳寺《ちょうがくじ》の前にある資料館に、たくさんの中国からの手紙が、山のように積んであって。4万人とか……。あれ、困っちゃってる、今。その中の一部を翻訳したものが、『残留孤児からの手紙』っていう本になって出版されてるんですけどね。

慈昭さんはね、阿智村の先生になるっちゅうことで満州行って、いくらか学校の先生をしてね。荷物が着く前に根こそぎ動員で兵隊に行ったの。終戦の時には、開拓団にいなかったの。奥さんが向こうで亡くなられて。ほで、こちらへ帰ってきて再婚したけれどね。5月に着いたら、8月終戦ですよ。子どもさんが3人いたんですけど、1人だけ帰ってきたの。中国の人に預けられて。それも自分で行って捜してきてね。あの方は、一生懸命だったですよ。肉親捜しを10年しましたに。本当に、なかなかできんことだったね。今、長岳寺《ちょうがくじ》は後継者がないので、全然関係のない人が入ってる。慈昭さんの娘さんは勃利県《ボツリ》にいてね、今、名古屋にいます。慈昭さんと一緒に支援活動をしていた野中章《あきら》(17)さんとか、原さんとか、みんな歳だもんで、病院に入院したりしとる。野中さんに「もしか」のことがあると、慈昭さんの鞄持ちしてた人だで、様子が一番わかっとる人なんだから、困っちゃうんだに。

【泰阜村の帰国支援】

泰阜村で保健師をやって29年数か月勤めて、役場を58年に退職したの。それからずっと中国行ったり来たり。支援を続けてきて、平成元年、泰阜の残留婦人は中国に32人いたの。1人佳木斯に、お医者さんになった宮沢照子が残っていたの。72歳になっていた。でもこの人は、「中国で育ててもらったから、私は日本に帰らん」ていうことだったの。だもんで、記念誌の中には、「未帰還者1人」になってるんです。1144人が、満蒙開拓に行かれて、死亡者が638人。不明が41人。未帰還者が1人。その後、「やっぱり、私は日本人だから」って帰

(注)17　筆者も1996年頃お会いしてお話を伺った。その時に彼の著書『茨の道―私の戦後五十年の記録』をいただき、今も手元にある。

って来たの。一旦は帰ってきたけど、日本の生活が馴染めないの。言葉がわからない。宮沢照子は5歳で子どものない夫婦に引き取られていった。開拓団では3人姉妹で、一番上の正子っていうのはね、ソンヤサンていうところで、貧乏な所へ嫁《よめ》ってて、そして、亡くなっちゃったの。その子どもが残ってるけれどね、その子どもが「日本に帰りたい」って言ってるんだけど、私が行ったら、泣きつかれちゃってね。帰ろうと思えば帰れるんだに。その後、手紙が来ないから、私、そのままにしてるけどね。照子は中国にいれば恩給が下《さ》がる（もらえる）んだからね、永住の手続きはしたと思うんですけど。こっち来て埼玉の所沢センターにいて、アパートに移って。国で見てもらっとったんだけど、旦那さんがもう、ダメなんですよ。中国へ帰りたくって、帰りたくって。何回も行ってきた。そいで、照子さんは、やっぱり、年取ってきて、言葉が覚えられないの。日本語がなかなか。年取ってから知らない土地で、言葉がね。そいで、旦那さんが、もう中国のことばかり言ってる。だからだと思いますよ。もう中国に帰って行きました。「未帰還者1人」です。

【満蒙開拓平和記念館】

私の仕事も一段落。ほで満蒙開拓平和記念館が出来て。私は記念館にしょっちゅう仕事あるもんで、車で行きますけれど。近道を発見して、高速飛んでる。私、この前なんか35分で行っちゃった。記念館で戦争の大変さですとか、あの頃の事を後世の方たちに語り継いでいくってお仕事がありますからね。それが一番の私の仕事でね。

【若い人へ】

中学校とか高校とか短大で、よく講演を頼まれるんだけれど、若い人たちにね。最後に言うことはね、「私は、資格を持ってたもんで生きて来られた」って言うの。「資格は強い」って。葫蘆島から引き揚げて来る時に、真っ先に帰って来られたのも、看護婦の資格があったればこそ。あの時に、高碕達之助さんがね、「私、看護婦をしてたの」って言ったら、「あ、そうか、そいじゃ」って言ったでね。もし、そこで、看護婦の資格が無かったとしたら、その早期引き揚げの船に乗れなかった可能性も十分ありましたね。

【一番つらかったこと】

今までのことを振り返ってね、一番つらかった時はやっぱり、収容所生活。方正は生き地獄。方正で、「どうやったら生きていけるか」と、そういう知恵をみんなで出すの。シラミがいっぱい湧いちゃって。もう、こういう縫い目にね、卵産み付けるんですよ、夜ね。ほいで、日が当たって来ると、1枚しかないんだからね、脱いでね、なんかに掛けとるの。そして、外へ出すと、マイナス40度だから、みんな死んじゃうの。そういう生活してね。

「今日、死ぬか、明日、死ぬか」って。朝、目が覚めてみると、「あ、今日も生きとった」と。こういうふうに思う時があったね。それでね、こんなつらいことは誰でもしたくない。だから、戦争は二度と再びしたらだめって、そういうことを私は、一番言ってあげる。最後に言いたいことは、あの戦争というものはね、弱い者から亡くなってくっていうこと。それと、「満蒙開拓はいい」と言って、希望をもってみんな行ったのになあ。国がもっと早くにね、帰国者を残留婦人、残留孤児っていう前に、分けないでね。国交回復した時に、72年の時になぜ、国が帰国を進めてくれなかったか、それが一番残念ですよ。

【引き揚げ援護の遅れ】

もう、本当に、中国へ行ってみると、その時の状況がわかりますよ。残留婦人が親戚に手紙を出すと、『そっちにおった方がいい。日本に帰っても仕事もないし、向こうに慣れた所におった方がいい。言葉もわからん人連れてきても、こっちも困るで。俺たちも生活がいっぱいだから、面倒は見切れない』って。ほとんどそういう手紙が届いてるのが、実際だもんでね。

終戦直後なんていうのは、日本はえらかった（大変だった）でね。私、帰って来た時ね。ほんとに食べ物はなかった。従姉妹と一緒に山行ってね、あの、ビョウブナ（山菜）っていうの、採って来たの。そいで、もし毒の葉っぱじゃ困るから、よく教わってね、それを洗って切って、大麦を入れて、ノリを出して、その葉っぱを入れて、ただ塩だけで食べた。美味しかったですよ。

こないだ野中さんが元気な時、よく終戦の話したの。野中さん、こう言ったでね。「俺たちは満州行ってな、一旗揚げるってみんな言ってたけれど、着いたら5月でしょう。まだ、荷物が着かないうちに終戦になっちゃったもんで、それで、帰って来て、お母さんも亡くなっちゃって、姉さんと2人で帰って来たんだ」って。「来たはいいけど、家は無いもんで、開拓に入ったんだ」って。凄い山の中ですよ。日本に帰って来てから、どれほど苦労したかと思いましたよ。それからちっと良くなって、山本慈昭さんの鞄持ちをしたけれど、ご飯があっても麦のご飯で、醤油をかけて食べてた。おかずがないもんで、野菜やお魚だって、買えないじゃない。お父さんはシベリアから帰って来たんですよ。そいでね、毎日お醤油かけて食べてた。お塩気があれば、食べられるでしょう。それで腎臓やられちゃった。今、腎不全です。病院にお見舞いに行って、ちょっとでもいいで、話したいと思って。

いつの間にか、今、自分が88歳になったとは思えない。（完）

第2章　中島千鶴《なかじまちづる》さん（長野県）

「お祖父さんの葬儀には、中国人も朝鮮人も来てくれた」

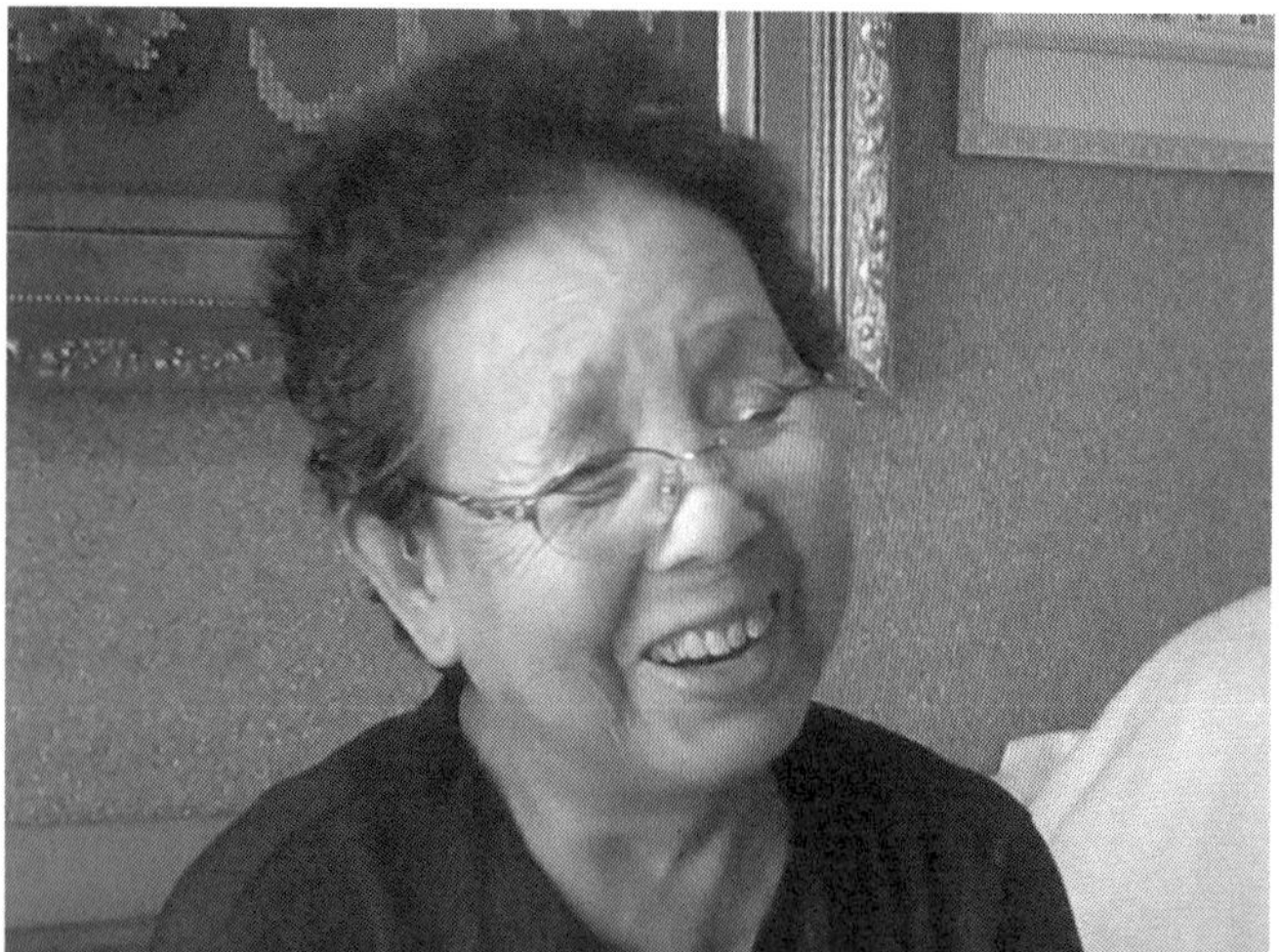

証言者プロフィール

1932（昭和7）年　長野県下伊那郡泰阜村《やすおかむら》に生まれる
1940（昭和15）年　9月　8歳　渡満　大八浪《ターバラン》泰阜村開拓団
1945（昭和20）年　13歳　終戦　逃避行の末、中国人の家に入り三男と結婚(18)（子供は7人）
1947（昭和22）年　15歳　長男を出産　中国籍になる
1974（昭和49）年　42歳　子供2人を伴って、1回目の一時帰国
1980（昭和55）年　48歳　2回目の一時帰国
1985（昭和60）年　53歳、帰化して永住帰国　家族を呼び寄せる

インタビュー　2013年9月14日　81歳　場所　証言者のご自宅
ウェブサイト　「アーカイブス　中国残留孤児・残留婦人の証言」Hさん
https://kikokusya.wixsite.com/kikokusya/--

証言

【日本での生活】

生まれは、長野県泰阜村《やすおか》。満州に行く時の家族は10人でした。父親は、線路の保線工事みたいな仕事をしてました。朝早く行って、夜遅く帰って来たのを覚えています。母親は家で、まあ子どもいっぱいだし、畑や田んぼ

(注)18　童養媳《トンヤンシー》　成年前の幼女・少女を買い、育てて将来男児の妻とする旧中国の婚姻制度の1つ。親、子どもの世話以外に雑役に使われ、一種の家内奴隷ともみられる。

の仕事をしてました。当時は、女姉妹が4人で弟が2人、それで、両親と、別に暮らしていたお祖母ちゃんがいました。

お祖母ちゃんは、泰阜にある前の自分の家にいて、両親は、父親の仕事の関係で家を借りてました。私は両方を行ったり来たりしてましたが、ほとんど、お祖母ちゃんのとこにいたんですよ。お祖母ちゃんに好かれとったし、学校も近かったもんで。小学校2年生まで行きましたね。

1940（昭和15）年の9月に満州に行きました。その当時は全く状況はわかりませんでしたが、母親から、「支那に行く」って言われ、支那は外国だから怖い感じだったですよ。「嫌だな」って思ったけど、家族全部行くなら置いて行かれるのも悲しいし、嬉しいような悲しいような。

満州には、お祖父ちゃんと父親が先に行ったんです。で、お祖父ちゃんが向こうに残っとって。父さんが、秋に私たち家族8人を迎えに来てくれた。その時、「満州は、見渡す限り山はないし、良いとこで、牛や馬がいっぱいならんどる。馬車にも乗れる。きれいな所だ」とか言って、そういう話は聞いたんです。

満州に行く時は、多分、母の手作りだと思うの。今まで着たこともないようなきれいな服やスカートを着て、帽子も買ってくれた。リュックサックはお祖母ちゃんが買ってくれて、中にいっぱいお菓子を詰めてくれた。汽車に乗る楽しみもあって、子どもだから、嬉しくて喜んで行った。お祖母ちゃんと別れる時は悲しくて泣いたけど。

【満州での生活】

それこそ、船に乗って、2晩くらい汽車に乗って、やっと着いたとこが小さな駅で、そこで降りたら何にもない所で。本部の荷物を運ぶ大きいトラックがいて、その上に乗せてもらったの。私たち10人近く乗って。本当、怖い。良い道がなくて、１、２時間ぐらいかかったかしら。行った所に、私たちの家がないの。これだけ家族が行くのに、なんで家を探してくれなかったかと思うんだけど。母親の兄さんの家、伯父さんの家族が６、７人ばかりいる小さな部屋に２、３か月ばかり置いてもらって。寒い冬の正月前ごろにそこを出て、ちょっと本部から離れた遠いとこに行ったの。一時的だけど、今度もまた、ちいちゃい臭い小屋みたいな部屋へ入れられて。オンドルが１つしかない、小さい部屋に10人。外に大きい竈《くど》があって、私たちだけが、満人式の中国人の家に入ったの。他の人はみんな、泥でできてたけど、りっぱな日本式の家。１家族に一軒一軒ちゃんとあったんだけど。冬になってお正月が済むと、その部屋みたなところから引っ越して、共同生活を始めたの。朝、ご飯をもらいに行って、味噌汁をもらって来て食べるというふうだったの。

部落の真ん中に大きい家があって、１人のおじさんが作ってくれてた。満人の大きい家って、地主のおる大きい家族だと、みんな、代々、何代、三代ぐらい一緒におるの。全部大きい家で。オンドルがちゃんと、南、北になっとるの。長いの。途中がいくつか仕切ってあって。年寄りがオンドルの元の方だよな。ほいで、オンドルの火を焚くんだけども、元の方は外の釜でご飯支度すると暖かいんだけど、奥まで届かないから、途中に竈《くど》があって、毎晩火を焚いて暖まった。オンドル用の大きな煙突が外にある、そんな部屋だったの。

だけど、私たちの部落だけ、そこからもう１回引っ越し。１年足らずに４回引っ越したんだ。学校から帰ったら、家がわからなくなっちゃったこともあったよ。

【寄宿舎での生活】

大八浪泰阜村開拓団は全部で11区まであって、私たちは４区。開拓団は大きかった。８区は先に行った先遣隊がいて、学校や病院があったりして、一番真ん中。一番最後の11区は酷いの。山の中なの。

4月には、私たちのうち3人が、学校の寄宿舎へ泊まるようになったの。寄宿舎では、お正月とか土曜日は帰って来るのね。

最初は、全部寄宿舎に入れるということで、学校から近くにいる人たちも全部入ったわけ。1年生から高等科2年生まで。ほで、8区の人たちは行かなんだの。学校すぐ近いから。200人近くも入ったんじゃないかな。男性、女性ちゅう部屋があって、保母さん、管理の先生。学校の先生なんだけど、その部屋があって、炊事が一番東側。炊事場では、おじさん、おばさんたちが飯作ってくれて、そこには水とか洗面所もあるの。トイレもあるの。でも、このトイレは冬、凍っちゃうんで山みたいになるの。そうすると、中国人たちが来て、肥《こ》やしとして、棒で取っていってくれるんだけども。

蚤《のみ》や虱《しらみ》はずっといた。それでお風呂入るんだけど。夏は、炊事のおじさんが向こうからポンプで水を流してくれて、それでかけるんだけど、冬になると凍っちゃって、冬は全然入れない。でも、結構良いお風呂だったに。2、3回ばかり入った。板で作って、内蓋《うちぶた》もあってよかった。

ご飯は、おじさんおばさんが作ってくれた。味噌汁とかを部屋ごとに、上級生の当番の人が行ってもらって来てくれる。皿や茶碗なんかの食器は自分で用意しておくの。そばにバケツがあって、その水で自分でちょっと洗って、ふきんで拭いて終わり。鞄は、部屋に各自掛けるところがあって、布団とかもあるんだけど、自分のは自分たちで持ってきて。

ある時、中学の人たちが家から通うようになったの。次に、30分ぐらいで学校に来れる人たちも、寄宿舎からいなくなった。そして、1、2年ばかり経ってから、今度は1区、2区、3区に分校ができたし、小学校3年生以下は、みんな家から通うようになって、どんどん寄宿舎に来なくなったけど、高学年の私たちは宿舎に残ったの。私たち4区と11区は遠くてどうしようもないんで、みんな最後までおったの。

低学年は、小っちゃいもんで勉強できたけれども、４年生以上になるとね、その学校にいっぱい畑作ったの。草刈りの時期には、朝礼の後、倉庫にあるスコップとか鎌を担いで、勉強しないで草刈りに行ったり、種まきしたり。農業やってたの。だけど、ジャガイモとかニンジンとかよく出来たの。だから、寄宿舎は野菜はいっぱいあって、お昼は寄宿舎へ帰った。

【父の召集と家族の死】

１９４５（昭和20）年の7月の末か8月3日か4日ごろに、父親は兵隊に召集されました。一番最後の召集。ちょうど夏休みで家に帰ったら、お父さんがいなかったの、もう。普通なら、父親が行くって連絡が来て、お見送りなんかしてやれるんだけど、全然知らないんだ。後で、「それどころじゃなかった。みんな隣近所のおじさんもお兄さんたちも、みんな行っちゃったんだよ」って。家に帰って来たら、いつも構ってくれる母親が、その時は様子が違っていた。でも、父親は本部の仕事もしてたから、それでまた本部に行ったと思ってた。部落長をしてて、部落に1つしかない電話が家にずっと置いてあったの。家族が多かったから、いつも誰かおるから。

それから、弟が１９４４（昭和19）年に、その頃流行っていたチフスで亡くなったの。この辺の小っちゃい子どもたちが随分亡くなりました。

終戦の年の2月にお祖父ちゃんが亡くなったんです。年寄りだったし、半身不随でずっと身体が不自由だったけど、頭が良かった。夏は、結構草刈り行ったり、野菜畑行ったりしたんだけど、冬は寝たっきりで、急に悪くなっちゃって。でも、もし、生きとって、終戦になってたら大変だったと思うの。

うちの部落だけに、日本人と満人と朝鮮人がいて、みんな行ったり来たりで、お餅や餃子を持って来てくれたり、私たちも石鹸とか日本のものを持って行くと、すごく喜んでくれて。だから、お付き合いをよくやってたもんで、お祖父さんの葬儀には、中国人も朝鮮人も来てくれた。

【逃避行】

終戦のことは、逃避行が終わって、最後に方正に入ってから知ったの。当時は、団長さんがいて、「ソ連兵が入って来るから早く逃げろ」ちゅう命令があって、それを守るのが第一で逃げたの。今思えば、なんだ、そんな逃げなくて良かったんだ。だって、逃げて、逃げて、結局、中国人のお世話になったんじゃない。

今考えたら、悔しいことばっかり。なんであんなことをしたか、あの頃、自分たちが大人だったら、なんてなんかいろいろ考えてもしょうがない。終戦の時は13歳。そしたらもう、親に、大人に付いていくしかないですね。

結局、逃避行は、お母さんとお姉さん1人と弟2人と妹、全部で6人だったの。汽車に乗れなくて、その時に乗れば良かったんかわかんないけど、それがたまたま近所の部落が火事になったとか、いろいろな噂があるんだよね。ソ連の飛行機がブンブン空を飛んでいるんだもん、そんなのすぐ信じちゃうんだ。なにしろ、列車に乗ったらもう両方に橋があるの。閻家《エンジャ》(19)の橋と、南行くと倭肯《ワイコウ》の橋、佳木斯《ジャムス》行く途中にも橋があるの。だから、その橋を壊されたら「みんなダメだ。みんな死んじゃうから。乗るなー。」って。

今でも、目に見えるよ。鞘《さや》は抜いてないけど、日本刀を持って「来るなー。来るなー。こんなの乗ったら危ない」って団長さんが言うの。汽車に乗るつもりで、米の袋や荷物持って行ったんだけど。それから、軍隊が橋を落としちゃったという話もあったけど、後から聞いたら落としてないみたい。その後、その汽車が南に行ったと

(注)19　8月12日の閻家《エンジャ》駅汽車見送り騒動

か、北へ行ったとか、わかんない。いろいろ話があって。だから怖くて、飛行機がブンブン飛んだら、ほんと、乗れないんだ。

結局、逃避行は１か月近くだね。二十何日。中島多鶴さんだかなあ、９月３日に方正《ホウマサ》に着いたって。その逃避行の途中で襲撃を受けた時に、兵隊さんと一緒になって、そして兵隊さんの後をついていくうちに、山道ばっか歩くようになって。やっと着いたのが方正県の朝比奈《アサヒナ》村。そこで、「日本が負けたんだよ」って。そして、兵隊の会田さんが、「この伊漢通《イカンツウ》港には、ソ連がおるから、私たちは山に入る。皆さんは、もうここにおりなさい。もうどこにも行けない」って、そこで別れちゃった。兵隊さんたちも、それからどうなったかわからないけど。帰国してから一緒に来た早乙女《さおとめ》さんだけが、「知ってます」って。泰阜に３回ぐらい来てくれたけど。

そして、ここの収容所に来てからすぐ妹が亡くなりました。

【姉たち２人と父の動向】

終戦時は、一番上のお姉さんと三番目のお姉さんが電電公社に勤めとって、一番上のお姉さんは杏樹《キョウジュ》っつう所、三番目のお姉さんが佳木斯。杏樹はちょっと近いんだ、私たちのおる部落は汽車が毎日見えるの。私はしょっちゅう１人で、夏休みには野菜をしょって、姉さんとこ行った。倭肯という駅。１時間ばかり乗っとるけど。

逃避行の時は、お姉さんたち２人、電話で「開拓団の人たちも、みんな佳木斯行くから、そこから必ず汽車に乗って、日本に帰れるから」って。だから、お姉さんたちも、佳木斯目指して行ったみたい。ところが、汽車は来たが乗れなくて。姉さんが「夜、汽車待っとっても、汽車空っぽで行っちゃって悲しかったあ」って。ほうで、２人は一緒で。ほかの日本人たちと、日本に帰って来るのが早かったの。哈爾浜《ハルビン》だか瀋陽《シンヨウ》だかにはまだ、日本人の病院の先生たちが動けないでいて、お姉さんたちはそこでご飯炊いたり、洗濯したりしてやって冬を越したんだって。その人たちと一緒に、1946（昭和21）年に帰れたんです。お姉さんたちは逃げるということはなかったみたい。

後から聞いた話なんだけどね、父親は召集されて、牡丹江《ボタンコウ》へ行ったらすぐに捕虜になって、ソ連に連れて行かれた。ソ連では、炊事場に入って。外へは出て行けないけど、その代わり、ジャガイモとかご飯とかは少ないけれども、なんでもお腹いっぱいは食べたんだって。それで、食後、お父さんは、ジャガイモを、火がいっぱいあるうちに、竈《くど》の中の灰に埋めといて、ソ連兵たちが休憩で炊事場にいない時に、半生に焼けたジャガイモを掻きだして、前掛けで抱えて山の炭鉱まで持って行って、みんなに食べさせちょった。残ったパンとかも持って行ったとか。私が里帰りした時、ようその話してくれた。お父さん、他の仕事はしてなくて、運が良かった。

【収容所】

私たちがいた部落は、方正の町からちょっと離れていて、歩いてでも1、2時間はかかる。道は平らな道だったけど、「お前、こっち行け、あっち行け」って、ソ連兵の言うなりで、方正の方へ向かって行った。ソ連兵は銃を担いで。女の兵士もおるの、真っ白い格好して。青い目のきれいな顔してね、怖い。

方正の町に着いたんだけど、あの頃の中国の町は、四角く土塀で囲まれとるの。方正の東側の土塀の先にちょっとした丘があって、夜はそこの道端で野宿したの。そこから、日本人がいた伊漢通《イカンツウ》開拓団に行った。その近くには港があったから、「そこから哈爾浜に出て、日本へ帰るんじゃないかな」って思ってたら、その船には乗れずにそのまま。ところが途中で、団長さんに犬がずっとついて行ったんだよね。ソ連兵はその犬を殺しちゃって、誰かも足を撃たれた。それから団長さんは、本部の収容所に入ったら、すぐソ連に連れて行かれちゃった。そのまま帰ってこない。

そこからその本部の収容所には、歩いてほんの1時間ぐらいで行けるけど、途中で日本人の部落が1つ、2つ並んどって、一番この収容所に近い部落で、ひと晩野宿したの。そこの部落には、もう遠くからきた開拓団の人たちが部屋に入ってるの。その部落には、部屋が8軒分か、10軒分ぐらいあるだけで、その1軒の部屋ん中に何十人もおるんだよ。だから、私たちなんか入れない。

そしてやっと最後に、その「本部に行け」ちゅうわけだ。本部はちょっと大きいし、日本兵がいたらしく、ソ連が入ってくると、逃げて行ったようだった。鉄兜《てつかぶと》や食料いっぱい放ってあったたって。テントを張る時に使う布みたいなのもあって。そしてソ連から、「一家に1人、労働をする者を出せ」って来たけど、私たち子どもは行かせてくれんの。よそは、14歳、15歳ぐらいの男の子が行くんだ。でも、男の子がいないところはおばさんたちとか、母親たちとか行くんだけど、うちの母親はもうくたびれてなあ、具合悪くて。代わりに姉が行ったんだ。17、18歳。娘だよ。

荷物を背負うったって、しれたもんじゃない。梅だの、乾パンだの、石鹸だの、いろいろ置いてあるの。コーヒーもあったみたいだけど。そんなのちょっと取って来て、焼いて、なんとかして食べてたんだ。

それから、収容所に入ったの。「幾日経ちゃ、もうじき、日本へ帰るわ」って言われて、楽しみだったんだけど。

私たちの部落は全部で4軒。2軒は2人ずつしかいない。親2人とか、お腹の大きなおばさんとか。私たちが一番大家族だったけど、真ん中。ほで、一番端っこに親子3人いつもおって。それぞれの部落にも、それぞれ1軒のオンドルがある。火の通らんオンドルだけ。その上に草を敷いたり、むしろ敷いたりして、私たちが寝るには、3、4人の布団敷けるくらい。扉のない押し入れには、お腹の大きなおばさんが布団敷いとって。ほで、そこで炉端を作って。外にいっぱい鉄兜放ってあるから、それでご飯を炊いて、助かったんだあ。

みんなそうやって。針金なんかも拾ってきて、ちょっと突いたりする。茶碗はないけども、缶詰がいっぱい放ってあったから食べたの。魚や牛肉の缶詰だとか、いっぱいあって食べたの。よかったよ。あれは本当にね、やっと栄養も摂れたし。お米はね、最初はいくらか配給してくれたの。皮の付いた籾《もみ》も、玄米にしてくれて。なんとか食べてたけど、じき、それ無くなっちゃったの。それで、東の山に、お米だとか乾パン、缶詰、いっぱい隠してあるのがわかって。それは腐らないようにしておいてあったの。みんなで、２日ばかりで運んだんだけど、ソ連兵がどこか行ってから、中国人で結成された保安隊の人が、そこに泊まり出して。保安隊いうのは、警察みたいなものだけど、その後は中国人が、それを私たちに売ってくれるようになったの。

部落の周りは畑で、秋だったから、大豆とかトウモロコシがなってたの。それを取って来て、この部屋の人たちだけが大きい竈《くど》を作り、どっかから大きな釜を持って来て、トウモロコシの皮を剥《は》いで、茹でて食べました。よかったなあ、と思って。だけど、毎日とっとるうちに、１か月ぐらいで無くなった。だって、１つの部落、何千人もおるでしょう。トウモロコシの茎まで、かじって食べちゃった。この皮は乾いたら、夜は中に敷いてね、暖かいベッドのようにして。どっかから、むしろを敷いたりして。

今度は水が一番大変。井戸があったんだけど、一日中ひっきりなしにつるべを巻いて使うから、からっぽになっちゃった。秋になったら、井戸の水って、寒くなると下がっちゃうんだってな。上がって来ないんだ。ほで、しょうないもんで、この庭で2メートルぐらいの穴を掘ったらね、水がばーっと上がって来たから、皆で喜んだ。でも、10月ごろになると、ぜんぜん水が上がって来ない。凍っちゃって。もう、凍っちゃったら水も採れなくなっちゃって、何にもなくなっちゃった。

ほんと、部屋ん中は寒い。私たちはちょうど真ん中で、北側のオンドルがあったから。何も無い小さい窓には、トウモロコシの皮やヨモギを切って詰めたけど、効果がなくて。寒くて、寒くて。兵隊さんが放って行った毛布も２、３枚拾って来て、引っかけてた。薪は山へ取りに行ったの。近所の枯れた木はみんな拾ってしまって、ないんだ。生の木を焚くと、濃い煙が出て、目が悪くなっちゃってね。そんで、薪もなくなっちゃって。

その頃、もう、母親のおっぱいが出なくなって、妹はおっぱいが飲めないで、栄養失調とチフスで亡くなってね。あの頃から、チフスが子どもに流行ったもん。そんで、部屋の子どもたちが、ばたばた、毎日死んでいっちゃうんだよね。


【中国人の家へ】

この頃はもうソ連兵もいなくなって、中国人の保安隊が来てた。「子どもと女の子が欲しい」ちゅうんだよな。中国では、嫁さんもらうのにお金かかるし、貧しい人は中国人の嫁さんがもらえない。小さい時には養女として引き取って、大きくなったら自分の子どもと結婚させる(20)っていうような感じで。

その辺りの中国人の部落の人たちは、みんな日本人のお嫁さんをもらってて、私たちは知らなかったんだけど、そのもらわれた人たちはね、私たちの部落の近くにいた人たちや１つのオンドルに乗っていた人たち。最初に、オンドルの一番元におった親子３人を連れてって、次が私たち。それから、次の人たち、というふうに連れてって。近所に、みんな日本人がおって。行って見たら、皆、知っとるら。で、うちも「連れてけば、うちのものになる」いうふうに向こうは考えたんだろうな。姉と私。私は13歳だから。早めにと思ったんじゃないかな。

私たちが行ったおじいさんの家は、お父さん、お母さん、男４人兄弟、７人家族だったの。だから、お嫁さんが欲しいわけ。嫁さんもらうのには、ちょっと貧しい生活していたし。ほで、その人が来て、「２番目の息子の

(注)20　童養媳《トンヤンシー》【tóng yǎng xí】

嫁に私の姉をもらう。私と弟２人を連れて行く」と言って、お米をいっぱい持って来てくれたわけ。でも母親が、「それじゃ困る。悲しい。私も死んだと同じだ」って言って。で、「上の２人は嫁にやるから、私たち５人を連れて行ってくれ。その後、私はほかの所へ行くから」って、お母さんが片言でしゃべって通じたんだな。

で、母親は3月頃、近所の一人暮らしのお豆腐屋さんと再婚して、弟２人を連れて出て行ったの。近所だから知ってるし、うちのおじいさんが紹介してくれたの。

１９４７（昭和22）年の春ごろ、日本人のある親子が、行った先の中国人の家から、夜中に逃げ出したの。その頃、「日本へ帰れる」ちゅう話があって、うちの近所に日本人を連れて帰るという係の人が来とった。ほで、そこに逃げて行ってね。その事が知れたら、私と姉を逃がすまいと、男兄弟４人で交代で見張っているの。トイレに行くんだって見とる。そのせいで、私たちはとうとう逃げれなんだ。

私たちが来たこの家は、最初は小さな小屋みたいな家だったんだけど、あの頃、「大躍進」というのがあって、満州軍の地主とかやられたじゃない。その時に、隣に地主の婿さんがおって、その奥さんは警察官。顔が日本人に似てたんで、「見つけられたら殺されちゃう」とか言われて、夫婦で逃げちゃったんだよ。そいでその家が空いて、「お前たちはここにいな」って、荷物なんかも置いてあって、そこに私たちが入ったの。ちょっと広いお家。

その頃、「日本人が帰れる」という話があって、絶対に日本に帰れたと思うんだけども、家から出してくれない。あの家の出入り口は1つしかないもんで、ずっと見張られて逃げ出せないから、すごく大きい声出して泣いたんだ。日本語ですごく怒ってね。もう悔しゅうて、悔しゅうて。お母さんが行っちゃうもんで、「お母さん、お母さん」って言いながら、「帰りたい。どうして帰してくれんのだ。ここで死んじまうわ」「私たち、どっか、井戸に飛び込んで死んじまおう」姉と２人でしゃべったりな。でも、お義母さんが、「何と言っても、ここにおらな。絶対おらないかんの」って言うから、悲しくてずっと泣いてた。でも、私たちの母親も、その時は帰れなんだ。

【中国での生活】

それから私は、最初、街におったんだけど、畑を継ぐために、今の収容所の東側に家を建てたの。畑の真ん中に家を建てて、そこで農家をするようになったの。

お姉さんは、１９４７（昭和22）年に、長女を産んだけど、私たちが家を建てて引っ越した後、１９４９（昭和24）年に、２人目が、もう１か月で生まれるって時に、流産になって亡くなった。女の子だった。

お姉さんが亡くなると、今度は私を離さないのね。男ばっかりだし、うちの義母が、可愛くて可愛くて、私を離さんの。あのお義母《かあ》さん、ちょっと障害があってね、でもよく働く。だけど、畑仕事みたいな男仕事は、私には絶対やらしてくれん。水を担ぐのも、「男がおるからやるな」って。ただ臼《うす》はひいたけど。

私は三男と結婚して、五男二女に恵まれたの。主人はすごく優しくて良かったんだ。お義父《とう》さんからね、優しいから、家族はみんな優しいの。私は外へ出て、山菜採りはよう行ったけどなあ。ありゃ、おもしろいじゃ。畑仕事っちゃあ、庭の野菜畑の草取りとかで、私は大勢の中へ、行きたいんだね。家にいて針仕事なんかはだめ。

私は、15歳で長男を出産して、１９４７（昭和22）年、中国籍になったの。それで、１９５０（昭和25）年ごろに、新聞なんかで「日本に帰国できる」っていうような情報を知って、実の母親が日本のお祖母ちゃんに手紙を書いたんですよね。

すると、１か月経って返事が来て。「あれ、みんなが生きとってよかった」ちゅうて喜んで、写真とかね、送ってくれた。ほで、父親たちも日本に帰っていて、私たちが中国に何人いるというのもわかって、それから、

「全員、集団帰国で帰るか」と言って申し込んで。母親と弟たちは1953（昭和28）年4月頃日本に帰国したけど、私はその時、2人目を妊娠中で、その子は11月に生まれた男の子ですが、もう1人、姉の子も面倒見なきゃいけないし。いろいろなことがあって、結局、この28年の集団帰国では帰れなかった。

【母たちの帰国と引っ越し】

畑の向こうに1軒だけ、私たちの家があったんだけど、部落に入ることになって、部落に大きい家を建てたんです。その少し前に、うちの旦那は大工の技術があったんで、兄弟子に誘われて、街に新しくできた建築会社に就職することが決まったの。

ちょうど、母親たちが帰国する時だったので、おじさん（母の再婚した人）1人残すのが心配で、「お前さんたちが来るなら、おじさんと一緒に暮らしな」ちゅうわけ。おじさんも「嬉しい、いいよ」ちゅって、そいで、一緒に暮らすことになったんだ。おじさんはたまに、その辺の人に頼まれてお豆腐作りに行ったりして。自分でも、山に畑を作っとったの。収穫したものを少しずつ売って、そんな生活しとった。

私たちの当時の生活ちゅうのは貧しかった。建築会社も夏は仕事があるけど、冬はないから。冬は、大きい山行って、他の人と一緒に、木材運ぶ大きいそりを作る仕事をしとった。この時は、私は子ども2人とおじさんと一緒に暮らしていた。

中国人のお医者さんが近所におったもんで、お産の時はいろいろ面倒みてくれた。私も、綿入れの服作ってやったり、洗濯は皆私がやったり、実の父親みたいにね。お互いにね。子どもがちょっと大きくなったら、一緒に暮らしているおじさんに子守りしてもらって、私、建築会社のお手伝いをした。レンガや土を担いで。そういうのが好きだから。貧しかったの、ほんと。

お隣は農家で、いろいろ作ると、うちの小さい女の子を、おばさんが呼んでくれたりして、いい付き合いをしてましたね。

母親は、結婚した頃はお金がなくて、日本人の鈴木さんという人と知り合って、今は浜松にいるけど、その人がよう家に来て、うちの母親を「自分の母親みたいで」言うて。毎月、いくらか助けてくれたりした。そして弟にも、「学校行きな。俺が出してやる」って、３年生まで出してくれたの。そいから、近所のおじさんが印刷所を紹介してくれて。あの頃、印刷所で働くってえらいいいとこだったよ。給料は高いし。それで、お金を貯めて家を買ったの。ただ、２つオンドルがあるだけだけどね。借りるよりは安心。そこにちょうど集団帰国の知らせが来たんで安心して、弟たちは日本に帰っちゃった。子どもたちもだんだん大きくなったので、最後はこの家も売りました。

【文化大革命】

文化大革命の頃はその家を売って、前の家、田舎の家をまた買ったんだけど。この時はね、私は中国籍に入っとったんで、私には酷いことはなかったけど、子どもたちが大変だった、学校で。母親が日本人だって言って。学校では、みんなに共産党の腕章をくれるんだよね。半年ぐらいかな、「腕章くれなんだ」って、うちの娘、わーわー泣いて帰ってきて、「お母さん、なんで日本人なの？」だって。そういうことをされたことあるけど。後で、腕章くれたけどなあ。

【帰国手続き】

１９７２（昭和47）年な。公安局の人が知らせてくれた。日中国交回復、「日本へ帰れるよって」って。「私、中国籍に入っちゃったんで、籍を抜く」って言ったの。そしたら、「いや、あんたは日本で生まれて、正しい家族もいるし。そんなことせんだって、行きゃすぐ日本人なれるんだ」って言ってくれたんで。「そうだよな」って思って。その時に、日本籍に直しておけばよかったんだけど。日本籍に直すには1年ぐらいかかるって言われたけど、1年かかっても日本籍に直しとけば良かったんだな。その人が、「そんな面倒くさいことせんだってさ、早く日本に帰りなさい。日本人だもん。嫌だったって、中国人になりたいったって、なれんに」って。そこまで言ってくれた。そうだわ、親は日本人だから。戸籍謄本はあったの、私。最後に中国で戸籍を書き換えに行く時、役場でとった戸籍謄本持って行ったの。そしたら、「なんで、これがあるのに日本人になれんの？」って、日本管理局で言われた。

多分、日本のここの法務局の人が悪いんだ、やり方をよく知らなかった。家族を連れて来いって。2人の姉、2人の弟、両親、みんな揃って行ったんだ。「それでもだめ」って。おかしいじゃない。私が言い間違ったり、やり間違ったかもしらん。中国籍のパスポート持っとったし。ダメって言われた。でも、日本の国籍もあって、削除もされてないのにね。

【一時帰国】

結局、一時帰国、里帰りは1974（昭和49）年でした。帰国できると聞いてすぐ申し込んだ。「いや、そんなの帰れるよ。里帰りはいい、大丈夫」って。私、なにかはわからないけど、1回、日本に行ってみたいって言って。

1974（昭和49）年、42歳の時、船で帰って来たの。天津《テンシン》のホテルに全国から、帰る人みんな集まったわけ。そうしたらね、ぜんぜん日本語わからない人、いっぱいいるんですよ。そして、あるおばさんが、後で私と一緒に来てくれたおばさんが、よくしゃべるんで。宿の食事を済ますと、みんなおばさんとこの部屋行って、日本語の勉強しとったんだけど。あそこのホテルには、２週間いたの。

私と子ども２人で、私たちは３人。一緒に来てくれたおばさんは大分の人で、日本語がペラペラ。下の子はこのおばさんが連れてくれて、４歳だった五男を私が負んぶして、貨物船で来たの。私は日本語がわからないし、おばさんが通訳できるので付いて来てくれて、日本に着いて港で別れたけどね。この時は、日本に半年しかおれなんだで。後で思えば、お祖母ちゃんが日本に残ってくれてたから、帰国した時は家があってよかったんだ。

船の中で日本人から、「何歳ですか？」って聞かれて、私はこのいい方は聞いたことあるけど、意味がわからなくて。「年はいくつ？」って。「あ、年か」って恥ずかしくて、顔真っ赤になって。42歳が言えんで、指４本立てて、その後2本立てて。「あ、42歳なんだ」と言った相手の言葉でわかって、「42歳」。これ、42歳って言うんだとわかったの。ずっと、日本語しゃべりにくいの。でも、帰ってきてから、「今度はちょっとでも日本語しゃべるんだ」と思って、いろいろやってみたの。まだまだ、わかんないとこ、いっぱいあるけども。

身元引受人は、両親と一緒に暮らしていた、すぐ下の弟がなってくれて。三十数年ぶりに帰って来たら、おりました。みんな健康で、母親が東京から、千葉からおばさんたちの所へ連れて行ってくれたりして。病院に連れて行くとかも、みんな母親。元気だったですよ。父親は会社勤めしてた。

１９８０（昭和55）年に2回目、また帰ってきて、今度は1年おって、ちょっと近所のお菓子屋さんのとこにお手伝いに行った。お金も欲しいけども、「日本語をしゃべる」っつうのが。そこで、冗談言ってみたり。「冗談はこういうふうに言うんだ」と思ったり。うちの嫁とぜんぜん話できないの。だから、聞いとるだけ。何言ってるのかわからない。直接、私に、子どもみたいに言えばわかるんだけど。ゆっくりと言えばわかる。で、病院へ行くと、病院の先生に、私は「お腹が痛い」「頭が痛い」とかは言えるけど、先生から返って来る言葉がわかんない。先生は、ちょっと敬語を使ったり、難しい言葉使ったり、わかんない。「これは困ったなあ。難しい。もう、なんでこんな苦労せにゃ…」と思って。

一時帰国後は、中国でも、「永住できるの？」みたいな話が盛んで。だけど、私だけが永住できて、子どもはどうかわからないわけだけども、とにかく日本と中国は、だんだん良くなっていくから、行ったり来たりするのは便利でいいかもしらん、と思った。私、中国のあの寒いとこ、嫌んなっちゃってたから、ほんと、「早く日本帰りたい」当時、自分はそう思っていた。ほで、弟に帰国の手続きを頼んで。子どもたちも、「そうした方がいい」って。

向こうの子どもたちも大きくなって、結婚して。うちは農家じゃなく、勤めてたもんで。次女は看護婦やって、上の子は食料品店の会計で、次男が税務局、５番目が船の関係で、みんなの書類持っとったから。私が勤めとった会社、縫裁、ミシンの仕事は長男の嫁に譲って。中国ね、あの頃、親が退職すると子どもが同じ会社に入れるの。だから、「私辞めるから、嫁さん入れて」って。

で、また一時帰国して、いろいろ話するうちに、「子どもたちを呼び寄せる」ってことになったんで。で、旦那呼びに行って。お義父《とう》さんだけは、私が来て明くる年に亡くなっちゃたけどな。食道癌だった。手術した時、私はおったの。癌がね、そこらじゅう転移して。ここの手術、何回も何カ所も手術したんだよ。でも、一番最後、だいぶ良くなって、自分で作って食べとった。二番目の弟と嫁さんとおった。私の2回目の里帰りの時は、きれいな家建ててあるの。弟は自分で働いたお金を貯めて。嫁さんが、すぐ裏の病院勤めとって。もう生活はだいぶ良くなってた。

【国籍の問題】

結局、国籍が外国籍っていうことで、日本の国籍があるにも拘わらず、日本国籍が認められなくて。「どうしたらいいの？」ちゅったら、『帰化』っちゅうことができる」って。「なんでもいいわ。帰化でも日本の籍になればいいわ」と思ったの。そうしたところ、一番最後の、支援金もらう時に、「帰化はだめだ」って言う。びっくりしちゃった。

結局、支援金はもらえたけど。小林さんが[21]、もう、自分のことのようにしてくれるんだよ。それから、弁護士頼んで。弁護士さんがね、全部もらってくれた。おかしいよね。いくらなんだって、日本人は同じなのに、帰化になったら、いろんなことが影響してきた。今も、言っとうじゃない。配偶者。あんな気の毒だよ。「配偶者にはやらない。配偶者は自分でなんとかしなさい」って。日本人は、中国人に助けられて生きてきたんだよ。で、日本は、なぜ助けないの？　もう年も年だし。あんな年になってまで。

【帰国してから】

今になってね、ま、ちょっと遅かったなあ。いろいろやってくれるのは遅かったなと思う。もうこの年なってから。支援金をくれて嬉しかったけれども。ちょうど来て、苦しいときにね、何にもなかった[22]じゃない。悲しかった。地域によって、支援の仕方はばらばらだったみたいだけど、私はまだ良かった方だね。

いろいろ、布団とかを買ってくれたし。民生委員も、民生課長さんも、「ここは本当は母子家庭で、子どもが高校を卒業すれば出てくことになっているんだけど、中島さんは一生おれる。その代わり、子どもと一緒におっ

(注)21　支援者、小林勝人さん。飯田日中友好協会理事長。元満蒙開拓平和記念館設立準備室事務局長
(注)22　援護の対象が、長い間終戦時13歳未満だったため。当時残留婦人に対しては、支援がなにもなかった。

ちゃいかん」というわけ。「18歳で出て行け」じゃなくて、「子どもが結婚したら出て行くことになるけど、結婚するまではおっていい」って。「18歳で出て行け」というのは、家族一緒に出てかなならん。下の子は結婚して、出て行っちゃったけど。私は置いてくれた、それはまあ、有り難いです。それから、支援金ももらえるようになって、家賃とか医療費もただになって、これはほんと有り難いと思っとります。

【人生を振り返って】

伝えたいことはいっぱい。平和の国でいてほしい。一番怖いのは戦争。戦争をしたらまた、私みたいにひどい目にあうから。いつも、学校の子どもたちに話をするけれども、「戦争って恐ろしいんだよ」っての。一番最後に酷い目に遭うのは、私たち国民だからね。「なんでこうなったの？」ちゅう。戦争があったから、こうなったんだよ。戦争がなかったら、日本にそのままおれたじゃない。日本にいたら、自分だって、いい人を見つけ、いい人と結婚して、いいお家を建ててたかしら？　私もいいとこ、職に就いて、年金もたくさんもらえるかしら？　そう、思います。そんなふうにはならんとは思うけど。とにかく、戦争が無ければ、ああいうひどい目には遭わないと思う。まあ、日本にいた人たちも、「終戦当時はエラかった（＝大変だった）」と言うけど、とにかく、部屋ん中で寝てただけで、美味しい水を飲めただけで、ずっといいと思う。

ただね、私、こんなこと言っちゃいかんけど。気の毒は気の毒だな、東日本大震災。でも「避難したって遠足みたいじゃない」っつったの。「あんな避難、私やってみたいよ」ちゅったの。自分の財産が流されちゃって、かわいそうだ、悲しいよ。でも、自分の財産置いて、食べるものもなく、ソ連の機関銃がどこから、撃ってくるかわからない逃避行、ばたばた人が死んでいくのを見てね。いい思い出なんかないよ。

中国ではね、寝とると、上から、食べ物が落ちてくるっていう、そういう言い方、諺がある。日本では「タナボタ」ていうの。そういう幸せがあるんなあ。

「あの男の衆は、それじゃない」ちゅうて見とるの。地域の衆、みんな運んでくれとるし。うちじゃないの。「お前ら、男なんで、立って手伝いしなよ」って、私、テレビにずっと言っとるんなあ。「動いたら」って、自分で動いたってもいい。なあ、なんで、待っとるの？「動かんな。あんないいえじな（＝身体？）しとって」ふふ…。すぐ、自分のこと、思い出しちゃってな。（完）

第3章

岩本《いわもと》くにをさん（長野県）

「その収容所で妹を中国人に連れてかれちゃったの。お父さんとお兄さんは反対できない。何でもいいなり」

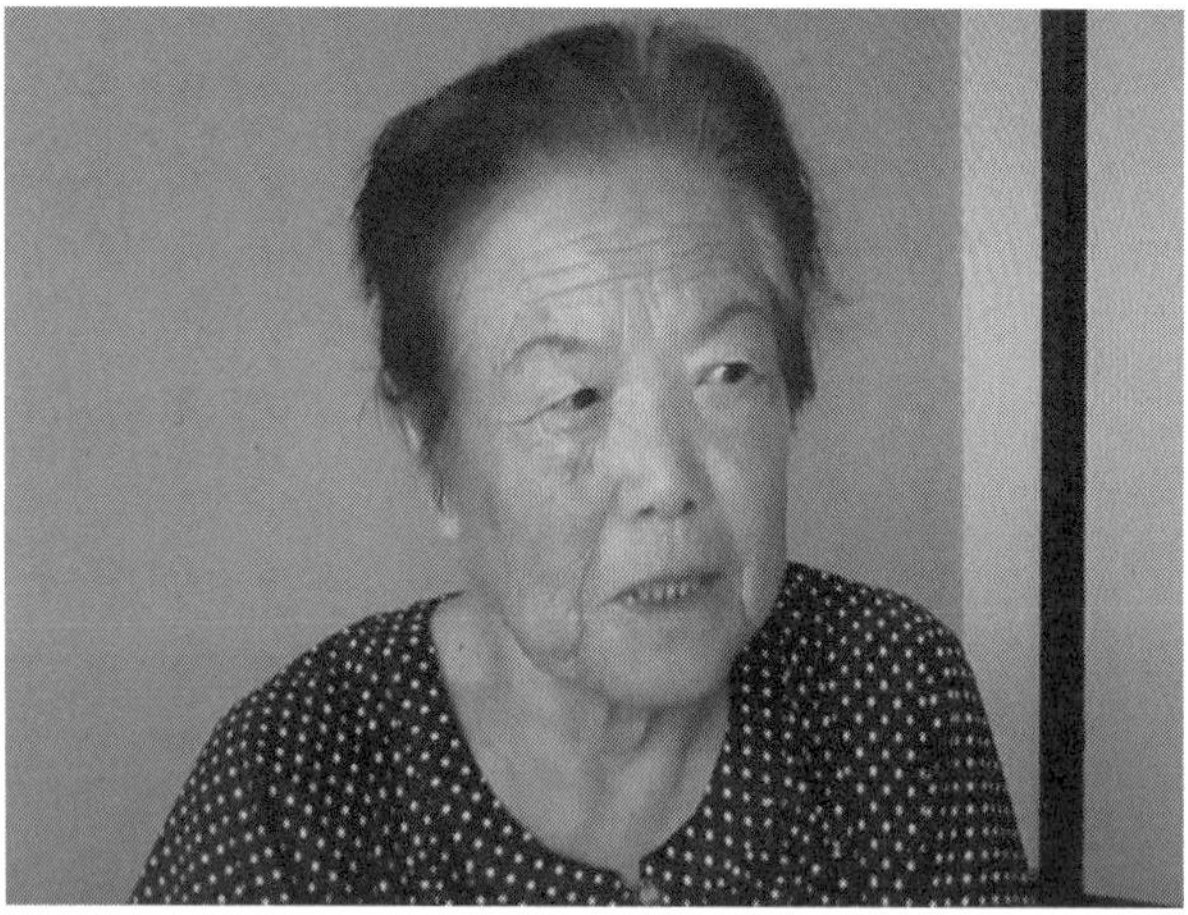

証言者プロフィール

1932（昭和7）年　長野県下伊那郡泰阜村《やすおかむら》に生まれる
1941（昭和16）年　9歳　渡満　家族で大八浪《ターバラン》泰阜村《やすおかむら》開拓団へ
1945（昭和20）年　13歳　終戦　前年に姉と母、戦後、父と兄が亡くなる
1954（昭和29）年　22歳　結婚（子供は4人）
1986（昭和61）年　54歳　妹と1回目の一時帰国（国費）
1992（平成4）年　61歳　夫と2回目の一時帰国（国費）
（年不明）　長男たちと3回目の一時帰国（国費）
1996（平成8）年　64歳　長男家族と永住帰国（国費）

インタビュー　2013（平成25）年9月16日　81歳　場所　証言者のご自宅
ウェブサイト　「アーカイブス　中国残留孤児・残留婦人の証言」Jさん
https://kikokusya.wixsite.com/kikokusya/untitled-c14lc

証言

【満洲へ】

1932（昭和7）年、長野県泰阜村《やすおかむら》生まれ。6人家族だった。両親とお姉さんとお兄さんと妹。お父さんは田んぼ作っとった。はっきり覚えとらん。お蚕《かいこ》さんも飼っていた。葉っぱをやったりしてた。

学校が家のすぐそばだった。毎日学校に通って、その時、まだお母さんたちもおったもんで、特に何か考える

っちゅうことはなかった（悩みもなく過ごしていた）。毎日元気に遊んでいて、小学校2年まで通った。

9歳の時、満洲に行った。まあその時は、親が決めるもんで。国の方から命令があって、それでお父さんたちが決めたんじゃないの。


【満洲では】

あっちへ行ってから、お父さんたちは、畑を作っとったようだよ。大豆とか、トウモロコシとか作っとった。まー、中国の人の土地だと思うけどな。お米は作ってなかったよ。私たちは大八浪《ターバラン》開拓団の1区に住んでいた。学校は2区にあった。あんまり遠くなかった。お母さんは満洲に行って3年目、私が12歳の時、亡くなった。空気が合わなかったのか、水が合わなかったのか、気管を悪くして病気になっちゃって。その後お姉さんも亡くなった。お姉さんは、お腹の中に水がいっぱい入っとるとかなんとかって聞いたように思う。

お父さんは兵隊に行ってない。ずっと開拓団にいた。13歳で戦争が終わるまで、その間の満州での生活はあんまりよくなかった。でもまあお米のご飯も食べとったし。お米は配給みたいにして開拓団にきていたようだ。食べ物は、一応お豆とかトウモロコシとかはあった。野菜は自分たちで作って。ゴボウとか、人参とか、みんなで作ってみんなで一緒にご飯を食べて。最初だけ共同生活みたいだった。後からは、家族ぐるみでご飯食べるようになった。学校では普通の勉強をしていた。

【終　戦】
終戦の時は、学校からお知らせが来たんかな。ほいで家へ帰って「家族と一緒に逃げる」っつうんだか。方正の方へ行くんだって。お父さんとお兄さんと妹と私。その時は、お母さんが亡くなっていないもんで。妹は私より３歳下なんだよ。ほいで、妹を一生懸命連れて。家から出る時に、中国は寒いから一番好きなオーバーを自分で背負って紐《ひも》で縛って、妹を連れてみんなと一緒に逃げた。途中で走る時に、オーバーが下へ落ちちゃうんだよ。子どもだもんで、上手にそんなにしかっりできんじゃない。お父さんたちはそばにおらなんだもんで、そん時はお父さんたちは一番前の方に入っとって。ほいで子どもとか年寄りは真ん中におるようにしておった。ほんで、途中で２回もオーバーを落としたの。もう最後には「いいわ」と思って、妹だけ連れて、オーバーは捨てて歩いた。妹を連れて一生懸命。妹だけは手を全然離さんように。お母さん亡くなってっから。他所《よそ》のお姉ちゃん、他所《そ》のお母さんみたいに、妹の面倒をしっかり見とった。ほいでその時に、どんなに何があっても妹の手だけは離さなんだの。方正《ホウマサ》に着くまでは、１か月くらいかかったかな。逃げる途中、畑のトウモロコシを盗って、生で噛《か》んだり。

山の細い道歩いたり、昼間はあんまり広い道は歩けんのだよ。歩くとみんなが見つかると困るもんで。上の方から飛行機が来たり、ほんと怖くて。ソ連の飛行機が時々爆弾落とすじゃない。ほいだもんで、山ん中へ隠れとって、山の中の細い道を歩いたりした。

うちの隣のおばさんの３歳くらいの女の子が、言葉があまりはっきり言えんの。そいで、その子がよく泣き、泣くと大きい声が出るもんで、お母さんがみんなに迷惑をかけるようだと、その女の子を川の中へ捨てちゃって。どうしようもないことで。いろいろだよ。それだし、歩いとる時に、両方から鉄砲が来るんだよ。鉄砲の音が、ヒューと。弾《たま》がこういうとこから、ヒューヒューと。ほいでもう、自分でも生きとるんだか死んどるんだかわからん。ほいでも、妹をせえて（＝せかして）、自分でも顔を触ってみても血が出とらんで、まだ大丈夫なんだかなと思って……。それで確認して。

鉄砲の音がほんと、今でも頭ん中に、そんな音がでるような感じがある。その時にな、学校の先生が、何の苗字だったか忘れちゃったけど、メガネをかけて、大切な物を持った校長先生なんだよ。鉄砲にやられてそこに倒れとったの。そのそばを、ずっと歩いて通って来たの。ほいで、女性の方が、子どもをおんぶしとるら。子どもは背中で泣いとるんだけど、お母さんが鉄砲にやられてそこに倒れて。子どもは背中に泣いとるとか、いろいろあった。でも、誰も助けられない。それはしょうない。助けれんじゃない。みんな前の方へ進んでいくら。でも、残されちゃうで…。この1か月間の逃避行の間に、大勢の人が亡くなったよ。方正にたどり着くまでにね。

【方正の収容所】

収容所では、コーリャン。一番外側の皮を剥《む》くだけで、真っ赤っかになるコーリャンご飯。渋いんだよ。まずいのね。まずいし、渋くて、口の中がおかしくなる。

ほで、外側（外出）にも出ていけんの。住んどるこの部屋の角んとこへ、燃やすための枯れた草とか、ゴミみたいなものを積んどったの。そいで火を焚くの。そん中に隠れとるの、私たち。私と従姉妹のお姉さんと、2人でそこの中に隠れて。昼間外におっちゃだめ。怖いもんで、おれんのだよ。その中に入っとって、ご飯をそん中に持って来てくれて。そこでちょこっと食べるだけ。顔を真っ黒にして。こんな白い顔しておれんのだよ。灰とか、いろいろこういうふうに顔へつけて。昼間はそん中に隠れているの。小さくても、どうしても女の子だもんで。怖いじゃない。

そこで一番大変なのは、食べ物もなくて着るものもなくて。ほいで、毎朝起きると、ちょうど冬を越したもんで。朝起きると、大勢の人が死んじゃった。ちょっと、あの具合が悪いとか、風邪を引いたりすると、薬も食べ物もないもんで。ほいで、朝の馬車、あの馬車の上、いっぱいな。死んだ人。毎朝だよ。ほいで、凍ちゃって。手がこんなようになったり、足がこんなようにして。その馬車の上へいっぱい大勢の人を入れてどっかへ……。

どこへ持って行くだか知らんけどな。あの時は、逃げる時（1か月の逃避行）より、死んだ人が多かった。

その収容所にいる時に、一番私が悲しかったのは、妹。妹を中国人に連れてかれちゃったの。お父さんとお兄さんは、反対できなかった。その時は戦争に負けとって、中国人に反対はできない。何でもいいなり。妹は、あの小さくて結構可愛い子だったもんで。

こないだ記念館で話をした時に㉓。別の人が、私に聞くんだよ。「どうして、妹は中国人に連れていかれて、岩本さん自身は、どうして連れていかれなんだ？」って。私が笑ってな、私の顔かわいくないもんで、こんなバカのような顔してるもんでって。妹は、お人形さんみたいな顔しとったの。かわいい目が、これ睫《まつげ》ちゅうかなんちゅうか。長くてお人形さんと同じような目しとった。その時、私たちは背が小さいじゃない。私の妹は、私よりまだ3歳下なもんで小さくて、可愛い顔しとったの。そんなもんで、妹の方を連れていかれちゃった。みんなで笑ってな。私の顔が可愛くないもんで、連れて行かれなんだって。


【残留へ】

それから、「もう日本へ帰れる」ちゅうような、お知らせが来て。そいで、私たち3人、ちょうど、哈爾浜《ハルピン》へ行くっちゅうことになって。その途中に、妹がもらわれて行った家があったの。

妹の養母が、なんかどっかで聞いたに。「日本人が日本へ帰る」って。ほいで、大通りの広い道、ヒャーヒンズに面した玄関で、妹の養母が妹を連れて立っとったの。びっくりしてな。ほしたら、妹が泣いちゃって呼ぶんだよ。「お父ちゃん、お父ちゃん」って。「お姉ちゃん待って。私も行くー」って。そういうように、言われたも

㊟23　満蒙開拓平和祈念館の語り部

んで、もう、お父さんが歩けんようになっちゃったの。日本の人のみんなは列になって、前の方に進んで一緒に行っちゃうら。そいで、私たちがそこに残ったことをみんなも知らんと思うの。そいで、そこでずっと私たち3人は残されちゃったの。もし、妹と、その時に出会わなければ、私たちも皆さんと一緒に日本へ帰って来ていたと思います。(24)

【父の死、兄の死】

そのように残されて、お父さんがそっから病気になったの。それで、そのお義母さんは親戚の家に住んどったん。ほいで、道のこっちに小さいホテルがあったの。そのホテルへ頼んで、空いていた2階に住まわせてもらって、ほいで、お父さんを私が看病しとったの。お粥《かゆ》を作ってやったり。ほいでも、薬がないし病院へ行けんもんで、お父さんはそのまんま亡くなったの。

お兄ちゃんは、妹のお義母さんが仕事を探してくれて。お金が全然ないので、働いてお金を少し貯めて哈爾浜《ハルビン》の方に行くようにって。最初、仕事に行っとって結構だったんだけど。お父さんが亡くなってから、お兄ちゃんもお父さんと同じ病気。なんちゅうの？　日本ではそういう言葉がないな。中国語はサンホウって言うんだけど。妹のこと考えると、とても悲しいしって。心配で、心配で。カンザン（肝硬変か？）言うんかな。身体が全部黄色になる。最後は手とか顔も黄色のような色になって。1か月くらいで亡くなった。

(注)24　昭和21年か22年の出来事と思われる。拙稿『年表 中国帰国者問題の歴史と援護政策の展開』より以下参照。1946（昭和21）5月14日 在満日本人引き揚げ第1陣、コロ島引き揚げ開始（1、219人）、1947（昭和22）年5月15日 奉天より引き揚げ第一列車が出発。11月23日 大連地区引き揚げ第一船が入港。

【残されて】

私は1人きり残されて、泣いて泣いて、目が見えんようになったの。なんちゅうの、なんか、膜みたいな物が目に。こういうように、全部隠されて目がもう、見えんようになって。ほいで、あのホテルのおばさんがいい人で、私をおばさんの家へ連れてってくれて、そして、薬とか何か冷たいものを目の上にかけてくれたり、1週間くらいで、私の目を治してくれたんだよ。

その後は、妹のお養母さんの親戚が、「子どもが大勢いるもんで、その家に入って子どもの面倒を見たりご飯を作ったり、お手伝いに行くように」って紹介してくれたの。ほいで、私はその人の家へ行って、子どもをおんぶしたり火を焚いたり、田んぼの草を取ったりした。ヒャーシンズ（漢字不明）の町におる人だったんだけど、お養父さんは大工さんで、田んぼを作っとった。田んぼの草を取ったり、私も一緒に仕事をしとったの。14歳から17歳ぐらいまでその家にいた。

【妹と私】

それから妹のお養母さんが妹を連れて、どこ行ったんだかわからんようになっちゃって、離れ離れになっちゃったの。毎日、私は田んぼの中の草を取りながら泣いたりして。毎日、夜になると涙がぼろぼろ。昼間は涙落とすと、ちょっと怒られたりすると思ったが、夜になって寝る時は、涙が毎日。枕が全部濡れちゃうんだよ。お父さんのことを考えたり、妹のことを考えたりして。

ほいで、そこの近所に日本人のおばさんが住んでおったの。その家のお客さんが、妹のことを知っていて、妹と同じ部落の人だってわかったの。「私が行って見てくるで」って言って。ヒャーシンズからはホイファンまで、歩いて丸1日かかる。足が棒みたいでパンパンになっちゃって。妹に会ったら、妹が泣いて私も泣いて。2人とも。そいで、それから私は妹のとこへ行って、妹と一緒におったの。

妹のところは、お養父《とう》さんとお養母《かあ》さんが2人（本妻と妾さん）で、2人とも子どもがなかったの。お養父《とう》さんがかわいがってな、ほんと、よかったんだけど。お養父《とう》さんが亡くなっちゃったの。そうしたら、本妻さんがあまりいい人じゃなかったんだよ。妹を連れて別の方へ行ったり、[25]離れ離になったり、妹が叩かれるんだよ。お養母さんに。茶碗を洗って上の方に置く時に、背が小さいもんで届かんじゃない。お皿が下へ落ちて壊したりすると、お養母さん怒って「今日、お昼ご飯は食べさせん」って。「そんなご飯あったら、犬にやる」とかって。毎日、叩かれたりな。その後、2回も妹とは離れ離れになったりした。

【結　婚】

私は22歳で結婚して佳木斯《ジャムス》という大きい町に住んどったの。うちの主人が、仕事から自転車で帰ってくる時に、ちょうど妹に出会ったの。私はすぐ行って、妹と話をして。ほいたら、お養母さんが「お姉さんの所へ行っちゃダメだ」って。妹の家へ行って、お養母さんと話をした。いろいろお養母さんが悪いことをしたことがあるの。妹の結婚相手を探して、お金を取っていざ結婚となると、背が小さいもんで年を小さくごまかしとる。相手が「結婚する」ちゅうと、「まだ歳が小さいで、ダメだ」って。だけど、お金はもらうんな。そういう悪いことするもんで私が怒って、「これ（妹）は人間だよ。品物じゃないら」って怒ってな。「妹に、彼氏を探して私が連れて来る」ってゆったら、お養母さんが「ダメ」っちゅうもんで、「もし、彼氏があれば、もうしょうない」って言

㈡25　妹さんを売ろうとしていたのではないかと思われる。

うもんで。ほいで、私が佳木斯から、彼氏を探して写真を持って妹の家へ行って、お養母さんと話をして妹は結婚したの。4人の子どもを産んで、3人の娘、1人の男の子。

私は、妹のお養母さんのお姉さんの紹介で、お姉さんの親戚と結婚した。当時としては珍しく、私のお姑様が、中国のいい着物（チーパオ、伝統的中国服）を作ってくれて結婚した。それから子どもが出来てから、近所のおばさんが「日本へ帰る」(26)っていうことで、私を誘いに来てくれたんだども、子どもが出来とったもんで、「もう帰れん」って言って、帰らなんだの。自分で考えて、中国の人と結婚して、もう子どもが出来とるで、それでもう帰れんて。主人とお養母さんが、「もうあきらめて日本に帰らんように」って。そういう訳で中国へ残されたの。

主人は本当に優しい人で。お養母さんは、ちょっと昔のおばあさんなもんで、頭が固いちゅうかなんちゅうか、ちょっと厳しかったけど、ほいでも、4人の子どもを産んで、おばあちゃんは男の子が大好きで喜んで。

【夜間学校】

夜の学校(27)には、今、近くに住んでる娘と2人で通って卒業したの。そこで中国語の読み書きを勉強して。それで、普通の中国語は読めるの。難しいのは読めんけど。でも、書くのはもう、忘れちゃった。五十何年も書かん

(注)26　拙稿『年表：中国被告者問題の歴史と援護政策の展開』17～19頁。1953年に北京協定が締結され、第二次集団引き揚げが再開された。しかし、中国人との間にできた子どもは連れて帰ることはできなかった。

(注)27　新中国建設後、初期（1949～59年）には、猛烈な勢いで識字教育を実施した。街のあちこちに中国語の読み書きを勉強する夜間学校ができた。

もんで。

【文化大革命】

文化大革命の時は、中国の戸籍になっとったもんで、全然、何にもなかった。日中国交回復は、テレビやラジオや新聞でやっとった。

【帰国につながる出来事】

いつも、「自分は日本人」ってことを覚えとって、なんちゅうの？　大きいお店は何と言った？「デパート」。ある時近所の若い嫁さんを連れて、街へ出てったの。そのデパートんとこ行った時に、ちょっと見たら、大きいバスがそこに停まっとって。その上に大きい字が書いてあって、「長野県下伊那郡泰阜村」って書いてあったの。それだけは字を読めて、「あら、これ日本のバスだ」って。私もびっくりして、外で待っとったんだよ。立って待っとったの。ほしたら、中からずっと日本の人が出てくるもんで。日本の男性は、背が小さいや、ほで、あの帽子をかぶって。見るとすぐわかるもんで。「あれ。みんな、出てきた」って。私がそば行って、簡単な「こんにちは」とか、挨拶はまだ言えるもんで。そば行って挨拶して、「私も日本人です」って言ったの。そしたら、「どこだ?」って、「どこで生まれた?」って、いろいろ聞いてくれて。で、「泰阜村」とかは言えるもんで。そしたら、「バスに乗りな」って。すぐにバスに乗って、ホテルまで行って、そばに通訳の人がおって、いろいろ話をしてくれたり。その時はほんと、嬉しかったの。珍しいちゅうか、嬉しいちゅうか、もう言えんように、その気持ちはもう何て言うか、言葉で言えないように嬉しかったよ。

その時の中島多鶴《なかじまたづる》さん(28)との出会いが、日本に帰ってくるきっかけにもつながってった。本当に中島さんに、お世話になって。

【一時帰国から永住へ】

泰阜村の中島多鶴さんが、中国のミーサというとこに来てくれて。私たちを呼んでくれて。「岩本さん、どうして日本へ帰らんの？」って。私が、「もう、いろいろ子どもが大勢だし、嫁さんがおるじゃない。息子は（日本行き）いいけど、親がどこ行っても一緒にいくよ」って。だけど嫁が難しいの。中島さんが、「もうこの歳になって、今帰らんと帰れんよ」とか、いろいろ話をしてくれたの。いつも私は、小さい頃から、自分を日本人ちゅうってことは、覚えとったの。そいだもんで半分、結婚してからあんまりいいっても言わんし、そんなに悪いって家庭じゃないら。そんだもんで、日本が半分、中国が半分。いつも、日本を考えとるんだけど。

子どもは大勢産んで、主人もいい人だもんで、どうしようかなって。もう、頭が痛くなっちゃって。頭が毎日痛いの。半分半分だったの。中国半分、日本が半分。中島さんと会ってから、家へ帰って子どもと相談したの。そしたら、子どもも全部、「ほいじゃ、一緒に行くかな」って、そういうふうに決めて。で、一時帰国の時には、泰阜村に帰ってきて。全部で３回一時帰国をしました。

１回目は妹と一緒。その時に、妹が喜んで。ちょうど、哈爾浜へ行って、哈爾浜のホテルっちゅうかな、あそこにおって、私も行って出会った。ほいたら、髪が真っ白で、もうばあさんみたいで。そいだもんで、私が「早く染めな」って。床屋さんへ連れてって、あそこで髪を染めて、ほいで一緒に日本へ帰ってきたの。たぶん１９

(注)28　この本の第１章「残留婦人の母」中島多鶴さんの章参照。

86（昭和61）年、54歳だった。

2回目の一時帰国の時は、この主人と一緒に5年後の1992（平成4）年に来た。3回目は息子（長男）たちと。泰阜は仕事がないもんで。安心できんもんで。日中友好協会の方がいろいろお世話してくれて。飯田の方に住めるようにって頼んで。そして帰ったの。仕事がなければ困るじゃない。

そして、1996年に長男家族と永住帰国した。64歳だった。日中友好協会の人が保証人になってくれて。手続きは難しくなかった。

【帰国後の生活】

大変だった。いろいろあった。私は、自分でも日本語をもう忘れちゃって。そばに通訳の人がおらんと、そんなに話もできないし。帰って来た時64歳。息子とか孫とか、大体、家の中では中国語。今でも、中国語の方が便利だと思う。すぐに、中国語で言えるもんで。中国に56年間いたんで。こっちへ帰ってきて、今年で17年。そいだもんで、今、字を書くのも、すぐに、あのー、何だ、「イチ、ニ、サン、スー」とか、中国語が出てくるの。電話もそうだよ。番号は中国語がすぐに出てくるの。

【現在の悩み事】

もうこんな歳になって、お墓のことなんだけど。日本へ来て、その時に、日中友好の方たちがいろいろ心配してくれて。そして、けっこう、お墓が遠いの。飯田のずっとあっちなんだよ。中国から帰国した人たちはそこへ入るように、お墓を買ってくれたんだよ。1軒で、5000円かな。ほいだけど、保証人がこないだ言っとったけど、そのお墓が、もう満杯になって、「もう。入れんのだ」って。そいで、どうしようかって、心配しとるんだって。一番最後に、骨壺から出して、その灰だけ、骨だけを、中に入れるようにとかって、心配しとるんだって。そういうことを聞いたもんで、私はどうしても、中国から帰ってきて、ここに住んどるもんで、ここにもお墓がいっぱいあるじゃない。あっちこっちって。ほいで、家からちょっと近い所をと思って、毎日このことを心配しとるの。だって、いつ、もう、死ぬかわからんじゃないの。こんな年になって、体が弱いし、心臓があまり良くないの。

一人ひとりの分を骨壺から出して、みんな一緒ちゅうのは…。もう一つ新しいお墓を作ってくれたらいいのにね。

【未来の子どもたちへのメッセージ】

考えれば、今、日中の関係があんまり良くないもんで、ちょっと心配だけど。どうなるかもわからん。若い人も私もそうだけど、戦争なんて、２回も起きないように。毎日、私たちも祈って、仏様に祈って、また守ってもらっとるんだけど、毎日。日中が前みたいに、また友好になるようにって。若い人も、ほんとみんな、そのように考えとるの。戦争なんてもう二度とないように。平和な生活を希望します。（完）

第4章　中原《なかはら》なつえさん（長野県）

「嫁らにゃしょうがないもんで」

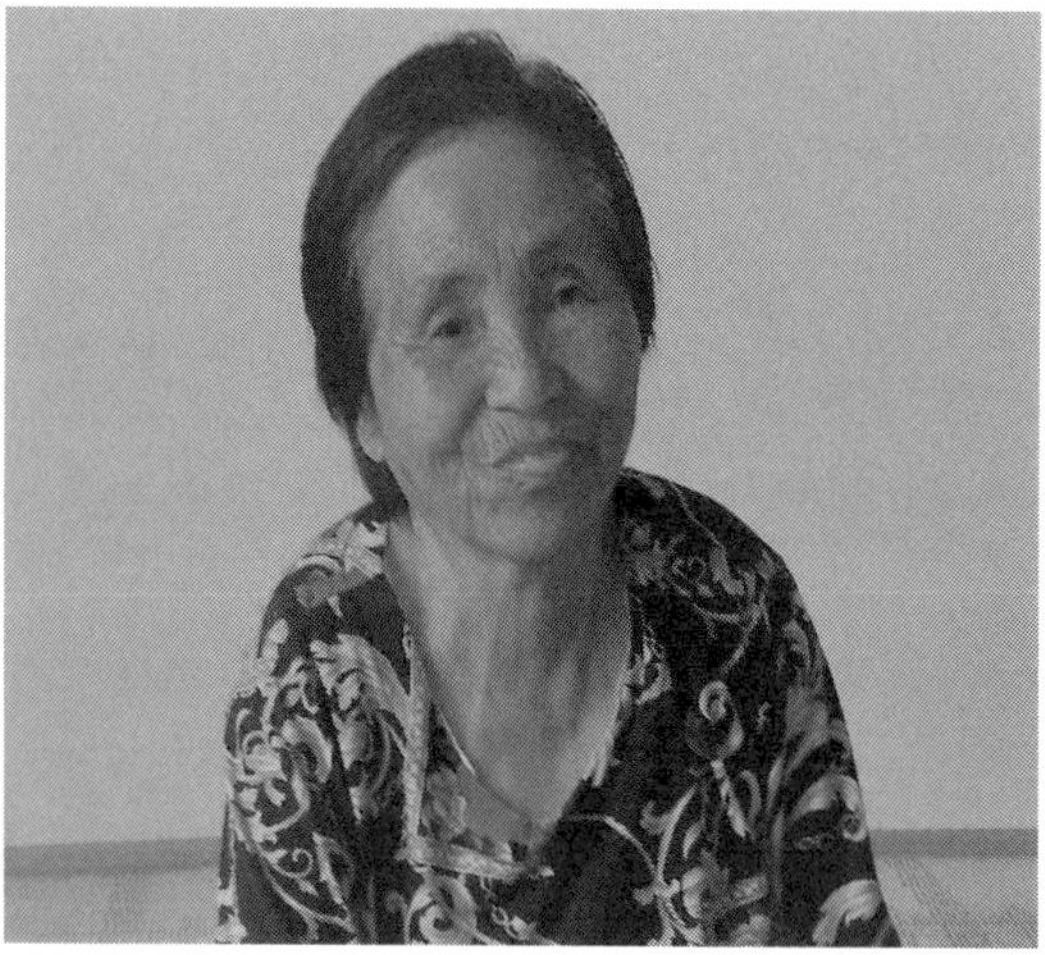

証言者プロフィール

１９３２（昭和７）年　長野県下伊那郡泰阜村《やすおかむら》に生まれる
１９４０（昭和15）年　８歳　家族８人全員で渡満。大八浪《ターバラン》泰阜村《やすおかむら》開拓団
１９４５（昭和20）年　11歳　父親が亡くなる
　13歳　終戦。逃避行の末、母が再婚、母の隣の家で２年間子守をする
　終戦直前に、兄２人が招集され、終戦後、姉は16歳で結婚
１９４８（昭和23）年　16歳　結婚
１９５０（昭和25）年　18歳で長男を出産（子どもは６人）
１９７４（昭和49）年　42歳　夫が亡くなる
１９７７（昭和52）年　45歳　末子（７歳）を伴って、母親のいる千葉に一時帰国（国費）
（時期不明）　泰阜村温田に２回目の一時帰国（国費）
１９９２（平成４）年　12月60歳のとき、末子の家族５人を伴って永住帰国（国費）
１９９５（平成７）年　子どもの家族10人を呼び寄せる（自費）
インタビュー　２０１３年９月15日　81歳　場所　長野の証言者のご自宅
ウェブサイト　「アーカイブス　中国残留孤児・残留婦人の証言」Ｌさん
https://kikokusya.wixsite.com/kikokusya/--------cr

証言

【満洲へ】

長野県伊那郡泰皐村で、1932（昭和7）年に生まれた。

1940（昭和15）年8歳の年に、家族全員8人で、電車で新潟に行って、新潟から船に乗って中国へ渡った。お父さん、お母さん、2人のお兄さん、お姉さん、ワシと妹と弟。船の中では、酔っちゃって。お天道様が海から出て、海へ沈む。それは覚えておって、後は何にもわからん。汽車に乗ったり、馬車に乗ったりして、大八浪《ターバラン》泰皐村開拓団《やすおかむら》に行った。

【満洲に着いたら】

そこには、新しいうちが最初っからあったの。行った時は、みんな中国人ばっかだったわな。共同で、一緒にご飯食べて。そして、1区、2区、3区……、全部で9区あった。みんな国で分けてくれて。うちは2区。中国人は別の部落で。こっちはきれいに、国で作ったんずら。

【父が亡くなる】

中国へ渡って3年目、ワシが11歳の時に、寒かったもんで、肺炎でお父さんが亡くなって、18歳の一番上のお兄さんは、この年に兵隊に行ったでな。朝鮮に行って、日本に引揚げてから、千葉で、ずっと山を崩して開墾し、そこでお母さんと一緒にいた。

そいで、お父さんが亡くなってから、中国人1人に頼んで、うちの家族とおんなじように一緒に働いてもらった。馬もおる、牛もおる。みな、やってくれて。言葉わからんけど、来てくれてな。うちの家族のように、お母さんは接してくれて。あの人もよかったよ。仕事を大事にして、お父さんの代わりに、ちゃんと率先してやって、私たちの力になって、農業、一生懸命頑張ってた。

二番目の兄さんも、終戦の年に、18歳で召集されて、ソ連の方に行ったが、寂しく寒かったので、シベリアに行く途中で亡くなった。同級生がおってな、骨は持たなしに髪の毛を持ってきて、うちのお墓へ届けてくれた。

【小学校の寄宿舎】

小学校は遠いんで、寄宿舎に入ってた。そいで、お父さんが亡くなってからは、1週間に1回、その中国人のおじさんが、寄宿舎に迎えに来てくれるの。寄宿舎で食べんならんで、野菜も作って。ほで、高島金太郎（『孤児編』証言21）さんの御両親が寄宿舎で御飯を作ってくれた。

【終戦時】

ソ連が参戦してきて、それから大変。1945（昭和20）年8月に、大八浪開拓団から、山道を歩いて、三江《サンコウ》省方正《ショウホウマサ》まで、ひと月かかったよ。道では、子どもの多い人は、川へ放り込んだ。それを見てきたよ。助けれんでな。うちじゃ。お母さんが、ワシの妹を連れる。ワシと姉さんは弟を、交代におんぶしてついて行かにゃ。逃げるもんで。ぞろぞろ、ぞろぞろと、蟻のようだった。その列について行くのが大変で。後になりゃ、命がなくなるでな。

終戦の年は、ワシが14歳（数え）、妹が11歳だわな。それで、弟が、妹の下だで。7歳か、そんくらいだ。今は、弟とワシと大阪に若い姉さんが、ワシの姉妹が3人残った。妹はもう亡くなって5年くらいになる。嫁行って、子どもらが3人おったけど、こっち帰って来た。

【逃避行】

1か月かかったで。山道ばっか、なあ。食べ物もないし。ほいで、山道で、山にゃあこっちでも、山の方に、家があるら。そこにみんな寄ってよ。ほいで、おにぎりをもらったり。あの年、雨ばっか降ったもんで、水は泥水を、手ですくって飲んで。ほいで、泥水でも、茶碗がありゃ、妹か弟が飲めるように、できたけれどな。雨が降った時、歩いてできる道の穴に溜まった泥水。

鉄砲の弾が、ウー、ウーって、頭の上飛んだ。道の横には、側溝の穴があるら？　そこを歩かにゃ、道のとこ歩けんわ。鉄砲の弾が飛ぶもんで。

食べ物もなかったから、山にあるものをいろいろ食べて。自分で考えりゃ、よくあんなとこ、「死なずによく生きてきたな」と思うよ。鉄砲の弾の下でな。夜は、山の中で、みんなかたまって、拾った木に火を点けてな。丸く座って、火を焚いた。

その時、18歳以上の男の人は、みんなおらん。16歳、17歳、男の衆だわな。子どもだわ。そういう人たちが、先頭と後ろに付いたりとかして。付くんにゃ、人を助けるじゃねえわ。歩くだけは歩いて。なあ。1人のおばさんが5人の子ども、1人しょって、1人は連れる。川へ放るとこ見たよ。川に放るとこ。そいで、お母さんも飛び込んだわ。子どもを川へ放っておいて、自分も飛び込んだ。だが、大きい方は、泳いで助かったので、中国の子どももない人が拾っていった。中国人には、そういう衆も、いい人もおる。「お前さんは日本人だで、日本へ帰れ」って帰らしてくれた人もおるよ。ほいで、中国人の家庭へ入ったら、オンドルがあるら？熱いオンドルで、死ぬ衆もおったよ。ほんだもんで、うちの息子が、「お母さん苦労して日本へ来たで、な、長生きするんだよ」って言ってくれたわなあ。

【方正の収容所】

方正の収容所でな、ソ連の衆が来たわな。それが、みんなゴタゴタだった、クシャクシャだったけれど、収容所は、役場のような住宅。広いとこ、みんな、下へ寝てな。そいでさ、11月になりゃ、中国は寒いなあ。寒いもんで、中国人が連れに来て。助けにな。子どもから、親からな、一緒に。助けて。そういう衆が、まあ、中国帰国者って。残留婦人だわ。

お金もない、食べ物もない、着るものは、綿の入った厚い着物を着らにゃ、もう死んじまうわなあ。ほいで、中国人が迎えに、大八車《だいはちぐるま》で迎えに来てくれて。家族５人、みんな連れて行ってもらって。お母さんとワシ、兄弟４人だわな。妹と弟とお姉さんとワシと。ワシの姉さんは、連れて行った人の親戚が、「嫁に来てほしい」っつって連れていった。お姉さん、16歳だった。

【売られて嫁に行く】

それから家族４人だわな。弟と妹とワシとお母さんと４人。その連れ家に連れてってくれた親戚の人がまた、迎えに来て、お母さんも、嫁って（＝嫁に行って）。嫁らにゃ、ダメだもんで。ワシは、お母さんのお隣の家の子守になった。２年ばか、子守をして。ほいで、ま、「２年も助けた」ちゅうて、ワシを売って、お金を要求して。「この人が欲しい」ちゅうな、「お金をよこさにゃ、本人は渡さん」ちゅうことで。ほいで、今の、ワシの中国の旦那んとこ、嫁行って。16歳になったらば、売られた。同じひとつの部落だもんで、ワシのこと知っとった。

売られて結婚した。言葉もわからん。ほいだけど、旦那のお父さんとお母さんが、大事にしてくれて。16歳の子どもじゃ、普通は学校だわな。言葉もわからん。意味もわからん。悲しかった。あの時分にゃ、本当に悲しかったけど。食べ物もない、あっちも寒いもんで、どうしようもない。主人も優しくしてくれて。18歳で長男が生まれた。昭和25年の生まれ。１９５０年生まれだ。今、長男が63歳。その２年後ぐらいにまた男の子。全部で、男の子は6人。

ずっと一緒に、農業をやってきて、旦那が、ワシ、42歳の時に亡くなったの。ほいで、6人の子どもを連れて悲しかった、あの時分には、子どもは小さいもんで。今、一緒に住んでる息子が5歳の年に、お父さん亡くなった。着る物もない。食べ物もみんな、部落の衆。お金持ちは、いろいろ持ってきてくれた。

【一時帰国】

「かわいそうだ」って。みんなも言うんだ。「あんたはな、辛抱しておれば、いい時が来るで。子どもを育てておればいい時が来る」って言うんだ。そうだな。「いい時が来る」ちゅう、それを楽しみに。どうくれい（＝どのくらい?）、悲しがったっても、苦しくても、それを、忘れずになあ。頑張って。

ほいで、1977（昭和52）年45歳の年に、一番早く、日本の千葉へ里帰りできた。千葉は、お母さんとお兄さんがおる所。6か月間いた。

それから、しばらく経って2回目の一時帰国をした。何年に帰ってきたか、あの時分には、もう年だったなあ、なんか忘れちゃった。覚えがねえなぁ。知っとるら、中島《なかじま》多鶴《たづる》さんちゅう。多鶴さんの世話になって、泰阜の温《ぬく》田《だ》に帰ってきた。この商工会いうとこ。商工会にゃ。みんなで5軒。5軒の部屋でなあ。違う衆、5軒。6か月おった。来た時も、言葉もあんまりわからんけれど。工房でお茶摘みやら梅取りやら頼まれちゃ。ほいで多鶴さんが、その農作業のお世話して、みんな頼む人は多鶴さんに頼んだ。若い中国人に、「中国から来た衆に頼みたいで、梅取りに来てほしい」とか「お茶摘みに来てほしい」とか。あの時分は、本当、嬉しかった。そうそう。6か月遊んだりして、国で方々連れて行ってくれて。みんな一緒でなぁ。そしたら、やっぱり、「日本にずっと帰って来たいな」って思って。

【永住帰国】

永住帰国の時は、5人。ワシと息子3人と嫁。ここに一緒におる息子は六番目のばしっ子（＝末っ子）。その子だけ、お母さんを離れないもんで。日本へ2回。わしが日本に里帰り（一時帰国）に来る時、2回連れてきた。1度目は7歳の年にワシ連れてきて、2度目は23歳の年に連れて来た。2回目は、もう日本で働いて。お金がないもんで、嫁さん来てくれんでな。そいで、働いたお金で、中国に帰った時、嫁さん決めて、もらった。そいで、ワシは1992（平成4）年に来たら。ほいで、1995（平成7）年に、家族が10人おる。長男と2番目の子と4番目の子の嫁さんおる。孫が4人、大人6人ずら。3組。国（中国）のお金借りて、帰って来た。

そいでこっちへ来て、土方の仕事をな、働いたお金を、3年目に、誰か兄弟が中国に帰って行く時にな、持って行ってお返しして。みんな、中国のお金借りて来た。

永住帰国になったのが、1992年（平成4年）12月だわな。そん時、ワシは60歳。一時帰国で日本に来て、証人（＝身元引受人）を見つけて、帰って手続きして。15年かかった、その間が長かった。それも、「日本へ帰る」と日本のことを思って、どんくれえ悲しくて。悲しくて厳しい時もあったけど、辛抱して、辛抱して、とにかく、「生きとれば、日本へ帰れる」って。それが頭についとるもんで。証人を見つける時には、なかなか見つからん。ワシの姉さんは、下の親戚が証人になってくれて。ワシは、お母さんの在所（実家）の孫。孫がもう、今は、60いくつになったけれど。身元引受人がなけりゃ、来れないでなあ。2回、里帰りに来て、証人（身元引受人）を見つけて。ほいで、それに、返事をしてくれてな。こっち（日本）の住所から、いろいろ持って行って、あっち（中国）で手続きして、送って。戸籍は泰阜村にずっとあった。身元引受人が、結局見つからなくて、来られなかった。あの時分にゃ、みんなそうや。国じゃ、みんな。うちだけじゃなく、みんな。違う衆が来ると、まあ、迷惑かけると思って、証人なってくれんのな。経済的に大変だとか、援助しなきゃいけないんじゃないかとかっていう人が多かった。

手続きでかかったよ、手続きが、ワシ1人じゃねえ。みんな、中国の日本衆も手続きするじゃ。手続きも混んでて。一旦手続きするにも、東京の法務局まで行ったわなあ。ほいで、今は長野へ行く（長野でできるようになった）。近いら。永住帰国してからは、泰阜村に住んどる。踏切の向こう側に、佐藤治《はる》[29]さんが住んでた。あの人も、今年の1月8日に亡くなった。ワシたちは、佐藤治さんが帰国した1年後に帰国した。

【帰国後の日本語】

帰国後、泰阜村の方で住宅とか、そういうのは考えてくれて。60歳だから、日本語の勉強大変で。なんでも、「聞いたことあるな」「これは今、なんちゅう意味や？」わからん時がある。日本語の勉強する所とかあったけど、まあ、行かなかったけれど。家で、ラジオ（ラジカセ？）、日本語をな、カード入れて、それで日本語勉強した。飯田の方だなあ。飯田の方から、勝野さん[30]。あの人が持ってきて。「日本語、子ども、大勢おるんだで、日本語をお母さんが覚えにゃ、子どもは意味わからん」て。そいで、一生懸命したさ。

【日本での生活】

(注)29　筆者も、このインタビューの18年ぐらい前、温田の駅前に住んでいらした佐藤治さんにお会いして、インタビューしていた。

(注)30　残留孤児で中国帰国者の自立生活指導員

日本語ができなくて苦労した。わしの身元引受人が学校へな。長男の息子は、中学1年生に入れてもらって。ほいで、二番目の娘は、14歳だったけれど2年生に入って。ほいて、四番目の子が、15歳だけど小学校5年生に。みんな、身元引受人が世話してくれてな。学校の方へ、連絡してくれて。何歳、何歳だけど言葉わからんで。みんな、5年生と2年生と中学1年生と。ちゃんと身元引受人が、鞄から用意してくれて。学校へな、行けるようになった。その身元引受人は、近くに住んでて、ちょっと用事があたり、困ったことあると、電話かければ来てくれる。相談に乗ってくれる。日本へ来てから、みんな、学校へ行って。学校を出たもんで、言葉も上手で、今度卒業したら、自分で仕事見つけて。

生活保護は、来たばかりの時の3か月だけ。子ども等が働く。働けば、もうそうだな、飯田の方で、生活のお金もらうにも、様子を見に来てくれて。1週間にゃ2回も「どお？」って来てくれて。その後は、子どもたちが働くもんで、もう、断って。子ども等が働くようなったらな。

【現　在】

まあ、困ったことがあるけれど、そげにゃ、なあ、子供は飯田の方にもおるけれど。迷惑かけないわ。困ったこと、言えねえよ。中国と思やあ、なあ、こっちにおって、困ったことで、中国のこと考えりゃ、「大丈夫」と自分でそう思う。苦労してきたこと、思い出しゃあなあ。そうだなあ、日本へ来て、着物でも、繕《つくろ》った着物は着ない。靴下も、穴が開いた靴下も履かない。中国は、もうボロボロ。長く着ちゃ、綿の着物。そう思や、「自分が辛抱せりゃいい」と思って。

今までで一番大変だったのは終戦の年。ばらばらでなあ。子どもたちはみんな、「お母さんのおかげ」だって。心配があるけれども、電話もよこさん。お母さんが心配すると困るで。自分のことは自分で。本当に困ったことなら、兄弟で相談する。わしには声かけん。かけると、心配するで。子どもたちは、「お母さんのおかげで、日本へ来れてなあ。働ける」と感謝している。（完）

第5章　川島《かわしま》まさゑさん（長野県）

「オラ、人一倍仕事はしたでぇ」

証言者プロフィール

１９３２（昭和７）年　長野県下伊那郡泰阜村《やすおかむら》に生まれる
１９４０（昭和15）年　８歳で渡満　大八浪《ターバラン》泰阜村開拓団
１９４５（昭和20）年　13歳　終戦　直前に父は召集　逃避行の末、12月に母が亡くなる
その直後に中国人の養父が自分と妹弟を一緒に引き取ってくれた
１９５１（昭和26）年　19歳でその家の長男と結婚（子供は８人生まれるが、現在は６人）
１９７６（昭和51）年　妹と共に一時帰国（国費）
１９８９（平成元）年　妹と共に永住帰国（国費）
３年後に弟、その後徐々に娘、息子、夫を呼び寄せる（全員自費帰国）

インタビュー　２０１３年９月15日　83歳　場所　長野の証言者のご自宅
ウェブサイト　「アーカイブス　中国残留孤児・残留婦人の証言」Ｍさん
https://kikokusya.wixsite.com/kikokusya/-------cy9e

証言

【満州に行く前】

小学校３年生まで日本で暮らした。１９４０年（昭和15）年、８歳の時満州に行った。４、５、６年生は満州だった。卒業したら終戦。

お父さんは、３つの時だかに、ここへ養子に来たの。いざ来て、そのうちに幾年か経ったら、跡取りの男の子

が生まれちゃった。だから、お父さんは大きくなったら家を出て、石屋さんになって出て、ほうぼう歩いとったの。ちょうど、満蒙開拓への勧誘があったもんで、お父さんが、「うちゃ、行く」って。おじいちゃんたちが、「お前さんが、そんな外国行かんだっていいじゃあ」って言ってくれたけども。「満州だけども、（日本には）家もないしな」ちゅうて。

【満州に行く時】

満州に行く時、門島《かどしま》駅の裏な、うんと桜の木があって、そこまで行った。桜の花がいっぱい咲いとって、みんな、下へ、パッパ、パッパ、散って飛んでく。だけど、あすこでわかったの。まだワシ覚えとるの。「お祖母ちゃん、１人っきり置いていって、どうするかな。若いお兄ちゃんも、１回兵隊さんになって中国の方へ行ったようだで」でもな、１人っきりになって、お祖母ちゃんの実家はそばにあるとしてもな、１人っきりで、うさぎを飼って生きとったんだよ、昔な。考えてみたけども、みんな１人だった。「みんな、桜のように飛んでいっちゃう。ここに立っとったって何にもならん」て、思いついて、また、門島の駅まで走って飛んでったの。満開の桜の中で、家を出て。

【満洲では】

満州に着いたら、心もあんまり落ちつかなんだ。１年目もなあ、風邪をひいたり、いろいろだった。最初、一時は共同生活して、そして、家を建ててくれて。一つひとつ、部落が出来ていったら、みんな、それぞれ落ち着いて。ワシは９区。畑はすぐ傍にあって、何でも作って。食べ物には、不自由はしなかったけど、ワシにしては落ち着かなんだな。１年ばかりは。気持ちが落ち着かんかった。

ワシャ、近いもんで学校通って。4年生、5年生、6年生って。小学校終わるまで。

1年目は慣れんもんで、風邪ばかりひいたりしたでな。2年目には、学校から帰ったら、藁《わら》をきれいにして。ほいて、両手をこすり合わせながら、藁草履《わらぞうり》を教えてもらって作った。お金で買うったって、そんなにないでな。独り言、言っちゃ、作って。遊ぶったっても、ようさ、「影踏み」だけだったな。そんなに遊ばなんだよ、ワシは。

【終　戦】

1945（昭和20）年、終戦の前に、お父さんは兵隊に呼ばれて行ったけど、1か月経ったかな、「目が悪いでダメだ」って、帰ってきたんだ。また今度は、その終戦の時、閻家《エンジャ》の駅まで行って、汽車を待っとる時、また「川島さーん」て呼ばれて、やって来た汽車の先頭車両に乗って、哈爾浜《ハルピン》の方へ行ったんだよな。それで別れたの。それが2回目の召集。目が悪いにもかかわらず、どっちの方に行ったか。半分ばか行ったら、捕まったようだったわ。みんな、大勢おったに。

ほで、まだ、ワシが寄宿舎におった時には、みんな一緒におったような気がしてたが。ほいで、佐藤さんが、「今、兵隊さんが出て行ったもんで、拾いものに行って来た」ちゅうて言ったもんで。ワシばかり知らなんでな。「それじゃ、オレもちょっと行って来るか、1人で」ちゅうてオレも出たの。そいで、半分ばか行ったら、まだ兵隊さんが歩いているのが、ハッキリわかるんだよ。ほいで、オレおっかなくなっちゃって、座り込んで見とってなあ。ずっと向こうまでなあ。それから、立ち上がって、兵隊さんが泊まっていた所まで、走って行ったけど、もう何も無い。先に大勢来て拾って行きゃ、何も無いんだな。そこで、一つ白い大きな寝間着が放ってあったの。「こりゃ、何でもいいわ。妹たちにかけてやりゃ。お母さんも寝とるんだで」って、独り言言いながら拾って来て。そして、大きくて広い、白い紙が20センチくらい重ねて置いてあったの。「この紙を寝間着の中、包んでしょってくわ。どんなふうになってもいいで」と思って、背負ってったら、みんなが喜んでくれて。あの馬の小屋よな。馬の小屋には糞を放るとこもあるら。そこへ、棒をたてて、その紙を張ってずらっと並べたら、「まさゑちゃんが、これを持って来てくれて良かったよ」って、みんなに褒められて、喜んでくれて。オレも嬉しかったよ、あん時はな。

【逃避行】

逃避行は何とも言えん。山は山。何日間も歩いて。幾《いく》んちだか歩いて、ある部落で休んどった時に、鉄砲玉がヒューヒューヒューヒュー鳴りだしたもんで。親１人で２人、３人子供を連れた人は、いくらか子どもを放り出した衆もおるな。わしの学校の校長先生が、鉄砲玉が当たって、そこで亡くなった。ワシらはお母さんが１人、ワシが１人おんぶして、お母さんとワシともう１人の弟と３人、手をつないで引っ張りながら、そこを抜け出した。それから、小さな川越えて、山ん中入って。それで歩いて部落や山ん中を何度も通って、方正の方へ行く道があって、その途中の日本人の部落の一番端っこでは、１人のおばちゃんが、首を吊って死んどる。でも、ワシらは一番最後なもんで。お母ちゃんはおんぶしたり、手を引いたりしてるもんでな。ワシは小さいもんで、よく見てなかった。

そして、一つの部落が見えてきたと思ったら、家があって、そこにソ連の兵隊さんがおって、鉄砲みんな取られちゃった。ほいて、兵隊さんたちが捕まえて、みんな連れて行っちゃうら。ワシらより先に行った衆も捕まって、鉄砲もみんな取られちゃって。そして、ワシは銃剣を一つ持っとった。方正《ホウマサ》に行くには、どうせ歩かにゃならんでな。ぞろぞろ歩きながら、「お母さん、この刀はな、このオレがおんぶしてる子どもの真ん中に挟んで」言うたら、お母ちゃんは、「放れよ。そんなものは。おっかない。見つかったらどうする?」っちゅうから、「見つかった時に死ねるでしょ。自分で死ねるじゃん」ちゅうて。おんぶしとった男の子の真ん中に銃剣を入れて隠しながら、方正まで行った。だけど、方正の南の門は開けてくれなんで。それで、日本人が住んでる部落の方に行ったけども、そこまで行かんうちに暗くなったもんで。そこの道端の両側に座って、みんな丸まって、夜明けまでおって。夜が明けたら、その場にソ連兵が馬に乗って巡回していた。ソ連兵は怖いことは怖いけども、怖くてもしょうねえ。日本の部落の衆は出て行っちゃっとるもんで、そこの大きな学校に行って、しょうねえで、「ここにおるか」ちゅうて、みんな大勢でそこへおった。

ワシらは収容所の近くの家におって、そのひとつの部屋が、佐藤治《ハル》さんがこっち、ワシャ真ん中、ほいで、こっち側にワシの同級生がおったが、その衆はどっか行ってしもうて。佐藤さんは、そのあくる年に、春先だかその年だか知らんが、障子を閉めちゃっとってわからん。どこ行っとるか、家ん中おるか。ワシャ、呼ばれはせんで。ほうしたら、お仕事探しに行ったとか言って、それこそ現地の人にあれされて、その家でな。その家にもらわれたようで。佐藤さんも仕事探しに行ったまま、現地の人にもらわれて、帰って来なんだちゅうことで。それから、みんなもう。若い衆なんか、こっち行ったりあっち行ったりして、日本へ帰る衆の方が少なくなった。そん時、ワシャ13歳。そいで、そこで結構仕事はした。家におってもな、小さい時から、おれが一番上なもんで、どんな仕事でもやってきたし、誰もかなわない。

【母の死】

一番大きな白い寝間着で、「かいまき」みたいなものを、ずっと、ワシと弟とお母さんと3人で掛けて寝とった。12月2日の朝、私が起きて、寝ていたお母さんの顔の手をどけたら、お母さんはもう冷たくなってた。「こりゃどうするら？　どうしよう。まだ、誰かがおるかも」と思って、人を探したが、学校にはもう女の衆なんか、全然おらん。３人の男の人がおったので、２人のおじさんに頼んで、「おじさん、ワシのお母さん息が無くなった。１人じゃ、引っ張って来れんが」ちゅうたら、来てくれて。そいで、収容所の裏の小さな広い山に持って行って、いくつか立っている木の生えているところに置いて、それから、ワシが拾ってった白い寝間着を着せてやった。けど、12月だから、土が凍っとって掘れんから、やっと一塊《ひとかたまり》ぐらいの土を掘った。ワシの弟は男の子１人なもんで、引っ張って行って。９つだったかな、弟は。何も食べとらんから、土を持つのは無理なんだ。２人で持って行って置いて来た。

【中国人の家へ】

その学校の収容所で、ワシャ一番最後まで残っとったもんで。今の夫のお父さんが来て、男の子はみんな現地の人にもらわれて行って、女の子ばっかだったから、すぐ出て行ったようだったが、また戻って来て。ワシに「うちも貧乏だけども、家の中はぬくといで（＝あったかいで）」ちゅうて、連れて行ってくれた。お母さんが亡くなって、５日ばかり経たんうちにな。12月の２日に亡くなって12月の７日かその辺の頃に。オレはな、「弟や妹と3人一緒に連れてってくれりゃ、行くけども、３人連れてってくれにゃ、ワシャ、ここで、３人一緒に死んじまうの」って。そう日本語で言ったって相手はわからんけど、３人連れて行ってくれた。

そこの家は、養父が小さい時にお母さん亡くなって。苦労の重ねだった。養父と息子４人の他に、１人の年をとった「おじいまん」がおったのよ。それが、きつかったの。きつかったけども、後から聞いたら、ワシを褒めてくれてた。「日本人の、この子どもは、何をやれって言っても、手が早くて、かかーとやっちまう。どういう訳だろう」って。

ワシは、14歳（数え）で、学校から帰って来りゃ、馬のえさを刻んでおくら。ほいで、14歳の時にゃあ、一人前、大きな馬を操って。お養父《とう》さんが田んぼへ行って、帰って来れにゃ、「まさ（ゑ）や、今日、畑行ったら、あれしてくれる？　できるかな？」ちゅうもんで、「できる。できる」ちゅうって。学校の帰りには、鞄《かばん》を弟たちに頼んどいて、「お前さんたちはな、お姉ちゃんの鞄をしまっといて。鞄をいじっちゃだめだに」ちゅうと、今でも覚えとる。弟が鞄をしまっといてくれてな。ほいで、オレは馬を引っ張り出して、機械をそりの上に乗して。暗くなるまで、畑で働いて来るんだ。やった、やった。ワシャ、やってきたよ。そこでは、男の子がおるもんで、馬はあまりやらなんだけども、畑なんか、なんだってやった。

だけど、妹はそれほどやらなかった。弱虫。ほいで、どこへやってもなあ、「おら、お姉ちゃんとこ行きたい」ちゅって、どこも行かんもんで。しょうないもんで、ワシの夫の弟に嫁にやったんだよ。子どもが5人おるわ。

ほいで、妹は一番上の子が生まれた時に、もう死にそうになったけど、お姑さんが、毎日、注射をしてくれたら治った。その後また、1人男の子と3人女の子生まれたの。なんとも言えんありがたさちゅうことはあれだったよ。

【結　婚】

ワシが15歳だもんで、「息子にやりゃいいじゃん」ってみんなが言うけど、ワシのお姑さんは、15歳で結婚されたのよ。養父のお父さん、お母さん、おばあちゃんおらんようになったもんでな。それこそな、「子どもの盛りに結婚なんか、せんだっていい」って。そうお姑さんが言ってくれて。ワシは、後から聞いたけどもな。

それで、19歳で結婚。そこのうちの惣領の息子の嫁になった。みんな優しかった。話だしたで言うけどな。ワシの弟も最初、１人女をもらったけども、離婚した。その後、いろいろあって、今の嫁さんは、足が不自由で、右手はダメだけど、それでも、器用でな。なんでもきれいに作っとるよ。なもんでな、人間ちゅうものは、それこそ、いいことせにゃあなあ。そんなこと言っちゃあいかんが、あんなきつい義曽祖父《ひいおじい》であってもな、優しかったよ。旦那は農業だった。勉強はできても、秋の忙しい時だけは、そろばんを持っちゃ、あちこち飛んで行っとったけども。他はみんな、うちの仕事。

今は、男の子が１人で女の子が５人。一番上の子が中国に残っとる。あの三番目の娘は、「生きるか、生きんか」ちゅうて。病院へ入院してもな、先生が「この子はダメだ」ちゅうて、家帰って来て。それこそ、死ぬのを待とったんだよ。それで、占い師みたいな女の人に、ワシも呼ばれたもんで、娘の様子を話したら、「この子は死ぬ子じゃないでな。ちゃんとしてやれよ」ってそう言って、「その子は大きくなれば何でもできる。方正行って、売り物やって立っとって、商売がちゃんとできるんだで」って、そこまで言うら。オラ、ほんと、びっくらこいちゃって。そしたら、一日一日、よくなってきた。オレも本当嬉しかったな。今は一番の仕事やっとる。

【大飢饉】

ほんと、大変な時もあったに。それは山のな、野菜、蕨《ワラビ》とかいろんなものは食べた。ほいで、ポプディン、黄色の花咲くものとか丸い実のなるものとか。ここの庭には、いっぱい出ちゃおるけどもな。あんなの採って食べて。あれは美味しいけどもな。部落の衆はみんな採るもんで。

そのうちに、キビの畑でトウモロコシが採れるようになって。自分の畑のキビを見て、「よかったら、いくつか採ってうち行って焼いて、子どもたちに半分つうてもいいでな」ちゅうて、キビの畑に入ってみたら、トウモロコシがあったら。取って行ったのよ。４人の嫁さんが、１週間ずつ交代に。ほいで、焼いて子どもたちに半分ずつ分けたりな、喜んで。

【文化大革命の時】

いじめられたりとか、そういうことはワシらはなかったな。子どももなかった。だけど、ワシの部落は、「このうちの日本の嫁さんは、何とも言えん、仕事する人だ」ちゅうて、みんなに褒められた。そして、みんなが「お前さんたちは何でもできる」ちゅって。「何でもできにゃあ、しょうねえわあ」ちゅって。夫も優しかった。みんな、男の子は４人おっても、優しかったに。

【日中国交回復後】

１９７２（昭和47）年、「日中国交回復」の後、ワシの夫の叔母さんとこから帰り道に、ワシを見た若い男の子が声かけてきて、「今度な、お前さんたちはなあ、２年のうちにな、日本に帰れるに」って、そう言ってくれたの。そいだもんで、ホントだか嘘だかわからんけども、友達から以前手紙があったもんで、その友達に、それこそ、字はそんなに上手に書かれなんだけども、半分ばかな、ひらがなで書いて、そこに送ったの。そしたら、その手紙が、こっちの泰阜村の方へ来たずら。それで、ワシの叔母さん、お父さんの姉妹がここに住んでおって、ワシの事を話したのかもしらんが、役場でな、動いてくれて。１か月にならんうち、泰阜村の地元の衆が、ワシを呼ばって（＝呼んで）くれたの。

【帰国】

一時帰国は１９７６（昭和51）年。６か月でな。その時は妹と２人で一緒に日本に来た。６か月もかからんうちにワシャ帰った。「どうせ日本に帰るんだに」って、２人で言って。その時はここ泰阜村に来て、１軒空いとったとこに住んどったんだ。妹と2人で。毎日、仕事やっとったよ。

ワシは佐藤治さんより先になって、帰ってこれたの。ワシより早いのが中島トシさんたちとか、高島金太郎《たかしまきんたろう》さんたち。あの衆なんかはさあ、中島トシさんたちなんか、お母さんたちと一緒に帰って来たんだもん。まだ、そこに住んどる。方正の収容所の近くの家に住んどる時、佐藤さんもどっか仕事探しに行くっちゅうて、それこそ、仕事じゃねえ、お嫁さんになっちゃったんだとかなんとか、言っとったでなあ。ここに来て一緒になった時に、そう話しとった。永住帰国は、１９８９（平成元）年だでな。

【身元引受人】

身元引受人はワシの叔母さん。叔母さんと叔父さんとおったもんで。叔父さんがなんでもやってくれたよ。手続きなんかも全部。叔母さん、去年亡くなった。88か。叔父さんも、87ぐらいだな。

永住帰国は、１９８９（平成元）年だでな。その時、こっちに帰って来て。それで今年で25年だに。帰ってきた直後は、生活保護をもらった。ここのそばに会社があったもんでな、そこで使ってもらって、60いくつぐらいまで働いたけど、社長さんも病気になって、ここ辞めちゃったもんでな。そん時には、そこで使ってくれんでも、内職はくれたもんな。内職はいくらかやっとった。

永住帰国の時は、妹と2人。旦那さんも置いといて来て、弟も置いといて来て。弟が「2人のお姉さんにお任せする」ちゅうて。弟の手続きなんかもその後して。ほいで、ワシが3年経ったらなあ。弟を先に呼ばっといて。徐々に、みんな呼ばっといた。向こうで旅券があれば、自分で帰って来れるもんでな。その後は、娘と息子。一番大きい方の娘が一番後《あと》。旅費とかはみんな自分。ワシは出さんよ。みんな自分。中国で一生懸命働いて、ワシのお金じゃねえ。自分のお金。そいで、1年に1組、2年から3年目には、余裕がありゃ2組。こういうふうに呼ばったの。

そいだもんで夫が、ワシらが出てくる時はな、うんと悲しそうなようで、それこそ何十年も中国で一緒におったもんでな。お金がなきゃ一緒に来れんじゃ。だって、もうそいだけのお金がなけりゃ来れんでなあ。国からは出してくれなんだ。一番最初に、弟を呼んだ後、16歳の末娘と夫を呼んで、2年後に日本に来た。こっち来てからは、みんな仕事ちゃんとやっとるもんでな、有難いのよ。

【言　葉】

中国で、中国語わかんない。ワシャ畑仕事なもんで、なんて言っても、まだいい方だったんだよ。言葉は自然にいくらかずつ覚えて。それで、全部は覚えちゃおらんけどもな。それこそ、畑なんかおっかなかねえ。したって、14歳で一人前、大きな馬を扱ってたもんで。おらなんかそれこそ、仕事はしたで。今は、息子たちが来りゃ、中国語。あの衆は、中国語。ほいだって、あの衆だって前には、日本語をいくらかしゃべれる。だんだん。いくらか覚えていたけどね、綴《つづ》り、この字がわからんの。難しい。中国と字が違うから難しい。ほなもんで、あまりわからん。

【新支援法】

ワシも、平気でやったよ。くれりゃ、くれて。くれにゃ、くれんでも、いいもん。そいで、ワシの叔母さんの畑は、ワシが作ったの。今でも、表の畑の唐辛子なんか、子どもたちが作った。今年は、私を畑へ行かしてくれんの。83歳。畑は大好きなもんで、苦にならん。裏の草だって、まだワシャ、刈っとるんだよ。今日はいろいろあって……、明日は雨が降らんで、きれいに刈っちまえば、もう今年は刈らんでもいいでな。来年はいい花があったら、ずーっと植えてえな、思っとる。花なんかいいじゃなあ。この草なんか、鎌の一つ買ってきたの、新しいやつ。カッカッカッカ……刈って。こればっかなことなんか、平気で。でも、子どもたちが「やっちゃいかん」「危ない」って。気を付ける。大丈夫。（完）

証言の背景　大八浪泰皐村《ターバランやすおかむら》開拓団

(1) 証言者　中島多鶴さん、中島千鶴さん、岩本くにをさん、中原なつゑさん、川島まさゑさん

(2) 終戦直後の動態『長野県満洲開拓史各団編』より抜粋

8月12日、それぞれ大車に荷物と子どもを積んで、雨の中を閻家駅《エンジャ》に集まった(31)。前日11日に、警察署を通じて県公署からの疎開命令を受けたためである。在団人員201人。ところが、閻家で最後の列車を見送り、結局大多数はいったん自宅に帰る。16日、泰皐、読書、中川の3開拓団（約1500人）で依蘭《イラン》に向かって徒歩で避難。途中襲撃にあう。満州軍が反乱して来たという噂が流れ、100戸くらいの現地集落を、いきり立っていた団員は瞬く間に焼き払ってしまった。太平鎮《タイヘイチン》に19日ごろ到着し、空腹を満たすため、誰もが手あたり次第、なんでも盗んで食べた。ソ連軍が攻めてくると屯長に言われて逃げるも、襲撃にあう。機関銃の掃射に遭い、バタバタと倒れ、大混乱になり、約200人の死傷者が出る。泰皐村だけで40人の死傷者が出た。

8月23日、山麓で佳木斯《ジャムス》工兵隊の吉崎《よしざき》少佐の指揮する一個大隊と合流し、方正《ホウマサ》まで行動を共にする。牡丹江《ボタンコウ》を渡るのに、軍の力で向こう岸の三隻の船を借り受けて、先に軍隊と馬、開拓団員と続いた。全員が渡り終わるの

(注)31　『墓標なき八万の死者』角田房子著1976年には、七虎力（中国地方五県）、公心集読書村《よみかき》（長野県）、大八浪泰皐《やすおか》村（長野県）、小八浪中川村（埼玉県）と5開拓団の名前が挙げられている。

に丸1日かかった。中国人は嫌な顔もしないで運んでくれた。その晩は中国人部落にお世話になり、翌朝早いにもかかわらず、温かい朝食も出してくれた。老爺嶺《ロウヤレイ》では、中国人が案内に立った。途中いくつかの開拓団跡を通ったが空き家だった。2日後、大羅密《タアラミ》に着いたが、そこには、日本兵の軍馬や死体が散らばっていた。9月2日、有山化の部落で倉沢《くらさわ》団長から日本の無条件降伏を知らされる。方正には関東軍司令部もなく、日本兵はここでどこかに立ち去る。

9月6日、方正県開拓団本部跡で引き揚げを待つことになった。哈爾濱《ハルビン》の収容所には1万人を超える軍人軍属、義勇隊、開拓団、報国農場の人々が収容されていた。方正県の小高い丘や山々は要塞になっていて、関東軍の貯蔵倉庫で、食料、弾薬、被服の保存基地になっており地下道でつながっていた。その重要な建設工事に従事した中国人は皆殺されたのだとも言われた。そこから毛布や軍服、食料の供給もあった。武装解除された軍人が翌日街を去ると、ソ連兵の暴行、収奪が始まった。食料も次第に悪くなり、栄養失調、発疹チフス、寒さも加わり、9月末から死者が出始めた。幹部は哈爾濱《ハルビン》の日本人会に救助を求めたが、引き揚げの目途さえ立たなかった。死体を埋める深さ2メートルの穴は、3月にはいっぱいになった。これを見た中国政府は、死体を砲山《ホウザン》で火葬にした。馬車は中国人が準備し、団の若い者が手伝った。1メートルも積み重ねた薪の上に死体を重ね、重油をかけて焼いた。治安は日増しに悪化し、人さらい、略奪、強姦、暴行が、ソ連兵だけでなく中国人からも昼夜を問わず行われた。

2月22日、再び大八浪泰阜村開拓団に戻り、親しくしていた中国の人たちの温かい情に助けられて、引き揚げるまでそこで過ごしたものが30人(32)いた。収容所での越冬は死を意味していたので、中国人の家に身を寄せて働き、

(注)32　中島多鶴さんのお母さんと妹さんたち

12月末までにはほとんどの人が収容所を出た。方正の治安が安定したのは、春になって国府軍が影を潜め、八路《ハチロ》(中共)軍が入ってきてからだった。

４月初めから、思い思いの道をたどった。汽車で哈爾濱《ハルビン》へ出たものは、花園収容所で栄養失調と病のため亡くなる人が続出した。８月末に引き揚げ命令が出て、貨車で南下。途中幾度も苦しい思いをしながら葫蘆島《コロトウ》に着いた。９月中旬ごろから、博多あるいは佐世保に向かって帰国。開拓団から応召され、ソ連に抑留されたけれど運よく生き残った者は、昭和24年秋までには復員できた。

(３)開拓団の概要(『満州開拓史』より)

三江省樺川県大八浪《ターバラン》に入植。大八浪《ターバラン》泰阜村《やすおかむら》開拓団と称した。泰阜村《やすおか》は集団分村移民で、下伊那郡泰阜村と近隣市町村縁故者で構成され、昭和14年２月11日に入植。送出県は長野県。越冬地、伊漢通《イカンツウ》。

「昭和の初期まで養蚕が盛んだったが、生糸価格の大暴落によって農家の借金も増え苦しくなっていった。昭和12年「満州移民」を軸とした更生計画を打ち出し、国策に順応して３００戸の分村移民を決議した」。

証言の多くが語るように、入植当時から現地人と親しく交流し、不祥事はなかったようだ。次々家族入植があり、個人建設も進んだ。共同経営が17年からは個人経営に移行し、生産性が向上した。昭和19年３月上旬より現地召集があり、多数応召した。

『長野県満州開拓史』によると、在籍戸数２１９戸。在籍人数１０２１人。出征者数１６０人(復員１０９人、死亡49人、未帰還者１人、不明１人)。終戦時在団者数８６１人(引き揚げ３０３人、死亡４５１人、**未帰還者65人、**不明43人)。復員者を含め帰国者は４１２人、たった38・５%に過ぎなかった。

※ここで私が注目したのは、２１９戸から１６０人が根こそぎ動員で出征しているということです。

(４)泰阜村の思い出

泰阜村は、耕作地が少ない山村で、急勾配の道路が山の斜面を縫うように走っていました。最初に泰阜村に行ったのは、１９９５年頃、ＮＰＯ「中国帰国者の会」の事務局長、長野浩久《ながのひろひさ》さん（故人）と大阪大学の山田泉《やまだいずみ》先生と３人で、温田《ぬくだ》の駅前に住んでいた佐藤治《ハル》さんにお話を伺うためでした。当時、所沢にあった中国帰国者定着促進センターの文化庁プロジェクトに絡んでのインタビューでした。その後、役場に伺い、村長さんに帰国者の現状についてお話を伺いました。役場は、タクシーでひと山登ったかと思うようなところにありました。新幹線を使って片道６時間半のところを日帰りしましたが、佐藤治さんのお話を聞くことができたことは、その後の私の人生に大きな収穫でした。

それから何度か泰阜村にインタビューに伺いましたが、車のナビゲーションシステムでは住所にたどり着けず、畑仕事をしている人を見つけては、道を尋ねたものでした。また、ヘアピンカーブの急勾配の下り坂では、まごまごしていて渋滞を引き起こしたこともありました。

（５）中島多鶴さんの思い出

「泰阜村にはコンビニも食堂もないで、お弁当を用意して行った方がいい」というアドバイスを事前に支援者に聞いていましたので、旅館におにぎりをお願いして車の中で昼食を摂るつもりでいました。ところが多鶴さんは、朝からちらし寿司を作って待っていてくださいました。ご自分で漬けたという縞ウリの粕漬けの美味しかったこと。お土産にまでいただいてしまいました。さらにまた帰りがけにはご主人様が庭の柿をもいでお土産にくださいました。そのご主人様も多鶴さんの後を追うように半年後にはお亡くなりになったと伺いました。満州での終戦直後の辛苦を知っていた彼女だからこそできた、残留婦人の支援に捧げた見事な人生でした。まだまだ教えていただきたいことがたくさんありましたのに、残念でなりません。当時を知る貴重な生き証人でした。年齢を考えれば無理からぬことなのに、あのお元気な多鶴さんに「もしも」の時がこんなに早く訪れることを全く予見できませんでした。帰り際にアルバムを見せてくださり「舞鶴引揚記念館にもう一度行きたい」とおっしゃりながら、館長さんやお知り合いからの手紙を見せてくださいました。「その時は、鞄持ちをいたしましょう」と私は応え、明るく笑い合いました。ご冥福をお祈りいたします。

小《ショウ》八浪《バラン》中川村《なかがわむら》開拓団

第6章　鈴木《すずき》サダさん（埼玉県）

「国には捨てられたと同じだったよ！ほっぽらかされておかれたんだよ」

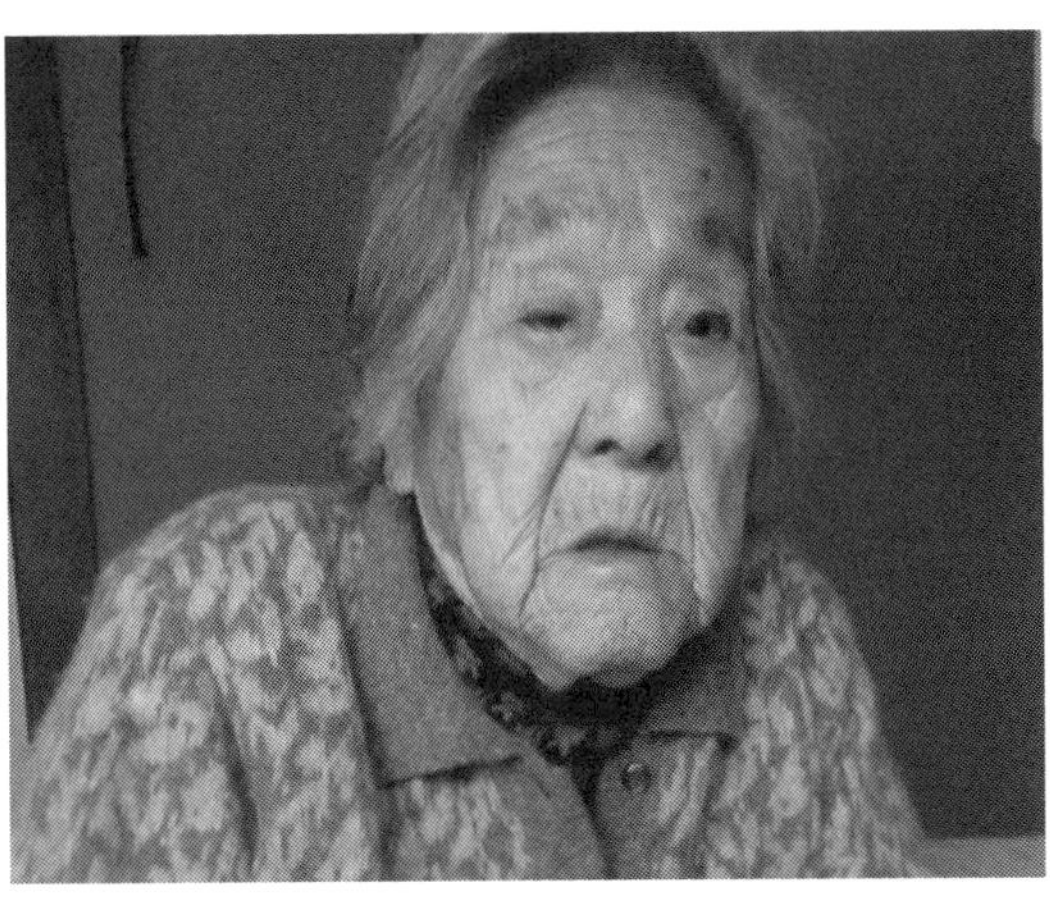

証言者プロフィール

1922（大正11）年　6月25日　秩父に生まれる
1940（昭和15）年　18歳　渡満　小八浪《ショウバラン》中川村開拓団
1945（昭和20）年　23歳　終戦　12月末に病気の父のために中国人の家に入る（子どもは4人）
1984（昭和59）年　62歳　帰国

インタビュー　2013年12月　91歳　場所　証言者のご自宅
ウェブサイト「アーカイブス　中国残留孤児・残留婦人の証言」Eさん
https://kikokusya.wixsite.com/kikokusya/--------c10mv

証言

【第一声】

国の役人て、不公平だよね。今でも言いたいことやね、あたしらの考えがあってもね、何言ったたって、どうにもならなかった。それでも、一生懸命になって生きてきたんだ。大勢の皆さんのお陰で、今の自分があるん。国には捨てられたと同じだったよ。

【生い立ち】

お父さんは群馬出身で、秩父で警察官をやった後、法律事務所を20年以上もやっててさ。あたしは、子どもがいないそこの家に養女に行ったんだよ。私が10歳の時、妹ができたん。その妹は、あたしより9つ小さい。父さんが満州に行った時、あたしは、もう学校卒業してうちにいなかったん。お父さん、55歳になってから、満州なんかで、土掘りなんかして、何んになるんだって。満州で働かなくたって、うちは困りゃしないんだから。百姓してんじゃないし。お父さんの気持ち、今でもわからない。どんな気持ちで、あすこ行って、あんな事務所で働いたんかなと。私のお母さんは、喘息《ぜんそく》だったから、満州に行けなかった。だから、あたしがお父さんを連れ戻そうと思って、満州に行ったんだよ。

あたしは１９４０（昭和15）年、18歳か19歳の時、満州に行って、１９８４（昭和59）年に帰って来たんだけどさ。満洲に行って5年で終戦になったんだよ。

【満州での生活】

行ってみた所は、ここの荒川の小八浪《ショウバラン》中川村開拓団だった。本部の若い人が、「本部の事務員がいない。大変だ」なんて言って。はじめて会う人から、お父さんは「おじさんよく決心して来てくれたねえ。毎日、仕事がいっぱいで、俺たちはすごく困って、困って」と頼りにされてた。若い役人がいっぱいで、「日本の学校卒業したばかりで、あまり仕事の経験がないままに満州に来たから、わかんないことばっかりだ」なんだって。そんなの聞くとさ、「お父さん帰ろう。こんな所にいないで」なんて言えなかったよ。あたしも一人の人間だからさあ。そいで、ずるずると満洲にいたんだ。

本部で、若い人2人、3人と仕事してた。お父さんは、歳もとってたけど、法律もやってた。そんな親の後ろ姿を見てて、「お父さんは、けっこういろいろ、国のために働いてきた」と、あたしは思うよ。人のために働いたんだからさあ、あたしはちっとも恥ずかしいと思ってない。良かったと思ってさあ。あたしは何もできないけど、お父さんはちゃんとここまでしてくれたんだから。でも5年で終戦だもん。あん時、連れて帰ってくれば、お父さんは、あすこで死にゃあしなかったよなあ。

【現地召集】

あたしが満州へ行って、3年経たないうちに、国がどういう考えだかわからないんだけどさあ、畑を作っている18歳から50歳までの男たちを、兵隊(33)にして前線に送ったんだよ。作物を作ることを止めさせてね。戦争に勝ったって、食う物がなくっちゃだめでしょ？　それなのに、何のために、食い物を作っている開拓団の男たちに、仕事を止めさせるのかって。百姓をしなくてさあ、戦争に勝ったって負けたって、食うもんがなけりゃ、どうするん？　日本の役人て何考えているんだと思って。普通だったら、1人でも余計に残してさあ、食べるもの作らせるのが当たり前でしょう？　18歳から兵隊に取ったね。だから、うちに残ったのは年寄りと子ども。だから、何にもできないじゃない。

みんな兵隊でいなくなっちゃって、残された人はどうやって生きていたと思う?仕事する者はみんないない。外から入ってくる者はいない。蓄えなんてないんだから。そんな中で、どんな生き方をしてきたかなんて、満州に行った者しかわからない。そうでしょう？

【終戦前】

満州で、自分の目で見て、身体で経験したことは、大概、忘れていないけどね。終戦になる前は、中国人は、日本人と同じように友達同士でさあ、仲良くおつきあいしてたんだけど、終戦なるとさあ、日本人を見たら、

(注)33　満蒙開拓団を募集する時には、徴兵免除されるという説明だったが、昭和18年から現地召集が始まり、18歳から50歳までの男子は昭和20年8月10日まで、召集が行われた。そのため、終戦時、開拓団は女、子どもと年寄りだけになった。

「皆殺しにしろ」って、中国人がそう言ってたから、あたしは、「中国人と、普段、あんなに仲良くしてたのに、どうしてだろう？」って思った。でも、そんなこと考えている暇ないじゃない。その時は、逃げなきゃ殺されるから、逃げたけどさあ。だんだん、年月が経つにつれてさあ、わかってきた。ま、みんなじゃないけど、どこでもそうだけど、中国人も、いい人も悪い人もいるけどね。日本から行ってた兵隊さんがねえ、けっこう満人をいじめたみたいだよ。だから、終戦の時に、あたしたちは何もしてないけど、その時の恨みが、目の前にいたあたしたちにぶつけられちゃって、そんな風に酷いことをされたんだ。

例えば、兵隊さんは、日曜日にはよく外出するん。そして、村に行くと、鶏なんか飼っている中国人に、「この鶏、煮て出してくれ」なんて言うんだと。村の人が、鶏を守ろうとすると、日本兵にいじめられたり、殺されたりした人もいて。でも、ある兵隊さんは、「少しやけど」って、お金を出して買う人もいたんだとさあ。後になっていろいろ聞いたんだけどね。娘だとか、嫁さんになってる人なんかにもねえ、兵隊さんが、随分悪いことしたみたいだよ。

【終　戦】

終戦の時はさ、軍人が先にいなくなって、終戦になった事は、中国人が先に知ってたん。あたしたちは、終戦になった日まで知らなかったたん。

あたしのうちも、いくらか畑をやってたから、満人の苦力《クーリー》が1人いたんだよ。その人がさあ、あたしたちの所から3時間くらい離れてる町の佳木斬《ジャムス》から、いつもより早く帰って来てさ。あたし、訳《わけ》を聞いたの。そしたら、「いつもなら、佳木斯は、日本の兵隊がいっぱいなんだけど、今日は、日本の兵隊1人も見ねえから、友達に訳を聞いたんだ」って。したら、「日本の軍人はとっくに出て行った。日本は戦争に負けるからって、他の所へ行ったんだ」って。で、あたしたちに、「家族みんなで、持てるだけの大切な荷物を持って、行って。送ることはできない」って話してくれた。

【空の避難列車】

あたしたちの所は鉄道が通ってたんで、そこに行って、「今日と明日だけ、佳木斯っていうとこから牡丹江《ボタンコウ》まで、疎開をさせる汽車が来るから、待つように」って言われた。ちょうど夕方だった。あたしたちの部落、満人も入れて12軒しかなかった。で、開拓団からは「何か食べるものと大切な物だけ持って、閻家駅《エンジャ》に行くように」と言われて、駅まで行ったんだけどさあ。うちの開拓団の団長がね、「日本から中国へ来る時には、身も心も、何もかも中国の土になって生きようと思って来たんだから、今これから何があっても、俺はここから動かない」っつうんだよ。団長はきっと、その時は、「いいことだ」と思ったんだろう。他の開拓団も4つ、5つ来てたけど、団長たちもみんな軍人に取られてて、その時の団長は代理がやってるから、自分ではっきりしたことは決められないんだよ。1人の人がそういうこと言うと、他の人は判断ができないんだ。だから、うちの団長に従ったんだ。中川村開拓団の団長がそう言ったもんで、とうとう、7つも8つも車両が長く連なってた汽車を空で返したん。牡丹江まで、その汽車を空で返したんだよ。(34)

あたしさあ、普通の時ならね、そういう言葉を言った団長は偉いしさあ、本当と思うけど、「逃げなきゃ殺さ

(注)34　このエピソードは、何人もの方から聞いている。『WWⅡ　50人の奇跡の命』中川村開拓団の高橋章さん。この本の高場《タカバ》フジヨさん、神津《コウヅ》よしさん、その他多くの皆さん。この列車に乗れたら、もっと早く帰れたのにと、悔やんでおられた。

れるんだよ。逃げずに、殺されるのを待っている馬鹿はいるもんか。こんな時にそんなきれい事を言っても何もならない」と思った。あん時はもう悔しかったよ。せめて、皆と相談してさ、乗れるだけ乗せて、少しでもあすこから行けば、疎開できれば、もっと、犠牲者は少なかったと思うよ。

【収容所へ】

汽車が行っちゃって、そこの駅から出て、毎日、毎日、ひと月くらい歩いた。外はソ連の兵隊がもう上がって来てたから、山の中を歩いて行って。終戦直後だから、食う物はない、着るものはない。山ん中逃げて、夏でも、みんな、ぼろぼろのもの身につけてね。今にも泣きたかったし。あの満州の、あんな寒いとこで、よくね、凍死しなかったよ。

やっと、三江省《サンコウショウ》の方正《ホウマサ》に着いた。次の日に、ソ連の兵隊が来て、収容所へ連れてかれて、配給されたのは、皮を被ったお米の籾《もみ》。それを瓶に入れて、棒で突いて、皮を取って、おかゆを作って食べた。次の配給はいつもらえるか、わかんない。そういう生活。だから、行った人じゃなきゃ、わかんないでしょ？「満州に行ったやつは、てめえで好きで行った」なんて、そう言う人もいるけど。

【父の死】

あたしとお父さんは、12月まで収容所にいて、12月の31日に中国人の家行った。収容所にいる間に、お父さんは病気になってしまってさあ。父には日本に家族がいたから、「満人の家で助けてもらって、元気になって、日本に帰してもらえれば」と思って。あたしは養女のつもりで行ったんだ。結婚なんかするとは思わなかったから、嫌だったんだけど、お父さんの病気が治ればと思って、中国人の家に行った。だけど、その家に行ってから15日か20日ぐらいで、お父さんは亡くなった。お父さんは、あたしに「死ぬな。命があれば、いつかは帰れるんだから。やればできるんだから。死ぬな」って言ったけど、お父さんは死んでしまって、家族は誰もいなくなっちゃったんだ。

養父母は、あんな食う物も何もないのに、よーく世話してくれてさあ。その家はね、貧乏で、貧乏で。その家のお父さんね、朝起きると、どこかへ行くの。どこ行くんだと思って、2日目ぐらいに後をついて行ったん。そしたら、一軒のうち行って、大人の手のひら分のお米を借りてきて、私のお父さんに、1日3回、お粥を作ってくれたん。私のお父さんが亡くなるまで、たった15日ぐらいだったけど。親が死んだから、あたしも死ねば楽だったけど、その家のお父さんの気持ちを考えるとさあ、申し訳ないと思ってさあ。でも、20歳過ぎにもなって、自分の親がいなくなったからって、あれだけ世話してくれた養父母を捨てて、自分だけが幸せになろうと思うのはさあ、あんまりだと思ってさ。申し訳ないから、一生懸命になって生きてきましたよ。あたしも死ねなかった。

父が亡くなった時は、ちゃんとしたお墓っつうのは無くて、湿地のようなところに埋めてあった。場所はわかるんだけどね、そこは雨が降るとこなん。雨が降って流されちゃって、今はどこにいるかわかんないだよ。そういう人が多いん。線香の1本ぐらい上げたいと思ったけど、お金がなくて行けなかった。

【中国での生活】

中国で生きるのは、大変だった。食う物もなく、その家は、布の切れっ端ももらえなかった。食う物ったら、普通は、モロコシが主食だよ、あすこは。モロコシのご飯だって食べられなくってさあ。大根の葉っぱを茹《ゆ》でて、お味噌付けて、1日3回、大根の葉っぱが主食。そういうもんで生きてきたんだよ。

それで、満人のうちに世話になったのはいいけど、いくらか言葉ができてもさあ、物は同じでもね、言い方が違うの。同じもの、皆あるけど、言い方が違うん。それを覚えんのは頭を使うん。年寄りのお祖母さんは、それがまどろっこしかったんだねえ。あたしが言ってること、わかんないものだからねえ。顔色見てわかる。「あ、俺のことで何かある」と思っても、おもしろくないんだと思うけど、焦れば焦るほど、頭に入っていかないんだよ。仕事なんか、人の仕事見てりゃわかる。遅かれ早かれ、仕事なんか覚えられるが、言葉はそうはいかないんや。

「毛沢東」とか中国人の偉い人の名前なんか１つも知らない。そんなこと覚える暇なかった。言葉と仕事を覚えるのが精いっぱいで。特に言葉を覚えるのが大変だったよ。ただ、言葉を覚えて、その世話になっている人たちになじんで、１日でも長く、生きていていく。「日本に帰りたい」それだけで生きてきた。他には何もない。今だから、こんな愚痴を言うけどさあ、今更、何言ったって、どうにもならないんだよ。あんなに大変な思いをしていた時に、国は何もしてくれなかったんだもん。

よく、自分が生き延びてきたと思うよ。それはね、やっぱり、祖国があるから。どんなもんでもさあ、祖国があって、故郷があって、家族がいたから。あたしたちのように、中国から帰ってきた人は、気持ちがとても強いん。そうでなきゃ、生きていけなかった。普通じゃ、生きていけない。「あーだめだ。これもだめだ」って、そんなことを考えているようじゃだめ。お父さんが「人間はやればできるんだ。やらないからできないんだ」って言ってた事を、ずうっとあたしはやってきたよ。「やればできるんだ、やればできるんだ」って。

【帰　国】

あたしゃあ、１９６８（昭和43）年㉟、62歳の時、帰ってきた。向こうで百姓やっててさあ。長男が嫁をもらって、うちを継いで。だから、時期が来たからと思って、こっちへ帰って来たんだけどさあ。帰って来たらさあ、まさかと思ったね、国は、全く冷たかった。

お母さんは、あたしが日本に帰って来た時にゃもう亡くなって、いなかった。でも、妹はいたんだけどね。たった1人の妹、血はつながってなくったって、家族でしょ。でも、「姉さん、お帰んなさい」も言わないんだよ。だから、今もお付き合いしてない。親戚も、いい暮らししているけどね。お付き合いしてない。随分、情けないと思ったよ。戦争がなきゃ、こんな思いすることなかったよ。何十年と待ちに待って、時期が来て帰って来たんだ。中国では、子どもたちが、もう家を継いでて、何も困ることない。でも、オレはここへ帰ってくるために、今まで生きてきたんだから。

オレが中国から帰って来たのは、親戚に世話になったり、物をもらったり、金をもらうためなんかじゃないって言うの。オレだって、一人の日本人であって、オレにも祖国はあるんだ、故郷があるんだって。だから、オレは帰って来たんだから、おめえらには用はないって。

そのかわり、赤の他人の人たちが、「おばさん、おばさん」って、いろいろしてくれて、今の自分があるん。最初のうちは、戦争のせいで、酷い目に遭ったと思っていたけど、今は、他人が自分の家族と同じで、その人たちのお陰で、今の自分があるん。幸せですよ。いやあ、帰ってきて、ここまで生きて良かったと思ってる。言いたいことはあったけど、どうしようもないし、国からは何も面倒みてもらえなかったんだから。しょうがないやねえ。

あたしが帰って来て何年目かでわかったんだけどさ。ここには随分いるんだよ、中国から帰って来た人たちが。あたしは一番年が上なんだけど。

(注)35　本人の勘違い。実際は1984（昭和59）年、62歳の時

１９７２（昭和47）年、あの、田中角栄《たなかかくえい》さんが、「日中国交回復」のあの大きな仕事をしなかったら、私たちは日本に帰って来れなかった。だから、わかっている人はね、「田中角栄さんが私たちの恩人だ」って言ってるよ。あの人が、日中国交回復しなかったら、今もまだ、日本に帰って来た人はいないかんね。

【政府の対応】

中国から帰ってきたらさあ、政府の方で、いろいろ考えたんだろうけど、「アンケートを書いて出せ」なんて。なんで苦しい時に、何も言わないで、今頃になって。自分たちがやっと苦しみから起き上がって、こうやって生きられるようになったら、アンケートするんだよ。今頃、そんなもの出したって何にもならないと思うけど。

満州行って終戦になって、中国に残った人の気持ちをさあ、「自分の意志で残った」っつうから、「何、言うんだ」って。オレはどんな、どんな惨めな、苦しい思いしても、「オレには祖国があるんだ」っつう気持ちでいた。もう一度、祖国に帰りたいから生きてきたんだ。

そして、もう一つはね、「あんたたちがね、中国人と結婚したんはよくわからないから、話しようがねえ」と言われたこと。政府の人間がそういうこと言ったんだよ。１人で生きられないから結婚したんでしょ！

もっと早くに、政府がさあ、「皆さんのお父さんやお母さんにご苦労してもらったから、これからは、大したことはできないけど、その子どもの皆さんの生活をできるだけ支えます」ぐらいのこと、言っても悪くはないと思ったけど、そんなこと、言われやしないじゃない。

【残留孤児の裁判】

残留孤児は終戦時の年齢が０歳から12歳までなん。その人たちがさあ、働いて、働いて、中国人に育てられたけど、やはり日本人だから、時期が来て帰って来られた。あたしが思うのにはさあ、こういう裁判[36]の話は、中国残留孤児たちが年取って、このままの状態じゃ、我慢がしきれなかったんだと思う。だから、お金を貯めて、11人ぐらいで裁判をやったけどね。片田舎の人たちを、何のために満州にやって、あんな苦労させたんだ！　裁判なんかしなくたって、生き証人がたくさんいるじゃない！　それなのに、何さあれ、5年もかけて。そうでしょう？　12歳までの子どもが、中国人に育てられた時の昔の記憶を、裁判で5年、10年かけて、残留孤児に話させたって、50年も60年も前の記憶を、ずっと覚えてる子どもがいる？そんな昔の記憶を話したって、真に受けないのは当たり前でしょう？　随分、不公平だと思うよ。裁判に5年もかけなくったって、「長いこと大変だったけど、これから、面倒はみさせていただきます」ぐらいの言葉がどうして出ない？　普通の人だったら、あんなことできないよ。あたしが一番がっかりしたのは、開拓団の親たちがさあ、あんなにまで一生懸命になって、満蒙開拓で働いたのにさあ、裁判に5年もかかったことだよ。あたしなら、あんなことはしない。5年なんて裁判なんかしないよ。残留孤児の人は、今やっと、親への仕送りのお金をいくらかもらっとるんじゃない。

でもね、あたしの知っている新聞記者の人が、以前、いろいろ新聞記事なんか持って来てくれたけどさあ。裁判が始まった時の、総理大臣が初めてねえ、「本当に、遅くなって申し訳なかった。これからは…」って言ったって、新聞記事に載ってたん。この言葉を、どうしてもっと早く言ってくれなかった？　ねえ。その言葉が聞けただけでも、中国に残された子どもたちの気持ちがどんなだったか、親はあんなつらい思いして死んでいったんだ。

㈱36　終戦時の8月15日時点で、13歳以上の日本人は自分の意志で中国に残ったとして、引き揚げ援護の対象にもならなかった。厚労省の言うところの「残留婦人」の範疇。12歳までの子どもは残留孤児として、国家賠償訴訟を闘った。

やらせることだけやらせといてさ、後は構わないなんて。そんな、そんな、政治のやり方で、いいの？　今も、選挙なんかよく見てると、「誰誰に投票してくれー」なんてさあ。「一番に国民のため」って。そんな言葉、もう聞き飽きたっていうよ、あたしは。

【帰国後の生活】

日本に帰って来て、生活保護、すぐはもらえなかったよ。だけど、私がどんなに困ってったって、国は困らないんじゃない。でも、ここへ帰って来てさあ、仕事しなきゃ生活ができないじゃない。中国では百姓として毎日畑へ出てたから、日本でも百姓やれば、62歳で帰って来ても、百姓やっている人が使ってくれれば、2年ぐらい生きられると思ってた。でも、百姓で使ってくれる人なかったん。だから、こういう袋貼りの内職をしたんだけど。だけども、言葉はできないしさあ、ひと月分の生活費も働くことはできなかった。そうしたら、役場の福祉課の人がさあ、「おばさん、心配しなくてもいいよ」って。足らない分は出してもらって、だんだん、2年、3年で仕事ができなくなって、生活費をもらうようになった。

あたしは、62歳で帰って来たから、年金だってないよ。だから、今一番思ってんのはさあ、私も、こうね話も上手だし、学問でもあれば、もっと10年も20年も前に、戦争の恐ろしさと、戦争をやっちゃいけないってことを、みんなに聞いてほしかった。残念ながら、そういう所じゃなかったから、できなかった。

【子どもたち】

日本語は、まあ、いくらか覚えてたね。難しいことは忘れちゃったけど、当たり前の挨拶ぐらいは覚えてた。日本へ来て、人の話していることはわかる。でも、発音が出ないいん。40何年も使わなかったんだもん。ものって使わなきゃダメだね。字も書かなきゃだめ。今、字も結構忘れちゃったしさあ。ここへ来て、テレビがあたしの先生。テレビで日本語覚えたん。今では誰にも負けないぐらい。

今は子ども4人、日本に帰って来てさあ。これから容易じゃねえ。子どもたちは、言葉の壁を通り越さなけりゃ仕事ができないんだあ。やっと今、落ち着いてきたけどさあ。まあ、こんな今の世の中だけど、家族となんとか食べてるから、まあまあと思ってるけどさあ。

2人は千葉と茨城にいる。1人障害の子がいて、小鹿野《おがの》ってところの施設にいる。もう1人の女の子は、もう20年も中国にいるので、帰って来ないから会ってない。一度日本に来たんだけど、病気がちで、言葉もできないし、1人だけ中国に残ってるけどさあ。子どもたちが、一番大変なことは、言葉の壁。言葉を覚えていれば、覚えられれば、困ることとない。仕事なんて、人のやってるの見てればわかるが、言葉はそうはいかない。自分の頭で覚えなければいけないから。子どもたちとは日本語で話す。だって、日本語話せないと、会社で使ってもらえないもん。だから、その壁が容易じゃなかったよ、子どもたちは。だけど、日本に帰って来てから、20年ぐらい経ったから、もう大丈夫。あたしは、子どもたちに、会社行って使う言葉と、わからない時に人に聞く言葉と、「おはようございます」「お世話になりました」の挨拶の言葉を先に覚えろって言った。

でも、孫が、日本語が分からなくて、「おばあちゃん、中国に帰りたい。帰りたい」って言うから、「好きにしろ」って構わなかった。来たくて来たんだからさあ、中国に帰ったって、もう何も無いんだよ。覚えるより仕方がないんだから。でも、若い人って、早いんだよ。だんだん、日にちが経つと、おもしろくなってさあ、「おばあちゃん、もう帰らない」っつうからさ。「自分にやる気があればできるんだ」って言ってさあ。言葉はね、できれば困ることとない。だけど、言葉は、大変だよ、覚えるのは。

子どもは、お正月だとか、死んだ父親のお墓参りとか、お盆とか、あたしの誕生日とかに来てくれる。仕事してて暇がないから。でも、まあまあね。中国にいた時のことを思えばさあ。子どもは親のことを思ってくれるんだなあって。今、一番下の子なんか、お昼になると、毎日電話してきて、「お母さん、大丈夫?」って言うから、「大丈夫だよ」って。

【周囲の目】

帰国して10年ぐらい経った時に、あたしよりも、少し年上の年寄りの２人が、満州の事を話してたんだ。「珍しいなあ。長い間、満州の話は聞いたことはないけど、この人も、満州から帰って来たんかなあ」思うて、近づいて行ったらさ、「満州なんかに行った奴あ、てめえが好きで行って。日本にいてもさあ、米の飯が食えなかったから行ったんだ。今更、帰って来て、どうするんだ?」って言うからさあ、よっぽど、ぶんなぐってやりたかったよ。あたしは、「満州に行った人たちがいたから、残された人は、家も土地も豊かになった。あたしたちが行ったから、幸せになったんだ。何言ってるんだ?」って、言ってやりたかったよ。でも、もうこんなに年数が経ったんじゃ、言ってやったからって、どうにもならない。「あんなこと言うのは、人間じゃねえ」と思って、相手にしなかったけどさあ、そういう人もいたんだべ。

４年ぐらい前から、私は病院に通ってて。今はもう、足や腰が弱ってしょうがないから、たまにタクシーで行くんですよ。そうすると、何人ものタクシーの運転手が、あたしに言うんだよ。「おばさんは中国から帰って来たっつうけど、随分御苦労さまでした」って言われたんで、「いやあ、あんたにそんなこと言われると、昔、あたしたちが日本に帰って来た時、『ご苦労様でした』って、言われることは少なかったのを思い出した」って言ったん。そしたら、「3日前に、俺が乗せた人は、おばさんたちと同じ満州行った人で、その人は運良く、兵隊で死なずに帰って来たんだって。そして、『今、俺は恩給もらって、家族手当をもらってるから、1日も仕事しないで幸せに暮らしている』って言ってた」つぅからさあ、あたし、もう肝入れちゃって（腹が立って）さあ、「あたしたち開拓団の事は、国は認めてくんなかったんだよ。あたしたちだって、軍人と同じなのに。親は犠牲にまでなって、関東軍のために食料作ってきたけどさ、国にはそう思ってもらえなかった」って言ったらさあ、「ああ、そうなんだ。俺たちも、ああいう人の話を聞いて、おばさんなんかも、国にいくらか、支援してもらっているかと思った」って。「とんでもないわけだ」って言ってやった。

【軍人と開拓団との差別】

兵隊さんだって大変だったよ。私だって馬鹿じゃないからわかる。兵隊さんだってさあ、命を賭けてねえ、満州行って働いてきたんだから。

軍人だった人はどう思っているのだろうな。軍人だけが、国守ってきたんじゃないんだっつうの。ああいう所に行って働いてた大使館の人だって、開拓団の人だって、日本の国のために働いて、「自分はこういう訳で、日本の国のために、外国まで行って大使館で働いてきた」なんて言う人は、１人だって出やしない。軍人、軍人って、軍人ばっかりじゃない。ほかに、同じ国のために生きていた人がいっぱいいるんだよ。私が、ただ言いたいことはね、あまりにも国のさあ、軍人と開拓団への扱いが違うってこと。

運転手が「日本の国の役人どうしてそんな冷たいんだ？　戦争はさあ、皆がやったんじゃないっつうの。なのに、なんで、まだ捨てっぱなしで置かれてるの？」っつうから、「俺なんかやらされることはやらされたけど、開拓団の人たちを救済することは容易じゃないもんで、私たちの面倒をみようとしてくれる人がいないんだから、しょうがないじゃないか」って、言ったけどさあ。中国人の中にもわかってくれている人、いっぱいいるよ。貧乏人のあの人らは、学校なんか出ている人はほとんどない。でも、「おばさん、おばさん、でっけい気持ちで生きるんだよ。戦争だって、おばさんがやったんじゃねえ、国がやったんだから。それをほったらかして、こんな目に遭わせて。面倒見てくれない国が悪いんだからね」って、そう言ってくれて。どうしたって、あたしたちは、生きるよりしょうがなかったんだよ。ただ生きて、どんなことがあってもいいから、生きて。「生きていれば日本に帰って来られる」それだけで生きてきたん。

【日本政府の不公平さ】

軍人は、20歳になって試験に合格すれば、３年間飯食わしてもらってさあ、教育受けて、国になんかあったら、戦いに出るのは当たり前でしょう？　家族で行った人たちはさあ、自分のためや家族のためを思って、「満州がいい所で、家族が楽になる。日本は土地が狭いしさ、満州は広いから、いくらでも空いてる所はあるから、自分で努力すれば自分のものになる」っていうから、行ってみようって気になるのは当たり前でしょう？　あたしは、そん時は「そんな馬鹿な話はあるか」と思ったけどさあ。そんな時でも、誰も家族を思わない人はいないじゃねえ。だから満州へ行った。

そいで行ってみたら、とんでもないでね。あたしたち、暑い夏や寒い冬、夜も寝ずに働いた次は、「採れたものは出荷しろ」と言うとる。あたし、学問のない馬鹿だったから、はじめはわからなかった。「自分たちのため満州に出てきたのに、何だか、どこへ出荷するんだ？」と、だんだんだんだん思うようになった。そのうち、部落の人たちが来てさ、いろいろ話をするので、初めてわかった。関東軍の兵隊さんの命を守るために、あたしたちは働きに行ったんじゃないかって。あたしたちは、満州でちっとも楽じゃなかったよ。軍人はね、あたしたちが一生懸命食料を作って供出したのにさあ、終戦のひと月ぐらい前に、満州から消えていったんだよ。だから、残ったあたしたちや年寄りや子どもなんか、誰一人、助けてもらえないよ。だから、今の黒竜江省《コクリュウコウショウ》の方までずっと繋がって、開拓団の人たちがあんなにたくさん犠牲になってるじゃない。

それなのに、どうして、軍人、軍人って、軍人のためだけにお金を割いて。開拓団の人が、あんなに国のために、関東軍の兵隊のために、命をかけて、食料を作って送ったのにさあ、どうして開拓団の人たちのことを思ってくれないのかと思って。同じ日本人なのに、情けなかったよ。日本の政府の役人て、あんまり不公平だよなあ。満蒙開拓やらせといてあんな大きな戦争があっても、その後60年もほっぽりっぱなしで置くなんてさあ。

軍人だってさあ、軍人が1人で国を守ってきたんじゃないんだぜえ。軍人は軍人恩給で優遇されてるけど、満蒙開拓団に対してはそういうことない。でも、本質的には、前線を守れっていうことで行かされたんだもんね。[37]本当、おかしい。

【父の供養】

一昨年あたりだか、「国でいくらか満州への旅行の金ぐらい出してくれるんだ」って言われた。そんなこと、あたしは考えもしなかったからさあ。そういうの知ってたら場所がわかるからさあ、親に手を合わせたいと思った。

あたしゃ、日本に帰って来て、お寺の住職さんに言って、戒名書いてもらって、毎日朝に晩に、ご飯を供えてお線香上げてるん。何もないから。だけどあたしはさあ、父親に「ご苦労様」って言ってるよ。55歳で行ったんだもん。でも若い人の役に立てて、「おじさんのお蔭で助かった」と言われるだけでもさ、お父さんを連れて来なくて良かったと思ってるよ。

(注)37　武装移民でなくとも、ソ満国境近くの開拓団家族には、一家に1丁の銃が配られていた。

【今の思い】

あたしたちは、今、近所の人たちとあまりお付き合いししねえ。ここは日本人の社会、日本人の人たちわかっていないもの。中国から帰って来た人たちもさ、ここには３人ぐらいいるけど、あまりお付き合いしてない。したっていいことないんだよ。人の悪口言ったりするのを聞くの大嫌いだからさあ。わかんないこと話してくれたり、教えてくれたり、そういうようなとこ行くのはいいけどさあ。でも今は、足や腰が痛くてどこにも行かないから。今、何でもテレビで世界中の事がわかるから、どこも、行かなくもいい。もう年。もう限界。92歳の誕生日を迎えたからね、もう1年ぐらい生きたいなあと思ってるけどねえ。体力がダメだねえ。気持ちはまだあるけど、身体がついていかない。

１人で暮らして、毎日ヘルパーさんに世話になってるから、いろいろ考える。地震、台風で、いろいろ困っている人がたくさんいるし、いろいろの事故もあるしさあ。東日本の震災からは2年以上経ってるけど、まだまだ容易じゃないしさあ。自分でもよーく考えて、今の人も大変だなあと思って。

あたしは、前は、政府の怠慢を憎んだけど、今は、(38)政府だってあんなに一生懸命やってても、手が回らないんだなあと思って、テレビを見てるけどさあ。あの人たちも、あたしたちと同じようでさあ。この前テレビに出てたおじいちゃんが、「50年以上あすこに住んでて、初めてこういう目に遇った。俺にはまだうちもない。家族は死んじゃって、俺が１人残って。俺が死んで、家族に残ってもらった方がよかった」って言ってたけどさあ。気の毒だなあって思ってさあ。たった2年過ぎただけで、あんなに困っている人がいるんだよ。あたしなんか、60

(注)38　２０１１年の震災から2年経った２０１３年に取材。

年も、ほっぽらかされて置かれたんだよ。そんな、政治のやりかた、不公平だよねえ。

【戦争への思い】

今は、「あの戦争は間違ってた」ってわかった。あの戦争の原因がわかんなかったけど、いろいろな新聞の記事を読んで、わかってきたん。それまでは、そんな暇ないもん。

最初のうちは親を憎んで、国を憎んで。今は、戦争だけ憎んでますよ。「戦争さえなかったら、オレたちはこんな思いすることはなかった」って。憎んだって、どうしようもねえけどさあ。でも、オレたちは乗り越えてきただけだがねえ、自分で言うのはおかしいけど。たいしたもんだと思っているよ。親を憎み、国を憎み、「あの満州なんかに行かなければ、こんな苦労しなかった」って。いくら月日が経っても、いつまでもいつまでも、戦争が憎いよ、全く。ただねえ、いつまでも言っても、もう、過ぎたことなんだ、過去のことなんだからさあ。忘れることはできないけど、「そんなこと考えんで、これからまだ生きなくちゃならないんだから、先のことを考えろ」って、毎日、自分に言い聞かせているけれどもね。戦争の悲惨さ、忘れられないねえ。

この春頃、入院したことがあってさあ、入院するくらいなら、早く死ねば楽になるんだけどなあって思って。生きるのは大変だけど。死ぬなんてつまらない、死んで子どもに迷惑なんかかけたくねえもんねえ。

やっと92歳になったけど、今も病気なんで、知り合いに、よく世話してもらってる。「おばさん、どお？」って言うから、「ありがとうよ」って言ってさあ。医師も毎日来てもらってるんだよ。こういう人たちのお陰でさあ、あたしたちもこうやって、平穏に暮らしている。これまで、大勢の人のお陰で。でも、最初のうちはさあ、家族からあんなことを言われて、帰って来たことを悔やんだこともあったけど、今になってみれば、赤の他人に、これまで世話してもらってるから、「ああ、帰って来て良かった」と、「あの人たちのお陰で、今の自分があんだ」と思って、今はね、輝いてますよ。

【若い人たちへ】

終戦の時の、大変な時のことを、今、何言ったからってしかたない。今までほっぽらかしにされてきて、年とって、私ももうすぐ親のそばに行くようになるけどね。ただ一つ、今の若い人たちに言いたいのは、戦争は大変だっていうこと。何があっても、戦争だけはしてはいけないことだけを、わかってほしい。それが言いたい。他にはなにも言いたくない、私は。戦争は恐ろしいんだって。ねえ、何があっても戦争なんかしてはいけないことなんだって。今の若い人たちにわかってほしい。（完）

第7章　齋藤《さいとう》タツさん（埼玉県）
「これが包丁《ほうちょう》だ！わかったか！」

証言者プロフィール

1932（昭和7）年　8月26日　秩父に生まれる
1940（昭和15）年　8歳渡満　小《ショウ》八《バ》浪《ラン》中川村《なかがわむら》開拓団
1945（昭和20）年　13歳　終戦　逃避行の末、中国人の家に売られて子守りや掃除をさせられる
1949（昭和24）年頃　17歳　20歳年上の人と結婚　前妻の子ども2人、自分の子ども6人を育てる
1972（昭和47）年以後　（時期不明）一時帰国（国費）
1977（昭和52）年頃　（時期不明）45歳前後に永住帰国　2年後ぐらいで家族全員呼び寄せる

インタビュー　2013年12月　81歳　場所　証言者のご自宅
ウェブサイト「アーカイブス　中国残留孤児・残留婦人の証言」Fさん
https://kikokusya.wixsite.com/kikokusya/---------c15r3

証言

【開拓団での生活】

今年81歳。お父さんもお母さんも秩父で生まれた。お父さんの土地はまだいくらかある。家はもうなくなちゃった。1940（昭和15）年、私が小学校1年生、8つの時に満蒙開拓団（中川村開拓団）で満州に行った。

向こうに行って、半年か1年は、みんな一緒にご飯食べてたんだいね。結構、いっぱい人がいて、大きい食堂があって、ご飯をバケツで、一軒一軒もらってきて食べていた。2軒が一部屋に住んでて、共同生活。「朝ごはんだ」とか「お昼だ」とか、サイレンが鳴ってから、お母さんたちが、みんなバケツで、ご飯をもらいに行って

いた。それだけは覚えてる

そいでそこの共同生活を半年か1年ぐらいして、みんな部落に分かれて行った。私たちが行った所は、小八《ショウバ》浪《ラン》中川村開拓団っていう開拓団の2部落っていうところでね、満人と一緒の部落だった。1部落は、みんな日本人だけで、新しく家を建てた所だったけど、私たちが入った所は満人の村だった。でも結構、喧嘩もしないで仲良くでけたね。みんな、大人もそんなに悪いこともしないし、仕事をするだけだから。畑を一緒に作って、1年くらいして、それから畑を少しずつ分けてくれた。ほいで、皆、自分自分の、個人の畑を耕すようになった。

はじめは、開拓団の道を作ったり、学校を建てたりしたんだけど、幾らもなかったかんな。終戦なっちゃったから。みんな家も建ててくれて、家に入れて、「やっと良くなって来たな」と思ったら、終戦になっちゃった。

【敗　戦】

満州には、両親と兄がいたが、兄は病気で、そこで亡くなった。

１９４５（昭和20）年の8月、山の上にある兄のお墓参りで、山の上に登ったら、飛行場がいくつか見えるんですよ。そしたら、「飛行場が火事だ」ってみんなで見てた。あそこは、日本軍が、飛行場全部に火を点けて、燃しちゃったんだよね。山のてっぺんからは、三つぐらいある飛行場が見えるので、みな煙が出てるのが見えて、「どうしたんだろう。飛行場全部から煙が出てたんな」と言いながら、見てたんよ。もうすぐ日本が負けるので火を付けて燃しちゃったんだと言っていた。

子どもだから、山の上のお墓で遊びながら帰ってたら、開拓団本部の人が馬に乗って、部落に「お知らせ」に来て、道端に腰を掛けてると「早く家に帰りなさい！もう日本に帰るんだ」って。びっくりして家に帰ったら、お母さんが片付けてたっけ。「どうするの？」と聞いたら、お母さんが「日本は負けたんだよ。日本に帰るんだ」って。で、そのまんま、お昼食べたような、食べないような……。みんな、気が気じゃないからね、親は心配で。私たちはどういう訳だかわかんないけど、親はわかっていた。「日本が駄目になった。負けた」っつうのが。

【逃避行】

お母さんは着替えだけ少し持って、他には何も持ってけなかった。また戻って来られるかと思ってたんだよね。もう駄目だと思っても、また戻って来られると思ってたんじゃないかな。だから、そのまま来ちゃったんだよ。でも、もう「お知らせ」が来た時には、電車もなくなっちゃった。

荷車も馬車もあったけど、おばあちゃんもおじいちゃんも子どもたちも乗せるので、荷物はあまり持って行けなかった。私がまだ部落出ないうちに、満人がみんなほうぼうから来て、荷物をみんな持って行かれちゃったよ。持って行かれてもしょうがねえ。持って行けないんだから。みんな、早く持って行けば、いいのがもらえるから。そういう気持ちで、みんな、日本人の家に入って来るんだろうけど。

それから、山の中を長い行列作って、登って行った。日にちはわかんない。幾日か、結構歩いたよね。１、２か月ぐらい、山で寝て、山でご飯食べて。「食べ物もなくなっちゃった」という大人の話を聞いてただけでな。みんな、買って来たんだか、もらってきたんだかしらないけど、どうにかして。日にちは覚えてないけど、牡丹《ボタン》江《コウ》の近くの寧安《ネイアン》から奉天《ホウテン》まで山路をそんなふうに歩いて来た。

鍋がなくて、兵隊の鉄兜をどっかから拾ってきて、川の水を汲んでご飯を炊いたりした。恐ろしかったよ。親もあんまり食べないから、途中でおっぱい飲んでる子はどんどん亡くなっちゃった。私ら子どもはいくらか食べてるからね。年寄りの歩けなくなった人は、バタバタと道端で死んで、いっぱいそのまま置いて来ちゃったの。

山ん中にいるもんで。お葬式とかそんなもの何も無いよ。それ私、目の前で見たから忘れられないよ。生きてる人だって、道端で「バイバイ」て、手を振ってなあ。そのまま置いて来たんだで。「お母さんどうするん?」て聞いたらば、「仕方ねえんだよ。死ぬのを待ってるんだよ」って。お互い、泣きながら別れるんね。夜になれば、狼とか何か来て食べるんだよ。そうやってお祖父さんもお祖母さんも途中で亡くなっちゃったんだ。あれ、恐ろしかった。私には忘れられない。みんな食べちゃったんだで。犬が喧嘩しながら、日本人の死んだ人を食べているんだね。恐ろしい。私は見てて泣きたくなった。お母さんも泣いていた。日本人の肉を食べちゃうよ。みんなお腹空いてるから。食べるもんないから。子どもは満人にくれたり、置き去りにしたり。山の中歩くんだから水なんかないよ。泥水飲んでね。だから、あん時の日本人は、ほんと、人間じゃないんだよ。今、お葬式の話をすると、あの人たちを思い出すから、私は「そんなものいらねえ。みんなそのまま死んでいったんだから」って言う。

【奉天の収容所】

やっと奉天に着いた人たちも半分以上亡くなっちゃってたいな。収容所になってる学校に入ってから、寒くて布団も畳も何もないんだから、何もねえ板の間でお年寄りが寝ていた。そこで、年寄りと子どもはどんどん亡くなっちゃった。汽車も何も、無くなっちゃったんで、もう日本には帰れない。日にちは覚えてないけど、半年とか、一年とか、そこにいて。

朝、私起きるでしょう?馬車が来た音がするから、出てみたら、人間を材木のように馬車に積んで出て行くのを見た。「子供は見るんじゃないよ」って言われたけど、私、子供だから、お腹が空いてるから、出て行っちゃうんだよね。そしたら、馬車が2台も3台も来て、死体を材木のように積んで出ていくのを見てた。「お母さん、どこへ連れて行くの?」って聞いたら、「大きい穴があって、みんな、その中、放り込んじゃうんだ」って。一晩で凍った人間。私、目の前でみたから、忘れられなんねい。

ここでも食べものは無くて、配給された食べものを子どもに食べさせりゃ、大人はあんまり食べれないじゃん。だから、あん時の日本人は、ほんと、人間じゃないんだよ。

鍋もなにもない。レンガ2つ拾って、そして鉄兜を拾って来て、それで、ご飯作って食べるんだから。「汚ねえ」とか、あん時は何も無いからなあ。今でも涙が出る。大人の人はみんな死んじゃったんだね。1000人もいた人が幾人も残んなかったんだね。今、思うと涙が出るけど、ほんとの話。そうやって大人の人はみんな死んじゃったんだよ。子どももあまり残らなかった。私より小っちゃい子どもは満人にくれちゃったり、死んだりして。私は13歳だった。だから、ずっと覚えてるんよ。やっと奉天に来た人たちも半分以上死んじゃったね。

お母さんたちだって、みんな、そのまま置いて来ちゃったんだもんなあ。お兄さんも途中で亡くなっちゃった。あん時、17か18だったかな、途中で見えなくなっちゃったんよ。お父さんは終戦前に亡くなっちゃった。お父さんは、死ぬ時に言ったん、「お前、俺はもう帰れないけどな、お前たちは日本に帰るんだよ」って。お母さんと、「そんなことねえよ」って、言ったんだけどね。「もう日本は負けるんだ」って。お父さん、みんな知ってた。お母さんは奉天の学校の中で亡くなった。亡くなったけど、あん時みんな満人に私たちは連れて行かれちゃったから、お母さんが死んだのを知らなかった。「どうしてもお母さんに会いてえ」って言ったら、満人の人が連れてってくれたんよ。お母さんには会えなかった。そしたら、大きい学校に人がけっこうたくさんいたのに、幾人もいなかったね。みんな亡くなっちゃった。大人は食べるもの何もないから、そのまま死んじゃったいなあ。残った子どもはみんな満人に連れて行かれちゃった。でも、子どもを満人にくれるのは、恐ろしいことだと思ってたけど、でも、そういう人たちは生きてきたからな。日本に帰る人はいくらもいなかったんだね。

【満人の家へ】

親戚も何もいねえから、開拓団のおじさんたちが、「お前たち、ここにいても死んじゃうんだから、満人の家に行け」って。ただで行ったんじゃない。あの人たちは満人からお金をもらっている。私たちをお金で売ったんだよ。でも、そんなにもらえないからな。

一番先行った家はね、夫婦と、1人子どもがいて、お祖母さんがいたんかな。満人の家は、寒くて布団も何もない。でもそれで命が助かって、そこの家で、子守りをさせられたり、掃除させられたり。まあ13歳で、言葉もできないから、蹴っ飛ばされたり、叩かれたりして、食べる物もいい物は食べさせてもらえなかったよ。残りご飯か何か食べさせられてな。包丁持ってくるんでも、言葉がわかんないから、あの大きな包丁を、私の首んとこに突きつけて、「これが包丁だよ、覚えとけ！」って。殺されるかと思ったよ。それが忘れられねえな。あんな恐ろしかったなあと思って。泣きながら生きてきた。17歳まで、この家で子守りや掃除をしていたけど、その家で、私はもう必要無くなったんで、また、私を売っちゃったんだいね。私を売ればお金になるから。

近くに日本人が住んでいて、あまり遠くない所にいたけど、会わさないんだよ。会わせてくれない。どこも行かせないから。向こうは会いたいし、こっちも会いたいけど。庭に共同の大きいトイレが1つあって、2人、お互いに見てて。その人がトイレに行ったら、私もついて行って。ちょっと出て行くと、私を見てるから、すぐ呼ばれるんだよな。「帰って来い」って。向こうも会わせないようにしてて。

1年ぐらい経って、今度は農家に売られた。

【別の家に売られて】

そこの家の人が私の旦那さんになった。私より30近く歳が上だった。私は17で、あの人の子どもが私と同じぐらいだったんだ。あたしと3つ違いと5つ違うんかな。2人子どもがいたんだ。私は売られて一緒になったんだ。おじいさんとおばあさんもいたん。奥さんが亡くなって、あたしを買ったんだよ。旦那さんは結構、歳とってたから、嫁の来手《きて》がなくて、日本人の子どもはそんな所へ嫁に売られたんだよ。嫁をもらえないような人が、お金を使って、買ったんだから。あたしが泣いてたらね、「お金で買って来たんだから、帰りたければお金を出せ。お金を出せば帰っていい」って。「お母さん、あたし、お金、着るもんも何もねえんだから、裸なんだから、お金が出せない」って。馬鹿にされた。言葉ができないから。もう、仕方がない。泣きながら、そこで生きてきた。

【中国での生活】

それでね2年ぐらい経って子どもができた。私6人も子どもを産んで育てたよ。仕事は朝早く起きてね、鶏が鳴かないうちに起きて、2時半、3時頃起きたよ。コウリャンのご飯だから、早く作らないと出来ないんよね。農家は朝が早いから、明るくなると、みんなご飯を食べて仕事に行くんだ。豚もいるし、子どももいるから、夢中で生きてきたよ。鳥の鳴く時起きて、寝る暇も腰をかける暇もなかったな。いつも見られているから、ちょっとでも休んでいると、「草むしりしろ」って言われたり、「掃除しろ」って言われたり。今の子どもは幸せだよ。私の時はホント大変で。

靴も作らなきゃならなかったから、夜は電気なんてないでしょう？　石油の灯りで靴を作った。下はみんな糊で貼って、形を作って上も下も縫うの。昔はみんな、靴は作ったんだよ。でも後から、みんな買うようになった。子どもが学校に出るようになったら買ったな。

その頃は共産党が入って来たから良くなって来た。蒋介石の時はすごかった。いじめられたり、米なんか持って行かれたり。蒋介石《ショウカイセキ》の時の兵隊はすごかったよ。娘なんか連れて行って、遊んだりな。八路軍《ハチロゲン》が来てからそういう事はなかったけども。あん時、私は子どもだったから、そういう事は関係なかったけどね。でも、20歳ぐらいの娘たちはけっこう死んじゃったよ。遊ばれて悔しかったり、嫌になっちゃったりして。あん時死んだ。結構、死んだ。あん時は、人間じゃなかったいね。

農家だから、雨なんか降ると、米取れないんだよ。だから、ほんと生活はやっとだった。モロコシの粉なんか餅のようにして食べて。みんなは食べれても、あたし食べれなかったよ。慣れなかった。後からだんだん慣れてきたけどね。ほんとに苦労した。

子供がだんだん大きくなって来たら、幾らか良くなってきた。共産党が入って来て、畑を分けてくれたりしたので、米を作ったり、畑を作ったりできたから、だんだん良くなってきた。

【文化大革命】

母さんが日本人だからという理由で、うちの子どもたちはいじめられた。でも、家の子どもは外で泣いても、私には言わない。私があれなんじゃねえ。かわいそうだと思ってだろうね。みんな我慢してくれたよ。日本に帰る時は「帰るべや。こんなとこいないで」って。みんな連れてきちゃったけど。(完)

証言の背景　小八浪中川村開拓団《ショウバランなかがわむら》

（１）証言者　鈴木サダさん、斎藤タツさん

（２）終戦直後の動態（『北満農民救済記録』より）

三江省樺川県小八浪《ショウバラン》中川村開拓団。昭和21年4月8日現在の記述。５２２人中、健在者61人。未帰還者95人、**中国人預・満妻１５６人**、行方不明６人、死亡２０４人。避難状況報告書は農事指導者宮崎由雄《ミヤザキヨシオ》の名で書かれている。「11月下旬……この頃より……所持金を使い果たし、加うるに団指導者はおらず、日増しに加わる寒気とともに生活の不安に襲われてその思想は動揺し、ついに12月末ごろより**満妻に行くもの続出**せり」

（３）開拓団の概要（『満州開拓史』より）

送出県埼玉。在籍者６０７名、死亡者２４５名、未引揚者１７４名、帰還者１８８名。越冬地、伊漢通《イカンツウ》。

※ここで注目したいのは、５２２名中、中国人預・満妻１５６名という数の多さです。中川村開拓団については、実に多くの書籍が出版されています。慰霊碑も二つあるという分裂状態が続いてきました。第２作『あの戦争さえなかったら　62人の中国残留孤児たち編』（近刊予定）で、再度触れます。

（４）『遠すぎた祖国　荒川村民満州開拓記』野口拓朗著　昭和58年刊

「団員６００人のうち、半数近い約２５０人が　終戦時の暴民や、収容所での病気などで死んだ。引揚船に乗ったのは、わずかに80人足らずだった」

南靠山屯開拓団《ミナミコクサントン》

第8章　佐藤千代《さとうちよ》さん（埼玉県）

「開拓っちゅうても開拓じゃない。あれは、中国人がずっと前から耕《たがや》していた畑だと思うよ。それを奪っちゃって。抵抗できないから」

証言者プロフィール

１９２８（昭和３）年　10月３日　樺太（現サハリン）で生まれる。３歳のとき父が亡くなる
１９３９（昭和14）年　11歳　渡満　三江《サンコウ》省《ショウ》依蘭《イラン》県《ケン》南《ミナミ》靠山屯《コクサントン》開拓団
１９４５（昭和20）年　16歳　終戦12月17歳のとき、妹を連れて中国人と結婚（子どもは６人）
１９７９（昭和54）年　51歳　一時帰国（里帰り）
１９９１（平成３）年　９月１日　63歳　永住帰国（国費帰国）
その後、家族全員を呼び寄せる（全員自費帰国）

インタビュー　２０１３年11月　85歳　場所　証言者のご自宅
ウェブサイト　「アーカイブス　中国残留孤児・残留婦人の証言」Ｕさん
https://kikokusya.wixsite.com/kikokusya/--------c3z2

証言

【満州に行く前】

私は、１９２８（昭和３）年10月３日、樺太で生まれて、家族は全部で13人かな。お母さん、お祖父ちゃん、お嫁さんも入れて。８人の兄弟姉妹の５女です。男２人でね。父は、私が３つの時、妹が生まれたばっかりの頃、亡くなりました。満州に渡ったのは、１９３９（昭和14）年、私が11歳の時です。姉３人はもう嫁いでいたので、それ以外の家族全員で行きました。

樺太から船で、北海道、新潟、北朝鮮の図們《トモン》まで、何度も船に乗り換えて行き、次は汽車で佳木斯《ジャムス》へ行って、

三江省依蘭県《サンコウショウイランケン》に行った。そこが、私たちの開拓団がいた場所。南靠山屯《ミナミコクサントン》開拓団と言った。

【満州での生活】

開拓団は何にもなかったね、最初は。学校はね、ないのよ。昔は尋常小学校6年、そしてまた、高等科2年というのがあって、全部で8年。先生がね、榎本《えのもと》先生ちゅう校長先生1人だけ。窓ガラスもない部屋で、何とか教えてくれるんですよ。でも子どもだから、ごった返しだよね。何にもわからない、できない。で、校長先生は仕方なく、自分の4年生になる長男に「お前は何しにきたんだ?」と言うと、その子黙ってるよね。そしたらみんな、一瞬だけ大人しくなる。そういう状況だった。自分の子どもを犠牲にして、みんなを静かにさせようとした。私も12歳だったからね、それだけ覚えてるね。

それから、2、3か月くらいして、山木《ヤマキ》先生という人が来た。校長先生と2人で協力して私たちを導いてくれたけど。5月頃になると、朝4時頃、私たちを起こすんだよ。そして走ったね。私たちは自分のボロ家にいたけど、先生がそこを通って声をかけると、みんな起きてくる。そして、1時間ぐらい走るのよ。その先生が秋になって、20歳になり兵隊に召集されて。校長先生また1人になっちゃった。１９４０（昭和15）年ぐらいかな。それからまあ、ポチポチと先生がいらしたけどね。学校っていうのもね、先生が大変だけど、子どもたちも大変ですよ。いっしょくたで。訳わかんないから騒ぐんだよね。

家族は田畑を耕していたけど、耕すったって、中国人が耕した後だよ、あれね。中国行った途端に、植えるってできるわけないじゃない、ねえ。開拓っちゅうても開拓じゃない。あれは、中国人がずっと前から耕していた畑だと思うよ。それを奪っちゃって。抵抗できないから、黙っているんだよね。我慢して。まだ、子どもだからわかんなかったけど、ほんとにかわいそうなことしたもんだね、日本人は悪い事したよ。

あの頃は、食べ物は政府が日本から中国へ送ってくれるの。食べ物がない時は、トウモロコシの団子みたいなもの食べてさ。水田もあったんだよ。あれもきっと朝鮮人がやってたことだと思いますね。耕したんだよ、あれね、そのままだったから。

部落には朝鮮人も中国人もいましたね。だけど、中国人は皆出て行ってさ。追い出されたから。でも、中国人を苦力《クーリー》として使ってました。家の兄貴も１人使ってました。使われた人も大変だね、お米食べられると思ってくるんじゃないかね。食べられるだけでもいいのね。１年、１年。そういうふうになってきた。

日本政府は、お米はあんまりとらないけど、出荷だよね。大豆とか小豆とか、そういうものみんな供出するんだよ。出荷しなきゃ怒られるでしょ。男女関係なく、16歳で大人と同じように「１人、小豆いくら、大豆いくら」って、出荷の検品があるんだよ。16歳の娘なんて、ひょろひょろっとして、何もできないじゃない。それを兄貴と兄嫁が代わりになって出荷してくれたけど、出すだけで政府は一銭もくれない、何もくれないんだよ。そいでもさ、一生懸命働いてね。出荷してね。

１９４５（昭和20）年だよ。倉庫の中に籾《もみ》なんかいっぱい貯めて、やっと生活ができるようになったのよ。馬、牛、羊、鶏、豚、家畜も増えてきたし。それぞれに小屋があって。乳搾りしたり、毛を刈ったり、なんか編むようなもの作ったりして。６年間で。

私は学校行っていたから、あまり働いていないけど、兄夫婦なんかね。ほんとに一生懸命働いて、「やっと生活が楽になった」って言ってた。その時に終戦。

【終戦時の様子】

田舎だったからね、知らせがないんだよ。政府も教えてくれないもんね。１か月ぐらい経って、収容所へ行ってわかったんだよねえ。「負けた」ちゅうことが。必死に「日本へ帰る、日本へ帰る」ってね。

あの時ね、前日の8月14日。私は水田で草むしりしてたの。そこへ、79歳のお祖父ちゃんが来て、「政府からの知らせ、持てる物持って、明日、日本へ帰る」ってこう言うんだよ。「帰る」ちゅうたら、残るわけいかんのよ。だからみんなで相談して、その晩に荷造りして。荷造りったって歩くんだから、そんなに持てないんだね。鶏も殺して。暑いからすぐ腐っちゃうよね。2、3日は食べられたけど。

兵隊さんが連れて行くって歩いてんだけど、その当てがなくて行ったり来たり、行ったり来たり、そんなことしてましたね。出て行った村に、一旦帰ったことがあるの。その時はもう、荒らされてましたね。あるものみんな持って行っちゃったのよ。あの時は貧乏だけど、中国人よりちょっとはマシだからね。年寄りの中には、「俺はもう帰らない。ここに留まって、死ぬのを待つから」って家から出て来ない人もいたよ。ろくに食べてないから、年寄りなんかもう歩けないじゃない。


【逃避行】


それからずっと歩いて1か月間。私は娘で、結婚していないし子どももいないし、荷物も責任はないよね。30代ぐらいの婦人が赤ちゃん負んぶして、子どもと手をつないで歩いてた。荷物なんか全然持てないよ。旦那さんは兵隊でしょ？　その歩いている子どもが、赤ちゃんの足を「降りろ、降りろ」って。自分が負んぶしてもらいたいんだよ。血が出るほど赤ちゃんの足を引っ掻いて。かわいそうだったね。

歩いている途中で、道端でお産する人がいっぱいいるんだよ。大変だよね、誰もいないのに。親戚の人とかが、子どもを捨ててたよね。お産した人の両脇抱えて歩いてたけどね。人を庇《かば》うような余裕なんかないんだよ、誰も。私は見ない振りして素通りしたけど。あの人も途中で死んじゃったよね、産んだばっかりで歩くって、歩けないじゃない。歩けるうちは歩くと思ったんじゃないの。本当に大変だった。毎日、日本の兵隊さんたちが道を開いてくれるんだよ。山道だから、兵隊さんたちが、私たちが歩きやすいように、木を倒して道を開いてくれた。

そうして、１か月ぐらい経った頃、日が暮れる頃、川幅が10メートルくらいの川の所に来たんだ。もう夜だから渡れないんだけど。兵隊が先に渡ってさ、あっちの岸に杭を打ち付けて、こっちの岸にも杭を打ち付けて、長いロープを渡して、それを伝って行って向こうに上がるんだよね。

私たちの開拓団の団長さんは兵隊に取られたけど、そのお嫁さんには４、５人の子どもがいて、70幾《いく》つのおばあちゃんもいるんだよ。ロープを伝って歩くのは、70歳ぐらいの男でも大変だよね。他にも何人かの年寄りがいたんだ。

私は見てないけど、身長が低くて、兵隊に取られなかった二番目の兄貴が、私たちのいる草むらの所に戻って来てから話したんだけど。「団長さんのお嫁さん、泣いてた。川岸で、団長さんのお母さんが『私はもう歩かない。皆さんのお陰でここまで来たからいいんだから。お前は、孫を連れて日本へ帰ってくれ』って言ってね、泣いて。それから何人かの年寄りが集まって。そのまま残しておいて獣に食べられてしまうと、もっと大変でしょう。だから、兵隊さんが全員の首を切った」って。

惨めなもんだね。戦争に負けたちゅうことはね。経験の無い人にはわかんないけど、経験した人は本当にぞっとしますね。思い出せば。

【収容所での生活】

川を渡って、方正《ホウマサ》の収容所へ行った。あれは、みんな開拓団が出て行った後だから。中国人が、外して持って行っちゃったからね、窓もドアもないんだ。そこに、草を刈ってきて敷いて寝た。

そしたら、今度入って来たのは、ソ連兵。日本人だけなら、まだ生きていけるんだよ。収容所には、毛布なんかあるんだね。良い物があったら、ソ連兵にみんな取られちゃってさ。食料もないでしょ。火を付けて燃やしてしまった日本軍の倉庫の焼け跡に、私たちを連れて行って列に並んで、ちょこっともらって帰って来るんだ。犯罪人と同じだね。それでも怖いんだよ。じろじろ見て、男だか女だか見分けるんだよね。大きいおっぱいの人わかるよね、連れて行かれたら、もう強姦されてさ。私はおっぱい大きくないんだね。頭は坊主にして、黒い手ぬぐい被って。ちょっと顔に炭でも塗れば、男だか女だかわかんないよね。そうやって、毎日暮らしていた。

そこの収容所で1か月ぐらい経って、寒くなってからソ連に帰っていった。荷物を山ほど積んでさ。伊漢通《イカンツウ》ちゅうとこあるの。波止場ね。男の人はそこへ行って積んでやるんだよ。日本兵の干した物、食料とかなんとかいっぱいあるでしょう。それを全部ソ連兵が船に積んで持って行っちゃった。日増しに寒くなるし、そういうふうになって、1人、また1人と死んでいくんだよね。

私の家族はちょっと良かったんだ。下に室《ムロ》掘ったの。野菜を保存するような室。室があったら暖かいでしょう。凍らないもんね。そん中で、ドラム缶みたいなストーブ拾って、ご飯作って食べたね。そん中でも、一人ひとり死んでしまうんだよ。4軒一緒になって作ったの。女だけでは室なんか作れない。兵隊に取られなかった50代の男の人の家族がいて、家の兄貴もそこに混じって。それで、助かったんだけど。それでも、日増しに食べる物も無くなるし、井戸も凍っちゃうし。

この辺りの中国人の独身の男性たちが、嫁さんをもらいにくるんだよね。一軒一軒回って歩くんだ。「どこの娘がきれいだ」とか「どこの娘は若い」とか。やっぱり、生娘もらいたいんだよ。中国人だってね、子ども連れなんか要らないんだよね。でもなかなかね。私も覚悟はしてた。自分を犠牲にして親と兄嫁を助けたいと思ってさ。「まあ、いいや。いつかは帰れるし」と思って。私は馬鹿みたいに、「お嫁に行ったら、もう帰って来られない」って思ってたら、私の４つ上の姉が「あんた馬鹿ね。いつか逃げる時があるんだよ」って、こう言うんだよね。「あ、そうなのかな」って思ったら、踏ん切りがついて「いいわ。１回犠牲になって親を助けよう」と思って行った。

【中国人の家へ】

１９４５（昭和20）年12月、私は17歳だった。私は15歳の妹を連れて、４つ上の姉はお母さんを連れて、それぞれ、中国人の家に行ったんだよ。そしたら、姉は妾《めかけ》なんだって。本妻がうちにいて、お母さんはそこに入られないよね。行ってから２か月ぐらいして、お母さんは室《むろ》に帰って来てしまってさあ。私にも知らせが来たけどね。お姉さんも、子どもも１人いたけど、結局、室《むろ》に戻って来て、そこで死んじゃった。

私は１度も帰ってないの。この黄《オウ》さんと結婚してから。帰られないの。ホラ吹かれたんだよ。悪口言ったら悪いけど、「俺は店を開いてる。食べるには不自由しない」とか、そういうことで騙《だま》されたんだね。行ってみたら、「今日食べたら、明日食べるものない」というような家庭なの。親が２人とも亡くなっていたから。うちの旦那ね、たまに室に行っていた。ある時兄嫁が、「千代さん、あんた、どうして帰って来ないの？　１度はうちに帰って来て」って、汚い紙に書いてよこしたの。でも、私は何も言えないの。一銭もないんだもの。着る物も無いし、履く物も無い。寒くて出られないんだよね。そのまま別れちゃって、死んじゃった。母ともそうだよ。

私の主人が25キロのトウモロコシを持って来たんだよね。私はそれと交換されたんだ。売られたって感じ。それからは、少しずつでも、トウモロコシがもらえるんかなって思ってたのよ。本当に店を開いているかなんかそれもわからないよね。嘘つかれてさ。でも、嘘ついてもつかれなくても、行くとこなんかないからしょうがないんだね。生きるためだから。人間ちゅうもんはね、死ぬ間際になったら、死にたくないんだよね。1日でも長生きしたいよね。だからさ、「いつかは日本へ帰れる」と思って。それを待っていたんだ。黄さんとの暮らしは貧しかったけれども、私は身体が丈夫だったから、全部で6人の子どもを授かった。

1953（昭和28）年は引揚船が決まったんだよ。日本から「帰れる人、全部帰りなさい」って。旦那は出稼ぎに行って、ちょうどいなかったんだ。私には、長男と長女の2人の子どもがいた。政府の方から、「今回の機会を逃したら、いつ帰れるかわかりませんよ。ただし、子ども2人は連れて行かれませんよ」って言われたの。子ども捨てては行かれない。旦那も短気だから、子ども捨てたら1週間で死んでしまうと思うんだよ。でも、結論を出さなきゃいけない。3月に上の子を預けて、下の子を抱っこして受付に行った。待合室で名前呼ばれて行ったら、「あんた、どうしますか？　子どもは連れて行ったらいけません。どうしますか？」って聞かれた。言葉が出ないんだよ。「いや、帰れません。これから、また、お世話になります」ってそう言った。

頭上げないで、家に帰った。帰って来て、2人の子ども抱いて泣いたんだよ。帰りたかったよ。あの時、日本で政府が引き受けてくれれば良かったんだけど。中国政府の方が、「子どもを連れて行っちゃだめ」って言ったらしいですよね、そう私言われた。「私、いいよ。自分で犠牲になれば、子どもが不幸でなけりゃそれでいいんだ」と思ってね。それから、ずっと我慢してさ。生きてたら、「いつかは良い時あるよ」って。まず、子どものために、6人の子どもを育てたんだよ。

【文化大革命】

私は、いじめられたことはいじめられた。「日本のスパイ」って言われるんだよね。中国語の読み書きができたから。中国語は、子どもが学校でもらった教科書を見ながら覚えていって。子どもが宿題する時、覗《のぞ》いて見たりして。うちの旦那、字、全然読めないの。ほんと、一生懸命だったね。命がけだった。そうしてかなきゃ、生きていかれないよ。子どももちょっといじめられたかな。学校帰りにね、ずっと遠回りして帰って来るんだよ。それでも、私には何にも言わないの。「日本の鬼の子」って言われるんだって。隣の子が、私に言うのよ。「今日もいじめられたよ」ってね。でも、聞いても何も言わないの。今思えば、本当に感謝してるよ。普通の子は、「お前が日本人だから、俺、いじめられんだよ」って言うよね。それが全然言わない。今は子どもも私を大切にしてくれる。

【大飢饉】

うちの旦那はね、コックで国の大きな食堂に勤めていた。短気だし、字は読めず、学もないけど口が強いんだよ。だから、私はあんまりいじめられないんだよね。旦那は家で食べないで、食堂で食べたから助かったの。家では子どものご飯作って。大人の男が食べないのは、大変助かるんですよ。たくさん食べるから。短気だったけど、いいことも良い思い出もあります。

【日中国交回復後の生活】

１９７２（昭和47）年、日中国交回復が成功したでしょ。「私は樺太だし、本籍も無いし。いつ帰れるかな」とそんなことばかり考えてた。樺太はソ連がやってるからめちゃくちゃなって、土地もないんだよ。

友達が、「日本大使館へ行ってみたら？」って言ったの。でも、大使館のある北京《ペキン》までお金がかかるけど、そんなお金ないし。私は、兄夫婦が学校に行かせてくれたので、手紙を書いたんだよ。どこから出て来て、何人兄弟とか、お父さんやお母さんの名前とか、住所とか書いて。北海道、青森、仙台、新潟。親戚がいると思ってさ。

宛て無しに書いたよ。そしたら、手紙出して3か月で兄から返事が来たんだよ。北海道から。

北京の大使館は良かったねえ。優しかった。夢みたいだった。そのお陰で私、やっとね、一時帰国して兄に会ったの。


【一時帰国】


１９７９（昭和54）年、一時帰国。17歳で別れてから、その時51歳だから、34年ぶり。でも、言葉がね。周囲に日本人１人もいなかったから、忘れちゃった。一時帰国の時は、兄が身元引受人になってくれたけど「北海道は寒いよ」なんて、あんまり同意はしなかったみたい。

私、戸籍を入れたんですよ。札幌まで、2人の兄が連れて行ってくれて。係員に「私、これから日本へ帰りたいですけど、よろしくお願いします」って言ったら、「あなたは日本人だからいいけど、中国人は一切構いませんからね」って、こう言われたのよ。あん時、びっくりしたね。長兄は短気だから、カッとして立って「何言うんだ」っていうふうなね。「こういうふうになったのは日本のためだ。日本がこういうふうにした」っていう訳でしょ。きっとね。でも、二番目の兄貴は大人しくて、長兄を押さえてくれたんだよ。喧嘩になったら、戸籍だって入れなくなるかもしれないじゃない。それで、終わったけどね。「冷たいもんだなあ、日本の政府は」って思った。今はそうじゃないんだけどね。

うちの上の兄さんが帰った時なんかもっと大変だった。区役所行ったら、おにぎり1つくれるんだって。帰って来たばっかり、仕事も無いし、何もない。家族もいないし。それが朝にね、おにぎり1つくれて。「仕事や住まいを自分で見つけなさい。探しなさい」ってね。「もし、探せなかったらまた、夜になっておにぎり1つやるから」ってこういうふうだったよ。兄は、シベリアに5年ぐらいいたんじゃないかな。１９５０（昭和25）年ぐらいに帰ってきたようだけど、つらい目に遭ったって言ってたよ。寒いから。あそこはね。

道を歩いていたら、中国で亡くなった姉の元旦那さんにばったり会って。話しているうちに「うち行くべ」となって。自分の家に連れて行ってくれたけど、姉が中国で亡くなったことを知らないし、再婚した奥さんもいて、1晩泊まって、丁寧に挨拶して、すぐ出て行ったって。それから、二番目の兄が見つかって。1946年頃、北海道へ帰ってるけどね。背が低くて、兵隊に取られなかったから、私たちと一緒にいたんだよ。その後別れて、「九死に一生、死ぬ目に遭って帰って来た」って。

一時帰国して、日本を見て、「変わったなあ。あんまり情がないなあ。昔の日本人と違うな」と思って。中国と言えばね、日本は侵略した国に負けたでしょう。それでも、中国を見下すんだね。不思議だね。何かと言えば「中国人」って言うんだよ。「あんたが好きで中国人と結婚した」と言われたこともあった。でもね、帰って来た時言葉が出なくて、反論が言えないんだよ。今なら何でも言っているんだけど。

【永住帰国】

1991（平成3）年9月1日。63歳でやっと日本に帰って来た。嬉しくて。だけど、これからの生活はどうするんだろうって思うと不安だったんだよね。あん時は今みたいに優しくなかったから。(39) でも生活がスタートした。子どもたちは、一番上が41歳、次が30歳、そして、28歳、26歳、20歳と。まだ、1人中国に残っていた。今は日本に来てるけど。国費だったらいつ帰って来られるかわかんないの。だから自費で帰って来た。そのお金はね、働いて作った。一時帰国後の2年か3年経ってから、パスポートがあったから、大阪に行って病院の付き添

(注)39　中国帰国者のための支援制度がなかったことを指している。

いの仕事した。あれはつらい仕事でね。下の世話を24時間付き添ってする。1日1万円。我慢して我慢して。3、4か月働いた。120万円貯めて中国へ帰って、永住帰国ができたの。5人と一緒に帰って来た。その後呼び寄せるのはその子どもたち。自分で働いたお金を貯めて、残った人を呼び寄せて。私、何回浦和の県庁に行ったかわからない。管理局は北浦和。永住帰国は埼玉県で手続きした。兄貴に戸籍謄本なんか送ってもらって。保証人は、埼玉県の団地の知り合いがなってくれたから。戸籍をこっちに作り直して。最初の10年間は本当に大変だったんです。私、言葉わかんない、子どもたちはもっとわかんないでしょう。でも、子どもたちあまり手間かけなかったね。私、書けるし読めるから、書いてはやれるよね。

子どもたちは、1人は産婦人科の先生で、1人は看護師さん、あと2人は日本で免許とって、鍼《はり》の先生やってる。みんな努力して。

旦那はね、「日本は良い国だから行きたい、行きたい」ちゅうの。「中国よりマシだ」って。それで、喜んで一緒に帰って来た。

家の中では、ほとんど日本語で話しますね。63歳で帰って来て、ずっとここに住んでる。生活保護で。旦那は70歳過ぎてたから仕事もできないしね。私は、子どものことなんかで仕事できなかったけど、支援金もあるし医療費も無料なので、助かります。ほんと感謝してます。

【人生を振り返って】

一番大変だったのはやっぱり、中国だったね。お産の時だけは、そばに誰もいない。うちの旦那、食べさせられなくて、一緒に行った妹を15歳で嫁にやっちゃったんだよ。そして、妹は2人の子どもを残して死んじゃったのよ。その子どもたちは、私が保証人になって、今大阪にいるけど。一番つらいっていうのは、やっぱり17歳の自分が犠牲になる時だった。今の夫とね。野蛮人と同じなの。親を助けるためにって思ったけど、親は助けられなくて、お母さんは餓死してしまったね。井戸が凍って水も飲めなかった。

今はたまに残留婦人だけで、集まることもあります。同じ苦労をしてきたから。

【若い人に伝えたいこと】

これからは、本当に平和な暮らしをしたいね。戦争は止めてもらいたい。本当に戦争は怖い。不幸だよ、みんな死んでいくんだから。（完）

第9章　山本孝子《やまもとたかこ》さん（北海道）

「鉄砲持った保安隊の人が、私についてきて、農家の人が掠《さら》いに来た」

証言者プロフィール

１９２７（昭和２）年　10月28日　北海道で生まれる
１９４０（昭和15）年　13歳　父親が自営業に失敗し、両親、弟、妹と一緒に渡満
　　　　　　　　　　　三江省《サンコウショウ》依蘭県《イランケン》南《ミナミ》靠山屯《コクサントン》開拓団
１９４５（昭和20）年　18歳　終戦　逃避行の末、家族と別れて12月、中国人と結婚（子どもは８人）
１９６７（昭和42）年　40歳　一時帰国（国費）
１９８２（昭和57）年　55歳　永住帰国、自分と子ども３人は国費帰国。夫は中国籍だったので自費帰国
　　　　　　　　　　　その後、靴修理の仕事を続けた

インタビュー　２０１５年８月24日　87歳　場所　北海道の証言者のご自宅
ウェブサイト「アーカイブス　中国残留孤児・残留婦人の証言」タさん
https://kikokusya.wixsite.com/kikokusya/about1-cds9

証言

【満州に行く前】

１９２７（昭和２）年、北海道生まれで、現在88歳（数え）。北海道札幌の丸山の小学校を卒業して、１９４０（昭和15）年、13歳まで日本にいました。
親は、美唄《びばい》というところで、精米所や澱粉工場の自営業をやっていたんですけど、失敗して札幌に逃げて来て。父親は就職できないので、きっと先に満州に行ったと思います。親が満州開拓団に行くって言うんで付いて行っ

て。両親と私、弟、妹の5人です。満州へは、北海道から新潟へ行って、船で朝鮮の清津《セイシン》に渡り、上陸してそこから汽車ですね。朝鮮に上陸した時は、キムチの臭いがして、「日本と変わった臭いがするな」と思いました。船に乗ったり、汽車に乗ったり、子どもだったから、ピクニック気分でした。

【終戦までの満州での生活】

開拓団は、三江省《サンコウショウ》依蘭県《イランケン》の南靠山屯《ミナミコクサントン》開拓団です。依蘭の町から、朝行って、夜着くぐらい、昔10里って言ってたんだけど、どのぐらいかわからない。遠い所です。行った時には、ほったらかしてある畑ね、もう作ってあった。田んぼも2町ぐらい作って。だから、お米のご飯食べてたんですけど。

瑞穂《みずほ》部落にある本部に学校があって、行った時は小さな小屋みたいな所でしたが、その後レンガで建てて。1年、2年が1教室、3年、4年が1教室、5年、6年が1教室、高等科1年、高等科2年が1教室。全部で4教室あって。弟と妹と一緒に行きました。私は高等科1年、2年はあっちの学校に入りました。弟と妹は小学校に行って。先生は4人、1教室1人ずつ、校長先生と後3人の先生と。学校では私たち、縄跳びとか、ドッジボールとかしてました。その時の同級生は今、埼玉県にいて、ここ北海道の滝川市《たきがわし》にもいます。

高等科を卒業してからは農業を手伝いましたが、「青年学校」というのがあって、1週間に1回か2回、行きました。その開拓団には5年ぐらいいて、やっと畑も作物が取れるようになって、日本よりは生活も安定していて幸せでした。日本が空襲を受けているということも耳には入らなくて、「日本は戦争に勝ってる」とばかり思ってましたが、1945（昭和20）年7月ごろ、14歳[40]から45歳までの男の人はみんな召集され、団長さんも兵隊にとられてしまいました。残ったのは、年寄りと女の人と子どもだけ。父は、60近かったから、ずっと開拓団にいました。終戦の時は62歳でした。働き盛りの人が皆兵隊に行って、力仕事も大変でしたが、ちょっと怖かったですね。

【終　戦】

1945（昭和20）年8月11日ごろ、タツレンホウという警察署から誰かが馬に乗って走って来て教えてくれて、「明日は、もう疎開するから。何にも持たないで、朝、出発するから、タツレンホウの警察署に集合」ということでバラバラに行ったんですが、警察署のレンガの建物の2階に泊まったんだけど。夜にね、匪賊《ひぞく》か満警かわからないけれども襲撃があって、「寝てられないから、朝早く出発しよう」ってなって。それから、途中サフウズってところでね、飛行機が2機か3機飛んで来て。「あっちはソ連の飛行機だから、早く草の中に逃げよう」って、草の中にもぐった。飛行機からは、「日本は戦争で負けた。終戦」っていうビラがいっぱい撒《ま》かれたけど、ソ連の言うことだから、みんな信用しなくて山に逃げた。方正《ホウマサ》まで、道の無い山ばかり歩いたの。日本が本当に負けたってわかってたら、どうせ降伏するんだから、山へ行かなくて道歩いたんだけど。

【収容所】

9月1日ごろ、ソ連のトラックが来て、そこで私たち止められて、日本語の上手い人が、天皇陛下の玉音放送を読んで。みんな鉄砲持っていたんだけど、そこでみんな鉄砲を投げて、それからソ連兵に付いて依蘭《イラン》の町に行

㈿40　証言のまま記します。それまで徴兵年命は20歳だったものが、1943年に19歳に、1944年には17歳へ切り下げられていった。ところが戦局悪化にともない16歳、15歳で召集された例もある。また、40歳までだったものが45歳までと引き上げられていった。

った。1晩か2晩、関東軍がいた方正《ホウマサ》にあるレンガの2階だか3階の大きな建物に泊まった。まだ、日本兵もいてみんなそこに集まった。毛布とか靴とか、戦闘帽とか、いらない物をもらったり、拾ったりした。

次の日には、2つか3つの開拓団に連れて行かれて、そこが収容所だった。食べ物は配給はなく、ソ連の兵隊がいる時は、そこにあった臼《うす》でトウキビなどを砕いて、皮などもどろどろに煮て、1人にお茶碗1杯ずつぐらい飲んでいた。ソ連兵が行ってしまってからは、誰も食べ物をくれる人がいなくなって、どうやって生きてきたのか。収容所は、窓は土でみんな埋めちゃって、玄関は莚《むしろ》1枚だから、風が入って来て。寝る時は、草を刈って来て敷いてね、下は土間だから。兵隊さんからもらった毛布を被って、その上に莚被《むしろかぶ》って。5人でかたまって寝たんだけど。あの寒いとこでよく生き延びたなと思う。

ソ連兵は10月ぐらいまでいた。日本兵をぞろぞろ連れて行って。兵隊さんたちも、「一足先に帰るからな、みんな元気で帰って来いよ」って言ったから、日本に帰らせてもらえるのかと思ってた。兵隊さんは、「シベリアのハバロフスクの港から、先に日本に帰るから」って、そうやって行ったの。知らなかったんだね。だいたい、皆さん2年間ぐらい、ソビエトの森林を伐採したり、鉄道を作ったりとかしたようですね。食べ物は、長い黒パンを鋸《のこぎり》で切ったものとジャガイモのスープだけとか。あのパンは麦じゃなくて、馬に食べさせる肥料の粉でできた、とても固いパンだったらしい。本当は、1か月いくらと決めて米とかくれるようだったらしいけど、偉い兵隊さんがそれを取って、金に換えたらしい。

収容所で、皆は、次の年の春、哈爾浜《ハルビン》に行くって言って、一冬を過ごした。母親たちは4月ごろまでそこにいて、日本に帰るという前に1回会って、それが終わり。哈爾浜まで行ったんだけど、そこで、チフスだか伝染病に罹《かか》って。弟も妹も、哈爾浜まで行って、皆亡くなった。残った人もいたけど、途中でほとんど亡くなったかもしれない。1部屋で毎日毎日、たくさん死んでいって。土塀《どべい》ってあるの。そこに、積んであったみたい。最初は大きな穴があって、死んだ人を毎日そこに入れてたけど、冬は凍って穴が掘れないからね。薬もないし、食べるものも無いし、死んだ人と頭をつけて寝た人もいた。死んだ人を外に出す人が他にいないから。

【掠《さら》われた先での生活】

私は、その時までいなくて12月頃、満人に掠《さら》われて、満人の所に行ったから。だから、親とそこで別れちゃって。妹と弟とも別れて。妹はこの時16歳、弟は12歳ぐらい。私は18歳でした。日本が負けてから出来た中国人の組織で、「保安隊」っていう警察でもないのに、鉄砲持っている。その人が付いて来て、農家の人が掠いに来た。お金のある人は掠いに来ないけど、貧乏でお嫁さんをもらえない人とか、40歳、50歳ぐらいになった人もいるもんね。掠うのは、お金要らないから。

そこは農家で、毎日農業の手伝いをした。家族はなく、１人だった。中国語はしゃべれたので、聞かれるとまずいから、日本人同士でも中国語をしゃべってましたね。長くなるとそれが当たり前になっちゃって。そのうち、日本語がよくしゃべれなくなってしまった。子どもは８人生まれたが、お金は入らなくて貧乏で、服は布を何度も接ぎ当てして着せて。食べるものはトウキビの粉とトウキビの団子とトウキビのご飯。その地域は、みんながそういう生活。主人は優しかったが、あまり働き者ではなかった。貧乏だったので、学校は初めの子たちは小学校４年生ぐらいまで入ったのと小学校３年生ぐらいまで入ったのと。後から少し生活が安定してきて、３人中学校まで出した。

【文化大革命】

文化大革命の時の配給は、１日お茶碗１杯ぐらいのトウキビの粉３斤《きん》。それが、親２人と子ども８人分の配給。

大きな鍋に水を入れて煮立てたら、野菜やジャガイモを入れて、その中にトウキビの粉を振りまいて、箸を使わなくても飲めるようなスープみたいなの、それだけしかない。1日1回食べたら、夜のご飯はもうない。トウキビの皮や芯も、鍋でカラカラに乾燥させ、それを臼で粉にして、トウキビの粉に混ぜて食べさせたけど。それを食べると、子どもたちがうんちができなくなるの。私たちは、脱穀したアワの皮をトウキビの粉に混ぜて、もさもさするけどね、ちょっと甘みがあったから。

1960年代ぐらいの頃のことで、農場から、ヤミーチャンって所に引っ越してからのことだけど。そこでは養鶏場をやってて、鶏の他にアヒル、ガチョウもいた。食べるものは、トウキビの饅頭《マントウ》1つだったけど、白菜はただ水の中に塩を入れて、煮て。

文化大革命の最初の頃は、「日本人の鬼」だとか何とか言われたけど、政府の機関で会議があって、2回ぐらい行った。1晩は布団を持って行った。「日本人が中国人をいじめたけど、今は助けられて、お陰でこうして生きてる」とかね、中国の良いことばかり話をした。私ぐらいの年の人が1人、日本に1回里帰りしたことがあって、「日本の国がすごく発展して、掃除は機械でやるし、テレビはどこの家にもある」とかって言ったの。そうしたら、「日本のスパイだ」って言われて、皆の前で椅子の上に立たされた。足で椅子を蹴飛ばして、椅子倒れたら落ちるでしょ。そしたらまた、椅子を戻して、その上に立たされて。松田さんって人は刑務所に入れられたって。その人は、日中国交回復の前に、日本に里帰りして。「県庁の人と飛行機に乗って、どこ行った」とか言ったのが、「飛行機に乗ったのは相当の偉い人で、日本のスパイだ」って言われて、それで刑務所に入れられた。今はその人はもう亡くなったけど。大体、1週間ぐらい続いた。あの頃のことを考えたら、今の北朝鮮と似てるなって。うっかり、いろんなことをしゃべれない。すぐ「日本のスパイだ」って言われるし。部落の人とは、仲良くみんなやってきたからいじめられたってことはなかったですけどね。でも、日本に兄がいたので、手紙のやり取りは日中国交回復の前からしてました。写真とか送ってもらったんだけど、日本人の集まりの時に、「手紙や写真を持って来て」と言われて持って行ったら、取られちゃったけど。日本には、兄と姉も２、３人いた。今は姉１人になって、兄も亡くなった。

【日中国交回復】

１９７２（昭和47）年の日中国交回復の5年前に、１年間、日本に里帰りをしました。先に、娘婿《むすめむこ》（『あの戦争さえなかった62人の中国残留孤児たち上』証言7高島久八さん）が岩手県と札幌に里帰りをしたんですが、手紙に「日本に来たばかりで、言葉がわからない」と書いてあって、言葉がわからないんじゃ、里帰りしなくて良かったと思いました。娘婿《むすめむこ》は終戦の１９４５（昭和20）年の時は9歳で、中国語ばかりしゃべっていたので、日本語を忘れていました。私が日本に里帰りをして、みんなからもらったお金で帰ってから、息子２人、お嫁さんをもらった。それから、５年後に日中国交回復となり、結構、帰って来られるようになりました。田中角栄さんが国のテレビとか新聞にも出て、日中の国交が回復したって。

日本への里帰りは、１回だけで、後は永住帰国で帰りました。１９８２（昭和57）年の永住帰国の時には、日本に姉3人と兄が1人だけいました。家族は私と子ども3人が国費で、主人は中国籍なので自費での帰国でした。それからしばらくしたら、家族全員分の帰国費用は国からもらえるようになったね。手続きは、中国では半年ぐらいかかるね。日本から戸籍取って、そして、中国の大連《ダイレン》かどっかにね、中国の公安局にね、取りに行くのもなかなか、遠くて。やっぱり、何か賄賂《わいろ》みたいな物を持って行かなきゃ。お金無いからお米ね。そしたら、早く手続きしてくれるけど。

【帰国後の生活】

終戦時は18歳だったから、久し振りに会った兄や姉は年取っていたけど、昔の面影があってね。日本に帰って来れるとは思わなかったけど、「これで助かった」ていう気持ちというか、「良かった」ていう気持ちというか。家は、兄の家の向かいのアパートを借りといてくれて、みんなから、古い布団とかを兄嫁さんが集めといてくれてた。日本人同士で話したら、だんだん日本語を思い出して、スムーズに出てくるようになったけど、中国では日本人同士でも、日本語をしゃべったら変な感じでね。仕事は、滝川市《たきがわし》には、北海道で一番大きな生協の店があるの。そこの中のテナントで靴修理をやってたの。こっち来て習って。昔の社会党の道会議員の方が世話してくれた。労災（労働金庫、労金か？）からお金借りて、機械買ったり。10年間で、毎月2万円ずつ払って。今でも店はあるんだけど、売ったらダメだって言うんで、人に5％もらって貸してます。生協で、株式会社になっているなら居られるけど、個人の物は、全部片付けて出て行かないといけないので、名前もそのまま、「シューズクリニック山本」って看板で出てます。靴修理が好きな人がいて、その人に今貸してます。帰って来てからだから、30年近くやってるね。娘婿もリタイアしたら、手伝ってくれて。普通のアルバイトしてたら、10万ぐらいでは生活していけないし。初めの頃は儲かったけど、今はだめ。中国とか東南アジアから、１０００円ぐらいの安い靴があるでしょ。修理代の方が高くなるので、新しい靴買ってくださいってなって。やっぱり、良い革靴とかでなきゃ修理に来ないですよ。

子どもたちは、今、みんな北海道ですね。札幌の中島公園に1人と清田、滝川、江別、石狩にいるし。溶接やったり電気やったり、子どもたちは心配ないです。孫もみんなしっかりして、会社勤めしたり。東京で、株式会社を人使ってやってる。孫たちみんな、良い仕事してますね。今は心配ないから、自分のことだけ考えて長生きしたいなって思います。今が一番幸せって感じです。やっぱり、日本に来て良かった。あっちにいたらまだね、良い生活できなかったろうと思う。通院代とかも、私たちは国でやってもらえて安心です。

ひと月1回、病院行って薬もらって。医療費もかからず、有り難いです。デイサービスに1週間に1回行って、金曜日は麻雀、土曜は美容をやったり、後はゲートボール。1週間休み無し。主人がいつ起きても、家にいないの。昼間はだいたいいないですね。ゲートボールはぼけ防止と健康。ほとんど休みない。足の筋肉、腰の筋肉ね。両膝は全部、手術して人工関節の金属が入っているんだけど。お陰で痛くないから。でも、空港では、いつもゲートを通る時、「止まれ」って、チャイムが鳴る。

【若い人たちへのメッセージ】

戦争があったけど、もう戦争はしないようにね、こういう怖い目に遭うとか、つらい目に遭うとか、若い人たちに戦争が恐ろしいってことをわかってほしいなって思う。今の子どもに、第二次世界大戦なんてわからないと思うね。韓国や中国が、戦争で日本を憎め憎めっていうのは、あんまり、やり過ぎだと思うけども、子孫代々まで、それを学校で教えてるから。小さい子どもは、日本の植民地であったことも知らないんだけど、そういう教育受けてるから。私たちの時代は「国のために死ね」っていう、そういう教育を受けてたように。一番ソ連に近いとこの開拓団は自決ね。戦争で、ソ連が入って来たら、みんな自決したみたい。方正県《ホウマサケン》に石碑があるでしょ？あそこで死んだ人。その横に石碑があるの。それは、開拓団で自決した人たちの。2つ建ってる。

ここ滝川市には、うちの開拓団の慰霊碑が建ってるんですけど、そのお墓の下に、亡くなったみんなの名前が彫ってあるの。去年まで、慰霊祭やってたんですけど、年取った人はみんないなくなっちゃって。今年はもう止めました。（完）

証言の背景　南靠山屯《ミナミコクサントン》開拓団

（1）証言者　佐藤千代さん、山本孝子さん

（2）終戦直後の動態（『北満農民救済記録』より抜粋）

三江省依蘭県。南靠山屯《ミナミコクサントン》開拓団。団長相楽講雄の記述によると、8月15日は「団員500人」。8月25日の記述では「離散、消息不明多数」となった。10月2日頃、「婦女ソ軍の暴行を加えられたるもの、2人あり」。10月9日、「山市町に於けるソ軍の暴行頻繁にして危険のため、西村フジエの次女きみ子（17歳）を山市街満人に一時預け来たるに依り現在24人なり」、「山市山林中に於いてついに軍隊と別るるの……団員は逐次離散し約25人となりたるも総てソ連に拉致され、婦女2人はソ連兵に暴行を加えられたり」とある。

人口動態表の記載では、自決者9人、病死者6人、応召4人、現在人員9人、稼働者4人。

（3）開拓団の概要（『満洲開拓史』より抜粋）

送出県は北海道。在団者562人（応召者91人）死亡者232人、**未帰還者178人、**帰還者152人。

依蘭県には17の開拓団があり、在団者総数は3，829人（応召者567＋α《アルファ》）死亡者1，609人、未帰還者1，051人、帰還者1，165人。「依蘭樺太（北海道及び樺太）の漁農開拓団は8月14日団本部に集合、自家用の船で出発、8月17日、木蘭付近で満軍反乱軍の攻撃を受けたが、団員に死傷者はなく8月19日無事ハルピンに到着、越冬したが一部は新京に南下した」とある。

※佐藤千代さんと山本孝子さんは、埼玉と北海道に帰国定着したが、生涯の心の友として文通を重ねていた。お元気な頃は、ふたりとも滝川市の南靠山屯開拓団の慰霊祭に参加し、1年に1度会うことができていた。

大古洞下伊那郷開拓団《タイコドウしもいなごう》

第10章　西山明子《にしやまあきこ》さん（長野県）

「山本慈昭《じしょう》先生たちが、私たちの大古洞開拓団跡に来てくれたんです」

証言者プロフィール

1930（昭和5）年　長野県飯田市山本村にまれる
1937（昭和12）年　7歳で渡満　大古洞《タイコドウ》下伊那郷開拓団、（現黒竜江《コクリュウコウ》省《ショウ》通河《ツウカ》県《ケン》大古洞《タイコドウ》）
1945（昭和20）年　15歳　終戦　元日本兵の中国人に、母親と2人助けられる
1950（昭和25）年　20歳　結婚（子どもは7人）
1978（昭和53）年　48歳　息子1人を伴って一時帰国（国費で里帰り）
1989（平成元）年　4月　59歳　2回目の一時帰国を永住帰国に変更　次男を同伴（国費帰国）
1992（平成4）年　62歳　残りの家族全員（18人）を呼び寄せる（全員自費帰国）
インタビュー　2013年9月16日　83歳　場所　証言者のご自宅
ウェブサイト　「アーカイブス　中国残留孤児・残留婦人の証言」　pさん
http://kikokusya.wixsite.com/kikokusya/--------c1nfe

証言

【満洲に行く前】

1930（昭和5）年生まれ。現在の飯田市山本[41]の出身です。家族は、あの戦争で全滅ですよ。あの時分には、

(注)41　山本村。現在は飯田市山本。1956（昭和31）年9月30日町村合併で廃止。飯田市に統合された。現在は下伊那郡阿智村に隣接し、地区内に中央自動車道山本インターがある。

小学校を卒業するとみんな出稼ぎに出ちまったもんでね。兄たちのこともあんまり知らないんですが、満州に行くころは、一番大きい兄さん（長男）は結婚していて跡取りとして家に残って農業をしていたんですよ。家にはお父さん、お母さんと、子どもたちは9人（男6人、女3人）です。

それで満州には、お父さんとお母さんとお兄さん（六男）と私（三女）の4人で行ったんです（後日補稿）。私の3番目の兄（三男）も満州（黒台信濃村《コクダイしなのむら》）に行ったんだけど、現地召集されて戦死したちゅうし。山本の実家のことは、開拓団に行ったきりで長く帰ってこれなんだもんで、詳しくは知らないんですよ。

満州に行く前の日本での生活は、昭和の真っ盛りの不景気（昭和大恐慌）、子どもの時食べたのはイワシとかサンマとかコンニャクとか、そういうものしか覚えがないんですよ。ほんだもんで満州行ってからも、20年、30年経った時に、コンニャクが食べたくてね。日本で子どもの頃食べたコンニャク思い出して。そんなもんだったです。

その頃、お父さんとお母さんはお蚕《かいこ》さん飼っとった。春、夏、秋と、冬を除いて1年に3度。今でも覚えとるけれども、お蚕さまの指のような太いのが可愛くてね。朝昼晩の3回、桑をやるんですよ。桑の葉っぱをむしゃむしゃ食べるところが可愛いんですよ。そいだもんで、晩（夜）には私も一緒に桑をやったりしとったけども。まあ、今のような、こんな生活はなかったです。

【満州に行くきっかけ】

満州に行ったきっかけは、兄弟が大勢ちゅうことでした。兄弟が大勢いるとこには勧誘が来たんです。うちでも、畑もたくさんあったもんで、「1人、兄貴（惣領）を置いて、みんな満州へ行け」っちゅうことだったです。毎日、毎日、山本の学校の運動場の地べたに座ってね。私もお母さんと一緒に地べたに座って、村民集会です。

その間ずっと、「満州に行け」ちゅうことで勧誘するんです。「行く」って言うまで。「満州はいいところだ。向こうへ行けば2階建ての家も建ってるし、布団とか全部準備してあるから、行けばすぐ住める」って言われて。家は全部、部落部落に作ってあって、待ってるちゅう話だったで行ったんです。

【満州へ】

ほいで1937（昭和12）年[42]の春。夏に近かったね。私も7歳だったでね、もうすぐ小学校2年生という時に満州に行ったんだで。お父さんとお母さんと末子《バッシ》のお兄さん（六男）と私の4人で行って、跡取りのお兄さんは日本に残りました。私の3番目の兄も、満州の別の所に行ったんだけど、現地召集されて戦死したちゅうし。子どももおったんだけど、後に、「全部、ソ連にトラックに乗せられて、引いて行かれちゃって。穴に埋められた」とかそういう話も聞いてます。

満州へ行った時のことは、よく覚えてます。まあ、あの小さい時分には、お母さんやお父さんについていくのが、楽しい旅行のような気がして、喜んでついて行ったんだけども。

ほいで、あの時分には「満洲花嫁」が流行ってね。満州から男衆が「花嫁をもらいに来た」って。みんなで喜んで。「花嫁にしてくれ」って。結婚して、自分の希望で喜んで一緒について行ったんだけれど、途中で「もう帰りたい」って言っても帰られん。私たちも、お父さんとお母さんも、帰られん。団長の証明がなけりゃ、帰れなんだんです。花嫁さんたちは途中の新潟から、朝鮮に渡ったんだけども、赤くて苦いコーリャンのご飯が出て、

㊟42　後日確認すると、実際は1939（昭和14）年の春

それでもう泣いちまってね。「もう嫌だ。帰りたい」って言って。「もう嫌だ」といっても、もう帰れなんだでね。

【満洲での生活】

私たちの行先は三江省《サンコウショウ》にある大古洞《タイコドウ》下伊那郷《しもいなごう》開拓団だった。一番遠い。ひと山越えて、「おい」って言えばね、もうソ連で、聞こえるちゅうくらいのとこです。行ったら、家があるどころではなく、草ぼうぼうの草原なんな。あっちで、終戦になるまで、7、8年あったでね。トラクターを1台、開拓団にもらってね。その時分には、トラクターは珍しいちゅうことではなかったと思います。日本から輸送できたんだと思います。それで順番に、トラクターで土を起こしてそれを一生懸命、毎日毎日根っこをほじって、耕して。でも作物がたくさん採れるわけがないんですよ。草原の中の木の根っこがエラくて。それでも、私たちは自分で作ったお米を自由に食べれなんだし。作った米はもうほとんど供出に出して、1か月に1人20キロだか、10キロだか、1人に何キロって割り当てがあって、それ以上取っとくことはできなんだんですよ。お米も、大豆も、トウモロコシ、ジャガイモも、ありとあらゆるものを作ってました。

私が行った時分には学校もなくて、先生もいなくて、子どもたちは飛び回っておったけども、それでも、勉強せにゃあっちゅうことでね、2、3年経って、やっと新しい学校[43]ができたんです。それまでは小さい家を作って、こういう机の上で勉強しとった。畳もありゃせん。ゴザの上で、素人の先生がいて、教えたぐらいなもんでね。ほいでも、子どもだもんで、みんなと一緒なもんで、まあまあと思っとった。その後、学校ができて、学校に入

㈟43　昭和15年4月1日、在満国民学校開校。その年の10月に赤煉瓦《れんが》の校舎完成。写真参照。のち避難所となる。昭和16年10月には、200人ほどの児童が複式で学習した。

れるようになったんです。ほいで、終戦の時はこの学校が避難場所になって良かったんですよ。

学校には、弁当をもって行くけれども、お母さんが、小豆とか大豆とかそういうものを入れて、白いご飯を食べさせなんだの。学校へ弁当持ってくと検査されるんですよ。ときどきお母さんが白いご飯を入れてくれたんですよ。そうすると、お昼に先生に怒られてね。「白いご飯なんかダメだ」ちゅうて。ほんだもんで、家帰って、「お母さん、ダメだに。小豆みたいなの入っとらんて、先生に怒られるで」ちゅうて。ほいでお母さんが、パラパラ入れるくらいにしてくれたようだった。優しいお母さんで、お母さんに怒られたことがないんですよ。まだ小さかったから。お父さんにも怒られたことがないもんで。それこそわがままで育ったけども、嫁入りしてから、中国でとてつもない苦労しちまったって、泣いたけどもね。

【中国人の協力】

着いた時には家もなくて。お父さんやお母さん、団体の衆、若い花嫁たちもみんなで山へ行って、木を取って来て、皮剥《む》いて干して、そいから家を建てた。それを部落ごとに分けて、家が配給になって、家に住むことができたんです。今の団地みたいに、できたら、みんなでくじを引

下伊那郷在満国民学校の新築当時のレンガの校舎（大古洞開拓団）

いて入るちゅうて。そうやって、部落ができて。私たちの部落は「上街道《かみかいどう》」という名前だった。でも実際に家を建てたのは中国の大工さんです。中国の人たちはね、そういう仕事が欲しくて欲しくて。日本人に使ってほしくて。そのお金で着物を着たり食べたりすることができるもんで、日本人に使ってくれちゅうって。

上からは、中国人を使っちゃいかんっちゅうことになっててね。厳しくて。でも、日本人だけではやりきれんでね。お金を出して手伝ってもらって、家を建ててもらって。畑仕事も、3町歩《ちょうぶ》ぐらいあったでね。私は学校だもんで、兄さんとお母さんとお父さんと3人きりで、ほんと、てんてこまいだったです。

配給は、本部ちゅうとこがあってね。そこへ、ひと月に一遍ずつ自分で取りに行くんです。缶詰とか、昆布とか、タバコ、そういうのが来ると配給になって。お母さんたちが吸っていたタバコも、配給だったね。お母さんは、タバコを一度に半分ずつ吸っちゃおった。その時分には、まだ葉たばこを作るちゅうことはなくてね。家畜も、自分で自由に飼えるけども。馬だけは1頭ずつ配給で。あとは、自分でお金があれば買うことができたんです。


【終戦を迎えて㊹】

お父さんは、その時分には、もう、50歳くらいだったでね、兵隊に召集されることはなかったです。

終戦は、ちょうど避難せよっちゅうことで、本部から「早く、早く……」って。それが、終戦ということは知らなんだです。山ん中だもんで。知らなんどって、「今日の朝来た飛行機の音が違うんだけど」ちゅって。カー

㈨44　次頁の写真は大古洞国民学校5年生の頃。前列右より2人目が西山さん。4人目が担任の小笠原先生。5人目が近藤恵校長先生。最後列右、山本先生、続いて古川隼人先生。

ンちゅう音がしとるんです。日本の飛行機ならブーンちゅう音がするけどね。「お母さん、お母さん、聞いてみな。この飛行機の音聞いてみな」ちゅうて、言っとるとね、本部から連絡が来て、「終戦だ」って。「早く避難しろ」って。急にそう言ってきたもんでね。避難する所は、学校があったもんで、何千人って住めるとこがあったもんで、そこへ大車（荷車）で荷物運んで。荷物なんて、運んだってしょうがなかったんだけども、それでも生きれると思って、みんなで避難場所へ運んだんだけども、全部取られちゃって。それから、その次の日だかも、ソ連が来た。日にちは、終戦が15日だもんで、17～18日だったです。

来た時は、やっぱりおっかなくてね。大人たちは子どもたちを挟んで、1部屋に詰めて座って。ソ連兵は最初は子どもの頭を撫でてたから、「優しいでいいわ」って言っとったの。そうしたら、次の日から毎日来るようになって。こんどは、おとなしくしておらんの。ほで、みんな、女の子は逃げる。逃げ場がない。来たら、この鍋の炭を顔に塗ったり。私たちが、外で警備しておるけれども、見渡す限りの平らなとこだもんで、向こうにソ連兵が馬で来たちゅうこと知らせても、もうすぐ到着しとるんです。だから、なかなか逃げるちゅうことができなくて。みんな、女の衆は泣いたです。レイプなんかもありました。そこらに行っとれば、捕まえて行くし。子どもが「お母さん、お母さん」ちゅって泣いても、子どもなんて、そっちの方へふっと飛ば

〈大古洞国民学校　写真提供　西山明子さん〉

して、連れて行っちゃうしね。私たちも15～16歳になっとったもんで、頭を全部丸刈りにして戦闘帽子を被って、男みたいにしていたけれども。向こうじゃ知っとって、来て、帽子を取ってみたり。女の衆は連れ去られてもみんなすぐに帰ってくるんです。

あの時分にゃ、もう頭がごちゃごちゃになって、私の同級生も全部、頭に血が上がっちゃって、死んじゃった人もおる。死ななくても、もう何ちゅうか、やたらなことしゃべったりしてねえ、気が違っちゃったっていう人もおるし。ほんだもんで、私はそれでも、こうやって。私は、度胸がいいんですよ。そいだもんで、あんまりごちゃごちゃ考えなんだもんで。ただ自分のお母さんを見てやればいいちゅう、それだけだったもんでね。そんなふうだったけども、その避難中の辛さは、もう死んでも忘れないですよ。

【避難生活】

避難所の学校には、私たちの開拓団だけでも、何百人っておったんですよ。そいでまた、こんだ、柏崎《かしわざき》の開拓団が「もう日本へ帰る」ちって、ここまで来たとこが、私たちの避難しとった大きい学校があったもんで入ってきて。滋賀県の開拓団も家を焼かれて出て来て、避難するとこがなくて、やっぱり大古洞《タイコドウ》の私たちの開拓団の学校に避難してきて。また、お隣に小古洞《ショウコドウ》ちゅうとこの衆も逃げてきて、私たちの避難所（学校）に入って。まあ何百人だかわからないんです。だから、食べ物はなくてね。

私たち大古洞の開拓団だけで、とっておいたお米やそういうものは、まだあったんだけども、避難して来た衆も一緒に食べたもんで、だんだん食べるものがなくなっちゃって。前に作っておった畑へ行って、一日一日、みんなで蟻みたいなもんですよ。縄を持って大豆を少し背負ったり、稲を背負ってきて、叩いてお米にして食べたり。そうやって、命だけはつないどったけど、それもなくなっちゃって。そいで、山菜を食べたり。

向こうではミツバとかワラビとか、そういう山菜が春になるといっぱい採れるんです。ほで、山菜を採ってきて、茹でて、こうやって玉にして、トウモロコシの粉を、ゴロゴロっとつけてね、それから釜で煮て食べるんです。みんなで1日に採ってきた大豆を、大きなお風呂のような鍋で味噌豆のように煮て、一人ひとりが、こんな茶碗を持ってきて、配給してもらって、それだけ食べていたの。滋賀県の衆は、自分で豆を拾ってきて、煎《い》って、こんな缶詰の空き缶に隠し入れといちゃ、ちょぼちょぼ食べちゃおったけど。それこそ、畑の土の中からほじくりだして、食べるような、もう本当にみんな必死で食べるような状態だったです。そういうことして食べとったけども、大勢なもんで、おしまいには、なんにも食べるものがなくなって。大変でした。

あのあたりは、冬は零下30度とかなったから、冬はストーブ。そばに川があったもんでね。その時分には流木がいっぱいあったんですよ。それをみんなで鋸《のこぎり》で切ってきてね。それを焚《た》いて。それはあったかかったです。何とか、何とかして…。寒い冬を凌《しの》いでいたんです。それでも、毎日子どもやお年寄りの衆が亡くなって、その時分には、そういう避難してきた人が何百人もおった。病気で死んだ人は1年に200人くらい。全部で600人くらいは亡くなって、お墓なんてないの。最初、日本に帰ってきた時分（一時帰国のころか）には、お花持って行ってあげたけども、今はもう全然、形もない。その親たちも亡くなっちゃっとるし。その学校には、終戦の8月からずうっと。日本から引き揚げがないもんで。帰れなくて。3年間ぐらいはいました。

【開拓団の解散と家族の別れ】

その間、情報は何もないです。これ終戦…と。私は、1人で考えておりました。終戦っていえば、もう日本は土地を占領されたんだでね。きっとアメリカと戦争したんだで、アメリカ人が住んどるんかしらと思って。1人でそう思っとったけどね。その日本の状況ちゅうのは、全然知らんです。聞けないです。半分近くが亡くなって、日本に帰る人なんていくらもおらなんだでね。終戦から3年ぐらい経ってから、団長さんがね、「かんこしな（＝自分で好きにしなさい）」って。畑を作るにも、自分の畑はない。畑があっても、種がない。だからもう自分で、自分の命を守るようにしようって。そういう命令(45)がおりたんですよ。もう食べるものはないし、どうしようもないから。日本から何の知らせもないし、自分で歩いて帰るしかないっちゅうことになったんです。

【父との別れ】

ほで、お父さんは歩いて帰ったんです。哈爾浜《ハルピン》まで。私とお母さんはそのまま残って。出発せなんだんですよ。お母さんは病気で歩けなんだんです。口の中全部荒れちゃって、ご飯が食べれなくてね。もう、しゃべれなんで。そこで死んじまうかと思って。それで私も、連れて帰れんもんで、向こうに残って、お父さんだけ他の人たちと一緒に帰ることになりました。その時、私は見送りをしました。お父さんは哈爾浜で死んじゃったけどね。哈爾浜に着いたら、他の人ももうみんな亡くなっちゃって。

一緒に開拓に来ていたお兄さんは、終戦間際に召集されて、シベリアに行きました。それっきり、日本に戻って来ないです。松花江って大きい河にソ連の船が来て、兄さんはそれに乗ったんですよ。お兄さんばかりじゃなくて開拓団の中で召集された人は全部。あれは8月終戦ちょっと前だで。12～13日かな。もう、18日にゃあ、ソ連が来たんだから。お兄さんが召集された時には、もう終戦だったんですよ。私たちの開拓団は、終戦を知らなんだだけで。お兄さんは17～18歳だったかな。軍隊に行くちゅうことで行ったけど、道中で終戦ということがわかっても、帰れなんだっちゅうことだったんですよ。そのまま、シベリアに着いたかどうかもわからないです。

(注)45　昭和21年4月20日の団の会議の後、残留者と5月7日の哈爾浜《ハルピン》出発組とに分かれた。

あの時分には、もう全然、何んにもわからないです。

【母と残留】

お母さんと2人で残ってしょうがないで、自分のいた部落におった。学校はもうあまり大きすぎて、おれんもんで、自分がいた開拓団の家に戻って。そこに野菜の保管場所があって、隠れるとこがあったんですよ。それで、そこに1週間ばかりおったけども、もうお腹がすいちゃって。菱《ひし》(46)と水ばっかりじゃおれんようになっちゃって。野菜倉庫の中には、野菜はもう全然なくて。中国人の衆が持っていっちまって、なんにもなかった。

それで、「これじゃ、しょうがないなあ」といって、お母さんに相談したんですよ。野原にミツバを採りに行くこともできんのですよ。それに毎日、中国の衆が調べに来るんですよ。ほいだもんで、「ここから出て、調べに来る人に助けてもらえば儲けもんだし。突き殺されれば、もうここで死ぬよりほか、しょうがないなあお母さん」と言って。お母さんも、「うん、それでいい」ちゅうもんで。その時にはお母さんしゃべれなくて。何にも食べれなくてね。「もうここで死んじゃおうかしらん」って。私もしゃべれんようになっちゃって、声が出んようになっちゃったんです。ほで、しょうがないで、「中国人に刺されて死ぬより他ないわ」って。1週間ばかりした時に、死ぬ覚悟でそこから出たんです。出たら、他の日本の衆は、みんなどっか行っちまっておらんのですよ。そいで友達も見えんし、避難しとった衆も、そこら辺におらんし。「しょうないわ、こりゃ」と言って。

そうしとったらちょうど、今の子どものお父さんが調べに来て。あの時分にはその人は、中国の兵隊しとった

(注)46　菱（ひし）はミソハギ科ヒシ属の一年草の実。栄養豊富で「水中の落花生」とも呼ばれている。台湾の屋台では茹で落花生とともに売られている。

んですよ。それで、分担で開拓団の家の中を調べに入っとったの。そこへ、私たちが出て行って。今の子どものお父さんが、「どうした?」ちゅうて言うもんで、「お腹が空いちまって、もう動けんの」って。そんな言葉もしゃべれんのですよ。全然一言もしゃべれんの。向こうでも予想して、お腹が空いて、もう日本人はみんなおらんようになっちゃってどうしようもないっちゅうことも、わかってくれたと思うんですよ。ほいたら（そうしたら）、「そいじゃ、うちに来い」ちゅってね。その人の家へ、連れてってくれたんです。ほいで、今の子どものお父さんのお母さんが、私のお母さんの口を治してくれてね。ほいで、お粥《かゆ》を煮て食べさせてくれて。そいで助かったんですよ。ほんとうにいろいろ上手だったの。子どもの病気を診たり、大人の病気を診たり、私のお産のときも、お産婆さんだったもんで上手だったし。昔はお医者はいなくてねえ。だから…運が良かったんです。

【元日本軍軍人の中国人に助けられて結婚】

私とお母さん（実母）は助けてもらって、松花江の左岸（西側）の清河鎮《セイカチン》という港のある部落のその家で暮らしたの。私の旦那さんになる人と、その両親の3人家族のところに私たちが入って一緒に暮らしたの。その兵隊さんと結婚するように言われたんだけれども、うちのお母さんは、「歳が若いし、まだ結婚する歳じゃないでね（敗戦時15歳）。その時期が来たら」ちゅって、そういう話にしたんですよ。ほで、それから4年して、私も20歳になって、約束した通りやっと結婚したんです。結婚してからは、私の母と旦那との3人で、前におった大古洞の在満国民学校の所。日本の先生の住宅（教員住宅）が空き家だったもんで、そこに住んだの。

私の旦那ちゅう人は、敗戦まで日本軍の兵隊をしとったんです。日本の軍隊に入っとってね。日本語が上手だったんですよ。日本の「君が代」も歌えたし、軍隊で歌う歌は上手に歌えたんです。あの時分に、あんまりそういうことはできなんだでね。あの時分には歳も若くて、日本の軍隊に入りたいっちゅっても、中国人は自由に入れなんだらしいんですよ。で、軍隊に入っとって、日本語もだいたいわかっとってね。私とお母さんと、日本語で話をしとると、話ができるんです。日本の軍隊に入っとったから、終戦になってから、「お前はあの時分はスパイだったんだろう」って追いかけられて、ひと駅逃げたことがあったんだけれどね。その時は、八路軍《ハチログン》が助けてくれたの。ほで1年くらいして私たちの子どもが生まれたの。

その頃、日本からの情報は全然無かったです。日本へは、もう帰れないと思っておりました。終戦から10年、20年経っても日本からの情報はなかったです。公安からも何にも。なんで、私の実のお父さんが亡くなったちゅうことも、ずうっとあとになって、日本に帰ってから知ったんです。

子どもは全部で6人生まれました。女の子と男の子とが交互に生まれたんですよ。長女、長男。二女、二男。そして三女、三男ちゅうなふうにね。女の子が3人、男の子3人の6人兄弟(47)なの。

末の女の子が今は日本に帰って来て、二男の家の隣に住んでいます。私の主人は終戦前は、日本の兵隊に行っとったけれども。主人のお父さんとお母さんがね、日本人のお手伝いをしとったんです。家は、松花江のすぐそばにあって、毎日、日本の船の石油の灯り（ランプ）をつけておったんです。それで稼いどったん（生活して）です。終戦後は、それがなくなっちゃったんで、もう百姓をしておったんです。

【中国語の勉強】

中国語は毎日勉強して、泣いてね。中国語で泣いて、次の日起きたら目が開けなくて。熱いお湯でこうやって、手ぬぐいで押さえて。自分でこうやって開けても開かないくらい、石のようになっちゃって。悲しくて、一晩中

(注)47　記録では、男子3人女子4人、子どもは全部で7人。

泣いて目が腫れちゃって。言葉がわからなければ生活ができんじゃないですか。それを考えたら、どうしようもなくなっちゃって。考えても、日本の状況もわからんし。出かけるちゅうこともできんし。同じような境遇の日本人もいるにはいたけど遠くにおりすぎて。その衆も、中国語がわからなくてね。苦労したんですよ、みんな。

それで、私は勉強しなきゃダメだと思って。もう、街へ出れば、看板を見て漢字の勉強したり。家でも、漢字を中国語で全部勉強してね。ほで、まあ、生活はできるくらいになりました。そのうちに中国の衆を負かすぐらいになっちゃって。

【結婚後の生活】

6人の子ども育てたけどもね。本当に叱ったこともないし、これはダメだ、あれはダメだって言ったこともない。子どもがおとなしくて。私の背中を見て育った子どもたちなもんで。だから、子育ての苦労とかは、特になかったです。手のかからん、言うこと聞く子どもでね。主人は、仕事はあまりできなんだけれども、おとなしいもんで。私をほっといて、自分は自分で働くっちゅう人で。私が1人で子育てしてきたようなもんですよ。主人のお母さんは特に賢い、優秀な方で。なんだかんだと、いろいろやって下さって、助かりました。

大飢饉とかもありましたよ。今も思い出すけども。木の皮や花も食べました。草はもう嫌になるほど食べました。生活は、もう本当に、普通ならやってけんちゅう。やりくりができんちゅうくらいだったけども。そいでも、野原から草でも採ってきてね。そういう生活でした。農業で作ったものは、供出したりとかで、全部自分たちで食べれんかったけど。

【文化大革命の時】

あの時分はきつかったですね。その時分にゃ、私は言葉がわからんでね。私たちのお父さん（養父であり義父）のお姉さんが、毎日私を連れ出すんですよ。「広場での吊るし上げを見に行くんだ」って。戦前、日本の労工（日本兵が軍の使役に使った中国人）だった人を引っ張り出して、「息子が労工者に殺された」ちゅう人が出てきて、同じ中国人をいじめるんですよ。あの時にこういうことがあった、ああいうことがあったって。それは日本軍が悪いことしたってことじゃなくて、中国人が日本軍のスパイになって悪い事したってことで。友達同士でね、「そういうことした」って。

文化大革命の時にはそういうことがあちこちであって。2年だか、3年だか静まらなかったです。その時は、うちの主人はなんともなくて。みんなそういう所に行ってみるけれども、私は嫌だった。「私、そういうとこ、見ることはできん」て言うたんだけど、連れていかれて。その時分にゃ、言葉が全然わからなくて、本当に困りました。文化大革命の時にも、その後も子どもたちがいじめられるってことはなかったです。

【帰国の機会】

日本に帰れるちゅう話が1回あったかな。1回あったけども、子どもが小さくてね、帰るに帰れんちゅうことがあった。日本人は全部帰っていいって言わんもんで。あの人は帰ったけども、この人は帰らんちゅう。そういうふうだった。全員は帰れんですよ。「全部引き揚げ」ちゅうふうにすれば、向こうでも仕方なく思うけども。友達が帰ってこっちは帰らん、ちゅうと差が出る、格差がでるもんで。公安から「日本に帰る機会がある」って話が、一遍あったと思います。でも、子どもを連れてなら帰れるけども、子どもは置いて行かなきゃダメだっていうことだったんです。その後は、日本に帰れるかなとかいう期待はずっとありましたけれども、話は全然無かったです。

【日中国交回復の後】

私がいる時には、みんな帰っちまって私しかおらなんだの。帰れんちゅう気持ちで、おったんですよ。だけども、阿智村《あちむら》の山本慈昭《やまもとじしょう》先生とその団体30人ばかりが、私たちの大古洞の開拓団跡に来てくれたんです。私も公安局の車で行って、面会したんですよ。ほいで、大古洞の開拓団のことを説明して。それからまた、通河県《ツウカケン》に帰ってきて、その1回で手続きができたようです。1人っきりだったもんで、「こりゃ、かわいそうだ」ちゅうことでね。

ほいで私も日本に帰りたくて、帰りたくて。親戚がおらんでも、兄弟もおらんでもね。私自身が日本に帰りたくってしょうなかったの。その先生㊽たちのおかげで、やっと帰れることになって。それでもあの…、骨折れましたよ。日本に帰るには。やっぱり、こっちに親戚がおらんもんでね。自分の親戚がおれば、手続きも簡単だけど。他人ちゅうと、ちょっと…。身元引受人がいないと帰れなかったからね。それが、第一の問題だったんですよ。

【一時帰国（里帰り）】

一時帰国したのは、48歳、1978（昭和53）年の時です。一時帰国は身元引受人がいなくても大丈夫だったんです。その時は息子を1人連れて来ました。日本に帰って来て、私の地元の山本の役場も無くなっていて。飯田市山本支所の人とかに会いました。親戚はみんなもう誰もいなかったんです。身元引受人がいないもんで、日本に留まるちゅうことは、難しいと思っていました。

㊟48　大古洞国民学校の古川隼人先生。

しかし、その時は、遠い親戚にお世話になり、住宅も鼎町《かなえまち》に借りてくれて。また、大古洞開拓団で先に引き揚げて来ていた人たちが面倒を見てくれて（後日補稿）。日本にちょうど半年いました。飯田市山本の役場（支所）の会議室に行ったりして。あっという間に終わっちまってね。中国に帰った後、また日本に、一時帰国でもいいから帰りたいと思っていました。

【永住帰国】

そいだもんで、1回目の一時帰国から11年して、60歳の時、平成元（1989）年4月28日に2回目の一時帰国ということで帰って来たんですよ。この時、自分で東京の法務局に行って、一時帰国を永住帰国に変えてもらう手続きをしたんです。その時、一緒に連れてきた息子（二男）を連れて。息子はまだ18歳だった。あとはみんな中国に置いてきたんです。私は、日本に帰って来てすぐに、自分の故郷に行ってみたけどね。全然変わっていなくって。昔あった小道も、役場（支所）も全然変わってないし。小学校も全然変わっていなくて。懐かしくて、懐かしくて。私が2回目の一時帰国を、永住帰国に変えてもらって[49]。家族みんな日本で一緒に暮らしたいと思とったんですよ。帰国して半年ほどした夏（1989年）にお父さん（主人）が病気で亡くなったと子どもたちから連絡があったの。連絡があったけど日本に来とったもんで、どうしようもなかったです。そんなことがあって。

(注)49　一時帰国を永住帰国に変換する手続きは、当時の身元引受人がいない残留婦人に残された唯一の永住帰国の手段だった。それも、1959年「未帰還者に関する特別措置法」公布により、戦時死亡宣告がなされ戸籍が抹消された一万三千六百余名に該当する場合は、外国人として扱われ、就籍裁判や帰化の手続きをしなければ、日本に帰国することができなかった。

子どもたちは、お母さんのいる日本に行くということになって。子どもたちと相談して家族みんなを呼び寄せることにしたの（後日補稿）。

1回目の一時帰国のときは、やっぱり生活のことがあってね。子どもも小さかったし。2回目の時は、子どもたちはもうみんな大きくなっていて、大きいのはもう嫁さんもらってて。私が帰って来る費用は国からだったけど、子どもたちを呼び寄せる費用は、全部自分で何とかしたんです。残して来た中国の家やら土地やらを整理して、売ったお金で。飛行機は高くて乗れんもんで、船で来たんですよ。船底ならひとり2万[50]くらいで来れたから。

その呼び寄せは、家族17人[51]全部一遍に、呼び寄せたんですよ。住むとこは私がひとりで飛び回って探して決めておいて。呼び寄せは、国では一切みてくれんし。そりゃ大変だったよ。ほいで1992（平成4）年8月10日、7家族17人、一度に日本に来たんですよ。言葉もわからんけど、とにかく仕事は探しておいて帰国してすぐから仕事に就いて。頑張ってきたんですよ（後日補稿）。

【永住後の生活】

私は帰って来て、水引屋《みずひきや》（神明堂《じんめいどう》）さんに頼まれて中国からの実習生の通訳と世話をするということで、3年ほど住み込みで働いたんです。その後、水引の内職や「電子部品工場」で働いて。その時に60歳過ぎとったけれども、やっぱり気が張っとったでね。できたけども、今思えば大変だった。

㈳50　〈後日談〉娘さんの話では、上海から神戸まで船底だったという。自費帰国者はこのような苦労をしたということは記憶にとどめておきたい。

㈳51　役場の記録では18人。証言プロフィールでは客観的に確認されている人数を記した。

その後は、何度か厚生労働省の方に手紙を出して。残留婦人たちで手続きをして、最初1万円[52]くらいって言われて、それ以上はなんともならんちゅうて。国民年金をもらえるようになって。その頃、全国で裁判[53]も始まって。私は、残留婦人だもんで加わらなんだが。飯田の日中友好協会の衆が、運動[54]をしてくれて、喬木村《たかぎむら》の中学校に田中康夫《たなかやすお》県知事さんが来てくれて[55]。帰国者たち40人が集まって1人生活に困っておるちゅうて知事に話したの。まあ、直談判だね。それで翌年の四月から、毎月1人3万円の見舞金[56]がもらえるようになったの。このお金には、本当に助かったんですよ。有り難かったです。

【支援法】

集団訴訟の裁判も終わって、次の年の4月から新しい支援事業[57]が始まったの。国民年金、満額かどうか、私はそういうことわからんけれども、国民年金だけはもらっております。新しい支援法のお金とか、福祉の方でいろいろあるようだけれども、私は息子の家に住んどったもんで[58]、それはどうももらえないらしくて。県営住宅に独

㈟52　1996年4月、国民年金の特別措置法が施行され．老齢基礎年金の1／3が支給
㈟53　2002年12月、いわゆる残留孤児の集団訴訟
㈟54　帰国者生活実態調査
㈟55　2003年12月「田中知事車座集会」
㈟56　長野県愛心使者事業
㈟57　2007年12月5日、新支援法公布
㈟58　もらえるはず。「生活保護に準用」が地方都市では定着してしまっていて、誤解されやすいところだが、中国帰国者については、同居が支援金受給を妨げないとの通達が出ている。

りで住むことにしてね。その家賃はね、他の団地だもんで、出してもらえて医療費も無料で診てもらっとるんですよ。私は60歳で日本に来て1、2年しか働かなんだもんでね。国民年金の権利を子どもに譲ったんです。子どもがまだ18歳だったもんでね。私の分を子どもに譲って、私は仕事をしてなかったことになっちゃっとったもんで。

手続きには骨折れました。厚生労働省の方に手紙を書いて、国民年金が出るようになるまで苦労しました。手続きが一遍や二遍じゃなくてね。あれは裁判に関係があったのかなあ。静岡の方から30人ばかり団体で飯田市の方に来てくれて、一緒に話をしたりしてね。何度も何度も、厚生労働省の方に、かけあって、やっとでした。厚生労働省に手紙を書くようにって勧めてくれたのは、中国から先に帰ってきていた泰阜村《やすおかむら》の帰国者の衆や、長野県の自立研修センターの勝野憲治《かつのけんじ》さんたちでね。難しい手続きをしてもらって、やっと国民年金ももらえるようになってね。私より先に帰って来た人たちは、みんなもう稼いじゃっとるんですよ。もう、年金も払わんでもいいように。私は一番最後に帰ってきて、どうにもならんもんで。そういう事情を手紙に書いて厚生労働省に送ったんです。

【人生を振り返って】

一番大変だったのは、やっぱり、終戦直後だね。終戦直後が一番悲しかったです。

【若い人たちに】

若い衆に伝えたいことは、私たちから言えば、若い衆、「戦争のことをもう知らん方がいい」ちゅう感覚でおると思うけど。テレビでこないだもやっとったけど、戦争であの爆弾が落ちるとこをね。私、見ながらご飯食べとったけどね、もう、ご飯が喉通らんようになっちゃって。今の若い衆はそれを見たって、わからんでね。戦争中は爆弾が落ちてくるなんて、本当、珍しくもなくて。終戦前後のことなんだけど、そのテレビを見たら、私、もうご飯が喉通らんもん。

私、鉄砲を撃った経験があります。終戦の避難所の練習で。この山の向こうの敵がどっちから来て、どういうふうに撃つちゅうことまで、鉄砲の磨き方まで覚えたです。撃つちゅうとこまでは練習したんです。その後ソ連が来て、この鉄砲はみんな持ってかれちゃったんですが。

【一番伝えたいこと】

やっぱり平和が一番で、戦争で本当につらい思いをしてきたちゅうことは伝えたい。普通の生活ちゅうことには、私も昔ね、私のお母さんが子ども育てる時分の、昭和時代には何もなくって、今のようなテレビで贅沢《ぜいたく》すぎるちゅうことも知らんできたもんで。ほなんで、生活の方はなんとも思わんけど、ただただ、国が戦争をやるちゅうことが、やっぱり一番よくないと、子どもたちに伝えたいと思う。戦争がなければ、みんな普通の生活ができたんだけども、本当に、私たちの昭和時代は戦争で苦労してきたで。

【国　に】

国に言いたいことは今ではないですね。あの終戦直後に迎えに来てくれていれば、また変わっていたかもしれないけどね。田中角栄《たなかかくえい》さん、骨折ってくれたんだけども、間に合わなんだもんでね。（完）

第11章　山田庫男《やまだくらお》さん（長野県）

「里帰り（一時帰国）は、全然せんで最初から永住帰国で帰ってきた」

証言者プロフィール

１９３１（昭和６）年　６月10日　長野県阿智村《あちむら》に生まれる
１９４０（昭和15）年　９歳　渡満　大古洞《タイコドウ》下伊那郷開拓団、現黒竜江省通河県大古洞
１９４５（昭和20）年　14歳　終戦　父親は４月に召集　１年間　大古洞の学校で過ごす
終戦後、２、３年後方正《ホウマサ》で農業を始めて、帰るまで続ける
１９４６（昭和21）年　15歳　母親は子どもを連れて中国人の家に入り、弟と一緒に養父のところで農業を続ける
１９７５（昭和50）年　44歳　弟家族と永住帰国（国費）２、３年後、妹も呼び寄せる
１９７９（昭和54）年　48歳　結婚　その後も70過ぎまで土方仕事をして働く
支援金は貰っていない

インタビュー　２０１３年９月１７日　82歳　場所　証言者のご自宅
ウェブサイト　「アーカイブス　中国残留孤児・残留婦人の証言Sさん
https://kikokusya.wixsite.com/kikokusya/--------c136n

証言

【満州に行く前】

１９３１（昭和６）年６月10日、長野県阿智村《あちむら》で生まれた。

お父さんはこっちにいる時は、昔なもんで、人力車引いていた。人力車にお医者さんを乗せて、いろんなとこ

に往診に行くとか、そういう仕事をしてた。

1940（昭和15）年、満州に行ったんだよね。満州に行く半年前か、お袋の実家の方へ住んどって。ほいでお父さんが迎えに来てくれて、お母さんと私と妹と弟、家族5人、満州行ったんですよ。その時はわたし、小学校3年生だった。

【満州へ】

満州行く時には、バスで飯田駅まで行って。飯田駅から汽車で豊橋まで行って。豊橋にお袋のお兄さんがおったもんで。そこで、幾日おったかな。それからまた汽車で、下関。そいで、下関から船で韓国。これまた汽車で、こんだ中国へ入るわ。その時は、そうだな、あの時分にはただ、珍しいちゅうな。あれ、慰安旅行みたいなもんだなと、思っておったんだ。

【満州に着いて】

満州に行ってからは、家はあったもんでな。それが、この長い家なん。みんな、一軒一軒仕切って。長屋になってて、そこに2年ばかりおったか。お袋は家におってな、親父だけが稼ぎに行っとるんだね。

満州に行った時には、まだ農業やっとらんの。それから引っ越して、朝日部落ちゅう部落におる時には、親父が中国人を使って、橋を造る監督をしとった。

【満州での生活】

満州にも尋常小学校があってな、先生が少ないもんで。そして、学校があんまりデカないもんで。3年、4年、

5年まで一緒ぐらいで。そいで、みんな一緒の教室で。今日は3年生なら3年生は自習とか。ほいで、今度、他の本物の家を建ててくれたもんで。大古洞《タイコドウ》ちってなあ。あすこの部落だったんだわ。こんだ、1家族に一軒づつ。新しい学校ができて、遠いもんで学校通えなくなる。

食べ物はあった。その代わり、僕が11歳のときにゃ馬や牛の世話をし、馬や牛を使って農作業もしとったの。親父は後になってから、農業やったの。親父は冬になると、山へ行っちゃあ、炭焼きしちゃあ、炭を売るの。そいで、こんだ俺がお父さんとこへ、行っちゃってな。それをお父さんに積んでもらって、馬に引かせて帰って来る。お父さんはずーっと山に籠《こ》もったまんまでな。で、終戦になる前に、お父さんが45年の4月に「根こそぎ動員」で出兵したんですよ。その時分、寂しいとか心細いとか、苦にもならんもんだね。

【終戦を迎えて】

終戦の年は小学校6年……今なら高1だね。中学校はなかった。そん時に終戦になったんだ。その時には、みんな部落におったが、まだ、8月15日には全然わからなんだの、「負けた」っちゅうことは。ちょうどお盆やっとった時に、使われとった中国人が山から下りてきたの、何百人も。オラを見て、笑って行くもんで。自分には中国語全然わからんもんで。20日過ぎか、もうどっこも行けんようになっちゃって、そいで学校集まったわけ。

ソ連兵の機銃掃射はなかった。開拓団には機関銃あっても、弾《たま》がなかったの。学校の訓練の時に使った機関銃があった。終戦時もそのまま置いてあったんだ。あの時分には、みんな、1軒に1丁は鉄砲があったの。ほいだけに、100発の弾《たま》があって。学校へ集まっていくには、僕は鉄砲かついで、弾を背負って、ほいで牛に荷物を引かして学校へ集まった。他の開拓団の衆は、柏崎《かしわざき》って、ワシらの開拓団の山の方におった衆は、何にも、ただ荷物を背負うぐらいのもんで、行くとこがねえもんで、一緒に学校へ集まって。小古洞《ショウコドウ》開拓団ちゅう、その衆も大古洞の学校へ集まったね。100人ばか（り）、自殺してたがね。まとまって。戦争負けたもんで、いけねえと思って。どうやって死んだか知らんが。

その秋か、終戦の秋、用がないもんで、鉄砲担いじゃ、馬に乗っちゃ、飛んで歩いっとったの。他の衆とワシらはまた違って、どっこも行けんようになったもんで、そういうことやっちゃあおったの。そんなもんで、本当の苦労ということは、全然知らんの。

他の開拓団の衆と比べりゃ、ワシら本当幸せだったに。小古洞の開拓団が100人も自殺したっていうのは、残念で。団長さんは「日本へ帰る」ちゅって、やっぱり殺されちゃったがね。向こうの中国の衆が殺したらしい。

開拓団で、その冬仕事ないもんで、小古洞の開拓団の、そこに何軒か日本人が住んどるのもおったもんで。そこへ行って、朝鮮人の稲刈りに行ったわけだ。日本人が作った稲を、朝鮮人に先にあれされ……。ちょっと離れとったがね、朝鮮とは。そこへ行って、稲を刈っておっちゃあ、冬は。

あの時には、学校におると、食べ物は用がないの。何を食べるっちゅうと、キビ、そいで大豆。混ぜたやつを煮て、食べちゃあおったの。お米は全然食べれん、食べれん。小古洞行ってっから、お米は食べれるようになったがなあ。

そうだな、1年学校にいて、21年にみんな解散したでのう。団長さんも何とも言わなしに、個人個人で解散していった。ワシら行く時に、2、3人か、その立坑《たてこう》、石炭出るとこへ行ったにゃ。小学校には、何人ぐらいおったかな、もう、200人のようなせんかなあ。

【ソ連人と中国人】

ソ連人が来た時には、まだ鉄砲があったもんで。その時には4人ばかおって。鉄砲持っとったもんで。年寄りがおって、「撃っちゃいかん」ちゅって言われたもんで。せや（＝それで）、撃たなしに済んだんだ。撃たなんだでよかったんだ。撃ってたら大事になったんだが。

ソ連兵は来ると、女の方へ女の方へすぐ行く。後になってから、上から、あれ[59]出て、「ロシア人のおるとこへ、女の2人ばかり行け」って、命令があって。それで行って、おとなしくなったがのう。2人は帰ってきた。もう誰しも行った時には、惨めなもんだったよ。

他には、中国人がたまに来ちゃ、鉄砲ほしさに、鉄砲探しに来る。鉄砲とか、開拓団の着てた防寒服とか。ちょっと秋だったもんで着とったの渡しゃ、そいたら、それを「脱げ」っちゅって、脱がされちゃってね。鉄砲は渡さなんだ。「便所の中、放り込め」って。便所の中、放り込んじゃったの。学校の便所、深いもんで。全部、放り込んじゃったの。

【終戦後の生活】

終戦の2、3年後、残ってたみんなで方正の方渡ってから、こんだ百姓始めたの。それから、農業、ずうっと帰るまで農業。

お母さんと弟と妹、それに向こうで生まれた弟がおった。お母さんが子どもを全部連れて、中国人の家庭に入った。お父さん、養父は農業だった。農業でも、その人はあんまりやったことないんだな。そん時には2町歩《ちょうぶ》ばか、3町歩ばか、分けてもらった。みんな、中国人に教わっちゃあ、覚えたんですがね。作るのは、大豆、トウモロコシ、アワ。他のものは作らんで。タバコもその時分にはまだ作らん。家の裏にちょっと畑があるもんで、

㈟59　命令

そこをいじっとるだけで、弟と。中国で「大躍進」とか「大飢饉」があって、食べる物がなくなった時期も、家じゃ、食べ物は大丈夫だった。

文化大革命の頃も、いじめということはなかったね。ちょっと区別されましたね。「お前、日本人だ」っちゅうだけで、少し区別された。

方正に移った年の秋頃か、妹が12～13歳だったか、結婚して。家はちょっと向こうで、距離は25里ちゅって。連絡はとれんが、たまにワシが様子見に行ったり、妹を連れて帰ったり。妹の旦那は八路軍《ハチログン》になっちゃって、家におれなんだの。弟は20歳ぐらいかな、上の弟が結婚して、下の弟は病気になっちゃって。それでも生きて、5年ばか、生きとったか。

自分は結婚せずに、ずっと養父のところで農業やっとって。こんだ、「人民公社」っちゅて、共同生活。みんなで一緒に畑作るようになって。何年時分だったか、大革命がならんうちだったで。文化大革命の前に「人民公社」になったわけだ。そこで、共同でみんな一緒になって、畑仕事をやってた。収益もみんなで平等に分けて。その時分、共同でやっとったってのは、呑気《のんき》は呑気だね。何も考えなしに、ただ、一日一日出てて、やりゃいい。個人でやるときゃ、そういうわけにいかんもんで。ほんだもんでね、あんなってからもう。やっぱし牛のケツを追っちゃおったの。牛のケツを追ったり、後に、馬のケツを追ったりしてちゃあ、馬や牛を飼ったりなんか、いろいろしてたね。好きっちゅうか、やらなあかん。仕方なしに。帰ってくる2、3年前はね、怠けちゃって。「オラ病気でダメだ」ちゅって。嘘言って。家に野菜作ったり、そいで、タバコ作ったりしとったの。

【日中国交回復後】

1972（昭和47）年に国交回復があって。そん時には、まだわからなんだの。何がなんだかわからなくて。

そいでおって、そこに1人、あれは九州の人か？　九州の女の人が「里帰りする」っちゅって、里帰りしてた。そう、一時帰国した。半年ばかおったと思ったがね。帰って来たもんで、「どうだ?」と思って、慌てて行って、聞いてみたの。その女の人が、「ほんと、昔と違っとるよ。変わったよ」ちゅってっから。そいで、その人も、里帰りした時に、ワシの叔父さん、叔母さんに行き会ってくれてな。お袋の弟妹《きょうだい》なんだがなあ。

その女の人の妹さんが、木曽へ永住で帰って来とる。姉さんがそこへおって。そこらで半年だもんで。あの人は向こうにおる時、日本語ペラペラだったんでな。ワシよりも、ひとつ上か。向こうでは、しょっちゅう会ってました。向こうにいる時、オラおった部落には日本人が3人おるのはわかったね。ほで、その今言った人は、永住帰国で帰って来てる。

あの時分には、もう、キビの食べ物は嫌になっちゃって。飽きちゃって。考えて、「ここにおってもしょうがないで、帰るかな」と思っちゃおって。弟と一緒に住んどったもんで、弟に「俺、日本へ帰りたいが、お前どうだ?」って言っても返事はせなんだの、弟は。それじゃ、「俺、1人で手続きしてくるぞ」ちゅって。手続きしてきたわけ。そいで、里帰り（一時帰国）は、全然せんで直接帰って来た。

【永住帰国】

帰って来たのは1975（昭和50）年。日中国交回復の3年後。44歳で。そん時、お母さんは亡くなっとったの。5年前に、中国で。こっちに、お袋の弟や妹がおったもんで、そこへ連絡とっちゃ、手続きしてもらって。手続きの申請を出して、それでも1年かかったな。

そいで、終わったと思ったら、弟まで日本に帰る手続きするっちゅって。俺が終わった時分に、手続きするもんで。同じ50年の8月。手続きは遅く始めたけど、一緒に帰って来られた。弟は家族全員で。俺らばっかりひとりで。そん時には七十何人ばか、一緒に帰ってきたわけ。

日本に帰って来て、生活保護、ちょっとは受けとった。半年ぐらい受けとったかなあ。それから、土方《どかた》やって て。阿智の会社に10年ばか勤めて。

中国ではずーっと独り者だったが、日本に帰って来て、4年後、54年に結婚した。職場に一緒におった人が、紹介してくれたの。

【永住後の生活】

帰って来た時は、お袋の在所に古い家が空いとったもんで。そこに住まわしてもらっとったの。それから、結婚する時にゃ、オカアが、自分の家があったもんで。そいで、その家もこんな隙間があって、下が見えるもんで、オカアとね、「どっか家があったら、買って住まないか」って。そしたら、ちょうど、オカアの妹が、この隣に住んどったわけ。で、ここを買って入った。ここに来ても、ずーっと土方をやって。71とか、72までだと思ったがね。30年近く。

オカアは結婚前に、子どもが2人おったの。今、1人きりになっちゃったがね。娘が阿智に、嫁行っちゃっとって。ワシらには、子どもはできんかった。

土方辞めてから、年金。後は年金で。まあ、やっとこさ。やっとこさ、暮らしていける。医療費は1割負担。新しい支援法のことは知らない。

【中国語と日本語】

ワシは日本語はあれだもんで、中国語だけが。終戦からずっと中国語だけだったから。日本に帰っても半年ばか（り）は、ちょっと。日本語を聞くのはいいが、自分じゃしゃべれんの。土方やっとっても、「何か、道具を持って来い」って言われても、何がなんだかわからんの。ほんだもんで、他の人に聞いちゃう。「こういうものは、どんな道具だ？」ちゅうて聞いちゃう。聞いちゃ、覚えたの。半年ぐらいで、だんだんにしゃべれるようになってきて。

中国では、終戦までは小学校に行っとったが、それからは農業やってて、学校には行かなかった。学校が、夜ね、夜間学校に入っちゃあ、おったの。冬になると、そういう学校があるもんで。それでも、中国語で読めるのは、やさしいのだけ。ちょっと難しいと駄目だね。

【家族のその後】

妹は結婚して、子どもなし。そこに、そのままおった。ワシが帰る時には、また別の人と再婚するでね。もらい子2人おって。帰って来る時に、ちょっと離れとったもんで、連絡もやらずに、帰ってきちゃった。その後連絡が来てね、ワシんとこへ。「日本に帰りたいで」っちゅって。叔父さんとこに相談に行ったわ。「里帰りしたいっちゅうで、叔父さん、どお？」って、聞いて。「どおって、お前次第だわ」言うもんで、手続きしてあげたわけ。身元引受人になって。手続きしたのは、ワシがこっち来てから2、3年か。それから、2、3年ぐらいで1人で里帰りした。おったのは、半年のようだった。

帰ってからまた、帰りたいちゅって、連絡よこしたもんで。また帰る手続きしてやらにゃしょうがないと思って、またやって。永住帰国も国費じゃなく、自分の金じゃないだかね。あの時分に、ワシらは国が1万円の金を送ってくれたんだがね。飛行機代は弟が一緒に来るで、弟に任せちゃったの。弟の嫁さんに。俺の分もね。おれ、まだちっとね、金、あったもんで。そいつを渡して、「オラ、全部こいだけだで。お前に任せる、飛行機代頼むぞ」って。

弟は東京の塩浜に住んでる。子どもは4人か。男2人、女2人。4人の子ども、連れて帰って来たもんでね。

一番末子《ばっし》が4歳か5歳ぐらいのもんだったね。惣領は10…いくつだったかな。

こっち来た時に、ようやく古川先生(60)に行き会ったの。会ったわけ。もう、わしらは……。子どもに日本語教えとったもんで。先生に日本語を教えてもらって。ワシら、たまに古川先生のとこ行っちゃ、お世話になっとるもんで。

【人生を振り返って】

昔の印象ちゅうのは、他の衆とちょっと、楽は楽だったんだがね、他の開拓団の衆よりも。そんなもんで、夜も枕高くしとっちゃあ、寝とったんだが。それは安心で寝とったんだ。あの時分の思い出っちゃ、ま、鉄砲担いで、飛んでった時だな。

お袋と養父との関係は、そんなってほどでもなかったね。お袋は向こうにいる時は、「日本に帰りたい」とか言わなしに、俺には「帰れ」って、しょっちゅう言ったね。「自分は帰れないけど、帰れ」って。そいで、ワシも言ったの。「俺は1人じゃ帰らん」と。一緒に帰らにゃ、俺は帰らんて、そういう頭（惣領としての自覚）があったもんで。お袋はちょっと悲しがっとったな。中国に残ろうって、そういう覚悟でおったんだな。帰ってこんつもりで。そいで、帰ってくるときに、お袋のお骨だけは持って帰って来た。（完）

(注)60　古川先生は、大古洞国民学校の先生

証言の背景　大古《タイコ》洞《ドウ》下伊那《しもいな》郷《ごう》開拓団

（1）証言者　西山明子さん、山田庫男さん。

（2）終戦直後の動態（『北満農民救済記録』より抜粋）

1945（昭和20）年8月15日現在の「大古同開拓団人口動態表」によると、団員702人。帰国者16人。**満妻4人、鮮人妻3人、**戦死者3人、病気のため現地残留者77人、途中残留者5人、稼働者53人（うち男3人、女13人、子ども男21人、女16人）、現在人員472人。大久保湊氏記。

また、他の光延、島中、八木の書いた現地連絡報告書によると、「団長大久保湊は、鮮人に娘を嫁し、小古洞鮮人部落に居り」と記されている。

（3）開拓団の概要（『長野県満洲開拓史』『満洲開拓史』より）

※以下は『長野県満州開拓史』より団の概要をまとめたものです。『満州開拓史』と人数に違いがありますが、出版年次が遅いため、新たに分かったことなどで修正されたものと考えられます。

分郷《ぶんごう》開拓団で、大古洞下伊那郷開拓団と称した。1939（昭和14）年2月11日、三江省通河県大古洞に入植。送出母体は、下伊那郡町村長会。終戦時、在籍人員は195戸、970人。出征者131人（復員99人、死亡29人、未帰還1人、不明1人）。開拓団在員数819人（引き揚げ407人、死亡381人、**未帰還者22人、**不明9人）

哈爾浜《ハルビン》と佳木斯《ジャムス》の中間に位置し、松花江の西沿岸。この地帯一帯は不可耕地が多く、さらに1割近くが湿地。

匪賊《ひぞく》の巣窟と言われたところで、治安維持の名目で、以前から居住していた中国人7部落の全員を昭和11年頃、清河鎮《セイカチン》に強制移住させ、12年には、匪賊とこれらの人々を区別する目的で、部落の周囲には土塀をめぐらし、1か所にこれらの人々をまとめて居住させていた。通河県警務科長より、小銃130丁、弾薬1300発を受領して入植。農業経営は昭和18年頃より黒字に転じ、19年には125%を供出している。団の倉庫には、2か年分の食料が蓄積されていた。清河鎮から入ってきて団の建設や営農、その他の手伝いをしていた中国人や朝鮮人苦力《クーリー》とも親しく交わり、しばし「ここに王道楽土あり」と言えるまでになった。

ところが、食糧増産に協力する開拓民は、絶対に応召などないといわれていたのに、昭和19年3月から召集令状が舞い込んでくるようになった。団員はもちろん、団の幹部、教師も召集された。労力の不足は中国人が補ってくれた。

昭和20年8月9日未明、緊急電話で「ソ連機襲来、爆撃。開拓民は自主待機せよ」との軍令が伝達された。翌10日午前9時、通河県公署大使館地方兵事員から、「在郷軍人会員（満17歳から45歳までの健康なもの）で兵籍甲乙に該当する者は全員、芳香袋と3日分の食料を携行して佳木斯に即刻集合せよ」との通達。団では、直ちに小島曹長以下59人の該当者が出発。

13日朝、ソ連機が団の上空を北に飛び去った。団長は老幼婦女子を守って引き揚げ準備をして待機と協議した。翌14日、通河県副県長より、「16歳以上50歳までの男子は武器を携行して集合」との関東軍の命令を電話で受ける。

15日3時には、通河県公署より、「ウラジオストックを日本軍が占領して、日ソ停戦協定が締結された」と電話が入る。万歳三唱し、団幹部は先の関東軍命令は無視することに決めた。17日、通河県副県長より電話で、「日本軍が無条件降伏をしたので、開拓団の兵器は全部、20日までに敵に渡すこと。家屋・農具・家畜などは原住民に与え、手回り品と食料を携行し、引揚船は見込みないから徒歩で通河に集合するように」とのこと。

18日、本部の部落長会で、「日本の降伏ではなく、関東軍のみがソ連に降伏ということかもしれない。開拓団はここを第二の故郷として玉砕《ギョクサイ》するとも、最後までこの地に踏みとどまる。死守する」と決定。「全員国民学校に集結し、男女武器を持って戦いうるものは徹底して交戦し、最後の場合は、全団員家族を校舎に収容して自決をはかる。さらに、石油をまいて放火し全員玉砕する」と決定。19日には、漂河《ビョウホ》佐賀開拓団２８２人、柏崎開拓団を収容した。20日、小古洞蓼科《たてしなごう》郷開拓団員数10人が避難してきた。８月21日には、１４４２人と膨れ上がった。翌22日、ソ連兵数十人がトラックで来団。ソ連軍は砲撃の気配を見せたので、小銃・短銃・弾丸を提出。腕時計・紙幣・被服・食料などを強奪した。あくる日からは、ソ連兵の略奪が毎日のように繰り返された。昼はソ連兵、夜は暴徒が婦女子を襲い、多くの犠牲を出した。24日、軍使がきて、働ける男子はソ連の石炭積み込み作業の使役にかり出された。

10月、発疹チフスが蔓延。11月に入ってもソ連兵の暴行は続いた。「慰安婦を２人出せ。出さないと男子を皆殺しにする」との脅しに、他団の婦人２人が申し出て、難を救ってくれた。12月22日にソ連軍が撤退し治安もよくなったが、物資は略奪され食料も乏しくなったので、２月20日、団で会議を開いたが、意向はまちまちで、団に残るもの、哈爾浜《ハルピン》へ脱出するもの、元の団に帰るものなどに分かれた。４月24日、ハルピンの日本人民会からの使者が「６月ごろから引き揚げが始まるから全員哈爾浜《ハルピン》に脱出するように」と知らせてきた。

21年５月７日、全員徒歩で出発。24日間歩き続け、５月31日、花園収容所着。発疹チフスや回帰熱、飢餓などで、８月25日までに、４９３人中２７５人が亡くなった。８月中旬から内地送還の手続きが始まり、９７０人中４０７人が11月までに故郷の土を踏んだ。兵役に服したもののほとんどは、ソ連に抑留され戦病死29人、復員者99人であった。

板子《バンズ》房《ファン》置賜郷《おきたまごう》開拓団

第12章　小野田益代さん（山形県）

「竹腰さんに誘われて　12人の強行帰国」

証言者プロフィール

1930（昭和5）年　5月14日　山形県南陽市《なんようし》に生まれる
1942（昭和17）年　11歳　2月ごろ、家族7人で渡満　板子《バンズ》房《ファン》置賜郷《おきたまごう》開拓団
1945（昭和20）年　15歳　終戦　逃避行の末、母親が再婚した中国人の家で暮らす
1948（昭和23）年　18歳　中国の共産党幹部と結婚
1966（昭和41）年以降（時期不明）夫が病死　再婚
1976（昭和51）年　46歳　娘を連れて一時帰国（国費帰国）
1983（昭和58）年　53歳　永住帰国（自費帰国）　その後、子どもを呼び寄せる（自費帰国）

インタビュー　2016年10月　86歳　山形の証言者のご自宅
ウェブサイト　「アーカイブス　中国残留孤児・残留婦人の№29さん
https://kikokusya.wixsite.com/kikokusya/no-26-2

証言

【渡満まで】

昭和5（1930）年5月14日に、山形県南陽市東置賜郡《ひがしおきたまぐん》沖郷村《おきごうむら》大字中ノ目で生まれました。家族は7人でした。お父さん、お母さん、兄さん2人[61]、弟1人、妹1人。子どもの頃は、地元の小学校に通っていました。沖郷村の小学校に4年生まで。4年生の春、昭和17（1942）年の2月ごろ、満州に出発しました。お父さんに

お願いされたの。政府の人が南陽市に来て、「土地をたくさんあげるから、満州に行け、行け」って言われて。お父さんにお願いされて、それで行ったんです。「行きたくない」って言ったんです。嫌だったけども、家族皆、我慢して行ったんです。

【満州での生活】

小学校4年生で満州に行って、向こうでは、昭和20（1945）年になるまでの3年間、第9次板子房置賜郷開拓団(62)というところの小学校に、3年間入ったんです。

日本にいる時は、「土地がいっぱいある。たくさんあげるから、行け、行け」って言われて、お父さんにお願いされて、行ったんですけど、満州に行ったら、土地を少しくれただけ。トウモロコシだけ作れた。キビとか、アワとかコーリャンとか出来ません。畑が少ないから。開拓団の本部からもらった畑、少しだったんです。食べ物、足りなかったんですよ。

半町歩の畑から採ったトウモロコシの中から、政府に納めなければいけない。日本に納めたそうです。送ったそうです。もうそれは決められてて。残り分は少ないですよ。足りないんです。トウモロコシは人民公社がトラックで運んでました。そのトラックまでトウモロコシ運ぶ競争。あっちの畑が運び終ったの。その運び終ったところに私が行った。私は、東の畑にトウモロコシ採りに行って、袋に60キロ担いで、そこまで行ったの。その時、私16歳（数え）だよ。

(注)61　後で3人との発言。【家族のその後】参照

(注)62　「証言の背景　板子房置賜郷開拓団」参照。

【終戦と集団自決】

間もなく終戦になるころに、学校に「集まれ」って、開拓団の幹部が急に放送したの。で、お父さんびっくりしてね、お母さん倒れたの。「何ですか?」って聞いたら、「戦争が始まりました[63]」って。それで、「小学校に集まってください」って。午後6時ころ、小学校に集まりました。佳木斯《ジャムス》の方から。開拓団の人は全部。山形県の方と宝山《ホウザン》開拓団と一緒になったの。それで、急に放送が入って来たのね。「戦争が始まりました」って。日本と中国の戦争始まった。昭和20（1945）年8月16日。間もなく暗くなって、学校に集まった。宝山《ホウザン》開拓団と板子房開拓団。600人が集まったんです。600人が全部、その小学校に入った。小学校には3つの部屋があったから、3つの部屋に分けられて、1つの部屋に200人。きつきつでした。

幹部が放送したの。「今日は8月16日です。戦争に負けましたんで、残念なことだけど、今日7時ごろから始まります。」って。皆さんが聞くの、「何始まる?」って。そしたら「自殺です」って言われたの。それで、集団自決が始まったの。日本の軍人が手榴弾《しゅりゅうだん》持って。1人2つずつ持って。小学校の廊下の窓から、1部屋に3本の手榴弾が落ちて、それが爆発したんです。私と同じ部落だった佐藤さんが、近くにいて、女の子4人をそばに連れてたんだけど、手榴弾が膝に当たったの。私、こっそり見たら、膝が割れてたの。連れてた女の子たちは、泣きながら死んだんだ。

10分もしないうちに佐藤さんも死んでしまった。私、眠ってなかったけれども、隠れてたのね。そしたら、お母さんが「起きろ、起きろ」と。火が渡って来たから。小学校が燃やされたの、私が起きてみたら、弟が亡くな

(注)63　1945（昭和20）年8月9日、ソ連侵攻

ってたんだ。10歳の弟が、佐藤さんの近くで。爆弾でおでこに穴が開いてた。お母さんが抱っこしたけど、ダメ。ふらふらだったから、そこに置いたままにした。

【逃避行】

学校には西門と東門があって、私たちは西門から逃げたの。火が渡って来たから、お母さんが、「早く逃げろ、早く逃げろ」って。それで、親子3人で西門から出て行ったんです。7歳の妹と私16歳、お母さん53歳。そして、アワ畑に隠れたんですよ。外側は、中国の。軍人、軍人が、外、みな、周りを取り囲んでいるの。出て行くと殺されるので、隠れて。アワは丈が低くて、隠れても頭が見えるから、トウモロコシ畑に走って隠れたの。トウモロコシなら見えないから。隠れてたら、ドンドンドンドンドン、畑に鉄砲の弾《たま》が入って来んの。話もできなかった。お母さんと手をつないで、妹とこっちの手をつないで、トウモロコシ畑に隠れてた。

そこから、小学校の方を見たらね、火がどんどんと燃えててね。中国人がトウモロコシ畑に入って来るから、ずっと南の方に逃げたんです。お母さんと妹と、3人で。そして、中国人が瓜《うり》を作ってた畑の近くに、トウモロコシの畑あったから、またそこに隠れて。瓜畑に這《は》って行って、瓜3つ採ってきたの。お母さん一つ、妹一つ、私一つ。1回、それを食べただけ。その後9日間、何も食べなかった。雨ばっかり降るから、雨水溜まってんのね、野原にね。そこに布巾《ふきん》を敷いて、水飲む。布巾の上から水飲んだの。9日間、そうやって生きてきたの。お腹は空かなかった。心配だから。心配でいっぱいだから。

小学校から逃げてからの9日間、私は、着物2枚の背中に血がベターって付いているのを着たままだったの。最後はね、川の水で洗おうと思って、その着物を脱いで洗濯に行ったの。そうしたら、中国人の男性5人が、私の方に近づいて来たの。その時ちょうど、日本軍人の本部の方で声がしたんです。私は、中国語がペラペラしゃべれたから、中国語で言ったの。「日本の軍人がいらっしゃったよ。」って。そうしたら、5人の男性は、みんな逃げて行った。お母さんのとこに帰ってみたら、「しばらく帰って来ないから心配してた。どこに行ってきた？」って。それで、私が、「洗濯に行ってきたんだ。中国人に捕まりそうになったけど、みんな逃げて行った。」って教えたら、「ここには居られない。別のところに行きましょう。」って。

3人で幅の広い川を越えて、リョウソウズって、ずっと南の方の大きな町、そこの近くの村に行ったの。ご飯くれるから行ったの。アワのご飯。お母さん一つ、妹半分、私一つ、食べて。その時だけ、ご飯食べたの、アワのご飯。そこに、国さんという方がいたの。中国人で私のお父さんと友達だった。「国」と書く国さんが見つかったの。お母さんと話してるの。そして、「オレの家行きましょう」って、連れて行かれて。

あの時、あの時代、お米ないから、アワのご飯、喜んで食べてね。お腹いっぱい食べさせてもらって。国さんの所に3日間泊まったの。泊まってゆっくりしてから、「危ないから気を付けてなあ」って言われてね。「誰も殺さないから」って言うの。殺さないんです、本当に。今度は中国人の家に引っ張って行かれるだけ。あの頃は、中国人に見つかると、引っ張って連れて行かれました。

【中国人の家へ】

あの頃は、悪い人がいっぱいいたからね。畑に隠れていたの。誰にも見つからなかった。9日間、そこにいたの。トウモロコシ畑で。7歳の妹が、「お腹空いた」って言ったの。中国人の瓜畑があったんで、私が這って行って、瓜もいできた。4つもいできて、妹に食べさせて、お母さんにも食べさせて。そしたら、六十何歳かの男性が入って来たの、トウモロコシ畑に。草刈るような鎌持って。私、びっくりしたんだ、あの時。「殺される」と思ったっけ。

そのおじいちゃんが、「オレの家で助けてあげるから、行きましょう」って言ったの。危ないから、「行かないよ。殺すでしょう?」って聞いたの、私がね。中国語でしゃべったわけだ。「殺さないから、面倒見てあげる」って。私とお母さんが、じいちゃんの話を聞いて、ついて行ったんです。そのおじいちゃんの家に。

みんなに聞いたら、２００軒が1つの村。その「李」さんって、「木」書いて、子どもの「子」。李さんおじいちゃんに、「面倒見てあげる」って言われて、連れて行かれたのね。そしたら、次の日、佳木斯に行って、お菓子買ってきたの、大きな袋にいっぱいしょって来たの。それがご馳走になってね、お腹いっぱいになったの。私は、その時16歳。18歳まで面倒見てもらった。お母さんは、その李さんと結婚したの。

【結　婚】

それから、南の方から中国人が入って来たの、李さんのところに。「誰が来たんですか?」って聞いたら、「俺の友達だ」って言うの。その人が私に、「仲人《なこうど》したい」って。その時、間もなく18歳になるところでした。で、話わかんないわけだ。中国語で。「仲人したい」っていう人が、話、ちょっとしただけで帰って行ったの。「何のことですか」って、李さんに聞いても教えてくれないし。私、「結婚するためだな」と思っていたんです。

私、そこから逃げられないからね。おじいちゃん、中国人いっぱい呼んでいるから、逃げられない。縛られているのと同じ。ちゃんと大人しく座っていないと。次の日、仲人さんが、李さんの所へ黄《コウ》さんて方を連れて来たの。私は馬車で連れて行かれた。お母さんには内緒で。養父だけわかってて、お母さんは知らなかった。お母さん、中国語できないから。妹もわかんないし。じいちゃんの言う通りにしなければならなかった。

黄さんは、見るとかなり年上だと思った。お母さんもそう思ったのね。私は18歳、黄さんは30歳にはなってた。「嫌だ。行かない」って言ったんだけれども、嫌がっても、養父に叩かれてな。頭、棒で、ぱっぱっと叩かれてなあ。で、無理に連れて行かれたの。お母さんと妹と別れてね、泣きながら。お母さんと話もできないで。私は馬車で連れて行かれた。昔は馬車だったもんで、馬車で1日かかった。1本の道をまっすぐ過ぎて、野原の草ばっかり。道に生えている草が、高いところまであって、馬車から、なかなか外が見えないわけだ。どこに到着したか見えないの、さっぱり。朝出て、夜到着したの。中国人の大きな村。２００軒の村だと。そこに入っちゃったの。到着したら、宝山《ほうざん》開拓団って。

　宝山開拓団の方は日本人です。その方たちが、いっぱい入って来たの。みんな仲よくなってね。友達になって、「大丈夫だ。殺されないから」って。それで、「黄さんと結婚する」って言いました。黄さんは、人民公社の幹部でした。共産党の親方。子どもは3人おります。男の子3人。あの時、人民公社から畑を少しもらったの。穀物作る畑だけ。私が頑張って、日本人だと思って、一生懸命働いたんですよ。ずーっと、何十年と働いてきたんですよ。

　黄さん、52歳。毎日、毎日、昼間一日中、夜も12時まで会議。共産党だから、会議ばっかり。会議に参加して、疲れて病気になった。胃がんになって死んだ。文化大革命が始まった後です。文化大革命の時に、私は日本人だということで大変な思いをしたことはありませんでした。でも、黄さんは、少し問題が出ました。共産党の幹部だったために、政府から「日本人をもらった。悪いことだ」って言われたそうです。

　黄さんが亡くなって3か月で、今の主人と再婚したの。それは村長さんが、無理に私に話をしたの。私は、「自立生活します」って言ったけど。その後、人民公社の幹部がお金持って来たの。「旦那さん、亡くなったからお金あげます」って。「子どもを育ててください」っていう意味なんです。で、たくさんお金持って来たの。でも、他の人から「奥さんは結婚しました」って教えられて、お金持って帰りました。それが残念で、いくら泣いたかわからない。

しいよ。

でも、今の主人は親切なんですよ。3歳の男の子、7歳の男の子、10歳の男の子、育ててもらったの。今も優しいよ。

【家族のその後】

妹は中国人に売られました。お金で売られたの。そして、亡くなったんだ、お産で。悪い家族に会ったの、妹は。お母さんが亡くなった時も、知らせもなかった。別れてから、1回も会えなかった。黄さんの所まで馬車で1日かかるから。遠くて、なかなか来られなかった。残念だった。後で知らせが来たの。亡くなったって。

兄さんたちは、昭和16（1941）年だか、昭和17（1942）年に、満州の富錦《フウキン》に、兵隊に取られたの。3人の兄さん、全部。そして、終戦の時、ロシア軍にシベリアに連れて行かれた。一番目の兄さんと、二番目の兄さんは、シベリアで亡くなったそうです。一番下の兄さんは、シベリアで4年間働いて来たの。4年間我慢して、生きて帰って来たの。今、栃木県におります。昨日の晩、兄さんに「お元気ですか」って電話かけたら、「元気です。頑張っております」って。「でも、寂しいです」って。

【一時帰国】

日中国交回復の事は、何も知らなかった。向こうで、日本人同士の交際とかもなくて、ずっと働いてばっかり。仕事いっぱいあって、仕事ばっかり。文化大革命の後、私、中国語でイーランホィ（?）っていう会議に参加したの。ご褒美《ほうび》もらったよ、中国で。労働のご褒美。私、働いたから、労働のご褒美、中国で飾っておりました。

日本に帰ってくるきっかけになったのは12人の強行帰国の竹越さんとの出会いでした。あの時、あの方は吉林省にいたのね。電話でなく、手紙が来たの、黒竜江省まで。それで、「私たち、集まって日本に帰りましょう。」

って、そういう話をいっぱい聞きました。その手紙が来るまでは、竹越《たけこし》さんとは、お友達でも何でもなかったんです。手紙には、青木さんのことが書いてありました。青木さんは、「春陽会《しゅんようかい》」(64)でお世話になったんです。

一時帰国は、1976（昭和51）年でした。娘が7歳の時、連れて来たの。様子を見に来たの。遠い日本が一体どうなっているかわからなかったから。戦争の後ですから。「まず、一旦、帰ってみる」って。一時帰国で来たんです。私、一時帰国の時、途中でめまいがして倒れてしまったの。みなさんに会って嬉しくて倒れたの。東京国際病院に連れて行ってもらって、お世話してもらった。3日間入院して、治ったから出てきたの。竹越さんと青木さんが春陽会の会長の国友《くにとも》さんと相談してくださったんです。そして「今度は日本に帰りましょう」って言われてね。で、日本に帰って来たんです。

一時帰国の時、日本の印象はとても良かったです。日本を見て、「日本に永住帰国したい」って思いました。兄さんが栃木県に住んでおりましたんで、そこに半年いたの。でも、市役所の方から、「一旦帰って、永住帰国の手続きをやってください。永住帰国の手続きをしないと泊まれないから」って言われたんです。それで、また中国に帰ったんです。日本人の身元引受人が見つからなかったんです。身元引受人がいないと、日本に永住帰国できないから。「保証人が大事です」って言われたのね。最初、やってくれる人がいなかったんです。それで、強行帰国になったわけです。12人の強行帰国の時、羽田に泊まることになって、宿屋さんに一晩泊まったんです。会議があったんで、会議に参加しました。東京に3日ぐらい泊まったんですよ。

東京で会議があった時、「どこ行くか」ってみんな決まったわけだ。私は、南陽市《なんようし》生まれだから、山形に来た

㈣64　元軍人による中国帰国者のためのボランティア団体。残留婦人「12人の強行帰国」を実現させた。会長国友忠（浪曲師）

んです。はじめに帰った時、一時帰国の時は、保証人は「春陽会」の国友さんがやってくれたんですよ。2回目に帰った時の保証人は、栃木県に住んでる私の兄さんがやってくれた。

【永住帰国】

永住帰国したのは、1983（昭和58）年。その時は、私1人で永住したの。子ども連れて来なかった。子どもは後で呼び寄せしたの。そのお金は、みな借りて。借金してね。

帰って来てからの仕事は、市役所の紹介で、お寺に連れて行かれましたよ。お寺が保証人になっちゃったの。通訳さんに「お寺に行って、そこで働いてください」って言われました。そこでは、お庭掃除、30の墓の掃除、部屋の掃除、お御堂《みどう》様の掃除したり、そういう仕事ばっかり。銀杏拾《ぎんなんひろ》いも。大きなバケツ3つ分の銀杏を拾いました。次々と仕事が続いておりました。後で、別の方が保証人になってくれたの。その方が、「そんな仕事させないでください。残留婦人です」って言ってね、市役所にお願いに行ったそうです。だから、お寺から帰ってきたの。お金一銭もくれなかった。働くばっかり。生活保護があると、お寺のお孫ちゃんがずっとついて来るの、お金もらうまで。毎月あげるの、お寺のお孫ちゃんに。

その後は自立生活。家を借りて、間もなく三男が来たんです。息子と2人で、1年間家を借りて。通訳さんのお世話で、今度は桧町に3年間。その後、薬師町を紹介されて7年間いたの。その時も仕事してました。庭掃きとか、お風呂の掃除とか草取りとか、共同の仕事。自分1人だったから。息子は建設工事現場に入って。今度は家族を連れて来たんで、息子は家族と一緒にいました。

引っ越しをするのも、自分の意思じゃなくて、役所から言われたの。「引っ越ししなさい」って。薬師町で7年間いて、「銅町住宅が新しく建ちます」って。その時も、呼ばれる人がいっぱいおりました。「南山形に行ききなさい」って言われたから、私は「嫌だ。南山形、行きたくない。ここにいます」って。その後、平成15（2003）年に、薬師に新しく住宅が建ったんです。それで、引っ越してここに入ったの。

12人の強行帰国の皆さんは、飯田に行ったり大阪に行ったり、全国に散らばっちゃった。ばらばらになって、その後は会うことは全然なかったです。電話や手紙はあります。はじめは、電話もなかったんです。あの時は、アパートに電話付いてなかった。青木さんの娘さんがここに来た時ある。あの時、少し生活がよくなったんで、青木さんの娘さんに靴下2足あげました。青木さん、とても親切です。あの方が助けてくれたの。竹腰さんの旦那さんは「帰れ、帰れ」言われて、中国に帰って行ったんですよ。

【今の思い】

今までの人生の中で、一番幸せだったのは、平成15年にアパートに入った時です。嬉しかった。楽しみでした。新しい家に入れるのはとても有り難いことだと思いました。

一番つらかったのは、やっぱり、戦争の時だね。終戦の時はつらかった。9日間何も食べないで生きてきた。最後はトウモロコシを生でかじった。妹やお母さんのことは残念だった。（完）

証言の背景　板子房《バンズファン》置賜郷《おきたまごう》開拓団

（1）証言者　小野田益代さん

（2）終戦直後の動態

小学校における玉砕事件が有名ですが、『満州開拓史』（p、552～）に以下のような記載がありました。以下要約。

1945（昭和20）年8月13日、実人員269人（男112人、女157人）は、35台の大車で佳木斯《ジャムス》に向け出発。幹部家族6人は8月9日大車で佳木斯に急行、11日佳木斯着。汽車で哈爾浜《ハルビン》方面に南下している。

第一隊は、蘇家店郊外で匪襲を受け離散後引き続き佳木斯に強行した。8月14日現在男28人、女43人、計71人。8月15日、国美義開で第三隊が分離し34人になった。8月17日、全員佳木斯郊外で松花江に投身自決した。死亡者男6人、女6人、計12人。救助されたもの、男4人、女14人。

第二隊は、本部居残者と蘇家店郊外で匪襲を受け帰団した者。8月14、15日の実人員は男64人、女74人、計138人であった。8月18日、団長の指揮のもと学校に集結した一同は、たまたま8月13日、本部に来着した隣団宝山開拓団員386人と、匪襲を受け、学校は火災となり、その中で、焼死、自決381人をだし、団長以下ほとんどが玉砕するに至った。

第三隊は、佳木斯へ行く途中、国美義開で第一隊から分離して蓮江口方面に向かった。男10人、女24人、計34人であった。松花江へ投身者、男5人、女11人、計16人。蓮江口に行ったもの、男1人、女4人、計5人。佳木斯収容所に逃げてきたもの、男4人、女8人、計12人。

第四隊は、一、二、三隊のどれにも入らず張宝山、蘇家店付近に残留したもの。男19人、女40人、計59人。

（3）開拓団の概要（『満州開拓史』）

第9次板子《バンズ》房《ファン》置賜郷《おきたまごう》開拓団。送出県は山形県。

密山千曲郷《ミツザンちくまごう》開拓団

第13章　神津《こうず》よしさん（長野県）

「友達は、鉄砲担いだ男に銃を突きつけられ、あとでその人の嫁になっただよ」

証言者プロフィール

１９２７（昭和２）年　10月28日　長野県穂積村《ほがみむら》、現在の八千穂村《やちほむら》に生まれる
１９４０（昭和15）年　13歳　小学校卒業後、四日市の紡績工場へ働きに行く
１９４１（昭和16）年　14歳　３月、家族５人で渡満　密山千曲郷開拓団
１９４５（昭和20）年　18歳　終戦　山の中を逃避行　10月頃中国人と結婚
１９４６（昭和21）年　19歳　10月10日　長男出産（子供は６人）
１９７４（昭和49）年　47歳　一時帰国を永住帰国に変更（国費帰国）　自立指導員として15年働く
１９９２（平成４）年　65歳　子どもたち家族を呼び寄せる。（全員自費帰国）

インタビュー　２０１５年11月18日　88歳　場所　証言者のご自宅
ウェブサイト　「アーカイブス　中国残留孤児・残留婦人の証言」Ａさん
https://kikokusya.wixsite.com/kikokusya/untitled-cxda

証言

【満州に行く前】

１９２７（昭和２）年生まれ、今年、89歳（数え）になります。生まれた場所は、長野県八千穂村《やちほむら》、昔は穂積《ほづみ》村《むら》って言ってたんだけど。父は百姓で、兄弟は、３つ上の姉と3つ違いの弟と私の3人、５人家族。１９３５（昭和10）年、８歳の時に、穂積小学校へ、父に作ってもらった藁草履《わらぞうり》を履いて行ったよ。靴なんてなくて、普通の人は大体、藁草履だった。６年生で卒業して、１９４０（昭和15）年。13歳の時、親を助けようと思って、三重県四日市市《よっかいちし》の冨田にある「東洋紡績」の工場へ働きに行ったの。姉も、小学校6年で卒業した後、ここで働

いてた。この時の1日の給料は、35銭だった。食事代が1日15銭引かれて、ほんのわずかしか残らないけれども、それでも一生懸命働いた。姉が２００円、私が１００円、合わせて３００円をお正月に家に送ったら、両親は涙流して喜んだって。

【満州へ行くきっかけ】

父の兄弟の長男に当たる伯父が、自分は働かないで、兄弟が働いたお金を少しずつ取って生活してた。父のお金も半分取られていたので、お金を取られないよう、「満州開拓団の募集があるから、行こう」って両親で決めて、私たちに「満州行くから帰って来い」って。１９４１（昭和16）年2月ごろに家に帰って、3月20日ごろ、家族５人、私が14歳の時、満州に行った。姉は18歳、弟は11歳くらいだった。両親は、40代だったと思う。

【満州での生活】

穂積村、八千穂村とか、8か村の人たちが一緒に行ったの。あの頃は、どこの家も田畑も少なく、働くとこもないし困ってた。着いた先は、「千曲郷信濃村《ちくまごうしなのむら》」の分郷として、その開拓団から、南に2里ばかり離れている「千曲郷」という、30人ほどの小さい開拓団だった。今の長野県南佐久郡の川上、南相木《みなみあいき》、北相木《きたあいき》、南牧《みなみまき》、小海《こうみ》だとか、そういう所の人たちと一緒に行ったね。

行く時は、新潟から船に乗って、今の北朝鮮の羅津《ラシン》に上陸、1泊して、そこから汽車に乗り、東安省密山県《トウアンショウミツザンケン》に行ったの。途中で税関があって、そこでは、日本人は調べられないけど、中国人、朝鮮人もみんな乗っているから、1時間ぐらいかけて調べられた。連珠山《レンジュザン》という、駅じゃない、小さな小屋のあるところで降りた。風がビユービユーで、寒くて寒くて。そこには、1年前に来ていた北相木の人たちが迎えに来てくれた。その人たちの後について、ガタガタした凍った道を2里ぐらい歩いて行った。周囲は、山のない見渡す限りの草原で、「大変なとこ来ちゃったなあ」と子ども心に思った。そして、満人を追い出した後の、真っ黒ですすけた家に私たちを入れてくれた。その家は、真ん中に歩くところがあって、南と北はオンドルっていうのがあった。台所で火を焚《た》くと、その煙が、オンドルの中を通って、上は暖かいんだ。一軒一軒、皆かたまってな、そこで生活してただよ、大きな家で。弟みたいに学校へ行く人は信濃村開拓団へ行ったけど、私は毎日、両親を手伝ってお百姓を2か月ばかりやったかなあ。行ったばかりの若いお嫁さんたちは、「騙《だま》された」って毎日泣いてたの。でも帰るに帰れないから。

東安市《トウアンシ》には、北海道の旭川からの軍隊がいて、そこでソ連からの侵攻を防ぐために国境を守っていたので、兵隊がいっぱいいいた。

私は15歳の時から、お手伝いとして、部隊長の家に行った。支那《シナ》事変があって12月からはアメリカと戦うようになって、日本の戦況が良くないこと、偉い人たちはわかっていたんでしょう？　だから、家族をみんな、帰しちゃったんだわさ。部隊長の奥さんは、10月になったら日本に帰された。だから、私も一旦、家に帰って来て、次の日には別の部隊長の家から呼ばれてお手伝いに行った。その次の家には2年いた。そこでも奥さんは日本へ帰ることになって、私を東京に連れて行きたいと言ったけど、父が反対したので行けなかった。

満州に行って2年目に土地もらって、畑の真ん中に各戸に家を建ててくれて、8畳2間の部屋とお勝手があった。鶏を100羽ぐらい飼っていたけど、食料は全部出荷して、お金をもらった。北海道の兵隊さんたちは、一日おきに、野菜を現金で買いに来てくれた。でもあの頃は、現金があっても買う物がなかったから、お金が貯まると、全部貯金した。本部に貯金したけど、結局、全部無駄になった。逃げる時、本部の役員4人が山分けして、みんな持って行ったらしい。日本へ帰ってからそう聞いた。

【ソ連の侵攻】

8月8日の夕方、東安《トウアン》の兵隊が、馬に乗って飛んで来て、「ソ連兵が入って来たから、1日も早く逃げてくれ」ちゅうわけだ。父は高齢で、兵隊には行かなかったけど、若い人は兵隊に取られて、開拓団は、女、子ども、年寄りだけ。その晩、おにぎりを作り、米や味噌、鍋を馬車に積んで、翌朝早く逃げだした。

黒台《コクダイ》まで行ったら、道は広い一本道だけど泥道で、兵隊の車、馬車、牛車、歩行者、ものすごい状況で、ごった返してた。いろんなところの開拓団が、牡丹江《ボタンコウ》めがけて、その一本道をみんな逃げてたから。「牡丹江には、日本兵がいるから、そこまで逃げろ」ということで。

そしたら、6機のソ連の飛行機が来て、パーって撃っていくわけだ。撃ちながら低いところまで降りて来るので、ヨモギやモロコシ畑に隠れても、上からは丸見えだに。私は、隣のうちの子どもの上に被さっていたら、プス、プスと私のそばに弾が落ちるのが聞こえるの。「もう駄目だ」って身体が石のようになった。私のそばにいた人が、お尻を撃たれ肉が飛び散って死んだ。そして、ソ連の飛行機が行った後、腕から血が出ていたけど、痛いのもわからなかった。

私は、そこで、ソ連の飛行機に手をやられてた。何も無いので、ヨモギを揉《も》んでそれを傷口に当て、ぼろ布で縛っていたら、5分も経たないうち、またソ連機が戻って来た。すると、近くに住んでた満人の区長が、大きい家だったけど、「俺の家へ逃げろ。俺んちは白旗が立っているから、ここは撃たないから」って言ってくれて。それで、子どもを負ぶっている人なんかは、その家にみんな逃げ込んで助けてもらった。優しい人だった。なのに、そこで逃げ切れない人、死にきれてない人は、みんな日本の兵隊が、殺していった。恐ろしい思いをしたよ。中国の人は心が広くて、日本人より優しいよ。そこに夕方までいて、飛行機が来なくなってから、また逃げた。

【逃避行】

それから、穂積村の人たちは一塊《ひとかたまり》になって、馬車を引っ張って行ったら、雨が降り出し、その雨は一晩中降っていて、おにぎりなんか食べるどころじゃないら。お腹が空いたこともわからなかったけど。明るくなり始めた頃、泥道はぬかるんで、馬車が動かなくなった。そこに、満人がいっぱい来て、日本人の持ってる鉄砲を盗りに来た。抵抗した老人が2人殺されて、私たちは、女、子どもばかりだったから殺されなかったけど。

そして、その近くに、日本人の開拓団があったので、疲れた身体を休めようと思って家に入り、冷たいおにぎりを食べたけど、無我夢中だった。そこで休んでいたら、昼頃、バンバン音が鳴って、満人が「ソ連兵が来た。ソ連兵が来た」と叫んだから、私たちは、あわてて支度をして、身一つでみんな逃げ出したけど、それは、爆竹をバケツの中で鳴らして叫んでいただけで、騙されて、馬車もお米も全部盗まれ、着のみ着のままになってしまっただ。

ある開拓団の家が一軒燃えていた。逃げて来た私たちを敵と間違えたようだ。1軒の家に、女子どもを集め火を付けたので、みんなそこで焼け死んじゃっただ。火付けた人も火の中に飛び込んで。知らない場所だったので、何ていう開拓団かは知らない。そしたら、10歳の男の子が窓から逃げ出して、私たちの後に付いて来たので訳を聞いたら、「みんな、1軒に集められて殺された」って。日本人が日本人を殺しただよ。みんな自決しただ。

「煙草《たばこ》は吸うな。マッチは擦《す》っちゃいけないぞ」というわけで、マッチは濡れないよう缶に入れて、父が背負って持っていた。途中で、2日ぐらい山の中に逃げてたが、日本兵もまだいっぱいいただよ。でも、兵隊は若いから足が速くて、女子どもは置いて行かれっちまうだ。一生懸命追いかけても間に合わない。中には、「歩けないから、先に行ってくれ。ここで死ねばいい」て、座り込んで動かない老人もいた。駅にも行ってみたけど、線路なんて、ソ連の爆撃でぐにゃぐにゃに曲がっていて、汽車なんか無かった。しょうがないから、また、モロコシ畑に逃げ込んで、日本兵たちの後を付いて行った。食べものが無いから、お乳も出なくなって、乳飲み子たちは、途中でだんだんに餓死していって、みんな死んじゃった。

だけど、私たちは牡丹江へは出なかった。林口《リンコウ》を経て、牡丹江らしい大きな部落がいっぱいある町を見つけたら、ソ連の戦車が入ってて、ソ連兵がいっぱいいた。その時は、長野の木曽出身の兵隊3人と一緒だったけど、その兵隊たちが、「そんなとこ行ったら駄目だ。捕まっちまう」って言うので、また山の中に逃げた。川を渡ったり、谷を越したり、びしょ濡れになっても、そのまま乾かして。まだ8月、9月で暖かかったから。

山の中(65)を逃げてる時に、10人ぐらいの兵隊と一緒になった。食べ物がなくて、馬を殺して、その肉を分けてくれて助かった。私たちは、芋や穂が出たばかりのモロコシを盗んだりして食べた。カボチャの畑で、カボチャはなくてもカボチャの茎ね、あんなもんも食べたよ。木の葉っぱも何でも食べた。ヨモギなんかは、途中で鍋拾って煮て食べたり。まあ、とにかくエラい思いしたな、あの2か月。

牡丹江に行くのをやめた後、横道河岸《オウドウガシ》ってところ行ったら、日本人がいっぱい、子ども負《お》ぶった人とか兵隊とか、男の人とかいて、「日本が負けたから降伏しろ」ってわけだ。若い兵隊なんかは降伏しっこないけど、女の人たちは、「降伏しよう」って言う。そこにいる人たちの仲間は、避難の途中で自決した人やら、川へ飛び込む人やらいっぱいいたよ。私たちの部落の子どもは1人だけ残っていたけど、その子は赤痢《せきり》に罹《かか》って、熱っぽい真《ま》っ赤《か》っ赤《か》な顔で、「母ちゃん、置いて行ってくれ」って泣くわけ。それで、私たちも「自決しようか」となって、みんな輪になってたら、ある知らない男の人に、「あんたたち、死んじゃ駄目だよ。殺されるならしょうがない

㊟65　老爺嶺山脈《ロウヤレイさんみゃく》

が、自分から死んじゃ駄目だよ。日本へ帰るだよ」って言われてね。自分たちは、ただ「死ぬ、死ぬ」って思ってたけど、そう言われて、はっと目が覚めたよ。「ああ、そうだ。俺たちは日本という国があるだ。まだ、逃げるんだ」と。降伏したなんてことは信じなかった。神風が吹くって言ってただからな。でも、その時に、子どもを負ぶった若い奥さんたちは、哈爾浜《ハルピン》に行って、降伏したらしい。

1人いた最後の子どもも、その両親が首を絞めて殺して川に流した。後は大人だけだったから、また山の中に逃げた。馬鹿みたいに、あん時、降伏して出りゃ良かった。父は、「降伏しよう」と言ったが、ほかの人から怒鳴られ、黙ってしまった。そして、吉林《キツリン》を目指して行った。その時は、開拓団の人は20人ぐらい、まだ、3人の兵隊さんたちも一緒に行動してた。

吉林へ行く途中には山脈があってさ。そこは、狼《おおかみ》や熊がいる所で、兵隊の通った道は、踏まれた草が倒れた方を見て、どっちに行ったか判断して、それを辿《たど》って歩いた。山の頂上まで登って、周囲を見渡すと、高い山だから山また山ばかりで、部落なんか見えなかった。でも、かすかに煙が見えた。汽車の煙だか何だか知らないけど。2日かけて、その煙を頼りに山を下って行ったら、雑木林があった。そこには、腐った木にキノコがたくさん生えていた。「木から生えるキノコは毒がないから」って母が言って、たくさんとって、鍋を持っていたので水で煮て食べた。そこにはヤマブドウの実もなっていた。水だけで過ごしていたから、3日ぶりの食事だった。

【予期せぬ襲撃】

キノコを食べた後、さらに下へ降りて行くと、喉が渇いて水が欲しくなり、2つに分かれている川の所に来た。牡丹江へ流れる川と、吉林の方へ流れる川。まだ山の上の方だったけど、後で考えたら、左側に北朝鮮の白頭山《ハクトウサン》が見えていた。朝鮮と中国の国境に近い長白《チョウハク》山脈が見え、そこは真っ白い雪だった。

川へ降りて水を飲んだ近くに、ヨモギがたくさん被《かぶ》せられて山のようになっていたのがあった。ヨモギの下には、敵に殺されたらしい日本の兵隊の死体が積んであった。シャツもズボンも軍服ははぎ取られ、褌《ふんどし》だけの裸だった。それが、何人か集められて山になり、その山がいくつかあった。兵隊は全部で40～50人はいたと思う。

ここも危ないとわかって、下の方の違う山へ入っていった。すると、満人の部落が見えたので、山の反対側を通って東側へ逃げた。一緒に来た兵隊のうち2人が、周囲の様子を偵察しに行って戻って来た。話を聞くと、「少し向こうへ行くと、畑がいっぱいあって、トウモロコシが黄色く実っている。カボチャもジャガイモもいっぱいあるけど、そこの部落は全部焼き払われていた。先に逃げた日本の兵隊が燃やしただかわからないけど、人は誰もいねえ。ただ、豚や鶏が畑の中を歩き回っている」と言うので、そっとその畑へ行った。兵隊がどこからか持って来た大きな黒い釜に、カボチャや芋を入れて川辺に行き、銃剣で切って、父が持っていたマッチで火を付けて煮た。初めてそこで、お腹いっぱい食べた。

すると、そこへ1人の日本兵がやって来て、「日本は、8月15日に戦争で負けた。だから、山の中逃げて歩いちゃ駄目だよ。早く次の部落へ行って、白い壁の学校があるから、そこへ行って、降伏して出な。」って言った。ずっと後でわかったけど、実は、そこの山の向こうは「大日向《おおひなた》開拓団」だったらしいんだ。私たちはそれを知らなかったから、こっちへ降りて来たけど。ただその時は、もう大日向開拓団も逃げちゃって、誰もいなかったらしい。その兵隊さんは、開拓団の人で、そこへ行くと言ってた。それを聞いて、一緒にいた3人の兵隊は、持っていた鉄砲を分解して、全部ばらばらに捨てた。そして、お腹にさらしを巻いてた奥さんが、それを破いて棒に結び、白旗みたいなのを作って「次の日、出て行こう」って言った。

雨が降ってきたので、残っていた4軒の家で休むことになった。そこでは、室《むろ》などがあって、日本兵が休んで行ったような跡が残っていた。母は塩気のある物を探したが見つからなかった。みんなお腹いっぱいで、安心して眠った。

その頃は、10月初めで、日が短くなっていた。午後3時ぐらいで、雨も降り出したので、いつのまにか、敵に取り囲まれていることを知らなかった。すると突然、敵がバーっと撃ってきただ。父は外へ出た。姉は窓から撃って来た弾が左足に当たって逃げられなかった。母親は室のことを思い出し、母と2人でそこへ入って、ずっと怖くて震えてた。敵は40～50人はいた。そして、ばたばたと人が入ってくる音がして、その時は、姉はまだ生きていたようだったが、助けることができなかった。

静かになって、敵がいないと確認してから、室から出て、姉の所へ行った。持っていたマッチをつけて見ると、姉は、目をカーっと見開いて、歯が折れるほど食いしばって、死んでいた。普段の姉の顔じゃなかった。銃弾は、入る時は小さな穴だけど、中では回転しながら、回りをえぐって出ていくから、その弾の出た穴は大きい。その穴から大量に出血していた。姉は、苦しんで苦しんで死んだだわ。しかも、服をはぎ取られ、パンツ1枚になって死んでいた。23歳だった。母と2人で、姉には粟《アワ》の殻を被せて、外へ出た。

暗い中、2人で這《は》って隣の家へ行くと、2人の人が裸にされて死んでいた。3軒目の家は静かだったので、みんな外へ出て殺されたらしい。4軒目では、3人の女性がオンドルの上に座っていた。彼女たちの話では、川で芋を洗っていた時に敵が撃ってきて、その銃声を聞いてすぐ、ヨモギがいっぱい茂っている中に逃げ込んで、じっとしていたらしい。それで、敵に見つかることなく助かった。この時、生き残ったのは、逃げた兵隊さん3人を入れて8人だけだった。どうしようもない。たった1日の差だよ。


【中国人の家へ】

次の日、白い旗を持って出ていったら、朝鮮人の部落があって、そこの爺さんが、その年は天候不順で、実の入らないモロコシがけっこうあって、そんなのをいっぱい持って来て、食べさせてくれた。そこで食べてたら、日本語のできる1人の兵隊が来た。八路軍《ハチログン》だと思う。「あんたたちは手榴弾《シュリュウダン》持ってないか」って聞いてきて、何にもなかったから、部落まで連れて行かれた。そこで、髪の中や、股まで触って身体検査された。それが終わると、男女分けられて、「明日はソ連兵の所へ連れて行く」と言われて、「あの時、死んでいれば良かった」って思った。私はその時、18歳くらいになってた。娘だから、おっかないに。それでも、私たちが泊まった家の朝鮮人の奥さんが、お米のご飯と味噌汁を作って、みんなに1杯ずつくれた。食べられただけでも良かった。次の朝も、ご飯と味噌汁を食べた後、ソ連兵の所へ連れて行かれた。

ソ連兵の偉い人が、「どこへ行きたいか」って聞くので、「日本人のいるところへ行きたい」って答えたら、「向こうにまだ開拓団がある。そこへ行け」と言って、トラックで送ってくれた。そこは、滋賀県の開拓団だった。

そして、あの3人の兵隊は、軍服は朝鮮人部落で全部はぎ取られ、薄い朝鮮人の服とズボンをはいて、草鞋を履いていた。「さよなら、さよなら」って何度も手を振って、シベリアに連れて行かれたと思う。あんな薄い服では、シベリアで死んだかもしれない。

滋賀県の開拓団は、男の人は兵隊に取られたけど、逃げて来た4人の男の人が残ってて、女衆も一緒に生活していた。

「他の人たちは、みんなに迷惑をかけられないから、食べるものがある満人の家に行った。皆さんも助けてあげたいけど、逃げる時に、家の中の物も全部満人に取られて何もない。だから、皆さんも満人の家に入らないとひと冬越せないよ」って言われた。どんなに日本に帰りたいと思っても、すぐに帰れっこないから。それで、ある人が私を私の主人となる人の家に連れて行ってくれた。一緒に逃げて来たキヨエさんは、鉄砲担いだ男に銃を突きつけられ脅されて、付いて行って、後でその人の嫁になっただよ、16歳で。

私が連れて行かれた所は、両親とその人だけでなく、兄貴夫婦も、伯父さん伯母さんもいる大家族だった。私は19歳（数え）だった。「親子でここにいろ」と言って、次の日に、母も連れて来てくれた。ここは食べるものはいくらでもあった。米はなかったけど、モロコシの粉とかはいっぱいあった。着るものも無かったけど、2人の伯母さんが、母と私に、綿の入った服とズボンを作ってくれた。「ああ、よかった」と思ったよ。恵まれてた。私たちは、言葉がわからなかったけど、うちの旦那は日本語が少しわかったから。それでな、良かっただよ。私と母は生き残れた。この家には29年間いただよ。

翌1946（昭和21）年10月10日に、長男が生まれた。子どもは全部で6人生まれた。旦那は先生やってた。日本語もわかったしな。あの頃の満州の人たちは学問がなかったわ。先生やってて、それから、吉林省敦化《トンカ》の県庁に勤めてた。中国の人はな、親切だし優しいよ。

私も日本人だけどさ、日本人は冷たいわ。私が満州行って33年でしょう？　降伏して5年後から、日本へ手紙が出せるようになって、私は父や姉が死んだこと、部落の誰々が死んだことや、「帰りたい」って書いて、私の伯父さんの所へ送っただよ。伯父夫婦は、子どもはなく、まだ50代で若かった。でも「日本も敗戦して大変だから、帰って来るな」って手紙が来たよ。私が帰国した時は、もう亡くなっていたけど。


【文化大革命の時】

私は、「日本のスパイ」だって。日本から来た手紙や友達が送ってくれた雑誌『主婦の友』を「全部出せ」ってわけだ。全部出した。何も無かったけど。旦那は県庁に勤めていたから、2か月ほどいじめられたらしい。レンガの熱いとこ立たされたり、朝早くから仕事に行って苦労させられたり、自己批判させられたりもした。言わないけどな。

キヨエさんは隣の部落だったし、お互い、子どもが出来たりして交流はなかった。私の部落には、北海道から来た浅草《あさくさ》さんて日本人がいてさあ、その人とは行き来があったので、日本語で話してた。その人は、32歳ぐらいで、自分の子ども2人と一緒に中国人の家庭に入って、そこで2人子どもを産んだ。私の母もいたし、その人もいたから日本語は忘れなかった。忘れなくて良かったけど。

【日中国交回復後から一時帰国まで】

田中角栄さんが握手している様子や、日中国交回復の様子を映画でやったの。それ見て、「いいな。日本に。帰りたい」って思った。私は29年中国にいて、中国語も覚えたけど、「ふるさと」の歌を歌いながら、月を見て泣いたよ。この旦那は優しくていい人だったけど、外に彼女が2人もいたしな、好きで結婚したわけじゃないから、愛情は薄かった。「私は日本人だから、日本へ帰るからいい」と、内心そう思ってた。

旦那は県庁に勤めていて、1年に3回か4回帰って来るだけで。私は百姓をしていた。1年分の薪《まき》を山に取りに行ったり、みんなで農作業をする時も、男たちに混じって、みんなやっただよ。苦労したよ。だから今、丈夫だけど。

伯父も「帰ってくるな」って言うし、29年も中国いたから、あきらめていた。でも、一時帰国をしてみようと思った。ある冬、凍った川の上で、リヤカーを引いていたら、滑ってしまって、顔や頭を打って動けなかった。その時に、「ここに一生いたくない」と思って。それで、国交回復から2年後、役場から「日本がお金出すから、一時帰国したい人は帰れる」という知らせがあって、キヨエさんにも知らせて、母と私とキヨエさんとキヨエさんの5歳の子どもの4人で、１９７４（昭和49）年、一時帰国した。

吉林省から汽車に乗って、長男も一緒に天津《テンシン》へ出た。まだ成田空港はなく、港から船で日本へ行けると思ってたら、「日本からの船は、いつ来るかわからない。何か書類はあるか?」と言われ、書類を見せたら、「ここから北京へ出て、広州へ行け」と言われた。北京に2、3泊してから、広州を経由して香港へ行った。香港で永住帰国の手続きをして、飛行機で羽田に帰って来た。

1974(昭和49)年、私たちは日本に帰って来たけど、日本に帰るのに33年かかった。戦後早くに降伏して出た人は、次の年に帰って来れたらしいわ。

【日本での生活】

日本へ帰って来てからは、教員宿舎が穂積村に2軒あったから、私もキヨエさんもそこに泊まった。役場で布団を持って来たし、叔母さんがガスコンロや鍋など用意してくれて、それで助かっただよ。その月から生活保護を受けられた。私たちは、すぐ仕事を見つけて歩いて、6月から佐久《さく》病院へ勤めるようになった。私は47歳で、給食担当としてそこに4年勤めた。キヨエさんは60歳まで、看護婦助手としてそこに勤務した。それから要請されて、私は日本語ができるから、通訳として地方事務所の厚生課に配属され、中国からの帰国者のための自立指導員になった。15年やった。あまり上手じゃなかったけど、わかりゃいいじゃん。

子どもたちも、1992(平成4)年にみんな呼び寄せて、22年目になるか。子どもたちはみんな結婚して来た。子どもたちはみんな自費で呼び寄せた。それまで働いた金、みんな旅費に送ってさ。子どもたちも向こうで働いて貯めたお金もあるし。だけど布団がなくて。そしたら、地方事務所で、施設の古い布団があるからとトラック2台で運んでくれた。古い布団でも、もらえただけでもありがたかった。子どもたちも頑張っただ。言葉もわからないのに、すぐ仕事を探して。「中国人[66]は馬鹿だ、馬鹿だ」って馬鹿にされて、子どもたちは泣きながら働いただよ。

今は、自分たちで自立している。家中で、苦労しながら頑張っている。

【人生を振り返って】

一番つらかったのは、避難して山の中を逃げる時だった。特に、塩とマッチ。しみじみ体験してわかった。塩が大事。人生で一番幸せな時は、今。今が一番幸せ。

【満蒙開拓とは】

満蒙開拓は「戦争」。戦争してはだめ。戦争したからこそ、「満蒙開拓」に行くようになっただから。「食糧増産に行け」って言われて。国で言われて、行っただからさ。これからの若い人に言いたいのは、「戦争しないこと。絶対戦争しないこと」殺し合いだもん。（完）

(注)66　両親が日本人であっても、日本語がわからず中国語を話す彼らを、一般の日本人は歴史的背景も何も考えず、「中国人」と呼ぶ場合が多い。

証言の背景　密山千曲郷《ミツザンちくまごう》開拓団

（1）証言者　神津よしさん

（2）終戦直後の動態（『満州開拓史』より）

この団からは、8月8日までに56人が応召していた。8月9日、密山県警務科から「只今関東軍はソ連と開戦状態に突入したから、直ちに安全地帯へ後退せよ」との連絡があり、完達山脈へ入る者と鉄路沿いに黒台に行く者とに分かれた。中国人は名残を惜しみ積載を親身に協力してくれた。ソ連機の波状攻撃で亡くなる者もいた。8月12日、哈達河《ハタホ》開拓団付近で自由行動とし、勃利か林口に向かった。すでに略奪などで混乱し自決者もあり多くの犠牲を出した。

8月14日、鶏寧方面を選んだもの40人は、ソ連の戦車隊と対戦し相当な犠牲を出してのち、男子はトラックに乗せられて拉致された。15日、牡丹江に後退する日本軍のトラックに便乗させてもらったが、連続8時間の低空攻撃を受けトラックは全滅、人的被害も少なくなかった。9月3日、亜布露尼で武装解除。日本の無条件降伏を知った。9月4日、男子は旧日本軍兵舎の焼け跡に収容され、女子は拉古収容所に収容された。栄養失調、病気で16人が亡くなる。南下するよう指示をうけ、各自思い思いに南下する。

（3）開拓団の概要（『長野県満州開拓史（各団編）より』）

第9次密山千曲郷開拓団（入植当時は密山信濃開拓団）。集合移民。昭和15年4月17日入植。現地、東安省密山県黒台西砂崗。送出、南佐久郡北相木村ほか10か村。終戦時、在団者数498人。引揚者183人。死亡者2

９４人。**未帰還者20人。**

昭和13年ころには、山林伐採も底をつき、政府の経済更生村特別指定村の指定を受けた。経済更生計画の中に分村計画も必ず取り入れなければならなかった。隣村の大日向分村は、昭和12年に発足し翌年には入植計画の半数１００人を超える滑り出しを見せていた。

この村で特徴的なことは、移住者が家族を誘致するまでの間、移民家族に必要な実習的訓練と精神陶冶《とうや》のために移民家族訓練所を設置し、挙村一致の体制で計画を進めたことである（３４９頁）。入植地はすべて満州拓殖公社が入手済みで、水田は朝鮮人が、畑地は中国人が何年も前から耕作していたものを欲しいだけ入手でき、開墾の必要もなく、入植の年から自給できた。他地区へ移動させられた中国人の空き家を改造して共同住宅とした。屯墾病《とんこんびょう》患者も出て、昭和16年3月から個人経営に移行した。「民族協和」を旗印に、中国人と交流し、仕事も協力し合うようになった。入植年が浅いにもかかわらずかなりの成績を上げた。神社、学校、病院も建設された。団も個人も裕福で、主食は白米だった。

大平山《タイヘイザン》山形郷《やまがたごう》開拓団

第14章　石沢《いしざわ》さだ子さん（山形県）

「うちの姉ちゃん、ソ連兵に引っ張られて行って死んだ」

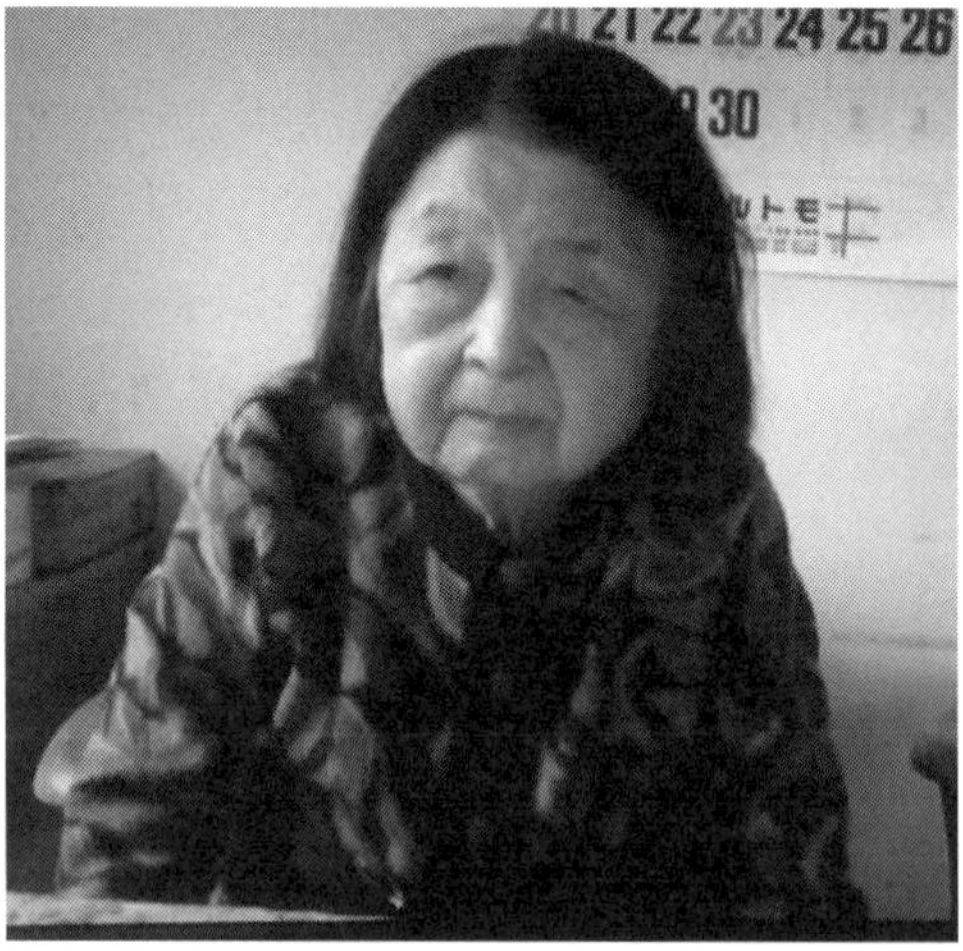

証言者プロフィール

１９３１（昭和６）年　10月15日　山形県八森に生まれる
１９４０（昭和15）年　９歳　渡満　三江省《サンコウショウ》 大平山《タイヘイザン》山形郷《やまがたごう》開拓団
１９４５（昭和20）年　14歳　終戦　逃避行の末、弟と２人、元の部落の人に貰われるが弟は亡くなる
１９４６（昭和21）年　15歳　結婚（子どもは５人）
１９７２（昭和47）年以降、（年月日は不明）１人で一時帰国（国費）
その後10年以上経って（年月日は不明）永住帰国（自費）。
次々と子どもたち家族を呼び寄せる（自費）

インタビュー　２０１６年11月　85歳　場所　証言者のご自宅
ウェブサイト　「アーカイブス　中国残留孤児・残留婦人の証言№32さん
https://kikokusya.wixsite.com/kikokusya/blank-6

証言

【満州に行く前】

１９３１（昭和６）年の10月15日、山形県の田舎の八森《はちもり》というところの生まれ。お父さんは百姓だった。家族は、いっぱいだったなあ。兄弟は10人。私、小さい方だから、生まれた時には、上の方の姉さん２人、３人ぐらいは、嫁に行っちゃってた。おじいちゃんはいなかったけんど、おばあちゃんはいたったなあ。

１９４０（昭和15）年、満州に行った時は、９歳かな。お父さんが先に行ってて。お母さんと、姉ちゃん２人と、弟と私。兄弟全部が行ったわけじゃない。

【満州で】

行ったのは三江省《サンコウショウ》大平山開拓団っていうとこ。お父さん先に行ってたの。百姓だったから、やっぱり中国さ行っても、百姓してたみたいだ。ご飯もあって、普通に食べられてたね。開拓団には小学校、ありましたよ。すぐ小学校に入って、勉強したり遊んだりしてた。どんな遊びをしたのか覚えてない。先生の名前も覚えてないな。行った時は3年生だったの。私が14歳の時、戦争負けて。それまで学校さ行ってた。

部落の18歳の男の人はみな、身体検査も何もなしで、兵隊に取られて行ったからいなかったの。どこに行ったか、わかんねえけっども。国の命令で。ほんと、じいちゃん、ばあちゃんだけが残って。後は、子どもいっぱい。それと若い奥さんたちだ。開拓団だから、若い奥さんと旦那とあっちゃ行って、子どもができて。うちは、子どもはみんな大《おお》きゅうなってたからよかったけっども。

【終　戦】

学校にラジオがあったのよ。木のラジオだったね。8月15日に、天皇陛下の放送があって。それ、学校で聞いたの。みんなで。ちょうどお盆だったから「学校から、早く帰って行かねばなんねえなあ」って言ってたのよ。そしたら、「早く、日本さ帰らなんねえ。もう、戦争負けた」とか何とかって。よくわからなかったけど、みんな家へ帰ったの。家へ帰って行ったら、その日のうちに、みんなぞろぞろと出発した。開拓団から馬、1頭もらったけよ。もらったんじゃなくて、買ったんだけども、金払ってねかったの。「何年間で払う」とかって、開拓団に言って。うちの兄さんが、「その馬、馬車で使うから」って言って、馬車に荷物を積んで、出発した。

大平山の学校さ、いろんな開拓団が、集まって来たの。いっぱいいたんだ。あっちからも、こっちからも来て、いろんな開拓団の人。そこで集団自決をした人たちもいたって言うけど、私、わからん。そっちに行ってない。私が行ったのは、日本の兵隊さんいたったとこさ。「通河県《ツウカケン》ていう、県の方さ、行くように」って言われたから、みなぞろぞろと、そっちの方に行ったようだ。だけど、どこさ行ったかわかんねえ。転々と、皆、日本に帰る道を探しに、ほっち行ったりこっち行ったりって。もう大騒ぎだよ。何日も、あっち行ったりこっち行ったり。私、ちいちぇえから、付いて歩くだけ。場所は知らないから。そん時は、まだ家族は全員無事だった。

【逃避行】

通河県に着いたら、方正《ホウマサ》の方に行かなならんの。方正の方から哈爾浜《ハルピン》さ着くのよ。松花江《ショウカコウ》って大っきい河、船で渡んねえと、方正には行けないのよね。でも、今まで使ってた船が、使っては悪くなったのよ。中国から、使ってはダメって禁止されたの。どうやって、河を渡ったんだったかなあ。馬は、通河県に着くと、すぐに捨てた。みな、中国人が拾っていった。荷物も無くなったよう。私、着替えする荷物、日本に着くまでの荷物しょってた。14歳だったから、やっぱり、自分の荷物持って行かないけないなあ、と思って。風呂敷さ包んで、しょって行った。普通、学校さ行くとき、私、風呂敷しょわねえから。学校行くときは鞄背負うから。私の風呂敷が、新しかったの。して、逃げてると、中国人いっぱい来て、荷物取られたの。新しい風呂敷には、中さ良い物入ってるべえと思ったんだべ。私のが一番先に無くなった。兄弟ん中でよ。普通の中国人が、日本人から取ったから、やっぱり自分でも取り返さなんねえと思ったんだべ。

村には、奥さん1人で子ども3人、2人いたとかっていう人もいたのよ。だけど、助けるわけにもいかない、逃げるわけもいかない。みんな、ゴチャゴチャ混ざって、哈爾浜の方さ向かって行ったのよ。子どもを置いてきたりした人もいた。中国人がもらいに来たり。子どもば、川ん中さ投げ入れたりや。生かさんねえから。ほら、連れても行けない。子どもも「ぎゃあ、ぎゃあ」泣くべそよ。子どもば、川ん中流さないと、つらいだろう。私、見てないけど、みな、そのこと、言ってたっけ。

【方正の収容所】

方正に着くのも、よっぽど、よっぽど、時間かかったね。お腹も空いた。途中で何か食べたね。草の葉っぱとか木の実とか、根っことかも食べた。だって、途中で、金持ってても何も買えないから。店は出てないから。

方正のなんて言うとこだっけなあ。小学校だったけんども。学校みなダメになったみてぁや。中国人に取られたって。いろんな開拓団の人が、あっちから来たり、こっちから来たり、いっぱい、日本人がいっぱいそこに集まってた。「どこさ行ったべねえ」「何としたらいいべねえ」とか話してた。「早く哈爾浜《ハルピン》さ、着くかもしれねえな」って想像して。私は部落の人について行ったの。部落の人と一緒だったけど、そん時、誰と一緒やなんてないんだわ。もう無茶苦茶なって。

私思い出した。方正《ホウマサ》さ行ったら、ソ連の兵隊が来てよ。うちの姉ちゃんが、ちょうど20歳《はたち》過ぎて、結婚したばかりの姉ちゃん。それが、日本人のじいちゃんが、誰かに合図したんだな。5人だか6人だか、犠牲になった。ソ連人は、女ば誰かれかまわず、女であれば引っ張って行って。うちの姉ちゃんは犠牲になって、引っ張られて行って、2、3日して亡くなった。5、6人連れてかれた中の1人だったの、うちの4番目の姉ちゃんは。どうして殺されたかもわかんねえ。その中の何人ぐらい帰ってこられたのか、なんだか、わからねえわ。

生きていくの精いっぱいだった。食う物ねえし。収容所は大っきい学校さ。みな、あっちから来て、こっちから来て、集まって。どこの学校の人もいたんだ。

家族と一緒に、あそこで時間経って。何か月ぐらいいたかなあ。もう、春まで、いたんだけえ。そっから、行けなくて。本当は、行ぐとこ無かったのか。して、春先の1月ころかい、ウチの部落の人が着いて。私のいた開拓団の人が、集まったとこさ行った。でも、人がいなくなった。10人もいねかった。その学校で次々死んだから。うちのお父さんもそこで死んだし。お父さん死んで次の日、お母さん死んで。そん時まだ、姉ちゃん生きてたけん。その後、「姉ちゃん死んだ」って聞いたけど。殺されたか死んだかわからん。結局、私と弟、２人になっちゃった。

【結婚と弟の病気】

1月過ぎてから、元いた部落の人が迎えに来て。大八車《だいはちぐるま》さ乗って。「おめえは、小さいから、うちんちもらうからよお」とか言ってよ。私と弟、一緒にもらわれて、そこの中国人の家さ行った。そん時、弟は9歳だった。私は14歳で、すぐには嫁にはされなかった。農家だったけど、農作業はさせられなかったよ。まだ、14歳だったから。学校は行かんねえ。もらわれたとこで、1年ぐらい経ってから、私、結婚させられたす。

下の姉ちゃんの1人は、哈爾浜《ハルビン》まで行ってたのよ。県の、何だが仕事してたっけから、学校卒業して。哈爾浜さは給料がよかったから、そこで生きたけなあ。そんころ、誰か哈爾濱に行ったり来たりしてる人もいたんだあ。その部落の人がよう、「姉ちゃんが迎えに来《く》っかと思うたけんど、病気で来られなかった」って、姉ちゃんの代わりに私を迎えに来たの。だから、姉ちゃんから「その人と一緒に来てください」って言われて。だけどそん時、私は病気してないけど、弟が病気してて。もう、歩けないっす。弟はその家を逃げ出して、肺炎になってた。死ぬ前だったから、私、弟ば置いて逃げられないもんね。姉ちゃんとこさ逃げておれば、よかったけど。私、姉だから、親もいねえから、気持ちは親みたいになってなあ。弟を見捨てて行かれねなあ、ってなった。弟は9歳だったけれども、そこで、死んだった。私、１人になった。

姉ちゃんは、哈爾浜で生きて。生きて終戦直後に、日本に帰れた。私は、部落さいたから、そんなに日本人来ない。日本に帰れることは、誰も教えてくれる人いねかった。

【結婚後の生活】

15歳で結婚して、それからの生活は大変だったなあ。農業やって食べるのが大変だった。貧しい農村だった。私がもらわれた家のばあちゃんが優しい人で。その人に、大事にしてもらった。そこで、結婚してからよっぽどなってから、子どもが5人生まれた。最初の子どもが生まれたのは、25歳かな。ウチの娘。一番最初。ずっと、農業、そこでやってた。で、途中から、人民公社みたいになって、共同の農場みたいになった。そこで、ずっと農業やって働いてた。大飢饉とか大躍進とかがあったときも、食べるものはあったね。もらわれたから、やっぱり家の一員になって、食べ物も一緒に食べてた。

文化大革命の時も、「リーベンクイズ（日本鬼子）」とか「ショウリーベン（小日本）」とか、言われんかった。小さい部落だったから、部落のみんなと仲よかったみたい、うちの家族。だから、私、いじめられたことなかった。

一度、通河県の人が、ぞろぞろと遊びに来たんだかなあ。その部落の中の人来て。男の子ね、3、4年生ぐらいだなあ。私の後ろから来て、「リーベンクイズ」って言ってた。それ1回だけ。普通の子ども、通河から遊びに来た人。だけど、誰も聞いていなかったす。その、1人の子どもから言われただけ。

【一時帰国】

1972（昭和47）年に、田中角栄《たなかかくえい》が向こうに行って、日中国交ができるようになったって。ニュース聞きましたね。で、「日本に帰れる」って、希望持ちましたよ。滋賀県の方から連絡が来て、「日本に今度帰ってもいい。里帰りしていい。帰ってずっといるわけにはいかないけども、1回里帰りしていいよ」って言われて。それで、私、帰って来た。

一時帰国で、最初に里帰りしたのは何年だったか覚えてにゃあ。結構、早めだった。何歳だったべかなあ。子どもは連れて来なかった。1人だけで。そのとき、日本の印象は良かったよ。「日本てほんといい所だね」って思って。一時帰国の時に、日本にいたのは2か月。中国に、子どもいっぱいいたから。

うちの姉ちゃんが、「おまえ、よっく考えてよ。中国よりいいこんたら、みんなば連れて帰って来たらいいべか」って言ってくれた。それから、手続きしても、ちょっと難しかったね。一時帰国で私1人で帰って来たときは、国のお金で帰って来た。自分では金出さねえで。その後、永住帰国を希望したのに、なかなか帰って来られなかった。何年ぐらい待ったかなあ。よっぽど待ってたね。

それから永住帰国まで、10年以上待った。

【永住帰国】

何年に永住帰国したか、ちょっとわからない。永住帰国の時は、自費だった。国費待ってると、時間が経っちゃうから。うちの姉ちゃんが、「国の金待ってたら、なかなか帰って来らんねえから、お金、送ってやるから帰って来い」って。お金送ってきてくれたの。身元引受人も、姉ちゃんがなってくれた。

満州に行かなかったお兄さんもいて。お兄さんは兵隊さ行って。海軍で。やっぱり、そん時、戦争負けたから帰って来た。こっち来てから会いました。会ってから亡くなったな。

子どもたちも、順番に呼び寄せた。もちろん、全部自費。だから、一緒には無理だった。働いてお金を貯めて、順番に。あの時は1か月働くと10万ぐらいもらえた。

最初は、蔵王温泉で働いた。旅館で、手伝いをね。食事を作ったり、掃除したり、お布団敷いたり、お茶碗洗ったり。そこでは、2年ぐらい働いた。住み込みで。私の兄貴の嫁さんが親戚だから、「そこさ、世話してもらおうかなあ」って。住み込みだったから、朝早くから大変だった。

それから、中国に金送って。次男が高校卒業したから、次男ば最初に呼んだ。次男がこっち来て働けば、後からみんなば呼べるようになるから。2人でパン屋（製造）で働いて。そいでまた、2、3年お金貯めて、また、金送ってやって。次は娘だ。家族4人呼んで。そうやって、順番に呼んだ。パン屋では、山形に来た次の日から69歳まで働いた。生活保護ってもらえなかったねえ、あん時。来た時ももらわなかった、私。ずっと、生活保護もらわないで頑張って働いた。でも、姉ちゃんいたから、そうやってきたの。

日本に来たばっかりの時に、日本語は少しわかった。でも、聞くのはわかっても、しゃべるのはできない、そういう感じだった。でも、頑張って勉強やってなくて、自然と。子どもたちは、簡単に覚えたよね。で、また、みんな高校出てっから、日本に呼んだから。高校出てねえと、日本に来ても仕事見つけられないから。私は、「中国で高校を卒業してから、こっちに来い」って言って。今、家族が会うと、中国語と日本語、両方でしゃべるね。私ばかり、今んとこ中国語しゃべるみたい。子どもらは、日本語でしゃべり合ってる。

【今の思い】

2007（平成19）年に新しい支援法ができて、支援金制度とかできたけど、何ももらってない、私。でも今は、日本に来ていかったと思う。子どもば、みな呼んだし。いかったと思う。それだけでいい。私、満足。（完）

証言の背景　大平山山形郷開拓団《タイヘイザンやまがたごう》

（1）証言者　石沢さだ子さん

（2）終戦直後の動態（『北満農民救済記録』より）

総数３９５人中死亡者１５６人、**華妾40人、**現在１９９人なるも、現地祥須屯、方正方面に散在せり。現地に残留せる岩田政蔵他30人は、満・宅の日雇いとして稼働しその日暮らしの生活をしておれり。（１９８頁）

（3）開拓団の概要

第八次大平山山形郷開拓団。『満洲開拓史』にその記述を見つけることができませんでした。

『終戦五十年　大平山開拓団』（平成９年９月23日発行　発行者　坂井二三子）には、当時ご存命だった52人の名簿が掲載されている。その中に、石沢さだ子さんの名前も確認できました。第2作『あの戦争さえなかったら62人の中国残留孤児たち（上・下）』に登場する笠原《かさはら》キヌコさん。第3作『ＷＷⅡ　50人の奇跡の命』に登場する小関昌司《おぜきしょうじ》さんのお名前も確認できました。13人の手記から開拓団の概要を探ってみます。

昭和16年3月頃より渡満が始まったようです。以下、抜粋

「大平山山形開拓団6部落は大平山の麓《ふもと》にあり、湿地と水田に囲まれたところで、仮設のような粗末な家で生活が始まった。春は花畑のようにきれいで、川には魚や鴨が泳いでいた。冬は零下30度から40度。ラジオも電話もなく、世界はどうなっているのか知る由もなかった」

「16年の3月にはすでにレンガ造りの国民学校（大場校長）がありました。19年頃より召集令状が相次ぎました。

終戦時、８月14日に開拓団を出発し、日本に帰るつもりで通河に向かいました。通河では最後の船が出た後でした。そこで天皇陛下の玉音放送を聞きました」

「方正の難民収容所に徒歩で向かいましたが、衣類やお金すべて匪賊に剝ぎ取られ、丸裸状態でした。毎日誰かが死んでいきました。最終的避難所になったのは、伊漢通の収容所でした。そこでは発疹チフスが流行り、次々と亡くなりました。避難所には現地保安隊の人が、毎日のように現れ、若い女性を嫁取りに来ていました。たくさんの人が生きる手段に現地の人の妻になりました。翌年９月、残る人もいたけれど多くの人が日本に帰りました」

高田《たかだ》開拓団

第15章　篠崎鳩美《しのざきはとみ》さん（広島県）

「妊娠9か月の母は、『私の事はね、もう、構わんでいいから』って」

証言者プロフィール

1930（昭和5）年　3月19日　広島県高田《たかだ》郡（現、安芸高田市《あきたかだし》）に生まれる
1944（昭和19）年　14歳　賀茂郡（現、東広島市）西条の傷痍軍人《しょういぐんじん》療養所の看護婦見習いになる
1945（昭和20）年　4月　15歳　渡満　吉林省徳恵県《キツリンショウトッケイケン》高田開拓団　終戦後、収容所から中国人宅に行く
　母は弟と妹を連れて再婚、翌年離婚
1946（昭和21）年　12月　16歳　結婚
1947（昭和22）年　母が再再婚したが、まもなく病死
1976（昭和51）年前後　娘を伴って一時帰国（正確な年月日は不明）
1989（平成元）年　59歳　次男と娘を伴って永住帰国
　2年目に長男家族、弟家族を呼び寄せる

インタビュー　2017年　5月1日　87歳　場所　証言者のご自宅
ウェブサイト　「アーカイブス　中国残留孤児・残留婦人の証言」№49さん
http://kikokusya.wixsite.com/kikokusya/no-48

証言

【看護婦見習い】

私は今年87歳です。1930（昭和5）年、広島県の高田郡の生まれです。今は、安芸高田市になってます。開拓団は、吉林省徳恵県《トッケイケン》の高田開拓団でしたが、最初、開拓団に行ったのは、私でなく、両親と3番目のお姉さ

ん夫婦と妹と弟。

この時家族は、両親とお姉さん、1番目の姉さんは亡くなって、2番目の姉さんと、3番目の姉さんは、大阪の方へ仕事に出とったよ。ほで、お兄さんが1人。台湾の大学。ほで、妹、弟。実は、私のお姉さんやお兄さんはね、私と母が違うの。私の母は、私が長女。ほで、3番目の姉さんはお母さんとよう気が合うねん。3番目のお姉さんはね、結婚したけど、お母さんが「満州行く」言うたらね、「私もついて行く」言うて、あの姉さんのご主人は長男じゃにね、無理矢理に連れてってったのよ。

1944（昭和19）年、私が14歳の時、今の東広島市、当時は賀茂郡《かもぐん》って言ったけど、そこの西条《さいじょう》ってとこに、「傷痍《しょうい》軍人療養所」いうて、大きな病院があるですよ。全部で12寮棟もあったかな。名前はわからないけど、今もあるんです。4月に、私は合格して、この病院の看護師見習い1年生で入っとって。9月に、親たちが、開拓団に行かされたんよ。お母さんが、「折角、合格したんだから、資格を持って向こうへ来なさい。そしたらね、行ったらすぐ働けるでしょ？」そん時はただ、「はい」言うてね、素直にそのままそこに残って、10か月ばかりおりました。

初めの6か月は勉強ばっかり。あとは、午前中は勉強で、午後は見習い。「頑張ろう、頑張ろう」という気持ちだったんですが、だけどね、満州に手紙着くまでに、1か月かかるの。前は、高田郡だからね、1週間で行き来できるでしょ？「もう、うち、どうしようか。手紙も来んようになって」と不安になったら、風邪をひいて、扁桃腺《へんとうせん》やられて。以前に扁桃腺から猩紅熱《しょうこうねつ》に変わったことがあったの。今回は、扁桃腺酷かったのよ。

婦長さんが優しいのね、お母さんのように、よう診てくれてね。「頑張りなさい」て言ってくれたり。夜の9時に消灯になって、婦長さんが私を婦長室呼んで、果物やお菓子くれたりして。それでも、お母さんに会いたい気持ちは癒《いや》せやせんと。広島の南町にいた私の叔父に電話してね、「叔父さん、どうにかしてね、連れに来てや。

お母さんとこ行きたいき」と言ったら「お母さんの許可がなけりゃね、だめ」って言って、連れに来てくれてないんよ。ほで、病気がもっとひどうなって、婦長さんが「これじゃいけんわ」言うてね。私の叔父さんに電話して、「迎えに来てください」って。もうその時は、ちょうど、1年ぐらいなっとった。4月に辞めたんだからね。で、お母さんと連絡とって、「佐伯開拓団が、何月何月に来るから。言うとくから、一緒に来さしてもらいなさい」と。ほで、その開拓団と一緒に満州に行ったの。1945（昭和20）年4月に行ったけど、8月に終戦。

【終戦までの満州での生活】

あの時はね、門司《もじ》から出航して船で行った。飛行機がグルグルグルグル船を見守って、朝鮮の釜山《プサン》へ。私ら、救命胴衣かな、もしもの時のために前と後ろにね、着るようにして。ま、怖かったけど。あん時、この開拓団と出発するいうて、出発する時まで叔父さん方で、待っちょった。そん時にね、B29がね、飛行機が広島市に何回も来たよ。

そいで、釜山《ブサン》から鴨緑江《ヤルジャン》（Yalu Jiang）を越えて、奉天《ホウテン》、今の瀋陽《シンヨウ》で、汽車を乗り換え、松花江《ショウカコウ》いう小さい駅に着いたの。私の3番目の姉の主人が、荷物を運ぶ馬車でね、迎えに来てくれて、お母さんの所まで連れて行ってくれたの。開拓団のある所を見て、「こんなところか。でも、広いとこじゃなあ」思うて。お母さんは、私が看護婦を1年で辞めたことは、「まあ、言うても仕方がないけん、言わんよう」言うてた。日本人が建てた家はね、2軒ごとに建ててあるけど、小さくて壁が薄くて寒い。ほで、私らが住んどる所は、4間《よんけん》いうてね、部屋1つが1間《いっけん》で、全部で4つあるんよ。1部屋は台所、次の2部屋は私ら5人が住むとこで、最後の1部屋は、お父さんの姉さんの息子がいた。ここは中国人の家で、壁がこんなに分厚くてごついんや。泥の壁。だから、あんまり寒くなかった。窓は、ガラスがはまっていたけど隙間があって、風が通るけどお母さんがそのままにしてた。

そして、オンドルいうのがあって、火を焚《た》く。オンドルの上に布団置いて。そうしないと、オンドルがすぐ冷えるからね。足を入れて暖まるの。ほでね、隣には中国人もおったんよ。たまには、うち遊び来よっちゃ、いろいろと教えてくれて、優しかったね。そこの中国人とは、結構親しくしとった。畑仕事とか手伝ったりはしたけど、あんまり農作業の仕事はせんかった。私らね、よう船に乗って、小さい島に、馬の餌の草を刈りにね、行きよった。

私が4月に行って、すぐ5月には、「高田開拓団」の若い男の人たちは、ようけ（たくさん）兵隊に出されたよ。私のお姉さんの主人も、うちの後ろに住んでるおじさんも、うちの隣におった兄さんも。皆行かされた。女と子どもばっかりになった。みんなシベリア送りになったんじゃろうね、その後のことは聞いてません。

【終戦の頃】

終戦になる前にね、仲良うしてる中国人がうちに来て、お母さんにね、「日本は負けたんよ」言うて。ほじゃけんね、「あんたらの、ええもんは私に売ってちょうだい」言うて。お客さん用の布団やらね、安く売ったんよ。7月末頃じゃったろう。教えてもろうた。

ほで、8月に入って、宮部《みやべ》さんの兄さんが、長い刀を持って、「早よ、早よ。本部へ集合しなさい。日本は負けたんよ。中国人が来たら、殺されるかもわからん」言うて。私はね、井戸端で洗濯しよって、それを聞いて、「本当に負けたんじゃなあ」思うた。ちょうど暑い時で、着るいうても、あんまり着られないでしょう？　大したもんじゃないが、持てるくらいをリュックに詰めて、ちょっと離れた本部に行った。私らは3号棟じゃった。

総本部は「西城《さいじょう》開拓団」にあって、私は「高田開拓団」。その真ん中にね、佐伯開拓団（第十次昌図佐伯開拓団史）。もう2つの開拓団が北にあって、全部で5つの開拓団がこの「西城開拓団」の総本部に集まることになってた。あっちこっちには、クラブっていうのがあって、全部で何ぼあったか忘れたけど、それもみんな本部に集まったんよね。

開拓団の一番南に、髙田開拓団の小学校があって、この学校の校長先生は、この時、家族を迎えに日本へ帰っとっちゃった。残った先生は2人なんよ。三原《みはら》先生がね、いろんなことをしおっちゃった。ほで、「負けた」いうことになって、学校のクラブも本部へ来るはずだったんだけど、ここだけ待っても、待っても来んのよ。学校まで様子を見に行く人も、おらんの、怖くて。ほで、夕方ぐらいまで待って、「出発」言うてね、総本部へ歩いて行った。本部を出発して、途中の佐伯開拓団を通りかかった時、何にも無くて、壁だけ残っとった。みんな取られて。そこで、拾った草なんか敷いて、一晩泊まった。次の朝、夜明け前に出発したけど、子どもや年寄りもおるし。あまり速くないわ。ゾロゾロゾロゾロ歩いて、長い行列だった。お母さんと、私の3番目の姉さんが一番後ろ。お姉さんは、出産して7日目。赤ちゃんはすぐ亡くなったけどね。でも、私のお母さんは9月出産予定だったから、大きなお腹しとった。その状況で小さなトランクを負うてね、そのトランクの上に私の弟を置いて、負んぶして。つらかったろうと思う。私は、前に行ったり後ろに行ったり。前の人が速いけね、見失わんようにしながら、「お母さん、もうちょっと早う歩こうや」言うて。「あんたらね、皆さんと一緒に、日本に帰りなさい。私のことね、もう構わんでいいから。どこで、どうなるかわからんけん。あんたら、ちゃんと付いて行きなさい」ってお母さん。ほで、お姉さんは、「お母さん、私のことは構わんから、ついて行ってや。私はもうダメじゃき」って。もう本当につらかった、あの時。

【収容所での生活】

夕方ぐらいに総本部に着いたけど、私らが着いた時にはもう、横になって寝る人もおっちゃったしね。私ら、座るとこもありゃせん。その総本部と西城学校が並んで建っとったのよ。学校には、机も何にもなかったけど、そこの学校が収容所がわりだった。

あの頃はええもんじゃ無いけど、食べるものはようけ（たくさん）あったけね。コーリャンのご飯を大きな鍋でね、炊いてみんなに食べさせよった。そこで、だんだんだんだん、病気になる人もおるし、自分で仕事を探しに出て行って、食べさしてもらう人もいて、だんだんだんだん、人、少のうなってね。

あれは、10月かな、ソ連軍がトラック2台で来てね、若い娘さんやら、若い嫁さんやら、連れて行った。あん時、私は16歳やけんね、ワシも怖いじゃん。「お母さん、どうしよう。みんな隠りょうじけ（＝隠れてるけど）」そしたらお母さん、「あんた、隠れちゃだめ。私の傍におりんさい」って。私は髪をグチャグチャにして顔を汚してから、お母さんところにしゃがんどった。弟と妹は寝てた。そしたらね、ソ連兵が来て、ちょこっと見てから、何もせんかった。それで、私は助かったけど。そのうちの何人かは戻ってきたけど、戻って来てもね、もう生きる希望は無かった。ほで、みんな出て行ってね。私のお母さん、「私らね、生きとった、一緒に生きとろう。死ぬときゃ、一緒に死のう。わかった？」って。私らは怖いばっかりに、「お母さんと一緒におる」って。

あの時ね、宮部さんらは、もう出ちゃって、仕事してた。仕事して食べさしてもらってたの。[67] そこにいた男の人たちもだんだんおらんようになってね。この時家族は、3番目の姉さんも亡くなり、お母さん、私、妹、弟の4人だけになった。

あの頃はね、赤痢、チフスいうんか。あれが流行ってね。ようけ（たくさん）死んだよ。最初はね、お金を払って、死んだ人を入れる穴を、1人分ずつ掘ってもらっとったけど、寒くなって地面が凍ってね、あと掘られん

(注)67　中国人の雇われ人となって。

ようになって。ほでほったらかし。知り合いが死んだ時は、3番目のお姉さんを放った所へ入れてもらったけど。2人をね、ぽろーんと捨ててね。伏せっとってんよ。まあ、伏せっとってちゃあ、「お願いします。穴に入って、まっすぐさせてやってください」って頼んだら、穴に降りて、まっすぐ上を向かせてくれた。でも、掛けるもんも何もない。そこ乾燥するまで埋めてたね。そしてまた、残っている人が少のうなって。

【明かされた真実】

そして、開拓団の世話しとった宮地さんいう人がおって。その人がね、やっぱり、兵隊に行かされ、どこに居《お》っちゃったかしらん。私らが、総本部のある「西城開拓団」におる時に来たんです。奥さんと3歳の子どもさんを捜しにでしょうね。その家族は、来なかった学校のクラブじゃったけ。団長さんが、「学校のクラブは、待っても来なかったんですよ」言うて。それを聞いて宮地さんは、「ほいじゃ、自分で帰って聞いてみる」って出て行った。あの宮地さんいう人、きっと心がいい人。ほで、隣近所の中国人も気が合うんよ。みんなと仲良くしたんですね。それから、宮地さんはまた、歩いて収容所に戻って来て、次のような話をしたよ。

「開拓団に家族はおらんのよ。それで、仲の良かった、中国人のメイさんの家に行って訳を聞いたら、メイさんね、泣きながら言うちゃったよ。部落に残ってた人、19人だったかな、その人たちをみな学校に集めてね、三原先生が『日本は負けたんじゃ。このまま出たらね、中国人に殺されるばっかりで。あんたら、自殺するかせんか』って聞いたらしい。それで、みんなが『自殺します』ってなって、三原先生がみんなの首を切った。小学校行きよる子どもが、1人、外へ飛び出して、「死なんよう。死なんよう」って叫びながら走り回っていたら、その子を、三原先生がかっと殺したんだ。ほで、死んだ人を全部、部屋に集めてね、灯油かけて火を点けた。燃え出したら、三原先生は、1人で外へ出ようとして、大きな門の所へ行ったら、閉めてあったんよ。ほんで、門を開けたら目の前には中国人が大勢いて。火事んぜき（火事だから）よけいいるじゃない。三原先生は、そこで殺された」

それを聞いて、宮地《みやぢ》さんが、「うちらの死んだ人、どこやったんか？」って聞いたら、メイさんが、遠くにある池のような沼、そこはちょっと凍っとってね。「あすこに投げた」って。宮地さんは行って見たけど、沼は氷が解けているようで、凍っとるようでね。でも、宮地さんは、冷たいのにね捜して。焼けてからね、誰が誰なのか、顔は全然わからんかった。ほてね。以前、宮路さんのお母さんが孫のために作った、ちゃんちゃんこの柄を覚えてて、それを見つけると、宮地さんは「あいや、これはワシの息子のちゃんちゃんこじゃ」言うてね。それを持って帰って来たの。

最初満州には、宮地さんが1人で行って、後で奥さんを迎えに戻ったけども。奥さん、「行かん」言うて。「行かんかったら、ワシは、もうずっと帰って来んよ。ワシは満州で、一生過ごすつもりじゃけ」ほいでね、仕方ないけ、ついて行ったんじゃ言うて。でも、奥さん亡くなってからね、「ワシのせいじゃ、ワシのせいじゃ。ワシが連れて来んかったらね、こんなこと無かったんじゃ」って、大泣きしちゃったよ。

【中国人の家へ　1】

12月になって、中国人のお医者さんいう人がね、「もう、誰も、おらんようになったけど、あんたらどうするね？」って。私を、自分の息子と将来結婚させる。お母さんも、弟や妹も、私ら4人を世話する言うて。それで、その人の家に行くことになって。そん時は、私の妹はチフスでね。痩せて痩せて、何にも食べれんかった。そこに、夕方行ってみたらね。大きな庭があるんよ。その庭の中にいくつかの家があって。そのお医者さんがね、

「ここは兄さん方やて。ここに、泊まらしてもらう」言うて。一軒の家に私らを入らしたんよ。蝋燭《ろうそく》の灯をかざして見ると、オンドルに、下岡《しもおか》さんとその息子さんが、そこで丸くなって寝とった。声をかけたら私たちに気づいて、私たちは、名前もよく知らないお医者さんのお兄さんの家にいて、明日もっと南の自分の家に連れて行ってくれると話してくれたんよ。

次の日、朝ご飯を食べてから、ずっと馬車に乗り続けて、夜になって一軒の家に着いた。ここがあの人の家なのか、1軒全部、レンガ。「お母さん、ここ、お金持ちじゃね」。夜ご飯食べさせてもろうてから、連れて来た人が、「ここは妹の家で、自分の家はちょっとあっちの薬を売ってる薬局」言うて。ほんとか嘘か知らねえ。そして、寝る時は、北側のオンドルで寝さしてもろうた。で、その人がね、翌朝、服装全部変えて、兵隊みたいな巡査みたいな、皮の長靴を履いてサーベルを持って出掛けた。ここにしばらくおったら、その人が年の暮れに帰って来て、私に「あんたはここに置いてもいい。あとの3人はここじゃいけん。行き先を探してあげる」って。話が違うと思ったけど仕方ない。

それから、ちょっと離れた村に住んでいる于《ユー》（yú）さんを、嫁さんもらってないからって母に紹介したの。お母さん、もう死ぬる覚悟じゃけ。「3人で行きます」と言って、弟と妹、連れて行ったのよ。于さんは、「大きい娘はいらん。あんた、ここにおりんさい」って。で、私は1人で残った。お母さんが、「後で連絡する。元気でさえおりゃいいけね。さよなら」って行ったんよ。ほで、2月の初め頃、旧正月に、また、あのおじさんが帰って来ちゃった。

おじさんの妹の家には、妹の旦那は亡くなったが、妹のほかに妹の小さい子ども、妹の舅《おしゅうと》さんと、舅さんの大きな娘が一緒に住んでいて、薬局の家には舅さんのお孫さん夫婦が住んどった。私はまだ、「お母さんに会わないかん」って拗《す》ねとったんけど、娘さんが、「薬局に来てみんさい」言うて、連れに来たから、行ってみることにした。雪が積もっとってね、ワシは棒を持って、後をついて行きながら、雪に印しといた。一番後ろじゃったけんな。見られんようにして。ほいで、そこは本当に大きな漢方薬局だった。一つ一つ抽斗《ひきだし》があって。いっぱい名前が書いてある。2つあって、もう1つは製造薬局。1人の男の人が売ってんよ。ほで、裏の真ん中の部屋にね、その人の奥さんと私と同い年の娘さんと、一番小さい息子さんがいて、その奥の部屋にお母さんと妹さんおって。小さな小さなオンドル。一番奥の外側にトイレがあってね。あんまり、大きな家じゃなかったけど、薬局は薬局じゃった。

おじさんと2人で酒を飲みおったらね、ドアがドーンドーンって音がして、ほたら、おじさん、裏から逃げたんよ。私も訳がわからなくて、怖かった。警察の人が、あっちこっち捜したけどおらんかったから、帰っちゃった。何言うたか、私もわからん。私は怖いから、娘さんと一緒に印つけた通りに帰ったけんね。ほで、ずっと、妹さん方にいた。あの人には子ども3人いて、娘2人。男の子は一番小くて、11歳か12歳くらい。お嫁さんになるには、ちょっとね。でも、生きていくためにはね。4月か5月ごろ、薬局にいる2人の娘が私を迎えに来させた。お互い子どもじゃけん、同じように遊んでばかりいたから、私も薬局へ行った。

その夜ね、あの人、突然帰って来たの。その夜は、大きなオンドルのある薬局の壁のある部屋に、私とあの人と、奥さんが3人並んで寝て、子どもたちは別のところにおったんよ。ほたら、2人で私を押さえつけて、服を脱がせて裸にした。私は怖くて怖くて。「チャンジェエン（中国語）、無理矢理に」あんなんじゃけん、中国人は。16歳よ、私。奥さんも一生懸命なってから。私は。こっちの足で、蹴っとばして、真っ裸で飛び降りて、裏へ行ってね、おばあさんのオンドル上がったんや。娘2人だけの小さいオンドルに入って、布団を掛けたんよ。ほたら、おばあさんが起きてね、何か言って、そこに奥さんが来て、いろいろ言うんやね。で、夜が明けてから、奥さん、服持って来てね、着さしてくれた。ほで、私が言うたんよ。「ここ見てみんさい」て。血がいっぱい出とった。私、震えとったじゃけ。殺されるかと思った。私らを連れて来たのはね、自分の息子に結婚させるためじゃないんよ。自分が遊びたかったんだよ。だけど、あの人はまた、夜が明けんうちに逃げちゃった。あの人は何やってるかわからん。それきっり帰らんかったよ。

【中国人の家へ　2】

奥さんがね、「あんた、ここじゃいつ、誰が来るかわからんけね。お母さんとこ行きんさい」言うて。ワシは嬉しゅうて。お金を少しもらって、上着とズボンも作ってくれてね。薬局で薬を売ってた男の人に、お母さんのいる所へ連れて行ってもらった。そして、そこを出たの。お母さんは、苦労しとるんよ。言葉わからんしね。私が行っても、その家の人はいい顔せんかった。その家は広い家で、煙草《たばこ》を作っといて、ようけ（＝たくさん）女の人たちが手伝いに来とった。ワシは、編み針を持っとったけんね、古いセーターを解いてから、靴下編みおったんよ。ほで、休み時間の時に、手伝いの女の人たちが私が編みよるのを見て、「教えてくれ」って。で、教えてたら、「うちおいで。子どもおらんけん、助かるよ」言うて。

その家は、ここからあまり遠くないところにあって、お金持ちの家じゃった。劉《リュウ》（liú）さんいう人だった。そこにはね、おじいさん、おばあさん、長男夫婦、次男と次男の子ども1人。次男の奥さんは亡くなっていた。私が行くと、みんなかわいがってくれたわよ。もう、食べさせてくれるしね。私はなんにもせんでもええ。長男のオンドルで一緒に寝かしてもらうんや。「起きたら、ここをきれいに拭いたり、掃除したりすればええけ」って。ほで、古いセーターを解いてから、洗ってきれいにして編んであげた。ここは、ご飯作る人がおったんじゃけん、饅頭《まんとう》や何か作ったら、「お母さんに持って行ってあげて」って。ここには、何か月かおった。そこから、ちょっと離れたとこに町があってね、ここに、20人ぐらいの軍隊が来て。「八路軍《ハチログン》」でも「中央軍」でもない、何か知らん軍隊。王《ワン》さん言う人が隊長。少し日本語ができる人で、一緒にいた同じ隊の人の奥さんで、日本人の奥さんが中国語わからんで。「この辺に日本人おらんか」言うて探しとったけど、私らのことを知って、劉さん方に来て、「日本人がおるが、中国語がわからん。ちょっと娘さんに行かしてもらってもいいか？」って。劉《リュウ》さんは行かせとうなかったけど、私は行きとうなって、行った。

その奥さんという人は、17～18歳ぐらいの娘。2人の中国人を雇うっとって、ご飯を作らせたり買物させたり、奥さんの面倒を2人が見よってんよ。ほで、私が日本人だと知って、喜んでね。私はお姉さんのようで、私は何もせんで。1か月ほどしてある人が来たら、「さあ、逃げよう」言うて、出ていった。そこはね、吉林省徳恵県《トッケイケン》、九台県《キュウタイケン》と並んでるとこだった。それから、あっちこち逃げるから、お母さんに「どうしよう」って相談したら、「劉《リュウ》さん方帰りなさい。あれらと一緒に行っちゃいけんよ」って言われて、また、劉《リュウ》さん方に戻ったら、2、3か月で、あの人たちは帰って来た。それでまた、奥さんのとこに戻って。そこからたまに、お母さんの家に遊びに行ってた。

【母の死】

ある日、お母さんのところに行ったら、家の中でお母さんがうずくまっていて、その顔が腫れて普通じゃなかったの。旦那から、「茄子《なす》を蒸しとけ。」って言われたけど、言葉がよくわからなかったので茄子を炒めたら、仕事から帰って来た旦那が怒って、靴で殴ったたって。それで私はすぐ戻って、軍隊の隊長である王さんに、そのことを話したら、4人ぐらい兵隊を連れて、そこのお爺さんとお母さんの旦那と2人は、叩かれて。「あんたら、みな、日本へ帰せ。今、日本へ帰れるんだから。あんたらがお金を出して帰らせろ」って。ほて、馬車でね、お母さんをここへ連れて来てくれて、奥さんと一緒に暮らしおったん。きっと旦那が、お金を少しぐらいくれたんじゃろうよ。
私が、1946（昭和21）年12月に結婚した後、張《チョウ》さんいうおとなしい人を紹介してもらって、次の年の2月にお母さんはお嫁に行ったけど、5月5日に、お母さんは病気で亡くなった。私は結婚して、ちょっと離れとったけど、その手紙に和歌が書いてあって、「明日ありと思う心の仇桜《あだざくら》　夜半《やわ》に嵐の吹かぬものかは」と。最初は、意味がわからなかったけど、よう読んだら、「自分は今病気で、明日は生きれるかどうかわからんよ。会えんじゃろう」いうことだと思うてね。母は山の奥じゃけん、主人に見に行ってもらって、次に私が行ったけど、1か月もなかった。

【結　婚】
私が結婚した相手は、知り合いが紹介しくれた中国人。結婚式は挙げずに、ただ私がそこへ行っただけ。農業をしちょっった。私が結婚してから、何年ぐらい経ったかな。日本と文通ができるようになって。兄さんは台湾だから知らなかったけど、叔父さん、お祖母さんの弟の住所を私は覚えとった。手紙出してみたら、「あんた、死んどったんか、思うて」って。県庁の方から2回手紙が来ました。「あなたは、帰るつもりはありませんか？」って。私はもう帰りとうて、帰りとうて、かなわんのよ。「帰るつもり、帰りたいです。でも、子どもがおるし、貧乏じゃし。帰ってどうして生活できる？」子どもは、小学校行きおった。私は、35か40ぐらいだったかな？でも、そのまま農業をやって中国で暮らしていたわけ。中国では、文化大革命があって、大変なことになったよ。怖かったです。でもね、私ら、何も悪いことしてないから、私や主人に対してはどうもなかった。

【一時帰国】

1972（昭和47）年の日中国交回復、田中角栄《たなかかくえい》さんと周恩来《シュウオンライ》のお陰でね。本当に帰らせてもらいました。みんなね「帰れるんじゃやね」って。日中国交回復前から、叔父さんと手紙はやり取りしてたし、広島県には「帰りたい」っていう思いは伝えてあったわけだから、一時帰国をしました。正確な年は覚えてませんが、私が40なんぼの時、10歳の娘を1人連れて、広島に一時帰国しました。あの時は、お兄さんが元気で身元引受人になってくれて。お兄さんに会った時、嬉しくて何にも言えなかったね。日本語はちょこちょこだけ。覚えてないの。でもね、向こうから電話があってね。「ただいま帰りました。鳩美です」って言うことはできたが、兄さんの言うことはわからん。情けなかった。この時は、ちょうど半年いて。そいで、小学校の友達やら看護婦の時の友達やら、同級生がおるでしょうが、まだここで働いている人たちが私を呼んでくれて、学校見に行ったことがあるんです。でも、旅行は行けんかった。

【中国に帰って日本語の先生】

一時帰国して、中国に戻ったら、校長先生が私に、「小学校で日本語を始めたいから、教えてくれんか」言うて。私ね、一度断ったけれど、その時の日本語の先生の教え方を見て、「これくらいのことなら、私もできる」と思って。ほで、小学校ね、日本語を教えに何か月か行った。それから、中学校へ行って何年か教えた。私がこっちおった時には、文法いうんかいね、あれはなかったけね、習ってないからね。向こうで教える時には、本を見て。本を習いながら教えよった。

【永住帰国】

半年間の一時帰国の後に、中国に帰ってから、日本に帰りたいって気持ちは強くなったですね。でも、永住帰国いうこと、よくわからなかったし、当時は、「残留婦人」は帰国できない[68]し、国の補助が無かったから、永住帰国はなかなかできなかったです。

結局、永住帰国は、1989（平成元）年、ワシが59歳の時。この時は、主人は亡くなっとったし、長男は家庭があったから、次男と娘と3人で帰国しました。次男はまだ学生だったので、置いとかれんよね。だから一緒に連れて帰って来た。最初は、広島のセンターに行って、娘と息子が日本語の勉強をした。59歳で帰って来たんで、大体の日本語は忘れちゃってたけど、教えていたから、ちょっとはわかった。最初に里帰りした時は、全然わかんなかった。

43年間中国にいたのでね、だからね、中国は第二の故郷ですよ。でも、田舎だから、日本人がどこいるかという情報も、全然、わかんなかったんですね。一時帰国の時、私、妹と一緒に帰ろうと思って、書類ももらって里帰りする手続きしおったんよ。ほたら、妹が、「帰っちゃだめ。子どもは大切じゃないの？」って。「もし、帰ったらね。血で手紙書いてこっちへ送りおるよ。だから、帰られんのよ。みんな言うてる」って。「信じられん。あんた信じる？　私は帰るよ。政府と政府が決めたことだからね。そんなこと無いよね」って言ったけど、妹は「いや、うち、帰らん」て言うて、帰らなかった。

妹は、中国では、私より貧乏だけんね。妹の子どもに、鉛筆や雑誌を買うてやったり。あるおじさんが、私に「娘になってくれ」って頼んでんよ。私が断ると、「じゃ、友達になってくれ」って言って。そのおじさんは、先祖代々、レンガを作る大きな家なんよ。窯があるでしょ、そのおじさん、服を買うてくれて。おじさんお金持ちやけんね、何かと、私にくれよった。でも、私に着られんし、妹にようやった。お米は中国じゃ食べられんの。

(注)68　自由意志残留者としての制度の壁

うちはあとで、長男が医者になったけんね、お米のご飯は、時々、食べおった。長男は、ワシが帰国して、2年目に呼び寄せた。弟たちの家族も全部、みんな日本に戻れた。

【人生を振り返って】

この歳になって、楽しみは少なくなるけど、孫たちがようしてくれるの。孫は3人。曾孫が5人。今日も孫がね、電話して来て。一番つらかった頃というのは、終戦後じゃね。終戦後のまだ結婚してなくて、どこへも寄るところがない。あの頃。

一番幸せだったのは、日本に帰って来られたということ。あの時は、本当幸せだったね。そしてやっぱりね、孫たちが大きくなって、ようしてくれる。とても幸せ。子どもや孫たちには、ワシの経験はあんまり話してない。

（完）

証言の背景　高田《たかだ》開拓団

（1）証言者　篠崎鳩美さん

（2）終戦直後の動態（③『満州開拓史』④『広島県満州開拓史』より抜粋）

広島県の開拓団でも、（瑞穂村10人、第一広島村4人、第二広島村18人、第一世羅村3人、備南1人、第二世羅村51人、高田27人）合計114人が自決。③

敗戦時の開拓団の構成は、入植者296人中応召者29人、終戦前死亡者8人、家族招致のための一時帰国者4人、病気治療のため新京出張中1人。成人男子60人、婦女子186人。

8月16日早朝から「暴民」の襲撃が始まり、物品の掠奪、家屋の明け渡しが要求された。身の回り品を持って、本部と学校二か所に集結したが、危険は増すばかりであった。16日夜、避難命令を受け、徒歩で西城国民学校に避難した20人は、「暴民」約2，000人に包囲され、18日早朝学校に火を放ち、全員自決した。西城に避難した佐伯開拓団と高田開拓団の600人も9月初旬から「暴民」に襲撃され、苦難の連続、食を求めて流浪する人、老人や子供は衰弱死する。21年1月～2月にかけて南下した49人も長春市の室町小学校や西本願寺の地下室で生活中、多くの死亡者が続出。9月1日、葫蘆島から佐世保に上陸できたのは43人であった。（『広島県満州開拓史下巻　124頁』）

※中国人やソ連兵の虐殺や略奪・強姦の危険に、黒川開拓団と隣接していた来民開拓団（熊本県）と高田開拓団（広島県）は、それらの襲撃に耐えかねて集団自決し、ほぼ全滅という記述もある。

（３）開拓団の概要（『広島県満州開拓史』より抜粋）

第13次広島総合開拓団の一つとして吉林省徳恵県第２松花江流域に入植。長春とハルピンの中間地点で将来水田開発が予定されていた。昭和18年４月、高田分郷開拓団設立。９月27日、「皇国農村」の指定を受ける。昭和19年１月から20年６月の最後の送出までに、98世帯、２９６人の開拓団員とその家族を送出。

⑴　財産を整理売却し、永住覚悟で一家全員渡満世帯　44世帯。（44・９％）

⑵　家族の一部を残して渡満世帯　47世帯　（48・０％）

⑶　財産を他人に預けて家族全員渡満　11世帯（11・２％）

初年度は入植地に30棟の家屋を新築、学校の開設、道路の建設がすすみ、６部落に分散。家屋の不足は現住中国人の家屋を買収して入居。２年目は多くの男子が軍に召集され、作業に支障がでた。

（４）『広島県満州開拓史下巻』に、篠崎鳩美さんのご家族のその後を見つけることができました。

第２次補充先遣隊とその家族として、昭和19年５月２日、広島県を出発。世帯主は、昭和20年５月応召。シベリア抑留後、23年５月復員。母、篠崎卓枝（34）は19年８月渡満。終戦後、家族を連れて流浪。九台県の中国人宅で越年。22年５月病死。長女鳩美（16）は残留。中国人と結婚して吉林省在住。63年６月永住帰国。二女（11）秀美は残留、中国人と結婚。59年に広島に永住帰国。長男（２）敏治は、残留、吉林省在住（平成元年10月30日現在）

また、鳩美さん本人の手記も掲載されていました。１９７６年の一時帰国の後、中国で書いたものです。

一部転記

「生きていく道を求めて、母はある中国人に頼んで私たち一家４人は助かりましたが、『日本に帰りたい』の気持ちいっぱいの私たちにとり、言葉の通じない生活が続き、開拓団の人たちとも連絡が切れ、彼らが日本に帰った時も、とうとう取り残され、日本に帰ることができなかった私たちでした。母は、その年の冬、冷たくて寒い暗い部屋でお産をしてから後は衰弱と気を痛めたゆえか、病気で寝たきりの状態となりました。―中略―母はとうとうこの世を去りました。残った三人の寂しさ、悲しさは筆にも紙にも表現することはできない深いものでした。その苦しさのなか、日本のことを思い、国に帰るまでは『生きて頑張らなくては』と決心しました。幼い妹と弟を抱えての女の生活は苦しく、仕方なく馬さんと結婚、そのお陰で妹も弟も成長し家庭をそれぞれ持つことができました。―中略―今私は中国に居住する日本人です。だから故郷の日本がとても恋しくてたまりません。けれど、私には子や孫もあり、家族がばらばらになるような『生き別れ』をすることはできません。物質・経済的には貧しくても、精神的に人間として充実した生活を過ごしたいと思っています。私の残る希望は、動けるうちにもう一度故郷に帰らせていただきたい、と思っています。これが私の一番の精神的な願いです。このことが、かなえられればもう心に残ることは何もない、と思います。だが、現在の経済状況では無理なんです。また、日本にいる親類にも引き受ける力はなく、私の希望も泡影に過ぎないようです。」

大羅勒蜜《タラロミ》九州郷開拓団

第16章　中井《なかい》忠司《ちゅうじ》さん（沖縄県）

「戦争が始まったら、一番先に沖縄からなくなるわけよ」

証言者プロフィール

１９３２（昭和７）年　鹿児島県奄美大島《あまみおおしま》に生まれる
１９４４（昭和19）年　11月16日　12歳　渡満　大羅勒蜜《タラロミ》九州郷開拓団
１９４５（昭和20）年　13歳　終戦　中国人の家にもらわれて、36年間、農業に従事
１９６２（昭和37）年　30歳　中国人の妻と結婚（子どもは５人）
１９８０（昭和55）年　48歳　家族全員で一時帰国、永住帰国に切り替え、沖縄に住む

インタビュー　２０１６年２月１日　84歳　場所　沖縄の証言者のご自宅
ウェブサイト　「アーカイブス　中国残留孤児・残留婦人の証言　№５さん
https://kikokusya.wixsite.com/kikokusya/blank-cx8l9

証言

【渡　満】

１９３２（昭和７）年、奄美大島で生まれたの。終戦の前の年、１９４４（昭和19）年の11月16日に満州に行った。本当は、国からの命令で10月10日に行く予定だったんだけど、10月10日に、沖縄周辺で空襲があったさ。大島にも、朝と昼と晩、アメリカのB29の空襲が３回あった。それで、行くのが１か月延期になった。

向こうに行ったら、方正県に、２か所開拓団があるわけよ。１つは伊漢通《イカンツウ》っていう沖縄の開拓団。もう１つは駅から１００キロぐらいの所にあった大羅勒蜜《タラロミ》開拓団。そっちは、宮崎県とか、いろんなところから来てた。自分たちは大羅勒蜜開拓団の方に行った。

開拓団には小学校もなかった。開拓団の畑は遠かったから、開拓団の畑仕事を手伝うことはなかった。学校行

った時は、学校の寮に泊まってよ。土、日は家に帰った。学校の先生は男の先生で、何先生か、名前も忘れたわ。女の先生も2人おったんだけど、学校のことはあんまり覚えてない。だけど学校には、畑があるさ、学校の畑。だから、「何か、大事な物をよ、残しておきたい」って、穴掘ってよ。1、2メートルぐらいの穴掘って。そこに、学校の名前とか、学生の名前とか、みんな穴に埋めたんだけど。その後どうなったかわからん。

後になってよ、方正県から大羅勒蜜まで、仕事で行くようになった時よ。1日では着かんわけよ。馬車で行くと、途中で泊まらんといけないわけ。そん時、ウチ（私）の学校があった方を見たら、高速道路ができておった。あの辺が学校だったな、と思った。全然、変わっちゃった。

【終　戦】

終戦の時は13歳だった。ウチのお父さんは、40代だったかね。家はあったから、次の年の農作物、今年植えないとだめでしょ。田んぼにいっぱい植えてたよ、団体で。稲も、腰ぐらいの高さまで育ってた。麦は、やがて刈る時期だっただよ。そしたら、命令が入ってきて、「本部に集まれ」って。みんな集まって、セラルミン（？）っていう、船が近づく所まで行った。2、3日かかったかね。船は、先頭の大型船が後ろの船をワイヤーで引っ張ってた。大羅勒蜜開拓団の人たち全員、その船に乗った。その時は、避難するだけだと思ってた。戦争が終わったなんて思ってなかった。

そしたら、ソ連の船が来たわけよ。ソ連の船が、松花江《ショウカコウ》に、旗を立てて入って来て、真ん中に泊まったん。こっちから、通訳が行って聞いたら、「もう、日本終わり」って。それは天皇陛下の玉音放送の前だった。あの頃の船は、兵隊が乗ってる船だったから、「爆破する。自決する」って。「全員、全滅する」って。爆弾も、もう準備してたわけよ。そして、時間が来るのを待っておった。ウチは、「子どもなのに、なんでこんな所で、こんなふうに死ぬの？」って思ってた。そうして待っておったら、12時にならんうちに、11時何分かによ、天皇陛下の声が聞こえてきたわけよ。それで、門が開いたみたいに、安心して。安心して船から地上に降りて、伊漢通開拓団のところに逃げた。

それで、伊漢通の町に帰って行った。でももう、日本人は入れない。入ったら、銃で撃たれる。だから、畑から回ってよ。後ろは満人と思った、あの時は。満人、支那人が、鎌を持って、日本人が通るところに行って、「金出せ。もの出せ」って、脅してきた。

脅されて、それから、閻家駅《エンジャ》というところまで歩いて行った。閻家駅まで行ったら、汽車が有るわけよ。「汽車に乗って日本へ帰る」って。でも、汽車に乗れなかった。だから、1か月ぐらい、そこに住んでおった。閻家駅近くの、中国人の家だったか。その部落に住んで。でも、開拓団の人みんな死による。それで「また方正県に戻ろう」ってことになって。方正県に戻る途中、機関銃とかよ、もう、バンバン、バンバン撃たれてよ。撃たれたら、子どもたちはトウモロコシ畑に隠れて、低くなって潜って。そんなふうにしてよ、1か月ぐらい歩いたかね。方正県に戻って来て、伊漢通の本部に行った。

東日本大震災の時、あの災害の時は、そこの人たちは大変だったが、国があって、食事とか、運んで来てくれた。だけど、終戦の時の満州には、どっからも何も来なかった。水も無い、何も無い。仕方がないから、中国人の畑行って、白菜引き抜いて食べた。味噌はあった。日本軍の味噌が。あれつけて、生で食べとう。そんなふうにしてよ、暮らしてた。

ウチのお父さんは伊漢通の本部で亡くなった。何という病気かわからんけど、流行の病気で。ほとんどの人、2、3日で亡くなったよ。近くに1軒残っておって、その家のおじさんがよ、土地掘ってね。1メートルぐらい穴を掘って、上に土被してた。だから、「ウチもこうやって死ぬんじゃないか」って思っておった。そのころ、ウチの養父母になりたいって人が何回も来てたよ。ウチをもらいたいって。

ウチも、病気になってたんだよ。ウチは、何か、朝鮮人がよく食べる、麦で作った甘いもの、そんなのを買ってよ。ちょっと買って、食べて。それから、じりじりじりじり、良くなった。トイレ行く時も、階段上がらんと行けないさ。トイレにも、最初は行ききれなかったよ。だけど、後からよ、どんどんどんどん良くなってきたわけよ。

弟は、伊漢通の中国人にあげた。ウチも弟を送りに行った。「ウチもこっちに来ていいですかね?」って。弟は、今、長野県に、帰って来てる。

弟が伊漢通の村の農家にもらわれて行った後も、もう毎日よ、食べ物ないさ。だから、中国人の大豆を拾って。向こうは寒いから、みな凍ってるさ。大豆の実を採る時は、石のあれを、馬で引いて、豆を採るわけよ。その豆を両手いっぱい盗んできて、日本軍の鉄の冑《かぶと》に入れて、火を点けて、こんなふうにバタバタあおいで、煮て食べるわけよ。

その時、お母さんもおったんだけど、お母さんは実のお母さんじゃない。お父さんと付き合ってきたけど、籍は入ってない。その人には、連れ子がおった。ウチより歳1つ上の女の子。その子どもは今、長野県におるさ。もうお父さんも亡くなったから、お母さんは方正県に行くって。娘連れてよ。行ったらいいよ。ウチは行かないよ。ウチは1人で残った。他に、あの知らないおじさんがおったわけよ。あの人、何というたかな。名前聞いたんだけど、もう忘れた。ウチと同じぐらいの息子連れて。その3人で向こうにおったわけよ。

【養父母の家での生活】

お正月前に、養父母がウチを連れに来た。毛が付いた大きい外套《がいとう》を持ってよ。それしかなかったんだ。馬車じゃなくて、橇《そり》。橇に乗って、養父母の家にもらわれて行った。行って、あっちで暖かいところにいたら、また、病気にかかって。ウチはもう死ぬと思った。食べるものもまともに無かったから、あの、トウモロコシよ。トウモロコシは口に入らんわけ。でも、仕方がないから、もう食べるしかないさ。米なんか、日本の砂糖なんか無いからね。

そして、雪解け頃には、治った。治ってから、春になると、チョングーン（？）が生えるさ。向こうでは、馬で耕すわけ。ウチは小さいから種まきを手伝った。そうやって、36年間おった。36年間、毎日、農作業をやってよ。養父母のところは、子どもが3人おったんだけど、2人は亡くなったわ。ウチが結婚してから、一番下が7歳で亡くなった。

36年間そこにいたから、大人になったら、仕事はできるだけやらんといけんかった。大変だったことなんか、一言じゃ言えない。一晩話しても終わらないくらいある。

【文化大革命・大飢饉のころ】

文化大革命の時は、こっちはどうもなかった。大丈夫だったよ。でも、その前後の大飢饉。ありゃ、1960（昭和40）年ごろか？　食べ物が無かった。あん時、3つの部落の食べ物を、ウチが管理してた。3つの部落の分をみんな運んで来るわけ。ウチが、鍵を持ってるから。だけど、あん時は、1人あたりのトウモロコシの配給の量は、1斤もなかったよ。あっちの部落こっちの部落みんな、書類もって来たら、ウチが出すわけよ。だけども、人民公社方式で、農村が良くなるって、ウチも思ってなかった。同じ部落に住んでおった年寄りが、もう死にそうになって。トウモロコシで作ったパンを食べたいというから、ウチは隠れて、持って行ったわけ。だけど、ウチも大変だった。

ウチが大人になってからはね、養父母は「この畑に何を植えるか？」とか、ウチに相談して、ウチの言うことしか聞かんさ。30歳の時に結婚して、養父母の家に一緒に住んどった。そして、子どもが5人出来た。

【帰　国】

１９７２（昭和47）年に、日中国交回復があったけど、ウチは、最初は日本に帰りたいって気持ちはなかった。日中友好で、洋服の生地が、１人当たり３尺もらえるっていう配給切符があったわけよ。その切符や油の特別支給があったって後から聞いたけど、そういうの、ウチは何ももらってない。担当の役人が横領しちゃったんじゃないか。

日本に帰ろうと思ったきっかけは、ウチの弟が生きておったから。弟は15年間、探しきれなかった。どこに住んでるのかわからなくて、15年間会えなかった。それが、人民公社で、３日間芝居があったわけよ。その夜よ。ウチがこっちに座っていたら、弟があっちに座っておるわけよ。あん時偶然会って、ウチは家に帰らんで、弟と一緒に15里離れた弟の家に行った。

弟は、人民公社で機械の仕事してたわけよ。トウモロコシとか米とかを脱穀したりする、そういう機械。弟がいないとできない。他にやる人いなかった。弟は、日本に帰る手続きもして、運賃も用意したんだけど、脳梗塞で帰れなくなっちゃった。

それで、「ウチも帰るか」と思って、手続きを始めた。手続きして、一時帰国(69)は１９８０年だった。その時、子どもも５人連れて、家族全員で帰って来た。あの時よ、１９８０（昭和55）年は、一時帰国で日本に帰って来

(注)69　当時の援護政策の実情が窺《うかが》える。

たけど、中国に戻ったら、2回目は自分でお金払わんと運賃出さないって。それで、永住帰国に切り替えた。

帰って来て住んだのは、奄美大島《あまみおおしま》じゃなくて、最初から沖縄。兄貴がこっちにおったからよ。奄美大島へは、日本に帰って来てから、20日後に行ったよ。娘と2人で。墓参りもした。奄美大島の方でも呼んでくれて。ウチの従姉妹の姉さんの旦那が警察で、「こっち来たいなら、いいよ。面倒見るから」って。だけども、奄美大島で飛行機から降りたら、くねくねした狭い道しかない。自分の故郷だけど、「もたねえ。行かない」と思った。

【帰国後の生活】

1980（昭和55）年に帰って来た時、妻は39歳。ウチが49歳（数え）。妻はまったく知らない国で、言葉わからないし、帰って来てから、2年間ずーっと泣いてた。日本語は何も勉強してない。学校も行ってない。ずっと子どもを見てたから。ウチも、すぐには日本語思い出せなかった。だけど、思い出すとこもあるさ。どっかで覚えてたから、使いながら覚えてった。

子どもは5人。帰って来た時、一番上の娘が18歳、その下に男の子4人で、一番下が6歳だった。長男と次男と三男は、まず小学校1年生のクラスに入った。長男は11歳だったから、3か月間1年生をやって、3年生のクラスに移った。次男は10歳で、1年間1年生をやって、次の年2年生になった。四男坊だけ幼稚園に行った。

大変だったよ。今日、明日、学校に何を持って行くか、全然こっちは、わからんさ。だから、ウチの隣の、兄貴に聞いた。妻は言葉がわからない。子どもが3人、小学校1年生に入ったから、支援してくれてる人と一緒に学校に行ったけど、言葉がわからないから座ってるだけ。何話してるか、全然意味わからん。「恥ずかしかった。みんな見る。私泣く」って言ってた。今は大丈夫になったが。

子どもの教育で一番大変だったのは、やっぱり、言葉よ。でも、子どもは、日本語覚えるの早かった。いじめとかもあったよ。四男坊が中学校の時。「もう、学校行かないよ、今日。いじめの子がおるから」って。それで、中学校の先生が、バス乗って、家まで迎えに来たわけよ。「こんなふうにして連れて行っていただいて、情けないじゃないか？」って思って、ウチ、1回、棒持って中学校に行った。「手出したの、誰？　いじめてる子を連れて来い。その子の親が注意しなければ、ウチがやるよ」って。そしたら、あの時から、もう喧嘩しなくなった。ウチも、子どもの頃は、中国でリーベンクイズ（日本鬼子）とか言われてたけど、17～18歳になったら、向こうでは、いじめる人はいなくなった。

子どもたちはだんだん日本に慣れて、馴染《なじ》んで、順調に育った。今、家族で話す時に使うのは中国語と日本語、両方。子どもは、全部日本語。中国の言葉わからん。妻は、妙な日本語の言葉。夫婦2人だけしかわからん。長男は結婚したけど子どもはいない。次男は独身で、1人で暮らしてる。三男坊には子どもがいる。四男坊は離婚した。子どもが1人いる。

【国の支援】

中国帰りの残留孤児や残留婦人の、最低の生活支援は、他の県ではいくらか知らないけど、沖縄では、2人で15万円よ。最初に沖縄の残留孤児の担当だった厚生省の人が、今、横浜におるわけ。最初、その人から電話が来た時は、「最低の基準で、生活費は月に18万。家賃は別にあげる」って言われた。でも、ウチは家賃分もらってない。[70]毎月、家賃2万4千円払ってる。医療費はかからんけど。

今、給付金が1か月12万円あるさ。それに、年金が2か月で2万円あるわけ。この給付金から1か月の年金分

㈡70　インタビューの後、書類を見せていただいたが、家賃の補填はなされていた。

1万円が引かれてるわけよ。だから、1か月の給付金は11万になっちゃう。これ、おかしいんじゃない？　ウチ、裁判所へ行って、訴えるつもりでいる。それで、ウチ、厚生省に聞いたわけよ。そしたら、ウチが仕事してるから、そうなるらしい。仕事やらなければ、ウチは月に18万か19万ぐらいはもらえるって言ってるわけよ。そう言ってるけど、ウチが仕事やったから、13万もらっている。この13万はもう払わんでいいんじゃない？　月に13万だったら、1年で150万。この19年間で、いくらになるか……。

日本に帰って来てから、生活保護もらってた。その後、19年は働いてたけど、それだけじゃ足りないわけよ。国民年金も入れなかったわ。

朝鮮から帰ってきた人は、裁判起こしたって。それで勝って、何億円ももらったさ。こっちの残留孤児も、裁判起こした。みんな、380万もらったけど、ウチはもらってないわけよ。1円ももらってない。結局、終戦の年に13歳以上の人はもらえなくて、終戦の時に12歳未満だった残留孤児は、その一時金をもらえたってことらしい。1週間前に厚生省に連絡したわけよ。そしたら、385万円、送ってるって。送ってるって言うけど、本人には届いてないわけよ。(71)

【今の生活】

今、毎月1回、病院に薬もらいに行ってる。近所との付き合いは、うまくいってる。この団地の人は、みんな優しい。妻を見れば中国人ってわかる。妻は、昔、饅頭《まんとう》なんかいろいろ作って、近所の人と一緒に食べたりした。

(注)71　国民年金の特例で、帰国前、帰国後の年金額を国が全額肩代りしたことを、現金でもらえるものと誤解していた。インタビューの後、著者の親しい自立指導員に電話し、中国語で説明してもらったが、誤解は解けなかった。

1階の人たちとはみんな会うけど、3階、4階の人とはあんまり会わん。ここに住んで15年なるけど、掃除担当も、3、4階の人の中には、1回もやったことのない人もおるわけよ。ウチは、担当3回やったんだけど。

【今までを振り返って】

今までのこと、振り返ってね、一番つらかったのは、ウチが豆腐作ってたころ。職安の所長が捜してくれた豆腐を作る食品会社で11年働いた。そのころは、朝2時に家を出るわけよ。朝2時に出て、3時から仕事が始まる。これ、毎日よ。一番つらいのは、冬。お正月なんか休めない。もう、昼も夜も働いた。家から仕事場まで、12キロぐらいあった。はじめは、タクシー呼んで行ったけど、1回2500円ぐらいかかる。それで、帰国して3年目に、車の免許をとったさ。県の訓練講習を受けて。沖縄県は、帰って来た人はみんな、10年以内だったら、何の訓練(72)でも受けられる。沖縄は、車がないと暮らしていけない。

ウチが、東山《アガリヤマ》に住んでおった時よ。テレビの映りが悪くなった。個人の家のテレビのアンテナは、自分で直さんといけないさ。アンテナ直すのに、後ろから上がったんだけど、2メートルぐらいの高さから落ちて、胸と頭を打った。

豆腐の会社で働いて3年ぐらいして、頭痛がひどくなった。医者が言うにはね、「あんたは、睡眠不足よ」だって。それで、病院に薬もらいに行った。病院で名前呼ばれたから立ったら、バタンって倒れちゃって。看護婦さんが、「なんで、なんで」って、救急のところに連れて行って、注射打った。調べたら、動脈硬化だった。

豆腐の会社の後、警備会社で働いた。65過ぎてから、また、手術やったよ。一番幸せだったのは、警備会社の

(注)72　職業訓練を受講できる制度を利用。

仕事を終えてから、65歳過ぎてからだね。

【満蒙開拓について思うこと】

「満蒙開拓っていったい何だったんだろう」って、よう、思うよ。開拓団が満州に行く前に、奄美大島の人が、義勇軍で行ってたでしょ。その人たちが帰って来て、「大豆が山のように採れる。米も山のように採れる」って説明した。

ウチの姉さんは、21歳の時、女子挺身隊《ていしんたい》で行ったんだよ。ウチが満州行く時、お父さんが連絡したら、「挺身隊というのは軍隊と一緒だから、会いに行かれません」って。だから、ウチが向こうに落ち着いてから、手紙が2回来たよ。そして、長崎に原爆が落ちた時、姉さんは、ちょうど長崎にいたわけよ。だから、原爆手帳持ってるよ。今、那須の老人ホームにおる。もう、話できないって。

ウチの兄貴は、佳木斯《ジャムス》という所に、働きに行ったわけ。日本が負けた時、軍隊と一緒にソ連に捕まえられて、シベリアに連れて行かれた。何年かして、3年ぐらい後か？　日本に帰って来て、大阪に着いた。あの当時、何も無い。着替えの洋服代だけは国が出してくれたって言うけど。何で、こんなことになったのかね。

【今の情勢について】

今、安倍《あべ》総理がやってること、おかしいと思う。戦争ができる国なんかにしちゃだめ。戦争が始まったら、一番先に沖縄からなくなるわけよ。中国は、戦争は絶対やらんと思う。手は出さないよ。今、南沙諸島で、陸を作ってるよね。アメリカも来てるさ。だけども、あれはね、戦争のためじゃなくて、どっちの国も、「来てやるんだったら、やってもいい」って言ってるわけさ。開発してる地域だから。戦争は、誰がしても、誰かが負けるわけよ。だから、絶対、やらない。この前1回、米軍の飛行機が、線（境界線）越えて行ったわけ。越えて行ったら、中国の震度計、すぐピーっていったわけよ。ピーっていったら、アメリカは、すぐに「ごめんなさい。間違った。通り過ぎた」って謝ったよ。絶対、戦争はやらんよ。だから、今、安倍総理がやってることは、ちょっとおかしいと思う。

【今の若者について】

日本は、若者の教育をもっと厳しくやってほしい。家の向こう側に公園があるんだけど、そこにタバコの吸い殻がいっぱいよ。その公園が、中学生、高校生、女の子とか、男の子とかの遊び場になってるわけ。不良のたまり場みたいになっちゃってる。だから、今の教育を何とかしてもらわんといけないと思う。きちんとした教育をしてほしいっていうこと。今のままいったら、もう、不良の国になっちゃう。あっちに「タバコをやめて」っていう看板がある。優しく書いてあるから、学校の先生が書いたんじゃないか。

中国では、そういうことはなかった。無いけど、今、自分の親を殺したりってことは、ある。（完）

証言の背景　大羅勒蜜《タラロミ》開拓団

集団第8次大羅蜜《タラミ》開拓団と呼ばれることもあり、大羅勒蜜《タラロミ》九州郷、大羅勒蜜竜郷村が確認されている。読みもタラロミ、タアラミ、タラミ、タルミなどと呼ばれている。

（1）証言者　中井忠司さん

（2）終戦直後の動態（『北満農民救済記録』より抜粋）

方正県の伊漢通、大羅勒蜜九州郷、大羅勒蜜竜郷村は、8月15日方正に出て、一旦延寿県宝興長野開拓団に避難したが、9月中旬現地に復帰して伊漢通、大羅勒蜜の収容所で越冬し、翌年2月比から30人ぐらいずつ哈爾浜《ハルビン》花園収容所に救出されて遺送を待った。方正県在団開拓団員、1508人中哈爾浜《ハルビン》に避難できたもの264人、死亡750人、行方不明172人、**満妻残留321人。**

（3）開拓団の概要（『満州開拓史』より抜粋）

佐賀、長崎、鹿児島、福岡、大分、宮崎、沖縄の複合開拓団。

大羅勒蜜九州郷開拓団は、在団者380人、死亡者145人、**未帰還者111人**、帰還者124人。

大羅勒蜜竜郷村開拓団は、在団者236人、死亡者73人、**未帰還者97人**、帰還者66人。（③563頁）

平安高知《ヘイアンこうち》開拓団

第17章　田中信子《たなかのぶこ》さん（高知県）

「吹雪の夜、二人で逃げ出し、姉は私を抱きかかえながら凍死した」

証言者プロフィール

1932（昭和7）年　3月10日　高知県須崎に生まれる
1941（昭和16）年　9歳　渡満　吉林省《キツリンショウ》平安《へいあん》開拓団
1945（昭和20）年　13歳　終戦　収容所で父、弟、妹が亡くなり、姉と中国人に引き取られる。
吹雪の夜に2人で逃げ出し、姉は凍死。自分は養父母に助けられる
1950（昭和25）年　18歳　村の男性と結婚（子どもは6人）
1988（昭和63）年　6月13日　1人で一時帰国
1990（平成2）年　58歳　長女一家、四男と共に永住帰国（本人と四男は国費）
1992（平成4）年　残りの4家族を呼び寄せる（自費帰国）

インタビュー　2015年4月28日　83歳　場所　高知県の証言者のご自宅
ウェブサイト　「アーカイブス　中国残留孤児・残留婦人の証言サさん
https://kikokusya.wixsite.com/kikokusya/about1-c6qy

証言

【日本での生活】

1932（昭和7）年に、高知県須崎市《すざきし》で生まれ、今年83歳になります。家は農業に従事しておりまして、兄弟姉妹は全部で8人、2人の兄、3人の姉、私、弟、妹です。私が5歳の時に母が病気で亡くなり、2番目の姉が、私が小学校3年生の時に亡くなりました。満州に行くきっかけは、私はわかりませんでしたが、後で兄に聞いたら、田んぼや畑はあったけど、それは人から借りたもので、返さなければいけない土地だったということで

した。

学校は尋常小学校に通い、3年生になっておりましたね。その時の写真もありますが、それは帰国した時、私の幼なじみが日本で撮った写真を私に渡してくれまして、その時は本当に嬉しかったです。私は、何一つ持っていなかったから、写真は1枚もない。学校の手前に、新荘川《しんじょうがわ》がありましてね。夏は先生の引率でその川に行って、泳いだりしたこともあります。

1940（昭和15）年、父が1人で満州に渡りました。一番上のトミタカ兄さんは、「満蒙青少年義勇軍」に参加しておりました。父は、1年以上満州にいて、一旦帰国して、私たち兄弟姉妹6人、ウメコ姉さん、ナオエ姉さん、ハジメ兄さん、私、弟、妹6人を連れて、満州へ渡りました。行く時は、船や汽車に乗って、朝鮮に渡って行ったみたいですけど、はっきり覚えていません。

【満州での生活】

父たちが先に行った時には、中国人の家も畑も田んぼも全部、日本人が奪い取ったみたいで、日本人が中国人の家に住んで。私が着いた時には、その後ろにまた、中国人の部落が出来て、きれいなお家を建てておりました。その部落には、20軒ぐらいの日本人家族、西の角に1軒、朝鮮人がおりました。他は全部、日本人の開拓団の方です。開拓団には北海道の人もおりましたが、どこの人かわかりません。

そこには学校もありました。私たちは国民学校だったたね。3年生ぐらいだったと思います。生徒は少なくなかったですね。先生は木下《きのした》先生、越中《えっちゅう》富山《とやま》の折田《おりた》先生、校長先生、5人ぐらい先生がおりましたね。木下先生は女の先生で、ピアノを弾いて歌を教えてくれた。学校の手前に池みたいなのがあってね、冬になったら凍ってしまって、その上を滑ったりして。私が滑った途端に、後頭部をカタンと打って、何もわからんようになって。それで、みんなが、教室の先生の所へ私を抱えていったみたいです。

学校では、女の子は縫い物を、男の子は槍突《やりつ》きの練習とかしてました。子どもの時に覚えた簡単な歌は覚えてましたけど。

私たちの村の村長さんは、ムラオカフクジンさんで、4人の娘さんがおって、一番上がトヨ、タミ、ヒサ、ミキで、帰国してからも、大坂で1回同窓会をしまして。足摺岬《あしずりみさき》に行ったこともあります。その時にみんなに会えて楽しかったんです。その後は、みんなお年寄りになって、会いたいけどできないですよ。

西の方に私たちの広い田んぼがあって、下校の時は、帰宅せずに田んぼの草取りして帰りました。東側には畑があって、トウモロコシ、コーリャン、大豆、カボチャとか作ってました。そして、煙草は、大きな葉っぱの元にある芽を、きっちり取らないと良い煙草になりませんので、そんな仕事ばっかりしておりました。家に帰ると、タライで洗濯もしました。

13歳の私でも、仕事はいっぱい有りましたね。父の一生懸命働く姿に、母がいないので、19歳の3番目の姉が母親代わりに、畑仕事や家のこと、縫い物全部をしてくれました。16歳のハジメ兄さんは同じ学校に行ってましたが、一緒に田んぼや畑の仕事を手伝っていました。お米は豊作だったので、食べ物は困りませんでした。父は、年齢が55歳過ぎだったので、兵役には行かんかった。17歳の兄さんが1人だけ「義勇軍」に行ってました。

【終戦のころの様子】

1945（昭和20）年、終戦の時は、家族は、父、3番目の19歳の姉、2番目の16歳の兄、私、弟11歳、妹10歳でした。

ようやく、生活が落ち着く頃に、各団長さんが、各部落の村長さんへ緊急連絡で。村のみんなを学校に集めて、村長さんが、「日本は負けたんだ。避難しなければここは危険だ。明日からは避難しなければならないから、早く避難の準備をせよ」と言われまして。それを聞いた老人たちが、「私たちは、みんなにはついていけんので、手榴弾で殺してください」と頼む声が、あちこちからあがり、みんな泣き崩れておりました。その夜は、みんな怖くてよう眠れませんでした。

トミタエイジさんは軍に召集され、その奥さんには幼い3人の子どもさんがおりましたが、その晩に奥さんも泣いて、一番下の子どもを自分で殺したのです。小さい子ども3人は連れて行けないので。18～19歳の1人娘のいる老夫婦は、どこからか持って来た毒薬を飲んで、「ついていけないから」って、避難し終わったら、川に飛び込んで亡くなりました。私たち、目の前で川に浮いているのを見たのです。

私の一番上の姉さんはこの時、22歳ぐらいでしたが、同じ村の青年と結婚していました。旦那さんも兵隊に行って、2人の老人と、自分の1歳ぐらいの赤ちゃんがおりましたが、頼む人も誰もいなくて。避難できずに、お姉さんはいつのまにかこっそり、村へ戻って来て。村の東の、まだ刈っていないコーリャン畑の中にいて。その時、ご主人の兄さんが軍隊からこっそり帰って来とって、日本刀で自分の嫁と子ども、老人2人、私のウメコ姉さんと子ども、全部で6人か7人、殺しました。本人は自殺してないと思うけど、わかりません。

私たちの家には、煙草を乾燥させるための家があって、大事な物をそこに埋めてた人もおりましたね。また、帰って来られると思ったようです。でも、それっきり。

【逃避行】

最初、私たちの学校に集まりました。私たちの通学路に朝鮮の村があって、学校に行く時は、朝鮮人の村の中を通らなければなりませんでしたが、再々、私たちをいじめてました。だから、学校に行くのも怖くてたまらんかったね。日本人が朝鮮人をいじめていたことは、今ならわかりますけど、当時の子どもにはわかりません。日本が負けたから、村の周りにある塀の外には中国人が待っていたみたいです。怖くてたまりません。避難先に行く途中で、地元の人が鉄砲で打たれて死んでましたが、傍に娘さんが泣いておりました。「私はここで、お父さんと一緒に死ぬ」と言って動きませんでしたね。それで、みんなから諭され、やっと避難して、避難先の平安学校へ行きました。手に持てる物だけを持って、馬も飼っていましたが置いて学校に集まりました。各部落がそれぞれの教室にいっぱいおりました。コーリャンと何か野菜で、お粥《かゆ》のような物《もの》を作ったみたい。それを各自食べて。

　太陽が沈んで、夕暮れになった時に団長さんが先頭に立って、逃避行が始まりました。鉄橋を渡り、川を渡り、夜中に大きな川に到達しました。そこでは、年寄り、子ども、みんな手をつないで、どうにかして全員渡ったと思います。それから、細い山道を登って通る時に、銃の音が聞こえてくるし、中国人が鎌や棒を持っていて、叩かれて死んだ人は少なくなかったですよ。その時のことを思えば、よう生きて帰って来たと思います。私は、もう、何度も死んでおりました。どこへ向かって歩いていたのかはわかりません。ただ、ついて行くだけで。「いつまで、こんな逃避行をするのか」と思っていたところ、また、私たちの平安学校に戻って来ておりました。どこを回ったのか全くわかりません。

　それから、長春《チョウシュン》、昔の新京《シンキョウ》に避難すると言って、平安屯《ヘイアントン》(73)の駅に行ったら、そこで中国人から、一人一人身体を全部検査され、お金になる物は全部取り上げられた。何も無い。それから、無蓋《むがい》貨車に乗せられて、新京へ着きました。この時まだ、父、姉、兄、私、弟、妹みんないました。

(注)73　現在の吉林省吉林市舒蘭市平安鎮にある平安駅

【収容所での生活】

連れて行かれたところは、関東軍の兵舎跡だったみたい。ここには、ひと月ぐらい滞在しましてね。そこに着いた時はソ連兵が、ピストルや銃を持って、外をぶらぶらしてました。女性を見つけたら、引っ張って行って、もっと酷いのは、強姦をされたりした人は少なくありませんでした。それで、同じ開拓団の一部の人は新京に残って。石川さん、吉良さんたちは新京から動いてなかったみたいね。後で聞いたら。

私たちの開拓団は、奉天《ホウテン》、今の瀋陽《シンヨウ》まで行った。瀋陽では、カモウ国民小学校が収容所になってた。10月ごろでしたね。瀋陽に行くまでまた貨物列車に乗せられて、小さい駅、鉄嶺《テツレイ》駅の近くに近づくと、貨車がゆっくりゆっくり進みます。そこにソ連兵が入り込んで、丸坊主の女性を見つけるんです。

夜は、煙草を渡して手をみたら、女性か男性かわかるみたいですね。それで、私たちの村の新婚さんが、戻って来た旦那といる奥さんを人前で強姦したんです。他にもそれで、自殺した人もたくさんいました。見ないようにしてたけど、わかります。これは本当のことですから。

着いて2日後に父が亡くなりました。疲れと寒さで。私たち、布団とか掛ける物もない。8月に出て行った薄着のままで板の上に寝て。弟や妹が、私の傍で死んでいたことも全然知らなかった。お兄さんもお姉さんもみんな病気になっておりました。私も意識不明になって。私たちは、配給されるコーリャンを、日本軍の鉄兜に入れて、学校だから木の枝を拾ってきて煮ましたが、皮が付いたままではご飯になりません。

瀋陽では寒くなると、中国人がトウモロコシで作ったお餅を売りに来るのです。妹が、「トウモロコシのお餅を食べたい、食べたい」と泣いてばかり。私たち一銭もなくて買えなかったのが、かわいそうでした。私も、いろいろなことを思い出すとストレスが溜まります。ここの収容所では、私たちは3人になりました。ここには冬までいました。死んだ父や弟、妹がどうなったか、私はわかりません。

【中国人の家へ】

中国の貧しい家庭では、お嫁さんがもらえない男性が多いですね。それで、そういう男性たちが、収容所に出入りしてました。ある時、日本語のわかる40歳ぐらいの男性が来て、姉と私を引き取ってくれました。兄は避難所に残りました。瀋陽には、男性の親戚の家があって、私たちはそこで1晩泊まりましたが、男性は自分の家に帰りました。次の朝早く、馬車で私たちを迎えに来て、有無を言わさず、遠い田舎に連れて行かれました。その家は、親子6人で、お父さんと5人の息子がいました。女性は誰もいなくて、一番上の40歳近くの男性に、19歳のお姉さんを嫁にするために連れて来たのです。私たちが元気になるまで、5日ほど居ましたけど、私たちは、吹雪の夜、午前3時頃にその家から逃げ出しました。靴とかも歩いているうちに脱げて、姉さんが「信ちゃんよ、もうだめだ」と言って、とうとう動けないようになった。それで、道端の雪の上に座り込んで、私を膝に抱えたまま凍死しました。中国では、そんな大雪の時には通りかかる人もなく、私も意識が遠くなりかかった時に、中国人がそこを通りかかり私をロバに乗せてつれて行ったみたいです。

私は次の日の夕方、意識が戻って、すぐに「私の姉さんはどこ？　兄さんのいる瀋陽に連れていって」って言って、大泣きしました。だけど、その家は大家族で、私を育てる余裕がなくて、村の人たちが、かわるがわる、「日本人の子どもを拾って来た」ということで、私を見に来たんです。2、3日して、私の養父となる人が、やせ細った私を見て、かわいそうに思って引き取ってくれました。

【中国での生活】

その家には、子どもが３人いて、２人男の子、１人の妹。そして、90歳ぐらいのお祖母さんもおりましたね。養父は、家に帰ると、普段家族では食べない、お米のご飯を私に食べさせてくれました。ここの家の養父母は、私には本当によかったんです。この、私を助けてくれた人たち、私を引き取ってくれた人たちを一生忘れることはできません。私は、２番目の男の子より2か月生まれたのが早かったので、この男の子と下の女の子の子守をしたり、家事を手伝いました。自分の子どももいるのに、私を13歳から18歳まで育ててくれましたよ。養父母たちはすぐに亡くなりました。

私は18歳になって、同じ村の男性と結婚しました。私の主人は村の幹部だったから、いじめとかはありませんでした。主人は優しかったです。

【帰　国】

ある日、瀋陽市の公安局の外事課の方が、私の田舎まで来てくれて、「今は日中の仲がようなって、次々、残留孤児が日本に帰ってますが、あなたはどうですか？　帰ってみませんか？　帰って良くなかったら戻ってくればいい。旅行みたいでもかまいませんから、1回、帰ってみませんか？」と私の所へ言いに来てくれました。それで、厚生省に手続きをして、１９８８（昭和63）年、6月13日に、一時帰国で1人、日本に帰って来ました。

東京の代々木オリンピックセンターが宿舎で、厚生省の方々にお世話になって。いろいろ調査して、私の一番上の兄さんが東京まで来て、身許が判明しました。県庁の方や姪も来てくれまして。一目でわかってくれました。兄は、義勇軍で行って、終戦の時は台湾におったみたいです。帰国してからは、鯛の養殖をして、東京や大阪に出荷する仕事をしておりました。50年ぶりに会って、いっぱい話したいことがあったのに、一言も話せなかった。嬉しいやらつらいやら。日本語は全くできませんでした。

後で、県の方から岡上先生を通訳にしてくれてね、私が中国に帰るまで、県のほうから通訳としてついて来てくれた。帰国してからは、私の生活指導員にもなってくれました。幼なじみとかは、みんな私の兄さんの家に来て、写真とか、いろいろ話をしてくれた。最初は、市役所の市長を訪問して、まずは、お墓参りに行って、3つのお墓、兄弟の名前、全部見て、私は、「お父さん、お母さん、信子は生きて帰って来ましたよ」と言って、涙が止まりませんでした。「私の養父母はまだ生きてますし、主人もいますから、相談して、いつかは帰って来ますから」と言って、お墓を後にしました。

中国に戻ってから、一時帰国のことを私の主人に話しましたよ。優しい主人は私のことを理解してくれましてね、日本は経済発展しているし、東京や大阪など、良いところばかり見て来たので、主人が「お前も日本に帰りたいだろう。子どものためにも日本へ行こう」と言ってくれましたけど、平成元年に急に他界しました。今でも残念に思います。1度でも日本に来て、見てもらってたらと。養父母も私が帰国する前に亡くなりました。

【永住帰国】

私は、1990（平成2）年、58歳で、永住帰国をしました。長女一家、長女夫婦、孫2人の4人と一番下の四男と私、全部で6人で帰国しました。「日本の国ならば、どこでも住んでかまいません」と言われて、須崎《すざき》の田舎なら子どもも嫌だろうと思いましたし、私の瀋陽市での友達もみんな東京にいましたが、私は故郷が良かったので、ここに住むことにしました。後で、中国に残った4家族、長男、次男、三男、次女一家を1992（平成4）年に呼び寄せました。四男は18歳になっていなかったので、私と四男は国費帰国でしたが、他の子どもたちは自費帰国でした。中国の家を安く売って。日本に帰るとわかっているから、みんな安くても買わん。

日本へ帰って来た時、岡上先生が、アパートを世話してくれて、私と娘は2階に住んで、下には日本人の人がおりましたね。そいで、自立研修センターで、日本語の勉強をしました。私は4月に帰国して来たので、5月から始めて、一般の人は8か月で終わりでしたが、私は10か月ぐらいで卒業しました。日本語は覚えてもなかなか身につかない。日本語を教えてくれる渡辺先生という人が、私に仕事を探してくれましてね、中華料理店のお皿洗いを2、3年ぐらいしておりました。

それで、急に私はストレスが溜まって、自律神経がだめになって、日赤の病院へ通いましたので、仕事ができなくなりました。この時は足りない分の生活保護をもらってました。兄の一人娘が、私がわからないところはようしてくれました。私が日本に帰って来た当時は何もわからなかったので、本当にいろいろお世話になりました。長女の家族は、日本に来て最初は半日勉強、半日仕事。みんな同じ。自立研修センターに通って日本語を勉強して、後は働いて。子どもたちは8か月で卒業したけど。先生が、息子と婿、娘は、それぞれ、みんな仕事を探してくれました。職場でのトラブルもなく、うまくやっていけました。子どもたちは、家では、中国語と日本語とで会話をしているようです。

【現在の生活】

今は1人で住んでいますが、近所とはうまくいっています。病院で薬はいっぱいもらってます。病院へは近いので、自転車に乗って行ってます。私は骨が2回折れたので、リハビリにも通ってます。1回は車に衝突されて。本当に何回も死んでましたから、こんなに長生きするとは思いませんでした。帰って来た時は、私も「戦時死亡」となっておりましてね、ご先祖様と一緒に、私の名前も祀《まつ》られておりました。この近くの桟橋にある大きなお寺に話をして、「私の名前は戸籍からも抹消されていて、祀《まつ》ってある私の名前を消してくれませんか」と言いました。戸籍の復活も、兄が生きておりましたので、全部してくれました。帰国した当時は、日本語が全然できなかったので、何もわからなくて、お金も使えず、帰国したことを後悔しました。

２００７（平成19）年の新しい「支援法」ができて、今は、私たちも何も考えることもなく、幸せな日々を過ごせるようになりました。年金と一緒にして、だいたい10万円ちかくもらってます。１度だけ、「お墓参り」に中国に戻ったことがあります。主人に立派な墓を買って、17日間おりました。

今は、健康が一番です。週に2回、リハビリに行ってます。


【人生を振り帰って】


政府は、生きているのに死者として扱っているし。もっと、早う帰らせてくれたら、若いうちに働いて、年金にも入れたしね、こんなに困ることはなかったと思います。自分が帰りたくても帰れなかった。私の行った所は、遠い田舎の農村で、日本人は誰もいないし。ラジオもテレビも何も無い。帰りたくても帰れない日々を送りました。

人生で一番つらかった時は、終戦の時でした。今までで一番幸せだと思ったのは、今です。健康であればね。

若い人に言いたいのは、戦争は二度と嫌ですから。世界中が平和であればいいと思います。中国人は、田畑をいっぺんに日本人に取られちゃったんですよ。（完）

証言の背景　平安高知《へいあんこうち》開拓団

（1）証言者　田中信子さん

（2）終戦直後の動態（『高知県満州開拓史』より抜粋）

8月16日、舒蘭県庁より事務閉止命令あり、開拓団事業並事務的整理に入る。刻々治安悪化。9月に入り、昼夜の区別なく掠奪が始まる。9月10日午前6時を期して一斉に襲われ、1時間半の間に家財道具一切を奪取され、あるいは射殺、殴打され、多数の人命を失う。団員は四散し、団本部へ集結完了までに3日間を要した。その間、自決したもの7家族36人、殺害された者8人、重傷者23人（6名は死亡）この頃より住民の間に治安維持会が結成され、共同生活に入り、維持会の援助で、食料その他必要物資の入手が始まる。しかし栄養失調は続出した。10月1日ソ連軍の進駐に、全員午後1時列車に便乗総員８３１人。夕刻ハルピン到着したが、治安情勢悪く、引き返し、三探樹にて翌朝下車。満鉄管理局に3泊。定着準備にかかるも、**ソ連軍の婦女子に対する暴行行為に耐えがたく、交渉再三の結果、ソ連軍の物資輸送車に便乗請願が叶い、10月7日午後6時頃新京に向かい、2昼夜を費やして到着した。急病、出産もあり、表現できないほどの苦痛を味わった。**停車中の暴民の強奪も数回あり、目ぼしき僅かの物資や所持品も皆無となった。10月9日、新京駅で一夜を明かし、御室町小学校跡に落ち着く。新京市在東北日本人会の斡旋を受けて緑園地区旧関東軍兵舎跡に収容された。**ソ連軍の夜間における物品の強奪、婦女子に対する暴行など原住民も加わって毎夜の如く行われ、恐怖のあまり精神に異常をきたした者が続出した。**10月下旬と11月上旬にわたり、南下が認められ、希望者２００人が南下した。幹部は同行しなかったため、南下者の詳細はわかっていない。

難民生活は凄惨を極め、子どもや老人たちの累々たる墓標が並んだ。夏衣だけで布団などは一枚もなかった。食料は日本人会から高粱《コーリャン》が配給になったけれど、米ばかり食べてきたので、炊き方も知らず、下痢や便秘を起こし、栄養不良になった。10月の半ばから12月中旬まで**毎日20人以上の死亡者が出た。**日本人会からの救済物資だけでは生活の不足が生じ、男女とも健康なものは付近の農家などに就労し、賃金の中から賦課金を徴収し、要救護者の救済に当てた。

病死者が続出しても、病弱者や女子どもばかりで、屍体の運搬に困り、夕暮れを待って中国の官憲の目を盗み、付近の防空壕へ入るだけ詰め込んで凍った土をかぶせ、水をぶっかけて氷らせ、野良犬の食わない程度に埋葬するのがやっとであった。

昭和21年、5月21日、長春日本人会を長春日僑善後連絡所に改称し、同胞の日本への還送を発表した。7月14日、全員（病弱者21人残留）南新京《ミナミシンキョウ》駅を出発。19日午後2時頃葫蘆島《コロトウ》に到着。27日佐世保に上陸。総員３０８人。

（3）開拓団の概要⑥（『高知県満州開拓史』より抜粋）

吉林省舒蘭県平安村平安屯に昭和14年3月25日入植（先遣隊員25戸55人）。昭和15年4月、本隊50戸、16年4月、本隊80戸入植。15年5月、小学校開校。2学級生徒22人。昭和17年4月、47戸入植。16年には、精米工場と小学校竣工。17年、診療所竣工。18年、平安神社建立。19年4月1日より、開拓団を廃し開拓協同組合に移行、同日村行政を村公所へ移行。

平安村国籍別人口数。日本人（２３７戸、９５１人）、朝鮮人（５５０戸、２，７５０人）、満州人（２，５６０戸、１５，３６０人）、合計（３，３４６戸、１９，０６１人）。

村長、竹森行成、副村長（満人）、その他の役職にも、満人18人、朝鮮人4人。などと記されている。

農作物は米、雑穀、煙草、蔬菜など。家畜は日本馬をはじめ、満馬、牛、乳牛、豚、鶏、羊などを飼っていた。

武器数は長筒式歩兵銃50丁、三八式歩兵銃30丁、手榴弾若干となっている。

（4）田中信子さんの名簿

※名簿には、父親、長男、次男、三男、とも、「死亡」と書かれています。長女直江と二女信子の二人は「不明」となっています。昭和54年6月刊行された本ですから、終戦後25年たっても、信子さんは忘れられたままでした。

開拓農業実験場　北海道興農公社《こうのうこうしゃ》の酪農《らくのう》開拓団

第18章　家村郁子《いえむらいくこ》さん（北海道）

「匪賊《ひぞく》ちゅうのは、日本人がつけた名前ですよ。普通の農民なんですよ」

証言者プロフィール

１９３２（昭和７）年　３月18日　北海道で生まれる
１９４５（昭和20）年　５月13歳　家族９人と北安省《ペイアンショウ》通北《ツウホク》酪農公社へ
　　　　　　　　　　　３か月で終戦を迎える
１９４６（昭和21）年　14歳の頃、父が「養女」という条件で書類を書いて、中国人の家に預ける
　　　　　　　　　　その家の長男と結婚（子ども１人）勉強して国家公務員になった
１９７４（昭和49）年　７月４日　42歳　一時帰国（国費）
１９９４（平成６）年　62歳　永住帰国（自費帰国）
２０１８（平成30）年　８月７日　他界（享年86歳）

インタビュー　２０１５年８月　83歳　場所　北海道の証言者のご自宅
ウェブサイト　「アーカイブス　中国残留孤児・残留婦人の証言」ツさん
　https://kikokusya.wixsite.com/kikokusya/about1-c1tg1

証言

※通北《ツウホク》→実験農場→哈爾浜《ハルビン》（1、２日）→東へ「肩林《キリン》」→（戻る）→呼蘭《コラン》→哈爾浜《ハルビン》（１０日）→瀋陽《シンヨウ》と理解して、
時系列で書きました。北海道興農公社の酪農開拓団

【満州に行く前】

私は、１９３２（昭和７）年、北海道で生まれ、今年83歳になります。うちの父親は、名古屋の大地主の息子で、北海道の今の北海道大学、当時は農業学校と言いましたが、そこを卒業して、「寒いけど、北海道はいい」と言って、残ったんですよ。母親の祖父は、出身は鹿児島の桜島らしいんですが、明治の始め、屯田兵《とんでんへい》として、北海道に来たんですね。父は結婚する前は、トラック会社をやってたんです。生活面では悪いような生活ではなく、ただ、自分がやりたいことをやってたようです。父親の実家も母親の実家も、子どもがほとんどいなくて、全部うちに来ちゃったの。母の親のお祖母ちゃんも一緒に生活してた。そういう形で結婚したみたいですよ。兄弟姉妹の中で、私１人が家村家《いえむらけ》の跡継ぎだから。父親の姓は榊原《さかきばら》で、他の兄弟も榊原だった。でも、いつ私が家村になったのかはわからない。結婚後、父親は公務員のような仕事をしてたから、おそらく「(満州へ）行ってもらいたい」と、通知が来たんじゃないかな。国から派遣される形で。

私の姉は、ヨーロッパの人のような顔つきで、みんな目をつけて、姉の後をつけたり、いたずらしたりするんですよ。日本の中学卒業後、網走の女学校に入ったけど、父親が満州に行くなら「日本にはいたくない」って。

私が小学校にいた時、海軍から帰って来た三村《みむら》という先生が、いつも私に絵を描いてくれるの。私が満州に行くことがわかって、私に「満州娘の歌」という日本人が作った歌を教えるんですよ。私は、満州のことは何も知らなかったけどね。この先生は私が満州に着いてからも、「満州娘」の絵を描いて送ってくれたことがあります。

日本では、勉強してても、サイレンが鳴れば防空壕に入って、一日中その暗いところにいて、勉強にならなかった。

【満州での生活】

満州に行ったのは、１９４５（昭和20）年、私は13歳で家族は９人です。両親とお祖母ちゃん、兄弟姉妹全員行った。十何家族が札幌に集まり、新潟まで行って。そこから、白山丸《はくさんまる》という名の船に乗ったの。毎日、アメリカのB29が爆弾を落としてたから、その隙間をぬって、たくさんの飛行機に守られながら出航した。最初に北朝鮮の羅津《ラシン》に着いて、3、4日いた。そこで私は、初めてコーリャンのご飯を食べたんです。赤くてちょっと大きいんだけどね。胃にもたれて消化が良くないって言いますけど。子どもたちはみんな「こんなもの、食べないよう」って騒いでいたけどさ。

中国に来て、新京《シンキョウ》に着きました。あの頃は新京、今は長春《チョウシュン》て言います。日本が、満州国の政府、傀儡《かいらい》の政府を作ったところなんだけども。そこで、2、3日泊まって。でも、子どもたちはみんな喜んでるの。「日本にはこういう物売ってないよね」とかなんとかでさ。みんな、あめ玉とかお菓子とか、美味しいもの食べてるんです。あの頃の日本の国は、お菓子なんか無かったですよ。学校から帰って来てもおやつなんかないし。そういう生活だったから、やっぱり、そういうふうに環境が変わったちゅうことは子どもたちにとっては、悪くはないと思うんだけども。新京には、靖国神社みたいなのがあったかな。

それから、哈爾浜《ハルピン》に向かったの。哈爾浜が新京より、まだまだ生活が楽なの。たくさんの白系露人。ソ連から追い出されたロシア人たち。この人たちがものすごいですよ。冬着る物が高価な物ばかり。昔は、オーバーなんか「ラシャ」って言ってましたよね。背は高いし、冬でも靴下はかないで足の爪は真っ赤に染めてさ。私たち子どもはわかんないから、珍しくて見てた。

5月ごろに、満州の北安省通北《ペイアンショウツウホク》という所に着きました。私たちを迎えに来たのは、関東軍です。満州では、酪農公社とかいう研究所みたいな所[74]に行きました。関東軍は、牛乳も必要だけども、ヨーグルトとかもね、カルシウムの多い物っていうこと。「家も何でもちゃんと建ててるので、心配することないから」って騙《だま》されたんだよね。全部仮設住宅だった。長屋みたいなね。

引っ越しの時、持って来た子どもの着物とか、虫が付くからと心配した母親が、全部外に干したら、中国人が変な目で見る。「ここの家族は金持ちの人だ」ってわかっちゃったのね。洗濯物を干さなかったら良かったんだけど、それが狙われた。

私はすぐ、学校の手続きやった。13歳だけど、県の方に中学校があって、そこは走って行けるくらい駅に近い所だった。その学校に行って、3か月足らずで終戦になったから学校の思い出はないです。

私たちがいた所には、いろいろ日本の開拓団があって、研究所とか実験場とかたくさんありました。私たちは来たばっかりでしたけど、たくさんの中国人が手伝ってくれて仕事もするし。だから、私たちが何しに行ったか理解できなくて、しばらく考えてました。

うちの父には愛国心があって、鉄を全部国に出したので生活は大変でしたが、ここは食料面ではもちろん、日本よりずっと良い生活ができました。父は開拓団の団長をやってたから、兵隊に取られることもなかった。

終戦の時は、ラジオで天皇陛下の玉音放送を聞きました。ジカジカ雑音が多くて。

【戦後の生活】

一番苦労したのは、1945（昭和20）年8月9日に、すぐに、中国とソ連の国境にある大きな川を渡ってソ連軍が来たことです。みんな武器を持って入って来るでしょう？　その年は雨がすごくて、毎日毎日雨が降っていた。うちの母親は、昨年生まれたばかりの弟を背負って、ただおむつの整理だけ。お祖母ちゃんが「こいつら

㊟74　満州拓殖公社には、関連会社として「満拓農機具会社」「満洲酪農」「満洲養蜂」「満拓特殊工事会社」等があった。「満洲酪農」に派遣されたのではないかと思われる。

は良いことしない。兵隊ちゅうのは悪いことばかりしてんだ」って言ったので、私とお姉さんは窓から飛び降りて逃げた。小さな仮設住宅だから、逃げるとこ無いでしょう？　その先のものすごく広い野原に行ったら、そこには県の方から、日本人の役人とか官吏とかいう人たちが全部ここに集まってた。学校の運動場を使って、何日もそこに寝泊まりしていたけど、ソ連軍が入って来たので、全部出て来て広い野原に立っているの、裸足で。最後に私らが中に入ったの。そこにはソ連兵ではない、別の兵隊がいた。兵隊たちは、全部軍隊の服着てるんですよ。今でも、どこの国の兵隊かわからない。中国の国民党か、共産党か。通訳もいた。一番最後にうちの家族が出て来て表に立ってたら、「この中から1人出て来い」って。何語かわからない。ただ人差し指を1本立てて、「1人出て来い」って。通訳の人に聞くと、「この中に、日本から鉄砲を持って来た人がいる」って。実はそれはうちの父のことです。雁《がん》や兎《うさぎ》の猟をするために銃を持ってた。

実は、父はうちの子どもたちに飲ませるために、牛を7、8頭飼っていたんだけど、その牛乳を搾って、最初にその牛乳を「早く、向こうの中国のおじいさんたちに持って行け」って、父親が命令するんです。中国人は私らのために、畑を作ったり囲いを作ったり、仕事をしてくれる。「この人たちは、1日何も食べてないじゃないか。だから、うちの牛乳は全部この人たちに飲ませなさい。そうじゃなかったら、仕事なんかできないから」って。そういうことが続いていて、この時、鉄砲のことを聞かれる前に、この中国の人たちが父親のことを知ってて、後ろから父の服をひっぱるんですよ。父はわからないけど、向こうは地主だってわかっていて、無理矢理引っ張って行くの。その時は、ソ連兵は見なかったんですよ。父親はどこかへ行っちゃって、それで助かったわけです。そうでなかったら、うちの父はそこで捕まえられていましたよ。広い野原を、他の人たちは入って来れないよう兵隊たちが守っていたから。たくさんの日本人が捕まえられたでしょう？　だけど、最後の最後まで、父は中国人に助けてもらった。他の人だったら、そういう中国人に殺されたでしょうけど、うちはそうじゃない、みんな庇《かば》ってくれたの。牛乳だけじゃなく、服や布団もあげたりしてさ。

そういうことがあって、ショックが大変だったの。日本人は、こういうのを見たことないからさ。日本人は、戦争に負けるって信じないでしょう。神の国だからさ。負けたら、こういう経験をするんだって、みんなショックだった。日本から持って来た服とかは全部中国人に取られた。ただ、私たちが悪い人だから中国人が取ったのではなく、ソ連兵が入って来たから。ソ連兵が先頭に立って、日本人の住宅を調べて、良い物は取っていくの。その後ろに中国人がいて、「おこぼれを」って感じで、たくさんの物を拾っていくというより、盗むんですよね。家族が叩かれたりして、暴力を受けた家も十何世帯ありましたが、うちはそういうことはなかったの。ほとんどの日本人は、中国人が来るのが怖いの。「匪賊《ひぞく》」ちゅうのは、日本人がつけた名前ですよ。「匪賊」じゃなくて、普通の農民なんですよ。この人たちは、自分たちが先祖代々使っている、植えてる田畑をいっぺんに日本人に取られちゃったんですよ。食べるものはない。その恨みちゅうのは相当なもんだったんです。その人たちが、盗賊のようになって、日本人を襲って来て。だって、日本人３０００人が一緒に殺されたっていう話や、千何百人の人が青酸カリを飲んで死んじゃったって話は、その場所がちゃんとあるからね。でも、相当の中国の人たちが、日本人を助けたっていうのも事実ですよ。日本人から酷いことされても、中国の人は身寄りがなくなって、まだ母親の乳を飲んでいるような子どもを、一人ひとり、抱っこして助けたんです。これが、今の「残留孤児」。だから、私ら何にも言えないんです。散々人に悪いことやってさ、私らが被害受けて。日本人全部が助けられたわけじゃないけど、できるだけのことはしてくれたっちゅうことさ。

少し離れた所に実験場があったんですが、そこにいる人は本当に北の方から行った人、北海道の人たちの言葉とは違う、言葉でわかる。この人たちは来て7、8年になるから、終戦の時も絶対に日本に帰らないって人で、開拓団に残ったの。玉音放送を聞いた後、最初はそこに私たちは行ったんです。開拓団を管理する人たちにも上の人がいるんですが、その人たちが、「酪農の開拓団の人たちは、みんな中国人に取られて、何にも無くなったって。お互い日本人だから協力して助けてあげなさい」て言うとすぐ、住宅を譲ってくれた。2軒に住んでた人たちが1軒に合併して、「家が1軒、空いたよ」って。2階付きだからさ。2階には、馬や牛の乾燥した餌が置いてある。北満だから、あの頃はもう寒くなってきてましたが、2か月間ぐらいしか居られませんでした。夜になると、ソ連兵が女を捜しに来るので、私たちの同級生の男の子たちは棒を持って、「悪いことやったらぶん殴るぞ」って。でも、大人たちから、「ダメだ。そんなことしたら、私らみんな殺されるぞ」って言われた。

女性はみんな、男のように髪を刈った。だけど、髪を刈ったら頭の皮膚が白く見えて、ソ連兵が見るとすぐ女だとわかった。男の人は頭の皮は白くないから。それからは、毎日毎日「畑に行け」って言われてさ。私が一番小さいぐらいだった。20歳ぐらいの娘さんもたくさんいたからさ、みんな一緒に畑に、頭の皮に太陽の光を当てて黒くするために行くんですよ。夜、帰って来ると、「窓際では、頭を上に出して寝るな。ソ連兵に気を付けろ」と。毎日、女性はそんなことばかりですよ。

周囲を交代で見張りをしている人が、ソ連兵が来るとその後をついて行って、何か悪いことをすると、音を出したりして「早く逃げろ」とか、「隠れろ」とか知らせてくれる。ただ、冬は、ソ連兵を中には入れない。ここは県にも近いので、親たちは報告をしている。中国は、そういうのは厳しいから。でも、この兵隊たちは全部監獄から出した兵隊だって言うんですよ。何年も女を見たことがない兵隊。普通は、司令部にいる人たちはいい人ばかりです。

ここを出る前に、だんだん米が少なくなって、でも、牛乳はたくさんあった。家に残っている女性たちは、交代で牛乳で団子を作ってた。そこにある畑は、全部日本人の畑で、お昼はそこに植えてあるカブなどを食べてました。上からの命令で、ここから出ることになりました。その頃、私たちは町に近かったので、中国から、綿入れの服を配給してくれた。出発するにも準備する時間があって、随分日にちがかかったみたいですよ。哈爾浜に向けて行きました。私たちは満州に来たばかりで、お金がないという人はいなかった。物とかは無くなったけど、父親は、日本人の兵隊が持ってる袋と同じ袋に残ったお金を入れて持ってた。たくさんのお金を持って出られないので、貯金は駄目になったけど。その袋の中のお金のお陰で、ずっと瀋陽《シンヨウ》、終戦前は奉天《ホウテン》と言ってた所ですが、そこに着くまで助かったんです。なので、食料は自分たちで調達してました。

哈爾浜には、1、2日しかいなかった。逃避行で行った所は全部収容所。空いているのは全部日本の学校。そこは安全だっちゅうて。そこに1、2日いて、そこで初めて私は、山みたいに積んである死人を見たの。ところが、そこから南に行くべきところを、貨物列車の運転手が間違えて、東に行っちゃったの。2段になっている貨物列車で。行った先は贔屓《ひいき》の「屓《き》」という字にね…下は「林」っていう字だわ。そこは小さい町だったけども、私たちが来るってことを、60歳ぐらいの町の会長さんが、前もって知っていたらしく、駅にたくさん迎えに来てくれたの。学校の運動場（＝体育館？）のような所で泊まらしてもらってさ。その中は、人が多すぎてびっしりなんですよね。ご飯なんかも暖かいご飯を炊いてくれた。ショウミっていうアワのようなご飯をさ、コーリャンのようなご飯もあったけど。日本人は満州に来たばかりだから、そういうのは見たこともないし、食べないわけさ。私たちは全部、北から来た避難民なんですよ。中国人の通訳もいたけど、やっぱり言葉がわからないし、笑い顔もなく、冗談を言う人は1人もいなかった。何て言うか、寂しい感じだよね。そこに2晩か泊まった。

次の日今度は、西に向かって戻って行き、哈爾浜にも近い呼蘭《コラン》というところで泊まった。同じ開拓団の中に、両親と19歳の長女と、私ぐらいの次女、下に2人、男の子の一家がいたんです。ある朝私が、建物の中の木造のトイレに入ったの。いくつか並んでいる真ん中のトイレに入ったの。しばらくして、ざわついているから、隙間から覗《のぞ》いたら、1人のソ連人がその19歳の女の子をトイレの中に「入れ！」と押しているんです。私はずっとその中にいたの。ソ連兵は、木のドアをブーツで蹴ったので、ゆれてるドアの隙間から見たら、女の人がそこに立っているの。泣かないで、ただ唇をかみしめている。かわいそうだった。トイレの後ろには、5、6人の日本の若者が「必ずロスケを殺す」って。そしたら、日本人の通訳の人が「だめだ。1人を殺せば、私ら全部殺される」って。次は私が殺されるかもしれないから、トイレから出て行って家族の所に戻ると、親たちは心配して「もう見るな。ああいうものは見るもんじゃないよ。ソ連の国の兵隊はみな獣だ」って。

トイレから、ソ連兵が2人出て来た後、その女の人は大きな声で笑ってキチガイになっちゃったの。そばにお父さん、お母さんいるけど、どうしようもない。この女の人は、瀋陽の収容所に着いて間もなく亡くなった。こういうことがあると、日本人が司令部の方に訴えるんです。中国の方は、たくさんの兵隊じゃないからね。そうすると、復讐されるんじゃないかと怖かった。これが、ここでの最初の日にあった一番残酷な出来事です

それから、ソ連兵がどんどん戻ってくるのね。時計と万年筆とか日本人から盗みに来るの。今度は男の人の身体を触る訳です。ソ連兵が何か探すために入って来ると、皆動くでしょ。動いたら、すぐにぎゅうぎゅうとなって、学校の体育館みたいなとこは狭いから、座るところが無くなっちゃう。ある女の子が「外へ行こう」って、私を引っ張って表へ連れて行った。呼蘭ではもう雪が降っていて、外に出てたら釧路から来た同じ開拓団の人の娘さんが強姦されてた。きれいな人で、旦那さんもいて19歳かな、髪も切って。こちらにいる兵隊（＝中国の兵隊）が「あそこにいるのが女だ」って、ソ連兵に教えた。そしたら、ソ連兵は寝ている子どもを踏んづけて入って来て。何人かは「ぎゃーっ」て声出して亡くなった。子どもを庇《かば》おうとする母親は蹴っ飛ばされて。立ったら座れないという感じだったから。この娘さんのお母さんは、私らと一緒に外に出たんだけど、何人かのソ連の兵隊に引っ張られて行って、別の場所で強姦された。2人の娘は、お母さんを心配していたけど、そこから動けなくて。お母さんは、もともと体調が悪い人だったけど、通訳が連れて戻って来たら「あそこで、死んだ方が良か

った。死んだ方が良かった」って。お母さんが帰って来たもんだから、そばに座ってうっかり顔を上げた時に、その娘さんは狙われた。「早く逃げなさい」って言われ、上の娘さんは逃げたけど、壁に寄っかかっていたらソ連の兵隊に掴まれて、1人に押さえられた。

1人は警戒に行ったんですよ。自分たちも悪いことしてるから、訴えられたら怖いんです。その娘さんはソ連兵の下で、爪で相手の顔をめちゃめちゃに引っ掻いたんだ。そしたら、ソ連兵の顔から血が出て来て、怒って、1回立ったんです。その隙に娘さんが逃げようとしたら、靴で背中を蹴ったんです。そしたら、娘さんは血を吐いて倒れちゃった。だれも庇《かば》ってくれないっていうのは、そういう世の中なんでしょうね。ずっと一緒に汽車に乗って来た人たちです。「どうして私らがこういう目に遭うのか」って。

それから南へ行き、また、哈爾浜に着いた。哈爾浜は大変だったよ。ここには、花園小学校ってあるの。立派な学校で、そこの大きな大きな体育館みたいな所に「泊まれ」って言われて、10日間ぐらいいた。哈爾浜の駅は日本人が建てた駅で、入り口と出口があって、お客は入り口から入って来て、出口から汽車に乗るっていう駅。真ん中に人が歩けるような道があるんです。よく見たら、その向こう側半分にいるのが兵隊なんですよ。この兵隊は、私は、やっぱり八路軍《ハチログン》だと思う。出ても行かないし、乱暴も何もしない。だけど、日本人に対しては憎らしいのは憎らしいんですよね。言葉も何も言わないしさ。こちら半分が私ら避難民だった。

行ったその晩にね、ソ連人が大変。「1晩に、女を7人か8人出せ」って命令ですよ。酷かったんです。収容所では、みんな頭を下げているから、私、「こんなところに来て、監獄みたいだね」って言ったら、母親が「頭を下げなさい。あちこち見るもんじゃないよ」って。「だって、面白いもん。なんでソ連人が入って来るの？」って。私ら子どもにしたら、これ珍しいんですね。八路軍とソ連軍は、あの頃一緒に行動してたから。八路軍と協力しなかったら、ソ連軍は入って来れない。だけど、ソ連はソ連で、言いたいことがあって、「俺らが協力しなかったら、日本人はここでみんな散っちゃう（＝死んじゃう）。」って。

哈爾浜にいる間は、袋の中のお金で、お粥を買って食べたんだよ。寒いしね。でも、食べ物では苦労した。考えてみたら、北安省通北を出てから、瀋陽に着くまで、2か月かかっているんです。だから、瀋陽に着いたのはそろそろお正月の頃です。瀋陽に着かないうちに、10月ごろ、72歳か73歳ぐらいで、母方の家村家のお祖母ちゃんが一番先に亡くなった。瀋陽の大きな学校の収容所には、県の方から下がって来た人がいるの。県の方から下がった人たちは襲撃受けてないから、私たちよりはいいけど、やはり、だんだん気候は寒くなってくるしさ。下は板になってる所で、横になって団体で寝るんだ。

いつだったたか、昼間「鉄砲の音が聞こえた」って。そしたら、ソ連兵が2人来て、みんなソ連の悪口言って「ソ連が来た」って警戒するから、「何をやるのか」と、ソ連兵の後をつけたんですよ。1人の女性が「キャーッ、キャーッ」って逃げるんで、後を付いていって見るとね、ソ連兵がこの女性、結婚したばかりの若い奥さんを狙っているの。でも、この女性を捕まえられないから、鉄砲向けたんですよ。するとと、ある会社員がさ、危ないと思って、助けようと手を広げたんです。そうしたら、その男の人が目の前で殺されたの。この男の人にも奥さんも子どももいるんだよね。どこかで仕事している人みたいだったから、それを家族に返すために、この女性は自分のために亡くなったその人の遺骨を、日本に着く最後の最後まで抱えてたよ。そういうのを初めて見た。これが、敗戦してから見た2番目の残酷なことさ。

私の姉が、やっぱり大変だった。たくさんの通訳を通じてさ。あの頃はまだ、高校に入ったばかりで17か18だったから。だけど、あの子は怖いってことを知らなかったから。言葉がわからないのも悪いわけではないよね。ある時、背の高いソ連兵が私たちのそばに来て、ヨーロッパ風の顔をした姉を見て、通訳を雇って親たちに「姉が欲しい」と相談するんです。「この娘は家の宝物だからあんたにやるはず無いでしょ」と父が言ったら、口げんかになって。そのソ連兵は奥さん連れてんの。家族を連れているから、軍人かなんか偉い人じゃない？　そばの奥さんもきれいな人なんです。立派な服着て。そしたら、その兵隊は下の妹も見てる。うちの幸子《さちこ》を抱っこしては泣くんですよね。そしたら、「泣かない、泣かない」って、大きくて四角いパンみたいな物を妹にやって、それから下に降ろして、「ママんとこに帰んなさい」って。それは大丈夫だったんだけど。でも国に帰る途中で、子どもを置いて帰る人はいないでしょう。その人も、そういうことをわかってくれた。それで、怖くて、次の日になったら別の所に場所を移ったんです。でも、次の日から、ソ連兵は来なくなった。

その頃、うちの父親と母親はね、特に父親は、生きて日本に帰るという健康状態じゃなかったの。１９４４（昭和19）年に生まれた一番下の娘がね、夜中に亡くなった。その上の６歳の妹は、私たちが仕事を探しに出掛けていた時、中国人が勝手に収容所に入って来て、この妹を「この子が可愛い」って連れて行った。敗戦するということは、子どもも守れないことなんだね。母親が「連れ戻す」って騒いだけど、後で、どこの誰が連れて行ったかわかって、母親と一緒に妹の所に行ってみた。母が「ここはあなたのうちじゃないから、母さんと一緒に帰ろう」って言ったら、妹は「帰らない」って言った。ちゃんとかわいい服も着せてるし、食べ物もあるし、太っていた。子どもは太るのが早い。無理に連れて帰るとまた泣き出すからね。で、妹はそのままで。元々、日本人は団体で行動してて、１人じゃないから。例えば、瀋陽の何々の運動場は、何々開拓団の何々って全部把握してるんです。そこに帰る意志があるかどうか、通知がくるんですよ。「日本人が団体で帰国する」という通知が来たんで、母親は一生懸命だった。その妹の家族も、帰国のことを知って、「連れて帰るんじゃないか」って恐れたのか夜中に、もう１人の日本人の６歳の男の子と２人の子どもを連れて、実家の田舎の方に帰っちゃったの。その時は、中国の県の方からも協力してくれて、警察が一軒一軒調べてくれたけど、駄目だった。

それからは、妹には全然会ってないし。後で、私がいろいろ調べた結果、連れて行った養母の妹が、「お姉さんも亡くなって、娘さんも亡くなったよ」って。でも、一緒にいた男の子はまだ生きてたの。後で、その子と連絡取りあって手紙が来たけど、「自分は日本人の子じゃない」って言うし、また、引き揚げの最後の頃に、北京にいる時、その子からもう一度「お姉さんを捜したい」って手紙が来たけど、もうどうしようもないし。

そんなことがあって、「どっちみち、ソ連人とアメリカ人は同じだから。娘が大きくなるたび、いたずらされたり、レイプされたりする。それより、中国人の方がよっぽどいい」ちゅって。条件は「養女」ということで。ちゃんと書類を書いて、「この子たちは親が売ったんじゃない。こういう非常の時期に、生活が切羽詰まっていろいろ話し合って、2人の娘は中国のお父さん、お母さんに養ってもらう」という契約で。「私が、健康で戻ってくる頃、恩返しします」って。自分たちが生きてるうちになんとか、二人の娘を中国人に預けたいって思って、中国の方の戸籍謄本や住民票も全部取って。でも、父親が亡くなる頃は、まだ国交を結んでなかった。日本人の女の人や女の子が、中国の家庭に入って、これがほとんど残留婦人なんですよ。

ある時、瀋陽で、家族全部殺して、逃げた残留婦人がいるの。きっと何か恨みがあるかもしれないね。それから、行方不明になったって。それが発生してから瀋陽市はね、兵隊さんたちが日本人がいるかどうか、一軒一軒調べたよ。「あんたはすぐ帰れ」って言われたのは年配の人に多かった。だけどさ、こっちで残って中国人と結婚してるのに、「帰れ」ちゅうても無理だよね。でも、この人たちは食べるために結婚したんで、好きで結婚してるんじゃないからさ。で、うちにも来たの。「これは、あんたたちの娘さんですか?」って。私に、「中国語わかりますか?」って聞かれたから、「わからない」って、日本語で答えたの。「日本がいいか、ここがいいか?」って言うんですよね。「どっちもいいよ」って私は言ったの。「この子はほかの子と違うわ。誰にでも怖くないのね」って。そして、うちの養父が私の父親との契約書を出してくれて。「これだったら心配ない。大事にしてあげてください。戦争で日本人はいろいろ罪は犯したけど、子どもたちには罪はないから」って、それで済んだ。

それから、何日かしてから、「日本に帰れる」って話があった時に、私は、親たちがどこの収容所にいるのかわからなくなって、バラバラになったの。それは、１９４６（昭和21）年の5月頃のことでした。

中国での生活は、言葉は全くわかりませんでした。新しい家族は、養父と息子2人と娘1人と私。全部で5人。私が、13～14歳の頃。私を養女(75)にしてくれた人たちは、北京から車で2時間ぐらいかかる郊外にいた人で、共産党の人なんです。戦争当時、日本軍が攻撃してきた時に住んでた村は、日本人に皆殺しにされているんです。私はそんなことは聞いたこともなかったけど。共産党は大きな組織だから、上から「守れないから、党員は家族を連れて避難しろ」って命令が来たらしいんですよ。天津《テンシン》は国民党がいるから行けない。それで、瀋陽の方に行っちゃったけど、仕事もないしお金もないし。養母は途中で餓死したんだけども。日本が敗戦したちゅうことで、ここに落ち着いたわけなんです。そういう家族はいっぱいいたからね。でも、すぐにバラバラになった。お兄ちゃん（養家の上の息子）が、お母さんの兄さんを頼って、仕事がやりやすいからって北京に行ったの。そして、弟（養家の下の息子）は弟で、八路軍に入っちゃった。後で負傷して指がなくなってしまったけど、国の方で素晴らしい待遇を受けていた。3年前に亡くなったけど。妹（養家の娘）は結婚して、息子がアメリカに行ったので、今はアメリカにいる。
その後、私たちは元々住んでいた北京郊外に戻った。北京は瀋陽と違って、ずっと穏やかな所だった。瀋陽に逃避行する時に、畑も家もそのままだったけど親戚に見てもらっていたから、何年も帰ってなかったら、食べ物も家の物も全部取られた。そこも、すごく苦しい生活だった。北京は、まだ国民党だったから。北京と瀋陽を行ったり来たりして、両方に住んでいた。瀋陽は１９４９（昭和24）年に解放された。そのころは、私は瀋陽に戻

(注)75　童養媳《トンヤンシー》（tóng yǎng xí）　幼女、少女を買い育てて将来男児の妻とする旧中国の婚姻制度の一つ）。

っていて、3、4年ぐらいいました。兄（養家の上の息子）と結婚し、男の子が1人いたの。あとは全部死んじゃった。林檎1つ食べさせられないで。夫は、共産党の労働者解放の組織関係の仕事をしていた。あの頃は全部秘密だったから、私は夫が何やっていたのかわからない。貧乏でお金がなかったから、食べものも無く散々苦労した。そういう貧乏な人を共産党は助けるでしょ？「苦労してる人、貧乏な人を助ける」っちゅうことだからさ。うちの主人は、早いとこ入っちゃった。退職したら自由だけど、私が日本に帰る時も、主人は国外には出られなかった。そういう階級だったから。

苦労したのは私たちだけじゃない。中国の人たちは散々日本にやられてさ、若い人は日本人に殺されて、殺されなかった人はみんな連れて行かれた。私は13歳から後は、学校とかには行かなくて、日本語忘れていたけど、中国で全部独学で勉強しました。向こうに残った日本人は、「自分が頑張る」っていう意識があったら、けっこうりっぱな中国の学問が勉強できるんです。私はそっちの方に行った。文化大革命の時も、私の気性だから、いじめられたりということは全然なかった。向こうで日本語を教えている時は怒ったりするけど、「先生にはかなわない」って。私の周囲には日本の悪口言う人はいない。

中国の昔の年寄りの女性は、ほとんど学問がないんですよね。食べ物も無いのに、学校に行けますかね？中国が解放されてから、自治会があるんですよ。私がよっぽど学問のある人に見えるようだった。上と話をして、「自治会の会長はどう？」って。「私はできません」って。「いや、あなたならできる」って。私は、「どんな事があっても、中国の女性には負けない」という意識があった。国は負けたけど、個人は負けてない。いろいろ勉強してさ。

【帰国後の生活　Ⅰ】

私の姉が亡くなる時、姉の旦那さんがすぐ日本に知らせたんですよ。姉が亡くなる頃は、瀋陽はまだ国民党だったから。姉の旦那さんは、日本とは自由に文通していたんですよ。私は、自分の名前や自分の家の住所や全部覚えていた。

１９７４（昭和49）年7月4日、42歳の時、親たちに会いに日本に帰って来た。この時は、国の方で一時帰国できたんです。その時、兄が言ったんです。「父親が亡くなる時に、自分が依頼された」って。「自由に行けるようになったら、必ず迎えに行け」って。兄は、長崎の方に迎えに来てくれた。また、お姉さんがいい人なの。今でも、行ったり来たりしてますよ。母も札幌にいたから会えた。母親がいつも文句言うんです。「親の心子知らず」って。でも、私も、「どうして私らを連れて帰ってくれなかったのか」って、ムカムカするものがあるんです。「みんなそこで死んじゃったのじゃないか」って言いたいのさ。親を責めてもしょうがないしね。だから、いい顔が見せられなかったね。それで、母が文句を言うんだけどね。

一時帰国をしたけど、永住帰国の考えは無かった。1年に何回か貿易の仕事の関係で、通訳として出張で日本に来ていたから。毎年東京の方には来ていて、中国の企業で日本と関係あるところはほとんど来てます。日中国交回復後は、すごい勢いで。当時は、通訳が不足してましたね。

ただ、主人と一人息子が3か月の間に相次いで亡くなって。それで、永住帰国を決意しました。主人は筋萎縮性側索硬化症（ＡＬＳ）。日本でも、原因はわからないって。息子は交通事故。中国の観光地で通訳となって、日本人の世話をしていたんです。息子が小さい頃、向こうの親戚たちが「お母さんは、好きで中国に残った訳じゃない。いつでもお母さんが祖国に帰れるように、日本語を勉強しなさい」って息子に言ってくれて。１９９４（平成6）年、62歳の時に永住帰国しました。

私には、東京に友達が何人かいて、「これからは年をとるから、小さな所（田舎《いなか》、村の意）は帰らない方がいいよ、病院も遠いしだめだよ」って言ってくれたんだけど、うちの弟が身元引受人だったので、手続きは全部やってくれたから、最初からここ北海道に落ち着きました。私にとっては北海道が魂だから。

今の日本人は、自国の文化を守らず、どうして英語ばっかりしゃべるのか、アメリカ人みたいで嫌なんですね。原爆でやられてるし。日本は、中国に対して侵略したのであって、最初に満州国へ入って来て、人殺しをしたのはソ連です。そういう事がどうしても納得できなかった。だけど、中国の言葉ちゅうのは、何か悲しい、苦しいという時は、そっちの方に行っちゃうんですよ。「本当は死ぬはずだったのが生きて来たのは、やっぱり、中国の人のお陰だって」そういう意識があったんです。お産する時も、病気した時も、隣近所のおじいちゃん、おばあちゃんがみんな手伝ってくれた。子どもの病気の時も全部そうだった。帰る時は、主人の弟が「この国はあなたの国だから、帰らない方がいい」って。「いや違う。私の国ではない」って私が言うと、「こんな大きな中国を愛さないで、あんなちっちゃな日本に帰ってどうする？」って。私は中国も日本も好きですよ。

【帰国後の生活　Ⅱ】

日本で裁判などがありましたが、残留孤児たちの考え方に「自分たちの国に帰って来たのに、乞食になったんじゃない」っていうのがあります。どうしてかって言うと、生活保護を受ける前に就職しちゃったでしょう？もし、こういう形で養ってくれるんだったら中国の方がいいって。生活保護はいろいろ制限があるから。もらう額は少ないけど、中国の年金は制限がない。

私は、永住帰国をしてからは、北海道の上の方から、「手伝ってほしい」と言われて。うちの弟が「お姉さんにも手伝ってほしいんだけど」って。残留孤児たちがたくさん帰って来るのに、日本語も中国語もわかる人が少ないから、私は正社員として、正式に中国残留孤児研修センターに入ったんですよ。75歳まで10年ぐらい仕事してました。でも、私はこの人たちが裁判を起こさなかったら、まだ仕事は辞めてない。裁判のこといろいろ聞くんです。私の方に入って来るからね。「これだったら、この国は駄目だって」怒ったんですよ。

せっかく自分の国に帰って来たのに。所沢から帰ってきた人たちが多かったけど、家族を全部、私の勤めていた事務所に集めて、「みなさん長い間ご苦労様でした」ってそれだけの話。最初は「こういうもんかな」って聞いてたんですが、何回帰って来ても、たくさん帰って来ても、こういうような話だから、「これ、どういうことなん？」って。裁判で私、証言したでしょ？「中国の残留孤児はね、命からがら、奇跡的に帰って来たのに、『皆様、長い間ご苦労様でした』って、それで終わったの？」って、文句言ったんです。『ご苦労様』って、あなたたち見たの？　聞いたの？　その言葉はまず使わない方がいいよ」って。「みんな怒ってるんですよ。中国の孤児たちがさ」「じゃ、どうすればいいんですか？」「中国に調査に行け」って、そこまで話したんですよね。中国だってさ、向こうで散々苦労して、この人たちはまた苦労する必要はない。「もし、あなたたちが、中国を侵略しなかったら、こういうことはないでしょ？」って。そう言ったら、みんな大人しくなっちゃってさ。

『大地の子』というテレビドラマは、中国では放送されなかったんです。なぜだと思う？　もし、日本が中国を侵略しなかったら、こういう子どもたちはいないから。そういうことは一言もしゃべらない。あの『大地の子』は足りないところがたくさんある。みんな悲しくて泣くけど、私は泣かないの。「開拓団だ」って行って、人の土地奪ってさ。そういうことしなければ、誰も恨まなかった。最後の最後まで、自分の命をかけて、「残留孤児」を守ったっていうそういう年寄りがたくさんいたじゃない。そういうことも言わない。だけど、あの作家の人も苦しいと思うんです。いろいろなこと書きたかったけれども書けなかったかもしれないね。あの人は優秀な作家ですよね。

私が中国にいた時は、片方だけの肩を持つことはしない。1度、「中国残留孤児の人が日本へ帰りたいけど、肉親がいない」ってことになったんですよね。肉親がいないと誰も保証[76]してくれない。瀋陽には日本人の子どもがたくさんいるわけ。開拓団の人たちは、みんなそっちの方に集まるから。ある時、総領事館、中国の大使館に行ったんです。みんな中国にいる日本人だからね、親切に対応してくれるんですけど、仕事してるのは全部中国人ですよ。2、3人の日本人しかいないのね。大きな部屋に、たくさんの中国人がいて、みんな日本に行くんだって話だったので、どんな条件だと日本に行けるのか聞いたんです。それは、結婚、就職、留学の場合だそうです。たったこれだけの条件で中国人は日本に行けるのに、「中国の残留孤児は、どうして今まで、日中の国交が回復したのに、誰一人帰れないじゃないですか？　これはどういうふうになっているのか？」って、私は腹が立って言いました。「あんたたちはね、ちゃんと勉強しなさい。良い服着て、立派な仕事してるけど、あなたたちは人間らしくないわ」って。「この残留孤児たちは同じ兄弟のようなもんでしょう？　この人たちのために一生懸命やったら、あなたたちも何か良いことがあるんじゃないの？　黒竜江省《コクリュウコウショウ》のあの寒い所に住んでいる人たちが、春頃、北京に来て、いろいろ手続きしているんですよ。来る時は、みんな綿の服で来るでしょう？　寒いもんだからね、ズボンも上着も全部綿の服。その時は、北京でもどこでも、泊まる時は日本大使館が全部負担するんです。でも、この人たちの分は負担してくれないの。どうして？」って、理由を聞くと、「わかんない」って言うんです。そういうことをチェックする人がいないみたい。勝手にやってるみたいだったね。それから、だんだんよくなったけどね。

今回の裁判でわかった。全部戸籍を消されちゃったでしょ。「この人たちはもう日本に帰って来るな」って。ね、とんでもない考えでしょ？　だから、私は本当にすごく腹が立ったんだ。「あんたたちは、中国残留孤児を

(注)76　当時は身元引き受け人がいないと孤児たちは日本に帰国できなかった。特別身元引き受け人制度がなかった。

人間として扱ったかい？」って。親は中国で死んでるからわからないし、兄弟は日本に残っているけれども、「今になって、兄弟が帰って来たって、俺たちは退職してるし」って。こうやって、文句言うでしょ？　そういう条件（＝肉親の身元保証人がないと帰れないという条件）があったら、誰も帰国できない。

10年ぐらい前になるかね、「12人の強行帰国」の時、私は出張で横浜にいました。あの時、田中角栄《たなかかくえい》の娘さん、真紀子《まきこ》さんが立ち上がらなかったら、まだ帰って来られないですよ。その時にさ、誰かがこの状況を真紀子さんに教えた。そしたら、真紀子さんは直接厚生省に行って、「あんたたち何やってるの？　今、残留婦人たちが帰って来ているのに」って言って。「僕らは知らない」って。「この12人は全員、日本のパスポート持ってるのに、日本に帰って来れないのはおかしいじゃないか」って。そしたら慌てて、怒鳴ったり話したり。そして、「前のね、中国帰国者が帰って来るその制度を見せてくれ」って、真紀子さんが言ったらしい。そしたらなんと、肉親の身元保証人がいなかったら、帰って来れないってことになってたでしょう？　それで私も腹立って、中国に帰って北京の大使館に文句言って。「あなたたちね、12人の残留婦人がさ、強行的に日本に帰ったの知ってます？『保証人がいなかったら帰れない』とか、何とかかんとか、理由つけていたのにさ。これどうなっているんですか？」って。「私らを、自分の国民とみてないね」って。なるべく帰って来ないように、来ないようにって。あの頃、私も戸籍のことは知らなかったけども。だけど、これはあまりにひどいですよ。

そして、こういうことがあって、また、新しい状況を作ったでしょう？　特別身元引受人制度。肉親がいたって、もうとっくに死んでますよ。私らがこんな年だから。日本の国は恥ずかしいよ、私は、本当に。「この人たちが一番望んでるのは、飛行機から降りて、落ち着いたら親が迎えに来る、兄弟と抱き合って泣きたかったんです。あなたたち、何考えてるの」って。それこそ、一生苦労した人たちがさ、自分の国に帰ってきて、心の中の本当のこともしゃべれないって、そんなのおかしいじゃないですかって。

【若い人たちへ】

私は、若い人たちには、大きな希望を持ってないんです。日本の国の若い人はどうなの？　りっぱな青年もいるかもしれないけども、うちの子たちは、中国で散々いじめられたりして、親のあれで帰って来たんだけども。正直言うと、まともに正しい教育っちゅうのは受けてないですよね。受けるのは日本語ぐらいで、何ぼ勉強してもわからないってことで。それより、どこの国の人間も同じだけど、どんな人が人間って言うかわかる？　そういうことを、これからの世の中をしょって行く人たちだから。「人間としての品性をちゃんと持って。人間としての優しさとか思いやりとか」っていうこと。私が、仕事で成田に来た時、男の子が2人、中のパンツをずっとここまで降ろしているんですよ。私が、「お二人さん、パンツが落ちてますよ」って言ったの。「これは流行」こんなの中国には1人もいないわ、あの時代。ま、若い人は若い人で生活があるけれども、「自分は人間だ」ちゅうことは忘れない方がいいわ。

【政府へ言いたいこと】

政府に言いたいことは、もう少しね、日本の国民をさ、愛していく。自分の国民だから。自分のことばかり考えないで、これからさ、自分の国民をどういうふうに育ててくか、ってこと。

【人生を振り返って】

今までの自分の人生の中では、子育ての時が一番つらかった。その時に勉強して、定期的に試験を受けて国家公務員になったんです。私の夢は、「人間として、中国の女性には負けていけない」ということ。それは、意地悪で言っているのではなくて、「日本人の女性を馬鹿にするな」って意味さ。私はね、物がある幸せっていうのは欲しくないんです。ただ、人間として、何をやるか、これからも。この年になって、目標がなくてもいいけどさ、やはり、これからの子どもたちを考えれば、そういうことを教育しないと。本当に日本の国っておかしいわよ。戦争で、散々経験して来たのにね、それがしっかりと伝えられてないですね。どうしてこういう問題が起こったか。一生懸命勉強して、国民に習わなくちゃならないの。

中国にも日本にも家がありますが、去年中国の春節に行ったら、突然気分が悪くなって、2か月ぐらいいたけど、病気になって、歩けなくなって。中国では、病院で外国人が診察を受けるのは難しいらしく、孫娘の友達からもらった漢方薬で、何とか落ち着いた。みんな、車いすやら何やら世話してくれて。「こんなに痩せたの？」ってびっくりしてました。1人飛行機に乗って4月に帰って来ましたが、今はあまり元気ではありません。（完）

証言の背景　開拓農業実験場　北海道興農公社《こうのうこうしゃ》の酪農開拓団

（1）証言者　家村郁子さん
（2）終戦直後の動態不明
（3）開拓団の概要
『満州開拓史』419頁に「(ウ) 北海道農法採用と開拓農業実験場」の記述があります。

「北海道農法が満州に適応するかどうかの議論があり、昭和14年、拓殖委員会は実験農家200戸送出の許諾をする。昭和15年から開拓農業実験場を設置し、北海道農会に委嘱。開拓農場実験場の一覧には18か所の所在地、場長名が記載してある。」

　家村郁子さんが入植した北安省通北の開拓農業実験場には22戸が入植していると記されています。北海道農法は、通北実験場では、付近の開拓団や満農の及びもつかない営農技術を示し、その多収穫は満州人の想像をはるかに超えていたとも、記載されています。

　支援者からの提供情報によると、昭和20年6月に、家村さんの父親が株式会社北海道興農公社が募集した開拓団に応募し渡満。父親は、津別町で酪農業を中心に他の事業も営み、地域の有力者だったそうです。家村さんの話では「応募」ではなく「強制」され団長になったとのこと。戦争末期の当時、物資不足から木製の戦闘機製造の計画があり、接着剤の材料であるカゼインを得るために牛乳増産が必要となり、酪農公社に酪農開拓団編成、送出が命令されたという背景があったのではないかということです。興農公社は、現在の雪印メグミルク株式会社の前身で戦時国策会社として、それまでの道内の酪農業をひとまとめにして「国策第一主義」で運営されていたとのこと。中国へ渡る前、札幌市東区苗穂町の興農公社（現在も雪印苗穂工場）に全道からの応募者が集められたそうです。家村さんは、時に苗穂工場近くを通ると「近づきたくない」と言っていたそうです。当時、家村さんも驚くような貧窮した農民が集められていたとのこと。「入植」した北安の実験農場で、営農の準備をしているうちに8月9日を迎えることになったようです。

【木製戦闘機とは】

木製戦闘機の基になったのは「疾風《はやて》・キ84」と呼ばれた陸軍の四式戦闘機。44年4月から量産され、終戦までに約3500機が南方などに飛んだが、現存は鹿児島県南九州市の知覧特攻平和会館にある1機だけとのこと。

北海道に住む支援者の話では、北海道博物館には戦闘機用の木製の翼の骨組みや燃料タンクなどが、展示されているとのこと。木製戦闘機を作る目的で、接着剤の材料であるカゼインを得るために牛乳増産が必要となったということは、当時の酪農家たちには知らされていなかったと考えるのが妥当であろう。

孤児たちと日本をつなぐ役割を担った残留婦人

第19章　鈴木信子《すずきのぶこ》さん（仮名）

「孤児たちに慕われた代書屋さん」

証言者と写真は無関係です。

昭和16年の白山郷開拓団

写真提供、古源良三氏

証言者プロフィール

1921（大正10）年　生まれ
1940（昭和15）年　19歳　夫と親戚5人と一緒に渡満（夫は前年先発隊で入植）
1944（昭和19）年　夫が召集（後にソ満国境で昭和20年10月戦死）　7月、生後6カ月の子どもを、8月、3歳児をはしかで亡くす
1945（昭和20）年　24歳　終戦　逃避行の途中、入水自殺を図るが中国人に助けられる。その後、その家の息子と結婚（子どもは5人）
1975（昭和50）年　54歳　友達の子ども、姉の子ども、自分の下の2人の子どもを連れて帰国（自費）
1990（平成2）年頃　残りの子どもたち家族を呼び寄せる（自費帰国）
インタビュー　2013年11月　92歳　場所　証言者のご自宅
ウェブサイト　なし（非公開）

証言

【満州での生活】

今年93歳（数え）になります。満州に行く時は、結婚しておりまして、主人と私、親戚の人5人、全部で7人で行きました。満州では農業をやって、主に米を作ってました。あと豚を飼っていて、馬もおりました。野菜とかの作り方は主人はわかりますが、私は百姓をしたことがないもんで、苦労しました。主人はよく働く人で、朝から晩まで働いて、いろいろな野菜を、全部作ってました。そして、中国人の苦力《クーリー》を1人使ってました。

1944（昭和19）年に、主人は、兵隊に召集されて行きました。夫がいない中、終戦までは苦力と一緒に農作業を頑張っていましたが、毎日馬を飼うのがね、大変でした。馬を使ってなんとか凌《しの》いでましたが、主人がいなくて、毎日泣いてました。

【終戦時の様子】

1945（昭和20）年、終戦の時は、開拓団の団長さんからの話はなくて、8月のある明け方に、「ソ連兵が来たから逃げろ」って言って、まだ暗いうちにみんなで逃げました。目の前にソ連兵が来てから、逃げろと言われ、みんなは北と南に分かれて出て、北の方に行き、一緒になって、北の人たちの指図で、みんな逃げました。その時は着のみ着のままで、何にも持って行けませんでした。歩けるだけ逃げました。一緒にいた大きな女の子は、弟を負んぶしたりして逃げました。

私の2人の子どもは、主人が、19年に出征した後、はしかが流行って……。開拓団に診療所がありましけど、医者は毎日酒を飲んで酔っ払ってばかりで、薬もないです。ほいで、子ども2人は入院しても誰も診てくれなんで、亡くなりました。あのね、2人の子どもが亡くなった時に、この三太郎（仮名・地元の支援者）さんのお母さんが、それより前に、子どもたちに、かわいい子ども服を送ってくれて、それを着せてあげられたのが、まあ、なによりね、幸せだったと思います。あとは何の供養もしておりません。

【逃避行】

敗戦で逃げる時は、開拓団に男手がないもんで、馬は連れてけなんで、どっかから連れて来た牛1頭と荷車をくれて。ほして、荷車に開拓団の子どもたちを乗して、私も行くんですけど、私は牛車を運転したことがないのに、誰も助けてくれなくて。牛車に乗っておっても自信がなかったです。途中で私がおらんようになれば誰か助けてくれると思って、私は決心して、途中で運転を他の人と代わってもらって、子どもたちだけみんな、開拓団の人と一緒に行かせて、私は最期を決めました。自決を覚悟して、大きな川へ飛び込んで。その川は底なしの川で。中へ入ったけれど、やっと息があるもんで、「こんなところで死ぬのなら、死にたくないな」と思いながらも、満人の人に助けてもらいました。その時のことはね。思い出したくありません。

【中国人の家へ】

満人のところは何にもねえ、満人のおばあちゃんたちが、「死ぬのはよせ。いつか帰れるからな」って慰めてくれました。満人の中にいて、食べたことのないトウモロコシが、毎日毎日続いて、泣きながら食べました。トウモロコシのご飯。お米はないです。固いトウモロコシを臼《うす》で碾《ひ》いたの。それがご飯です。お米は食べたいけどお米はないです。トウモロコシも、朝から晩まで、ぐつぐつ煮ても柔らかくならないで、まだ固いけれど我慢して食べました。主人とはなんともないです。いく所がないもんで仕方がないから、満人の所にいましたけど、悲しい思いばっかししました。食べるものもそうだし、毎日畑仕事。それから、子どもが……そうね、5人。女の子が2人と男の子が3人、これ（現在同居中）が一番小さくて。

中国の人はみんな器用で靴は作って履くんですけれど、私は作り方はできないし、中国の人の古い靴をもらって履いてました。中国語は全然わかりません。なんとかね。手振りで中国のおばあちゃんたちはみんな優しくしてくれました。私が、物を作るのも下手なもんで、主人から、毎日怒られて、あげくに叩かれたり、嫌な思いをしました。「日本の女は役に立たん」って言われて、何を言われても、怒られても行くところがないもんで。ふるさと恋しくて泣いてました。本当の主人は、戦争に行ってまって、ただ自分は行くともないもんで、おっただけで。全然、ああ、旦那様とも思いません。

【大飢饉と文化大革命】

大飢饉て、中国全体が食べ物がなかった時がありましたけど、食べ物はトウモロコシと野菜だけです。ずうっと。文化大革命の時、「お母さんは外へ出ちゃいけない、子どもたちと話をしちゃいけない」って。日本の孤児が、まだ大勢おりまして、その人たちがかわいそうなもんで、その人たちの代わりに、私が手紙を書いてやったりしましたけれど。その翻訳を頼まれたんです。日本から手紙が来ても読めないし、書けないもんで、私がしてやりました。自分の名前はわかるけれど住所はわからないという孤児の人たちがたくさんいて、日本とか日本大使館とか、いろんなところに手紙を出して、その返事が来ても、日本語なもんで読めなくって。そういうのを、私のところに持ってきたもんで、手紙を読んであげたり、手紙を書いてあげたりしてました。その人たちのお役に立てればと思って。その代わりスパイ容疑をかけられてしまいました。

【スパイ容疑】

中国の公安局が、「お母さん（＝私）はスパイだ。お母さんと話をしちゃいけない」と子どもたちに言いました。夜中でも家宅捜索といいますか、調べに来ました。私はスパイ扱いされて、「外へ出ちゃいけない。人と話をしちゃいけない。自分の子どもと話しちゃいけない。子どもたちはうちへ帰っても、お母さんと話をしちゃいけない」って言われてました。中国の公安部の方から。あの頃は林彪《リンピョウ》、林彪っておりました。あれが、毎日毎日、会合で。子どもたちは会合に行きますけれど、「お母さんだけは来ちゃいけない」って言われました。子どもたちは「リーベンクイズ（＝日本の鬼の子）」とか言われて、いじめられたりしました。

日本の実家から私に手紙が来ても、「あなたの商売は資本主義だ」と言われ、手紙もみんな没収されました。手紙は読めたことは読めたんですが。ほいで、一度、この三太郎さんのおうちから、「おばさん。日本へ帰っておいで」って手紙が来て、日本へ帰国したら場所がわかるようにって、日本の地図を送ってくれたことがありました。それは中国に着きましたけど、没収されました。

スパイ容疑をかけられましたが、「ただ、うちの中にいなさい。一歩も出ちゃいけない」って、あの時に、中国の語録、分厚い、毛沢東語録《モウタクトウゴロク》をね、あれを持たされて、「毎日、うちで勉強しろ」って言われました。私たちは集会でのつるし上げはなかったですけど、日本の勉強をした学校の先生たちは高い帽子を被《かぶ》されて裸足で、日本語を話しちゃいけないと、机を頭にのせて町中引きずりまわされました。

【日中国交回復】

中国政府でも、それから日本人を大事にしてくれました。日本人だけにはお米を少しくれました。ただね、田《た》中《なか》（角栄《かくえい》）先生が来てから、油とお砂糖と、それは日本人だけに、特別に月に少し分けてくれました。配給です。田中先生が中国に来た後は、日本に帰りたいって思いがずっとあって。友達もみんな、日本に帰りたくて、帰りたくて。私が、年長だもんですから、年下の衆を集めて、日本懐かしい歌を歌ったんだけれど、満人のおるところでは怒られるので、隠れて歌いました。

日本へ帰れるようになったきっかけは、私が日本へ手紙を出して。この三太郎さんのおばあちゃんと実家の兄に、手続きをしてくれるように手紙を出して。毎日毎日、待ってました。

【帰　国】

それで、1975（昭和50）年に日本に帰れるようになりました。日本へ帰れるようになったのは、田中先生が行ってから、だんだんそこ（日中友好ムード）が良くなりました。帰って来るまでは、中国の人たちも、「日本に帰っていい」っちゅうことを、中国全部へ知らしとるもんで、私たちには害はありませんでした。

姉の子どもと、友達の子と、私の子ども、一番下の2人の子どもを連れて、帰って来ました。この時、中国の主人はもう亡くなっておりました。そいで、姉の子どもたちは、父親がソ連の収容所から帰って来ておりましたので、みんなそっちの方で暮らしました。私は少し実家におりました。

これ（同居している息子）は小さいもんでいいけれど、上の子は、「年が上だからだめだ」って言われて、置いてきました。その時は、一番下の子どもが14歳、上の子どもが16歳ぐらい。一番上とは12歳違ったから、一番上は28歳ぐらいかな。私は54歳ぐらいでした。

【日本での生活】

実家に落ち着いて三太郎さんのおばあちゃんが、全面的に面倒見てくれました。子どもたちは、言葉がわからないもんで、学校へ3カ月私がついて行き、通訳をしたりとかで。だんだん、日本語覚えていきました。一番下の妹の方が先、覚えたね。ほいで、うちに帰って来ては、私が日本語を教えたりしました。帰国した子たちに日本語を教える先生がつくとか、そういう特別な制度は何もなくて、「言葉がわからん」ていうことで、特殊学級だね。要するに養護学級に入って、年が違っとっても、大体小学校6年生ぐらいからスタートするような感じだったと思いましたね。で、たまたま近所の先生が、中国語がしゃべれる先生がいて、本校じゃないんだけども、他校から通って来てくれました。そういうふうで、だいたい、半年ぐらい養護学級におってから、普通の学級に行ったのかな。そう。だいたいそうですよね。

上の子どもたちは、私たちが落ち着いてから、15年経って呼び寄せました。「日本へ行きたい。母ちゃんの所へ行きたい、行きたいで」って言うことで、その後、難しい手続きをして帰ってきました。1人は日本の生活が合わなくて、日本で生活できないもんで、中国へ置いて来ました。2人の子どもが日本へ来ました。帰国費用とかは自費で、自分たちでお金を作って、平成2、3年頃、日本に呼び寄せました。

最初に帰国した下の男の子が、手に職をつけるため、職人さんのところへ弟子入りして、一生懸命仕事を覚えて働いて、お金稼いで、この家を建てました。

それから、帰国費用も作って、最初は兄の方を呼び寄せて、もう1人はその後から呼び寄せました。

【人生を振り返って】

2007（平成19）年の、新しい残留孤児たちのための支援法についてはよくわかりませんが、なんか年金の改正があったみたいで、満額になって。治療費とか、当時は、全然かかってなかったもんで。今、高齢者なんとかってありますよね。だから、普通に1割で。支援金は受けておらず、年金で満額もらえるよう、そうなったみたいです。

今、一番大変だったと思うのは、2人の子どもは言葉はわからないし、日本の本当のいろいろなことがわからないので、それを教えていくのに苦労しましたけどね。でも私が、ほかの帰って来たかった人たちよりも、一番幸せだったたっちゅうのは、三太郎さんのおうちで、全面的にいろいろ面倒みてくださったので、本当に幸せもんで感謝しとります。あの頃の中国におった時の生活を思うと、今は御殿（＝天国）です。みんなやってくれることに全部感謝しとります（完）

証言の背景　孤児たちと日本を繋ぐ役割を担った残留婦人

（1）残留孤児の代書屋さん

残留孤児へのインタビューを重ねる中で、《残留婦人の親切な代書屋さん》の存在を知りました。中国語がわかり、日本語の読み書きのできる残留婦人たちが孤児たちから頼りにされ、日本の親族への往復書簡を、ボランティアで代書してくれていたのでした。ある孤児の方は、お世話になった代書屋さんを探し出してお礼がしたいと言っていました。孤児たちと日本の親族を繋ぐ橋渡しをした《残留婦人の親切な代書屋さん》。鈴木信子（仮名）さんも、そんなおひとりでした。ご家族のご希望で、インターネットでは公開しておりませんが、大変貴重な体験をなさっておられます。

次に出版する第2作『あの戦争さえなかったら　62人の中国残留孤児たち（上・下）』の中に登場する丹羽千文さん、多田清司さんもインタビューの中で残留婦人の代書屋さんに代書をお願いしたと語っておられます。

一部抜粋　丹羽千文さん

《「日本語忘れちゃって。日本語の言葉が使えれんもんで。そばにいる人も、日本語は使えんの。そばに話す人もおらんもんで。私の姉が、日本語で手紙を送ると、私はわからないし。ほで、中国の家の近くに、私たちより年上の日本人で、終戦の時、22歳で結婚しとったけど、日本語は全然忘れんかったおばさんがいたんです。私が手紙を持って行くと、喜んでな、見てくれるの。中国語でもう一回言ってくれて。日本語で、また話してくれたり。そして、返事出す時は、またお願いするの。それも、喜んで書いてくれるんだよ。「日本の字を見るのも嬉

しい」ちゅうてな、喜んでくれて。訳してくれて。手紙を出してくれてな。そういうふうにして。44歳の時か。里帰りできた》

鈴木信子さん（仮名）の近所に住む支援者に伺った話では、彼女に代書を頼んで日本に帰国できた孤児たちが、彼女を訪ねて遠くは九州の方からも、数人お礼に見えたそうです。孤児たちと日本を繋ぐ大事な橋渡しになっていたことは疑いようがありません。

このように各地の残留婦人たちが、好意で個人で行っていた代書屋さんの存在は貴重でしたが、組織的にやっていたところもありました。

「NPO中国帰国者の会」では、残留孤児の大量帰国時代を見据え、1988年9月1日からハルピンで日本語教室を開いていました。中国黒竜江省工業交通管理幹部学院と「中国帰国者の会」で「黒竜江省日本語訓練センター」を設置、運営していたのです。当初から「NPO中国帰国者の会」は残留孤児の日本帰国に備えたカウンセリングセンターのようなものを目指していたので、その中で、代書屋さんもたくさんいたということを、当時事務局長をしていた故長野浩久《ながのひろひさ》氏に直接伺ったことがあります。日本への帰国の順番を待つ残留孤児たちにとって、その教室がかけがえのない存在だったことは疑いようがありません。

もう一つ、堀越善作《ほりこしぜんさく》さんの「嵐山会」というものもありました。会は、1986年から残留孤児探しから残留婦人の引揚援護に舵《かじ》を切り、中国各地に身の上相談所と日本語教室を開設しました。その中で、親族への代書はもちろんのこと、国への代書なども行ってきました。残留婦人たちのネットワーク作りや名簿作成なども行ったとのこと。日本語教室では、残留婦人が先生になって、帰国を望む二、三世、残留孤児などに日本語を教えたということです。

どちらも、「国がやらないので」「目の前に困っている人がいるので」というような、課題解決型の支援を行ってきました。

（2）「聞き取り（聞き書き）」より補稿

後日、鈴木信子（仮名）さんの支援者から帰国直後の「聞き取り」が送られてきました。インタビューで抜けているところを補います。

…略

「満州から家族招致（お嫁さん探し）で来ていた方とお見合い結婚。…避難命令の後、銃で一家自決した人、自分の家に火を放って一家自決した人もいた。…山に逃げた家族は完全に食料がなくなった7日目に兵隊さんに銃で撃ってもらって全員自決した。医者の奥さんは青酸カリで服毒自殺した…

わが子と姉をなくした私は、生きる希望も逃げる気力もなく、子どもたちと姉が眠るこの○○で自決する覚悟を決めた。団の人々は牛車に食料や着物、身の回り品を満載して、港がある松花江を目指して、出発した。私は将来のある姉の子どもたちに一緒に死のうと言えず、姉の帯を解き帯芯でリュックを作り、炒った豆を詰めて背負わせ、団と一緒に行かせた。11歳の姪は2歳の子を負ぶい、懸命に歩いて遠ざかった。甥や姪の出発を見届けた私は、「自決しよう」と、ひとり…

私の自決を止めた満人のおばあさんは、親身になって世話をしてくれた。蒋介石《ショウカイセキ》が「日本人を殺せ」という命令を出した時も、命がけで匿《かくま》ってくれた。そんな時代に満人部落で生きていくために、満人の家に入って暮らすしか道はなかった。その頃の満人は顔もろくに洗ったことがなく垢だらけ、ほとんどが学校に行けず文盲だった。出征した夫の消息もわからないのに。「死んだほうがどれほどマシか」と思いながらも、生きるために泣きの涙で満人と暮らすことを承知した。…子供は次々と生まれた。思いやりのかけらもない満人と暮したが、ついに愛情を持つことはできなかった。…「いつかは日本に帰れる」と一縷《いちる》の望みをつなぎ、泣き暮らした。その間、何度も自殺しようと思ったが、子どもたちの事を考えると死ぬこともできなかった。一方、3人の甥《おい》たちは、上の2人は豚飼い、牛追いに雇われ、わずかな駄賃で命をつないだ。4歳の三男は満人に預けた。2人の姪《めい》は17歳と16歳でそれぞれ満人の嫁になった。昭和23年、シベリアから生還した義兄と3人の甥たちはそろって日本に帰って行った。満人の妻になった2人の姪と私だけが取り残された。…日本と陸続きならば、歩いてでも帰りたかった。羽があるなら飛んで帰りたかった…昭和50年3月28日、夢にまで見た永住帰国。14歳以上の子どもは連れてこられないため、小学6年の三男と末娘を連れ、北京空港から政府の高官に見送られ、残留孤児・婦人ばかりの特別機で帰って来た」

（3）動画ビデオ非公開の鈴木信子さん（仮名）

支援者の方には、「インタビューの動画ビデオをインターネットで公開させていただきます」ということはお伝えしていましたが、当日インタビューが終わってから、ご家族が反対されました。本人は「みんなに聞いてもらいたい」と、強く主張なさいましたが、今回は見送り、いつかご家族から、公開のOKが出るまではお蔵入りとします。「本にすることだけ許可をいただきたい」旨、ご家族に問い合わせましたところ、いくつかの条件を出されました。どうしても飲めなかった条件が「『夫を旦那様とも思っていない』というところを削除してほしい」というものでした。家族にしてみれば無理からぬことですが、泣きながら伝えたかった彼女の本心ですので、ご家族にお願いして承諾をいただき、書かせていただきました。

第II部　農業以外の自由移民

第20章　高場《たかば》フジヨさん（埼玉県）
「卡子《チャーズ》を生き延びて」

証言者プロフィール

１９２５（大正14）年　3月9日、大分県日田《ひた》市に生まれる
１９４４（昭和19）年　19歳　17歳の妹と渡満。北安《ペーアン》の旅館で働く
１９４５（昭和20）年　20歳　終戦　中国人と結婚
１９５１（昭和26）年　26歳　最初の出産（子どもは４人）
１９７４（昭和49）年　49歳　１人で一時帰国（国費）
１９８３（昭和58）年　58歳　永住帰国（自費帰国）
　　　　　　　　　　　その後、夫、子供とその家族を5、6年かかって呼び寄せる。（全員自費帰国）

インタビュー　２０１３年11月　88歳　場所　埼玉の証言者のご自宅
ウェブサイト　「アーカイブス　中国残留孤児・残留婦人の証言」クさん
　https://kikokusya.wixsite.com/kikokusya/about1-c1ah1

証言

【満州に行く前】

大正14年3月9日、大分県日田《ひた》市に生まれた。88歳（米寿）。当時は日田郡だった。日本にいる時は、お父さんと継母（2番目のお母さん）と6人の兄弟姉妹で暮らしていた。私が満洲に行ってから、もう1人生まれた。家が貧乏で困っていた。お母さんは、私が7歳の時に亡くなった。そして2番目のお母さんが来た。おばあちゃんが病気になって、お金をいっぱい借りて、それを返せなかった。私は長女で12歳だったから、小学校を出て

すぐ工場で働いた。給料が少ないから借金が返せなかった。満州の方から、何回も雇い人が来ていたが、「まだ、子どもは小さいから」と断ってたけど、私が19歳の時、また、満洲で働かないかと勧めに来た。私は、「妹と一緒にだったらいい」と言って、北安《ペーアン》の旅館で3年間だけ働くつもりだった。そこだったらお金がたくさん入るから、親の借金を返せる。私たち2人が満洲に行く前に、親はお金をもらった。私が19歳、妹[77]は17歳だった。そこでは、私が旅館で働き、妹は駅の売店で働いていた。住まいは一緒だった。

1年半働いて終戦。お給料は最初の1年だけはもらった。それは田舎に仕送りしていた。お父さんが喜んでいたと言われた。後の半年間（昭和20年になってから）は、もう旅館に来る人が少なくなった。兵隊とか開拓団の幹部とかしか来なくなって、お金が入らなくなった。兵隊とか開拓団は、部屋に泊まらないから、お金が入らなくなった。だから給料は、食べるだけくらいしかもらえなかった。日本でも空襲が始まって、景気も良くなかったので、中国に視察に来る人も少なくなっていた。

終戦の時は、ラジオを聞いていなかったので知らなかった。中国の人が、一軒一軒、日本人の食堂とか旅館とかに集団で強奪に入った。そういう時のために、大事なものをリュックサックに詰めて用意していた。

急に表と裏から中国人が集団で入って来て、リュックは持って行かれてしまった。靴と腹に巻いていたお金は助かったけど、それだけだった。着の身着のまま何も持たずに妹と近くの学校に逃げた。そこで、給食みたいに朝と晩、缶詰のカンの小さいのにコーリャン飯をひと掬《すく》いだけもらって食べた。お腹が空くので、少ししかないお金の中から、外で少しずつ買って食べたりした。

㈱77　筆者はこのインタビューの18年ほど前、妹さんの高場《タカバ》モモヨさんにもインタビューしている。山東省で産婆さんをしていた彼女の話は、8ミリビデオで撮影したもので、劣化が激しくデジタル化することができなかった。

【ソ連兵が入ってきて】

北安には、大きな駐車場があり司令部もあった。交通の要衝でもあり、方々から集まってきていた。汽車が動かないので、学校は方々から集まってきた人でいっぱい。廊下まで人でいっぱいだった。私たちは、夏だったから並べた机の上で過ごしていた。やっぱり、ソ連兵が入ってきて「女を出せ」って言われたけど、商売人がいたから、その人たちが犠牲になってくれて、みんなは助かった。有り難かったです。その人たちはどうなったかわからない(78)。

そこに3、4週間くらいいた。汽車が通るようになって、新京まで運んでくれた。あの年は雨が多くて、哈爾《ハル》浜《ビン》のちょっと北側なんかは、もう大きな湖になっていて、家が屋根の上だけ見えて、後はみんな浸かっていた。だから鉄道の修理が大変だった。みんなで、砂袋で鉄道を修理して通った。そして、新京《シンキョウ》まで行くのに20日ぐらいかかりました。少し走ったら停まり、走ったら停まりしていた。新京に着いたらまた収容所。学校だったかもしれない。北安の時は、少しだったけれど兵隊とか若い人が残っていたから、その人たちが中国人の格好をしていて、中国人がかっぱらう時、一緒に入ってかっぱらって来て、避難民に食べさせてくれていたのでみんな助かった。ここではそういうことは何もない。汽車で新京まで移動する時、途中で日本の兵隊が乗っている汽車とすれ違った。北に向かっていた。シベリアにどんどん送られて行っていた。そこには長くいないで長春《チョーシュン》に行った。多少お金があったので、ちょっと慣れてきたら朝鮮人から餅を卸してもらい、首にぶら下げて「餅はいりませんかー」って、行ったり来たりして餅売りをやった。元金も取れないうちに、売れないから自分たちで食べた。

(注)78　モーパッサンの『脂肪の塊』を思い出しながらインタビューしていた。

だんだんお金がなくなってきて、困ってしまいました。その頃は中国人と結婚した人が結構いたのですが、私たちの困っている姿を見て、「中国人と結婚しない？　日本に帰るまでね。結婚して、命をつないだ方がいいですよ」って言ってくれる人がおり、もうどうにもこうにもならないもんだから、しょうがないから「そうしよう」って言って、妹も私も中国人と結婚しました。

【卡子《チャーズ》を脱出】

妹は、煎餅《ジエンピン》を焼いて売っていた。近所に鉄道が通ってて、その近くに倉庫があった。日本の品物がいっぱい、何でもかんでもあった。その倉庫に出たり入ったりして、かっぱらってきた。それを材料にして作って売っていた。中国人の夫はペンキ屋だったが仕事が無いので、野菜をリヤカーに乗せて売っていた。妹の夫も仕事が無くて人力車(79)であちこち走ってお金をもらっていた。夫もその車を使って、品物を安く買って、欲しい人に売りに行くこともしていた。そんなことをやっている時に、国民党に捕まえられた。引っ張られて行った。若い人はみんな引っ張って行かれて、兵隊にさせられた。それから、だんだん、だんだん、長春が大変なことになって、卡子《チャーズ》（長春の経済封鎖）(80)が行われるようになった。遠藤誉さんの『卡子《チャーズ》』に書かれていたように、外から食料が入らない。入らないからもう何でも、あるものがどんどん高くなっていった。それで、私たちもどうにもならなくなって、お金や売る物も無くなって、「卡子《チャーズ》を出て行こう」って決めて、1回出て行ったけど、日本人だからと言って出してくれなかった。ちゃんと手続きして行ったのにダメだった。だから今度出る時は、もう何にも持って

(注)79　自転車で走るトゥクトゥクみたいなもの
(注)80　詳しくは遠藤誉著『卡子《チャーズ》』上下巻。『もうひとつのジェノサイド長春の惨劇「チャーズ」』参照のこと。

行かないで中国人に化けて行こうって決めて行ったら、出してくれた。

出るのは出られたけど、今度は共産党の方がいっぱいいて、そこから出れない。こっちは国民党、向こうは共産党で、その中にどっぷり浸かって、出られない、帰れない。いっぱいの人が、そこで住んでいたわけ。はじめのうちは、まだ草なんかもあったので、食べられる草を採って、コーリャンに混ぜて焼いて食べていた。その草もだんだん無くなってくる。人が多くなってきて。そん時が一番大変だった。もうその頃は、人の肉なんか食べる元気はなかった。残った人たちは、人の肉を食べたりもしたらしい。井戸水を兵隊が使う飯盒《はんごう》で汲む。そのうちその力が出なくなって、最後はもう死ぬのを待っていた。寝てばかりいた。ある日、空が曇ってきて雨降りになりそうで、みんなうろうろし出した。だから私たちもつい元気を出して、「ついて行こう」ってなった。そん時には元気が出た。もう、死ぬの待ってたのに。

その間は、もう、あまりにも酷くて言えないような惨状だった。日本人の宿舎の前で、朝起きると、あっちの人も死んでる。こっちの人も死んでる。死人がどんどん出ていた。だけど怖くなかった。もう慣れてしまって。で、私たちは生き残って、人に付いて行った。雨が降り出して、畑を通って行くから、前の人が歩き出したら、付いて行く。前の人がしゃがんだら、こっちもしゃがむ。前の人に付いて行けばいい。私たち、何もわかんないから、妹の夫が連れて行ってくれた。私の夫は兵隊にとられてたから。脱出して一晩中歩いて、朝方、向こうの部落に着いた。宿に泊まった時、芽の出たビーンズの美味しかったこと、今でも覚えてる。その宿に3週間ほどいた。チャーズにも3週間ほどいた。最後はもう死ぬのを待ってたんだから。足なんかやせ細って。だから人間て、いざとなったら力が出るもんだなあって思った。だから、そんなことがあって、何回もお腹空かしたから、今もまだ死なないわけ。ふふふ……。

チャーズを出て、コークスっていう燃えかすを妹と2人で拾って、夫に売らしていた。ちょうど夫が軍隊から逃げてきて、そこで一緒になった。それで一緒に生活してた。妹の夫の知り合いのところにお世話になっていた。そのうち長春が解放されて、やっと長春に帰った。そん時は子どもがいなかったけど、いても生きておれなかった。みんな餓死です。

【中華人民共和国が誕生する】

１９４９（昭和24）年に中華人民共和国ができて、妹の夫が山東省《サントンショウ》の実家に帰ることになった。文通はしていたが、離れ離れになった。妹はそこに行って2年ぐらいして、産婆の仕事を習って産婆になった。日本人の産婆さんがいたので、その人に習った。山東省には日本人は3人しかいなかった。

【子どもを置いて帰れない。長春→新疆《シンキョウ》ウイグル自治区→蘭州《ランシュウ》】

長春で、１９５１年に初めての子どもが生まれて、53年に帰国のチャンスがあったんだけど、私、もう子どもがいるから帰らないと決めた。夫は、「子どもを置いて帰ってもいいよ」って言ってくれたけど、置いてまで、帰れないわけ(81)。自分が、お母さんなしに育ったから、だからなおさら（そんなことはできない）。それから、54年か55年頃、夫がペンキの仕事で新疆《シンキョウ》ウイグル自治区へ行くことになり、会社も引っ越した。家族は残った。ちょうどその時に、ソ連に借りたお金はみんな食料で返す約束で、中国は食料不足になって困ってた時だった。その時に、夫は向こうに行ったし、会社は無くなったから、会社から何にもやってもらえない。会社があれば、

(注)81　当時は、中国人と日本人の間にできた子どもを連れて帰ることは許されていなかった。帰るなら、子どもを置いて身一つで帰らざるを得なかった。

会社がなんかかんか工夫して、家族に配給してくれるけど、何もない。だから、新疆ウイグル自治区に行くことに決めて、3年ぐらいして迎えに来たから、そこまで行った。

新疆には5、6年ぐらいいました。子どもは長春で2人生まれて、新疆で2人生まれて、4人でした。女の人も仕事している人はいなかった。それでそこに6年いて、「蘭州の方に建築の仕事があるから」と、勧めてくれた人がいて、家族で引っ越しをした。大飢饉の頃は、新疆ウイグル自治区にいた。食べ物が無くて、田んぼの畔の木に登って、木の葉を毎日採って食べたり、野菜の切れ端、枯れた葉っぱなんかを家に持って帰って、洗って食べた。日中国交回復後は、特別にお米の配給があったけれど、その前は中国人と同じだった。場所によっては、その少し前から日本人にだけ特別なお米の配給があったらしい。

【文化大革命】

文化大革命の時は、子どもたちもそんなにいじめられてはいないけど、夫は調べられた。1回目は帰ってきたけど、2回目、また来た。前に、本当の犯人じゃなくて連れて行かれて殺された人がいたので、夫の働いている会社の方が、少し頭使って疑いがかからないようにしてくれた。夫は学校にもあんまり行ってないから字も書け

〈終戦前の長春の風景　提供古源良三氏〉

ない。だからスパイなんかやれる資格は全然ない。会社の人の機転で、疑いが晴れたわけじゃないけれど諦めてくれた。文化大革命では、そんなことがありました。特につるし上げにあうとかいうことはなかった。長春にいる時も．新疆にいる時も、蘭州にいる時も、運がよかったんだと思う。近所の人がいい人でした。

【日中国交回復】

日中国交回復になって、近くに住む日本人が一時帰国で日本に帰ったので、私も大分のお父さんに手紙を書いた。お父さんが、日本への一時帰国の手続きを全部やってくれた。文化大革命の時は止めたけど、その前から文通はしていた。「長春市、私の名前」で、手紙が届いた。

【一時帰国・永住帰国】

1974（昭和49）年の一時帰国の時は大分に帰って、親族にも会った。それから9年経った1983年の永住帰国の時は、お父さんは亡くなっていた。一時帰国の時、パスポートを作っていたので、私1人なら身元引受人はいらないで日本に帰れた。だから子どもは全然連れて帰れなかった。1人で帰るのも、帰る気はしなかったけど、蘭州にいる日本人はみんな帰ってしまって。私とサカダさんと2人になって、サカダさんが帰ることになったから、「一緒に帰ろう」って言って帰って来た。息子たちが、「早く帰れ。お母さんが帰らんかったら、自分たち日本に行けないから」って。息子たちも日本に行きたいって気持ちがあったので、それなら早く帰んないと、一生後悔するかもわからんから、思い切って帰って来た。

この団地に住んでいる村上さん(82)の息子さんが、嫁さんのお父さんが亡くなって、蘭州に来た時、うちの息子たちに日本行きを勧めたようだった。村上さんが世話してくれて、ルートが出来て、大分ではなくてここに帰ることになった。そして、村上さんの息子さんの家（団地）に、5、6か月お世話になって、その後、蘭州にいた時の知人の勧めで、東京の住み込みの仕事を5年間くらいした。そして子どもを毎年2、3人ずつ呼び寄せて、5、6年かかった。

はじめは娘と次男。次の年に、夫と次男の嫁と子ども。その次の年に、娘2人帰って来て、そのまた次の年に長男と長男の息子が帰って来た。そして、その次の年に、長男の嫁がもう1人の子ども連れて帰って来た。5、6年かかって、全員自費帰国。私が帰って来る時も自費(83)だった。だから私もこっちで働いて、帰国費用の足りない分は中国に送って。いっぺんに帰って来たらお金かかるから、少しずつ帰って来てもらった。

【日本での生活】

始めは、ここの工場で働いて、次に東京に行って、住み込みでまかないの炊事場の皿洗いとか雑用をした。明くる年に、娘と息子が帰って来て、県営住宅に申し込んで入った。

大分県の田舎には弟がいたから、弟の嫁から手紙で、「どうして帰って来ないか」って文句を言われた。妹は、うちの家族が帰ってきた後、2年目に帰ってきた。2人で田舎に行ってお墓参りした。1人では怖いけれど、妹は強いから心強かった。妹は今から4年前に亡くなった。

妹は産婆さんをしていたって言っても、毎日仕事があるわけじゃないから、農家を手伝ったり、綿を作って糸を引いて機《はた》を織って、自分で布団の表とか織っていました。永住帰国する時、妹は息子（養子）1人連れて帰っ

㈳82　団地の中に中国帰国者の親睦交流、相互扶助を目的とした「紅梅《こうばい》の会」を作った。会長、村上米子《むらかみよねこ》さん

㈳83　自費帰国か国費帰国かで、その後の受けられる援護施策が大きく変わってくる。

て来た。ずっと、この団地で一緒に過ごしてきた。

【人生を振り返って】

自分の人生を振り返ってみて、一番つらかったのは、卡子《チャーズ》の時だった。日本に帰って来てつらかったことは、娘の結婚生活が大変で、傍で見ていてつらかった。結局離婚したけど、親としてつらかった。

もう、目は悪くなるし、手もよく利かないから、テレビ観たり、広告なんかを読んだり。別にやる仕事ないから、散歩したり、団地の周りの草むしりしたり。

今までで一番幸せな時は、やっぱり、今です。子どもたちもみんな、気遣って見に来てくれるし。私たちみんな、中国から帰って来た人の子どもは親孝行です。親はほんとに苦労しましたから、その分親孝行してくれるってすごく嬉しいです。

今、ひとつ考えていることがあるんです。いじめの問題とか多いので、道徳の勉強をやらせるという話もありますが、私が学校に行っていた時、経験したことがあるんです。万善簿《まんぜんぼ》(84)といって、毎日日記をつけるんです。良いことをしたら丸を1つ書き入れる。悪いこと、喧嘩したこと、1日を振り返ってつける。校長先生の指導だったけれど、いい経験だった。これからの若い人にも提案したい。（完）

(注)84　万善簿で有名な広瀬淡窓《ひろせたんそう》（江戸時代の儒学者）は彼女の故郷である大分県日田の人で日田に「咸宜園《かんぎえん》」という日本でも最大級の私塾を開いていた。その伝統が日田の国民学校でも受け継がれていたと思われる。万善簿の経験が、彼女の内省的な考え方を育んできたのかもしれない。

第21章　山下栄子《やましたえいこ》さん（山梨県）

「逃亡防止のため、火箸で顔に焼き印された」

〈白山郷開拓団昭和16年　写真提供　古源良三氏〉

証言者プロフィール

1925（大正14）年　8月3日、山梨県勝沼に生まれる
1943（昭和18）年　18歳で渡満
1945（昭和20）年　20歳　終戦　助けてもらった家の中国人と結婚（子どもは6人）
2002（平成14）年　77歳　1人で永住帰国（国費）
　　その後、夫、子どもたちを呼び寄せる（自費）

インタビュー　2015年11月　91歳　場所　山梨のご自宅
ウェブサイト　「アーカイブス　中国残留孤児・残留婦人の証言」マさん
　　https://kikokusya.wixsite.com/kikokusya/untitled-c24fh

証言

【日本にいた頃の生活】

私の生まれは、山梨県勝沼。1925（大正14）年8月3日、今91歳です。私の兄弟姉妹は全部で8人、私は4番目でね。私の家は勝沼でも大きい家だったね。家の中でブランコ作って遊んだ。あのころ、お祖父さんが、まあ、よくしてくれたからね。そういう遊びをやりましたよ。

うちの周りはね、みんな葡萄《ブドウ》畑でね。「コロブドウ」とか「ベラブドウ」をみんな作ってて。道の向こうはね、サクランボの木がいっぱいあってね。小さい時には、雀を追ったり、いろんなことして遊びましたよ。田舎もいいですね。

学校には行ったことがないの。「女の子なんか学校に行かんでもええ」っていうあれだもん。私のお祖父さんは女の子嫌いでね、男の子にばっかり学問教えたりね。女の子はね、お母さんやお姉さんたちと一緒にね、「キッチンに立ってればいいんだ」って言ってね。

お祖父さんにはね、「お妾《めかけ》」があったの。お妾に女の子が1人いてね。ほで、私のうちに連れて来て。お妾だって、いわば、私たちのお祖父さんの主婦（奥さん）でしょう？　向こうじゃ、亭主を自分のものだと思ってるのね。そしたら、うちのお父さんがね「こんなとこにはいられない」ってね。ほで、私とお母さんと、もう1人お姉さんがいたのかな、姉さんも連れてね、甲府に出て来たの。

【満州へ】

そんな訳で、甲府に出て来た時は、まだ小さかったからね。でももう、やっぱり、十代だね。私、家にいるのが嫌だからね、日本にいたくないから、それから、満州に出たって訳よね。満州に1人で行く時は、お父さんとかお母さんとかにわからないうちに、だまって、こっそり出て行っちゃったの。向こうに行ったけど、仕事もないの。それで、中国の老百姓《ロウバイシン》(85)のうちで働いてみたり。

【終　戦】

そんなことやってるうちに、1945（昭和20）年、終戦になって。私は、確か20歳かな。ソ連兵が入って来たでしょう？　中国にね。そいで、「ダワイ（出せ）、ダワイ（出せ）」ってね。あのソ連の兵隊さんは、みんな

㈱85　軍人や政府高官に対して、庶民の意

馬鹿なのね。山奥の人間だね。何しろね、みんなが腕時計をしてるでしょう？　腕時計が欲しくてね。人に会うとね、腕時計を先に取るのね。「ダワイ（出せ）、ダワイ（出せ）」って。「腕時計をよこせ」って。ほいでね、取った腕時計をね、胸ポケットにしまってね。腕にも、たくさん付けたりして、喜んでるの。

中国のトイレは、コーリャン畑の中で、周りはコーリャンで囲ってあるだけなんですよ。私たちは女だから、月経出るでしょう。それ、みんな捨ててあるのね。そのころ、私は小さくて、月経も無かったの。月経が来たのは、私はもう20歳過ぎてからだったから。

ソ連兵と一緒の時は、私は「ちょっと、トイレに行く」って、トイレに行ってね。みんなが捨てた紙を、月経の付いたのを拾う。汚いと思わなかった。人の物をもって行ってね、ソ連兵に見せるの。「私は月経だ」って意味でね。すると、ソ連兵が、「ニマーダ（いらない）」って。「月経だから、いらない」って。中国人もそうなの。「便所に行って来る」って。みんな捨ててあるのね。それ、拾って自分の物にして。月経あったら嫌だね。みんな「要らない」って。それで助かったの。

これが、一番苦労だった。自分の体をね、人に取られるのが嫌でしょう？　どんなことされるかわからないでしょう？　どんなに泣いても泣ききれない。女って嫌だね。

知恵があったから、私は今も生きている。でしょ？　あの時、そんな知恵が無かったら、どうなってたかわからない。殺されてたかもわからない。みんな、遊んでから殺すからね。

【お爺さんとお婆さんに助けられて】

実は、私には日本人の友達もいたの。その人とね、私と2人でジエン（吉林か？）てとこに行ったら、その友達の知り合いがいてね、友達はその人と一緒に行っちゃって、私一人ぼっちになっちゃったの。そいで、仕方がないから、中国のお爺さんとお婆さんの家に逃げ込んだの。そしたら、「うちには娘がいない。俺たちの子どもになってくれ」って言ってね。そのうち、ソ連兵が来たでしょう。怖くて、怖くてね。ほたら、お爺さんとお婆さんがね、「怖いことはない」って。「俺たちのそばへ座ってればね、手なんか出したら、何とかする」って言ってね。

そのころは毎日、お爺ちゃんとお婆ちゃんの家にいてね。ソ連の兵隊が来ると、お爺さんとお婆さんが、何を聞いてもね、しらばっくれてね。ほで、毎日来るだからね、1日に何回も。いろいろの兵隊が来るだよ。兵隊はね、鉄砲持ってるでしょう？　するとね、「テーキダワイ（お金を出せ）」って言うの。ほたらね、お爺さんとお婆さんがね、「お金なんかありません。貧乏だからありません」って言って。言ったって、向こうにもわからんさ。向こうも私たちの言うことはわからんだからね。そんなふうに、まあ、何日も過ぎて。助けてもらったわけ。ほんと、一生忘れない。ソ連の兵隊が帰るまでは大変で。なにしろ、おっかなくて。でもね、中国のお爺さんとお婆さんがよくしてくれてね。そこに、しばらくいたんです。何年もなんてはいないけど。ま、おっかない、おっかなかった。それからソ連の兵隊さんは帰って行った。

【結婚後の生活】

その後、そこの一人息子と結婚した。子どもは6人。一番上が女の子で、2番目が長男。3番目が次女で、後はみんな男の子。子宝には恵まれた。中国のお婆ちゃん（養母であり義母）がね、子どもを負いたくて、「女の子を産め、女の子を産め」って。自分はたった1人の息子しかいなかったから。女の子いないから、「女の子が欲しい」って。だって、そんなこと、言う通りにはならんじゃんね。でも、よくしてくれた。

けど、ど突かれた。私の顔に傷があるでしょう？　これ。これはね、火鉢の中に、火箸があるでしょう？　火箸を焼いて、私の顔にあてて焼いたの。「どっかに逃げられちゃ困る」って。「これが印だからね、どこへ逃げてもダメだ」って言った。怖いでしょう？　だから、今もその時のやけどの跡があるの。焼かれたけどね、よくしてくれた。子どもには食べさせてくれて。私たちだって中国人だからね。農業をずっとしてたけど、農場にいる時なんか、ほんと、こわかった（疲れた。大変だった）よう。子どもはね、お姑さんが見てね、私は野良に出て働くだけ。主人は、何の仕事してたか知らんけど。別々だったんです。それで、だんだん子どもも大きくなっていって。あの頃、畑だってみんな、人手に渡ってたからね。共同農場みたいになって。私は毎日、畑に出て働くだけ。河南省《カナンショウ》だったけど、河南省《カナンショウ》のどこだったか忘れちゃった。

【文化大革命】

文化大革命の時は、いじめられましたよ。中国人がね、刀持ったり、槍持ったりね、「日本人を殺してしまえ」ってね。脅かされたりね。着るもの(86)なんか、みんな持っていかれたりね。着るもの持っていかれると困るでしょう？　寒いのに。みんなね、小さい荷物にしてね、モロコシの畑ね、モロコシの畑に、スコップ持って行って、穴開けてね。そこにね、着るものを埋めたりしたけど、みんな取られちゃった。着のみ着のまま。でも、子どもは、その頃はあんまりいじめられなかったの。

【永住帰国】

日中国交回復後は、日本から訪問の人が来てくれてね。何ていう人か、私覚えてないけど、今はもうみんな亡くなっちゃってるけどね、その日本の人たちと話ができて、それで、いろいろ面倒みてもらって、一緒に帰って来

㈱86　当時の中国は、木綿が不足していて衣類が貴重だった。

られたってわけ。

あの時は、２００２（平成14）年、私は77歳。私１人で帰って来たの。最初から永住帰国だった。私が先に帰って来ると知って、主人が、「俺も連れて行ってくれ」って言ったけど、主人は、後から日本へ連れて来た。その時は、子どもたちも結婚をしてたので、私が帰って来てから、子どもたちは別々に帰って来たの。

でも主人は、何年か前にこの部屋で亡くなったの。それからは１人暮らしで。でも、子どもたちが近くにいるから。孫までいるだからね。私、今、曾孫までいるの。


【人生を振り返って】

60年間中国にいて、一番大変だったのは、ソ連兵が入って来た時。中国では、一つも楽しいことなかった。

私の「幸せだった時」はね、小さい頃、勝沼にいた頃。子どもの時の記憶が一番幸せだった。勝沼の思い出が多いですね。夏は川に入ったり、泳いだりね。川から出て、砂の上で、くるんくるんして。また入ったりね。子どもだから、そういうのが無邪気に楽しかった。でも、私は運が悪いからね。運が悪いから。（完）

第22章　加藤《かとう》とくさん（北海道）

「大連の大和ホテルに勤務して」

証言者プロフィール

１９２６（昭和元）年　愛知県三河《みかわ》の大浜町《おおはままち》(87)に生まれる
１９４０（昭和15）年　14歳　渡満　長兄の勤める大連の大和ホテルで働く
１９４５（昭和20）年　19歳　終戦
１９４６（昭和21）年　12月　20歳　周りの事情で中国人と結婚（子どもは９人、現在は６人）
１９７８（昭和53）年　52歳　三女を連れて一時帰国。
１９８４（昭和59）年　58歳　長女と三女を連れて永住帰国。（国費）
その後、夫、四女、五女を呼び寄せる。（自費帰国）

インタビュー　２０１５年８月　89歳　場所　北海道のご自宅
ウェブサイト　「アーカイブス　中国残留孤児・残留婦人の証言テさん
https://kikokusya.wixsite.com/kikokusya/about1-cg8b

証言

【満州に行く前】

愛知県三河《みかわ》の大浜町《おおはままち》という小さな村で、１９２６（昭和元）年に生まれました。今年、89歳になります。よく

(注)87　大浜町は、かつて愛知県碧海郡にあった町で、現在の碧南市の中心部にあたる。大浜港があり、古くから海運で栄えた町である。１９４８年４月５日、新川町、棚尾町、旭村と合併し碧南市となる。

覚えていませんが、父は魚屋だったようで、兄弟姉妹は11人おりました。

満州に行くきっかけは、一番上の兄、正《タダシ》が、20歳で徴兵検査に合格して、中国の吉林省《キツリンショウ》の日本の部隊にそのまま直行しました。それで3年後復員してから、大連《ダイレン》の「大和ホテル」の洗濯所に勤務するようになりました。兄は、京染めとか、洗い張りとかの技術を持っていたのでね。

私は6年で小学校を卒業して、家にいましたが、当時、13歳の時、兄から父親に「家族でこっちに来ないか」という手紙が来ました。それで、「誰が兄を呼びに行くか」っていうことで、私が兄を迎えに行くことになった。近所に、哈爾浜《ハルビン》に行って成功し、隠居して帰って来て、同じ町内に別荘を建てた人がいたのね。その人の跡継ぎ息子さんが、両親の様子を見に、1、2年に1度、帰って来られるのでね、「村に仕事場がない」と言うと、「こちらに来ないか？」っていう話になって、息子さんが満州に帰る時に、何人か連れて行かれるの。その時に、私を「満州に連れて行ってくれないか」と、父が頼みに行った。それで、私1人で、その人に連れて行ってもらって、神戸から出て、釜山《プサン》に行って、それからまわって哈爾浜に行きました。

【満州での生活】

それは、昭和15年ぐらいで、私も15（数え）歳になったばかりの頃だった。向こうで兄に手紙を書いて、兄に哈爾浜まで迎えに来てもらって、それから、大連に連れて行ってもらった。「帰って来てほしい」と話すと、兄は、「わかった。でも、すぐ帰るのはもったいない。帰ってもお金は必要だから。少し稼いでから、お土産でも買って帰ろうか」というので、兄のアパートに一緒に住んで、兄の勤務する「大和ホテル」に、私も就職することになったの。

大連に来て2年目、昭和17年ごろ、兄に2回目の召集令状が来たので、兄の友達の島田《しまだ》さんって方の家に下宿することになったの。兄は、どの部隊とも言わないで、時期が来たら消えてしまった。それからは兄がどこに行ったのかわからない。私は、そのまま「大和ホテル」で働いてました。終戦の年、私が19歳の頃、9月の22日か23日ですよ。ソ連が大連に入って来ました。

ソ連が入ってくる前は、中国の八路軍《ハチログン》が来たけど、そんなに酷いことはなかった。けど、ソ連軍は派手なことやるでしょ？　街を歩いている女を見たら捕まえて、縦1メートル、横80センチくらいのドアがあって。人が1人入れるような木の箱に閉じ込めて、鍵をかけてトラックに乗せて、どこかに掠《さら》って行った。掠って行ったら、強姦でしょ？　毎日、逃げ惑って大変だったけど、みんなが匿《かくま》ってくれた。「大和ホテル」は住んでいる所から、ちょっと離れていたので出勤できなかった。島田さんとこにずっと隠れていたけど、給料を取りにいったところ、もう日本人はいないの。

島田さんの近所に、後に埼玉に帰られた塚本《つかもと》って人がいて、硝子《がらす》屋さんをしていた。そこに、私の主人となる呂実田《ロジツデン》という人が、住み込みで働いていた。終戦になって、「塚本」って表札を出してたら、ソ連兵や八路軍が来て危ないのでそれを外したけど、そのままだと危ない。私は、兄がいなくなって、下宿の食事代も払えない状況でしたが、島田さんと塚本さんが話し合って、「2人結婚してくれたら、どっちも助かるんだけど」ってことになった。塚本さんは、「引き揚げるまでは、ここの2階にいさせてほしい。表札は呂さんの表札を出して、帰る時は店の道具全部置いて行くから。助けてほしい。頼むから」と。

私は中国の人は本当は嫌いだったんです。それで返事しなかったら、塚本さんは子どもも連れて来て、3人で頭をずっと下げていたんです。その時には、結婚話はもう進んでいた。そんな時、兄がやって来た。「もう終戦だ」っていうので、途中で汽車から飛び降りて、山や谷を歩いたり、大変な思いをして、帰って来て、「日本に一緒に帰ろう」って言いに来たんです。兄は、塚本さんの話を知らなかったけど、私が「訳あって帰れない」と言ったら、兄は、「俺は、国に帰って両親になんて言ったらいいのか、考えてくれ」って言ったんです。私が答えないと、兄は「わかった、言えないなら、じゃ、死んだことにするから」って。塚本さんを取るか、兄を取るか。塚本さんは、息子まで来て頭を下げたので、そのころ、私は結婚を決めていたので、「そうします」って答えた。

2年ぐらいして、やっと大連《ダイレン》に住んでいる人が日本に引き揚げができるようになった。でもすぐ帰れないの。満州の奥からたくさん来て、お寺や学校や広い講堂があれば、そこにみんな行って収容所ですって。みんな、みんな「大連、大連」って、押しかけてくるの。でも、引き揚げ船はなかなか来ず、そのうち、赤痢とかコレラとかで、たくさん亡くなって。しかも、大連に住んでいる人は後回しで、2、3年目に大連の人が引き揚げることになった。

だから、塚本さんも大変でした。奥さんもキャバレーに行って、ダンスやって、ソ連軍の相手ね。とても見てられなかった。高学歴で、りっぱなご夫婦だったのに。でも、「頑張るな」って、いいとこ見せてもらった。やっぱり日本人だって。「それでも生きて帰る」ってね。尊敬しました。

塚本さんの奥さんが着た振り袖とか着せてくれて、中国人や日本人の知り合いが来てくれて、塚本さん宅の2階で、12月、20歳になって、私は結婚しました。

【中国での生活】

主人とはお国柄が違うし、言葉は通じないし、生活も苦しかったですね。やっぱり戦争だったから我慢ができた。戦争はすさまじかったから。結婚して、長くいようとは思ってなかった。なんとか日本に帰ろうと思っていた。結婚して、相手の両親や兄弟がちょこちょこ来るから、自分が日本に引き揚げても大丈夫だって心では思ってました。簡単なことだと思っていた。でも、誰にも言わない。中国では死にたくないから、絶対帰るつもりでいたので、表と裏でとっても苦しかったです。

【次々に子どもが生まれて】

店は、長年やってる硝子屋さんだから繁盛した。塚本さんは、道具も電話も全部置いて行ってくれた。主人は、注文が来たらすぐ行って仕事をしてた。

最初の子どもは8か月の早産で男の子だった。乳を飲む力がなくて、2か月半で亡くなった。2人目も男の子で流産した。26歳で長男を産んで。今現在65歳で、中国に残ってますけど。それから3年目に、長女が生まれました。次は流産でした。9人産んで、生きているのが6人。1人男の子、あとは女の子。子どもたちはなんとかやってます。今、中国には、長男と次女が残ってます。気になりますよ。お正月には、気持ちだけお金を送って。2人とも日本に来たいけど、時期が良くない。今来ても、どうするかっていう希望もないし、きっかけもないでしょう。母親が生活保護(88)では、子どもを養う余裕はないから。息子の子どもは1人。お嫁さんが中国人だから、自分を重ねてしまうと、本当に日本が好きで来るのならいいけど、そうでなければ、私みたいな思いはしてほしくない。家族が中国にいればね。次女は、幼い時、ベランダから落ちて、ちょっと障害を持ってるの。だけど結婚して、旦那が中国人だから、呼ぶにも呼べない。でも、別れてるのはつらい。

(注)88　以前帰国した残留婦人は、自分が生活保護から脱却しないと子どもを呼び寄せてはいけないと自立指導員から指導されていた。当時の『自立指導員の手引き』にも明文化されていた。

【文化大革命】

文化大革命の時は、「三反《サンファン》」「五反《ウーファン》」ってあったんですよ。毛沢東《モウタクトウ》が（台頭して）来てから、私営（＝民営）を共産党は許さなかった。全部国営にした。それで、硝子屋は、3軒か5軒ぐらいが合併して、給料制になったの。でも呂さんは、土地も店も自分の物だって思い込んでいるから、国に店を渡さなかったの。そしたら、紅衛《コウエイ》兵《ヘイ》から監禁された。中学生より上の生徒が、交代で囲んで監禁。店の硝子張りの所を板で塞いで、部屋は真っ暗。それでも、「これは俺の物だ」って言っていたから、だから、「思想改造《スーシャン》」で、未開地の開墾にやられたの。

【思想改造で未開の地へ】

向こうに木も無い、家も無い、広い広い吉林省の荒れ地。先に呂さんが行って、そこは家がないから、土で日干しレンガを作って壁にし、コーリャンを束ねて屋根にし、その上に、「メンゲン」という物を混ぜた土を塗って、家を建てた。

私は、長男と長女2人と一緒に、11月ごろ、北京からちょっと離れた所に、「スーピン」っていう駅があって、プラットホームもない乗り換え駅ですが、汽車が止まると、レールの上に汽車から飛び降りて、乗り換えて行った。呂さんは、地元の人と一緒に、牛に引かせた大八車で迎えに来てくれ、荷物と一緒にその大八車に乗って、落ちそうになって揺れながら行った。

ここは、狼が出るような場所だったから、3列あった土地の中で真ん中をもらったら、真ん中は他の2列より少し低くなっていて、来たそうそう三日三晩雨が降ったら、雨水は真ん中の土地へ流れてきて溜まり、後ろの壁が雨で緩くなって崩れて落ち、後ろの家からは、部屋の中は丸見えだった。また、水を汲むポンプは1軒ごとになく、1列10軒ぐらいの家の真ん中ぐらいに、一つだけあった。そこまで歩いて行くんだけど、膝まで雨水が溜まっている中を歩くから、水をいれたバケツがぷかぷか浮いて、帰りはバケツを持たないで良かったけど。でも、来てみたらこんな所で、帰る所もないから、泣くに泣けなかった。その頃、長女の次の子どもを流産したけど、そんな所に、2、3年いた。主人は本当に石頭だった。

でも、私が「日本人だから」っていうことで、何か運動があって大連にまた、帰って来られたんですよ。私は中国籍になってたから、「中国人と同じだ」って。「だから、罰を受けなきゃいけない」って。中国籍になったのは私ぐらいですよ。とてもしんどかったです。国籍なんかを扱う「外事課」っていう所があるんです。「サンパ（3月8日）婦女節《フニュージェ》」というお祭りがあるの。そんなことがあると、「外事課」が呼んでご馳走してくれるの。日本人だから特別に。そんな時、長い列ができるんだけど、2列に分かれるの。日本国籍の人と中国籍の人。良くないよね、同じ日本人同士なのに、敵同士みたいにして。だけど、対応は日本国籍の方が良かった。「日本人」というので。お砂糖や高級な魚だとか、お米だとか。私たちも配給はあったけどね、それも、何人家族でも1人分だけ。中国籍でなければ、あのような吉林省のような場所に追い出されることはなかった。日本国籍だったら、奥さんが「嫌だ」って言えば、行かなくて済むの。そういうことは、私はできなかった。これが、大きな差別ですよ。

私たちも配給があったけどね、品物でなくて、帳面に配給された砂糖なんかが斤《きん》で書いてある。中国人でも滅多に当たらないような良い物だったけど、貧しくてお金がないから、呂さんはそれを持って幹部の所に行き、「いい顔」してた。あの頃は、私たちはトウモロコシの粉が主食で、それでパンを作って食べてた。食べ物がない時は、アカシアの花の蕾を、灰汁《あく》を抜いて、沸騰した水で一度煮て、トウモロコシの粉とダイズの粉とを叩いて細かくしたアカシアの花を練ってパンにして食べた。ダイズの粉は甘いし、塩をいれると美味しいし、ふんわりして。ずっとひもじい思いをしてた。十分に、思いっきり食べたことがなかったからね。いろんなことが初体験だった。

【日中国交回復】

以前は、日本とは手紙のやり取りはできませんでしたが、日中国交回復後はそれができるようになりました。一時帰国もしたければできるし、永住帰国もできると。日本に帰って来れば、家や家具も全部整えてあると。有り難いですね。田中角栄《たなかかくえい》さんは、いろいろあったけど、私らにとってはいい人だ。

1978（昭和53）年、53歳（数え）の時に一時帰国しました。そして6年後、1984（昭和59）年、59歳（数え）の時、永住帰国をしました。

【一時帰国】

一時帰国の時は、3番目の娘を連れて帰りました。長野県の上田市に妹がいて、一番下の妹が保証人になってくれて、上田市に帰りました。そして、岐阜にいる兄さん、正兄《ただしにい》さんが引き取ってくれて。一時帰国の時は、私は万歳したいくらい嬉しかった。38年ぶりに会った兄や妹からは、私が「支那人《シナジン》になった」って言われました。随分変わってしまった。兄はこの時、「帰って来るな」って言いました。「終戦後、子ども1人育てるのも大変だった。子ども6人、死ぬ気か？　貧乏でも、家族がいれば、中国でなんとかやっていけるだろう。中国に残れ」って言われた。

この時の日本は外国みたいで、戦争に負けたとは感じられなかった。艶やかで賑やかで、街もきれいで。「日本は戦争に負けてないんじゃない？」って思いました。資生堂っていう看板が残っていたので、感激して手紙を書いたら、本をいただいたことがあります。そんなつもりはなくて、本当のことを書いたんですよ。

一時帰国をしてすぐ「中国には帰りたくない」って思いました。でも、中国には、6か月以内に帰らなければならなかったので、中国に帰りました。


【永住帰国】

永住帰国の手続きは簡単ではありませんでした。まず、呂さんが、私を外に出さなかった。「あんたは正直者だから、外に出たら騙されるから」って言いながら、自分は日本人の奥さんの所に遊びに行っているの。そういう人ね。腹立ちますよね。でも、みんなが助けてくれた。中国にいる奥さんたちが会うと、「早く日本に帰りなさい」って。帰国の手続きの情報が入ってこないので、一時帰国した日本人の奥さんたちとかと会うようになって、たくさんの情報を教えてもらった。

私が、ある日本国籍の未亡人と仲良くなって、いろいろあげたりしてたけど、いつの間にか、呂さんがそれをするようになって、彼女の家にも、内緒で遊びに行っていたようだった。やっぱり男と女でしょうね。1年以上も会ってないのに、「元気でいるよ」って言うから、ピンと来るでしょう？　気を付けて見ていると、硝子をタダで切ってあげてるの。彼女の息子さんが、その硝子を田舎に持って行って高額で売る。そういうことをしてまで、彼女に協力していたのに、家の方は放ったらかし。自分が納得してればいいかと、知らない振りをしていたが、寂しかったので、ますます、日本に帰りたいと思った。


【帰国後の生活】

永住帰国をしたいと「外事課」へ行くと、「そのまま、中国籍で帰りなさい」と言われた。中国籍だけど日本国籍を抜いて、中国籍に入ったわけではないから、何言われても、日本に帰りたい一心で頑張りました。向こうは、中国籍のまま日本に帰った人たちの名前を7人ぐらい挙げて、「そのまま帰った方が早いでしょう？　日本国籍になるには2、3年かかりますよ」って言ったので、「いいですよ。もっとかかっても待ってます。私には、日本国籍に戻る権利があります。日本国籍で帰ります」って言いました。その結果、2年ぐらいで日本国籍になって帰れました。でも、なんだかんだで、一時帰国から5年かかりましたね。いろんなところで必死で戦いました。

3番目の娘が、私と同じような境遇の日本人のお母さんと、中国人のお父さんの間に生まれた長男さんと結婚しました。その方たちは、北海道出身だったのですが、家族全員で、私たちより3年前に永住帰国したんです。娘が中学校の頃、「日本人」っていじめられた時に、同級生だったその長男と、2人で助け合って、気持ちが通じるようになったんです。すると、相手のお父さんも、私たちの娘を見て気に入ってくれて、そこで結納を交わして婚約しました。そして、私たちが永住帰国したいと言ったら、その方たちが保証人になってくれて、北海道に帰れました。兄も妹も、身元引受人(89)にはなってくれなかったですが、なんとか救いがあるもんだと、つくづく思いました。

帰って来たのは59歳の時。私と長女と3番目の娘の3人です。それから、後で、呂さんと4番目と5番目の娘が一緒に来ました。「8人保証してもらうと、1回で終わるから」って言ったけど、「それはできない」って言われて。それで、2回に分けて帰国した。2回目は、ほかの人を私が探して、保証人になってもらった。

(注)89　当時は特別身元引受人制度がなく、親族が同意しないと日本に帰国できないという残留婦人たちを苦しめた酷い制度があった。

子どもたちは、日本に来たことを、良いとも何とも言ってない。長女は、中国で社会人になって、市場で良い地位で働いていたので、何にもわからない日本に来て、日本語学校で1年間勉強して、職業訓練校で1年印刷の勉強をして、学校から紹介してもらった印刷所は、何が気に入らなかったのか辞めた。同僚の女性に冷たくされたのが原因かもしれない。でも、私が交通事故に遭って入院した時、長女の話を聞いたそこの理事長から採用されて、それが縁で看護助手になった。今は退職しましたが、大変でした。今は、ほかの子どもたちもそれぞれ頑張っています。

【人生を振り返って】

ソ連が来た時は、日本語ではしゃべってはいけなかったので、日本語は忘れていた。生活が苦しいことなんか聞いてもらいたいことが、区役所ではうまく言えなかった。日本語がわからず、単語を集めてつなげてもだめで、細かいことが言えなかった。日本語の勉強は、ちょこちょこ仕事をしながら覚えていった。

最初、同じ帰国者で餃子屋さんをしている人の所で働きました。二層式の洗濯機で白菜を洗ったり、水切りしているのを見てびっくりして、食べられなかった。中国人は何をやり出すかわからない。食べ物は中国のだと、何が入っているかわからないので、ちょっと考えさせられます。紙パック入りのジュースなんかは器に移してから、かき混ぜて飲むようにして、気を付けてます。

一番幸せだったのは、日本に帰って来た時ですね。お米が立っているご飯を食べた時は幸せです。炊飯器が白くて美味しいご飯を炊いてくれるから感動です。今の生活は満足です。向こうから、洗濯板を持って来ましたが、今でもこれで洗ってます。洗濯機は使ってません。私は1人だからこれで十分。楽しいのは、日本語の勉強。デイサービスで、いろいろお話しして、日本語を勉強してます。長いお話ができて楽しいです。

日本に来て嫌だったことは、今では、「これが当たり前だ」と思ってますが、どうしても「避難民」と色眼鏡で見られることですね。私も一途《いちず》（＝正直）な人間だから、どんなに貧しくても、泥棒とか、そういうことはしないでね。中国では、結婚しても、いつも「日本人」っていう旗を背中に背負ってね。「中国で私はヘマしない。負けても日本人だから。恥をかきたくない」って。日本人としての誇りを背中に背負って、どんなに貧しくても、悪い事は絶対しない。でも、道に、アイスキャンディの棒が落ちてたら、拾って袋に入れて、ストーブで焚く。燃やす燃料になるからね。いつも、「馬鹿」って言われるけど、一途で良かったと思う。子どもも牢屋に入っていないし。うちの子たちは級長にもなったけど、級長になってもいじめられるのね。「小鼻子《ショウビズ》」って言ってた。それは日本人て意味。日本人は鼻が小さいから。「日本人は負けたのに、なんで、まだ日本人が指導するか、子どものくせに」って、子ども同士で言っていた。そうやっていじめるの。だから、級長になったのも、また子どもには重荷で。「お父さん、中国人だよ」って言えないのね。戦争も知らないのにね。だから、子どもたちもきっと困っていたと思うよ。

これからの若い人に言いたいことは、「耐えること」と「思いやり」ね。誰かが、いじめられてたら、知らない顔したら駄目。知らない顔したら、それが、だんだんだんだんと大きくなっていって、殺し合いになる。駄目です。耐えることは耐える、協力することは協力する、悪い事は悪いって、学校で言わなきゃだめ。そうしないと、私たちみたいな悲惨な目に遭うでしょ？　そういうことから始まって、だんだんと戦争まで大きくなっていく。人間の考え方ひとつでね。「戦争した方がいい」って人もいるし、「戦争したら駄目」って人もいるし。そこで、また摩擦が起きる。戦争はなぜするのか。政府は、しっかりしてほしいね。そこが基本だから。教育も社会も、全部そこから出て来るんだ。政府が決めたことでね。教育ってものはしっかりしてほしい。国民の指導者だから。隠してたら、あとからどうなるの？

それからお米ね。国民全員分のお米は国内で作ってほしいですね。戦争が起きても、食べられるような量の食料を、国内で生産・保存してほしい。あんな美味しいお米ってね、いつまでも食べたいですね。

福祉が、１日も止まってなくて、日々あるので、私も幸せです。私もお世話になってますから、職員さんも、お年寄りにいろいろ気を遣って配慮していただいて、本当に幸せです。(完)

第23章　山崎倶子《やまざきみつこ》さん（北海道）

「島に住んでいたので、日中国交回復も知らなかった」

証言者プロフィール

1926（昭和元）年　11月1日　北海道旭川鷹栖《あさひかわたかす》に生まれる
1941（昭和16）年　15歳　両親が亡くなり、兄のいる錦州省阜新《フシン》に渡満
　　　　　　　　　事務員として働く
1945（昭和20）年　5月から8月まで普蘭店市《フランテンシ》で電話交換手の見習いとして勤務
　　　　　　　　　19歳　終戦　自殺を図るが助けられる
1947（昭和22）年　21歳　中国人と結婚、渤海《ボッカイ》東部の長興島《チョウコウトウ》で暮らす
1948（昭和23）年　22歳　長女を出産（子どもは5人）
1981（昭和56）年　4月　56歳　子ども2人を連れて一時帰国（国費）
1982（昭和57）年　57歳　子ども2人を伴って永住帰国（国費）

インタビュー　2015年8月　88歳　場所　北海道のご自宅
ウェブサイト　「アーカイブス　中国残留孤児・残留婦人の証言」ノさん
　　　　　　　https://kikokusya.wixsite.com/kikokusya/untitled-c1r2n

証言

【日本での生活】

1926（昭和元）年11月1日生まれ、今年88歳になりました。北海道旭川鷹栖《あさひかわたかす》という所で生まれました。家族は、両親、弟2人。姉もいたけど、姉は美唄《びばい》にいる伯母さんの所に行っていて、兄は、召集されて満州に行ってました。

家は農業でしたが、父は身体を壊し、ずっと旭川に行ったままで、田んぼの米作りは母がやってました。私は学校にはあまり行けず、小学校6年生をやっと卒業して、ずっと農作業の手伝いをしてました。弟たちは幼くて手伝えなかった。

でも、母がお産で亡くなると、続いて姉が急性肺炎で、27歳の若さで亡くなり、最後に父が、胃潰瘍が原因で、血を吐いて亡くなり、立て続けに3人が亡くなって、徴兵された兄と、私と弟2人が残されました。

【満州に行くきっかけ】

1937（昭和12）年、日本と中国との間に起きた支那事変《しなじへん》で、兄は召集されて満州に行き、その後復員して帰って来ましたが、また1人で満州に行きました。父は亡くなる前に、まだ独身だった兄に結婚相手を見つけていました。満州の大連《ダイレン》で看護婦をしていて、満州のこともよく知っている女性でした。そして、父が亡くなると、弟たちは名寄《なよろ》で学校の先生をしてた伯母さんに引き取られ、私は兄嫁に連れられて、兄のいる満州の錦州省阜新《キンシュウショウフシン》に行くことになりました、兄はここで警察官をやってました。

1941（昭和16）年、15歳の時でした。これが満州に行くきっかけです。開拓団ではありません。

【終戦までの満州での生活】

1941（昭和16）年9月から、1945年5月まで、兄が探してくれた事務所で事務員として働き、その次は、1945（昭和20）年5月から8月まで、電話局で電話交換手の見習いとして勤務しました。食べる分ぐらいの給料はもらいました。終戦前でしたが、戦争中ということで、食べ物も配給で何にもなかったです。だから、私が邪魔になったんでしょう。3人で暮らしていたけど、兄嫁が私を疎ましく思うようになり、私は家出しました。
　そしてある旅館に行って、そこで友達が出来て、一緒に大連《ダイレン》に行きました。私は生きる気力もなく、持ち物も何もないし、老虎灘《ロウコタン》というところで、海に飛び込み自殺を図りましたが、もがいているうち、結局、砂浜に打ち上げられました。目が覚めて「生きてる」と思うと急に怖くなって、身体は濡れたまま、夜中で汽車もなく、老虎灘の朝鮮人が経営する旅館に歩いて帰りました。この事は家族の誰にも話さず、自分の心の中にしまっています。
　それから、日本人の旅館に連れて行かれ、助けられて、1週間ぐらいそこにいて、女中さんと仲良くなって、そこを手伝ったりしていました。同じ家族で、隣の雑貨屋にいたお爺ちゃんが、「生きてくならどこか仕事探そう」と言ってくれて、普蘭店市《フランテンシ》の電話局の交換手の見習いの仕事を見つけてくれました。私は寮に入ったけど、布団も持ってなくて。もう店に布団が全然売ってなかったので、兄に「布団が欲しい」と手紙を書いたんです。でもすぐに終戦になった。天皇陛下の玉音放送は、みんな外に出て、ラジオで聞いたけども、雑音が多くて、はっきり聞き取れなかった。「ああ、終戦だ」ってなりました。

【敗戦後の生活】

　それから1か月ぐらいして、ある夕方、ソ連軍が戦車で入って来ました。私はもう寮に帰ってましたが、寮の隣にいる電話局の局長さんが、「ソ連が来たから逃げろ」って言ったので、中国人のコーリャン畑、トウモロコシ畑に、着の身着のまま、みんな逃げました。三日三晩、山の中を歩き回りました。食べ物もなく、みんなお腹を空かせてました。ちょろちょろ流れている水を手ですくって飲みました。この辺りは田舎なので、局長さんが中国語で、結構りっぱな家の中国人に頼んで塩をもらい、一つまみずつ舐《な》め、井戸水を飲ませてもらいました。

そうして、生き延びていた。山の中で寝ていて、何か音がすると怖かった。大連は雨が少ないので、雨も降らず、よかったです。それから、汽車にのって、大連の収容所へ避難しました。

駅の近くの常盤小学校《ときわ》っていうところです。普蘭店の人は全部そこに集まった。八路軍《ハチログン》も来ていたので、そこで1日お茶碗1杯分のお米と味噌汁の配給をもらって。でも着るものはなかった。まだ日本人が残っていたので、電話局から毛布とか布団とか出してくれて、助かりました。

1945（昭和20）年の9月から1946年の1月まで、老虎灘の近くに日本人の有田《ありた》さんの奥さんが病気して、「お手伝いが欲しい」と、私たちのところに来たので、私がそこのお手伝いに行きました。

その後、1946年1月から、1947年の2月まで、大連の「四川飯店《シセンハンテン》」という中国料理の店で勤めました。そこでは、1日2回トウキビの団子を食べさせてくれました。中国人の店で寝泊まりしていたし、「ソ連が来たら駄目だから、外へは出るな」と言われていたから、ずっと、店の中にいたため、日本人が引き揚げたことは全く知らなかった。

【結婚生活】

1947（昭和22）年2月24日、この店のお客として来てた王《ワン》さんの紹介で結婚した。王《ワン》さんは、日本人の靴屋さんで働いていたので、日本語ができる人だった。私より3つ、4つ年上の奥さんがいて、家族がいる人だった。日本人の靴屋さんは日本へ引き揚げて、店の道具などすべて置いて行った。「おまえ、ここにいても、日本人は帰って誰もいないんだぞ。俺も日本人にはお世話になったから、ほっておけない。俺の所へ来い」と言われて行った。王さんの家には6か月ぐらいいて、お手伝いしながら、料理など教えてもらって覚えました。そして、王さんの奥さんのお兄さんと結婚することになった。でも、この人は、私より20歳も年上だった。本当は嫌だったけど、生きていくためには仕方がないと思って、やむを得ず結婚しました。

結婚して4か月目には子どもができて、6か月で田舎に連れて行かれた。そこは、渤海《ボッカイ》の東部にある、今は遼寧省《リョウネイショウ》、当時は奉天省《ホウテンショウ》と言いましたが、瓦房店市《ガボウテンシ》にある、長興島《チョウコウトウ》という島です。

翌年の1948（昭和23）年3月に、長女が誕生してからは、主人の両親が2人とも60歳以上だったので、その世話をしながら、畑仕事をしました。当時は、共産党と国民党との内戦があったり、その後、朝鮮戦争で北朝鮮を助けるため、いろんな人が兵隊に行って、結構食べるものがなかった。共産党支配の下、うちの村は第4隊という生産隊だったので、みんなと一緒に働くんですよ。その中で、日本人は私1人で、日本語を話す人はなく、島ではどこにも行けなくて、少しずつ中国語を覚えました。そこで、子ども5人産んだんです。

その時も、私は「死にたい」と思ったですね。つらくてね。「日本の鬼」「日本の犬」とかって、散々憎まれてきたんですからね。それでも村の人はいい人たちでした。なぜかっていうと、お義父ちゃん、お義母ちゃんがいい人なんですよ。近所づきあいが上手だったんです。それで、私は助かりました。子どもは親を選べないので、子どものために私は、みんなと一緒に、一生懸命働いて生きてきました。

それこそ、死にものぐるいで。田舎ですから、牛を使って畑を耕して、種まきとか水やりとか、豚の餌やりとか、与えられた仕事は、私、構わずやりましたね。「ただ、子どものため」と思って、本当、生き地獄でしたね。食べるものは配給だったから、1983年の時、中国の配給は1斤《きん》、2斤《きん》って言うんですよ。2斤は1キロですから。3斤って言ったら、ほんのわずかなんですよ。トウキビを1日、これくらいしかもらえないんですよ。なぜかというと、毛沢東《モウタクトウ》の時かどうか知らないですが、ソ連に全部渡していたようです。生産隊ですから、収穫したものは、全部国に持って行かれるんです。残した分を配給でもらいますが、それだけしかもらえなかった。足りなかったですよ。酷かったですよ、ひもじい思いしてね。

私が行った時は、電気も水道もなく、何にも無かった。石油はビンに入れ、中に芯を入れて、ランプにしてました。だから、それをなるべく使わないよう、朝は明るくなってから起きて、夜は、暗くならないうちに晩ご飯食べて。そういう生活でした。結婚したのに、お義父ちゃんたちと同じオンドルの部屋で、暖かくして寝てた。私が作ったご飯を、一つのテーブルで、お義父ちゃんお義母ちゃんと一緒に食べてました。トウキビの団子やお粥、ショウミ（＝アワ）のお粥などを作った。

主人は好きじゃなかったので、どうでも良かったです。でも、主人の両親が優しくて助かりました。主人１人だけだと、どうなっていたかわかんない。結婚して子どもが出来て、よく働きましたね。私は生産隊で働いたから、友達いっぱい出来てね。いい人たちでしたよ。全然、いじめはなかったです。それで「文化大革命」の時も助かったんです。

とにかく、貧乏でお金がなく、長女は小学校2年か3年までしか行けてない。しかも学校は遠かったから、子どもたちは学校にそんなに行ってない。一番下の息子は小学校4年しか行ってないですね。「行きなさい」って言ったけど、「もう行かない」って言って辞めたんですよ。「学校行かないなら仕事しなさい」って。

子どもに手を上げたことはないです。私の所に生まれた子どもたちだから、かわいそうでね。子どもは親を選べないからね、ほんと私は泣いたです。娘たちは、大きくなって、全部同じように働きました、農業で。

【日中国交回復】

１９７２（昭和47）年の田中角栄《たなかかくえい》の日中国交回復については、田舎だから全然知らなかったです。テレビも新聞もなくて。

ある時私、腸が悪くなって血便が出たんです。田舎だからいくら入院しても治らなかった。すると先生が、

「瓦房店に、日本人の先生がいるから行きなさい」って教えてくれたんです。その頃は、島には橋ができて、バスで行けたんですが、その病院まで娘に連れて行ってもらった。奥城《おくしろ》さんっていう産婦人科の先生でしたが、受け付けてもらった。その時私は、全部日本語を忘れていたんです。

その先生も、黒竜江省《コクリュウコウショウ》にいたことがあって、一時帰国をしたそうです。バリウムで検査しても血便の原因がわからず、次に大腸にカメラを入れて検査しました。すると結腸に黒い所が2か所あって、これが原因だと言われました。原因がわかったので、また、田舎の病院に戻って、1か月ほど入院しました。手術はしないで点滴だけで、10日ほどで治りました。長女の所に10日、三女の所に、10日いて、ちょうど1か月で家に帰りました。でも、先生から、「治らないから、食べ物に気をつけてください」と言われました。

それで、奥城さんが、一時帰国後、「私も帰りたいけど、保証人（身元引受人）がいないから駄目なんだよ」って言ったの。「私はまだわかんないけど、日本語ができなくなって」って中国語で会話したら、私の一時帰国の時は、全部奥城さんが手続きをしてくれた。それで瓦房店の公安局で手続きをしたんです。領事館っていうのは、今は瀋陽《シンヨウ》にありますが、前は北京にあったんです。それで、手紙でやり取りして。まず、田舎の方の手続きをして、それが済んだら、瓦房店の公安局で手続きして、それから、日本の領事館との手続きです。でも遠いから、手紙のやり取りも、往復1か月かかるんです。手紙が来たら、いちいち奥城さんのところ行かなくてはならないので、それで結構、時間がかかりました。

【帰国後の生活】

１９８１（昭和56）年4月、56歳の時に一時帰国して、次の年、１９８２年57歳で永住帰国しました。

一時帰国の時は、子ども2人、一番下の娘と息子が一緒でした。成田空港に弟2人と道庁の人が迎えに来てくれて、一番下の弟が住んでる北海道の胆振《いぶり》管内にある白老町《しらおいちょう》に行きました。でも政府から支給される滞在費を、弟が「もらうな。4か月あれば手続きできるから」と言ったので、お金はもらわないで、すぐ永住帰国の手続きを始めました。手続きに5か月もかかって。それで、5か月で中国に帰りました。滞在費を、弟が、なぜ拒否したのかはわかりませんが、弟には迷惑をかけたくなかったので、娘と2人、タケノコの皮むきの仕事をして、やっと30万円集まりました。一番下の弟は、伯母さんの養子になっていました。

実は、私は全く知らなかったのですが、私が兄の所から家出した後、兄から呼ばれて、伯母さんが、お祖母ちゃんと、小さい弟2人を連れて、満州に行ったそうです。いつ行ったのかはわかりませんが。日本に帰って来てからそう聞きました。何でだろう、戦争の真っ最中になんで呼んだかと思って。で、お祖母ちゃんは満州で亡くなってるんです。

戦後いつ帰って来たのか知りませんが、阜新から、伯母さんも、弟たちも日本に帰って来てます。ただ、兄嫁の長男も3歳で中国で亡くなっていて、兄嫁はお祖母ちゃんのお骨を持って帰って来てますが、子どものお骨はないんです。中国はみんな犬に食わせる習慣なの。兄は警察官だったので、戦争に負けて、刑務所に入れられ、汽車でソ連の方へ連れて行かれそうになったようですが、途中で汽車から飛び降りて逃げて、中国語ができるから、中国人の服を着て変装して、日本に帰って来てすぐ、兄嫁の実家で、栄養失調で34歳で亡くなりました。兄嫁もどうやって帰って来たのかわかっていません。

【永住帰国へ】

一時帰国した後は、やっぱり永住帰国したいと思いましたね。自分の国だから。永住帰国の時は、私が57歳だったから、主人は80歳。年だったので、反対することはなかったです。永住帰国の時も、一番下の2人の子どもを連れて来ました。最初は北海道江別《えべつ》市の野幌《のっぽろ》にいる弟の所に住んでました。その弟の嫁さんのお姉さんが運送会社をやっていて、弟はそこで事務の仕事をしていたので、そこの2階を世話してもらいました。政府からの支度金は頂きました。がらくたは全部捨てて来ました。家財道具は全部古いものですが、もらったり、拾ってきたりして揃えました。

帰国するのには、戸籍謄本が必要ですので、奥城さんが全部に手紙を出してくれて、旭川市の鷹栖の役場とのやり取りで、戸籍謄本を送ってもらったんです。それで、兄嫁から私の所に、「弟さんがいるよ」と手紙がきて、「私の事、心配してくれてたんだ」と思いました。兄が亡くなってから、彼女は再婚していました。お墓参りの時、兄嫁と会いました。そしたら、兄嫁は、私にしがみついて、「ごめんなさい。悪い事してごめんなさい」って謝ってくれました。私も、「過ぎたことだからね、もう忘れましょう」って言いました。最後に来た手紙は今もあります。

永住帰国した時は、私はもう57歳だったから、働くことはできなかった。子ども2人は、札幌《さっぽろ》の手稲《ていね》っていう所の日本語学校に6か月間、住み込みで行ったんです。病院の先生がやっている日本語学校で、娘はその時、1960（昭和35）年生まれの22歳、6歳下の弟は、1966（昭和41）年生まれの16歳でした。それから、「日中友好協会」にお世話になったんです。

【人生を振り返って】

今の生活は、十分です。落ち着いて生活できて満足しています。感謝してます。お陰様で。一番大変だったのは、終戦直後の中国。「日本の鬼」とか「日本の犬」とか言われてね。食べものも無くて、大連にね、団子（食べ物）のためにお店に働きに行った時が一番つらかったです。生きるためにね、年上の人とも一緒になら（結婚し）なくちゃいけないし。子ども出来たら、なおさら、自分の子だから、かわいいですもんね。母乳で全部育てました。お義父ちゃんお義母ちゃんがいい人で、子どもの面倒見てくれて。私、一生懸命働きました。

若い人たちには、元気に真面目に働いてくださいとだけ言いたいですね。三日坊主にならないよう、自分で決めた事は、長続きするように。自分が悪いと思ったら、「ごめんなさい」って謝ってね、一生懸命頑張るように。中国の人は絶対謝らないですよ。そういう習慣なんです。何か理由をつけて、「そうだったのか」「こうだったのか」とは言うけど、絶対、「ごめんなさい」とは言わないですよ。「ありがとう」の言葉もそんなに無いですよ。帰国してから、日本語はね、テレビ観たり、隣の奥さんと話をしたりして、自然に思い出しました。勉強してません。こっちの（＝日本にいる）孫は中国語できないですよ。全部、日本語。お嫁さんも全部日本語。お嫁さんは中国人だけどね。（完）

第24章　上村品子《うえむらしなこ》さん（奈良県）

「私のおじいちゃんが、朝鮮の咸鏡南道《カンキョウナンドウ》で知事をしてたんです」

証言者プロフィール

1923（大正12）年　朝鮮咸鏡南道《カンキョウナンドウ》で生まれる
1935（昭和10）年　女学校に入るために帰国 学校が廃校になり、洋裁学校を卒業して働く
1945（昭和20）年　6月　22歳　黒竜江省の叔母の家の手伝いのため渡満　47日で終戦
収容所で、解放軍の軍隊にいた中国人に助けられ結婚（子ども6人、現在4人）
1974（昭和49）年　51歳夫、次男家族、三男の7人を連れて一時帰国（国費）
1994（平成6）年　71歳永住帰国（自費）

インタビュー　2016年4月　93歳　場所　証言者のご自宅
ウェブサイト　「アーカイブス　中国残留孤児・残留婦人の証言」№11さん
https://kikokusya.wixsite.com/kikokusya/no-11-5

証言

【生まれは朝鮮】

大正12年生まれ、93歳です。私、朝鮮で生まれたんですよ。あの当時は、日本の植民地だったんですね。どうして、朝鮮で生まれたかと言いますと、私のお祖父ちゃんが、朝鮮の咸鏡南道《カンキョウナンドウ》、咸興府《カンコウフ》コウナイユで知事を(90)し

(注)90　咸鏡南道の歴代の知事名に「上村」も「川田」もなかった。より下の行政組織の長であったのかも知れないが、確認できず。

てたんです。お祖父ちゃんはね、日露戦争の功労者で、明治天皇から、勲章いただいてるんです。お父さんは慶應大学のラグビーの選手だったんです。慶應大学を出てから、朝鮮に行ったんです。だからね、私は朝鮮生まれなんです。

お祖父ちゃんが知事だったから、子どもの時はけっこう裕福な生活でした。庭で野菜作ってましたけど、朝鮮の方が手伝いに来てはりましたね。私は曽お祖母ちゃんの名前を頂いて品子っていう名前なんですけどね、朝鮮の方には発音が難しかったのか、ヒナコさん、ヒナコさんって言われてた。御雛さんのヒナコさんって。兄弟は全部で7人でした。今、ウィーンに、兄さんが2人いるんです。弟、妹もいましたが、弟が1人戦死して。

子ども時代はですね、朝鮮の小学校に入ってですね。ほいで、6年生までいました。朝鮮の小学校にいた時の思い出に残っているのはですね、毎朝の朝礼の体操が終わって、そいでみんな整列して医務室に行ってね。口をあけると、肝油《かんゆ》を一匙《さじ》、ちょっと入れてくれて。その後、飴《あめ》を頂いた。それが6年生まで毎朝です。

それ以外は、あんまり記憶がないですね。遊んだこととか、そのころの唱歌とかも覚えてないです。あの当時のことで、他に覚えてるのは、興南《コウナン》に日本のチッソ肥料会社があったことですね。植民地ですもの、朝鮮で暮らしてる日本人、たくさんいましたよ。だから、みんな日本語ばかり使ってましたよ。

小学校には日本人だけじゃなくて、朝鮮の人もいましたけど、みんな日本語ばっかりだから、もう……全く日本人と一緒。例えばね、名前は、朝鮮の方は、一文字でしょ。「金」さんとか。その下に、「山」とか「村」とかつけて、日本人の苗字に変えてました。金山《かねやま》さんとか、金村《かねむら》さんとか。だから、私には区別できなかったのね。

【日本での学生生活】

小学校を卒業してから、大阪のお祖母ちゃんのとこに来たんです。大阪の桜蘭女学校に入るために、1人で日本に帰って来たんです。でも、桜蘭女学校は、私が卒業しないうちに無くなっちゃって。学校が閉鎖になったので、大阪の洋裁学校に入りました。場所は覚えてないけど、電車で通ってましたね。私は行きたくなかったけど、おばあちゃんが無理矢理、「女の子は手に職をつけた方がいい。いざとなったら家族を助けることができるから」って。もう、否応なしに行かされたんです。それが、ま、中国に行って役立ったんですけどね。そのとき、家族はみな朝鮮に残っていたんです。

その洋裁の学校を卒業した後、ちょっとの期間、洋服を作る工場のようなところで働きましたね。どのくらい働いたかは覚えてないけども、働きましたね。工場は大阪の十二軒町にありました。それだけしか覚えてない。その頃はまだ、戦争の雰囲気とかはなかったですよ。

【満州へ】

それから、母の妹が、中国の黒竜江省《コクリュウコウショウ》の、スイユウ（綏化・Shuihuaか？）ってとこにいて、叔父さんは軍人だったんです。叔母さんは、毎年日本に帰ってたんだけど、その年は8月にお産するので、私に中国に手伝いに来てくれって言うの。7歳と3歳の男の子がいて、人手がいるからって。あの時はパスポートじゃなくて、通行証明書だけでよかった。ほいで、私は、日にちまでちゃんと覚えてるけど、6月14日に中国に着いたわけですよ。昭和20年の6月14日に。ほいで、47日目に終戦です。9月には日本に帰る予定でした。

叔母さんがお産をしたのは、8月の、日にちは覚えていませんが、終戦直前でした。産婆さんもいないし。私、初めてお産を見たんです。自分で臍《へそ》の緒《お》を切って。本当につらい思いでしたね。男の子でした。でも、お乳がないの。キビのご飯なんかしか食べてないから、お乳が全然出ないんですよ。叔母さんは、長年、スイユウってとこに住んでいて、子どもたちや叔父さんがしょっちゅう行く散髪屋があったのね。叔母さんも子ども連れてしょっちゅう行ってたらしいんです。その夫婦にはお子さんが無かったので、その生まれたばかりの赤ちゃんをあげたの。お乳が出ないんですもの。そしたら、喜んでもらってくれたんですよ。ほいで、私は毎日子守に行っていたのね。

【終戦前後】

8月9日の朝、軍隊に叔父さんは出勤したんです。ほで、間もなく帰って来て「防空演習が始まるから、お前たちは、どこどこの防空壕に避難しろ」と。ほんで、私は叔母さんについて行ったんだけど、その途中で、もう、ロシアの空襲に遭ったんです。そいで、一緒に逃げた中国のお子さんたちも、2人か3人か射撃されて、目の前で死にましたね。そいで、その指定された場所に行ったら、軍隊の車なんかもうとっくに出た後でしたよ。だから、私たちは歩いて、ムーリン（穆陵・Muling か？）て駅まで行くことにしました。「そこまで行ったら、汽車が待ってるから日本に帰れる」って言うので。でもその途中で、すでにロシアの戦車が追いかけてきました。私たち、五十何名でしたかね。女と子どもばっかり。遠くから戦車の音がするので、山に逃げたの。8月で、しとしとしとしとと雨の降る日だったねえ。食べ物は何にも持ってないし、山の生活でお腹は空《す》くし。ほいたらね、50代のおばあちゃんだったか、どっかから、カボチャの葉っぱを見つけてきてね。カボチャの葉っぱ。私は日本でカボチャの葉っぱなんか見たことないもん。ざらざらしてね、それを食べて、凌いでましたよ。水は、葉っぱの露を舐めてましたね。そんなふうにして、1週間ぐらい、山にいましたね。もう、寝場所も無くって。でも、夏だから助かったんですよね。冬なら凍死してました。

そしたらね、山の中で人が動いてるのを望遠鏡で見たんでしょうね。ある日、ロシアの騎兵が2人、山の麓まで来たんです。何か、鉛筆で家の形を書いて、「ここに行け」って。「そうでなかったら、こうする」って機関銃を撃つ真似をしたんです。私はもう、叔母さんについて行くより仕方がない、土地なんか全然わかりませんもんね。ほいでね、ある村まで着いたんですよ。ほいたらそこは朝鮮人の村で、入れてくれないの。村の入り口で男の人が両手を広げて、通せんぼして入れてくれないんですよ。ロシアの騎兵隊は、「そこに行け」って言ったんですけどね。

そんで、私たちは、五十何名、60人近くでしたね。「どうせ死ぬんだから、住んでいたスイユウに戻ろうよ」って、おばあちゃんたちが相談して。そこで死ねば、名前だけは残ると。ほで、後戻り。その途中には、ロシアの戦車。やっと、叔母さんの住んでた家に戻ったんですけども、そこにはもう中国の方が住んでいて入れない。誰1人として、自分の家には入れない。そして、捕虜になって収容所に入れられました。収容所は、スイユウの、以前は軍隊のお魚を冷凍して入れていた倉庫。その底に入れられて。その時、私は21歳でした。

収容所では、着の身着のままでしょ。みんな、ごろ寝ですよ。そいで、コーリャンのご飯と、それから、お塩だけ。ご飯て言えば、私たち日本人は「お米」でしょ。でも、収容所では、コーリャンとキビでしたからね。一応、毎日、配給でコーリャンはもらえたんですけど、日本では、あんなの食べたことないもんね。だから、みんなお腹壊してましたね。大人は、満腹ではないけども、どうにか生き延びましたけど、幼いお子さんたちは、赤痢とか腸チフスになって、みんな死んでいきましたね。叔母さんの3歳の子も死にました。叔母さんは、産んだ後も、逃避行も大変でしたよ。産んだばっかりでね。でも、散髪屋さんにあげた子は幸せで、学校にも入らしてくれて、大きくなって、日本に帰って来ましたけど。病気で亡くなりました。

【結婚と夫の村での生活】

その収容所にいる時はね、ロシア兵の洗濯をしてましたね。そいで、ロシアの兵隊が国に帰ってしまった後には、中国の軍隊が来ましたね。解放軍です。私たちは、まだ収容所にいて。そん時、主人に助けてもらったの。主人は、軍隊にいたんです。収容所の中にね、中国語がペラペラの日本人の女の人がいたの。その人は、中国ではお米の配給所に勤めていた方でね。その人が、「あの中国人の兵隊さんがあなたを嫁にほしいって言ってる」って。

主人は、私より一つ年上だったのね。私が「田舎に住んだことないから、田舎だったら行かない」って言ったら、「田舎じゃない。町だ」と。それはまあ、騙されましたけどね。「町に住んでる」っていうのは、主人の姉さんでね。そこで、1か月ぐらいお世話になって。そしたらある朝、主人のお兄さんが迎えに来たの。「田舎だったら、行かん」って言ったら、「あんまり、町じゃないけど、小さい町だ」って言うのでね、一緒について行ったんです。夜中に着いたら、電気も無いんですよね。お皿に油を入れて、綿を撚《よ》って、そういう灯でしたね。着いた時は真夜中で、田舎ってことがわからなかったの、私は。ほいで、次の朝、見たらもう、2階から落ちた気分でしたね。うん。村中の人が見に来ましたね。見世物や。日本の女はどんなもんかと。

はじめは、本当につらかったです。環境が全然違うでしょう。言葉がわかんない。食べ物は違う。住まいも違う。ほんで、農村だったから汚いし。だから、私泣いてばっかり。夜も布団を掛けてシクシク、シクシク。もう涙が絶えなくて、泣きました。泣きすぎて目が見えなくなったの。姑さんが、いろいろな方法で治療してくれるけど、治らないのね。そしたらね、最後に何したと思います？　猫の初産のときの胎盤で目を洗ったんです。猫はお産の後、それをすぐ食べてしまうんだって。だから、姑さんは夜も寝ずに見てて。ほいで、子猫産んだ胎盤を持って来て、私の目を洗ってくれたの。いまだに覚えているけど、ちょっと暖かいんですね。それで目を洗って、ほいで、一日中血だらけで、汚らしくって。それでも、「もしかしたら？」と思う頭があったので、言う通りにしたんですね。そして次の日に目を洗ったら、目が開きましたよ。いや、大したもんだ。それからもう、泣くのは止めたんです。自分で観念しました。もう無理だ、仕方ないと。でも、やっぱりつらかったです。言葉がわかんない、食べ物が違う、環境が違う。小姑が2人いたんですけど、言葉がわかんないから、いっつもね、「馬鹿野郎」って馬鹿にされてましたね。でも、姑さんがいい人でね。主人も優しかったです。

それから、子どもを6人産みましたけど、2人死んでます。今は4人。男の子3人と娘1人。主人は農業してました。でも、私は、秋の忙しい時ぐらいしか手伝ってないんですよ。私は日本で洋裁学校出てるでしょ。だから、主人がね、どっかから足踏みのミシンを買ってきてくれたの。古いミシンだったけど。それで、村中の人に服を縫ってあげたんです。裁断から全部、そういう仕事を夜の2時ごろまでしてましたよ、30年。でも、村の人たちから、お金もらってません。物々交換みたいに、何かもって来てくれたりはしてましたね。その辺には、ミシンも何も無くて、洋服が作れる人なんかいなかったから、皆さんに感謝されて。そいで、「私が日本に帰る」って聞いたら、みんな、餞別のお金、もって来てくれて。そいでね、私は「誰々が、いくら…」って、みんな手帳に書いて、日本に持って帰りました。ほいでその後、1回、中国に帰ったとき、豚を2匹買って、村中の人にご馳走しました。あっちのご馳走は豚ですからね。その他に、お金でもお返ししましたよ。帰る時いただいた餞別の額をメモしてありましたから。例えば、日本の額で1000円いただいた場合は1200円か1300円、お金でお返ししました。36万円ぐらいかかりましたかね。そうじゃないとね、嫁さんが、みんな中国の方でしょ。ほで、里帰りする時、何やかやと言われたくないので、ちゃんと整理しました。

中国で「大飢饉」があって、食べものがもう、全くなくなった時がありましたけど、農村だからね、ま、ちょっと粗食だったけど、ひもじい思いをすることはなかったです。

【文化大革命】

文化大革命の時はね、私も、何回も家宅捜索されました。前触れも無く、2、3回やられましたね。日本と手紙のやり取りしてないか、日本の書類なんか無いかと。それだけですね。そいでね、日本にいたら、生理で汚れたものなんか捨ててしまうけど、あっちには生理用品がないから、ボロギレで。ほいで生理が終わったら、洗って包んで、こうやって隅っこに置いていたんだけど。それも開いて見ましたよ。家宅捜索の時は、共産党の党員が前触れも無く、土足で入って来て荒らし回って。私、小さくなってましたよ。何にも怪しいものなんか無かったけど、でも、やっぱり、怖かったのは本当ですね。どうなるか、何されるか、わからんもん。

子どもたちもね、はじめのうちは、学校でいじめられたり、「日本の鬼っ子」っていじめられて、泣いて帰って来た時もありましたよ。「リーベンクイズ、リーベンクイズ」って言われて。子どもたちもかわいそうでしたよ。農村部でも、けっこう、そういうことがあったんです。

【一時帰国】

1972年に、田中角栄《たなかかくえい》さんが中国に行って日中友好になったでしょう。ほいで私は、日本に初めて手紙書いたんですよ。住所もちゃんと覚えてたので。私は、今は上村ですが、前は川田《かわだ》、川田品子なんです。手紙出したらね、もう、戸籍謄本が抹消されて、戦死になってるの。二十何年も経ってるからね。川田品子の戸籍謄本が無いんですよ。だから、日本に帰れないの。戸籍謄本がないから、日本人と認めてもらえなかったんですね。だから、私、東京の朝日新聞社に手紙出したの。事情も細かく書いて、「ここう、ここ何年何月に中国に行って、何のために行って…」って。そしたら、新聞社の方がいろいろ調べてくださって。力になってくださって。家の人も、お祖父ちゃんも、もう亡くなってて。それで、母方のお祖母ちゃんが、私の戸籍謄本を作ってくれて、戸籍回復できたんです。そいで、奈良県の御所市《ごせし》が本籍になって、ほいで上村品子になって、帰って来たんです。

朝鮮にいた家族も、日本に帰ってるんですが、いつ帰ったのか、私は知りません。その後のことは全然わからないんです。お父さん、お母さんのことも全然わかりません。手紙のやり取りでも、お父さん、お母さんからの手紙はもらってないんです。日本に一時帰国したとき、お父さん、お母さんのお墓参りは、一応連れて行ってもらいました。その時、いつ亡くなったか教えてくれたんでしょうけど、私、頭に残ってないんです。いろいろ多すぎてね。いろいろ忘れてますよ。お墓は東京の烏山《からすやま》にあるんです。弟が東京にいたので、それでお墓作ってくれたらしいんです。弟は、終戦直後の引き上げの時に、朝鮮から両親と一緒に帰れたんです。

私は、最初、一時帰国（里帰り）って言って、国費で帰らせてもらったんです。1974年に。一時帰国して、それから、2番目のお兄さんの家で、お世話になったわけですね。そしたらね、帰る日にちが予定を過ぎちゃったんです。だから、「違反」っていうことで、飛行場でなんかいろんな書類を書かされたのを覚えてます。何を書かされたか覚えていないけど、泣きながら書いてましたね。一時帰国の期間は、申請すれば、伸ばすことができたらしいんですけど、当時、そんなこと知りませんもの。何をどう書きなさいって言われたのか、泣きながら言われたとおりに書いてました。

一時帰国で来た時、最初に、「いやー、日本も変わったなあ」と思いましたね。政府の方は、毎月生活費もくださって、ちゃんとしてくださいましたよ。その時は、妹の所にも、ちょっと顔を出しましたけども、長い間はいませんでしたね。2番目の弟はもう戦死してたので。妹の所と、4番目の弟の所にも行きましたね。東京の国分寺に住んでんのよね。一晩か二晩か泊まりましたかね。その時、お父さんお母さんはもう亡くなってたからね。2人のことについては、あまり話はしなかった。でもやっぱり、姉弟の間柄でも、温かみがないなあと思いました。中国の方はね、あったかいんですよ。姉弟は姉弟らしく。姉弟じゃなくてもね、村中の人、本当に温かかった。だから、私、長年住めたわけ。温かいんですよ。で、日本に帰って来たら、なんか、やっぱり、冷たい感じでしたね、姉弟でも。やっぱり、文化の違いとかあるでしょ。同じ姉弟でも、長く、何十年も離れて暮らしていると……。中国に行ったたってことだけで、下目に見てるのかね。

私が初めて帰って来た時、私たち帰国者は、教育研修のために大阪の住之江区《すみのえく》のセンターに4か月いたんです。そん時、私は妹に電話したの。女同士だから。ほいたらね、本当に、もう、「お姉ちゃん」の一言もなくて、「どうして帰って来たの？」「これからどうするの？」って。それが妹の言葉だった。だから、私、腹立って、電話をかーっと置いた。ひどいでしょう？　罪人扱いや。何も私はね、世話になるって意味で電話したんじゃないんですよ。国がね、ちゃんと世話してくださってるんだから。とにかく、祖国に帰って来てホッとしたって意味で電話したんですね。「やっと帰ってきたよ」って。そしたら、思いも寄らぬ冷たい言葉なので、ほんとにびっくりしました。「つらかったでしょ。ご苦労さん」ぐらい、言ってもらいたかったのにね。

ここは、県から頂いた住まいなのね。ほいで、冷蔵庫から、ふとんからテレビまで、全部支給されて、行き届いててね。本当にありがたいと思いましたよ。もう、入ってきて住むだけでいいの。そいで私ね、この住所を妹に教えたわけ。そしたら、送って来た物はね、みんな古着。新品は1枚とてない。靴下も古いの。何回も洗ったのが、このビニール袋にいっぱい。古いのばっかり。本当にばかにしてる。だからね。嫁さんと子ども、誰一人着ないで、みんな捨てた。ほでね、また電話があって、「押し入れを整理してたら、いろんな物が出てきたから送る」って。私、「要らない。要りません」って言いました。「もう、子どもたち全部働いてるから、高級品は買えないけども、自分の気に入った新品買ってます」って。そんな、古着や靴下なんか誰が履きますか。素足になってでも履かないわ。意地がありますもの。電話をカッと置いて、それっきり連絡してません。恥ずかしくて、私は主人にも言わなかった。妹の婿さんは、何年か続けて年賀状くれたけど、私はお返ししてない。たった2人の姉妹だから、ホントは仲良くしたかったのに。今ね、申年《さるどし》だけ覚えてる。幾つになったかも知らない。でも、今はやっぱり、悪かったと思うんですよ。あたしも連絡してないし、あっちからも連絡来ない。生きてるか生きてないかもわかりません。

一番下の弟はね、東京からわざわざここに私に会いに来て、主人に頭下げて、「お世話になりました」と言ってくれたんですよ。わざわざ来てくださって。中国にも行って、この2人の子どもに会ってくれたんですよ。一番下の弟はね、三井物産に勤めてて。でも、マレーシアの旅行から帰る時に、電車の中で心筋梗塞で亡くなった。50過ぎぐらいだったんじゃないですかね。

【永　住】

1994（平成6）年の永住帰国の時は、私、71歳でしたね。一時帰国の時は51歳だったから、永住帰国まで20年も経ってました。でもね、あっちでもね、結婚したばかりのころは白い目で見られてましたけど、みんな本当、だんだんわかってくださって、親しみを感じるようになってましたからね。私も、随分あっちの方たちに、裁断から縫い物までやってあげてましたから。

日本に帰って来ても、日本語を忘れてるってことはなかったです。あちらに行ったのが21歳でしたから。でも、やっぱりね、市役所や県庁とかに行ったら、話してる時にちょっちょっと中国語が出てくる。

はじめはね、次男家族と三男と、7人で国費で帰らしてもらいました。あっちには、長男家族と娘家族をおいてきました。2人は後から手続きして、自費で日本に帰ってます。その後、家族みんな自費で帰って来ました。

帰って来てから、子どもたちが日本に馴染《なじ》むまで、はじめはつらかったですよ。次男と三男と娘の婿と。仕事しないとね、食べていけないので、県の日中友好協会会長さんに「子どもたちの仕事を見つけてください」ってお願いしたんです。ほいたら、建設会社の内装の仕事を紹介されて、そこでいまだに働いてます。

子どもたちが一番大変だったのは、やっぱり言葉でしたね。1年ぐらい経って、子どもたちが、「お母さん、会社辞めるわ。中国人、中国人って言われるから辞める」って。ほいでね、私、社長さんに会いに行ったんですよ。「そんなに中国人って。お母さんは日本人なのにね、そう言わないでください」って。そしたら、社長さんが、社員の方に説明してくれて。それから、落ち着いたんです。それで、娘の婿と次男と三男、3人ともずっとその会社で働いていています。三男は今、課長になってます。

孫は、次男の娘が2人ですね。帰って来た時、上の子は小学校4年生。下の子はまだ学校に入ってなかった。日本で1年生から始めてるんです。私、孫に日本の名前をつけてるの。日本の精神忘れてないから。上の孫娘は、静かな枝で静枝《しずえ》。あっちでは、「ジュンズ」。下の孫娘は、桜の枝と書いて「ユンズ」と読むのね。小学校に行ったら、先生が「これはちょっと読みにくいから「咲枝《さきえ》」にしなさいって。

家族みんなが集まると、家の中では、息子も時々はね、中国語が手っ取り早いから、ぱっぱっと出ます。孫は日本語ですね。次男の上の子は、中国から帰って来られた家族のための学校の先生をして、日本語を教えてます。

2007（平成19）年に新しい支援法ができて、それまでの生活保護が支援金っていうふうに変わりましたけど、それは、いまだに頂いてます。生活については、今は、なんにも心配することはないですね。近くの団地に住んでる子どもたちが、順番でおかずを毎日もって来てくれるんです。子ども4人が決めたことなんですよ。孫娘も作ってくれて。今月は、三男の当番。嫁さんが、京都の国際図書館で働いてるのね。朝、6時半ごろおかずもって来てくれる。お陰様で、幸せです。

【今の思い】

これからの若い人たちに伝えたいことは、とにかく、親を大切にすることですね。それはね、私中国で、本当に勉強になりました。中国の人は、親孝行ですね。親を大切にします。貧乏であれ富裕であれ、そういうことに関係なく、親を大切にするのが仕事みたいに、当たり前のようですね。だからね、日本に帰って来てこうみると、日本の若い方は、まあ、親孝行の方も多いでしょうけどもね、中国のお子さんたちにはかないません。そこが違っています。親孝行が一番です。私は、親孝行な子どもたちに囲まれて幸せです。私には申し分ないです。みんな、まっすぐに育ってますので、その点、私はもう安心です。私ね、デイサービスに1週間に2回行ってるんですよ。そこで私は子どもの自慢ばっかりしてるの。みんなに、「上村さんいいねえ。」って言われちゃう。

私は、中国に思い残すことはないんです。子どもは全部そばにいるので。あっちに、誰か1人でも残ってたら、やっぱり、親ですものね、気にかかるでしょ。その心配がないだけで。もう、安心してます。（完）

第25章　樋口春枝《ひぐちはるえ》さん（群馬県）

「橋のこちらが中央軍、橋の向こうが八路軍《ハチログン》、卡子《チャーズ》だった」

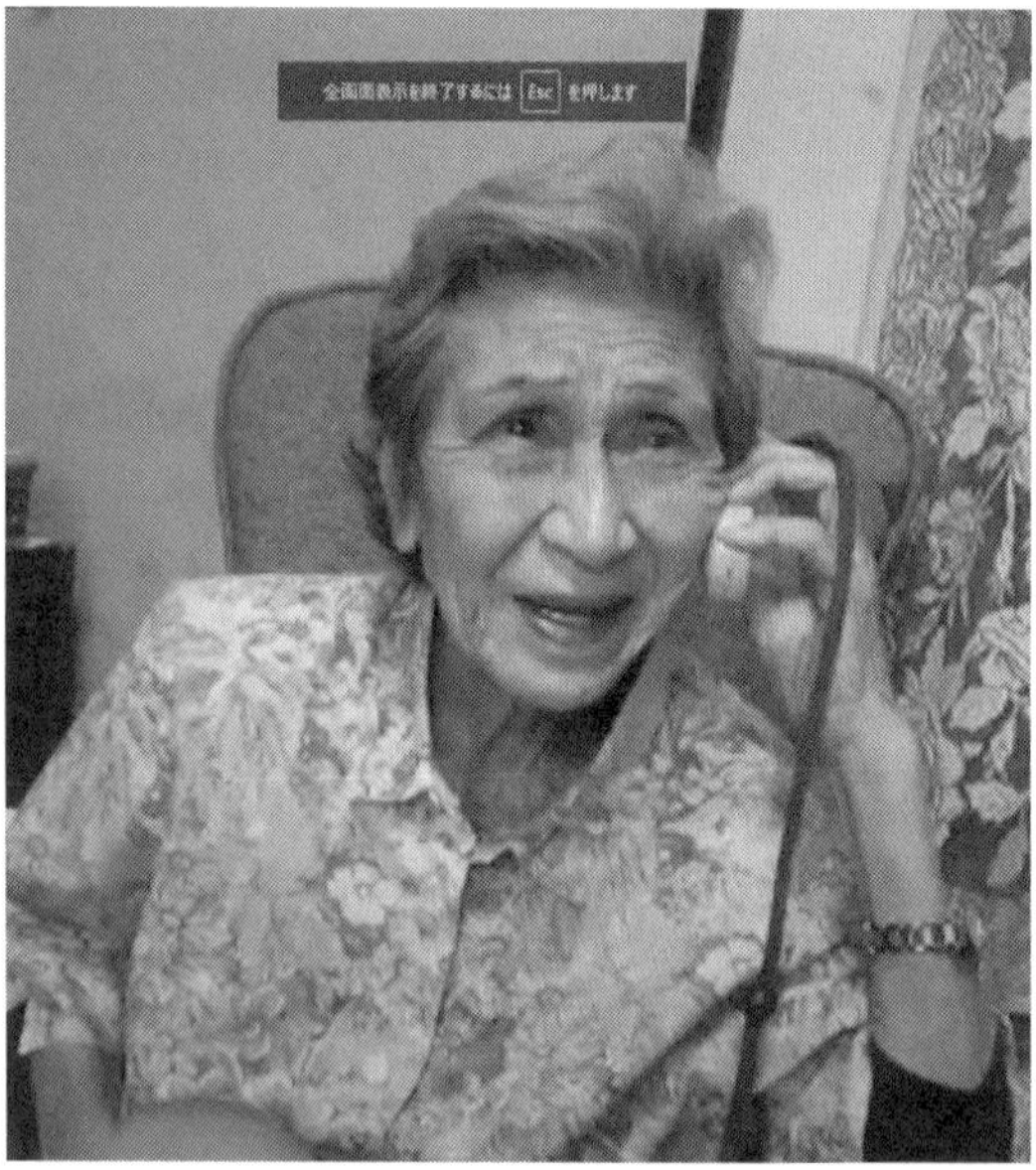

証言者プロフィール

1925（大正14）年　福岡県直方市《のおがたし》に生まれる
1942（昭和17）年　17歳　両親が亡くなったので、学校卒業後、叔母を頼って渡満
三江省《サンコウショウ》の鶴岡《ツルオカ》炭鉱で働く
1945（昭和20）年　20歳　終戦　逃避行の末、中国人の店で働く　その後結婚（子どもは7人）
1975（昭和50）年　50歳　次男を連れて一時帰国（国費）
1990（平成2）年　65歳　次男、四女家族3人、三女と共に永住帰国。
その後、子どもたち家族全員を呼び寄せる（自費）

インタビュー　2016年9月29日　91歳　場所　証言者のご自宅
ウェブサイト　「アーカイブス　中国残留孤児・残留婦人の証言№25さん
https://kikokusya.wixsite.com/kikokusya/no-24

証言

【満州へ】

大正14（1925）年、九州の福岡県直方《のおがたし》の生まれ。満州へ行ったのは17歳の時。満州に行くきっかけになったのは、両親が亡くなったこと。叔母が満州にいてね。学校も卒業したし、満州に行って、仕事か何かしようと思って。あの頃、日本は戦争してて、学校出ても、工場で働くぐらいで、あまり仕事がなかった。だから、満州にいる叔母のとこに弟と一緒に行こうと思って。中国の三江省《サンコウショウ》にあった鶴岡《つるおか》炭鉱で叔父が働いてたから。満

州炭鉱、あのころ満炭《マンタン》って言ってたね。

【終　戦】

日本が負けた時は、数え年で21歳。その年の8月8日に、上の人から「家族は避難して」って言われて、その夜、叔母たちは家族を連れて先に出た。それで、会社員だけが残された。8月9日に会社に行ったら、女の人はタスキして、男の人は鉢巻きして、だれも仕事してなかったから、「なんだろ」って思った。女の人はおにぎりを作ってた。男の人は、年頃の人はほとんど兵隊に行っちゃったから、若い人と年取った人が少し残ってたね。ほして、私もおにぎり作ってたら、飛行機の音が「グウウウ……」って。ソ連の飛行機だった。

そしたら、上の人が、「5分間で、うちに帰って、準備して集まれ」って。5分間じゃ、家に帰っても何もできないでしょ。だから、着替えだけを袋に入れて、何にも持たずに出て来た。それから、みんなで駅の方に行ったの。そしたら、憲兵の人が「ブウウ……」って音立てて、オートバイで走ってた。駅は、私たちが住んでた社宅より少し高い所にあったから、駅から社宅が見えた。そしたら、社宅の品物を私たち日本人が使ってた物を、中国人が運んでるのが見えた。蟻みたいに、トゥッ、トゥッ、トゥッ、トゥッ、って運んでた。それからね、会社の偉い人が、中国の人に会社の鍵を渡してた。社宅を出たときは、避難しても帰って来れると思ってたけど、「あれー、これはもうダメだなあ。もう帰って来れない」って思った。

【逃避行】

それから、屋根の無い貨車に乗せられて、動き出した。どこに停まったかもわからないし、どこで降りたかもわからない。暗いし。前にぞろぞろ人が歩いて行く。その後ろをついて行くだけ。何もわからなかった。ほしたら、雨がいっぱい降ってね。子ども抱いている人は抱いたまま死んじゃう。荷物持ってる人はね、みんな捨ててしまう。私なんか、前に誰がいるか、後ろに誰がいるか、会社の人かどうかもわからない。みんなの後ろにくっついて、ずーっと、くっついて歩いて、歩いて、歩いてね。また、貨車に乗せられて、佳木斯《ジャムス》に着いた。佳木斯から、またね、貨車に乗せられて、着いたのが、哈爾浜《ハルビン》の近くの、綏化《スイファー》っていうところ。飛行場があるの。そこに着いたのがちょうど8月15日。

その8月15日ね。私たちは、日本が負けたこと知らなかった。友達と「何か買い物に行こう」って行ったら、中国人連中が「リーベンパイラ」って。ほして見たら、蒋介石《ショウカイセキ》の写真があちこちに飾ってある。「日本が負けた?」その時は、信じられなかった。それに、ソ連の兵隊が来て、「女を出せ。お金を出せ」って。女の人の中にはね、1人か2人、犠牲になった人がいた。ほいて、私たちぐらいの娘たちゃみんな、長い髪を切っちゃった。

そこにおったのは、10月の中頃まで。そのころには、もう零下20度ぐらいの寒さだった。それなのに、私たちは出てきたときの夏服のまま。ほして、ソ連兵のトラックに乗せられて移動した。トラックは、動いたり停まったり、何日かかったかわからない。それから貨車に乗って。それも、動いたり停まったり。それから、少し南の方の新京《シンキョウ》、今は長春《チョウシュン》って言うけどね、そこに着いた。そこに着いたら、もう日本人が逃げた後の空き家があったの。そこに入ったけど、お金も無い、食べる物も無い。仕方ないから、中国人の家で住み込みで働いた。着物も服も無い。夏服でしょ。8月に出てきたんだから。鶴岡炭鉱で働いていた友達なんかも、どうしたか全然わかんない。どこに行ったのか、誰がどこにいるか、全然わかんなくなっちゃった。

【長春の生活】

長春では、食べるものは無いし、寒いし。でも、私は少し中国語ができ

た。会社にいた時、中国の女の子いたからね。それで、食堂で、饅頭《まんとう》作ったり、外に立って「饅頭、いかがですか?」って呼びかけしたり。そんな仕事してたらね、やはり、悪い人がいるんだよね。「うち遊びに来てくれ」って言うから、遊びに行ったら、強姦されそうになって。それで、私、逃げて。別の所に行ったら、「息子の嫁にならないか」って。私は数え年21歳。どこに行っても「うちの息子の嫁にならないか」って言われた。怖くて、お金ももらわないで、逃げた。逃げちゃ、また他のとこに行く。そうして、どんどん、どんどん、逃げてたら、橋の中が中央軍、橋の向こうが八路軍《ハチログン》だった。そんなとこへ行っちゃった。そこ行ったら、雑貨店の人がとてもいい人でね。「あー、お金いくらいるかね?」って聞かれたから、「お金なんか要らない、私はここで、食べるだけでいい」ちゅうて。その雑貨店で働くことになった。あの時は、中国語は少しわかったけど、全部は言えなかった。雑貨店には醤油なんかいっぱいあるでしょ。買い物に来た人が「ジャイヌ」って言ってんのね。私が「ジャイヌ?」って聞くと、客が「あれがジャイヌ（醤油）」って指す。それで、わかるわけ。それで、2回目に来たら、「ジャイヌ、ああ、これね」って。自分では言えなくてもね、「あー、あれが何。これが何」って、わかってきて。雑貨店にはいろいろな物があるでしょ。そこで、だんだんね、計りもそこで覚えて。そこで1年以上働いた。あの頃はね、夜中に、橋の下で八路軍と国民党軍が戦って。(91)橋が真っ赤。その橋の下を見たら、みんな死んでる。そんなのを見ながら、そこで、1年以上。だから、日本人が帰ったのを知らない。こっちは中央軍でしょ。向こうは八路軍で、橋は、時には渡れたけど、時にはもう全然渡れない。気がついたら、日本人はもう、み

(注)91　長春包囲戦（中国語：長春圍困戰）遠藤誉氏の『チャーズ（卡子）』に詳しい。中国国民党軍と中国人民解放軍による内戦。長春包囲作戦（兵糧攻め）のことである。1948年5月23日から10月19日までの150日間続いた。第Ⅱ部第20章　高場フジヨさん参照。

んな帰っちゃった。仕方ないから、私、泣きながら雑貨店に帰った。その雑貨店はね、三代同居。おじいちゃんと息子と、孫がいっぱい。とてもいい人たちでね。「大丈夫よ。戦争終わったから。もう1年ぐらいしたら帰れるから」って。そこで、一生懸命働いた。「私はお米のご飯食べる」って言ったら、お米のご飯食べさしてくれた。

【結　婚】

そのうち、少し戦いが収まった時があった。ほしたら、戸籍調べ。「日本人をここに置いたらだめ。じゃなかったら、連れて行く」って。ほしたら、みんな、近所の人がいい人たちでね。私をかばって、出て行かせなかった。そうしているうちに、警察の人が来たりするし。しかたないもんだから、みんなで話し合って。私に、人のことみたいにね、「1人の娘さんがね、結婚するとして。1人は貧乏だけどこつこつ働く人。1人は金持ちの息子で、お金はあるけど働かない。どっちがいいかね？」って聞くの。私、人のことだと思って、「やっぱり、働く人がいいんじゃない？」って言うたの。そいから、2、3日したら、どこからかきれいな服をもって来て、私に着せて。連れて行ったのが、今の主人のとこ。

なんか、訳がわからないままに連れて行かれて。そこの家は貧乏だったから、隣の家のもっといい部屋に、オンドルのとこに私を連れてって、「座れ」っちゅうて。私は、下を向いたままで動かなかった。そうしているうちに、私は「ああ、きっと私をあそこに置いておけなかったから、ここに連れて来たんだ」って、わかったの。それがね、8月の節句の2、3日前。私は、中国語あまり話せないけど、聞くのは全部わかったの。みんなが話し合ってた。「節句が終わってから来るか？　節句前に来るか？」って。もう、ほんと、どうしようもないよね。私は、日本を出てくる時にみんなが少しずつもらった薬を飲んで死のうと思った。「こんなことになって、私は日本にも帰れないから」と。でも、私、考えたの。「ここで死んでも、私はなんのために死ぬのか。日本が負けたと言っても、生きていれば、もしかしたら日本に帰れるかもしれない」って。それでもね、気を失って。何回か目を覚ましたらね、針刺してるの、おばあちゃんが。何回もそういうことがあったの。ほしたら、うちの主人が「ここにいたくなかったら、どこに行ってもいいから。家にはお金も何も無いけど……」って言ってくれた。でも、もう、どこにも行くとこ無いじゃない。どこに行っても中国人だし。それに、私、思ったの。「みんなが選んだ人だから、他の所に行くよかいいんじゃないか。ここで生きていれば、いつか日本に帰れるかもしれない。これが、やっぱし、私の運命だ」って考え直した。

主人は、リヤカー引いて商売してた。私もそれについて行って、一緒に商売手伝った。日本に帰れないから、私は、あきらめた。私の主人はね、気持ちのおとなしい人で、日本のお魚が買えんと、どっからか、私の好きなもの買ってきてくれて、とても、私を大事にしてくれた。商売は、市場で「今日はメロンがある」「ニラが安いからニラを買おう」って買って来て、2人でリヤカー引いて売るの。

【夫の徴兵と出産】

そうしているうちにね、中央軍が28歳以下の人を兵隊として連れて行った。それで、うちの主人も連れて行かれた。ちょうどその時、私、妊娠してたの。主人はね、黄色い小さいショウミ、日本で言う粟かな、それを1袋、近所の人に預けてくれた。向こうではね、お産の時にそれをよく食べるの。預けたのはいいけどね、まだ私がお産しないうちに、近所の人が食べちゃった。そして、近所の人は、私がもうすぐお産なのに、かまってくれなかった。

私、前に1人の娘さんを助けたことがあったんだけど、助けたその娘さんが、兵隊の人の住んでいる所を借りてたの。そこに行って、3日目にお産。お産が終わったらね、ちょうど軍隊が移動するから、私に「元の家に帰れ」って。12月、冬の寒い中、生まれたばかりの子どもを抱いて、遠いとこ、歩いて帰ってきた。ほしたら、途中で馬車が来て。田舎の道は狭いでしょ。子ども抱いたまま避けようとしたら転んで、子どもを落としてしまって。「あれ、子どもは?」って見回して、子どもを拾い上げて、「ああ、大丈夫。よかった」って思った。

家に帰って来たらね、うちの主人が夏の間に刈って干しておいた草、オンドル燃やすのに使う草が全部無かった。近所の人が持って行っちゃって。それで、家の周りの壁板をはがして薪にしようとしたの。でも、産後3日目だったから、薪が割れないうちに、お腹が張って、痛くて動けなくなった。ほしたら、近所の人が手伝ってくれた。だけど、日中でも水がめの中の水が凍るほどの寒さでしょ。布団で寝ても、朝起きたら、布団に息のかかった辺りが、カチカチ。息が凍っててね。そんな時代よ。それに、食べる物はない。

壁のちょっと向こうに、うちの主人の妹夫婦が住んでてね。妹夫婦は心がいい。ほて、主人の妹が私に「あんたの旦那が、お兄さんにお米なんか全部預けてるんだから、それをお兄さんにもらえ」って言うの。「壁をぱんぱん叩いたら向こうから来るから」って言った。壁を叩いたらね、トウモロコシを、1日に1つくらい持ってきた。でも、それだけじゃね。おっぱいも出なくなったし、「この子、もう飢え死にする」と思った。

ほたら、運が良いんだよね。その、寒くて戸も開けられないみたいなときに、パーン、パーン、パーンって戸を叩いて、誰か来た。それは、私も知らない主人の友達だった。ほして、その人がね、お米のクズと、トウモロコシのクズとコーリャンのクズを、1袋ずつ持って来てくれた。ちょうど、食べるものない時に。それを重湯みたいにして、子どもにその汁を少し飲ませて。もう、おっぱいは出なくなっちゃってたから。少し飲ませたら、私も、それを少し食べて。それで、生き残った。

1月ごろかな、日本人の奥さんが、誰かに聞いたんでしょ、「うちの娘がお産するから、手伝ってくれないか」って来た。その人は日本人だけど、旦那は中国の兵隊の偉い人だった。「子ども抱いて行っていい？」って聞いたら、「いい」って。子どもは、1か月経っても、死なないけど太らなかった。生まれたまま。その子を抱いて、そこに、お産の手伝いに行った。うちの主人が引っ張って行かれたのは11月ごろ。その時はもう、次の年の3月末だった。お金はもらわなくて、ご飯だけ食べさせてもらった。子どもにお粥《かゆ》の汁を飲ませたり。でも、子どもは全然大きくならない。生きてるだけ。娘さんのお産が終わるまでそこにいた。

【夫の帰還】

そこには、いつも兵隊が来るの。娘さんのお産が終わって、私がお布団を外に干してたら、1人の兵隊がこっちを見てた。「この人、どうして上がってこないんかな？　何見てるんかな」と思って、よく見てたら、うちの主人だった。私、近くの人にね、地図を描いておいてたの。「どこどこにいる」って。それを持って、うちの主人が探しに来た。それで私は「私、ここにいるよ」って手を振った。ほたら、主人が「うちに帰ろう」って。「今、軍隊の料理を作ったり、水を汲んだりしてる」って。

残ったトウモロコシの饅頭とか、コーリャンのご飯とか、いっぱい、バケツに入れてもって来てくれた。それでね、私、思った。「食べる物が無くて、死にそうになったんだから。食べ物を捨てるわけにいかない」って。食べなかったものは干した。庭に干して、乾いたらメリケン粉買った時の袋に入れる。メリケン粉買うと、袋をタダでくれるの。その中に乾かしたご飯を入れる。そうしているうちに、将軍[92]が戦争に負けた。

(注)92　蒋介石のこと

【軍が支配する街から外へ】

負けたら、その街から外に出られるようになった。[93]八路軍のとこに行けば、食べるものいっぱいあるけど、出て行けないの。八路軍の方に行くには戸籍謄本がいる。うちの主人は兵隊に引っ張って行かれたから、戸籍謄本がない。土手があって、こっちは国民党、向こうは八路軍だった。そこが通れないから、そこに座ってた。うちの主人は「ま、いいや。どうにかここにいよう。出られるか、出られないかわからないけど」って。

そこでは、油で揚げた饅頭、ワンズ（丸子・ミートボールのようなもの）みたいなのを売ってたの。主人が兵隊の時に食べ物と交換した指輪があったから、その指輪をワンズと交換して食べた。「死んでも後悔しない」と思って食べた。私たち、運がいいのよね。うちの主人が前に働いたことがある大きな醤油の店の人が車で通りかかって、「あんたら、どうしてここ座ってるの?」って。「食べる物もないから、ここから出て行こうと思って」って答えた。そしたら、「出て行くの? それなら、俺が連れて行く」ってね。私たちを送ってくれた。送ってくれたのはいいけどね、原っぱみたいなとこに着いてね。そこに入ったのはいいけど、八路軍の所には出て行けない。

その原っぱみたいな所に、何千人もの人がいる。みんな食べる物無くて、私が篭の中に少し入れてた食べ物を取って。油も飲んでたよ。もう、キチガイみたい。みんな餓死寸前だったんだね。私は乾いたご飯を袋に入れて、布団の中に縫っていた。私、その布団の上に寝てたから、それだけは残った。他の食べものは全部とられちゃったけどね。そこに着いたけど、八路軍の方には行けない。でも、1週間に1回ぐらい、向こうの八路軍の人が来る。ほして、みな並ぶ。1回に100人、向こうに行ける。並んでると、時にはこっちから100人、時には真

(注)93　長春の封鎖が解かれた。30万人の市民が餓死で亡くなったと言われている。

ん中から100人って、選ぶわけ。どこが選ばれるかわからない。

私たちは、運がよくてね。並んでたら、1週間で当たった。でも、私はダメだって言われた。「あれ、どうして出て行けないの？　もしかして、私の主人が国民党で働いてたから？」そう思った。そしたら、「あんた、顔色がいいから、今日は出ないで」だって。そこでは、みんな痩せてるのね。私、痩せてなくて顔色が良かったから出て行けなかった。

それから1週間して、また八路軍が来た。私たち、また当たった。今度はうちの主人は帽子を深々と被《かぶ》って、私は横になって出て行った。出て行ったら、大きな鍋から、コーリャンのお粥を1人1杯ずつくれる。そこを通ると、それから先は自由。どこに行ってもいいの。

中央軍側の原っぱにいたときにね、お金持ちの人は馬車でそこに出てきてた。着物なんかいっぱい持ってきたけど、みんな着物なんか要らない。食べ物を探すわけ。うちの主人はその着物を拾って帰って来た。私は人のもの着るのは嫌いだから「なんで、そんなもの拾ってくるの？」って聞いた。そしたら「これはね、八路軍の外に出たら、お米と換えっこできる」って。主人がそう言った。ほしてね、木綿のものも拾って来た。「まあ、こんなもの拾って来て」と私は思ってたの。ほしたら、外に出てから、主人がズボン1つ持って行くと、そのズボン1つで、コーリャン1袋と換えっこできた。そんな時代だったの。

【流　転】

八路軍の外に出てから、どこに行くかわからない。当てもなく歩いた。夜になったら、石を置いて、石の上に火を点けて、ご飯を炊いて、道のところに横になって寝た。当てもなく歩いて、歩いて、歩いて。歩いてるうちに、吉林《キツリン》の方は解放されて、安全だって聞いた。でも、そこに行くにはお金が要るでしょ。それで、引いてたリヤカーを売って、そのお金で吉林に向かった。

吉林に着いたら、そこにも難民がいっぱいで、「外に出れー、外に出れー」ってやる。それで、また汽車に乗って、撫順《ブジュン》炭鉱に連れて行かれて。そこで、半月ぐらい働いたかね。そこにも難民がいっぱい行ったけど、炭鉱に着いた時にね、1人のおばあちゃんが、「この夫婦はいい人だ。私のうちに来て」って、家に連れてってくれた。ほして、トウモロコシとか、ジャガイモとかいっぱいくれた。その後、1か月も経たないうちに、長春が解放されたから、そこに帰ることにした。帰るには、スルハンジャンの橋を渡らなきゃいけないでしょ。そこまで行くにはね、歩いて、歩いて、歩いて何日かかったか。スルハンジャンで船に乗って、吉林へ。吉林で少し残ってた服を売って。それで、長春に帰ってきた。

それからね、何か月経ったかな。どこに行ったかわかんなかった主人の友達が、私たちを訪ねてきた。その友達には息子が6人いたのに長男1人しか残ってなかった。みんなね、食べる物無いもんだから、草をいっぱい食べるでしょ。お腹が腫れて亡くなって。四男も生きてたんだけど、食べる物がないから、親が草を採って帰ったら、その四男がいない。誰かが連れて行っちゃったんだ。その四男、とてもいい顔してたから。だから、1人残った長男だけを連れて、うちに来て。その人は、前に日本人の食堂にいて料理が上手。本渓《ホンケイ》の建築の会社で、料理人が欲しいっていうんで、そこに行った。行って落ち着いてから、私たちに手紙をくれた。「本渓に来るように」って。それで、私たちも本渓に行ったわけ。そん時は上の女の子が生まれてて。はじめの子は亡くなったけど、今の長女が生まれて。それで、長女を抱いて本渓に行って、そこでずっと暮らしたの。いろんなことがあった。

【本渓での生活】

本渓には炭鉱があったから、主人は商売じゃなくて、炭鉱で働いた。そこで、みんな子どもたちが生まれた。6人ね。はじめ3人女の子。そいから、長男、四女。四女が生まれた時はね、私は39歳。向こうではね、だいたい39歳で、もうお産しない。39歳で四女が生まれて7年後、次男が生まれたのね。46歳で。あの頃ね、みんな学生は田舎に労働に行ってたでしょ。で、長女も労働に行ってて、お正月に帰って来たけど、貧乏だから、布団は1人に1つしかない。長女の布団がないから、うちの主人が布団を長女に渡して。夫と私の2人で1つの布団。そん時、出来たの。主人が52歳。私が46歳。妊娠がわかった時、まだお産してないのに「この子は育たない」って思った。主人は喘息《ぜんそく》だったし。だから、生まれる前に堕《お》ろすつもりだったの。で、病院に行った。前はね、子どもも堕ろせなかったけど、そのころには、堕ろしてもよくなってた。3回も病院行ったけど、堕ろしてくれない。「男の子でも要らない」って言ったけどね。何回行っても「もう少し考えて」って、堕ろしてくれなかった。ほしたら、うちの主人が、「生まれたら人にあげる。この子を育てることはできない」って、生まれる前に、子どもの無い人に予約して。生まれたらあげるつもりだった。でも、生まれたらね、特別大きいし、兄弟たちが「誰にもやらない」って、かわいがって。それが、今の次男。そいで、次男が、今、一番頭がいい。

【文化大革命の頃】

日本に帰って来る前に、文化大革命があって。そのころ、ずうっと食べるものは無かったね。あたしなんか、平成2（1990）年に帰って来る頃までね、卵をいっぱい食べることできなかった。お肉なんかも全部、お正月とか何かの時、少し配給があっただけ。炭鉱で働いている人には、なんか配給の券があった。

文化大革命の時はね、学校の先生は何もしてないのに、「学校の先生になるんだったら、きっとあなたの家は資産家。資産家じゃなかったら、勉強できない」って言われて、先生は全部、女の人も男の人も、1か所に閉じ込められて、昼間は、冬の寒いのに、胸の所に札を下げられて、町中を引っ張り回されてた。大きい札に名前書かれて、犯人みたいよ。先生たちは何もやっちゃないよ。「お前の家族は、お金があったんだ」って。それだけでね。その学校の校長先生なんか、女の先生だったけど、そのためにね、身体壊してね。

そんな時代。だから、うちの三女と長男、あまり勉強してない。先生がみんなひっぱられて……。三女が小学校に入る時、文化大革命が始まった。長女は、ちょうど高校を卒業したばっかし。大学の試験受けるつもりだったけど「お母さんが日本人だからだめ」って。長女はね、田舎に労働に行かされて、それから、何年か経って、会社で働くようになった。その後、少し時代が変わって。その時に大学の試験を受けて、合格して、大学卒業してから中学校の先生になった。三女と長男が小、中学校の頃は、文革で、10年間学校が無かったから、全然学問ができなかった。中学校の卒業証明書もらっても、何にもならん。何も習ってない。

文化大革命の時、もう、戦争みたいに、全部荒れた。会社に入っても割り算もできなかった。全部私が教えた。四女が1年生になるころには、文化大革命が終わって、落ち着いて。でも、教室に机も無い。小学校に入学する時、自分で机を作って持って行って。学校じゃなくて、普通の部屋に。四女は、少しだけ勉強できた。次男の時は、まあ、学校はちゃんとなった。だから、中国の学科をちゃんと覚えたのは、長女と四女と次男だけ。次男は、りっぱに学校出た。

【一時帰国】

昭和50（1975）年に一時帰国した。里帰りね。田中首相が中国行って、昭和47（1972）年に日中国交回復正常化して、昭和50年に半年間帰って来た。日本がお金出してくれて。何人子ども連れて帰っても良いって言われて、4歳の次男を連れて帰って来た。弟が千葉にいて、それで、いろいろ手続きして。手続きに、戸籍謄本がいるでしょ。本渓市の大きい郵便局からは、国際電話ができなかった。それも、1回の電話でも、ひと月の給料じゃ全然足りないくらいお金がかかった。でも、三女が勤めてた会社には、国際貿易の部署とかがあって、そこで国際電話がつながった。そしたら、弟が毎回、夜に連絡予約して。その時間に、娘の会社に連れてってもらって、弟と話して。だから、一時帰国は千葉に帰って来た。

【永住帰国】

埼玉県で働いていた高麗《こま》(94)さんって人から、「日本に帰って来るように」って手紙が来た。その手紙の後、中国で、いろいろ連絡してくれて。それから日本に帰る手続き。そうじゃなきゃ、勝手に帰ることできなかった。それでも、手続きに2年かかった。帰って来たのは、平成2（1990）年の5月。

はじめはね、私は帰るつもりじゃなかったの。子どもたちはみんな学校卒業してたし、長女は中学校の先生。みんな良くできていい仕事してたから、帰らないつもりだった。ほしたら、四女がね、四女は高校卒業しても、いい仕事がなかった。四女が、「お母さん、日本に行こうよ。日本に行ったら、お米のご飯、食べれるんじゃないの?」って言うた。あの子、お米も少ししか食べられんかったから、「お母さん、日本に行こうよ。日本に行こうよ」って。四女が勧めたので、それから手続きした。そん時、私は65歳。四女は26歳で、32歳の旦那と3歳の子どもの3人家族。33歳の三女には男の子がいたの。姑が「男の子は連れてっちゃだめ」って言うから、子どもを置いてきた。それに、次男坊。19歳で、まだ結婚してなかったから。三女と次男、四女の家族3人、それに

(注)94　高麗博茂《こまひろしげ》氏、元県職員、中国帰国者の支援者、元全国孤児問題協議会の会員。庵谷磐《いおりやいわお》さんの紹介で、お会いしたことがある。『高麗家詩集』私家版　高麗博茂 編1996年出版。

私の6人で、平成2年の5月に日本に帰って来た。帰る前に、高麗先生が工場の仕事も見つけてくれて。飛行機なんかお金が高いでしょ。船で横浜に着いたら、会社の人が迎えに来てくれてて。住む家も借りてくれてた。会社の社長さん、とってもいい人でね、いろんなことをね、何もかんも世話してくれて。ご飯の米から油から、全部買ってくれて。それで、その会社でみんな働くようになった。

【家族の帰国】

それから1年。社長が、「まだ、子ども居るんだったら、俺が保証人になるから、全部連れて来い」って。家族の帰国には保証人がいるの。私たち6人が日本に来てから3か月して、手続きを全部社長さんがやってくれて。上の娘たちは、ちょうど1年後、みんな日本に来られた。私は、もう1回中国に帰って、いろいろ手続きして。面倒くさかった。娘の姑たちの証明書も必要だった。姑たちに「日本に帰ってもいいよ」って許可もらわないと帰れなかった。三女の旦那の親が反対だった。だから、なかなか判を押してくれなかった。

家族が帰って来た時には、私の他は1人も日本語できない。だからね、病院にも買い物にも、私がついて行く。買い物のときね、店員が「袋要るか？」って言っても、わからないもんだから。学校も保育園も、全部。車の免許取りに教習所に行ったときも、私が日本語と中国語で説明して。6人兄弟、全員免許取れた。その後、旦那たちもみんな免許取った。教習所の試験の日本語を私は中国語で説明して、一人ひとりに、みんな。

昼間は仕事だから、免許取るのに、夜勉強して。8時過ぎぐらいに教習所終わって帰って来るのを待ってて、それから11時ごろまで勉強させて。ほしたら後でね、教習所の社長さんが、私に褒美くれたの。

会社の社長さんはいい人で、子どもたちは仕事のトラブルとかは、あんまり無かったけど、ちょっとあっても、社長さんが理解してくれた。例えば、正月のこと。中国の正月と日本の正月が違うでしょ。中国は2月だから、娘の旦那たちは中国の正月休みしたいわけ。社長は「早めに話せば大丈夫」って言ってたけど、ちょうど会社が忙しい時期だったから、現場の主任とか係長とかは「ダメ」って。「休みがダメなら、仕事して、残業しないで帰りたい」って言っても、係長が許さなかったんで、みんな反発して残業しないで勝手に帰っちゃった。次の日、三女が、社長、部長、常務とかが揃ってるところに呼ばれて。そしたら、社長がね、「大丈夫だよ。みんながね、そういうことを理解できるように、どんどん話していくから。おっきい問題じゃないよ」って言ってくれた。

私、家族がみんな帰って来てから、永住帰国の時お世話になった高麗先生の家に行ったことあるの。埼玉の日《ひ》高《だか》町までね。あの頃はね、私、身体も元気だったし。高麗先生は、その後、亡くなった。

【弟の消息】

一緒に満州に行った弟は、日本が負けた時にはね、密山《ミツザン》炭鉱で電気関係のことを習ってた。私がそこに行かしたの。私たちの住んでた所はね、小学校と中学校はあったけど、高校も上の学校も無い。叔母さんの家だし、叔母さんの子ども何人もいて、私が働いているだけだったから。

終戦の時、弟は弟でね、叔母さんと一緒じゃなかったみたい。弟は、どっかにいて、あとで日本に帰って来た。そして生まれ故郷の直方《のおがた》に行った。もう、お父さんはいなかったけど、お父さんの友達がそこにいて、叔母さんが東京にいることがわかったの。で、叔母さんに連絡したら、叔母さんの息子が迎えに来て、弟を東京に連れて行ってくれた。弟は、密山炭鉱で電気を少しやってたから、電気の会社に入って、そいから、自分で夜学の大学を出て。亡くなるまで、電気会社の調査員をしてた。

弟が、何年頃に日本に帰って来たかは知らない。弟とは別々。きっとね、日本人引き揚げの一番最後ぐらいに帰って来たんじゃないかな。住んでた所が違うでしょ。弟は密山炭鉱、私は鶴岡炭鉱。もう、戦争で……ゴチャゴチャ。弟は、帰って来た時はまだ19歳ぐらいだったかな。もう亡くなった。平成12（２０００）年に。

【人生を振り返って】

人生を振り返って、一番大変だったのは、やはり、主人が兵隊に引っ張って行かれた頃だね。食べるものがなくて死にそうになったし、最初の子どもを産んだときも、ひとりで心細かったしね。でもね、私、そんな目に遭って苦労してもね、泣いたことない。日本に里帰りした時、弟は私を見て、おうおう泣いてた。私は涙出したことない。

一番幸せなのは、今だね……。いつも言ってる。私は、今が一番幸福。（完）

第26章　桜井光枝《さくらいみつえ》さん（石川県）

「私みたいに働いた者は中国人であろうが、日本人であろうがおらんわ」

証言者プロフィール

1923（大正12）年　9月25日、石川県高松町《たかまつ》(95)に生まれる。誕生直後、父死亡
1939（昭和14）年　16歳　母が亡くなり兄の居る満州へ渡る。牡丹江省東京城《トンキンじょう》にある国際運輸株式会社で働く
1945（昭和20）年　21歳　終戦。病気の時、助けてくれた中国人と結婚（子供は6人、現在は4人）
1980（昭和55）年　56歳　一番下の子どもを連れて一時帰国（国費）
その後、家族全員を呼び寄せる（全員自費帰国）

インタビュー　2016年8月30日　93歳　場所　証言者のご自宅
ウェブサイト　「アーカイブス　中国残留孤児・残留婦人の証言」No.22さん
https://kikokusya.wixsite.com/kikokusya/no-20

証　言

【インタビューの第一声】
私みたいに働いた者は中国人であろうが、日本人であろうがおらんわ。こんな働いてもうけた者はおらんわ。みんな、国から生活費を貰っているけど、私は一銭も貰《もら》ってない。

(注)95　石川県河北郡にあった町である。金沢市のベッドタウン。2004（平成16）年、宇ノ気町、七塚町と合併し、かほく市になった。

【満州へ行く前】

大正12（1923）年9月25日、石川県高松町で生まれたんよ。父親って、私は知らん。海で死んだんよ。10月の1日は高松の祭りなの。その日に北海道に漁に出て、一旦帰って来たんだけど、魚がたくさん獲れたもんで、また夜になって出てって。ほいで次の日には高松に帰ってくることになってたのに、帰ってこなかった。海が荒れて船がひっくり返って、ほいで海で死んだん。だけど、死んだっていうことが、15年[96]も待たんと認められんのよ、日本はね。だから、私、父親って見たこともないし、どんな人か知らねえ。

男4人女2人の6人兄姉で、姉は私より15も歳が上。私が一番末っ子で。兄貴は3人兵隊に行ったが、みんな戦死して、ほいで一番大きな兄貴が満州におった。母は、6人の子どもを育てて、そいで子宮癌で死んだんや。52歳の時。母が死んで私1人になっちゃって。そしたら満州におった兄が「お前、1人でかわいそうに。金をやるから、満州に来い」って。母が死んで1人になったから、私、満州行ったんや。私は70円。今のお金で70万円[97]ぐらいかね、貯金があったもんで。兄貴から35円、今のお金で35万円[98]ぐらいもらって、1人で行ったんよ、満州。1人で、16の時。

日本を出る時、下関から船に乗っていくでしょ。そこで「あんた、何でまた小さい女の子が、1人で満州なんか、船で行くねえ」って言われて。ほいで、私、兄貴から来た手紙を出して見せたんや。ほいたら、「ああそう

㈱96　普通失踪で7年、船舶の場合は1年が現在の法律であるが、当時の法律については不明。
㈱97　日本円貨幣価値計算機によると、1939（昭和14）年の70円は今のおよそ10万円。
㈱98　同じく、今の5万円くらい。

か。ほんなら、行ってもいいよ」って、ほして、船に乗れたんや。昭和14年に下関から船に乗った。

【満州へ】

そして、満州の牡丹江省の牡丹江の手前の東京城《トンキンジョウ》ていうとこ、行ったわいね。鞍山《アンザン》開拓団に兄貴がおって、「来い」ちゅうたもんで、私行った。開拓団は山ん中で、女なんか1人もいないもん。独り者の若い男ばっか。そんな人が何人ほどおったか、覚えていねえけど。一番年上は23歳。石川県の羽咋《はくい》から来とった人、「23やで」って。ほいで、私を「嫁さんに欲しい」って言うたんやね。あん時私、「嫌や」って、結婚しなかってん。兄貴に「開拓団におるか？」って聞かれたから、「いやあ、ワテ、こんなとこにおらん」て言うて。「ほんなら、ワシが、仕事を探してくる」って。ほで、駅前の国際運輸株式会社の東京城出張所っていうところへ尋ねて行って、「妹が来たから、日本人あんまりおらんけど、雇ってもらえないか」って。ほしたら、出張所の所長が「中学出たか？」って聞いたげな。うちの兄貴がな、騙《だま》かして、「出た」って。あん時な、中学校出た方が給料が高いの。尋常《じんじょう》小学校出なんかいらんもん。

私が子どもん時な、中学校にはよっぽど金が無けりゃ入れんかったの。だから、私は尋常6年までしか出てないんよ。ほんで兄貴は、「妹は中学校出てた」って、騙かした。ほして、私は国際運輸株式会社東京城出張所で働くことになったんや。本店は牡丹江にあった。会社に入ったことは入ったけどね、みんな洋服を着すっとわいね。けど、私、洋服がないの。ほいで、着物を着てそこに1週間おったら、牡丹江の店長がね、服をくれたわいね。そこで終戦前まで働いた。お金の出し入れとか、経理みたいな仕事をして。ちっちゃい出張所だったけど、男の人は日本人がたくさんおったよ。15人ぐらいおったかね。中国人もおった。女は私1人だけだった。

【終　戦】

その出張所におった21歳の時、終戦になった。それまで、ずっとそこで働いとったで。あん時、私らは「日本が負ける」なんてこと、絶対に思ってなかった。ほいたら主任さんに、「この戦争、ダメかもしれん。1週間ほど吉林《キツリン》に行って、良くなったら、戻って来い」って言われたの。そう言われて、吉林に行ったね。そん時はまだ、終戦じゃなかった。ほいたら、なーん、帰るどころか終戦になって、帰るに帰られんがなってしまった。

吉林に行く時、私、何にも持ってねえもん。ほいで、汽車も無し。みんなで歩いて。大人は、やっぱし日本が負けるって、わかっとったかね。私たち子どもは、日本が負けるようなこと、絶対に思ってなかった。「また帰ってきたい」って思って吉林に行ったんや。8日に出て、山の中やさかい、水がないわいね。川があったらそこで洗濯して。子どもがおった人はおしめを洗って。米を少し持っとる人は、川の水で米を研ぐ。こっちはおしめ、あっちはご飯。そんなことしながら、新京《シンキョウ》まで行く。あん時は、まだ日本が負けたってことは全然知らんかった。そして、終戦になった。帰られんさかいに、荷物は全部捨ててしまった。苦労したわ。金は無し。あん時、死んでたら良かった。本当。今はもうあんな思いしたくない。

15日に終戦になった。終戦になったっていうのは、わからなかったけど、みんながそう言ってた。15日から19日までの5日間、国は全然構わん。ほんで、ロシア人が、私らはロスケって言ってたが、夜来ては若い女を引っ張って行った。私らもう、頭をみんな坊主にしてね。ほいで、汚い着物を着て、誰か子どもがいたら抱っこして、黙って見よった。腹立ってしょうがないけど、仕方がないやで。終戦なったもんな。誰も構う人おらん。ほいで、強姦するのに、みんな若い女の子連れて行くがいね。あん時、私、真っ黒な顔して、汚い服着て、誰かの子どもを借りて抱っこして座っとっと。ロシア兵は、子どもを抱っこしている人は、嫁さんやと思って無理に引っ張って行かなかった。私もひでえ目に遭ったことあった。今じゃ、もう50年も70年も経つに、もう忘れちゃったわ。

ちっちゃいことをみんな忘れてしまった。

終戦後は、日本人の女の人はね、みんな、ちっちゃい箱拾って首にかけて、餅やなんじゃらいっぱい入れて、街に売りに出とった。みんな、そんなにして働いとったわいね。私は金があるから、そんなことしなかったけどね。国際運輸に貯金してたお金を、後からみんな返してもらった。１５００円か。金、下りたわいね。

【結　婚】

私は、チフスになってね。何にもわからないのに、助けてくれた人がいた。それが、うちの娘のお父さんや。その人が助けてくれて、今までほうら……そんななったチフスも治って、元気になって。ほで、私、働いて。うちの娘のお父さんはね、終戦後、イーガシンジョウって場所でね。馬が病気になったら殺したり、馬の肉を売る、そういうとこに雇われていた。ほいで、馬を買いに行くこともあった。目利きだもんで、「この馬は幾らで買ったら、幾らで売れて幾ら儲《もう》かる」ってことがわかっとるんで。そんな商売しとったわいね。私も働いてて、３００円かね、ひと月。そしたら、馬を殺している親方が金持ちで、私のことが「欲しい」って。あん時、私、まだ歳が若かったけど、その親方もう40過ぎとったの。その親方のところで、私ら2人とも世話になってたもんで、それで恋愛みたいになってしまってね。ほで、一緒になったんよ。お父さんが私を連れて逃げた。その家を出て。そして、私と一緒になってん。

子どもは6人生まれて、2人死んで、4人。今も、4人残っとるよ。夫は、親方みたいに金はなかったけど、気持ち、心っていうんか、優しい人やったわいね。私はそれに惚れたの。ほいで一緒になって、あの人がウチを尋ねてきて。吉林省で生活してた時も、大飢饉の時も、新中国が出来てからも、食べる方は苦労しないで大丈夫だった。でも、八路軍は恐ろしかったわいね。八路軍言うたら、みんなよく言ってなかったわいね。パーロ、パーロって言って。八路軍が来た時、ホントに何も無いもんね。八路軍、ものすごく悪かったらしいよ。八路軍に入った日本人もいたっていうけど、私は誘われたことはなかった。そんなことは私は知らんし、夫と一緒になっとったもん。他の人はどうだったか、私はわからん。そのころ、うちの夫が家におることは少なかった。本当かわからんけど、「出稼ぎ」って言ってね。家にはおったことがないの。みんな外で働いて、金を稼いだりしとったもんで。それに、あの人には嫁さんがおったんよ。前の奥さんの子どもが3人。私は別居みたいになっとったんねえ。その人に嫁さんがおったってこと、私知らんもの。ほて、一緒になってから、あとでわかったのよ。後でわかったけど、あの人がやっぱし、私から離れなかったわいね。うちがいいって。あとから嫁さんも死んだの。あん時、中国語あんまりわからんし、びっくりしたよ。前の奥さんの子ども3人おったんやけど、1人死んだ。ほで、一番末っ子の娘さんが私が手続きして、3か月おったよ、ここに。3か月いて、また帰ったやね。そん時、私の着物や服、みんなやってしまった。大喜びしとったわ。私もほら、働いて金あったもんで。その子は今、2番目の旦那さんと一緒になって、長春におるの。私は今90でしょ。前の奥さんの子どもたちみんな、80過ぎとるわ。

【文化大革命のころ】

中国にいる時、文化大革命のころ、みんな日本人叩かれたでしょ。自殺した人もおるし。私は1回も、そんなことはなかった。あん時、私どうもなかった。夫も、悪いことしてないもん。ほして、おかしいけど、私、共産党の入党宣誓しようとしたんや。でも、聞いたら、「日本人はだめ」って。あん時、私、仕事が良くできたもんでね、何でも、「組長、組長」って中国語で言われてた。中国人が、何でも私に任せるの。私、そん時は仕事はしてなかったけど、「組長」って言われて、何か世話役みたいなことをしていたんや。だから、私はひどい目には遭わされなかった。ひどい目に遭わされた日本人がいくらでもおるって言うけど、私は本当に幸せやった。だけど、会議には「あんたはいらん」って言われた。「日本人だから、ダメだ」って。日本人の友達とかは、全然おらなかった。日本語しゃべる機会もなかった。

けど、1人日本人おって、10年ほど手紙来とったけど、私が返事やらなかった。ほして、後で尋ねて電話かけたら、「この電話使われてない」って言われた。どこ行ったかわからん。そんなこともあった。

【帰国とその後の生活】

1972（昭和47）年に、日本と中国が国交を回復して、金沢の人が私んとこ尋ねてきたの。写真はあるけど、なんていう名前か忘れた。ほして、「日本へ帰りたいか」言うさかいに、「帰りたいけど、金が無いから、帰られん。」言うたんや。ほしたら、「金の心配はせんでもええ」言うたん。ほして、国の手続きをして、帰って来たんや。

はじめは一時帰国。56歳の時に帰って来た。国が一時金50万円くれたんよ。21歳の一番下の子どもだけ連れて帰ってきて、その後何年かして、家族全部一緒に呼び寄せた。その時はみんな結婚してて、孫は5つぐらいだった。2番目の息子の嫁さんは、日本に来て7日目に事故で頭打って死んでん。掃除する会社で働いてて、機械がバタンって、あの子の頭に当って、即死や。子どもが5つん時。日本に死にに来たようなもんや。あん時、私も来たばっかだったから、何にもわからんもん。私の姉の子どもとね、みんなしてその会社に掛け合ってくれたんや。日本に来て1週間で、小っちゃい子残して死んだんやから。そしたら、補償金が2000万円下りた。息子はね、嫁の親に知らすのがかわいそうで、「知らすのは嫌や」って泣くんねん。私らが殺したみたいになって。

私、日本で働いて金貯めて、1回中国行ってまた帰って来て、そいでまた働いて中国にお金持って行って、でっけえ家建てたん。多々見《ただみ》旅館ってとこで14～15年働いて金を貯めた。多々見旅館でご飯炊きやった。あん時、ずいぶん稼いだわいね。働いとると、「おばさん、来いや。金、1000円」ってチップをくれた。お客さん、金持っとったもん、みんな。多々見旅館、今でもあるから、私のこと聞いてもいいよ。「どんな人やったか」って。誰も悪いことはいわん。私、一生懸命に働いたから。ほんで、仕事終わってからアルバイト。何でもやったよ、皿洗いとか。いくつか掛け持ちしてた。14～15年で4000万ほど貯めたもん。そんで、こんないい家できた。

息子は3人とも中華料理屋やってる。私が「商売流行るから」言うて、商売させたんや。金沢の息子の家なんか3階建てで4500万。私に金貸してくれって言ったから、「あげるよ」って、4500万やって、家を買うたんや。この家もそうや。息子が「1000万だけ貸してくれ」って。ほで、息子はこの家を50歳で建てた。みんな、私が金持っとるってこと知っとる。私は死ぬまで、金持っとるよ。今まで、生活保護は一切受けなかった。今でも、中国から帰国したみんなは、国から金もらってるでしょ。わたしゃ、あんなことするの嫌いな性質《たち》。何とかして、何とかして、自分で金儲けて。働いて、働いて、働いて。日本人にはこんな働いた人おらんわ。

日本に帰って来て、言葉で大変なことはなかった。仕事ばっかりしとって、勉強なんてことやってる時間なかったけど、自分で勉強した。みんなに「あんた、なんで日本語上手なの？　発音がいい」って言われた。帰って来た人、みんな発音が悪かった。同じように中国から日本に帰って来て友達みたいになった人もいたけど、今、もう10年ほど音信不通。この日記、20年も経つ。私、日記、毎日書いとるわいね。

夫は、私が帰ってきてから手続きして、日本に来た。あの人と私は15違いやさかいに、日本に帰って来た時、夫は70ちょっと過ぎてたぐらいだった。日本語わからんし、仕事にも行けないし、かわいそうやったけど。私、働かなならん。夫は病気して病院に入った。はじめはまだ歩けたから、費用は2万円ぐらいだった。けど歩けんようになってからは、1か月に10万ほどかかった。それ、誰が出すか。私が働いて出したやさかい。1年ちょっと生きとったが、病院で死んだんや。死んでから、15年経つかの。

私はずっと病気知らずやった。そんな元気な私やったけど、90歳過ぎてから入院ばっかりや。


【今の思い】

人生を振り返ってみても、私は仕事ばっかだったさかいに、別に苦しいともキツいとも思わなかったけど、働いた、働いた。ものすごく働いたわ。うん。そして、私は今でも言うわいね。「みんな、国から金をもらうけど、ワシら、一銭ももらってない」って。娘は「もらえばいいのに、なんでもらわんのか」って、たまに怒るけどね。みんな、親がおっても「養われん」って国からもらい、人からもけっこうもらってるらしい。2人で、14～15万ほどもらってるらしい。私は一銭ももらってない。アルバイトと本業と両方で、毎月32万ほど稼いで、金があったさかいに。よう働いたわ。でも、キツいと思わなかったね。体が元気だったさかい。私は、一番苦しいって時はなかったね。いつも働いてたもんで。一生懸命働いていれば、幸せだった。開拓団の時も、キツいとは思わなかったね。

私みたいに働いた者は中国人であろうが、日本人であろうがおらんわ。こんな働いて儲《もう》けた者はおらんわ。みんな、国から生活費をもらっているけど、私は一銭ももらってない。

証言の背景　農業以外の自由移民

自由移民というのは、満蒙開拓団のほかに、商業、製造業、軍の御用商人、医療従事者、満鉄関係者、行政官等、様々な職業の方を指すものと、長い間勘違いをしていましたが、満州への農業移民の1つの分類であることを最近知りました。以下の3つの分類の「個人単位で満州に渡った」にあたるようです。

自由移民………個人単位で満州に渡った
分村移民………ひとつの村が送り出しの母体となって移民を送り出す
分郷移民………近隣町村が合同してひとつの開拓団を組織した

そして、「長野県送出開拓団位置図記載内容対比表」（平成29年6月1日訂正、作成者　満蒙開拓平和記念館　寺沢秀文）によると、自由移民等として以下の6つの開拓団名があがっています。

① 高山子 こうざんし 錦州省黒山 高山子 記載なし
② 白山子 はくさんし 吉林省永吉 白山子 記載なし
③ 江密峰 こうみつほう 吉林省永吉 江密峰 記載なし
④ 双河鎮 そうがちん 吉林省永吉 双河鎮 記載なし
⑤ 水曲柳 すいきょくりゅう 吉林省舒蘭 水曲柳 水曲柳
⑥ 呼倫貝爾笠井村 ころんばいる・かさいむら 興安省索倫 呼倫貝爾笠井村 呼倫貝爾

これらの開拓団を個別に調べると、「個人単位で満州に渡った」とは考え難く、分郷移民とどう違うのか、いまだに理解できません。しかし、混乱が生じてはいけないので、「農業以外の」自由移民としました。当時の満州には、満蒙開拓団や青少年義勇隊以外にも、様々な人々が様々な目的をもって満州に移住していたと思われます。およそ155万人の邦人がいたとされています。

第20章の高場フジヨさんは、軍人軍属がよく利用する旅館に勤めていました。第21章の山下栄子さんは、家が嫌でいわばふらふらっと満州まで行ってしまったようでした。第22章の加藤とくさんは、大連の大和ホテルに勤めていた時、終戦になりました。第23章の山崎倶子さんは、両親が亡くなり、兄を頼って錦州省阜新《フシン》に渡り、事務員として働いていました。第24章の上村品子さんは、21歳の時、黒竜江省の叔母の家に手伝いに行くため渡満し、わずか2か月で終戦を迎えています。第25章の樋口春枝さんは、17歳（数え）の時両親が亡くなり、学校卒業後、叔母を頼って渡満し、三江省の鶴岡炭鉱で働いていました。第26章の桜井光枝さんは、身寄りが亡くなって、兄を頼って渡満し、国際運輸株式会社の東京城《トンキンジョウ》出張所で働いていました。

当時の貧しい農村では、小学校を出たら紡績工場に働きに行くことがよくあったようで、親は賃金を前払いしてもらうシステム。高場フジヨ、モモヨさん姉妹は、紡績工場ではなく満洲へ、3年の約束で働きに出されました。そして2人は残留婦人となりました。このインタビューの5年前に、妹さんの高場モモヨさんはお亡くなりになっていますが、その20年くらい前に、彼女にお会いしてインタビューさせていただいていました。山東省でお産婆さんをしていたそのたくましい生き方は、多くの方に見ていただきたかったのですが、当時の録画媒体が8ミリビデオテープで、専門業者にデジタル化をお願いしましたが、「テープの癒着による切れ」で、デジタル化できないことがわかりました。残念でなりません。

第Ⅲ部　サハリン残留邦人

第27章　三浦正雄《みうらまさお》さん（北海道）

「ソ連の内務省やKGBに知られると、刑務所に送られるのは間違いなく、帰国したいとは、書けませんでした」

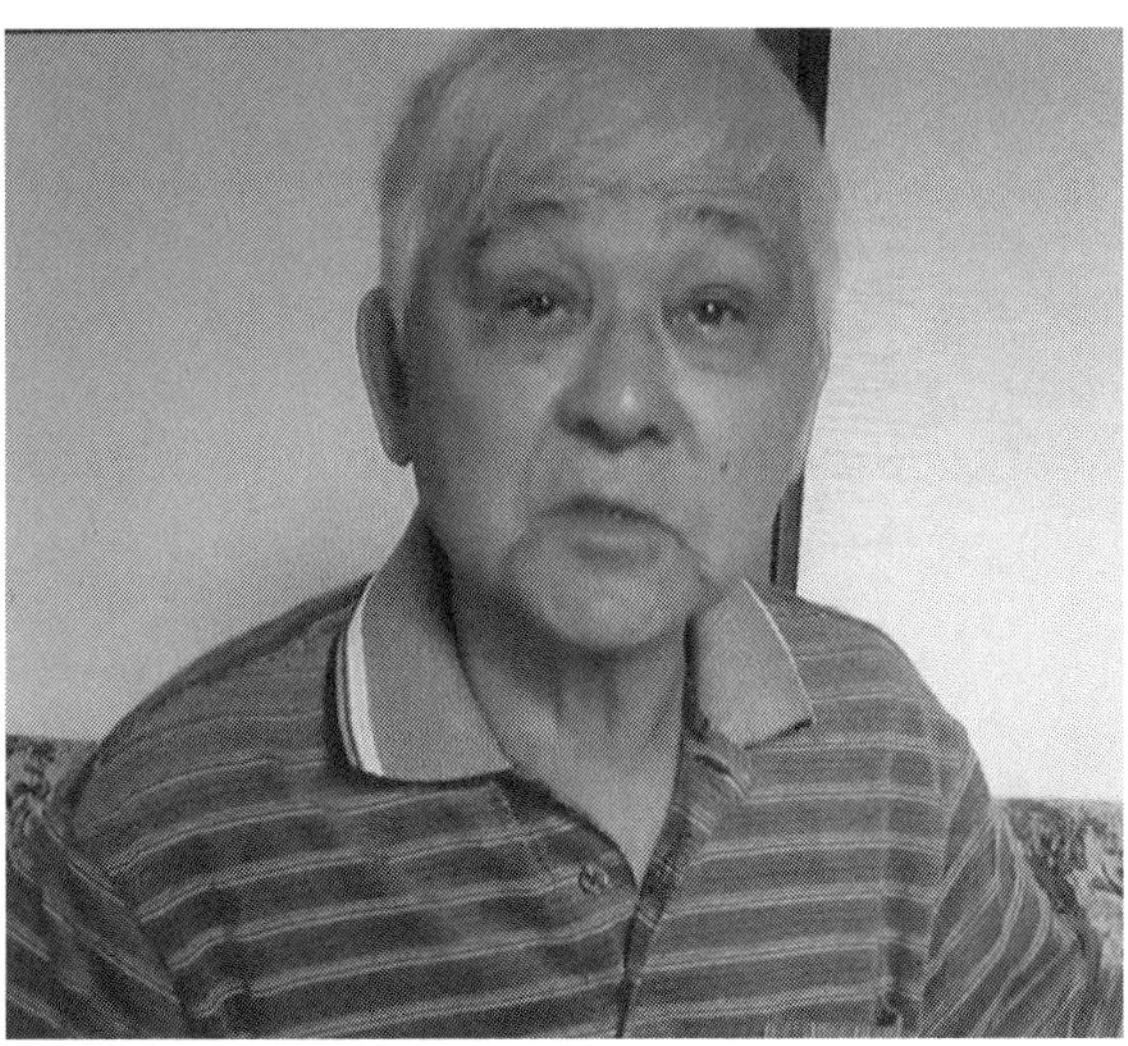

証言者プロフィール

1932（昭和7）年　8月1日　樺太留多加郡能登呂村《からふとるうたかぐんのとろむら》に生まれる
1941（昭和16）年　父の友人の家に引き取られる
1945（昭和20）年　13歳　終戦　北海道稚内《わっかない》に渡る
1946（昭和21）年　7月13歳　樺太へ向け出港　ソ連の巡視船に捕まり、国境侵入罪で1年半の懲役
1948（昭和23）年　9月15歳　マリインスキー刑務所で服役後、カザフスタンの集団農場で働く
1962（昭和37）年　運転免許を取るため、ソ連の国籍を取得
1987（昭和62）年　7月　観光ツアーで帰国。唯一の肉親の兄と20分だけ再会
1995（平成7）年　6月23日　62歳　一時帰国（国費）
2001（平成13）年　1月9日　69歳　一時帰国（国費）
2002（平成14）年　70歳　家族と共に永住帰国（国費）

インタビュー　2015年8月　83歳　場所　北海道の証言者のご自宅
ウェブサイト　「アーカイブス　中国残留孤児・残留婦人の証言」トさん
https://kikokusya.wixsite.com/kikokusya/about1-c1ghb

〈申立書〉

インタビューに伺うと、三浦さんから最初に申立書を読ませてほしいと提案がありました。2001年、厚生労働省の大臣宛てに、「永住帰国をしたい旨の「申立書」を書いたけれど、こちらの方が、今より記憶がしっか

りしており、年数などの間違いも少ないと考えられます」とのことでした。

以下「申立書」（要約）

私、三浦正雄《みうらまさお》は、１９３２（昭和7）年8月1日、樺太留多加郡能登呂村字オウヨウで生まれました。父の名は、虎二《とらじ》と言い、炭焼き業を営んでいました。母は、私が5歳の時に亡くなり、名前は覚えてません。１９４１（昭和16）年、太平洋戦争が始まると、父は再婚し、新しい母との生活が始まりましたが、私たち兄弟と新しい母との関係は良くなく、父が家を出る格好で父たちとは別々に暮らしました。戦争が激化すると、日中戦争当時から出兵していた兄虎男《とらお》が沖縄で戦死し、その後、兄ヨシオとユキオ、姉のタケコによって、私は育てられましたが、タケコが嫁ぎ、ヨシオとユキオが召集されて、私は1人になりました。父の友人である久保田《くぼた》さんが、かわいそうに思い、私を引き取ってくれました。

１９４５（昭和20）年、終戦になると、樺太にソ連軍が進駐し、日本人兵士を捕虜としてシベリアに送り始めた頃、ソ連軍を恐れた久保田さん一家は、北海道に渡る決心をし、戦後の混乱で、父や姉たちとの連絡が取れなくなっていた私も、一緒に北海道に逃げるしかありませんでしたので、私が13歳の誕生日を迎えたばかりの頃、みんなで北海道に渡りました。

北海道に渡る時に、覚えていたのは、モーターボートに書かれていた「カワサキ」という文字だけでした。北海道稚内《わっかない》の大岬《おおさき》に移り住み、久保田さんの仕事のコンブ漁を手伝いました。私は、父や姉もすぐに、北海道に来るだろうと思っていましたが、次の年の春になっても、北海道に来ませんでした。久保田さん夫婦は、私に対して、息子さんと分け隔てなく、愛情を注いで、優しくしてくださいました。敗戦後、私は、久保田さんのお陰で、苦労の無い生活を送れましたが、やはり、「自分の家族を捜さなければならない。今、捜さなければ、一生会えなくなるかもしれない」と考え、樺太に行こうとしましたが、久保田さんは、反対しました。「もし、今、樺太に行ったら、ソ連軍に捕まって、二度と、日本へは戻ることはできない」と。それでも、私は、家族のことが心配でした。ちょうど、その頃、樺太に渡りたいと、船を準備している人たちがいると聞き、彼らに、自分も一緒に連れて行ってほしいと頼みました。彼らは、私の境遇に同情して連れて行くことを約束してくれました。そして、１９４６（昭和21）年7月の終わり、私は、４人の人たちと共に、エンジンの付いていない小さな船に乗り込んで、夜中に、樺太に向け出航しました。

そして、夜が明ける頃、私たちは近づいて来たソ連の国境警備隊の巡視船に捕まりました。直ちに、「国境侵入」の罪で逮捕されて、そのまま樺太に連行され、5か月以上拘置所に留め置かれた後、裁判を受けることになりました。その裁判は、1か月以上続き、ソビエト刑法84条、「国境侵入罪」が適用され、1年6か月の懲役となりました。私は、樺太の真岡《まおか》から、ウラジオストックに船で輸送され、そこで、鉄道で、マリインスキーの刑務所に連れて行かれました。

そこは、食糧事情が非常に悪く、パンもろくろく与えられず、調理されていない生のジャガイモだけがおかずとして出されました。多くの男たちが、この貧しい食生活と過酷な労働のために、倒れていく中、まだ、子どもだった私は、この厳しい環境に耐え、1年6か月の刑期を生き抜くことができました。刑期が終わり、私は「日本に帰りたい」と申し出ましたが、収容所の役人は、「出所後、3年間はこの地で働け。ソ連に奉仕した後でなければ、日本に帰すことはできない」と言いました。出所時に、私には少しのパンと1枚の紙切れが渡されました。乗った列車は、シベリア平原の真ん中にあるノボシビリスク行きだったのです。アルマータ（カザフスタン・アルマトイのロシア語読み）ハンではなく、カザフスタンの南東部にあるアルマータイリ駅に行かなければならないと言われ、イリ駅に着いたのは、１９４８（昭和23）年、9月の真夜中でした。

最初、警察署に連れて行かれ、「5月1日」という名前の集団農場の副所長である朝鮮人のソンさんが引き取りに来てくれて、彼の自宅へ連れて行かれました。彼は私の身の上に同情し、自分の子どものように優しく接し、私のために日本の食事を作ってくれるなど、よく面倒を見てくれました。

３か月ほど、彼の自宅でお世話になりましたが、ソンさんが突然亡くなってしまい、彼と仲の良かった同じ集団農場の所長であるサハル＝イワン＝ミハエッチさんが、私に集団農場の漁業部門の場主としての仕事を世話してくれました。この所長こそ、私にとっては、カザフスタンの父親とも言える恩人です。私は、３年間、そこの漁業部門で働きました。

１９５０年代の始め、イリ駅に特別列車が停まりました。それは日本人抑留者を日本に帰国させるため、極東方面に向かう列車でした。日の丸が掲げられたその列車にはたくさんの日本人抑留者が乗り、「さよなら」という意味のロシア語「ダスヴィダーニャ」と叫んでいました。私も日本に帰りたくて、列車に乗ろうとしたら、１人の日本兵から「この列車に乗れるのは日本兵だけだ。捕虜以外は乗ることはできない」と言われました。私は、イリ駅に１人残され、祖国へ向かう列車を見送るだけでした。

１９６１（昭和36）年から１９７０（昭和45）年ぐらいまで、トラクタの運転手として一生懸命働きました。その間、１９６２年、運転免許を取得するため、やむなく、ソ連の国籍を取得し、１９６４（昭和39）年に、ドイツ系の女性ニーナ＝アレクサンドロ＝ウナウヴェルチと結婚し、１９６６（昭和41）年には、長女が、１９６８（昭和43）年には、長男が誕生しました。

１９６８（昭和43）年、私は、知り合いを通じて、モスクワの赤十字社に私の家族を捜してもらうよう依頼しました。私は家族の住所を知らなかったので、久保田さんのいる北海道稚内の大岬の住所を知らせておきました。1か月後、久保田さんの奥さんからの手紙を受け取りました。小学校を４年しか出ていない私のために、すべて、カタカナで書いてあり、久保田さんは、すでに亡くなっており、息子が後を継いで稚内で会社を経営していることや、札幌に住んでいる兄ヨシオに手紙を出し、私のことを知らせたことが書いてありました。その頃ソ連も政情が安定していたためか、兄と手紙のやり取りができるようになり、25年ぶりに肉親の消息がわかりました。「日本に帰国したい」という気持ちはますます強くなりましたが、私はソ連国籍だったので、手紙に、日本へ帰国したいと書いて、ソ連の内務省やKGBに知られると、刑務所に送られるのは間違いなく、帰国のことについては何も書きませんでした。

１９８２年（昭和57）年には、バルハシ（バルハシ湖側の工業都市）やイリ川口のシジンホウセッシュカン（?）に任命され、村では、私のことを「サムライ・ミウラ」と呼び、公私共に充実した生活を送ってました。

１９８０（昭和55）年、新聞広告に載っていた日本へのツアーに申し込みました。当時の平均月収の2倍ぐらいの高価なツアーでしたが、私は日本へ行きたくて仕方がなかったので、申し込みました。ちょうど、その頃、アルマータ市で、建設機具（トラクター等）の展示会が開かれ、そこで、会社から派遣された日本人商社マン加藤さんに会い、兄ヨシオの住所を伝え手紙を書いてもらった。近々、日本へ行くことを伝えてほしいと頼みました。１９８７（昭和62）年7月、日本へ帰国することができたのです。帰国と言っても、ソ連人の観光客としてであり、KGBと思われる添乗員が監視していて、決められた場所以外は行くことはできませんでした。観光から船に戻って来ると、兄が待っていてくれて、42年ぶりの再会ができました。私たちは、同席した通訳のお陰で、戦後からこれまでの半生を語りあおうとしましたが、与えられた面会時間は20分だけでした。その時は、そのまま別れましたが、次の日、私は仮病を使って船に残り、隙を見て船を抜け出して、港のそばの兄のいるホテルへ行きました。兄は、空港へ向かう直前だったので、タクシー乗り場にいた兄を見つけて駆け寄りました。通訳する人がいなかったので、兄は私の腕に、カタカナで、「ゲンキデクダサイ」と書きました。私が理解できたのはこれだけで、この時が兄との最後の別れになるとは思っていませんでした。

それからは、日本からの手紙は全く来なくなり、不安になった私は、日本大使館で紹介してくれ、当時モスクワに滞在していた、北海道新聞の記者に会って、話をしました。その記者は「今日中に日本に電話するので、明日にはわかる」と言ってくれました。この時、兄のヨシオが亡くなったことが判明し、日本には、自分の肉親は誰一人いなくなってしまったことを知り、絶望しました。

１９９２（平成4）年に、私は60歳になり、退職して年金生活者となりました。その後、１９９４（平成６）年9月に、日本大使館の方が、突然、私を尋ねて来て、「家族がいなくても一時帰国は可能である」と言われました。それで、日本へ行き、亡くなった父や兄のヨシオ、ユキオの墓参りをしようと決心しました。

１９９５（平成7）年６月23日に、私が62歳の時、モスクワ経由で、日本への一時帰国を果たしました。その時、兄ヨシオの娘たちと会い、兄の死を知らせる手紙を何度も出していたことを知りました。しかし、それは、私には届かなかったのです。日本では、２週間の滞在でしたが、家族の消息を知ることができ、甥や姪に会うことができ、稚内では、恩人の久保田さんの息子と会うことができました。

カザフスタンに戻ってからの私の生活は少しずつ変わっていきました。ソビエト連邦崩壊の影響で、私が支給されていた年金は次第に遅れ始め、半年以上支給されないこともありました。病院や郵便局等も、開いているのか開いていないのかわからない状況になり、生活は次第に苦しくなりました。１９９６（平成8）年5月に、私の妻が突然倒れましたが、医療機関が崩壊したカザフスタンにおいては、大変なことでした。妻の治療のため、自分が稼いだお金をつぎ込みましたが、それでも足りず、車や毛皮なども売りました。生活はどんどん困窮して行きました。妻の医療費がかさみ、今のままでは、生活すら満足にできず、私も無理をしたため、日増しに弱ってきました。

２０００（平成12）年5月に、再び、日本大使館の方が我が家を訪れ、話をすることができました。我が家の現状と帰国の可能性についての話です。

２００１（平成13）年1月9日、日本に再び一時帰国をしました。三重県のマスムラミヨコさん、永住帰国した伊藤實《いとうみのる》さん、「日本サハリン同胞交流協会」の方々や厚生労働省の方々と会い、相談しました。そして、２００２年、「日本サハリン同胞交流協会」の支援を得て、家族と共に、永住帰国を果たしました。

私は日本男児であり、カザフスタンでは、「カザフスタン一の漁師」と呼ばれた男であります。しかし、妻の病状やカザフスタンの現状では、永住帰国以外の選択はありませんでした。私の日本への思いは、今でも止みがたく、死ぬ時は、父や兄の眠るこの日本で迎えたいと常に考えてます。

以上。（申立書）

証　言

【子どもの頃】

私の父は、山の方で炭焼きをやっていたので、学校からは遠い場所に住んでました。冬はサハリンは雪がたくさん降るので、スキーを履いて通学してましたが、私は病気がちで母がいない中、毎日学校に行くことはできませんでした。それで、学校は3年生で終わりました。姉も結婚して家を出たため、それ以後、学校へは行けませんでした。

私が5歳の時に母が亡くなりましたが、母の思い出は1つだけ覚えてます。母は病気で1年ほど、寝ていましたが、私はいつも、母の髪を櫛《くし》で梳《す》いてあげてました。母の膝に座って、母の髪を梳かしていたんです。その後、母は亡くなりました。

その後、１９４１（昭和16）年、父は再婚しましたが、義理の母の孫たちは、今、北海道に住んでいます。父は、たくさんジャガイモを作ったりして、たくさん仕事をしていたようですが、その後亡くなりました。父が向こうの墓(99)に入っているかどうかはわかりませんが、ユキオは入ってます。兄弟は3人ですが、一番上の虎男は、戦争の時に沖縄で亡くなりました。ユキオとヨシオは、札幌で亡くなりました。

姉については、1944（昭和19）年にサハリンにいたヨシダマサオさんと結婚した後の消息は、未だに判明してません。サハリンに住んでいた頃の、姉の住所は、留多加郡野戸呂村とはっきりわかっていますが、「日本サハリン同胞交流協会」の方ともお話ししましたが、今は、野戸呂村は何もなくて、誰も住んでないとのことでした。

また、北海道から一緒に樺太へ渡ろうとして、ソ連に捕まった人たちのうち、三浦という私の伯父と、ムラカミカズコさんという学校の先生と私は、マリインスキー刑務所で一緒に働いていましたが、2人はそこで亡くなりました。ムラカミさんの妹さんは、今、札幌に住んでいて、1度手紙を頂いたのがきっかけで、お会いしたことがあります。『女たちのシベリア抑留』というテレビのドキュメンタリーを見たということで書かれた手紙です。その手紙には、「長い間御苦労様でした。マイリンスキーでお会いした女性は、私の姉のムラカミカズコではないかと思うので、先生をしていた時の写真を送ります。姉は小柄な人でしたが、もし、姉であれば、お会いして、いろいろお話をお聞きしたいので、よろしかったら、お電話でもいただければ有り難いです」という内容の手紙でした。

ムラカミカズコさんは、肺の病気だったから、30歳の若さで亡くなった。周囲には私のことを弟だと言って、最後の死ぬ時には、「三浦正雄さんを呼んでください」と話したそうです。その時には、仕事に行っていなかったので、私が戻って来た時に、「北海道から一緒に来た女の人が今日亡くなった」と知らされました。

(注)99　サハリンの墓

その夜、私は眠れず、うつぶせになって泣いていました。帰って来てから、東京のテレビ局が見えて、いろいろ調べて取材をした後で、資料を渡されました。本当にすごかったです。私は、ムラカミカズコさんの名前は忘れていたので、「学校の先生だった」という話だけでしたけど。それから、ムラカミカズコさんの妹さんは、何回も私の家に来て話をしました。それまでは、お姉さんがどこにいるのか、全くわからなかったということでした

1945（昭和20）年7月にはヨシオもユキオも徴兵されたんです。ヨシオは、樺太で、20～30人の兵隊と一緒に、ソ連兵に捕まって。その時の様子は私も見てましたが、どこかわかりませんが、シベリアで3年間強制労働をさせられて、帰って来ました。ユキオは徴兵されたけど、1週間後戦争が終わったので、戦争には行かず、すぐ家に戻って来ました。それから、父と一緒に北海道に来て、ここで観光事業を続け、そのままここで、46歳で若くして亡くなりました。ヨシオは56歳で亡くなりました。

【一時帰国】

お世話になった久保田さんは、私がカザフスタンから一時帰国する少し前に、奥さんは、3年前に101歳でお亡くなりになったそうです。

私が、カザフスタンから一時帰国した時、久保田さんの息子さんにも会いましたが、意思疎通がうまくいかず、入院している奥さんには、とても会いたかったのに会えませんでした。

【マリインスキー刑務所】

マリインスキー刑務所に行った時は、私は子どもなので、大人の男性と一緒に仕事をすることはできませんで

したが、代わりに、足を回しながらやる糸紡ぎをやってました。食事は1日300グラムの黒パンと水のような中身は何もないスープを頂いて、時々、小さいジャガイモとか入ってましたが。1日1キロの糸を作ったら、600グラムのパンがもらえるので、私は、できるだけ早く仕事をして、大きいパンをもらおうと働きました。仕事をしていない人は、身体の大きさに関係なく、350グラム。1キロの糸を作れば、600グラム、作らなければ、300グラム。こんな仕事をしてました。私は小さかったので、1年6か月の刑期、一緒に行った人たちは3年の刑期でした。

【刑期を終えてカザフスタン送り】

そして、1年6か月、刑期を終えると、カザフスタンに送られましたが、当時は、みんな、刑期を終えるとカザフスタンに送られたそうです。一緒に捕まった人たちもカザフスタンに送られて、そのうちの1人は、名前は忘れましたが、私が住んでいた村に近い所に住んでいたそうです。カザフスタンは、当時、ソ連でした。

イリでお世話になった韓国人のソンさんは、奥さんと、私より年上の女の子が2人、私と同じ年の男の子が1人おりました。仕事帰りに毎晩酒を飲んで来るので、奥さんと喧嘩ばかりしてましたが、それで、早くに亡くなりました。それで、集団農場に行くことになりました。当時、私は布団も何も持っておらず、穴を掘って、草を敷き詰め布団代わりにしてましたが、寒さは凌《しの》げず、肺炎になってしまいました。隣近所のソ連人が、古い布団を譲ってくれたり、薬もないので、肺炎に効くといわれるアナグマの肉や油をたくさん持って来て食べさせてくれ、ひと月ぐらいで良くなりました。それ以降は健康です。「日本人、サムライ、戦争をした、悪い人だ」などとは誰も話したことはなかったです。だから、結婚もできました。

仕事はいろいろやりましたが、面白かったのは、カザフスタンにしかない仕事です。湖に住んでる「アンダータラ」という40センチほどの巨大ネズミを捕獲する仕事を、ソ連では20年やってました。高級な帽子やコートの毛皮の材料にするために、１９３８年にアメリカから持って来たネズミです。それを繁殖させる仕事です。集団農場のことを「コルホーズ」、工場を「サホーズ」と言いますが、その「サホーズ」で、９月から11月まで、このネズミを捕獲する仕事をして、そこで20年間働いてました。このネズミは、ビーバーのように、木ぎれや草を寄せ集めて高い家を作るのですが、一番下の階が食事する所、２階が遊ぶところ、屋上階が寝るところ、トイレは別の場所です。ねずみ取りのような罠《わな》を仕掛けて捕獲しますが、前足が罠に引っかかり、逃げられなくなると、自分でその前足をかみ切って逃げます。でもその傷は、いつの間にか治っていて、「水」が治しているのだろうという話でした。毎日、80から90匹のネズミを捕まえてましたが、いつだったたか、右足１本しかないネズミを捕まえたことがあります。３回罠にかかって、そのたびに足を食いちぎって逃げ、４回目に捕まったネズミですね。

大型トラクターの運転の仕事は、カザフスタンから中国までの道路を造る時に、やりました。仕事が変わっても、運転手の仕事をしていました。タクシーもです。

日本周遊のツアーで日本に来て、兄に久し振りに再会した時は、お互い顔を見てもわからなかったんですが、子どもの頃、鱒《ます》を捕りに行った時に誤って、友達が私の掌《てのひら》に怪我をさせ、その痕がずっと残っていました。それを見て、兄は「あ、正雄！」と呼びました。それで、お互いがわかって抱き合いました。でも、お互いの言葉は理解できず、兄が、私の腕の内側に「ゲンキデクダサイ。アソビニキテクダサイ」とカタカナで書いた言葉だけはわかりました。当時、東京にはたくさんの通訳がいましたが、通訳を頼めなかったことが一番良くなかったと今でも思います。

【カザフスタン独立】

カザフスタンがソ連から独立したら、年金ももらえず、すぐに変わってしまいました。妻が病気になった時、カザフスタンの大学病院でしたが、「手遅れで、病気を治すことはできない」と言われました。すると、「日本サハリン同胞交流協会」の小川さんが、「日本へすぐ帰ってください。日本で手術します」と言った。だから、私は、帰国して1週間後、埼玉の所沢の病院ですぐ手術してもらいました。病院の先生が病気を診て、「これはすぐ手術しなければ駄目だ」と言ったので、手術できました。この先生が、アメリカで勉強して、この病院に戻ってきたばかりだったので、タイミングも良かったんです。18時間に及ぶ手術でしたが、お陰で今は、大丈夫です。

２００1年に一時帰国して、永住帰国の申し立てをして、２００2年に永住帰国ができました。今は年金で暮らしていけます。

【人生を振り返って】

14歳でソ連に逮捕された時が、一番大変でした。サハリンで逮捕された時は、掘った穴の中に、上には木が被せてありましたが、そんな所に私たち5人入って、1週間ぐらい過ごしました。時々、水だけくれるので、小さなカップで回し飲みをしました。食べ物は全然なくて、歩けないほどでした。ソ連兵は「健康だったら暴れるかもしれないが、食べ物を食べていなかったらおとなしいだろう」と思ったのかもしれない。ムラカミさんは夫婦2人でしたが、5人での穴倉生活は大変でしたし、みんなやせ細ってしまいました。

ウラジオストックからイルクーツクまでは、動物を入れる檻《おり》のようなものに入れられて、汽車でマリインスキーまで連れて行かれました。その時は、25人か30人ぐらいの日本人が一緒でしたが、その汽車の中で、1人の日本人が亡くなりました。その亡くなった人は、近くを流れるオオモリという川に投げ捨てられていたのを私は見ました。もう戦争は終わったけど、刑務所で亡くなったらこんなことはしない。また、2段になった檻には5人ずつ入っていましたが、お互い話すことは許されず、会話しているところを見られたら、すぐ、銃で背中を突かれました。私も何度も背中を突かれました。マリインスキー刑務所で、春になって、雪が解けると刑務所の前にはいろいろなゴミがあり、みんなそれを掃除していましたが、私は上手くできなくて、看守に「ヘイ、サムライ」と言われながら、何回か背中を突かれました。看守たちは、囚人に、「何人《なにじん》？」と聞いて、朝鮮人にはやらなかったけど、「日本人」と言えば、背中を突かれました。その時の傷跡がずっと残っていて、帰国してから札幌の厚生病院で手術して治しました。

もう1つ大変だったことは、カザフスタンの「5月1日農場」で働いていた、16歳ごろのことです。秋になった頃、10月か11月だと思います。零下30度ぐらいの寒い時、私とトルコ人の2人で「5月1日農場」から、バウハースの湖まで、300キロを、牛車に魚捕る網とか乗せて、鯉を取りに行きました。牛はカザフスタンでは車と同じです。片道12日、往復24日かかりました。カザフスタンでは、途中に木が1本もないんです。夜は、雪をどかして、草を敷いて寝てました。牛は2頭いましたが、途中で疲れると倒れるので、それをまた立たせて12日の間、何度もそれを繰り返して行きました。他のソ連人10人は小さい車で行きましたが、私たち2人は、パンだけを食べて、暖かい服が無かったので、とにかく寒くて、これは一番大変でした。この湖では、鯉を40トン捕りました。「マリンカ」という魚は、1948年頃はたくさんいましたが、これは、カザフスタンでは絶滅しました。

「5月1日農場」というコルホーズは、みんなトルコとかドイツとかから送られて来ていたけれど、日本人は私1人でした。当時は、鍋1つを持って、ジャガイモとか肉とか煮たりして、私1人で暮らしてました。こんなことは誰もわからない。特に、私ぐらいの年齢のお年寄りは亡くなっているから、だから誰もわかっていないと、私は思います。

戦争は「私の言葉」を奪いました。一番良くないと思います。戦争が無かったら、私は、他の日本人と同じく働いて自宅を持っていたでしょうけど、戦争だったから困ったんです。（完）

第28章　伊藤實《いとうみのる》さん（北海道）

「シベリアで刑期を終え、次に行かされたのは、カザフスタンだった」

証言者プロフィール

1927（昭和2）年　山形県酒田市《さかたし》に生まれる
1930（昭和5）年　3歳　両親と樺太《カラフト》の野田《ノダ》（現チェーホフ）に行く
1942（昭和17）年　15歳　泊居《トマリオル》（現トマリ）で蒸気機関車の機関士見習いになる
1945（昭和20）年　18歳　豊原《トヨハラ》（現ユジノサハリンスク）で機関士になり、終戦後、ソ連軍の下で働く
1946（昭和21）年　19歳　6月、軽微な事故を起こし、6か月間豊原の刑務所に収監される
1947（昭和22）年　20歳　軍事裁判にかけられ、2年6か月の実刑判決　シベリアの収容所で服役
1949（昭和24）年　22歳　刑期を終えてカザフスタンに行かされる。子牛の世話やボイラーの仕事に就く。
ドイツ人と結婚　子どもは3人
1990（平成2）年　63歳　一時帰国（国費）
1996（平成8）年　69歳　永住帰国（国費）宮城県石巻市に定住する
2011（平成23）年　74歳　東日本大震災に遭遇、4月より北海道へ転居

インタビュー　2015年8月　87歳　場所　証言者のご自宅
ウェブサイト　「アーカイブス　中国残留孤児・残留婦人の証言」ニさん
https://kikokusya.wixsite.com/kikokusya/about1-cyio

証言

【終戦前の樺太での生活】

１９２７（昭和２）年、山形県の今の酒田市《さかた》生まれ、今年で87歳です。３歳の時、父親の勤めていた製紙工場の仕事の関係で、両親と私の３人で、樺太に行った。故郷での思い出は海のそばに住んでいたということぐらいで、他は何も覚えていない。

引っ越し先は、樺太の野田町という所です。そこで、妹や弟が誕生した。学校は、小学校６年、高等科２年までの８年間、15歳まで行った。海に近かったので、夏は海で泳いだり、冬は、屋根よりも高く雪が積もるので、学校が休みになることがあった。

15歳で卒業すると、何十キロか離れた、泊居町《とまりおる》へ行って、石炭を焚く蒸気機関車の機関助手の見習いになって、働きながら勉強し、17歳で機関士見習いに、18歳の時、豊原《とよはら》で、機関士になった。機関士になったばかりで、戦争が終っちゃった。

戦争で、男性はみんな兵隊に引っ張って行かれたけど、私は機関士だったので召集されないで、そのまま働き続けられた。

１９４５（昭和20）年、ソ連兵が入って来た時は、日本人の機関区長さんもいたけど、ソ連兵の機関区長から命令されて、みんな働いていた。

【機関士になって事故を起こし、罪人になった】

１９４６（昭和21年）６月30日、19歳の時、事故を起こした。前日の29日はずっと働きづめで、食事もできず睡眠もままならないまま、30日の朝、業務は終わったのに帰宅が許されず、ソ連兵から「旅客列車が来るから、それをつないで行け」と言われた。機関助手は16歳、行きたくなかったけど仕方なく行った。機関士は下でずっと座って作業をし、機関助手は、立ったまま、足を上げてスコップで石炭を焚く。走行途中で、俺は疲れが出て来て、うっかり居眠りをした。目が覚めた時は、目の前はカーブで、向こう側の信号が見えなかった。長い下り坂で、駅は下の方にあった。駅は見えないけれども、機関助手も石炭焚《た》かないで、立ったまま居眠りしていたんだ。慌てて起こして、信号を確認に行かせた。

いつもなら、信号は青なのに、そこでは赤に変わっていた。そして、すぐに停止した。いつもは青の信号が、なぜ、赤になったのかと言うと、反対側から、日本人の機関士が列車を走行させて来たけど、長い下り坂で駅にうまく停めることができず、自分たちの線路の方に入って来た。いつもなら空いている線路だが、急に前を塞がれるような形になったので、急に信号が赤に変わった。それで、すぐに急停車したが、間に合わなかったけれども、列車は、前の列車との隙間、何十センチぐらいのところで停まり、衝突はしなかった。

停止してすぐ、慌てて列車をバックさせた。でも、俺の方も、停止する場所から十何メートルぐらいか、出てしまった。みんな、俺が停止する場から越えてしまったことを知っていたから、結果としては駄目だった。その後、列車を駅に停めて、夕方まで、勤務して帰って来たら、軍隊の方から呼び出された。貨物列車に乗って、呼び出された駅まで1人で行くと、すぐ後ろ手に縛られ、時計や財布や持ち物は全部取られた。日本人は、俺が捕まったってことを誰も知らなかった。夜だったし、みんな寝ている時間だったから。それから罪人になった。

そこで、1日目は何も無く、2日目か3日目に、黒パンか何か持って来てくれた。ご飯を食べているから、黒パンは食べたくなかった。腹は減っていたけど、しょうがない、食べなかった。3日目に、また、汽車に乗せられて、豊原に連れて行かれた。そこは広い部屋で、刑務所がわりに使用した。他の罪人と一緒に入れられ、すぐに帰してくれると思って毎日待っていたが、ちょうど6か月間、次の年、１９４７（昭和22）年の1月まで、そこにいることとなった。

正月済んでから、ある夜中に起こされ、そして、軍事裁判が始まった。目をこすりながら行って、座らされると、前に、裁判長が机の上に座り、横にはソ連人の通訳がいたが、日本語はほとんど通じず、日本語で話すのを聞くだけで、聞かれたことに答えるだけだった。そして、1時間もしないうちに、すぐ2年6か月の判決が出た。文句は言えない、日本人だし、俺は1人だったし。

【シベリアでの生活】

判決が出ると、また、部屋に戻され、少しだけうとうとしたかと思うと、またすぐ起こされた。外へ連れ出され、車に乗せられて、港のある大泊《オオドマリ》（現コルサコフ）に行ったんだ。夜が明けた頃、そこに着いたら船が停まっていて、その船に乗せられて、3日かけてウラジオストックに連れて行かれた。ウラジオストックで、また、刑務所に入れられ、3、4日したら、ハバロフスクという所に連れて行かれた。ここに、1週間ぐらいいたかな。その後で、全員汽車に乗せられて、森林伐採のため、シベリアに送られた。

シベリアはとにかく寒く、収容所は長い建物だったが、そこで2年間過ごした。刑期の2年6か月のうちの半年はサハリンにいたから、残り2年。アムールというところがあるけれども、そこの鉄道を作ったの。森林だけしか無い所で、木を伐採して運び道路を造った。山があれば、トンネルを造った。背も小さく、力もないのに、でっかいソ連人と一緒に働いたよ。食べ物は1日1回、小さな黒パンを700グラムくれた。でも、仕事ができた量に見合うだけのパンはもらえた。仕事を120%やると1200グラムもらえた。でも、それはすぐ食べてしまわないと、半分残したりすると盗まれるので、無理矢理食べた。スープはお茶みたく飲むだけだった。今思うとよく生きていたよ。若いからこそ。年寄りがいっぱいだったんだ。座って、話しているうちに、バタッと倒れて死んだ人もいた。僕らは若かったけど、40、50、60代の日本人がいっぱいいいた。

【カザフスタンへ】

１９４９（昭和24）年、刑期を終えて、樺太に帰してくれるのかと思ったら、ウズベキスタンのタシケントに行けと言われたが、実際行ったのは、カザフスタンだった。カザフスタンに行くのに12～13日、約半月かかった。くれたのは、黒パン７００グラムと鰊《にしん》の頭かしっぽのところを少しだけ、それが1日分の食料だった。塩っぱくて食べられなかったが、腹減っているから、かじって食べたけど。何度もかじって、水飲んで、そうやって食べてた。途中のカザフスタンのノボシヴィルスクに着いたら、パンも無くなった。

バス代として、60ルーブルもらっていたが、駅ごとに、パンだとか牛乳だとか売っているので、それを買ってたら、4、5日でお金はなくなってしまった。カザフスタンの首都アルマトイに着き、人に尋ねたら、紙に書いてある地名は「ウジナガシュ」で、ここから、まだ、二十数キロ離れていると言われたが、バス代もなくて、そこからどうしたらいいかわからなかった。りっぱな車が停まっていて、その運転手に「どこに行くのか？」と聞いて、紙を見せたけど、そこまでは行かないと言われた。でも、「途中まで行くから乗れ」と言われて乗った。途中で車が停まり、運転手から「お金を寄こせ」と言われたが、「今来たばかりで金も何もない。食べものも何もない」って言ったら、運転手は怒っちゃって、「行け」って追い出されちゃった。

辺りはもう夜で、目的地はまだまだ先だった。降された所は、高い山がある所だったので、気温が低く、雪も降り始めた。途方にくれていたら、1台の、干し草を高く積み上げた車が通りかかり、「干し草の上に上がれ。乗せて行くから」と言ってくれたので、落ちないよう、冷たい風を受けながら、干し草を支えている丸太にしがみついて乗って行ったが、一生忘れられないほど、大変な思いをして乗っていた。シャツ1枚にジャンパーだけの薄着だったので、かなり寒かった。よく生きていたと思う。この車も途中までしか行かなかったので、降りてしばらく歩いていたら、倉庫が見えてきて、そのそばでソ連人の年寄りが、行ったり来たりしていた。話しかけると、倉庫には建設用の資材が置かれており、盗まれないよう見張っているが、寒いので足が冷えないよう歩いているとのことだった。俺も、これまでの経緯を話したら、「今夜はここへ泊まって、明日行け」と言ってくれ、パンと牛乳もくれた。行き方も説明してくれて、優しい人だった。

次の日、お礼を言ってそこを発ち、雪の中を、1日かかってウジナガシュ村に着いた。そこの警察に行き、片言のロシア語で話すと、「ここへ行けば、仕事も寝るところも探してくれるから。この紙を見せればわかる」と言われ、さらに遠い所の地名を紙に書いてくれた。

目的の場所は、そこから3キロ半ぐらいのところで、着いたのは夕方になった頃だった。そこの偉いソ連人に、この紙を渡したら、「行こう」と言われ、連れて行かれたのは、高齢のドイツ人女性とウクライナ人女性が住んでいる家で、ペチカの陰で「眠れ」と言われたが、何も無く、外に山のように積んである麦わらを縛って持って来いと言われた。初めてで何度やってもうまくいかず、縛り方を教えてもらって、1キロ、麦わらの束を運んで来て、ペチカのそばに敷いて寝た。その家で、パンと牛乳を食べさせてもらって、紙を持って、家を出た。

そして、カザフ人の所へ紙を持って行ったら、「ジャガイモ10キロ、トウモロコシ10キロ。それをやるから、持ってこい」と班長だか組長だか、そこで偉い人に言われ、担当者の所に行った。6キロ入るバケツを借りて持って行ったら、倉庫のようだけど、そこは真っ暗な穴の中で、今まで嗅いだこともないような臭いがし、ネズミが走り回っていた。一度凍ってしまったのが解けた後のジャガイモは腐っていたが、その腐臭と、ネズミの糞尿の臭いが一緒になって、とても我慢できないような臭いだった。その腐ったジャガイモの中から、10キロ分の食べられそうなジャガイモを、灯油の灯を頼りに手探りで探したが、食べられそうなのは、直径2センチあるかないかの小さな物だった。それも腐った中に手を入れて、その中から丸いジャガイモを探しながら、バケツに入れたら、2、3キロ入れたところで「もうたくさんだ。10キロある」と言われてそれを持って来たが、洗ったら、

2キロあるかないかぐらいで、誤魔化《ごまか》されたと思ったのでそこに置いて来た。トウモロコシも、同じような穴の中にあり、ジャガイモと同様で、とても小さい物だった。

結局、その村の牧場で、仔牛の世話をする仕事を任されたが、月給は幾らもらっていたか知らないが、そこの主人が全部もらっていた。その年寄り夫婦のところで、住まわせてもらって、2年間そこにいた。

【ボイラーマンとして】

ある時、主人の代わりに、2000~3000メートル級の山での草刈りの作業に出掛けたところ、いろんな国の若者が集まってきて、いろんな食べ物をたくさん食べさせてもらえて良かった。22~23歳になっていた頃だった。そこで、知り合った班長が、「俺のとこに泊まって仕事を見つけなさい」と言ってくれたので、結局逃げて、その人について行った。その人は、家族と同じように、肉でもなんでも、たくさん食べさせてくれて、仕事見つかるまでいた。いい人もいた。そこにいる間に、班長らしき人から、「あんたは、機関士で、石炭焚いていたのか？」と聞かれ、「そうだ」と答えると、実は大きなボイラーが来たんだけど、石炭を誰も見たことがなくて、やり方もわからない状況だった。それまでは、草や薪で焚いていたから。来たのは、石炭を焚くボイラーだった。「じゃ、この仕事をしなさい」って言われて、やっと仕事が見つかって、そこから人生が始まった。そして給料ももらえるようになって。この仕事はずっとやっていた。

そこでドイツ人と結婚して、子どもも4人も生まれて。けど、2番目の子どもは、生まれて2か月ですぐ亡くなった。残りは3人ともすくすく育って、今はドイツにいる。

妻は38年前に、ちょうど50歳で亡くなった。俺はドイツ語は話せないが、奥さんは話せたが、ドイツ語では話さなかった。「ファシスト」って言われるから。ロシア語だけしか話せなかった。子どもたちは、学校もロシア語だったから、みんなロシア語で会話した。自分もロシア語勉強したことがなかったので、子どもの教科書の「アー、ベー、ヴェー」って書いてあるのを見て、だんだん覚えた。

【帰国へ】

妻が亡くなったし、それまでは日本の国籍だったけど、カザフスタンの国籍を取った。子どもの頃、山形県にいる従兄弟と年賀状みたいな葉書のやり取りをしていたけど、その住所を忘れていなかったが、下の名前は忘れていた。でも、家族の父や母、弟、妹の名前と年齢、全部漢字で書いて手紙を出した。最初は、モスクワ経由だったから届かなかったけど、後で、ゴルバチョフの「ペレストロイカ」が始まって、手紙が届くようになった。

大使館の佐野《さの》さんて人に手紙を書いた。佐野さんから小川《おがわ》(注100)さんに連絡取ってくれて、大使館の人が来てくれた。それでも大変だったよ。俺は日本に帰りたいけど、子どもたちはドイツに行くようになってな。長女と次女の家族は、「父さんが行かないと、ドイツ行かない。父さんが行ってから、私たちは行く。1人でカザフスタンには残さない」って。次女と一緒に暮らしたけど、1家族はこっちへ連れて帰れるけど、できないのよ、それ。俺日本人になってるから。子どもたちはみんなドイツ人。今でもそう。だから、日本へ引っ張って来れなかったんだ。それでも、今も忘れないで、ここへ来てくれるけど。

一時帰国は、1990（平成2）年、63歳の時で、永住帰国したのは1996（平成8）年、69歳の時だった。51年ぶりの日本。

一時帰国の時は、最初、兄弟のいる宮城県石巻《いしのまき》に行き、従兄弟のいる山形県にも、札幌《さっぽろ》にも行った。ここに

(注)100　サハリン同胞援護会の小川さん。

は、機関車の関係で元鉄道員が集まった。一緒に仕事した機関助手とも会った。昔は小っちゃかったけど、会った時はずっと背が高くなっちゃって。顔はわかんなかった。奥さんは日本人で苗字も変わっていた。みんな話してくれて。北海道の北見《きたみ》か向こうの方にいるとか。住所忘れちゃったけど。

【永住帰国先の石巻で震災に会う】

永住帰国の時は宮城県石巻に行きました。それから5年後、「東日本大震災」の被害を受けた。その時は本当に大変だった。震度9だもん、酷く揺れた。余震も何十回、何百回もあって、その間に津波がきたんだ。すぐ電気切れちゃって、どこも行かれなくなってしまった。津波なくても、電気ないんだもん。店も銀行も何もやってないんだ。津波が上がってきて、畳の上1メートル15センチくらい上がってきた。机なんかもぷかぷか浮いて上がってきた。身体がびしょ濡れになり、冷たかった。真っ暗で何も見えないしよう。時計も何もなかった。津波は1回引いたけど、余震があったので、もう1回来て、4時か5時過ぎ、津波は引いてしまった。そして夜が明けたら、泥だらけ。外で1人死んでいる人がいた。そして、「避難、避難しなさい」て声がするから、「どこさ？」って聞いたら、「山の上の学校に」ということだった。それで、泥だらけで行った。前に高い家があって、波がここには直接当たらなかったので、波に掠《さら》われることはなかったんで助かった。それがなかったら、とっくにもうぺしゃんこになってた。山の上では2週間過ごした。

【日本サハリン協会の迅速な対応】

飛行機は飛ばない。新幹線もやられて動けない。石巻からバスに乗って、仙台まで行った。そして、東京から来ていたバスに乗って、順番に待ちながら、東京に行った。温泉に入ったりして、3日ぐらい過ごした。それから、小川さんが北海道の高橋知事（当時）と話をつけてくれて、飛行機で千歳空港に行くことになった。「みんな用意してある。ただ、寝るだけ」って言われた。

2011（平成23）年の4月5日からここに住んでいる。ここに来た時、テレビやストーブはなかったけど、買って。他の物は全部、用意されていたんだ。お金集めてくれたし。寒かったけど、いっぱい着た。

そして、その年の4月の末に、子どもたちに会いにドイツに行った。毎日、テレビ見ながら、毎日泣きながら、子どもたちは心配してたから。「助かった」って連絡して。子どもたち、インターネットでいろいろ調べてくれた。そして、赤十字社から、俺が父親だってわかって、ドイツでも暮らせるようにしてくれた。子どもたちは、「良かった、良かった。サインをすれば、ドイツに残れる」って言ってくれたけど、「駄目だ。俺は日本で生まれたから日本で死ぬ。札幌は良いところだから。ドイツには住めない。お前たちは、俺が生きてるうちに札幌に来なさい」って言った。子どもたちは大騒ぎしたけど、今、夏休みは必ず札幌に来てくれる。長女と次女は毎年、息子は1回来た。ここでは1人だけど、まだ動けるからいいけど、向こう行ったら、世話になるだけで。

【人生を振り返って】

今までで、一番つらかったのは、罪人になった時とカザフスタンに行った時。カザフスタンでは、日本に帰りたい思いで頭がいっぱいだったから、良い思い出は何も無い。ずっと泣いて暮らしてたから。若かったから生きてたけども。今は良かった、助かってる。（完）

第29章　近藤孝子《こんどうたかこ》さん（東京都）

「国は『もう1人も残ってない』って平気で言ってましたからね。見捨てられたんですから。残留ではないです。見捨てられたんです、ほんと」

証言者プロフィール

１９３１（昭和６）年　樺太《カラフト》（現サハリン）の珍内《チンナイ》（現クラスノゴルスク）に生れる
林業をやっていた父が怪我《けが》をし、貧しかったので結婚するまで伯父に育てられた
１９４５（昭和20）年　14歳　終戦
１９４８（昭和23）年　17歳　開拓民だった韓国人と結婚　前妻の子２人を引き取り、その後５人の子どもを出産
１９７０（昭和45）年　39歳　夫が48歳で亡くなる　国営農場、洋裁、下水の浄化作業をして働く。その間に再婚するも、２番目の夫も手術中の医療ミスで亡くなる
１９９０（平成２）年　58歳　一時帰国（国費）「日本サハリン同胞交流会」事務所を手伝い始める
１９９２（平成４）年　60歳　一時帰国（国費）
１９９４（平成６）年　62歳　一時帰国（国費）
１９９５（平成７）年　63歳から４年間　「日本サハリン同胞交流会」樺太事務所会長になる
２０００（平成12）年　68歳　末娘の家族と共に永住帰国（国費）
インタビュー　２０１6年9月16日　85歳　場所　ＮＰＯ法人日本サハリン協会事務所
ウェブサイト　「アーカイブス　中国残留孤児・残留婦人の証言」ヒさん
http://kikokusya.wixsite.com/kikokusya/--------c1nfe

証言

【終戦前の樺太での生活】

１９３１（昭和６）年、樺太《カラフト》（現サハリン）の珍内《チンナイ》（現クラスノゴルスク）で生まれました。祖母が、北海道から樺太に移民として行ったのが最初です。そこで何年暮らしたかわからないけど、私が覚えてるのは珍内です。父は、山から材木を運び出す林業に携わってましたが、ある時、怪我をして仕事ができなくなってから生活は一変しました。私の兄弟は３人です。前に１人死んで、すぐ妹も死んだし。もう１人は、父親が仕事できなくなったので、しかたなしに、里子に出されたんです。だから、３人しかいません。里子に行った子は、どこいったかもわからず、捜したけど捜せなかったね。

父が怪我をして、仕事ができなくなって、その後の生活は大変だったんです。私が小学校1年生の時、父は、ワダスっていう所の病院に入院してましたが、学校から帰って来たら、毎日、下着を持ってバスに乗り病院通い。うちは、ばあさんが見てくれたし、母さんが付き添いしてたから、通ったんですけど。退院後も、父は仕事できないので、母が仕事するようになったでしょう。当時は、乳飲み子いるから、学校から帰って来ては、乳飲み子負ぶって母さんとこに乳のませに行ったり、そういうことして大変だったんです。

そいで、うちの伯父が、父の兄ですね、伯父が見かねて、「自分のうちに連れてく」と言って。私が先に連れて行かれて、それからずっと伯父に育てられたんです。嫁に行くまで、伯父さん一家と一緒にいたんです。息子が１人、３人家族でした。伯父さんは、自分の子どもと分け隔てなく、愛情を掛けてくれて。女学校まで入れてくれたし。西柵丹《ニシサクタン》（現ボシニャコボ）というとこにいたんですけど、それから１９４３（昭和18）年に大谷《オオタニ》（現ソコル）町の方に出て来て。そこで、終戦したんです。私は14歳、女学校の2年生でした。

【終戦後のソ連の侵攻】

終戦の頃は、集団で日本軍の軍部の草刈りやってたからね。馬の餌のね。まさか負けるとは思わなかったから。草刈りやってたんです。そこで、「終戦した」って解散になりました。終戦してからは、学校も行けなくなったし、ほとんどうちの仕事やってて。その頃、ソ連の人も、1人では絶対出歩かなかった。日本は8月15日で終戦になりましたが、樺太では、戦争中だって、空襲ってなかったのに、8月22日に、豊原《とよはら》の爆撃があって。

8月22日は、引揚船まで来て、引き揚げるって、手配が出たんですよ。私は、屋根のないワゴンに乗せられて、豊原の駅に降ろされて。朝の9時頃発ったんだけども。大谷から豊原まで、1時間で行くんです。そこに、午後の3時近くまでいたんですけど。その時、また、天皇陛下の放送があって、「その放送を聞いてから」ちゅうて駅で、待つようにって待たせられたんです。そして、「もう、引き揚げが中止になったから、元のとこに帰るように」となって、また、ワゴンに乗って帰った。ほんと、ワゴンに乗って、5、6分経ったかな、豊原の、ちょうど私たちがいたとこが爆撃されたんです。だから、ちょっとの間で命拾いしたんです。危機一髪でした。もうちょっと、そこにいたら、死んでいたかもしれん。ソ連の機銃掃射に当たって、私の友達も亡くなりました。

8月22、23日の2日間は、ソ連からの艦砲射撃で、イシヅカだとか、恵須取《エストル》（現ウグレゴルスク）とか、真岡《マオカ》（現ホルムスク）だとかがやられたとか。東の方は知取《シリトル》（現マカロフ）だけですけどね。真岡と恵須取が酷かったんですけどね。そんで、終わったのかな。

日本軍は誰もいなかったですよ。終戦になる前から誰もいなかったんです。いたのは、少しいたらしいんですけど、それは私たちにはわかりません。兵隊さんがどのくらいいたのか、全然そういう情報が入って来ないから、わかんないです。終戦した時は、日本人の男性ってほとんどいなかったんです。年取った人とか、女性とか子どもとかしかいなかったです。残っていたのは朝鮮人が少し、募集に来た人なんかも。九州に連れて行かれた人もいるんですけど、残っていた人は、朝鮮の人が多かった。

その頃の朝鮮の方たちは、ほとんどの人たちが親の代からいるか、強制連行で連れて来られたか、自由意志で来たかのどれかでした。自由意志で来た人たちは家族でいるけれども。強制連行で来た人は男だけですから、男の人が多かったんです。「瑞穂《みずほ》事件」ちってから、朝鮮の方を虐殺した事件ていうのがあったと後で聞きましたが、詳しくはわかりません。「そんな事件があったんだ」と聞いただけです。

結局は、「嫁に行く」って言ったら、朝鮮人しかいなかった。その頃はもう、食べるのに不自由して。それで、娘をその朝鮮衆にやったり。そうしたウチがたくさんあったんです。食べるためにね。

【ソ連統治下の生活】

それからの樺太はもう話もできないですよ。日本も大変だったと思うけど、言葉のわかんない人が入ってきてから。うちの中に泥棒に入られても、目の前で持って行かれても、何も言えないし。そういうのが、何か月も続いたんですよ。１９４５（昭和20）年に終戦して、１９４６年のはじめ頃かな、少し良くなってきたのは。そん時は、もう、将校さん、偉い人が入ってきたから、そこでもう止められて。で、少しずつ良くなってきた。「暴力行為はしちゃいけない」みたいな命令が出たらしいです。命令がでる前は、やっぱりレイプとか、いろんなことがありました。私たちはまだ、小さかったから。17、18、20歳ぐらいになる娘さんたち、みんな男の格好して歩いてたんですから。髪を短くして、男の服着て、そして帽子被《かぶ》って。顔見せないようにして。あの頃、眼鏡だって無いんだしさ。なるべく顔を隠すようにして。そんなに出て歩くってことはしなかったけど。なんか買い物にも行かにゃならんから、そういう時は、そういうふうにして歩いてた。

引き揚げが始まっても、引き揚げるの決めるのは、あそこは村だから村長さんですね。村長さんはソ連人になったし、その下で、あの時は朝鮮人て言ってたけど、朝鮮の人たちが、通訳やったりなんかして。その人たちが、

「誰々、このたびは誰々を引き揚げさせる」ちゅってからに、命令をくれたら行くし。その命令なかったら、自分勝手に来ることのできなかったんです。で、命令された人たちは、みんな、真岡まで行って、そして船に乗ってらしたけど。その命令の無い人は来れなかったです。その引き揚げの命令が出るまで、待ってたんですよ。

うちは、2回ぐらい、引き揚げの命令はあったんだけども。伯父が、林業の方に明るかったもんで、ソ連人に、その林業の方をみんな教えてから帰るようにしてたので、そのままずっといて遅くなりました。

【結婚後の生活】

1948（昭和23）年、17歳の時に、開拓民として移住して来た韓国人に嫁に行ったんで。主人は、もともと、樺太で、生まれたんですよ。ここで、日本の教育受けたから、日本語がわかりやすい。逆に朝鮮語ができない。日本の方はもう、日本の字から達者だし。その時には、主人には、病気で亡くなった前の奥さんとの間に、2人の子どもがいて。初めは、「その子どもたちを人にやる」ちゅってたんですけども、私も親無しで育ったから、片親でも、父親のそばにいたらいいだろうと思って。そして、私が引き取ったんです。17歳で、それを決めるってすっごく大変なことのように言われるけど、自分で苦労したから。人の親で苦労してるから。なんぼ、「伯父さんだ、伯母さんだ」言っても、自分の親とは違うからね。そういうこともあったのか、何かしらんけど、とにかく引き取った。その時、主人の子どもは、大きい子は6歳で、下の子が3歳。17歳で2人の子の子持ちになって、それから、自分の子どもが5人生まれました。

当時は、食べる物がないから、それで苦労しました。食べるものが豊富になったのはいつだろうかな？　58（昭和33）年、60（昭和35）年近くなってからじゃないかな。それまでは、ほんと、お米だとか、そういう物はなかなか手に入らなかった。私、ほとんど山菜で暮らしたんです。ジャガイモだとか野菜物は自分で。畑は何ぼでもあるから。畑は自分で起こしたら、みんな自由になるんです。それは、国の土地だから、自分勝手に、なんぼでできるんです。で、畑作ったので、野菜も買って食べなかった。穀物はね、ないんです。ヒエだとか。麦粉も「三番粉」ちゅうてから、ただの黒い、汚い、そういうのが配給になって。そういうのはそのまま食べれないから、摘んだヨモギを茹《ゆ》でて、麦粉に混ぜてヨモギ餅を作って食べたり。ほんとにそういうふうにして。ほんとにもう、自分で作らなきゃ、生きていかれないから。食べる物がとにかく大変だった。主人は林業をずっとやって、お給料とかも、ちゃんともらえても食べていけなくて、ほとんど山菜で暮らしていたわけです。

終戦前は、私は子どもだから、幸せとかは、そんなのわかんなかったんですけど。終戦後はね、やっぱり、共産党時代が一番幸せだった。学校も病院もタダでしょう。それに、民族の区別がなかったし、仕事してもそのお金だけはもらえたし。物価も安くて、そのお金で暮らしていけたから。そりゃ、日本みたいに食べるものは、豊富には無いけども、結構、それなりにね。なんとかして食べたりしましたよ。

【日ソ国交回復後の生活】

１９５６（昭和31）年に日ソの国交回復になって、１９５８（昭和33）年か、59（昭和34）年の時、「韓国の旦那連れてる人も、日本へ引き揚げてもいい」っていう命令があったんですが、書類出したけども、断られたんですよね。断られた理由を言ってくれないから、わからない。同じ時に、日本に帰れた友達もいました。今はどうしているのかわからないけれど。結局、「日本に帰りたい」と申請書出しても、受け付けてもらえないで。ずっと、そのまま残って。１９５９（昭和34）年度で終わってしまいました。

それから、ずっと、引き揚げの沙汰は無かったですから。その後も、個人で日本に来た人もいるんですけど、それは、親戚の方で呼んだり、なんかしてから、来るんですけどもね。親戚が用意した飛行機とか。

だけど、そういう人たちが来ても、私たちはもう、子どもたちも小さいし、また、来て苦労すると思ってからね、あきらめてた。書類も出さなかったし。あの頃はもう、日本に来たら、「馬鹿にされる」「区別されてから苦労する」とか何とかいう話が多かったから。日本人は、特別、人種の区別するでしょう？　差別をね。

1950年代だと、そういう風潮がまだ強かったでしょうから、子どもたち、連れて行ったら苦労させると思って、考えもしなかった。とにかく、その日その日を暮らしていくのが忙しいから。子どもに勉強させて、自分は仕事しながら、自分の畑をしながら、こんなするから、他のこと考える暇がなかったんです。暮らしていくのがそんな感じで、子育てをしている時に3年間、病気で寝た挙げ句、主人が48歳で、1970（昭和45）年に亡くなりました。私は、その間うちで内職をしてたけど、どういうふうに暮らしていたか、今考えても、もう、わかんないですね。夢中でした。私は39歳でした。

私は、自分で勉強したかったのができなかったから、子どもたちも勉強ができれば、もう大学まで卒業させると思って一生懸命やってた。うちの子どもたちはみんな大学卒業したんです。うちの子どもたちは、自分で勉強したから。勉強できないことなかったね。いつも模範で。ただ「勉強しろ」とは、そんなことは言ったことないです。やっぱ、女の子だから、みんな手伝ってくれるし。それでね、だいぶ楽だったです。男の子だったら、全然もう、何も手伝ってくれなかったかもしれねえ。

【引っ越しと再婚】

主人が亡くなって、小沼《コヌマ》（現ノヴォアレクサンドロフスク）の方に、引っ越しました。国営農場（コルホーズ）で、2年間働きました。そこではね、いろんなことしたんです。主に、ハウスの仕事をやったですね。その前には、国営農場の仕事手伝いに来る人たちに、あっちこっち、仕事さしてたんだけど。畑が大きいから、あっちゃこっちゃ歩くのが大変だし、だから、ハウスの仕事に入って。ビニールハウス。それはすぐうちの横にあったから。

そこで、トマトとキュウリですね。春は、その苗。トマトの苗だとか、キャベツの苗だとか、そういうのを作って。あっちこっちのソホーズに、また分配してやる。夏になると、トマトとかキュウリを作って収穫して。そういう仕事してて、それも、2年か3年ぐらいしたのかな。

そしてから、洋裁に入った。元から洋裁したかったので。年金もらうまで洋裁の仕事を、10年ちょっとしてました。「ドレスをこういうふうに作ってくれ」とか。注文しに来るでしょう。裁断師は別にいましたから。裁断してくれたら、それを私たちがみんな縫うんです。つらかったけど、農業やってる時よりは楽です。農業やってる時以外に、牛乳の乳搾る人たちに、牛の餌を配給してやらなきゃならないから。それは、時間外に出なきゃいけなくって。時間が決まってなかったので、朝早く出たり、晩遅かったりする日もあるし。かなり重労働で大変でしたね。

洋裁師をやっている時に、再婚話は断ったんだけど、死んだ旦那の姉さんが「1人でいる必要ないから」って。そして、その人を見て、「この人なら大丈夫だ」ちって。再婚した。それからの生活は、普通に少しは楽でしたけど。旦那も手伝ってくれたし。子どもたちが大きくなってるから、楽でしたけど。それから、51歳の時年金もらって、次の年に洋裁辞めて。この「日本サハリン同胞交流会」が始まったから、その会の方に、歩くようになったし。でも、2人目の主人も、手術中に医者のミスで亡くなりました。

それから、1983（昭和58）年、下水の浄化作業の仕事を始めました。そこではね、1昼夜仕事すると、3日休めるの。だから、ウチの仕事もできるし、「日本サハリン同胞交流会」の事務所の事もできるし、そこで仕事したんです。この事務所っていうのは、豊原にありました。

【日本サハリン同胞交流会を手伝って】

この事務所の仕事を手伝い始めたのは、1990（平成2）年、58歳の頃です。きっかけは、この年に、私が日本に一時帰国をして、私は「樺太にいる人たちも日本に帰らせてやりたい」と思ったことです。そうしたら、先に立ってた野呂《のろ》さんと川端《かわばた》さんて人が、みんなを集めて、「こういうのしないか。樺太に住む日本人のために」って言うので、そこに、小川さんが来て。そうして、始まったのです。この会がなかったら、日本にも来れないし。ほんと、自分のお金では来れないですよ。そういう事務所っていうか、窓口が樺太に出来たっていうことは、他の皆さんにとっても、すごい力になると思います。

樺太に窓口が出来ても、日本に、この会がなかったら、厚生省とかは全然認めてくれなかったですから。だから、この豊原の日本人の会が本当に、私たちの一番の頼みの綱です。国は「もう1人も残ってない」って平気で言ってましたからね。見捨てられたんですから。残留ではないです。見捨てられたんです、ほんと。

その事務所が出来て、ちょっと生活に張りが持てるような感じでした、楽しみができたからね。仕事に来る人から、観光に来る人から、必ず、私たちを捜して来てくれたから。やっぱり、生きがいがあったんですよね。楽しみ。今まで、もう何も楽しみもなく、ただ、食べて生きていくのが、それで一生懸命だったんですけど。それが、日本人たちが来るようになってから、日本語も自分で勝手に使えるようになって。それが生きがいになって。みんな、樺太の人たち、生き生きしてきた。

1991（平成3）年に、胆嚢《たんのう》の病気になって、手術をしました。手術の後、下水浄化の仕事を辞めたんです。年金だけで暮らすのは大変でしたよ。大変だけど、結構その頃はね、その年金で暮らしてたんですけどね。物価も安かったし。だけど、手紙は自由に書けなかったですね。手紙を出しても、3か月かかるんですから、届くまでに。検閲が入るから、余計なこと書けないの。ただ、「元気ですか」とかだけ。「天候はどうですか」とかは書けないの。どういうのかね。「ただ、元気でいる」っていうようなことしか、書けないんですよ。手紙出す切手代も無かったし。あきらめてもう。3か月もかかって、どこをどう回ってるんだかわからないから。もう。手紙は出せないし、もちろん、電話はないし。

【ソ連崩壊の時の生活】

崩壊後は苦労しましたね。食べ物なくてからに。何にもなかった。年金もそう。年金も何か月か溜まったりしましたけど。仕事しても、もう、お金もらえないで。ほんと、大変でした。年金は、2年ぐらいしてから、先にくれるようになったけど、仕事した労働賃金は、何年ももらえなくて。そのお金の代わりに、食べ物だとか、お酒だとか、そういうのもらった人もいて。もらって暮らしてたから、あん時はほんと、暮らしには困ったですよ。

【一時帰国】

日本への一時帰国は、私は、1990（平成2）年に1回、1992（平成4）年に第2回やって。それから、ずっとしてない。

1995（平成7）年に、私が「日本サハリン同胞交流会」の樺太の事務所の会長になってから、1996（平成8）年から、ずっと来てます。会長は4年間やりました。始めは大変でしたよね。「会」としては、始めの頃は大変でしたよ。でも、私が会長になった頃は少し落ち着いて。日本からの援助もあったし。「会」はだいぶ楽でした。だから、毎日、みんな事務所に通ってる人は、事務所に行くのが楽しみで。事務所行ったら話できるし、楽しみで事務所よく来て。その頃、一番楽しかったです。

その頃、交流した日本の方で、印象に残っている人は、まず曾野綾子《そのあやこ》さん。会の方に日本語学校作ってくれた。そいから、北島三郎《きたじまさぶろう》さんが来た時には、ほんと、みんな喜んでましたね。１９９２（平成４）年度ね。あの頃は、ほんと、ロシアの人もみんな喜んでました。

帰国を目前に、何人か亡くなられた方がいます。帰れるという前日に嬉しくて、走り出して、行方不明になってから、捜せなかった人だとか、そいから、旅券をもらいに行って、その場で倒れて9年間も寝たっきりになって、亡くなった人もいるし。「日本に行きたい」ちって、亡くなった人だいぶおります。最初の会長の川端さんは、身体が悪かったもんだから、飛行場まで来て断られたんです。「身体の悪い人を乗せて、もし、飛行機の中でどうにかなったら、自分たちの責任になる」って。そして、それから、3日目にか、亡くなった。それから、稚内降りてからすぐね、船の中でなくなった方もいましたね。

皆さん、望郷の思いが強くて、ずっと、暮らして来たわけですから、「一次帰国できる」ちゅったら、日本へ行くのが楽しみで、暮らしてましたから。「この次はいつ行けるか、この次はいつ行けるか」ちって。あの頃はそういう人がたくさんいたから。順番待ちったら、やっぱり、2、3年はかかりますからね。そうして待ってて。それが楽しみで暮らしてた。

この会のスローガンは、「1日でも早く、1人でも多く。お金がある人はお金を。力のある人は力を」なんです。

【帰国後の生活】

それから、私が永住帰国をしたのが、２０００（平成12）年10月。その時は、所沢のセンターに、4か月行きました。子どもたちに日本語の勉強をさせるために。30歳の一番下の娘連れて来たんです。この頃は、まだ、1

家族しか連れて来ちゃいけないって時だったんですよ。この子は結婚して、子どもも1人いた。所沢で3歳になったの。その子がもう、高校3年生です。早いですね。日本に帰って来て、もう15年ぐらい経ったということですね。

私は、最初から東京です。今は1人で暮らしてますけどね。ここには、小川さんたち、「会」の方で呼んでくれて。兄弟は、北海道にいるんですけど。兄弟のとこへ行くとは思ってなかったんです。だから、身元引受人も小川さんがしてくれて。

日本に帰ってからは、この「会」に通っては、邪魔ばかりしてました。でも、この「会」があると、心の拠り所って言うか、行くところがあるからって、いつも楽しみで。楽しいことわかんないで暮らして来ましたからね。

今、娘たちは東京の東久留米《ひがしくるめ》に住んでるんです。だいぶ離れているんですよ。でも、車だと、それほどでもないですし。

【人種差別について】

ソ連の人はね、民族区別ってないんですよ。いろんな人が暮らしてるからね。だけど、朝鮮人で、日本に占領された北朝鮮から来た人や北朝鮮から行った人たちが、大陸に渡った後、サハリンに来て、終戦後、責任者になった。そういう人が少し、区別したんです。「日本人のために、自分は苦労した」と思ってましたからね。で、募集で来た朝鮮人は、「日本のせいで、自分の国に帰れない」って、そういうことを言ったりしてたけど、私たちは、嫌みは言われたことはありますが、直接、いじめだとかね、そんなのはなかったね。ただ、日本人の妻を虐待したり、いじめたりとかはありましたし、友達の中にもいました。

【若い人たちへ】

これから、戦争は本当にしないでほしいですね。戦争の経験の無い人は、こういうの言ってもわからないかもしれないけども、経験した人は、「ほんと、二度と戦争の無いように」って。今、私たちもね、今の政治がどうなるか、あやふやなもんで。自分たちは、もういつ死ぬか、わからないけども、これからの若い人たちのこと考えたらね、ほんとに、戦争なんかしないでほしいですね。(完)

第30章　伊藤美智子《いとうみちこ》さん（北海道）

「私らはね、国家の命令ですから、『帰れ』という命令がなければ帰れなかったので、そこに残ってました」

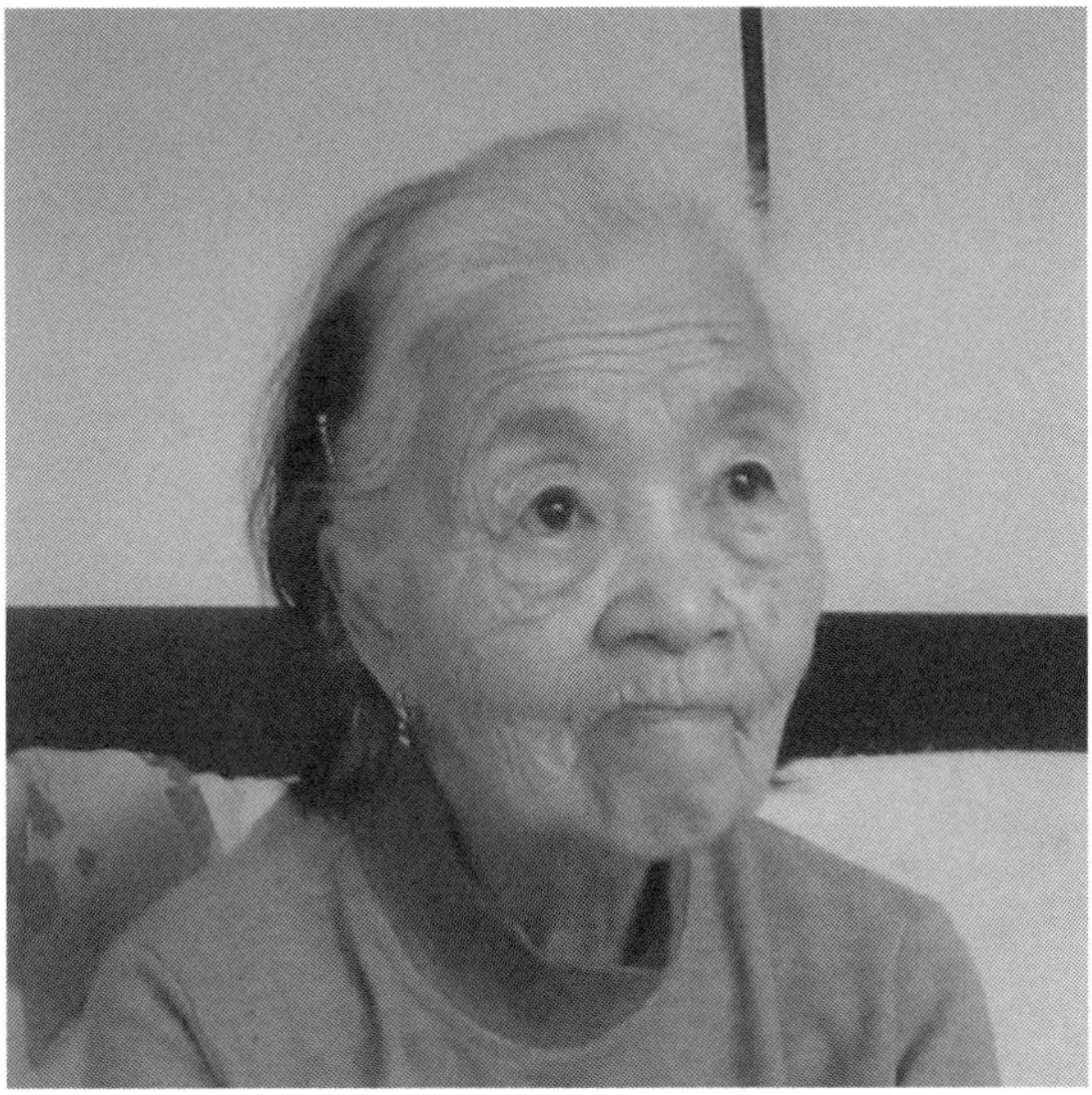

証言者プロフィール

１９２６（大正15）年　山形県新庄市《しんじょうし》に生まれる
１９３６（昭和11）年　10歳　小学生の時、父の都合で、北海道根室の花咲《はなさき》に引っ越し
１９４５（昭和20）年　19歳　国後島《くなしりとう》の泊村の瀬石《せせき》に徴用され、昆布製品作りと出荷の仕事に従事。終戦は、村長さんからの話で知る
１９５３（昭和28）年　27歳　サハリンで、洋服の裁断士の韓国人と結婚（子どもは３人）
２００８（平成20）年　82歳　１人で帰国（国費）子どもたちはサハリンに居住中

インタビュー　２０１５年8月　89歳　場所　北海道の証言者のご自宅
ウェブサイト　「アーカイブス　中国残留孤児・残留婦人の証言　ナさん
https://kikokusya.wixsite.com/kikokusya/about1-c20ms

証言

【根室からも国後島へ】

今、89歳。１９２６（大正15）年、生まれたのは山形県の新庄市《しんじょうし》。１９３６（昭和11）年、10歳の小学生の時、お父さんの都合で、北海道の根室《ねむろ》に引っ越して来た。根室の花咲《はなさき》にいた時、大きな銀杏の木につかまったことを覚えていることぐらい。12人兄弟の一番上だったので、親の手伝いをして、下の子たちの面倒をみるのが忙しく、子どもの頃は全然《ぜんぜん》遊んだ記憶がない。お母さんがいい人で、私を「かわいい」と言ってね、自分の胸にしっかり抱いてくれたの。それは忘れることはできない。女学校にも行ってました。

1945（昭和20）年、19歳になって、根室の市長が若い者を集めて、「今、日本は忙しいから、ちょっと行ってくれないか。手がないからお願いだ」つうてね。国後島《くなしりとう》の泊村《とまりむら》の瀬石《セセキ》に、徴用《チョウヨウ》されて行った。各部落から6、7人ずつ、全部で70人ぐらい集まって、根室港から船に乗って行ったが、向こうに行ってから、何をするかとかは聞いてませんでした。

瀬石はとてもいいところ。海岸に出たら温泉があって、海はきれいだし、潮がずーっと引いていくんです。昆布がね、ずーっと並べてあって。後ろは山ですからね、硫黄山《いおうざん》とかの鉱山がたくさんある。始めは、そこで共同生活しながら、海に出た船が、昆布を採ってきて、その昆布を背負って、海岸に並べて乾かしてね。そういう仕事をしました。男の人は昆布を採りに行って、女の人が干して。男性は海に、女性は丘に。毎日楽しかったですよ。私は昆布を拾ってね、海岸に干して、それを束にして日本に送るの。ごはん食べるくらいの給料はあったね。

【終戦の頃】

1945（昭和20）年の終戦の時は、まさかと思いました。玉音放送は聞かず、村長さんが「日本が負けた」と言いました。終戦の時のロシア人はいい人でね、「日本人だ」とか何とか、言わないの。親切な人たちでした。収容所には入りません。前からその地に住んでいる人たちは、ある所に集まって、引揚船で日本に帰った。だけど、私らのように、他から来た人たちは関係ないんですよ。私らはね、国家の命令ですから、「帰れ」という命令がなければ帰れなかったので、そこに残ってました。同じ部落から一緒に来た仲間たちの中には、当時の食糧不足で亡くなった人もいます。終戦の時は、何をして食べていたのか忘れましたが、昆布拾いもしたしね。だけど、その昆布を採る船では、日本には帰れないんですよ。その船は南千島《みなみちしま》の船だから日本には行けない。つらかったですよ。食べるものはありませんでしたが、お金があれば何でも買えました。

国後島に残っていた人で、日本に帰りたい人は全員、誰でも乗せて、樺太《サハリン》に行く船があったので、その船に乗りました。そして、樺太《サハリン》に着いたけど、北海道にはなかなか帰れなかった。昔の真岡《まおか》（現ホルムスク）にずっといて、人の面倒を見たりしてました。

【サハリン（樺太）での生活】

1953（昭和28）年、27歳の時、私はサハリンで結婚した。結婚した後には、サハリンには自分の家も畑もあったし。私の主人は韓国人です。日本人がおりませんでしたからね。ロシア人とも韓国人とも結婚するのが嫌だったんですけど、独身でいたら、他の男の人がうるさいからね。強姦したり、掴んだりする人はみんな韓国人なんですよ。だから、韓国人と一緒になれば、私には手をかけないんですよ。そういう理由から、韓国人と、生きていくために結婚した。

主人の仕事は洋服の裁断士。店も車もあった。子どもは男2人、女1人で、みんなサハリンにいる。父の仕事は継がなかった。子どもたちは、みんな大学まであげました。お父さんに言われましたからね、「日本人として恥をかかすんじゃないよ」と。そして、主人の仕事を手伝いながら子育てをしました。当時は洋服もワイシャツもないでしょ？　お店には洋服は売ってないから、洋服の裁断士はよくお金を儲けたんですよ。みんな、私らのところへ持って来るわけ。

主人は日本で生まれたのではないかって、私は思ってました。そういう感じがしましたね。主人はいい人でした。りっぱな人でした。子どもが大好きで、「男の子は僕の子ども。娘はお前の子どもだ」って、何言われても、「はいはい」って、聞いてました。

【帰国するきっかけ】

お父さんの夢を見たんですよ。夢で「僕は死ぬからね、早く日本へ帰れよ」って言われて、はっとした。お父さんは、私が日本へ帰らないから待ってるんだろうと思って。その頃が、お父さんが亡くなった頃なんです。日本との手紙のやり取りはできなかった。私が生きていることを親や兄弟は知らなかったと思いますね。そして、主人はもう亡くなっていたので、私は日本に帰ろうと思って、サハリンにいる日本人の責任者に相談したの。「私、日本に帰りたいから」とお願いしたら、「いいよ。僕がしっかりやるから」と言ってくれた。それで、帰国できることになって。その頃はみんな、日本へ帰る人は日本へ行っていたからね。

２００８（平成20）年1月、82歳の時、日本に帰った。帰国したら、お父さんは亡くなってたけど、お母さんは生きていて、90なんぼだった。お陰様で、会えてよかったです。お母さんにだっこしてもらったというより、私が抱いてやりました。お母さんは美人でね、弟たちは今も元気でおります。札幌に２人、大阪に１人、東京に１人、北海道の旭川に１人。

とっても忙しい人生でした。一番つらかったのは、終戦前後。一番幸せだったのは、結婚して、主人が私の名前を呼んで、しっかり抱きしめてくれた時でした。「これが私の人生だな」と思って。本当にいい人でしたよ。学もあったしね。（完）

証言の背景　サハリン残留邦人

以下は、２０１７年7月31日、ＮＰＯ日本サハリン協会の小川峡一《おがわよういち》氏の訃報《ふほう》に接して、私のホームページのブログに投稿した記事です。

《ただいま北海道の最果ての小さな温泉町にいます。7月31日、元日本サハリン同胞交流協会（現日本サハリン協会）の会長だった小川峡一氏がお亡くなりになられたことを、翌朝のメールで知った。8月1日、宿の北海道新聞には、とても小さな死亡記事が出ていた。あれだけの業績をなした方なのに、これっぽかしの記事では、彼の偉大さは一般の人には何も伝わらない。北海道とも縁の深い方なのに、その取り扱いは不満だった。翌日、図書館で読売新聞を開いた。が、今度は記事そのものがない。もう一度探したがない。この小さな図書館には新聞は一紙しか置いてないのだ。販売部数の一番多い全国紙に、彼の訃報が載っていない。ネット検索をしてみても、どこも簡単な紹介ばかり。元会長だったというだけ。信じられない思いと怒りがこみ上げてきた。日本サハリン協会の本箱には、これまで取材に応じた膨大な量の新聞記事のスクラップブックが収まっていた。それらの記事を書いた記者は、もうこの世にいないというのか。彼の偉業を知る記者は、どこにもいないのか。

2年前、近藤孝子さんの取材をするため、日本サハリン協会に伺った折、お元気そうに書類の整理などなさっておられた。インタビューを申し込んだが、断られた。

この小さな図書館には、吉武輝子《よしたけてるこ》の『置き去り』も置いていないので、確認もできない、あいまいな記憶だが、「一人でも多く、一日でも早く、時間との闘い」を合言葉に、小川さんは戦い抜いた。もし小川さんがいらっしゃらなかったら、サハリン残留日本人の帰国は今も実現していなかったのではないかと思う。不条理な棄民政策への強い怒りと闘争心、不屈の信念と樺太残留日本人に対する深い想い。その功績は帰国者問題に留まらず、社会的歴史的な偉業だと思います。

謹んで哀悼の意を捧げます。》

この後も、マスコミ報道から小川峡一氏に関する記事を見つけることはほとんどできませんでした。中国帰国者と比べて、樺太（サハリン）残留邦人に対する興味関心は総じて低いのかもしれませんが、彼の偉業は後世に伝えていかなくてはなりません。

厚労省のホームページにわかりやすい「樺太（サハリン）残留邦人」の定義がありました。

「日ソ開戦時、樺太（千島を含む）には約38万人の一般邦人、また、約1万人の季節労働者が居留していました。開戦により樺太庁長官は、軍の要請と樺太の事態にかんがみ、老幼婦女子等を北海道に緊急疎開させることとしましたが、昭和20年8月23日、ソ連軍によりこうした緊急疎開が停止されました。その後、集団引き揚げが昭和34年までに行われましたが、様々な事情が障害となって樺太に残留（ソ連本土に移送された方を含む）を余儀なくされた方々を『樺太（サハリン）残留邦人』といいます」

8月15日を過ぎてもソ連軍の攻撃は続き、20日には、樺太西海岸の拠点だった真岡町にソ連軍が上陸し、22日、ソ連軍は樺太庁のある豊原市（現ユジノサハリンスク）を爆撃、１００人以上が死亡しました。同日、引き揚げ者を乗せ、北海道・小樽に向かっていた小笠原丸、第二新興丸、泰東丸の３隻が国籍不明の潜水艦の攻撃を受け、第二新興丸を除く2隻が沈没、１７００人以上が死亡しました。犠牲者の大半は女性や子ども、老人でした。この事件を受け、引き揚げ事業は中断され、大勢の日本人が南樺太に留め置かれました。満州と同じようにソ連兵による略奪、暴行は激しく、自分の身を守るためと家族を救うために朝鮮人やソ連人と結婚[101]し、ソ連国籍の子どもが生まれていて、「外国人と結婚したものは日本人ではない」という壁に阻まれ半世紀近く、国に置き去り[102]にされてきました。

１９５６（昭和31）年、鳩山一郎《はとやまいちろう》内閣の下で、日ソの国交正常化が実現し、ソ連に抑留されていた日本人は釈放され、送還されることになり、朝鮮人の夫を持つサハリンの日本人女性も家族と共に日本に帰る道が開かれました。１９５７年8月から１９５９年8月までの2年間（冷戦期集団帰国[103]）７６６人、その夫と子どもは１５４１人、合計２３０７人。サハリンに多く停留していた朝鮮の男性は、日本人の女性と結婚して日本に行きたがった様子が、小説『ツンドラの女[104]』に描かれていました。

第3作『ＷＷⅡ　50人の奇跡の命』に登場する家族は、港から遥か遠い田舎に住んでいたため、移動手段もなく大勢の子どもたちを引き連れて歩いて港まで行けないと、帰国を諦めています。その後、長い間、帰国への道は閉ざされました。

第27章の三浦正雄さんと第28章の伊藤實さんは、軽微な罪で長い間カザフスタンに留め置かれました。その長

(注)101　第30章　伊藤美智子さんの証言
(注)102　『置き去り』吉武輝子著　２００５年6月2日
(注)103　ソ連側が集団帰国方式を嫌い、以後個別帰国方式になる。『サハリン残留日本人と戦後日本』中山大将著　２０１９年2月
(注)104　柴野敏江著　１９５８年11月15日

い年月の苦しみは、ぜひビデオでご覧になって生の声を聞いていただきたいと思います。

さて小川峡一氏の話に戻りましょう。サハリンに残留している婦人たちの存在を知り、１９８９年「樺太《サハリン》同胞一時帰国促進の会」(105)を立ち上げ、当時３００人ほどいた同胞の一時帰国を、３年以内に実現することを目指していました。合言葉は「１人でも多く、１日でも早く、時間との闘い」でした。当時の厚生省は「現在、サハリンには日本人はいません」という強弁を貫きました。彼の作成した名簿などを見せても、「自分の意志で残った」として、援護の対象ではないとの返答が返ってきたということです。１９９０年の一時帰国から始まって、23年間の活動で、延べ３２１６人を一時帰国に導きました。その間の交渉事の大変さは想像に余りある。また、１３４世帯３０３人を永住帰国させました。１９９８年10月より厚生労働省は一時帰国事業を同胞交流協会に委託し、２００１年より永住帰国者は中国残留邦人と同様に国の援護対象となりました。小川さんが地道に集めたサハリン残留日本人の資料と小川さんが作り上げたサハリン残留日本人のネットワークが、国を動かしていったと言っても過言ではないと思います。

『ＷＷⅡ』でもサハリン残留邦人、数人のインタビューを載せています。彼らの多くは、日本名、朝鮮名、ロシア名と３つの名前を持っています。教育も日本語から朝鮮語になり、高校、大学はロシア語というような変遷がありました。ちょうどインタビューに伺ったころ、サハリン残留邦人のための共同墓所が札幌に完成する間際でした。日本名だけでは誰のことかわからないので、ロシア名も併記しようという相談が持ち上がっているところでした。日本人であることを隠している人が多く、一時帰国の時に一緒になって、「あなたも日本人だった

(注)105　１９９２年12月８日「促進の会」を「日本サハリン同胞交流協会」に。２０１２年12月12日、「特定非営利活動法人日本サハリン協会」と改称、役員を一新して、事業を継続

の?!」と、驚いたという話も伺いました。サハリンではロシア人、朝鮮人、日本人というランクだったとの話も伺いました。

敗戦時、南樺太（サハリン南部、北緯50度以南）に住んでいた日本人は約40万人。１９４７年2月25日、ソ連最高会議は、南樺太のソ連領編入を正式決定し、ソ連の占領下で生活することになった日本人は、技術者を中心として多くがそのまま職場にとどまりました。密航船による脱出が後を絶たず、宗谷海峡封鎖から公式引き揚げが開始されるまでに約２４，０００人が北海道へ逃れました。サハリンや千島《ちしま》に取り残された日本人は引き揚げを望み、日本政府もＧＨＱに対して引揚促進を働きかけ、結局旧満州地区からの引き揚げが開始された１９４６年春以降、サハリンと北朝鮮、大連のソ連占領地区からの日本人引き揚げが米ソ間で協議されるようになり、11月27日には「引揚に関する米ソ暫定協定」、12月19日には、「在ソ日本人捕虜の引揚に関する米ソ協定」が締結され、サハリンと千島地区からの引き揚げが開始し、１９４９年7月の第5次引き揚げまでに２９２，５９０人が引き揚げました。しかし、朝鮮人の家族のいた人や何らかの理由で帰国できなかった人、ソ連に足止めされた熟練労働者ら、サハリン残留日本人の総数[106]は、基準をどこに置くかにもよりますが、約１，３００

〈古源良三氏　写真提供〉

人から約1，500人だということです。（2011年5月時点）

㈟106　『サハリン残留日本人と戦後日本』中山大将著2019年2月28日刊　150頁

第Ⅳ部　大陸の花嫁

〈古源良三氏　写真提供〉

第31章　田口道子《たぐちみちこ》さん（長野県）

「文革の時、18歳の息子は牢屋へ」

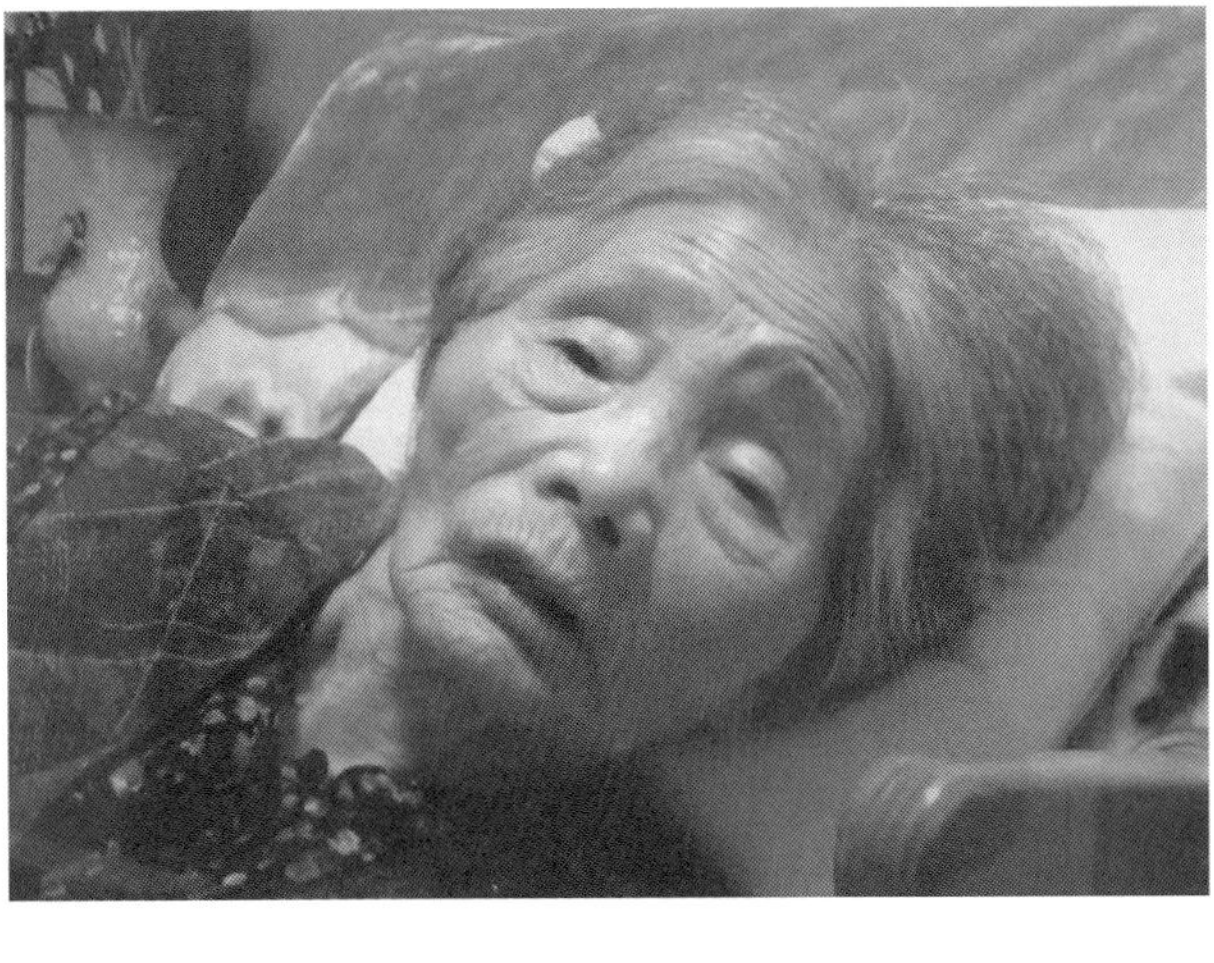

証言者プロフィール

1928（昭和3）年　1月3日、岐阜県で生まれる

1945（昭和20）年　17歳　渡満「大陸の花嫁」に応募　5月、吉林省小城市の「女塾《じょじゃく》」に入る。終戦後、瀋陽の難民収容所で助けてくれた中国人と結婚（子どもは5人）

その後、文化大革命の時、息子が逮捕され、8か月間牢屋に入れられる

1973（昭和48）年　45歳　末娘を伴って一時帰国（自費）

1989（昭和52）年　49歳　末娘を伴って永住帰国（自費）

その後、他の4人の子供を呼び寄せる（自費）

インタビュー　2013年11月　85歳　場所　証言者の入所施設

ウェブサイト「アーカイブス　中国残留孤児・残留婦人の証言」イさん

https://kikokusya.wixsite.com/kikokusya/about1-c1gos

証言

【大陸の花嫁になるため女塾へ】

1928（昭和3）年1月3日岐阜県で生まれる。18歳（数え）の時、大陸の花嫁募集があり、岐阜県下で25名集まる。下関から船に乗って、朝鮮、鴨緑江《オウリョクコウ》（中国と北朝鮮の国境になっている川）を越えて中国の安東《アントン》まで行った。吉林省《キツリンショウ》小城市《ショウジョウシ》に行き、そこで大陸の花嫁の女塾《じょじょく》[107]に入る。5月20日に家を出て8月に終戦を迎えるまで、そこで過ごす。25名、[108]誰も結婚していなかった。

【女塾では】

満州の花嫁募集は自分で行きたい人が行った。好き好んで行った。応募の動機は　満州にあこがれていたこと。満州は広くて平野で畑の土が肥えていると聞いて、友達と誘い合わせて応募した。25名は知らない人だった。満州に最初に着いたとき、広いなあと思った。女塾は　食事は出たが、野原で採った野菜とかのまずいものばかりだった。お米は出なかった。先生が2人いた。

「満州にいるといいから。満州は広いから」という教えだった。

【すぐに終戦】

昭和20年の5月20日に行って、直ぐに8月。終戦になってすぐ、そこを出られなかった。ソ連兵の前に中国兵が攻めてきた。男装した。終戦にソ連兵が攻めてきて、頭を坊主にし国防服を着て、男装してコーリャン畑にかくれた。ソ連兵が行ってしまうまで、煙が出るので火も焚《た》けないため、何日も何も食べないで過ごした。それから汽車で避難して、25人は散《ち》り散《ぢ》りばらばらになる。岐阜の石山さんという友達と3人で瀋陽《シンヨウ》まで行った。ここで難民収容所に入った。粟《あわ》とかコーリャンの皮のついたものとか、雀にやるような皮のついたものを食べた。私はおなかを壊すことはなかったが、みんなそこで倒れた。瀋陽の国際ナントカ会館が難民収容所になっていて何百人もの人がいた。毎日何人も死んで、その人たちを裸にして、郊外に運んで行って、だれかれとなくいっしょくたに埋めた。それが一番つらかった。友人は瀋陽の避難所でどうなったかわからない。

(注)107　吉林省舒蘭県小城市、郡上女塾

(注)108　『満州開拓史』によると、終戦時28名在籍していた。

私はその収容所に9月頃までいて　中国人と出会って助けられた。そうでなければ　生きていけなかった。その中国人と結婚した。それが一番つらかった。男3人、女2人の子どもができる。夫は会社員だった。

【文化大革命で18歳の息子は牢屋《ろうや》に入れられた】

文化大革命や大躍進政策の時は日本人だということで、18歳の息子が捕らえられ、8か月牢屋に入れられた。だが、あとから名誉回復があった。政府も申し訳なかったと謝ってくれた。他の子どもたちは、小さかったので何もなかった。夫はお金持ちではなかった（5段階の一番下の階級）ので　大丈夫《だいじょうぶ》だった。日本人にだけ、米の配給があった。お母さん（自分）だけ、外国人だけ米をくれた。政府は思想には厳しかったが、生活は厳しくなかった。みんな日本人だと知っていた。中国籍になっていなかったので、私は日本人だった。共産主義の国なので言論の自由はなかった。日本人の二世は入党とか入隊とかは絶対できなかった。何か言うと捕まってしまう。でも、だんだん良くなっている。

【帰国へ】

日本には、ずっと帰りたかった。1972年国交回復し、早速公安局に行って日本に帰りたいと要求。1973年一時帰国。一番下の娘（8歳か9歳）を連れて45歳ころ自費で岐阜に帰国。費用は田舎から送ってもらった。お父さん、お母さん、弟妹みんなに会えた。その後、公安局で永住帰国したいといって49歳で永住帰国できた。その時、一番下の娘だけ連れて自費で帰国できた。夫は反対しなかった。それから　テーブルクロスを作る会社に勤め、寮の管理人とかをして、お金を貯めた。その後3年で残された4人の子どもを全員呼び寄せた。この時も、国から少し出たが自費で帰国した。友達が永住帰国していたので、紹介してもらって最初は駒込《こまごめ》に住んだ。

【これまでを振り返って】

中国は共産主義で言論の自由はなかった。中国の生活での印象は別にない。

一番大変だったのは文化大革命だった。息子が逮捕されて心配したし、一番つらかった。でも、名誉回復をちゃんとやってくれた。

これからの若い人に伝えたいことは、わかってもらいたい。昔の話をわかってもらいたい。文化大革命のことなんか伝えたい。（完）

第32章

福田《ふくだ》ちよさん（埼玉県）

「ソ連兵は入って来て、『この女を捕まえよう』と決めたら、その女の人をまっすぐ見つめたまま、目をそらさない」

証言者プロフィール

１９２３（大正12）年　11月16日、栃木県で生まれる
１９４２（昭和17）年　19歳　市役所の紹介でお見合い結婚して渡満　北安《ペイアン》省《ショウ》克東《コクトウ》県《ケン》花園《はなぞの》開拓団
１９４５（昭和20）年　22歳　終戦　夫は終戦直前に召集　逃避行の間に2歳の娘が亡くなる
友だちのすすめで中国人の家庭に入る（子供は５人、現在は４人）
１９７３（昭和48）年　50歳　一時帰国（国費）
１９７９（昭和54）年　56歳　子ども2人を伴って永住帰国（自費）
その後、残りの家族を呼び寄せる

インタビュー　２０１３年　12月　90歳　場所　証言者のご自宅
ウェブサイト　「アーカイブス　中国残留孤児・残留婦人の証言」キさん
https://kikokusya.wixsite.com/kikokusya/about1-c3p4

証言

【満州に行く前】

私は、今年90歳、１９２３（大正12）年11月16日に栃木県で生まれました。実家は農家です。満州に行くきっかけとなったのは、中国の開拓団に行ってた友達が、家族を連れて満州に行くという「家族招集」で、日本に帰ってたんです。その時に、こういう人がいると紹介されてお見合いして。それで、結婚して、役場からの勧めで満州に行きました。１９４２（昭和17）年、19歳の時でした。

【満洲の生活】

満州では北安省克東県《ペイアンショウコクトウケン》の「花園《はなぞの》開拓団」におりました。

開拓団では、お米、灯油、砂糖等、何でも配給でした。米だけでは足りないですよね。お米の中に大豆入れたり、ジャガイモ入れたりして食べて。野菜は人参や白菜も作ってたかな、でも、ジャガイモが多いですね。米の出来ないとこだったので、お米は作っていないです。開拓団に行ったら、すぐに、馬を本部からもらった。開拓団で働いている時に娘が1人生まれました。主人は、終戦直前ぐらいに、兵隊に召集されました。後で聞いたことですが、主人はシベリアに3年間いて、その後、日本に帰って来たそうです。

【終　戦】

1945（昭和45）年、私が22歳の時、終戦になりました。娘は2歳です。その時は、開拓団本部にみんな集まり、「君が代」を歌って、団長さんが「こういう訳で、日本は戦争に負けたから」って話してくれて。それから、そこで、みんなとちょっと話をして、別れて、うちに帰りました。とても心細くて、怖かったです。荷造りする暇もなく、何にも持たないで家を出て来ました。ただ、自分で縫った救急袋の中に、煎った大豆をちょっとだけ入れて、それを肩から提げて持って出ました。

【逃避行】

開拓団を出た時は、夜の11時過ぎ、みんなで2列に並んで、足音をたてないように歩きながら、北にある張《チョウ》文封《ブンボウ》開拓団まで行って、その開拓団の第2部落に入ったね。そこにあるジャガイモとか食べて、ちょっとの間いたけど。その開拓団を出る時は、やはり夜で中国人が襲撃してきてね、怖かったですよ。この時は、ソ連兵は来てませんでした。

あとで、北安《ペイアン》に移動した後、ソ連兵が入って来ました。その時は怖くて、私らはソ連兵に見つからないように、土手の下に隠れてましたが、引っ張られて行った人もいました。ソ連兵は入って来て、「この女を捕まえよう」と決めたら、その女の人をまっすぐ見つめたまま、目をそらさない。そして、その人に近づいて行って、「ホロホロモウス（きれいな女）、マダムサンゴ（いい女）」と言って、どこかへ連れて行っちゃうんだよ。その女の人たちは、いたずらされたら、また、帰って来てたよ。

私ら見たのは、大きいおなかした女の人だよ。その人、ソ連兵に引っ張られて、向こうのコーリャン畑かな、そこに連れて行かれちゃってね、ソ連兵が自分の着ているオーバーを脱いで、下に敷いて、そこでやられて。旦那さんいるんだよ。旦那さんはこっちで見ている。見てたって、旦那さんは行くことできない。私らは、こっちの井戸の陰で見てたんですよ。ソ連兵が帰ってから旦那さんそこへ行って、奥さんを負ぶって帰って来たけど、奥さんはその晩死んじゃったよ。自殺じゃないよ。乱暴されたショックもあるかもしれないけど、妊娠していてもうすぐお産という時だからね、身体が急に悪くなったのかもしれない。怖くてぞっとするね。

そして、そこからまた歩いて、山越えてから、田んぼの中ずっと歩いて。靴がとられちゃうくらい深くて、ズブズブの田ん中。そこから上がったら、野原みたいなとこがあって、その向こうは大きい広い川なんですよね。その川に入ったのが、午後6時ぐらいかなあ。ちょっと薄暗くなった頃。上の人から、「荷物持ってる人はみんな捨てろ」って言われてね。荷物持ってた人はみんな捨てた。私らは、何も持っていないから。ただ子どもだけ負ぶって。川の深いところに入った人もおるけど、私が入ったところの川の深さは腰のところぐらいまでだった。一晩中、河の中を歩いて、向こう岸の野原に上がって。

上がった先には、やはり、鼻の高いソ連兵がいたよ。いや、怖かったねえ。そこから、また歩いて。何駅だかわからないけど、駅まで行ったんだねえ。そこで、馬を積むような貨物列車に、みんな詰め込まれた。ところが、ソ連兵から「この中から女を出せ。そうしないと汽車は動かない」って言われて。出たんだなあ。誰か、うちの開拓団から。1人。みんなの犠牲になって。

それから、その女性も帰って来たので汽車も動いて、哈爾浜《ハルピン》を通過して、今は長春《チョウシュン》だけど、当時は新京《シンキョウ》って言ってた。その新京に着いて、汽車を降りて行った所は、学校だったけど、そこが収容所だったみたいです。

【新京から撫順へ】

その中は、やっぱり、小さい子どもなどは、段に重なって死んでたね。毎日、死ぬ人が多かった。ここには、きっと、1か月はいなかったですよ。食べる物って無かった。配給もないし。開拓団を出る時、ちょっと蓄えを持ってたのね、みんなお金を持ってて。食べものは中国人が売ってたんだよ。お金のある人はそれを買って、生き長らえて、蓄えの無い人は死んでしまってね。

その後、新京を発って、奉天《ホウテン》、今は瀋陽《シンヨウ》と言いますが、そこまで行って、最後は、奉天から歩いて撫順《ブシュン》の収容所に行きました。

その時は酷かったですよ。発疹チフスって言うんかね、あれに罹《かか》ってね、みんなね。一緒に寝てて、次の朝目が覚めると、隣の人は死んでる。毎朝、死んだ人を2人がかりで、山に捨てに行ってた。寒くて、土が凍ってたからね、掘れないもん。発疹チフスで、もう、コロコロ死んで。私の娘は、撫順に着いてから亡くなりました。食べ物も無いしね。

【中国人の家へ】

撫順では、自分も病気になって、食べ物はない、日本には帰りたい。ここにいたら、死んじまうと思って、中国人に助けられたんです。私の友達が先に中国人の家に行ってて、その友達が私の所へ来て、「あんた、ここ出て来た方がいいよ。いつか、日本に帰れる時があるから」って言われて、それで中国人を紹介してもらって、その収容所を出ました。

主人は商売をしてました。野菜や魚やいろんな物を扱うお店ではなく、貿易みたいな仕事です。それから、子どもが5人生まれましたが、1人亡くなって、今は4人です。みんな日本に帰ってます。

中国での生活はやっと食べていけるという暮らしでした。

【友人の帰国】

私の友達が、私の家の近くにいて、中国人と暮らしていたんですよね。そして、その友達が、日本に帰りたくて、奉天まで逃げて行ったんです。逃げたことを知った友達の旦那が、奉天まで追いかけて行って、その辺りでうろうろしてたら、たまたま、トイレに行こうとした友達を見つけて、捕まえたんです。旦那は、「日本に帰りたいなら、帰ってもいい。その前に、ちょっと遠い所へ行って、美味しいもの食べてから別れよう」と話したので、友達はその言葉を信用して、切符を買って汽車に乗ったら、だんだん、自分が住んでいた駅に近づいてくるので、「変だな」と思ったら、自宅近くの駅で降ろされ、家に連れ戻されたそうです。そして、長い棒で、何度も何度も叩かれて、足が腫れ上がってしまって。だけど、子どもを奉天に置いてきたままにしてたので、「子どもを奉天に迎えに行きたい。子どもを連れて来たら、もう日本には帰らないから、子どもを連れに奉天に行きたい」って旦那に言って。でも、友達を1人で行かせるわけにはいかないので、私の所へ来たんです。

そして、「明日、私と一緒に、奉天までついて来てくれない？　私、もう、絶対日本に帰らないから。一緒に付いて来てほしい。うちの旦那も一緒に行くから」って。私も、かわいそうだと思ってね、私の旦那もちょうどいなかったし。

次の日、私の一番大きな娘を連れて、友達と一緒に奉天に行きました。そして、事務所みたいな所に、友達と私が入って行って、友達の旦那は「子どもは俺が抱いてるから」って、私の娘を抱っこして、外で待ってた。私が、娘を抱いて一緒に中に入ったら、私も日本に帰っちゃうと思ったんでしょうね。

事務所の人に事情を話すと、事務所の人が、「2階に上がれ」って、他のことは何も言わない。ただ、「2階に上がれ」って。2階に上がったら、もう下りて来られない。そして、私に訊《き》くんですよね。「あんた、日本に帰るか、帰らないか」って。

子どもが外にいるんだもの、帰れないですよね。私は帰らないって言って、1人だけ事務所の外へ出て行った。私だけ帰されたから、友達の旦那は子どもを下に降ろしてくれないから、帰れなくて。「もう、あの人は帰れないよ。2階に上げられて、下に降ろしてくれないから」って話して。「私は家に帰るから」って言ったけど、その時、私は財布を無くしてしまって、一銭も持ってないの。それで、友達の旦那から切符だけ買うお金をもらって、子どもを抱いて家に帰ってきたの。だけど、友達の旦那は、「俺は帰んない」って、友達が事務所からまた出て来ると思って、そこに、2日、3日いたんだよ。

その友達は、1953（昭和28）年に、引揚船で帰って行った。それからは、全然、会っていない。その時私も、子どもを自分で抱っこしてたら、2階に上がって日本に帰ってたね。みんな、子どものために犠牲になったんだ。

【中国での生活】

子育ての間は、私は仕事は何もしてません。中国語もね、なかなか難しいから。

大躍進、大飢饉の頃は、やっぱり、食べ物が無かったので、木の実や食べられる花みたいなのを採って食べたり、食べられる草を採ってきてほかの物と一緒に混ぜて食べたりね、配給だったから。

文化大革命で日本人だからといじめられることはなかったですね。近くには、日本人はたくさんいたので、1か月に1回はみんなで集まって、話したり何か作って食べたりした。日本語がしゃべれるのも、心強かったです。日本語をしゃべらないと忘れるんだよ。

最初は、日本との手紙のやり取りは、何年かなかったよね。日本語での手紙のやり取りはできないので。何年か経ってからですね、お母さんからの手紙が来て。１９７２（昭和47）年の、日中国交回復の後は、お母さんは東京まで行って、一生懸命手続きをしてくれて、72歳で亡くなりました。

【帰　国】

一時帰国の時は、１９７３（昭和48）年くらいかな。忘れちゃったけど。まだ、50歳にはなってなかった。お母さんも生きていて、いろいろ手続きしてくれた。前の主人にも会いました。もう再婚していて、娘が死んだこととか、いろいろ話をしました。お互い、結婚してたので、ただ、時間が経ったという感じでしたね。中国から帰って来たときは、栃木の親戚たちはみんなで迎えに出てくれました。やはり、日本に帰りたいと思いましたね。

永住帰国は、１９７９（昭和54）年、56歳の時です。栃木県那須《なす》郡《ぐん》馬《ば》頭町《とうまち》に帰りました。弟が東京にいて身元保証人になってくれたので、弟のところでお世話になりましたが、埼玉には友達がいたので、こちらに引っ越しました。

永住帰国の時は、子ども2人連れて来ました。小さい方は、まだ高校学校に行ってたので、17歳かな。上の娘は18歳だったかな。中国には、長女と次女を置いてきました。この時の帰国の費用は全部自分のお金です。大変だったですよ。

一時帰国の時、日本で働きました。半年間、弁当屋さんで。弁当詰めたり、野菜洗ったり、食堂に勤めて、貯金して、あとは、いろいろもらったお金も貯めておいて。そして、最後は、中国に残した子どもたちも呼び寄せた。裸一貫で帰るのだから全く、大変ですよ。日本の習慣にも慣れないし。でも、ここ（団地）だと、同じ境遇の人たちもいるし、情報交換もできたから良かった。

子どもたち、こっち来てから、一番下の子が夜間の高校に入って、上の子はすぐ働いて日本語は大丈夫でした。私は、字は読んだり書いたりすることはあまりできませんが、自立心だけは負けないと思ってます。帰国後はアルバイトで、お弁当屋さんのいろいろな仕事をやりました。あの頃はね、どこでも使ってくれたから。景気も良かったし。子どもたちは、最初は言葉で苦労したけど、今はみんな結婚して、日本でちゃんと仕事しているので、安心です。

【人生を振り返ってみて】

一番大変だったのは、終戦後の中国にいた時。言葉はわからないし、中国人との付き合いもなかったから。日本に永住帰国した時は、母も亡くなってて、最初は弟のところに世話になってたから、田舎の実家に帰っても、兄のお嫁さんはいるし、自分の居場所が無かったから、大変だった。でも、こちらに引っ越して来て、同じ経験をした友達が力になってくれたので、今でもみんな仲がいいんです。

一番幸せなのは、今です。（完）

第33章

正木《まさき》はつさん（沖縄県　仮名）

「大陸の花嫁になれば、あっちにはトラクターも、大きな土地もあるって。それで望んで行ったわけ。貧乏に生まれたから、金持ちになろうと思って」

〈古源良三氏　写真提供〉

証言者プロフィール

１９２２（大正11）年　沖縄県読谷村《よみたんそん》に生まれる
１９４２（昭和17）年　20歳　11月　大陸の花嫁として渡満　東安省《トウアン》の「女塾《じょじゅく》」(109)に入校　陸軍病院で看護の講習後、結婚
１９４３（昭和18）年　長男を出産
１９４５（昭和20）年　23歳　次男を出産　４月夫が召集。終戦　逃避行中、子どもは亡くなる。中国人の家に入り、次男と結婚（子どもは５人）
１９７２（昭和47）年以降、時期は不明　一時帰国（国費）
１９８１（昭和56）年　60歳　家族全員で永住帰国
インタビュー　２０１７年1月　95歳　場所　沖縄の証言者のご自宅
ウェブサイト　「アーカイブス　中国残留孤児・残留婦人の証言」№41さん
https://kikokusya.wixsite.com/kikokusya/no-40

証言

【渡　満】

１９２２（大正11）年、沖縄県の読谷村《よみたんそん》生まれ。家族は、お父さん、お母さんと、兄弟６名。15歳から大阪・

(注)109　東安省密山県、北五道崗女塾

岸和田の紡績工場に出稼ぎに行って働いてた。そこで、いろいろ聞いてさ。「大陸の花嫁」になれば、あっちにはトラクターも、大きな土地もあるって。それで望んで行ったわけ。貧乏に生まれたから、金持ちになろうと思って。家族はだれも満州には行かなかった。行ったのは自分1人だよ。

「今度、第一次義勇隊の人たちが、花嫁もらいにくるよ」って、それだけ聞いていたわけ。自分も喜んで、希望して行ったんですよ。義勇隊は、内原訓練所で訓練してから、満州に送られるさね。「第一次義勇隊開拓団」の花嫁募集に行って。沖縄に戻って、お見合いをして、１９４２（昭和17）年11月に満州に行った。

【大陸の花嫁】

行ったのは、北満州の東安省《トウアンシヨウ》のどこだったかね。密山《ミツザン》じゃない、勃利《ボツリ》でもない。佳木斯《ジャムス》でもない。なんか、覚えてないけど、そのあたりの花嫁訓練校に行って、そこで1か月講習。その後、陸軍病院に10日間、看護婦の見習い講習。開拓団にはさ、病院もないし、薬つけたり、包帯巻いたりする人がいないから、講習受けて。

長野県、福島県、沖縄県の3部落あったから、そこの花嫁がみんなで8名。開拓団で何かあったら手当とかできるように、そこで練習して。中国の言葉なんかも習ってや。その後、団に戻って、そこで共同生活。まだ、個人の家になってない。

長野部落は1部落、福島が2部落、沖縄が3部落。各部落に引っ越しした。１９４３（昭和18）年に子どもが出来て、翌年にも出来た。2人とも男の子。主人が、兵隊に「根こそぎ動員」されたのは、昭和20年の4月。その時、子どもたちは、2歳と5か月だった。

【終戦前後】

1945（昭和20）年の8月9日に、ソ連の兵隊が攻めてきて、それで、開拓団は、もうどこにも出られない。出たら、中国人に殺されるから。山の奥に、山の奥に、開拓団の方がまとまって。山の名前も、仲間の名前も、わからん。覚えていない。

8月9日にお家を出てから、9月の30日まで、何にも食べてない。山から降りて行けば、中国人が植えたトウモロコシとかジャガイモがあるよ。でも、火が燃やせん。火燃やしたら、煙が出るさあね。煙見たら、中国人が来る。それで、食べるものない。山の中で死んだ人もいっぱいいた。死んだ兵隊から、水筒を取って、水をもらって。水ばっかり飲んで。親子3人で飲んでたけど、子どもは2人とも、10日か15日ぐらいで亡くなった。

9月の30日には日本の兵隊とソ連の兵隊の、両方がいて、迎えに来てるわけ。「これは珍しいねえ」と思ってたら、1人のおじいさんがさ、「みんな、こっちで、黙っておきなさい。静かにしてなさい」ってよ。それで、みんな隠れていたわけ。そのおじいさんが、1人でよ、手を上げて行ったわけ。

聞いたらさ、「日本は8月15日に終戦になったから、もうだめだ。こちらに、たくさんの開拓団の方がいるから、迎えに来たよう」って。それで、みんな出て行ったわけ。そいて、その人たちに連れられて、私たちは、日本の兵隊の宿舎に行って。ソ連の配給か、わからんけど、コーリャンめしとか、そんなの食べさせられた。

8月にバラバラになってから、そん時はもう11月になってるわけよ。着るものもなくて。帰るとこも、どこもないから、収容所になっていた学校の宿舎にいて。学校はさ、窓も無い、板も無い。板は中国人がみんな剥いで持って行っちゃった。布団も無い。草持って来て袋に突っ込んで、その上に寝るわけ。寒いから。昼は太陽が出るから、ひなたぼっこした。夜になって、ちょっと寝たら、凍るわけ。もう、朝は凍えて起きた。

【中国人との結婚】

学校の宿舎に、いつも、中国のおばあちゃんが遊びに来よったわけ。そして、「これでは生きていかれんから、私と一緒に来て、働いて、日本に帰れる時が来たら、帰ったらいいよ」って言ったわけ。ほて、そのおばあちゃんの言葉に甘えて行ったら、そこに、3人の男の子がいるわけ。「あー、これは、しまった」って思った。そこの3人の男の子の誰かの嫁さんにしようと考えてたんだね。行ったらね、もう出られない。出たら、叩かれる。その家から逃げられなくて、そこの次男と結婚した。そのままずっと、務めて、今まで。

5人の子どもが生まれてね。苦しい生活。自分で生んだ子どもはかわいいさね。もう、誰にもあげられない。もったいないから、5人も育てて。子育てでは、苦労したよ。5人の子どもを育てていた時、食事も少なかったから。その間、食べてたものは、ご飯じゃなかったけど、コーリャン、あの、皮の付いたコーリャンの食事はちゃんとしました。

【帰　国】

1972（昭和47）年に、田中首相が中国に行って、日中国交回復になって。これはもう、すごく喜んで。新聞もテレビもないから、どこかの新聞をもらってきて見たりして。「日本に帰れるかな」って期待持ちました。自分は沖縄にお家があったけど、満州に行ってから30年。15年ぐらいはね、手紙のやり取りがなかったわけ。日中国交回復になって、田中角栄《たなかかくえい》があれしてから、沖縄に「元気かねえ」って、手紙を書いた。お互い喜んで。それから、日本に帰れるようになったさあね。最初は、一時帰国で半年ぐらいね。その時の日本の印象は、よかったですよ。なんでもあるし。やっぱり、「故郷に帰ろう」って思った。でも、一時帰国の時、帰って来たのは私1人。中国の名前では帰れない。

次はもう、ここにちゃんと落ち着いてから、みんなで引き揚げたあね。そん時に、兄弟が、「おうち、早く帰

って おいで」って。兄弟のお世話になって、家族全部日本に引き揚げて来たんです。1981（昭和56）年、私が60歳の時。主人は、その前に向こうで亡くなってた。子どもたちは5人全部結婚していて、家族と一緒に。嫁さんも孫も全部帰ってきた。アパートは高くて借りられないから、みんな、県営団地に入れてもらって。ありがたいですよ。

孫もいっぱいいたから、みんな、日本語は大変だった。誰も通訳してくれなかった。でも、孫たちは通訳要らないの。日本に来た時、一番大きい孫は3年生だった。頭いいからよ。日本語できなくても、通訳は要らなかった。もう、そのままで。孫たちは、みんな大丈夫。「いじめ」とか何にもない。子どもは慣れるのが早い。大人は、あまり早くないけど。でも、日本語の勉強には、どこにも行ってない。日本語の学校もあったけど、うちの子どもたちは、誰も行かなかった。みんな、仕事ばっかりして。

【今までを振り返って】

沖縄に帰って来たとき、兄弟はみんな元気だったさあ。沖縄戦の時は、みんな、山に隠れて助かったって。今でも全員元気です。だから、今が一番幸せだね。

一番苦労だったのは、終戦の時。終戦直後は大変だった。中国人が日本人を見たら殺すわけ。それで、2か月近く、山の奥に隠れてた。食べるものない。水しか飲んでない。それでも、助かって。

今までを振り返って、特に印象深かったことはないけど、とにかく、日本に帰れて良かった。今、家族がまとまってるから、寂しくないですよ。（完）

証言の背景　大陸の花嫁

「大陸の花嫁」「満州女塾《じょじゅく》」と一般的に言われていますが、『満洲開拓史』(110)には、「開拓女塾」として、僅かに記載があるのみです。

「配偶者招致訓練（開拓女塾）開拓民ならびに青年義勇隊移行開拓団の激増に対応して、配偶者となるべき確固とした信念を持っている婦女子の大量入植は開拓地の調和ある建設を行うため緊要な条件となったため、配偶者となるべきものに対する直接的宣伝工作のほか母姉方面からする渡満反対意向についても対策を必要とした。すなわち一般に対する啓蒙宣伝を行う必要が生じ、女子に対する運動を全面的に展開するため左記の事項の実施に着手した。―中略―なお配偶者として入植する女子に対し必要な指導ならびに訓練を行うため、府県に女子拓殖訓練所を設置して配偶者の要請に当たったが満州国においては中堅婦人を養成することを目途として国内適当の箇所に開拓団あるいは省、県、旗をして開拓女塾を設置させ、配偶者として入植する内地婦人に対し現地で必要な生活訓練を行うこととした」

経営主体は開拓協同組合または地方団体とし、募集は日本、満州に居住する満17歳以上概ね25歳まで。訓練期間は1か年。定員は1塾に30人から50人とし、訓練内容は、皇民修養、協和訓練、農事、家事、情操陶冶等、とされていました。

㈼110　411頁

武装移民の時代は、開拓団員は独身者が求められましたが、徐々に定着が求められてくると、屯墾病《とんこんびょう》（ホームシック、ノイローゼ）対策にも、花嫁送出が急がれるようになりました。第32章の福田ちよさんのように、独身者が花嫁を求めて日本に帰国し（家族招致）、市役所が橋渡しして、「大陸の花嫁」を募集し、お見合い結婚をさせて満州に連れていくということが行われました。『満州開拓史』『長野県満州開拓史』に記載はありませんが、国内にも数か所、女塾はありました。長野県桔《き》梗《きょう》ヶ《が》原《はら》女子拓務訓練所は、全国にさきがけて昭和15年9月に開所しました。「全国に冠たる我が信州は、率先これら配偶者養成の急務を痛感し、ここに本訓練所を開設するに至れり」と記されています。続いて、「昭和15年11月には農林省が全国35か所に、設置し、翌、昭和16年5月には拓務省が7か所に設置を決定した」とあります。

終戦当時は満州に16か所あった「開拓女塾」には、合計309人が在籍(111)していました。その後の記載は全くないので、生還者数もわかりません。終戦直後の混乱とソ連兵の襲撃、自決者、収容所での病気、栄養失調……など、あらゆる辛苦を舐《な》めて残留婦人となりました。

【福田ちよさんの花園開拓団】

（1）証言者　第32章福田チヨさん

（2）終戦直後の動態（『北満農民救済記録』より抜粋）

「撫順越冬の開拓団調」の中に花園開拓団の記述がわずかにありました。「北安《ペーアン》　克東《コクトウ》　花園《ハナゾノ》開拓団。団員369人、うち220人死亡。越冬所　老古台《ロウコダイ》」

㈱111　『満州開拓史』

（３）開拓団の概要（『満州開拓史』５９５頁より抜粋）

送出　栃木県。那須分郷開拓団。在籍者２５８人、死亡者１７７人。**未引揚者7人、**帰還者74人。越冬地　撫《ブ》順《シュン》。終戦後、連日匪土《ひど》の襲撃を受け被害甚大。8月27日、張文封《チョウブンボウ》へ避難集結した。集結後も匪襲《ひしゅう》、日ごとに加わり、ついに9月10日、夜陰に乗じて脱出を敢行し、9月13日未明通北《ツウホク》の義勇隊訓練所に到着。10月下旬通北を出発して南下し、花園開拓団は撫順で越冬した。

『満州開拓史』と『北満農民救済記録』では、越冬地が違っていて、調べたら、老古台《ロウコダイ》は老虎台の事であるとわかりました。撫順市老虎台です。

栃木県黒磯《くろいそ》市に建立された「元満州北安省克東県第九次花園開拓団慰霊碑」（昭和五十八年十二月二日建立）では、「終戦時開拓団戸数一〇〇戸　団員家族数三六九名　八月末日敗戦に依り開拓団引揚命令下り南下す　九月終結移動準備始める　ソ連軍配車にて途中苦難の道を辿り乍ら　十一月初め撫順市老虎台難民収容所入り　この時発疹チフス栄養失調にて　磯《いそ》団長他団員　家族一九三名死亡す　昭和二十一年六月帰国準備　大坪秀雄《おおつぼひでお》氏以下団員家族同月末帰国　内原訓練所に着き入所す　磯団長県職当時の功績に依り昭和二十一年九月現在地青木地区に入植す」とあります。

死亡者数が、『北満農民救済記録』では２２０人、『満州開拓史』では１７７人、「花園開拓団慰霊碑」では１９３人と微妙に違いますが、昭和58年の「花園開拓団慰霊碑」が一番実数に近いかも知れません。日中国交回復後10年以上経ち、中国残留孤児・残留婦人の生存が確認できた数であろうと思われます。

第Ⅴ部　日本に帰らない選択をした残留婦人

〈大八浪泰阜村開拓団の運動会風景　写真提供　高島金太郎氏〉

第34章　須浪厚子《すなみあつこ》さん（中国）

「子どもたちは日本に行って初めて日本語習う。結婚してるでしょ。もう歳が…」

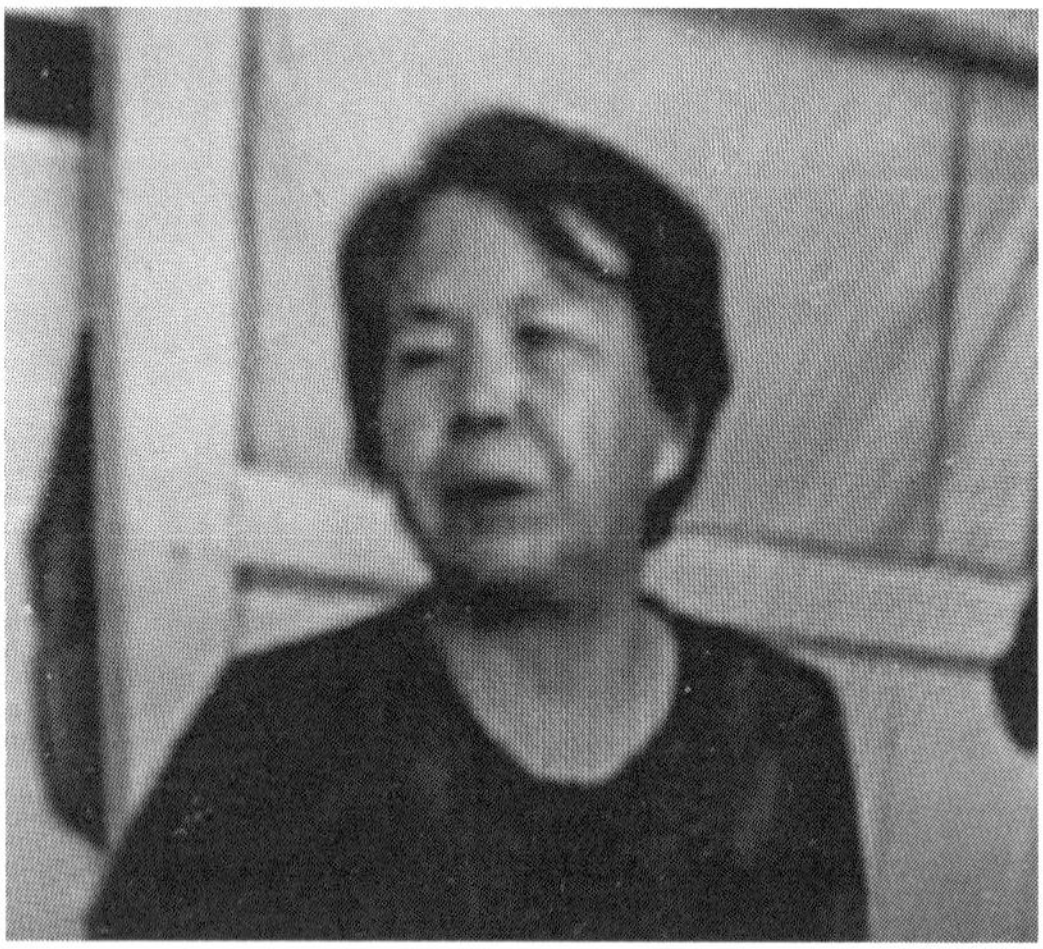

証言者プロフィール（取材メモとインタビューから）

1926（昭和元）年　関東州大連《ダイレン》市に生まれる　父親は満鉄総裁の秘書長　母親は看護婦　正式な結婚ではなかった
1933（昭和8）年頃7歳の頃　満州事変の後、日本人の養父母に預けられる　養父は長期中国滞在の地主、養母は正妻ではなかった
1945（昭和20）年　19歳　終戦
1946（昭和21）年　20歳　結婚　養父母が帰国してすぐ結婚
1949（昭和24）年　23歳　長女を出産　その後、2、3年おきに4女まで出産（子どもは4人）
1958（昭和33）年　人民公社にミシンを提供して、被服製作に1年間従事
1995（平成7）年　69歳　娘を伴って一時帰国、その後も97、98、99年と4回、一時帰国
（山口の「中国残留婦人交流の会」の支援による帰国と99年国費帰国）

インタビュー　2000年7月31日　74歳　場所　中国の証言者のご自宅
ウェブサイト　「アーカイブス　中国残留孤児・残留婦人の証言」No.57さん
https://kikokusya.wixsite.com/kikokusya/no-5

証言

【日本人の養父母】

両親（養父母）は、中国人みんなと仲が良いの。誰とも口喧嘩したことないの。お養父《とう》さんの仕事は地主だっ

たんです。ここでね、家を買ったり、土地を買ったりしてね。土地買って家を建てたら中国人に住まわせるの。不動産屋とは違う。お養母さんがどういう経緯で中国に来たのかわからないけど、お養母さんはお養父さんと恋愛結婚して、昔の人は、結婚したら仕事してなかった。何しろ、お養父さんもお養母さんも、中国人に対して優しかったし、中国人と喧嘩したことは一度もない。その頃、日本人がすごく威張って、中国人を「チャンコロ、チャンコロ」って言っていた時代だったけど、中国人の困っている人がいたら、すぐお養父さんは助けてた。

お養母さんと一緒にね、買い物に馬車に乗って行ったの。前だったら、「運賃はいくら?」って聞くんだけど、何も聞かないで、財布から出してお金をあげたわけ。そしたら、中国人の馬車夫が「謝謝《シェイシェイ》」って言った後、お釣りを渡そうとして「待って、待って」って。だけど、お釣りを渡さなくてもいいとわかると喜んだの。お養父さんも、中国人に何かあげたりしていたんでしょ。中国人がよく中国の骨董品《こっとうひん》を持って来て、「買ってくれ」って言うもんだから、買ってやったり、それを売ったりしていた。哈爾浜《ハルピン》に、お墓はあるのよね。でも、住んでいた所は知らない。

【終戦後の生活】

終戦になったら、日本人に対する反感で、多数の中国人が日本人の家に押し入ったでしょ?　でも、うちでは中国人がかばってくれた。お養父さんは人気者だったから。ここに引っ越して来る前は、砂山に住んでいたの。砂山には日本人たくさんいた、みんな帰っちゃったけど。戦争中は、「満鉄」とかの社宅が砂山にあったから。

終戦直後は中国でもね、日本へ引き揚げるために、遠くから瀋陽《シンヨウ》に来て、そこに寝たりする。帰るところも住むところない。瀋陽の学校は、みんな収容所。

黒竜江から瀋陽にくる間、ずいぶん苦労しているのね。食べ物はないしね。中には妊娠している人もいる。妊娠している人はね、中国人が救ってくれるの。助けてくれる。中国人が助けて、自分の嫁にしたって。たいてい中国では、自分の息子に嫁をもらうのに、お金がないでしょ？　だから「童養媳《トンヤンシー》」[112]が多いのよ。残留孤児の人たちも多いみたい。だから黒竜江省とか吉林省、東部の方、みんなかわいそうな人。

佳木斯《ジャムス》から松花江を通りながら戻ってくる時に、中には母親が正気を失ってしまって、子どもを山の中に落として殺したりね。自分で殺せないもんだから、川があったら、川に投げ捨てた。「お母ちゃんのバカ、お母ちゃんのバカ」言うて逃げて行く。中には子どもを殺して、ストーブで焼いて、その骨を箱に入れて日本に持って帰った人もいる。

翌年、日本に帰れるようになって、両親（養父母）は日本に帰った。

【卡子《チャーズ》】

長春《チョウシュン》にあった卡子《チャーズ》。「チャーズ」って言ったらね、「関所」っていう意味だけど、中国の国共内戦の中で起こった悲劇のこと。中国国民党が占領していた長春市の中とその外側から長春市を包囲した中共軍の地域との間に、ドーナツ状になった緩衝地帯があったの。それぞれに門があって、中国共産党は長春市から脱出しようとした市民たちに門を閉鎖して、4か月間、人の出入りはもちろん、食糧はもちろん、生活物資も電気も一切通さなかったから、餓死者が続出して、このチャーズの中だけでも、10万人以上が餓死したことがあったの。この時は、みんな、ネズミだって食べたって。

(注)112　幼女、少女を買い育てて将来男児の妻とする旧中国の婚姻制度の一つ。親、子供の世話以外に雑役に使われ、一種の家内奴隷ともみられる。

たまたま、このチャーズの時に、長春にいた友人のHさんは、ご主人が国民党のなんかしていたらしい。当時の瀋陽は、まだ、国民党の支配地域だったから、こっちに来るのは難しいっていうこともない。うまくこっちに来て。そうじゃなかったらここまで生きていなかった。だけど、今は、娘さんが会わせてくれないの。今はもう87歳だから、きっと、私ぐらいの年だと、脳梗塞を起こしたり、排泄も上手くできなかったり、認知症が出たり、大変なんでしょうね。一人ひとり聞けば、みんな苦労していますよ。

【大飢饉の頃】

１９５８（昭和33）年の時は、もう、この瀋陽も、中国の社会が止まっている時よね。「食料がない」「野菜が買えない」って、何でも並んで買うでしょ。中国人にはお葱《ネギ》って特別よね。中国人はお葱がないと駄目なの。私は、お葱をたくさん買ってね、あっちの家に、こっちの家にってあげたの。そして、中国人が何も買えない時は、ジャガイモの切符をあげて、「ジャガイモ買いなさいよ」ってあげるわけ。向こうはお金がない。こっちはお金を出して。でも私、そういうことは口に出さない。

だけど、自分の子どもたち4人で、ちょびちょび分けてたからね、私たちの生活が苦しいということが、近所の人にもわかるわね。そしたら、近所の人が、「給料入ったから使いなさい」って、給料袋を開けもしないでそのまま持って来るのよ。私が「そんなことできない」って断ると、「私は、あんたを信じているから」って言われて、信用しすぎるってこともあった。

ある時、私が子ども服作るのを知っている近所の人が、「作ってくれ」とかって来るから、作ってあげるの。向こうの家にミシンがあったら、向こうで作ってあげるの。そこへ行くと、そこの家の人は「これから出勤します」って、鍵も掛けないで出て行くから、私も出て行こうとするんだけど、「ここでやってて」って。私１人を部屋に置いて出て行くの。

そして、お米は配給でしょ。食料足らなかったら、お米持って来てくれるわけよ。こっちもね、私は、ちょっとでも借りたものはすぐ返すの。品物やお米を持って来てくれたら、ちょっと多めに返すわ。そんなタダでもらえない。ご近所とはそういうふうにお付き合いをしていたわけ。

【子どもたち】

私ね、あまり、遠い所の人とは付き合わない、近所だけ。子どもが4人いるから、忙しくてね。昨日も、日曜日だったからみんな来て、私の面倒見てくれた。長女がいつもごはん作ってくれる。そしてみんなで食べる。2番目の娘は洗濯してくれる、3番目の娘は長女の手伝い。4番目の娘は掃除。私の足が悪くて動けないこと知っているから。私は25歳のときに転んで、足を悪くして手術したのに、70歳になって再発したんですよ。一番上の長女は、今52歳。次女と三女は、なにしろ2つ3つ違いで、一番下が来年は50歳。

長女のところは、孫も男の子2人いて、上の子は学校の先生。2番目はお医者の大学に行ってたけど、お医者と言っても、コンピューターで何かしている。次女の子どもは、生命保険会社に勤めて。3番目の子は、今中学生で、来年卒業。長女は子ども2人ですが、「一人っ子政策」で、下の娘たちの子どもはみんな1人ずつ。

今はみんな幸せ。もう、前のことや今までのことを考えたら、私が一番幸せ。生活も健康も困ることはないから。上の子も2番目もみな、会社退職してから、退職金をちゃんともらいました。退職しても給料は100％もらえる。その金で生活している。子どもたちの主人も、みんな会社に入って働いている。だから誰も失業していない。娘も、会社でよく真面目に働くから。学校に行ってる時も、優等生。みんな学校でも優秀な生徒だった。

【残留婦人、残留孤児】

中国での生活が貧しい人は、みんな日本に帰りたがる。残留婦人っていうか、私が古いだけで、みんな満蒙開拓団で来てすぐ、戦争が終わった。だからもう、みんな日本に帰って行った。帰れる人は帰った。私だけ一番古いの。だいたい、皆さん、中国にいたのは3年から6年ぐらいで、短い人は1年という人もいました。来てすぐ帰国したんです。だから、私は一番長いの。ずっと瀋陽に住んでいた。瀋陽だけで67年。

「みんな帰るから、あんたも帰りなさい。帰ったら、政府が生活保護くれる」と言うけどね、私は小さい時から、親と離れて、本当の親は知らない。親も知らないのに、日本に行っても、誰も知らないからここに残る。そういう状況だった。みんなと違うのね。帰りたいって思うけど、私1人で帰ると、4人の子どもが、またね、幼い時だったらいいけど、結婚しているでしょ。結婚した相手が、「日本になんて行きたくない」って。日本に行って、初めて日本語習う。それが子どもだったらいいけど、もう歳が。日本語覚えにくい。それでこっちの会社の人も、お給料はちゃんとくれるから。みんなまじめに働いている。失業者はいないし。

みんな、日本に行っても、うまくいっていないケースも多くて大変みたいです。文化が違うし、仕事がなかったりとか、言葉やたくさんの問題があって、暮らしていくのが大変です。

【学　校】

学校は、瀋陽では義務教育だったと、親がそう言っているけど、そこは知らない。小学校1年生から6年生まで。それで、中学校に行こうと思ったら、戦争が始まっているでしょ？　そうしたら、女学生も工場で働くわけ。そんなんだったのずっと。勉強いうたら2時間しかない。もう、行きたくない。

この時の小学校の同級生と、いまだに手紙のやり取りをして。男性の方からもね、女性の方からもね。こっちで生まれてこっちの学校を卒業して。文通ができるようになってから、学校の友だちがよく来るの。日本に引き揚げた友だちね。だから、いつも、お土産を準備しておくの。

その同級生がね、「クラスの中で、あんたが一番幸福だよ。羨ましい」って。「どうして?」と言ったら、「中国にこんなに長くいてもね、こっちで、娘さんたちはちゃんと育ってるし、いい御主人もらって幸せね」って。名前もそのまま使っているし、日本人て結婚したら、御主人の名前に変わるでしょう? 中国では、名前が変わることがないから、「羨ましい」って。その気持ちは消えないって。友だち、一人ひとり見たらね、御主人が亡くなっていたり、お祖母さんが病気になったり、妹や弟が病気したり。私の家みたいな、のんびりした家庭じゃないっていうわけよね。「羨ましい」って。

【人民公社】

私はね、養父母が日本に帰ってすぐ主人と結婚して、後で、中国の国籍も取得したの。中国にいて、日本の名前を使っているしね。手紙を出す時は、日本の名前で出しているの。ずっと、日本に出す時はそれを使っているの。だけど中国の中では、新しく作った中国の名前を使っているの。ただ、中国の名前使っていると、病気の検査の時なんかに、同姓同名の人の名前が出て来るの。手紙もそう。ところが、日本の名前を使うと、郵便局も私の事を知っているから、住所が間違ってても、ちゃんと自分のところに来る。

結婚してからの仕事は、１９５８（昭和33）年から1年間だけ、人民公社が被服所作ったので、自分のミシンを供出して、みんなで洋服を作っていた。洋服。ズボンね、オーバーとか。その時の給料は低いからね、20元。中国が一番困っていた頃。みんな作る人が、家庭の主婦だから、やり方がわからないでしょ。教えてもらいながらするんだけど、できあがったのを見せると、「ここが悪い、あそこが悪い」って、また返って来るの。初めての中国での仕事は、1年間だけ。
後ではね、人民公社の隣組の「互助会」。みんなね、ひと月1元とか2元とかって集めるでしょ。そして、誰か困った時に、「貸してくれ」って言ったら、そのお金を貸してあげる。日本の「頼母子講《たのもしこう》」みたいなもので、中国では「互助会」。民間的なね。近くの人だけでね。その後、「文化大革命」が出てきたの。

【文化大革命】

文化大革命の時には、近所の人が、私をかばってくれたの。「日本人」て書いた紙が貼ってあるけど、近所の人は誰も読まない。私の事を知らない人は寄ってくるけど、誰も立ち上がらない。何もわからん人が「互助会」に来て、「あんた、そのお金、何に使った？」っていうわけよね。だからね、「大丈夫、紙にちゃんと書いている」すると、次は、「銀行に預けた利子を、あんたは何に使った？」って。「それは市民にあげている。」それで、「お前は日本人。スパイだ」って言われて、私は、怖くて怖くて、「互助会」を、自分で辞めた。上の人には、「私は、みんなのお金は一銭も誤魔化《ごまか》していません。持っていません」て。はっきり、何でも思っていること、一つ一つ書くの。「もしもね、何かあったら」って言ったらね、それを見ればいいでしょ？

文化大革命の後は、食べ物については、瀋陽の残留婦人、日本人には白米くれるの。中国人は白米少ししかない。私なんか、1か月分30斤《キン》（＝約15kg、1斤＝５００㌘《グラム》、中国単位）、全部くれるの。あの時、中国人は、1人1か月分の30斤の中に、コーリャンとか、いろいろ混じったものだった。日本人だからって、「メリケン粉がいいか、お米がいいか」って聞かれて、日本人はお米よね。持って来てくれたら、「ありがとう」って言ってもらって、返す時にちょっと多めに返す。日本人は、中国人より、白米をよけいもらっているじゃない。政府からは他には何もないし、日本政府からの生活援助もない。

【一時帰国】

一時帰国、里帰りね。あれは1995（平成7）年から、娘連れて。95年、97年、98年、99年の4回。日本の民間の人の家に1か月泊まったの。桑田《くわた》さんは50代くらいで、上海の大学を出て、九州の福岡で残留婦人の援助会の理事(113)をしていた人です。この援助会が、毎年、残留婦人を招待するの。実は、厚生省がしてると思われてることは、みんな(114)、その人がしていると思います。

【労働模範】

「労働模範」に主人が選ばれて、12年前の新聞(115)にまで出ているの。恥ずかしいけどね。もう、古くなっているよ。本物の12年前の新聞ですが、これは詳しいですよ。主人は中国全国の労働模範ですよ。だから主人のような人物は、瀋陽にも少ない、素晴らしいと思いました。

仕事は、運輸会社で貨物を運ぶ自動車の運転手。12年前の記録はね。安全運転で100万キロを無事故で。そ

(注)113　桑田寿満子《くわたますこ》さんは山口県に拠点を置く「中国残留婦人交流の会」理事で、日本に身元引受人のいない残留婦人たちの一時帰国を支援する活動をしていた。代表者は山田忠子さん。2017年に山田さんの連絡先がわかって、取材に伺おうとしたが、前年にお亡くなりになっていた。国の残留婦人に対する支援の遅れを憂い、1989年4月から1999年までの11回にわたり、毎年4～6名の残留婦人を日本へ招待した。

(注)114　「みんな」ではないが、国がやる前から取り組んでいた。

(注)115　1998年8月22日 沈阻日報

れから、ガソリンの節約、うまく使っていたんです。40年前の労働模範の勲章。全部、毛沢東の像ですね。この時は、まだ金がない時だったから、全部、銅で出来ている。そして、この時の家族全員の写真。幸せそうでしょう。中国で、主人のような労働模範は少ないです、本当に素晴らしいと思います。だってね、満州時代は、日本人が「支那人《シナ》、支那人」言うてたでしょ、今度は反対でしょ。だから、「リーベンクイズ」って。そう言われないように、私の心は、中国人を応援したくて。そうしないと、「戦争に負けた日本人」ってバカにされるでしょ。バカにされるのが悔しいって言うの。「悔しい」っていうほどでもないけどね、そう言われないように。（完）

証言の背景　日本へ帰らない選択をした残留婦人

(1) 中国でのインタビュー

須浪厚子《すなみあつこ》さんのインタビューは、2000年7月に行いました。この間、私は瀋陽師範大学の高飛《コウヒ》先生の協力を得て、日本へ帰らない選択をした残留婦人数人と、撫順の養父母（孤児編に収録）や中日友好楼《チュウニチユウコウロウ》(116)に住む養父母数人にインタビューしました。当時は8ミリビデオカメラの時代で、記録媒体はカセットテープと同じような外見のものでした。業者にデジタル化を依頼しましたが、その多くが「癒着によるテープ切れのため、ダビングできませんでした」として返ってきました。

須浪厚子さんのテープも、前半がありません。ですから、後半のお話から出来事を推し量り記したところもあります。また、取材ノートは残っていますので、その記述から補稿したところもあります。

須浪厚子さんは、1999年に国費による一時帰国で来日されたことが確認されていますが、2009年にお亡くなりになったようです。多くの残留婦人が、食べるため生きるために現地の方と結婚し、愛などというものは考えたこともない家庭生活を送られた方が多い中、愛と尊敬に満ちた幸せな家庭生活を過ごされたようです。

(注)116　残留孤児たちを育てた養父母たちのため、ある日本人が1990年に長春市に「中日友好楼」というアパートを立て、オープン当初は養父母39人が住んでいた。

（２）現在日本に帰らない選択をした中国残留婦人等と残留孤児の人数

今現在、日本に帰らない選択をした残留婦人・残留孤児はどれくらいいるのでしょうか。第１章の中で中島多鶴《なかじまたづる》さんが言っているように、泰阜村《やすおかむら》には１人ということはわかっています。２０００年7月に、撫順《ブシュン》、瀋陽《シンヨウ》、長春《チョウシュン》に行った時には、５人の方にインタビューできました。

公益財団法人　中国残留孤児援護基金にお尋ねしたところ、残留孤児の人数のみ、データがありました。

現在中国等に残っている孤児数２６０人（孤児関係統計一覧：平成31年3月31日現在より）

（内訳）

　身元判明者１８０人

　集団訪日未判明者60人

　訪中未判明者11人

　日中共同調査による認定未判明９人

　現在ロシアに残っている孤児数１人（内訳）認定未判明者１人

結局、残留婦人等については、人数を把握することができませんでした。

以下は参考までに、厚労省のホームページにあった統計を転記したものです。平成31年4月30日現在

❶　中国残留邦人の状況

(1)　残留日本人孤児の身元調査[117]

孤児総数２、８１８人　うち身元判明者１、２８４人

(注)117　対策室ができてから身元調査をした人数で、現在の残留孤児の人数ではないとのこと。

(2)　永住帰国

帰国者の総数6、723人（家族を含めた総数20、907人）うち孤児2、557人（家族を含めた総数9、381人）うち婦人等4、166人（家族を含めた総数11、526人）

（注）孤児世帯の中に夫婦とも孤児の方が4世帯いるので、帰国世帯数は、孤児2、553世帯、婦人等4、166世帯、計6、719世帯

(3)　一時帰国

一時帰国の延人数6、037人（家族等を含めた総数10、146人）うち孤児1、419人（家族を含めた総数2、781人）うち婦人等4、618人（家族を含めた総数7、365人）

❷　樺太等残留邦人の状況

(1)　永住帰国

永住帰国者の総数109人（家族を含めた総数275人）うち樺太86人（家族を含めた総数220人）

（注）永住帰国者世帯の中には、残留邦人である家族が5人いるので、残留邦人の帰国世帯総数は　104世帯

(2)　一時帰国

一時帰国の延人数2、309人（家族等を含めた総数3、384人）うち樺太2、030人（家族を含めた総数2、899人）うち旧ソ連本土279人（家族を含めた総数485人）

ここで注目したいのは、一時帰国の人数です。これも対策室ができてからこれまでの延べ人数ですが、1年に20人前後の残留孤児・婦人が一時帰国しているとのことです。内訳はわかりません。2018年は20人、2017年は25人とのことでした。現在87歳以上になる残留婦人で一時帰国できるほどお元気な方が、どれだけいらっ

しゃるかわかりません。中国残留孤児援護基金に問い合わせたところ、婦人に関してはいっさい不明だそうです

おわりに「命だけ残しなさい」

インタビューの中で、彼らは、次のように話しています。「戦争がなければ、みんな普通の生活ができたんだけども」「戦争がなかったら、俺たちはこんな思いすることはなかった」「戦争さえなかったら、私は、他の日本人と同じく働いて自宅を持っていたでしょう」

原因はすべて戦争にあったかのように聞こえます。確かに、戦争に翻弄《ほんろう》された人生でした。しかしほんとうにそうでしょうか。

敗戦直後の国の方針、「居留民は出来得る限り定着の方針を執る」（三ヶ国宣言条項受諾に関する在外現地機関に対する訓戒）は玉音放送の流れる前日、8月14日に外務省が出した文書です。既にポツダム宣言の受諾を決定していた日本政府は、外地に生活する在外邦人に対して、「満州や朝鮮半島で暮らす日本人は現地に留まり、そこで生きていくように」という方針を打ち出したのです。また、敗戦の日から10日後の8月26日に大本営は、『関東軍方面停戦状況に関する実視報告』の中で、「満鮮に土着する者は日本国籍を離るるも支障なきものとす」という文書を出したのです。

これは、国民の「祖国に帰還する権利」（世界人権宣言13条2項）を無視し、在外日本人を保護するという国家の基本的義務を怠ったものと言えます。GHQ主導のもと、翌年から始まった引揚援護業務までの約1年間の間に、どれほど多くの方が帰国を待ちわびつつ、病気や飢えで亡くなったことでしょう。

1945（昭和20）年6月の、満州国の総人口は1662千人でしたが、終戦直後の死亡者は、24万5千人で、うち、日ソ戦闘時は6万人、終戦後に18万5千が死亡したと、厚生省『引き上げと援護30年の歩み』には、記されています。また、『満蒙終戦史』[118]には、「開拓団の死亡者は8万人を超える。—中略—在満日本人人口の14%に過ぎない開拓団関係人口が死亡者数において約50%の高率を占めている」との記述があります。まさにこの数字は、敗戦直後の混乱と惨状を如実に物語っています。

　残留婦人たちは、敗戦直後の混乱の中を生き延び、やっと各収容所や避難所に辿り着いた時には裸同然でした。飢餓と戦い、寒さと戦い、怒涛の大河に飲み込まれつつも、浮きつ沈みつしながら奇跡的に命を繋ぎました。

　長崎国旗事件以後の国交断絶と大飢饉・文化大革命を生き貫《ぬ》いて、日中国交正常化後、やっと日本に帰国することができるようになったかと思われたのです。しかし現実は違っていました。その後も、国費で帰国するには何十年も待たされました。

　中国残留孤児たちは、中国では「リーベンクイズ（日本鬼子）」と言われ、日本では「中国人、中国へ帰れ」と言われ、「自分は何人？」と悩み、アイデンティティ　クライシスに陥る方が多いですが、残留婦人等では、日本人としての揺るがぬ自覚が強く、それは中国にいた時も帰国後も変わらない方が多いようです。戦前のまま封印された美しい日本語を話される方も多くいらっしゃいました。小学校時代の皇民化《こうみんか》教育《きょういく》と無関係ではないようです。当時の教育勅語や軍人勅諭など日本全体の風潮や社会を席捲《せっけん》していた思想、空気、特に「生きて虜《りょ》囚《しゅう》の辱《はずかし》めを受けず」の思想は、多くの自決者を生みました。そしてその自決者が大和《やまと》撫子《なでしこ》の誇りとして、讃えられた時代でした。「お国のために死ぬこと」が、日本人の誇りとして讃えられた時代でした。この価値観が、終戦後の混乱期に「命だけつなぐために」「ひと冬のつもりで」現地の中国人に助けてもらった女たちに、帰国

(注)118　満蒙同胞援護会編　昭和37年　813頁

を躊躇《ためら》わせる大きな事由にもなったのです。

この本の中で、彼女たちは身をもって経験してきた満蒙開拓の実相を語っています。たとえば、満蒙開拓とは名ばかりで中国人の土地や家を只《ただ》同然で奪ったことに気づいていました。五族協和《ごぞくきょうわ》(119)と言いながら、トップは日本人であったことも知っていました。敗戦後、ソ連兵や現地人の襲撃、略奪やレイプに会い、「日本人が悪いことをしてきたから、仕返しされた」と呟《つぶや》くのです。日本人収容所では、飢えと寒さと伝染病が蔓延し、バタバタと同胞が死んでいく中、「野垂れ死ぬか、さもなくば童養媳《トンヤンシー》(120)か、現地人の妻妾《さいしょう》になるか」の選択肢しかありませんでした。

当時、現地人の妻や妾になることには大きな抵抗があったはずです。遺留民会の世話役の口利きで、中国人家庭に入った人もいました。中国人家庭の雇われ人になって働いている時に、レイプされ、結婚することになった人もいました。毎日のように食べ物を持ってきてくれるので、必ず帰るつもりで付いていったという人もいました。配給品のように現地人の家に配られてその家で命を繋《つな》いだ方もいました。そうして月日が経ち、日本への最終引き揚げの船が出るころには、妊娠していたり、赤ちゃんや幼児がいたりして、子どもを置いて日本に帰国することはできなかった方もいました。情報の何もない田舎に住んでいて帰国を知らなかった人もいました。また、当時の日本には中国人に対する蔑視感情があったため、「日本に帰ってもご先祖様に顔向けできない」と考える残留婦人もいました

1995年前後に、帰国したばかりの美しい日本語を話す残留婦人のところにインタビューに行った時のこと。

(注)119　五族協和とは、傀儡国家、満州国で人心掌握《じんしんしょうあく》のため、日本人、漢族、満州族、蒙古族、朝鮮族の五族が協調して幸福に暮す国家を国家イデオロギースローガンとして構想した。

(注)120　童養媳（tóng yǎng xí）幼女、少女を買い育てて将来男児の妻とする旧中国の婚姻制度の一つ

初対面の私に、正座して何度も何度も謝るのです。「中国人と結婚して申し訳なかった」と繰り返すのでした。その姿にショックを受けました。当時すでに国際結婚は珍しいことではなく、38人に1人位になっていたはずです。その時の彼女が浦島太郎のように思えました。戦前の言葉だけでなく、戦前の価値観もそのままに生きているのだと思いました。

ラジオも新聞もなく、日本人もいない田舎で、日本へ帰る術《すべ》がまったくない、いわばがんじがらめの軟禁生活のような日々のうめき、慟哭《どうこく》は、長い間、日本には届きませんでした。日中国交回復も知らず、出口のない閉じ込められた生活を送っていても、その生活が嫌だからと言って、別の選択肢はない、逃げ出すこともできない生活が続いたのです。情報も通信手段もお金もない。それは北朝鮮の拉致被害者と何ら変わりはありません。

しかも、国交回復後も、戦時死亡宣告を理由に、あるいは中国で結婚していたことを理由に、外国人として扱うなどして、残留婦人の帰国を阻止するかのような態度を国は続けてきたのです。日本に国籍がありながら、帰化を余儀なくされた方もいました。また、「12人の強行帰国」が世間の注目を浴びて支援法ができるまでは、残留婦人たちは身元引受人がいなくては帰国できませんでした。親族に拒否されると自分で様々なツテを頼って身元引受人を探さなくてはなりませんでした。日本人なのに、日本の国籍があるのに、なぜ自分の意志だけでは日本に帰れないのでしょうか。なぜこのような理不尽なことが日中国交回復の1972年から1994年の支援法ができるまでの長きに亘って続いていたのでしょうか。

それは戦争のせいではありません。戦争がきっかけであったとしても、戦争のせいではありません。誰が彼女たちに不条理を強いてきたのでしょう。長い間、理不尽な生活を強いられてきた彼女たちの、本来の権利は回復されたと言えるのでしょうか。人生を取り戻すことができたのでしょうか。

長く中国残留孤児の支援に論理的にかかわってきた故庵谷《いおりや》磐《いわお》氏(121)に伺ったことがあります。「なぜ、こんなにも政策が後手後手で及び腰なのか」と。彼はその時、二つの理由を教えてくれました。「一つは、のらりくらり時間稼ぎして時間がたてば、みんな死んでしまうから、決定打を打たず、死ぬのを待っているんだよ。もう一つは、中国と台湾の問題。自民党の中には、日中国交回復を面白く思っていない連中がいるんだよ。そして、臭いものには蓋《ふた》で、支那事変も満蒙開拓も太平洋戦争も国民の目から隠したい。今さら、出てきてもらっちゃ困るって考えてる連中がいるんだよ」と。

何人もの方から、「命だけ残しなさい」という言葉を聞きました。命だけ、命だけ…。命以外のものはすべて奪われても捨て去っても、せめて「命だけ残しなさい」と。それが残留婦人たちの希望であり、お互いを励ます合言葉でした。そして今、命をつないでくれた中国の大地に感謝しつつ、「今が一番幸せ」とほほ笑む彼女たちの笑顔は、この上なく尊く美しく見えます。私自身もこの言葉に救われました。

残念ながら、この本ができる前に、数名の方は虹の橋を渡られました。彼女たちの子どもたち、孫たちの多くが、中国語と日本語、両方を生かした仕事に携わり、日中友好が冷え込む諸環境を乗り越えて、彼女たちが望んだように、日中の懸け橋となって活躍しています。

満州に行ったばかりに、思いもよらぬ理不尽な辛苦を重ね、不条理を生き貫《ぬ》いて来た彼女たちと、奇跡的に出会うことができ、たくさんの事を教えていただいたことに感謝しつつ、穏やかで健やかな日々が一日でも長く続きますように願います。

(注)121　中国残留孤児問題全国協議会会長。満鉄に勤務していて終戦を撫順で迎える。『撫順炭鉱終戦の記』は秀逸。

謝辞

この本の出版に至るまでに、多くの支援者、協力者のお力添えをいただきました。

特に、諸般の事情で研究や仕事を辞め、家業に従事していた私の職場に、２０１３年３月、１本の電話が入りました。「満蒙開拓平和記念館がオープンするので、来ませんか」という飯田日中友好協会の理事長で歌人の小《こ》林《ばやし》勝人《かつと》さんからのお誘いでした。彼はまた満蒙開拓平和記念館の設立準備会の事務局長をしていたのでした。昔、所沢中国帰国者定着支援センターの紀要に書いた『年表：中国帰国者問題の歴史と援護政策の展開』を参考にして記念館の年表を作成したと伺い、とても嬉しかった。そのことがきっかけで、いったん諦めていた中国帰国者たちとまた向き合うことができました。そして、リタイアを待たずに取材活動を始め、ホームページを立ち上げることになり、このように本を書くことになりました。現在のすべてが小林勝人さんからいただいた一本の電話から始まったと言っても過言ではありません。深く感謝申し上げます。

また、北海道の向後洋一郎《こうごよういちろう》先生には、多くの励ましとご協力をいただきました。やはり先生も、その年表を役立ててくださっていて、帰国者の皆さんに拡大コピーを渡し、自分史作りの参考にしてくださっているとのことでした。「満州移民策の事実を知って考え込む人もいます。皆さん、中国侵略、敗戦、棄民に至る歴史、放置され無視され続けた国の『引き揚げ』帰国支援など知る人は少ないです。遅いのですが、帰国者向けの歴史学習の機会を設けてみたいと思っています」と。そしてまた向後先生は、本人だけでなく、人生を共にしてきた配偶者の自分史づくりも応援しています。先生との出会いは支援者からの紹介でしたが、それがご縁で、帰国者に寄り添った素晴らしい支援をなさっている有様に触れることができました。尊敬と感謝を捧げます。

それから各地の支援者の皆様、日本語教室の主催者の皆様、各地の日中友好協会の皆様、自治体担当者様にご協力をいただきました。お礼を申し上げます。とりわけ、伊南日中友好協会の北沢吉三様、山梨県日中平和友好会の上條行雄様、日中友好協会広島の三好礼子様、佐久市の小林霞美様、山形県の小林百合子様、高橋幸喜様、群馬県常楽園様、奈良中国帰国者支援交流会井上芳昭様、近畿地区中国帰国者支援交流会小栗勝則様、荒川村の高橋章様、福山市の客本牧子様、石川県の高輪正勝様・谷本悦子様、北陸満友会の宮岸清衛様、「引揚げ港・博多を考える集い」の堀田広治様、福岡県の星野信様、九州帰国者会の中川添様、熊本県日中協会の青木則子様、沖縄の与那嶺紀子様、高知県の崎山ひろみ様、松田五月様、NPO中国帰国者の会の加藤文子様、石井小夜子弁護士、NPO日本サハリン協会の斎藤弘美様、成蹊大学富田武先生、塚原常次様、合田一道様、満蒙開拓平和祈念館の皆様、中国残留孤児援護基金様、厚生労働省社会・援護局援護企画課中国残留邦人等支援室様、大変お世話になりました。ありがとうございました。

また、数年前から一人でやっていた本づくりが、友人たちの協力を得て、ここに来て急ピッチで進めることができました。特に、本にする意義を理解し、いつも励まし続けてくれた深谷真理子様、ありがとう。青柳方子様、細井和代様、注意深いチェック、ありがとう。池田直子様、小林則子様、津成めぐみ様に感謝申し上げます。

写真提供
古源良三氏、宮岸清衛氏、高島金太郎氏、高橋章氏に深く感謝申し上げます。

著者のプロフィール

1953（昭和28）年栃木県に生まれる。日本語教師として日本語学校・東洋大学国際交流センター等で非常勤講師として勤務。その後、埼玉県国際交流協会の日本語ボランティア講座コーディネーター。県民活動センター（3年間）や県内各地の自治体主催の日本語ボランティア養成講座を担当（入間市、小鹿野町、上福岡市、毛呂山町、富士見市、春日部市、小川町等）。その時に、中国帰国者向けの日本語教室の世話役をしていた残留婦人と親しくなる。同じ頃、所沢にかつてあった中国帰国者定着促進センターの文化庁プロジェクトに数年間かかわり、日本語教育から中国帰国者の福祉問題に関心が移り、大学院に進学（修士課程：東洋大学、博士課程：総合研究大学院大学）。上智社会福祉専門学校、植草短大等で非常勤講師を務める。2001年、国家賠償訴訟の先行裁判となる中国残留婦人裁判（東京都）立ち上げに加わるも家業従事のため、研究・仕事から離れる。2013年、満蒙開拓平和祈念館オープンに伴い、帰国者へのインタビューを再開。

【論文】

『外国人留学生の日本語能力測定方法に関する分析と考察―日本語能力試験1級および大学入試の日本語試験を中心に』1995・3・20発行　東洋大学紀要　教養課程34号（共著石垣貴千代東洋大学助教授、斉藤里美東洋大学助教授）

『定住を前提とする外国人の日本語学習ソーシャル・サポート・システムについての一考察―埼玉県の現状から』1996・3・29発行　中国帰国者定着促進センター紀要4号

『中国帰国者の福祉問題―生活史および生活問題分析を通して』1998・3発行　東洋大学大学院社会福祉学修士論文

『年表：中国帰国者問題の歴史と援護政策の展開』1998・5・9中国帰国者定着促進センター紀要6号

『中国帰国者の生活問題分析』1999・2・10東洋大学社会学部紀要　第58集　共著　園田恭一教授

【その他】

『月刊　社会教育』　国土社　1996・7「演劇を通して日本語教室のあり方を考える」

『埼玉の日本語教室多言語案内　97』凡人社　１９９７・２・10発行　編集代表
『中国帰国者のための日本語教育Ｑ＆Ａ』大蔵省印刷局　１９９７・３・31発行「第１章　中国帰国者と日本社会」
『教育キーワード１３７』時事通信社　１９９７・５・30発行「中国帰国者の教育」
『月刊日本語ジャーナル』アルク　１９９７年４月号から１９９８年３月号まで１年間連載。「ちきゅう家族の生活術」共著　春原憲一郎他
『福祉社会事典』弘文堂　１９９９・５・15　分担執筆
『現代社会福祉辞典』有斐閣　２００３・11・10　分担執筆
朝日新聞　論壇「異文化の壁越える受け入れ策を」１９９７年11月12日（２００１年度岡山大学文学部後期　小論文　入試問題に採用される）

【委員】
文化庁「中国帰国者のための日本語教育指導書作成部会」委員（１９９４．１９９５）
文化庁「中国帰国者のための日本語通信教育（試行）調査研究部会」委員（１９９６．１９９７．１９９８）
財団法人「埼玉県県民活動総合センター運営協議会」委員（１９９７．１９９８）

【賞】
第23回日本自費出版文化賞受賞（２０２０年９月）『不条理を生き貫《ぬ》いて　34人の中国残留婦人たち』
第24回日本自費出版文化大賞受賞（２０２１年９月）『あの戦争さえなかったら　62人の中国残留孤児たち（上・下）』
第25回日本自費出版文化賞受賞（２０２２年９月）『ＷＷⅡ　50人の奇跡の命』

【その他】
ＮＨＫスペシャル「中国残留婦人たちの告白〜二つの国家のはざまで〜」取材協力
初回放送日　２０２２年９月24日

改訂版を出すにあたって

誤字脱字、表記の間違い、勘違い、数行にわたる校正ミスがあった。
また著者の想いをより伝えやすくするため、多少文章を直し、改訂した。

不条理を生き貫《ぬ》いて

34人の中国残留婦人たち

2019年7月13日　初版第1刷
2022年10月1日　改訂版第1刷
著　者　　藤沼敏子
発行所　　津成書院
〒350-0021 埼玉県川越市大中居353-1
電話FAX　049-292-0653
E-mail　tsunarisyoin@gmail.com
印　刷　　中央精版印刷
定　価　　2,000円＋税